ANDREAS ESCHBACH

EIN KÖNIG FÜR DEUTSCHLAND

Weitere Titel des Autors:

Ausgebrannt
Der Nobelpreis
Eine Billion Dollar
Der Letzte seiner Art
Exponentialdrift
Solarstation
Kelwitts Stern
Das Marsprojekt
Die Haarteppichknüpfer
Perfect Copy – Die zweite Schöpfung
Die seltene Gabe
Eine Trillion Euro
Quest
Eine unberührte Welt

ANDREAS ESCHBACH

EIN KÖNIG FÜR DEUTSCHLAND

Roman

Gustav Lübbe Verlag

Dieser Titel ist auch als Hörbuch bei Lübbe Audio lieferbar

Gustav Lübbe Verlag in der Verlagsgruppe Lübbe

Originalausgabe

Dieses Werk wurde vermittelt durch
die Literarische Agentur Thomas Schlück GmbH,
30827 Garbsen

Textredaktion: Stefan Bauer
Umschlaggestaltung: Hilden Design, München
Einband-/Umschlagmotiv: Stefan Hilden, München
unter Verwendung eines Motives von granata 1111/Shutterstock
Autorenfoto: pro event, Andreas Biesenbach
Satz: Druck & Grafik Siebel, Lindlar
Gesetzt aus der ITC Giovanni
Druck und Einband: Friedrich Pustet, Regensburg

Printed in Germany
ISBN 978-3-7857-2374-6

5 4 3 2 1

Sie finden uns im Internet unter: www.luebbe.de
Bitte beachten Sie auch: www.lesejury.de

Diejenigen, die wählen, entscheiden gar nichts.
Diejenigen, die die Stimmen zählen, entscheiden alles.

Stalin

TEIL 1
DAS PROGRAMM

KAPITEL 1

Betrachten Sie das Folgende bitte als deutliche Warnung«, sagte der Richter und sah Vincent eindringlich an. »Sind Sie imstande, eine Warnung zu verstehen, Mister Merrit, wenn man sie als solche kennzeichnet und laut und deutlich ausspricht?«

»Ja, Euer Ehren«, beeilte sich Vincent mit heftigem Kopfnicken zu versichern und dachte: *Er darf mir an den Kopf schmeißen, was er will, Hauptsache, ich komm hier heil raus!*

»Das sollten Sie auch. Denn wenn man Sie noch einmal erwischt, wie Sie irgendwelche illegalen Dinge mit einem Computer anstellen, dann, Mister Merrit, werden Sie Ihre Freiheit für sehr, sehr lange Zeit los sein.« Der Richter, Seine Ehren Alfred J. Straw, sprach so laut und so deutlich, dass seine Stimme von den Wänden und der reich verzierten Decke des Gerichtssaals 2 des Philadelphia Municipal Court widerhallte. »Und um Ihrer Vorstellungskraft hinsichtlich dessen, was das bedeutet, auf die Sprünge zu helfen, verurteile ich Sie zu einer Woche Arrest im *Oak Tree Detention Center*. Die Strafe ist sofort anzutreten.«

Damit fiel der Hammer.

Vincent fand die Woche im Gefängnis in der Tat überaus eindrucksvoll, besonders den Abend, an dem ihn eine Gruppe Lebenslänglicher in der Dusche zu vergewaltigen versuchte. Die Wächter retteten ihn in letzter Minute und verlegten ihn in einen anderen Zellenblock, wo er anschließend viel Zeit hatte, über sein Leben nachzudenken. Er kam zu dem Schluss, dass ihn in Philadelphia eigentlich nichts mehr hielt und im Staate Pennsylvania auch nichts, wenn er schon dabei war. Er würde nach Florida gehen. Er hatte schon immer nach Florida gehen wollen.

Sonne, Strand und schöne Mädchen. Wenn er die Mühen eines gesetzestreuen Lebens auf sich nehmen wollte, dann konnte er das genauso gut im Warmen tun.

Nach seiner Rückkehr aus dem Gefängnis stellte er fest, dass seine Freundin ausgezogen war, was ihn angesichts des Zustandes, in dem ihre Beziehung zuletzt gewesen war, nicht im Geringsten wunderte. Dass sie die meisten Möbel mitgenommen hatte, auch solche, die ihr nicht gehörten, war eher hilfreich, denn so passte seine restliche Habe ohne Probleme in seinen rostigen Ford Kombi.

So überquerte Vincent Wayne Merrit im Alter von 21 Jahren erstmals eine Staatsgrenze. Nicht, dass es ihm grundsätzlich an Umzugserfahrung gemangelt hätte: Mit seiner Mutter Lila Merrit, deren einziges und darüber hinaus uneheliches Kind er war, hatte er in den ersten 18 Jahren seines Lebens 19-mal den Wohnsitz gewechselt, allerdings immer innerhalb Pennsylvanias, meistens von Philadelphia weg oder nach Philadelphia zurück und stets im Zusammenhang mit irgendwelchen Liebesgeschichten seiner Mutter, die ihm von Kindesbeinen an erklärt hatte: »Mach dir nichts draus, wenn du ein schräger Vogel bist; deine Mutter ist auch einer.« Über seinen Vater erzählte sie ihm nie etwas. Er musste erst den Code des Schlosses an ihrem Tagebuch knacken, um seinen Namen zu erfahren.

Besagte Tagebücher verwahrte seine Mutter in einem geräumigen Regal neben ihrem Bett. Für jedes Jahr gab es ein eigenes Buch, das die jeweilige Jahreszahl auf dem Rücken trug und mit einem Zahlenschloss gesichert war, das über drei kleine, gerändelte Zahlenräder verfügte. Der damals zehnjährige Vincent sagte sich, dass der Code demzufolge aus einer dreistelligen Zahl bestehen musste. Das wiederum hieß, dass er, wenn er bei 000 anfing und alle Kombinationen bis 999 durchprobierte, unweigerlich auf die richtige kommen würde. Eines Nachmittags, als seine Mutter außer Haus war, schlich er sich in ihr Schlafzimmer, holte das Tagebuch seines Geburtsjahrs heraus, probierte die Zahlen zwischen 000 und 010 durch und stoppte die Zeit, die er dafür benötigte: zwanzig Sekunden. Das multiplizierte er mit 100 und gelangte zu dem überraschenden Resultat, dass er bei diesem Tempo den Code in etwas mehr als einer halben Stunde knacken konnte. Was weitaus schneller war, als er befürchtet hatte.

Tatsächlich brauchte er keine zehn Minuten, denn die gesuchte Zahl lautete 216 – das Datum von Vincents Geburt, der am 16. Februar 1977 das Licht der Welt erblickt hatte. Dies lehrte Vincent etwas über die Art und Weise, wie Menschen Passwörter und Geheimcodes wählen, das ihm später oft von Nutzen sein sollte.

Er knackte gleich auch noch den Code des Tagebuchs vom Jahr davor. Diesmal probierte er es sofort mit dem Geburtstag seiner Mutter: mit Erfolg. Mit einer eigenartigen Erregung, die damit zu tun hatte, in verbotenes Territorium einzudringen, las er die Einträge seiner Mutter über seinen Vater, wie sie ihn kennengelernt und wie sie ihn verführt hatte. Vieles von dem, was er las, sollte er erst Jahre später verstehen, aber er fand den Namen seines Vaters und seine Adresse. Eine Adresse in Deutschland. Er musste auf einer Landkarte nachsehen, wo das lag. Nach einigem Nachdenken schrieb er seinem Vater heimlich einen Brief, nicht ahnend, dass er damit dessen Scheidung auslöste.

Vincent erreichte Florida im Mai des Jahres 1998, fuhr ohne konkreteres Ziel umher und landete schließlich in Daytona Beach. Hier verbrachte er ein paar Wochen in einem winzigen Haus zwischen Palmen, von dem aus es nicht weit bis zum Strand war, und stellte in dieser Zeit Folgendes fest: Erstens, dass er es langweilig fand, an einem Strand herumzuliegen. Zweitens, dass der Monitor seines Computers empfindlich spiegelte, eine Eigenschaft, die sich in einer sonnigen Gegend unangenehmer bemerkbar machte als im eher trüben Pennsylvania. Und drittens, dass es zwar schrecklich lange dauerte, Ersparnisse anzusammeln, sie aber schrecklich schnell zur Neige gingen, wenn man davon zu leben versuchte.

Mit anderen Worten: Er brauchte einen Job.

Vincent hatte sich das Programmieren selbst beigebracht und war gut darin. Um genau zu sein, war er der Beste, seiner Überzeugung nach zumindest. Seine bisherigen Arbeitgeber hatten diese Überzeugung zwar nicht unbedingt geteilt, waren im Prinzip aber zufrieden mit seiner Arbeit gewesen, und hätte er nicht mehr gemacht als diese – hätte Vincent seine Freizeit mit, sagen wir, Baseball, Fernsehen oder Mädchen verbracht –, es hätte nie Probleme gegeben. Aber Vincent hielt wenig von Sport, ertrug das Stillsitzen vor einem Fernseher nicht und war in Bezug auf Mädchen der Ansicht, dass sie einen bei allen Vorzügen doch sehr von der Arbeit abhielten. Denn Vincent verbrachte auch seine Freizeit am liebsten mit Arbeit, vorausgesetzt, diese Arbeit hatte mit Computern zu tun.

An Jobangeboten für derart disponierte Leute herrschte auch in Florida kein Mangel. Leider erfuhren aber die meisten Firmen, bei denen er vorstellig wurde, auf irgendeine Weise – bei der zweifellos ebenfalls Computer eine tragende Rolle spielten – von seiner Verurteilung und seiner Gefängnisstrafe und zeigten sich danach wenig geneigt, ihn einzustellen. So vergingen die Wochen, und seine Ersparnisse nahmen mit bedenklicher Geschwindigkeit weiter ab, nicht zuletzt, weil er den Radius seiner Suche immer mehr ausdehnen und deswegen mehr fahren musste.

In Oviedo, einem Ort in der Nähe von Orlando, fand er schließlich ein Unternehmen, das sich an seinem Vorleben nicht störte. Es handelte sich um eine Softwarefirma namens SIT, *Sanchez Information Technology*, deren Inhaberin, Consuela Margarita Sanchez, eine dralle kleine Exilkubanerin, sich im Gegenteil an den fachlichen Details seiner Untat überaus interessiert zeigte. »Ein Trojaner?«, wiederholte sie mit unverkennbarer Faszination. »Und Sie haben fünfzigtausend Kreditkartennummern damit gestohlen?«

Vincent schüttelte entschieden den Kopf. »Das war der andere. Der sitzt noch.« Ihn schauderte bei dem Gedanken, wie es seinem ehemaligen Kollegen dabei ergehen mochte. »Ich habe bloß das Programm geschrieben. Ich hatte keine Ahnung, was er vorhatte.«

Das entsprach, obwohl ihm das der Richter nicht geglaubt hatte, der Wahrheit. Zumindest insoweit, dass Vincent nicht im Detail gewusst hatte, was Craig mit dem Trojanerprogramm vorgehabt hatte. *Dass* er etwas damit vorgehabt hatte, war ihm durchaus klar gewesen; er hatte sich aber eingeredet, dass Craig bestimmt nur jemandem bei der Bank, die sich als unerfreulicher Kunde erwiesen hatte, einen Streich spielen wollte. In Wirklichkeit hatte er einfach der Gelegenheit nicht widerstehen können, Craig zu zeigen, wer der bessere Programmierer war.

»Und wieso hat man Sie erwischt?«

Vincent wand sich auf seinem Stuhl. »Weil ich meine Signatur darin versteckt hatte. So eine Angewohnheit von mir.«

Das Trojanerprogramm hatte sich auf den Rechnern der Kreditkartenabteilung eingenistet, sich deren Mitarbeitern gegenüber als regulärer Login-Schirm ausgegeben und alle Passwörter an Craig weitergeleitet. Der hatte sich damit Zugang verschafft, Tausende von gültigen Kreditkartennummern abgerufen und übers Internet verkauft.

Und nicht dran gedacht, den Trojaner wieder zu löschen.

Consuela lächelte von einem ihrer dicken roten Ohrclipse zum anderen. »Wissen Sie was, Vincent? Sie sind ein Strolch, aber Sie gefallen mir.« Sie streckte die Hand über den Tisch. »Willkommen im Team.«

In der folgenden Zeit sollte Vincent feststellen, dass Consuela eine ausgesprochene Vorliebe dafür hatte, gescheiterte Existenzen um sich zu versammeln. Unter den Programmierern von SIT wimmelte es von illegalen Einwanderern, ehemaligen Sträflingen, pleitegegangenen Unternehmern, bankrotten Spielern und Drogenabhängigen in sämtlichen Stadien der Sucht. Doch sie alle einte ein Verlangen, das weitaus stärker war: das Fieber des Programmierens, die Lust an der Beherrschung der Maschine, die Begierde nach Bildschirm, Tastatur und Rechenleistung. Jeder von ihnen, egal was er im Leben versiebt haben mochte, glaubte mit jeder Faser seines Seins, es mit Computern aber so was von drauf zu haben, dass dem Rest der Welt nichts blieb als ehrfurchtsvolle Resignation.

Eine echte Herausforderung für Vincent.

Das Gehalt war nicht überwältigend, aber wenn die Geschäfte gut liefen, spendierte Consuela allen, die nach sieben Uhr abends noch da waren, Pizza oder was vom Mexikaner, Inder oder Chinesen, je nach Wochentag. Also blieben sie, sorgten dafür, dass die Geschäfte gut liefen, und schonten ihre Wohnungen. Sie entwickelten ein Ausleihsystem für eine Musikbibliothek, komplett mit Laserscannern und Diebstahlschutz, eine Immobilienverwaltung für eine große *Real Estate Agency*, die laufend Sonderwünsche nachreichte und am Ende um jeden Dollar feilschte, ein Betriebssystem für einen Poolreinigungsroboter mit zu wenig Speicherplatz, und im Frühjahr des Jahres 2000 hatte Vincent es endlich geschafft: Consuela berief ihn zum Chefprogrammierer.

Falls er an seinem Leben noch etwas auszusetzen fand, dann höchstens, dass man ihn beim Einkaufen immer noch fragte, ob er neu in Florida sei, er sei so blass.

Seine neue Stellung umfasste tägliche Meetings mit Consuela Margarita Sanchez, oft mit Kunden, Interessenten oder Beratern. Was bei diesen Treffen besprochen und festgelegt wurde, musste Vincent anschließend den übrigen Programmierern in geeigneter Weise vermitteln, was sich einfacher anhörte, als es war: Huck nahm grundsätzlich nicht an Besprechungen teil. Fernando bestand auf handschriftlichen, durchnummerierten Listen mit klaren Anweisungen. Alvin akzeptierte allenfalls Vorschläge und wollte immer eigene Ideen einbringen, die leider immer schlechte Ideen waren. Xuan sagte gern »Ja, kein Problem« und machte hinterher, wozu er Lust hatte. Ramesh brauchte Druck, weil er sonst tagelang an einer einzigen Zeile Code bastelte, während Claudio anfing, Tippfehler zu machen und nervös aufs Klo zu rennen, sowie das Wort »Termin« fiel. Steve schließlich schlug jedes Mal vor, sie sollten sich einfach alle zusammensetzen und das Konzept von Grund auf neu entwickeln, was, wenn man ihn hätte machen lassen, dahin geführt hätte, erst einmal das binäre System grundsätzlich in Frage zu stellen.

In seiner neuen Stellung bekam Vincent im Lauf der Zeit Einblick in die Probleme der Geschäftsführung und die Sorgen und Nöte einer Unternehmerin. Er erfuhr, dass sich SIT um Aufträge der Staatsregierung bemühte. »Wenn man da erst mal drin ist«, schwärmte Consuela, »kommt immer eins zum anderen. Dann fließt regelmäßig Geld, und wir müssen uns keine Sorgen mehr um die Gehälter machen.« Consuela machte sich nämlich immer sehr viele Sorgen.

In einer dieser Besprechungen begegnete Vincent Ende August des Jahres 2000 zum ersten Mal einem hochdynamisch wirkenden, unverschämt gut aussehenden Mann, den Consuela ihm als Frank Hill vorstellte. Hill war Abgeordneter der republikanischen Partei und enger Vertrauter von Jeb Bush, dem Gouverneur von Florida, für den er einige Jahre zuvor als Vizegouverneur kandidiert hatte. Consuela war glühende Anhängerin der republikanischen Partei, ihrer Überzeugung nach die einzige politische Kraft, die Castro die Stirn zu bieten entschlossen war und damit die einzige Hoffnung auf Freiheit für ihr Heimatland.

In der Besprechung ging es jedoch nicht um Politik, sondern um Geschäfte. Der Abgeordnete war gekommen, um verschiedene IT-Projekte der Staatsregierung durchzusprechen, um zu sehen, welche davon SIT im Auftrag der Administration realisieren konnte. Vincent nahm an diesen Gesprächen als technischer Berater teil; an ihm war es, jeweils die Machbarkeit und den Aufwand zu beurteilen.

In den folgenden Wochen fanden ein Dutzend solcher Besprechungen statt, denen rasch einige überaus lukrative Aufträge folgten. Vincent begriff, dass Hill sozusagen in einer Doppelrolle anwesend war: Solange sie zu dritt beisammensaßen, war Frank Hill der Auftraggeber, der Anforderungen definierte und Termine aushandelte. Danach, wenn Frank Hill und Consuela die Besprechung zu zweit fortsetzten, wurde der Abgeordnete zum Berater, der ihr half, die Angebote so zu formulieren und die Preise so zu gestalten, dass sie den Zuschlag erhielt.

Es dauerte eine Weile, ehe Vincent mitbekam, dass sich Frank Hill für diese Tätigkeit als Berater und Lobbyist *bezahlen* ließ.

Die staatlichen Aufträge bescherten SIT einen nach den turbulenten Zeiten der Dot-Com-Krise willkommenen Aufschwung. Tatsächlich ging es der Firma bald so gut wie noch nie, seit Vincent dabei war. Alle Programmierer bekamen komfortablere Bürosessel, am Schwarzen Brett tauchten Bestellformulare edlerer Lieferdienste auf, und Consuela begann, über einen Anbau nachzudenken, eine luxuriösere Eingangshalle und, vielleicht, einen Pool für alle Mitarbeiter.

Während eines Meetings Ende September des Jahres 2000, sechs Wochen vor der anstehenden Wahl des Präsidenten der Vereinigten Staaten von Amerika, wollte der Abgeordnete Frank Hill wissen, ob SIT ein Programm für Wahlcomputer entwickeln könne, das imstande sei, das Endergebnis einer Abstimmung zu verändern, ohne dass jemand die Manipulation entdecken würde. Ein Prototyp genüge.

KAPITEL 2

Der Abgeordnete hatte überaus konkrete Vorstellungen hinsichtlich des zu erstellenden Programms. Er zählte sie an seinen sorgsam manikürten Fingern ab: »Erstens, es muss für Touch-Screen-Geräte geeignet sein. Zweitens, ein eingeweihter Benutzer muss ohne zusätzliche Ausrüstung imstande sein, die Veränderung der Auszählung auszulösen. Drittens, die Programmierung muss so gestaltet sein, dass diese Eingriffsmöglichkeiten verborgen bleiben, selbst wenn der Quellcode inspiziert werden sollte.«

An diesem Punkt faltete Frank Hill seine sorgsam manikürten Hände und sah Vincent mit jenem treuherzig-freundlichen Augenaufschlag an, der auch seine Wahlplakate zierte und ihm in seinem Leben zweifellos schon viele Stimmen betagter Wählerinnen eingebracht hatte. »Denken Sie, dass Sie das hinkriegen, Vincent?«

Vincent hatte einen Moment lang das Gefühl, das alles nur zu träumen. Bestimmt würde er gleich aufwachen und sich in seinem Bett wiederfinden.

Dann war der Moment vorbei, und er saß immer noch im Besprechungsraum, an dem großen Tisch aus falschem Teakholz mit den zehn Stühlen darum herum. Ihm gegenüber saßen eine Unternehmerin, die im Alter von 11 Jahren zusammen mit ihrer Tante unter Lebensgefahr aus Kuba geflohen war, und ein Abgeordneter, der gar nicht wusste, was Lebensgefahr war.

Und der ihn immer noch treuherzig ansah. Seine Freundlichkeit allerdings fing an, einer gewissen Ungeduld zu weichen.

»Verstehe«, sagte Vincent und räusperte sich, weil er nicht wusste, was er sagen sollte. Ob er ein Programm für einen *Wahl-*

computer schreiben könne? Wollte ihn der Kerl auf den Arm nehmen? Etwas Einfacheres gab es ja wohl nicht. Vielleicht abgesehen von einem Programm für einen Getränkeautomaten. *Wenn Taste 1 gedrückt und Geldbetrag ausreichend, werfe eine Flasche Cola aus. Wenn Taste 2 gedrückt und Geldbetrag ausreichend, werfe eine Flasche SevenUp aus.* Und so weiter. »Aber entschuldigen Sie, Sir, ich fürchte, ich verstehe nicht, wozu das dienen soll. Ich meine, diese Geräte werden von ihren Herstellern mit Software ausgestattet –«

»Frank und … *andere* machen sich Sorgen, dass die Demokraten versuchen könnten, die Wahlen in Florida zu stehlen«, mischte sich Consuela ein. Sie klang, als glaube sie das tatsächlich. »Sie wollen anhand eines solchen Programmes herausfinden, wie man Wahlmanipulationen erkennen und verhindern kann.«

Der Abgeordnete nickte bekräftigend. »Genau. Das habe ich vergessen zu erwähnen.« Er hob die Schultern, lachte. »Ich habe das jetzt schon so vielen Leuten erklärt, dass ich das Gefühl habe, die ganze Welt weiß, worum es geht.«

Es klang so ehrlich, so aufrichtig, so geradeheraus, dass Vincent ihm kein Wort davon abkaufte.

Andererseits war ihm klar, dass ihm seine Chefin die Hölle heiß machen würde, wenn er jetzt eine moralische Diskussion anfing, anstatt die Wünsche des Kunden zu besprechen.

»Grundsätzlich«, begann Vincent also, »sind die ersten beiden Anforderungen kein Problem.«

Der Abgeordnete hob die Brauen. »Das heißt, die dritte *ist* eines.«

»Wenn jemand, der etwas vom Programmieren versteht, die Möglichkeit hat, den Quellcode einzusehen, ließe sich eine Funktion zur Veränderung des Auszählungsergebnisses praktisch nicht verbergen«, erklärte Vincent. »Wenn der Code jedoch kompiliert wird, ehe ihn jemand zu sehen bekommt, trifft das genaue Gegenteil zu: In dem Fall wäre es nahezu unmöglich, eine Manipulation zu erkennen.«

Der Blick, mit dem der Abgeordnete ihn ansah, bewies klar, dass Frank Hill nichts vom Programmieren verstand.

»Das müssen Sie mir erklären.«

»Okay.« Vincent räusperte sich. Lange her, dass er das jemandem hatte erklären müssen. »Denken Sie sich den Quellcode eines Programms als die Version, die ein Mensch lesen kann. Ein Programm ist in einer bestimmten Programmiersprache geschrieben, die aus verschiedenen Befehlen besteht. Ein Programm zu kompilieren heißt, es in eine Version umzuwandeln, die eine Maschine lesen kann. Diese Version nennt man *Maschinencode* oder *Binärcode*, weil sie nur noch aus einer langen Reihe von Bits besteht, aus lauter Nullen und Einsen, mit denen ein Mensch nichts mehr anfangen kann. Wenn Sie nur das kompilierte Programm vor sich haben, können Sie nicht feststellen, ob es dazu dient, eine Waschmaschine zu steuern oder eine Interkontinentalrakete.«

Das ließ sich der Politiker durch den Kopf gehen, dann fragte er: »Aber wenn man diese Version, von der Sie sprechen – die eine Maschine lesen kann –, wieder in die andere umwandeln würde? Dann könnte man es, oder?«

»Nein. Die Kompilation ist ein Prozess, bei dem Informationen verloren gehen.« Wieder dieser glasige Blick. Er musste es einfacher ausdrücken. »Es ist gewissermaßen eine Einbahnstraße, Sir. Es geht nur in der Richtung vom Quellcode zum kompilierten Programm, aber nicht umgekehrt.«

»Okay …«, meinte Frank Hill und nickte bedächtig. »Und diese Kompilation … Wie geht die vonstatten?«

»Das bewerkstelligt ein anderes Programm, ein sogenannter Compiler. Der liest den Quellcode und macht Maschinencode daraus.«

In diesem Stil ging es ein paar Minuten hin und her, dann mischte sich auch Consuela ein und erklärte alles noch einmal von vorn, bis der Abgeordnete den zentralen Punkt begriffen hatte: »Mit anderen Worten, wenn ein Wahlcomputer mit einem fertig kompilierten Programm ausgestattet wäre, könnte das mit den abgegebenen Stimmen machen, was es will?«

»Genau«, sagte Vincent.

Frank Hill nickte beifällig, lehnte sich in seinem Sessel zurück, fuhr sich mit der Hand über das Kinn und den Hals, als müsse er beides glatt streichen, und meinte: »Okay. Schreiben Sie mir so etwas.«

»Einen Prototypen, meinen Sie«, hakte Consuela ein.

»Genau.«

»Den Sie sich anschauen können, nicht wahr? Testen. Mit dessen Hilfe Sie den Verantwortlichen demonstrieren können, was möglich ist.«

»Exakt«, sagte der Abgeordnete.

Consuela Sanchez setzte ihr kilometerbreites Lächeln auf. »Das werden wir tun.«

»Bis wann können Sie liefern?«, fragte Frank Hill.

Dass Vincent daraufhin seinen Terminkalender zückte, schien ihn misstrauisch zu machen. »Ich hätte jetzt erwartet, dass Sie technisch auf dem neuesten Stand sind«, sagte er und holte einen Organizer heraus, einen der neuen *Palm Handhelds* mit farbigem TFT-Display.

Vincent musterte die chaotisch bekritzelten Seiten seines Kalenders, der ihn nur drei Dollar gekostet hatte. Tatsächlich kannte er keinen Programmierer, der einen elektronischen Organizer benutzte. Die Dinger nannte man »Manager-Tamagotchis« und betrachtete sie als Spielzeug für Wichtigtuer.

»Für wirklich wichtige Sachen finde ich Papier eigentlich das Beste«, meinte er und blätterte die kommenden Wochen durch, um sich einen Überblick zu verschaffen. Sie einigten sich darauf, dass Hill der Firma SIT ein Exemplar eines Wahlcomputers zur Verfügung stellte; danach würde Vincent vierzehn Tage Zeit haben, um einen ersten Prototypen zu erstellen.

Der Abgeordnete kämpfte einige Minuten mit seinem Mini-Computer, bis er endlich alles in die entsprechenden Rubriken eingefüttert hatte. »Ist noch ganz neu«, meinte er.

***

Ein paar Tage später fand Vincent morgens ein Exemplar eines Wahlcomputers mit Touch-Screen auf seinem Schreibtisch vor, und er begann mit der Arbeit.

Die vom Hersteller mitgelieferte Software lag natürlich ebenfalls nur als Binärcode vor. Was Vincent dem Abgeordneten über die Unzugänglichkeit von Binärcode erzählt hatte, stimmte nicht ganz – es gab grundsätzlich die Möglichkeit, ein Binärprogramm zumindest so weit zu entschlüsseln, dass man ermitteln konnte, was es eigentlich tat. Man nannte das Dekompilation oder Disassemblierung, doch wäre dies eine sehr schwierige, hochgradig fehleranfällige Arbeit gewesen, die sich ohne Weiteres über Monate hätte hinziehen können. Es war wesentlich einfacher, ein komplett neues Programm zu schreiben, das später nur genauso *aussehen* würde wie das mitgelieferte, und deswegen machte es Vincent so.

Das Erste, was ein Wahlcomputer benötigte, war eine Möglichkeit, die zur Wahl stehenden Kandidaten einzugeben. Vincent schrieb eine Funktion, die auf dem Schirm exakt so aussah wie das Original, und legte die erfassten Namen in einer Datenbank ab, wobei jeder Eintrag über eine eindeutige Nummer angesprochen werden konnte. Wenn er testhalber »Tarzan« und »Cheetah« als Kandidaten eingab, entsprach »Tarzan« programmintern der Nummer 1 und »Cheetah« der Nummer 2. In genau dieser Reihenfolge wurden die Namen auch angezeigt, wenn das Gerät auf den für die eigentliche Wahl bestimmten Modus eingestellt war.

Die Maschine arbeitete so, dass ein Wahlhelfer die Abstimmung von außen freigeben musste. Danach betrat der Wähler die Kabine mit dem Wahlcomputer, drückte auf das Feld, in dem der Name des Kandidaten stand, für den er stimmen wollte, und anschließend auf eine Bestätigungstaste. Daraufhin verschwand die Kandidatenliste vom Schirm, eine Meldung »Sie haben Ihre Stimme abgegeben« erschien, und das dem entsprechenden Kandidaten zugeordnete Zählfeld wurde um eins hochgesetzt. Damit war die Maschine wieder gesperrt, und es bedurfte einer erneuten Freigabe für den nächsten Abstimmvorgang.

Am Ende der Wahl konnte man die Maschine mit dem entsprechenden Schlüssel zurück in den Verwaltungsmodus schalten und über einen anzuschließenden Drucker die aufaddierten Stimmen ausdrucken: Fertig war die Auszählung.

Das alles nachzubauen war einfach. Vincent brauchte nur wenige Tage, bis sein Programm dem Original so weit glich, dass er die Versionen selber nicht mehr unterscheiden konnte. Aber natürlich war das nicht das eigentliche Ziel. Das eigentliche Ziel war ein Programm, das *mehr* konnte als das Original.

Vincent definierte unsichtbare Tasten in den Ecken des Bildschirms. Ein Eingeweihter brauchte diese Tasten nur in einer ganz bestimmten Reihenfolge zu drücken, um an diese Zusatzfunktionen heranzukommen. Vincent legte einen Code fest, der so aussah: einmal oben links, zweimal oben rechts, einmal unten links, noch einmal oben rechts. Wenn man anschließend auf eines der mit den Namen der Kandidaten beschrifteten Felder tippte, wurden die für diesen abgegebenen Stimmen mit der Gesamtzahl der Stimmen verglichen. Hatte der Kandidat sowieso die Mehrheit, passierte nichts. Führte ein anderer Kandidat, wurden die gespeicherten Zahlen innerhalb von Sekundenbruchteilen so abgeändert, dass der angetippte Kandidat mindestens 51 % der Stimmen erhielt. Die übrigen Kandidaten bekamen die verbliebenen 49 % der Stimmen in etwa dem Verhältnis zugeteilt, das sie vor der Veränderung gehabt hatten.

Auf diese Weise würde der Austausch der Software unentdeckt bleiben. Wenn anstatt der Herstellersoftware Vincents Programm auf den Wahlcomputern installiert war, würde kein Testlauf vor der Wahl, gleichgültig wie gründlich, einen Hinweis darauf liefern, dass etwas nicht stimmte. Die Abstimmungsergebnisse veränderten sich erst, wenn eine eingeweihte Person eingriff – doch auch das würde unentdeckt bleiben, da dabei alle Daten so abgeändert wurden, dass der interne Zusammenhang erhalten blieb. Die einzige Möglichkeit, festzustellen, dass nicht die originale Software lief, wäre gewesen, deren Bitmuster mit dem von Vincents Programm zu vergleichen – was nicht ging, da der Hersteller seine Software als Betriebsgeheimnis behandelte und keinerlei Informationen darüber herausgab.

Am Tag vor dem vereinbarten Treffen mit dem Abgeordneten rief Consuela Vincent zu einer Vorabbesprechung. Er nahm eine CD mit, die das Programm enthielt, sowie ein Exemplar seines Berichts, in dem er dessen Funktionsweise genau beschrieb, und erklärte, wie er sich das Treffen vorstellte: »Wir bauen die Maschine im Besprechungszimmer auf. Wenn Mister Hill da ist, stimmt jeder von uns einmal ab, und zwar für Tarzan. Wir drucken die Auszählung aus und werden sehen, dass drei Stimmen für Tarzan abgegeben wurden und keine für Cheetah. Anschließend gebe ich den Geheimbefehl ein, wir drucken die Auszählung noch einmal aus und werden das Ergebnis erhalten, dass Cheetah mit zwei zu eins Stimmen gewonnen hat.«

Anschließend, fuhr er fort, würde er anhand des Quellcodes erklären, wie die Funktion realisiert war und anhand welcher Hinweise man die Manipulation aufdecken konnte. Vorausgesetzt, man war im Besitz des Quellcodes.

Consuela streckte die Hand nach der CD aus und nahm sie an sich. »Sie verstehen nicht, Vincent«, knurrte sie. »Wenn wir weiter Staatsaufträge bekommen wollen, müssen wir die Manipulation im Quellcode verborgen halten. Das Programm wird benötigt, um die Wahl in Florida zu kontrollieren.«

Diese Worte bewirkten, dass sich Vincents Magen verkrampfte. Was meinte sie damit? Er setzte an, nachzufragen, doch dann sagte ihm etwas im Gesichtsausdruck seiner Chefin, dass er das besser bleiben ließ, also ließ er es bleiben und sagte stattdessen: »Das geht nicht. Das wissen Sie so gut wie ich. Wenn jemand den Quellcode hat, kann er die Manipulation sehen.«

Consuela Sanchez stand auf. »Ich werde Frank geben, was Sie gemacht haben. Ende der Diskussion.«

Damit verließ sie den Besprechungsraum.

Vincent blieb noch einen Moment sitzen, wie betäubt von dem, was sich gerade abgespielt hatte.

Das in seinem Bauch war Angst, merkte er. Ihm war auf einmal, als höre er wieder die mahnende Stimme des Ehrenwerten Richters Alfred J. Straw. Und als röche er wieder den modrigfeuchten Geruch eines gewissen Duschraums …

Konnte das wahr sein? Dass die Republikaner vorhatten, die Wahl zu *stehlen*?

Vincent gehörte keiner Partei an, und Politik interessierte ihn nicht die Bohne. Wie die meisten Amerikaner war er nicht begeistert von der Aussicht, den steifen, oberlehrerhaften Al Gore als Präsidenten zu bekommen. Wie die meisten Amerikaner war er aber gleichzeitig überzeugt, dass dieser den Kandidaten der Republikaner schlagen würde, und zwar um Längen. Kein Mensch, der seine fünf Sinne beisammen hatte, würde den anderen wählen, dessen einziger Vorzug darin bestand, der Sohn eines ehemaligen Präsidenten zu sein und fast den gleichen Namen wie dieser zu tragen.

KAPITEL 3

Am Nachmittag des 7. November 2000 begab sich Vincent ins Wahllokal, um seine Stimme abzugeben.

Es war eigenartig, das zu tun, nachdem er sich einige Wochen zuvor intensiv damit beschäftigt hatte, wie man eine solche Wahl fälschen konnte. Er war froh, dass das Gerät, das er in der Kabine vorfand, ein anderes war als das, für das er das Programm geschrieben hatte.

Trotzdem. Es handelte sich auch um ein Touchscreen-Gerät. Es sah ein wenig anders aus, funktionierte ein wenig anders – egal: Vor seinem inneren Auge entstanden unwillkürlich Programmcodezeilen, Funktionsaufrufe, Datenstrukturen. Beim zweiten Mal entwickelt sich ein Stück Software viel leichter und schneller.

Vincent stimmte für Ralph Nader, den unabhängigen Kandidaten. Nicht, weil ihm der als Anwalt der Verbraucher berühmt gewordene Mann so sympathisch gewesen wäre, sondern weil er sich nicht überwinden konnte, für Al Gore zu stimmen, der sowieso haushoch gewinnen würde. Und seine Stimme George W. Bush zu geben, kam natürlich überhaupt nicht in Frage.

Piep! machte das Gerät, als er die Bestätigungstaste drückte, und auf dem Schirm erschien: *Sie stimmen für: Ralph Nader. Bitte bestätigen Sie, indem Sie auf »Ja« drücken, oder drücken Sie »Abbrechen«, um von vorn zu beginnen.*

Vincent drückte auf das Feld, in dem »Ja« stand. Die Beschriftung des Schirms wechselte: *Ihre Stimme ist gezählt worden. Sie können die Wahlkabine nun verlassen.*

War seine Stimme wirklich gezählt worden? Wie konnte er das wissen? Was, wenn er gerade sein eigenes Programm benutzt hatte? Dann würde es später keine Rolle spielen, wie er abgestimmt hatte. Sicher, das war nicht genau sein Programm. Aber es hätte nur einen Nachmittag Arbeit bedeutet, die Bildschirmausgaben entsprechend anzupassen.

Ratlos verließ er die Wahlkabine, musterte die Schlange der wartenden Wähler. Männer und Frauen jeden Alters, jeder Hautfarbe, gut gelaunte, grimmige und gelangweilt dreinblickende. Aber keiner darunter, der so wirkte, als mache er sich Sorgen, dass seine Stimme verfälscht werden könnte.

Woher kam dieses Vertrauen? Die meisten Leute glaubten doch kein Wort von dem, was ihnen ein Politiker erzählte. Eine Menge Leute zweifelten an einer Menge Dinge – an ihren Stromrechnungen, Steuerbescheiden oder daran, dass die Mondlandung tatsächlich stattgefunden hatte.

Bloß an Wahlmaschinen schien niemand Anstoß zu nehmen.

Es lag daran, erkannte Vincent, dass normale Leute keine Ahnung von Computern hatten. Sie waren es gewöhnt, dass Knöpfe zu drücken genau das bewirkte, was es bewirken sollte. Wenn man an einem Getränkeautomaten die Taste drückte, auf der »*SevenUp*« stand, dann landete eine eisgekühlte Flasche *SevenUp* im Ausgabefach. Wenn man am Telefon eine bestimmte Nummer wählte, erreichte man die Person, der diese Nummer gehörte. Wenn man an einem Bankautomaten das Feld berührte, auf dem »$60« stand, dann bekam man sechzig Dollar ausgezahlt, nicht mehr und nicht weniger.

Worüber sich niemand im Klaren zu sein schien, war, dass all das nur deswegen funktionierte, weil keine anderweitigen Absichten im Spiel waren. Niemand hatte etwas davon, jemandem, der *SevenUp* trinken wollte, eine Flasche Cola zu verkaufen – das hätte nur endlose Scherereien nach sich gezogen.

Tatsächlich aber existierte in modernen Maschinen keine zwangsläufige Verbindung mehr zwischen einer Taste und dem, was sie bewirkte. Wenn man das Feld »$60« auf dem Touchscreen des Bankautomaten drückte, lieferte einfach ein Bildschirmtreiber zwei Koordinaten, nämlich die des Punktes, an dem man den Schirm berührt hatte. Eine zweite Softwareschicht errechnete aus diesen Koordinaten, welches Feld gemeint war; gab vielleicht gleichzeitig einen Impuls an einen anderen Prozess weiter, der mit einem kleinen Lautsprecher gekoppelt war und bewirkte, dass darüber ein Geräusch erzeugt wurde, das klang wie das Drücken einer Taste. Oder auch nur ein Piepsen, je nachdem, wie das programmiert worden war.

Erst der danach folgende Ablauf – zu ermitteln, ob das Konto ausreichende Deckung aufwies und, wenn ja, die übrige Maschinerie zu veranlassen, die entsprechenden Geldscheine aus dem Reservoir zu holen und in das Ausgabefach zu legen – führte dazu, dass man bekam, was man verlangt hatte. Aber man bekam es, weil die Bank kein Interesse daran hatte, einem mehr oder weniger Geld auszuhändigen als gewünscht.

Das war bei einer Wahl anders: Da gab es jede Menge Leute, die ein Interesse an einem bestimmten Wahlausgang hatten – darum ging es ja schließlich.

Die dicke Frau in dem grün karierten Jackett, die nach ihm die Wahlkabine betreten hatte, kam wieder zum Vorschein, sichtlich froh, eine eher lästige Pflicht als abgehakt betrachten zu können. Er stand hier nur im Weg herum, sagte sich Vincent und folgte ihr nach draußen.

Vor der Tür trat jemand mit einem Klemmbrett in der Hand auf ihn zu und wollte wissen, wie alt er sei und wen er gewählt habe.

»Al Gore«, log Vincent. Was ging den das an?

Auf dem Heimweg sagte er sich, dass sein ungutes Gefühl bestimmt nur eine Nachwirkung der Arbeit für Frank Hill, den Abgeordneten, war und mit der Zeit vergehen würde.

***

Am Abend ging Vincent früher nach Hause, als er es an einem normalen Tag getan hätte, fegte die Chipskrümel vom Sofa und setzte sich mit einem Bier vor den Fernseher, um die Auszählung der Stimmen zu verfolgen.

Bereits die ersten Ergebnisse, die hereinkamen, zeigten, dass die Wahl knapper ausgehen würde als erwartet. Die Südstaaten hatten für Bush gestimmt, der außerdem in Ohio, Indiana, den meisten Staaten des mittleren Westens und der Rocky Mountains gewonnen hatte. Gore hatte den Nordosten sicher – mit Ausnahme von New Hampshire, wo Bush sehr knapp gesiegt hatte –, die meisten der Staaten um die Großen Seen sowie entlang der Pazifikküste. Den Hochrechnungen zufolge konnten sowohl Al Gore wie auch George W. Bush jeweils achtundvierzig Prozent der Wählerstimmen für sich verbuchen. Es würden die verbleibenden vier Prozent sein, deren Verteilung die Wahl entschied.

Schließlich waren nur noch eine Handvoll Staaten offen. Wisconsin und Iowa hatten noch kein verlässliches Ergebnis. Desgleichen New Mexico und Oregon.

Und Florida. Florida bedeutete fünfundzwanzig Wahlmännerstimmen. Fünfundzwanzig Stimmen, die nach dem Stand der Dinge alles entscheiden würden. Derjenige, der Florida gewann, würde der nächste Präsident der Vereinigten Staaten werden.

Zwölf Minuten vor acht Uhr gab NBC bekannt, nach Hochrechnung der ersten Auszählungen sowie den Wählerbefragungen ginge Florida an Al Gore. Zwei Minuten und elf Sekunden später bestätigte CBS diese Einschätzung, und anderthalb Minuten später erklärte auch der *Voter News Service* Gore zum Gewinner in Florida und damit zum künftigen Präsidenten der Vereinigten Staaten von Amerika.

In einem Interview mit George W. Bush erklärte dieser unbeeindruckt, die Prognosen der Nachrichtensender seien »schrecklich voreilig«.

Prophetische Worte: Tatsächlich begann gegen halb zehn alles wieder ganz anders auszusehen. Nach und nach revidierten die Sender ihre Hochrechnungen, die Wahl in Florida galt wieder als unentschieden und die Wahl des Präsidenten ebenso.

Es versprach, eine lange Nacht zu werden. Vincent schob eine Tiefkühlpizza in den Herd und holte sich ein neues Bier.

Richtig spannend wurde es erst nach Mitternacht. Kurz nach zwei Uhr erklärten die Nachrichtensender Bush zum Sieger in

Florida; den Hochrechnungen zufolge mit einem Vorsprung von über fünfzigtausend Stimmen.

Um halb drei machte Al Gore den üblichen Telefonanruf, um seinem Konkurrenten den Wahlsieg zuzusprechen. Er hielt sich zu dem Zeitpunkt in Nashville, Tennessee auf. Geplant war ein anschließender öffentlicher Auftritt, um seinen Anhängern für die Unterstützung zu danken. Doch noch ehe Gore die Bühne erreichte, gingen neue Berichte ein, wonach die Differenz in Florida tatsächlich nur um die tausend Stimmen betrug: Daraufhin sagte Gore seinen Auftritt ab, kehrte ins Hotel zurück und rief Bush erneut an, um das Eingeständnis seiner Niederlage zurückzuziehen.

Später wurde berichtet, Bush habe darauf geantwortet: »Na gut, *Mister Vice President*, Sie müssen tun, was Sie tun müssen.«

Worauf Gore erwidert haben soll: »Sie brauchen nicht schnippisch zu werden.«

Kurz vor vier Uhr zogen die Nachrichtensender ihre Hochrechnungen, wonach Bush Florida gewonnen habe, erneut zurück. Das Rennen war wieder offen – und Vincent so müde, dass er ins Bett ging.

***

Am nächsten Morgen galt sein erster Handgriff dem Computer, um per Internet den Stand der Dinge abzufragen.

Der sah so aus:

Al Gore hatte bundesweit 48 976 148 Stimmen gewonnen, George W. Bush nur 48 783 510.

Bush hatte 29 Staaten gewonnen und damit 246 Wahlmännerstimmen.

Auf Gore entfielen 18 Staaten und der District of Columbia, was ihm insgesamt 260 Wahlmännerstimmen sicherte.

Um Präsident zu werden, waren aber mindestens 270 Wahlmännerstimmen erforderlich. Nach dem Stand der Dinge bedeutete das weiterhin, dass die Wahl in Florida alles entschied.

Die Auszählungen in Florida hatten ergeben:

2 909 135 Stimmen für Bush.

2 907 351 Stimmen, also genau 1784 Stimmen weniger, für Gore.

Auf andere Kandidaten entfielen 139 616 Stimmen.

Ziemlich knapp also. Außerdem wurde über zahlreiche Pannen und Unregelmäßigkeiten im Verlauf der Wahl berichtet, besonders im Bezirk Palm Beach, wo sich Wähler über eine verwirrende Gestaltung der Stimmkarten beschwerten.

Da das Wahlgesetz von Florida aber ohnehin eine komplette zweite Auszählung vorschrieb, wenn der Stimmenvorsprung des Siegers ein halbes Prozent oder weniger betrug, wurde diese angeordnet.

Der Gouverneur von Florida, Jeb Bush, der Bruder des republikanischen Kandidaten, erklärte offiziell, dass er sich aus allen Vorgängen um die Durchführung der Wahl zurückgezogen habe. Diese unterstehe nun der Innenministerin, Katherine Harris.

Katherine Harris? Der Name sagte Vincent etwas. Er rief Google auf und wusste zehn Sekunden später, dass Katherine Harris gleichzeitig stellvertretende Wahlkampfleiterin für George W. Bush in Florida gewesen war[1].

1 CBS News, 8. August 2001 – http://www.cbsnews.com/stories/2001/08/08/politics/main305435.shtml

KAPITEL 4

In den Tagen und Wochen, die folgten, konnte Vincent den Blick kaum von den Fernsehnachrichten lassen. Immer wieder dieselben Bilder: Staatsangestellte, die Lochkarten gegen das Licht hielten, flankiert von den Anwälten beider Kandidaten. Grell kostümierte Proteste von Bush-Anhängern. Öffentliche Erklärungen der kaum weniger grell geschminkten Innenministerin.

Am Abend des 9. November waren die maschinellen Nachzählungen in 64 von Floridas 67 Wahlbezirken abgeschlossen, und einer inoffiziellen Hochrechnung von Associated Press zufolge führte Bush nur noch mit 362 Stimmen Vorsprung. Al Gores Anwälte verlangten eine Nachzählung von Hand in vier Bezirken, in denen es zu erheblichen Unregelmäßigkeiten beim Stanzen der Stimmkarten gekommen war: Palm Beach, Broward, Miami-Dade und Volusia. Die Innenministerin erklärte, es werde keine offiziellen Ergebnisse der Nachzählungen vor dem 14. November geben[2].

---

2 Im Einzelnen ging es folgendermaßen weiter: Am nächsten Tag verlor Gore New Mexico wieder; auch dort wurden Nachzählungen angesetzt. Oregon dagegen war ihm inzwischen sicher.

Am 11. November forderte das Team um Bush eine Bundesanordnung, die Auszählungen von Hand zu stoppen, wegen verschiedener verfassungsrechtlicher Bedenken.

Am 12. November kündigte Palm Beach County an, die Auszählungen von Hand, die ursprünglich nur für bestimmte Distrikte geplant gewesen waren, auf die Stimmzettel des gesamten Bezirks auszuweiten. Volusia County begann, über 184 000 Stimmzettel von Hand nachzuzählen.

Am 13. November erklärte Innenministerin Katherine Harris, sie werde den Termin, bis zu dem alle Nachzählungen abgeschlossen zu sein hatten – 14. November 2000 um 17 Uhr –, nicht verlängern. Daraufhin reichte Volusia County eine Klage dagegen ein; man verlangte, die Auszählung von Hand zu Ende bringen zu dürfen. Der Richter Donald Middlebrooks wies die Klage des Bush-Teams, die Handauszählungen zu untersagen, ab.

Am Abend des 14. November gab Innenministerin Katherine Harris schließlich bekannt, Bush habe Florida gewonnen, mit einem Vorsprung von 300 Stimmen vor Gore[3]. Zu diesem Zeitpunkt waren die USA längst das Gespött der ganzen Welt.

Vincent hatte – wie alle – völlig den Überblick verloren, welches Gericht welche Regeln, wonach Stimmkarten gültig oder ungültig waren, ob man von Hand zählen durfte oder nicht, ob unvollständig durchgestanzte Löcher als Stimme zählten oder nicht, erlaubte oder verbot, welcher Distrikt von Hand zählte und welcher die Handzählung beendet, ausgesetzt oder wieder aufgenommen hatte, und wenn ja, in welchen Bezirken, und ob die Innenministerin die Ergebnisse berücksichtigen musste oder nicht – falls sie überhaupt etwas sagen durfte, was zeitweise auch unklar war.

Am 22. November wurde bekannt, dass Bushs designierter Vizepräsident Dick Cheney mit einem milden Herzanfall ins Krankenhaus eingeliefert worden war. Das konnte jeder nur allzu gut verstehen. Die rechtlichen Auseinandersetzungen waren unterdessen beim US Supreme Court angelangt, der höchsten Rechtsinstanz überhaupt, und dieser hatte eine Anhörung für den 1. Dezem-

---

Am Abend entschied Broward County, die Handauszählungen einzustellen. Und am nächsten Morgen beschlossen die Verantwortlichen von Palm Beach, die Handauszählungen auszusetzen, bis geklärt war, ob sie das Recht hatten, damit weiterzumachen. In Miami-Dade jedoch fiel der einhellige Beschluss, drei Distrikte von Hand nachzuzählen, wie es die Anwälte Gores verlangt hatten.

Eine halbe Stunde vor Ablauf der Frist um 17 Uhr beschlossen die Verantwortlichen von Palm Beach, die Handauszählungen am nächsten Tag fortzusetzen, trotz eines zwischenzeitlichen Urteils des Richters Terry Lewis, dass der gesetzte Termin bindend sei und Ergebnisse danach zwar eingereicht, aber je nach den Umständen nicht berücksichtigt zu werden brauchten.

3 Die Bezirke setzten dessen ungeachtet ihre Nachzählungen fort, auch Broward County, die es sich inzwischen wieder anders überlegt hatten. Die Innenministerin reichte dagegen vor dem Florida Supreme Court Klage ein, die noch am selben Abend abgewiesen wurde. Daraufhin erklärte Harris, sie werde von den nach wie vor zählenden Bezirken einfach keine Ergebnisse mehr berücksichtigen.

Am 16. November appellierten Bushs Anwälte an den Bundesgerichtshof in Atlanta, die Nachzählungen von Hand zu stoppen, worauf Gores Anwälte eine Klage gegen diese Klage einreichten. Unterdessen entschied der Florida Supreme Court, dass der Bezirk Palm Beach mit seinen Handauszählungen fortfahren dürfe.

ber angesetzt. Dessen ungeachtet – und auch ungeachtet der Tatsache, dass noch nicht alle Nachzählungen abgeschlossen waren – erklärte Innenministerin Katherine Harris am 26. November George W. Bush zum Sieger in Florida, nunmehr mit einem Vorsprung von 537 Stimmen. Dessen Bruder Jeb, Gouverneur von Florida, unterzeichnete hierauf die vorgeschriebenen Dokumente, womit die Wahl bis auf Weiteres rechtskräftig entschieden war[4].

Am 12. Dezember, zehn Minuten nach Mittag, gab schließlich der Supreme Court sein Urteil bekannt. Es war mit fünf gegen vier Stimmen gefällt worden und inhaltlich sehr komplex, beschäftigte sich ausführlich mit den verfassungsrechtlichen Aspekten der Angelegenheit, widerrief die Entscheidungen des Florida Supreme Court und lief im Endergebnis darauf hinaus, dass Bush den Staat Florida gewonnen hatte und damit der 43. Präsident der Vereinigten Staaten von Amerika werden würde.

Am darauffolgenden Tag erklärte Al Gore, dass er das Urteil anerkenne.

Am 18. Dezember 2000 trat das Wahlmännergremium zusammen. George W. Bush erhielt 271 Stimmen – eine mehr als notwendig – und wurde am 20. Januar 2001 vereidigt.

Am 17. November ergingen zwei Urteile von zwei verschiedenen Richtern: Das eine bestätigte, Innenministerin Harris habe das Recht, verspätet eingereichte Ergebnisse zu ignorieren, das andere untersagte ihr bis auf Weiteres, Aussagen darüber zu machen, welcher der beiden Präsidentschaftskandidaten Florida gewonnen habe. Miami-Dade beschloss unterdessen, die Handauszählung auf alle Bezirke auszuweiten. Und der US Appellationsgerichtshof wies die Klage des Bush-Teams ab, die händischen Nachzählungen verletzten die Verfassung.

Inzwischen war die Auszählung der Briefwahlstimmen abgeschlossen, für die der 17. November Termin gewesen war. Hierdurch vergrößerte sich Bushs Vorsprung auf 930 Stimmen.

4 In den folgenden Tagen war die Rede davon, dass hierbei 1000, nein, 4 700, nein, 14 000 Stimmzettel unberücksichtigt geblieben seien – je nachdem, wer sich dazu äußerte. Richter N. Sanders Saul ordnete an, sämtliche 450 000 Stimmzettel des Bezirks Palm Beach zusammen mit den verwendeten Wahlmaschinen zur Überprüfung an sein Gericht in Tallahassee zu schaffen, entschied wenige Tage später jedoch gegen Gore. Inzwischen waren eine für den normalen Bürger unübersehbare Anzahl von Gerichten mit Klagen, Gegenklagen, Anträgen und Gegenanträgen beschäftigt, bei denen es um Nachzählungen ging, nochmalige Nachzählungen oder darum, ob Briefwahlunterlagen zugelassen werden durften, die nicht den vom Wahlgesetz Floridas verlangten Poststempel trugen.

Und die ganze Zeit war nur von Lochkarten die Rede gewesen. Nicht von Wahlcomputern.

Trotzdem: Kurz nach der Vereidigung von George W. Bush fasste sich Vincent ein Herz und fragte seine Chefin geradeheraus, ob das Programm, das er geschrieben hatte, für den Ausgang der Wahl irgendeine Rolle gespielt habe[5].

»Und wenn?«, fauchte Consuela Sanchez ihn an. »Wäre Ihnen dieser arrogante Demokrat etwa lieber gewesen?«

Aus der Art und Weise, wie ihre Augen dabei glühten, schloss Vincent, dass sie nicht geneigt war, seinen weitergehenden Befürchtungen Gehör zu schenken. Denn dummerweise hatte er – aus alter Gewohnheit, aus Programmiererehre und vor allem aus Trotz – in dem fraglichen Programm seine Urheberschaft dokumentiert, sodass man, falls es tatsächlich in dieser Wahl zum Einsatz gekommen sein sollte und dies irgendwann irgendjemand herausfand, ihm unter Umständen einen Strick daraus drehen konnte.

In den darauffolgenden Wochen schlief er schlecht, so schlecht, dass er schließlich einen Arzt aufsuchte und sich ein entsprechendes Medikament verschreiben ließ. In der Apotheke, in der er sich die Pillen holte, stand ein Mädchen auf der anderen Seite der Theke, das nicht nur atemberaubend aussah, sondern auch auf seine platten Sprüche ansprang. Als er sie fragte, ob sie Lust habe, mit ihm ins Kino zu gehen, sagte sie: »Okay«, worauf Vincent witzelte: »Dann werd ich die Pillen vielleicht gar nicht brauchen.«

Tatsächlich kam er nicht einmal dazu, die Packung zu öffnen.

Sie hieß Rosie. Mit ihr gelang es ihm, seine Sorgen zu vergessen und sogar ein wenig Farbe zu bekommen, weil sie gerne an den Strand ging und Vincent auch, wenn sie dabei war.

***

Einer der Aufträge, die SIT vom Staate Florida erhalten hatte, galt der Umstellung eines Teils des Staatsarchivs auf ein modernes Datenbanksystem. Da sich das Archiv in Tallahassee befand,

---

5 http://www.buzzflash.com/alerts/04/12/images/CC_Affidavit_120604.pdf

rund 250 Meilen von Oviedo entfernt, beorderte Consuela ein dreiköpfiges Team dorthin, als das Projekt im Sommer 2001 in die heiße Phase ging – was bedeutete, Datenbestände zu sichern, zu konvertieren und in die neuen Tabellen zu übertragen, alles ohne Fehler natürlich. Vincent hatte die Aufgabe, einmal pro Woche die vier Stunden lange Autofahrt auf sich zu nehmen, um »nach dem Rechten zu sehen«.

Zu sehen gab es nicht viel: drei Männer in einem kleinen Kellerraum voller Computer und Kabelkästen, die kaum aufblickten, wenn er kam. Ramesh schien entschlossen, die Tastatur vor sich in Trümmer zu tippen. Fernando bohrte mit stieren Blicken Löcher in den Bildschirm und zerkaute dabei seine Unterlippe, weil ihm als dem Gründlichsten der ganzen Firma die Konvertierung der Datenbestände oblag. Allenfalls Steve kam auf einen Kaffee mit auf den Flur, erzählte ein bisschen, wie es so ging, und schloss seinen Bericht regelmäßig mit der Feststellung, man hätte, wenn man schon dabei war, das System von Grund auf neu konzipieren sollen.

Da Vincent die Zeit bis zur Rückfahrt irgendwie herumbringen musste, sah er sich in den Archivbeständen um. Er stöberte durch Karteischränke mit historischen Luftaufnahmen von Florida, stieß auf maschinengeschriebene Listen von Ernteerträgen an Zitrusfrüchten 1940–1949, auf Protokolle von Genehmigungsverfahren für Flughäfen, auf die persönlichen Notizen von Bob Graham, dem 38. Gouverneur von Florida, und auf Sitzungsprotokolle, Kostenvoranschläge und Rechnungen rund um das John F. Kennedy Space Center in Cape Canaveral.

Und auf die Originalunterlagen der Präsidentenwahl 2000: die gesamte Korrespondenz rund um die Frage der Verlängerung der Frist für die Nachauszählung – gedruckte E-Mails, Faxe, Briefe, Telefonprotokolle, Memoranden. Die von den Wahlaufsehern gemeldeten und beeideten Auszählungsergebnisse der einzelnen Distrikte und Bezirke. Berichte über ungewöhnliche Vorkommnisse – Störungen des Wahlverlaufs, Beschädigungen, Auseinandersetzungen.

Und Berichte über Fehlfunktionen der Geräte.

Wer nur die Nachrichten verfolgt hatte, musste den Eindruck gewonnen haben, in Florida sei ausschließlich mit zu lochenden Stimmkarten gewählt worden. Wenn Vincent es nicht selber anders erlebt hätte, hätte er das auch geglaubt.

Tatsächlich war eine Vielfalt von Stimmzetteln zum Einsatz gekommen. Stimmzettel auf Karton, bei denen man neben dem Kandidat seiner Wahl ein Loch stanzen musste. Stimmzettel auf Papier, bei denen man den Kandidaten seiner Wahl ankreuzte.

Und Stimmzettel, die auf Touchscreen-Bildschirmen angezeigt worden waren.

In Volusia County war es in der Wahlnacht zu einem technischen Versagen von Geräten der Firma Diebold gekommen. Die zentrale Auswerteeinheit hatte für den Präsidentschaftskandidaten einer sozialistischen Partei über neuntausend Stimmen ausgewiesen, für den demokratischen Kandidaten Al Gore dagegen *minus sechzehntausend*[6]. Die für die Durchführung der Wahl Verantwortlichen hatten daraufhin den Computer neu gestartet, der anschließend ein neues Ergebnis errechnet hatte: 97 063 Stimmen für Bush und 82 214 Stimmen für Gore[7]. Dieses Ergebnis wurde, da es vernünftig aussah, gemeldet.

Vincent brach der Schweiß aus, wie er da zwischen den metallenen Regalen stand und diesen Bericht las. Gut, das konnte ein Fehler in der Software des Herstellers sein. Das war die wahrscheinlichste Erklärung.

Bloß – wie wahrscheinlich war es, dass ein Hersteller von Wahlcomputern seine Software nicht so absichern würde, dass sie keine *Minuswerte* für die Auszählung abgegebener Stimmen ausgeben konnte?

Vincent war diese Möglichkeit nicht in den Sinn gekommen, deswegen hatte sein Programm keine solche Prüfroutine. Andererseits hatte man von ihm auch nur einen Prototypen verlangt.

---

6 Frankfurter Allgemeine Zeitung, 7.11.2006 – http://www.faz.net/s/RubCF3AEB154CE64960822FA5429A182360/Doc~EAB3FEE92FF03488CB358520AE699D5BD~ATpl~Ecommon~Scontent.html

7 http://www.motherjones.com/commentary/columns/2004/03/03_200.html

Er hatte das Ding mehr oder weniger aufs Geratewohl in die Maschine gehämmert …

Er schloss die Akte, legte sie zurück, atmete tief durch. Die Luft roch staubig.

Das interessierte niemanden mehr, sagte er sich.

***

Die Sache mit Rosie ging gut bis zu einem Dienstagmorgen im September, an dem sie nebeneinander auf dem Rand der Badewanne saßen und zusahen, wie sich in der ovalen Aussparung der Plastikumhüllung eines Schwangerschaftstests nach und nach zwei lila Streifen bildeten.

Genauer gesagt ging es gut bis zu dem Moment, in dem Vincent, ohne nachzudenken, »Oje« sagte.

»Was heißt das?«, fragte Rosie mit dünner Stimme.

Das wusste Vincent in dem Moment selber nicht so genau, aber vorsorglich räumte er ein, sich nicht sicher zu sein, ob er schon reif genug sei für ein Kind und alles, was damit zusammenhing. Worauf Rosie in Tränen ausbrach.

Seine Versuche, das Gesagte abzuschwächen, umzudeuten oder zurückzunehmen, machten alles nur noch schlimmer. Irgendwann schrie sie und warf ihm äußerst hässliche Vorwürfe an den Kopf, bis er sich wünschte, die Erde möge sich auftun und ihn verschlingen oder es möge sonst irgendetwas passieren.

Tatsächlich passierte etwas: Zwei vollgetankte Passagierflugzeuge rasten in die Türme des World Trade Centers, ein drittes ins Pentagon. Vincent und Rosie erfuhren davon durch einen Telefonanruf ihrer Mutter, die immer nur schrie, sie sollten den Fernseher einschalten, sie sollten den Fernseher einschalten, es sei furchtbar. Sie schalteten den Fernseher ein und sahen die Bilder der Einschläge, wieder und wieder, was sie den Rest des Tages in einer Art Schreckstarre verbringen und ihre Auseinandersetzung erst einmal vergessen ließ.

Einige Tage später ging Rosie zum Arzt. Der stellte fest, dass das mit ihrer Schwangerschaft ein Fehlalarm gewesen war, wie er bei frei käuflichen Tests immer wieder vorkam. Trotzdem – oder vielleicht gerade deswegen – wurde es nie wieder so wie vorher.

Um Weihnachten herum verschärfte sich die Krise, weil Vincent sich dagegen sträubte, Rosies Eltern zu besuchen, und im darauffolgenden Frühjahr lernte Rosie jemand anders kennen, einen Urologen, mit dem sie nach New York zog.

Vincent war traurig und erleichtert zugleich. Traurig, weil es wieder mal nichts geworden war – und wahrscheinlich nie etwas werden würde, weil die Frau, die zu ihm passte, eine Hackerin sein musste, und wie viele gab es davon auf der Welt? – und erleichtert, weil er so die ständigen Auseinandersetzungen der letzten Zeit endlich los war.

»Du musst lernen, damit zu leben«, meinte seine Mutter, als er ihr am Telefon davon erzählte. »Du bist eben mein Sohn.« Sie seufzte. »Das mit Bert ist übrigens auch aus. Ich zieh nächste Woche wieder nach Philadelphia.«

»Bert?«, wunderte sich Vincent. »Ich dachte, er hieß Jeremiah?«

»Das war der davor«, korrigierte sie ihn mit mildem Tadel in der Stimme.

»Der Börsenmakler?«

»Nein, das war Richard. Jeremiah war der mit der Pferdezucht. Seinetwegen bin ich doch nach Longwood rausgezogen.«

»Ach so«, sagte Vincent und beschloss, sich nicht mehr auf Affären einzulassen. Dann strich er Rosies Namen in seinem Adressbuch durch und widmete sich wieder seiner Arbeit.

***

Im Sommer 2002 verschwand der Abgeordnete Frank Hill aus dem Alltag der Firma SIT: Wegen seiner Verdienste um den Staat Florida und hymnisch gelobt von Gouverneur Jeb Bush entsandte ihn das Parlament als Sprecher ins Repräsentantenhaus, und er zog nach Washington, D.C., um.

Das alles beherrschende Thema des Jahres war der Irak: Besaß Saddam Hussein Massenvernichtungswaffen, oder hatte er vor, welche anzuschaffen? Die Inspektoren der Vereinten Nationen fanden keine diesbezüglichen Spuren, aber die amerikanische Regierung behauptete, sie ließen sich von Saddam täuschen. Im Oktober 2002 schließlich autorisierte der Kongress[8] Präsident George W. Bush, die vom Irak ausgehende Bedrohung mit militärischen Mitteln zu beseitigen, sollte er dies als notwendig erachten. Wann immer man in diesen Wochen den Fernseher einschaltete, ging es um den Irak und ob es zum Krieg kommen würde.

Im selben Monat[9], aber weitgehend ohne öffentliche Reaktion, wurde der »Help America Vote Act«[10] verabschiedet, ein Gesetz zur Neugestaltung der Abläufe künftiger Wahlen. Entworfen auf der Grundlage der Erfahrungen mit der problematischen Präsidentenwahl 2000, las es sich auf den ersten Blick ganz vernünftig: Lochkartengestützte Wahlsysteme sollten abgeschafft, die Identifizierungspflicht für Wahlberechtigte bundesweit einheitlich geregelt und die Möglichkeit, dass ein Wähler eine provisorische Stimme abgeben konnte, wenn er irrtümlich nicht im Wählerverzeichnis stand, eingeführt werden.

Wichtigster Punkt war jedoch, dass drei Milliarden Dollar bereitgestellt wurden, um neue Wahlcomputer anzuschaffen.

Und zwar modernste Geräte mit Touchscreen-Steuerung.

Vincent, der in ein größeres Apartment umgezogen war und sich ein neues Auto gekauft hatte, einfach weil er es sich jetzt leisten konnte, las diese Nachricht mit Unbehagen. Seine Angst, eines Tages aus heiterem Himmel verhaftet und zurück ins *Oak Tree Detention* Center gebracht zu werden, hatte inzwischen zwar deutlich nachgelassen, trotzdem beschäftigte ihn die Sache. Er stellte ein paar Recherchen an – nichts Tiefschürfendes, halt was

8 Die offizielle Bezeichnung lautet »Authorization for Use of Military Force Against Iraq Resolution of 2002«. Sie wurde am 10. Oktober 2002 im Repräsentantenhaus mit 296 zu 133 Stimmen verabschiedet, passierte den Senat am folgenden Tag mit 77 zu 23 Stimmen und wurde am 16. Oktober als Public Law Nr. 107-243 vom Präsidenten unterzeichnet.

9 am 29. Oktober, als Public Law 107-252

10 abgekürzt HAVA; Gesetzestext unter http://frwebgate.access.gpo.gov/cgi-bin/getdoc.cgi?dbname=107_cong_public_laws&docid=f:publ252.107

sich per Internet so in Erfahrung bringen ließ – und stieß auf seltsame Dinge.

Es gab nur wenige Hersteller von Wahlcomputern. Unter diesen beherrschten zwei Firmen – *Election Systems & Software* (ES&S) und Diebold – den Markt: Achtzig Prozent aller Wählerstimmen in den USA würden bei der nächsten Präsidentenwahl mit Maschinen dieser beiden Hersteller gezählt werden.

Die Firma ES&S aus Omaha, Nebraska, war ein geradezu unheimlicher Gigant: Der international größte Produzent von Wahlmaschinen hatte weltweit über 170 000 Geräte im Einsatz, die jährlich in über dreitausend Wahlen benutzt wurden und im Schnitt achtzig Milliarden Wahlstimmen zählten[11].

Dabei war ES&S eine Firma im Privatbesitz. Es gab keine Bundesbehörde, die irgendeine Art der Aufsicht darüber hatte, was dort getan und wie die Maschinen gebaut wurden.

Der Vorstandsvorsitzende von ES&S und der Vizepräsident von Diebold waren *Brüder*[12].

Und der Vorstandsvorsitzende von Diebold war Mitglied der republikanischen Partei und hatte erkleckliche Beträge für die Kampagne zur Wiederwahl George W. Bushs gespendet[13].

---

11 nach eigenen Angaben, siehe http://www.essvote.com/HTML/about/dyk.html

12 http://www.onlinejournal.com/evoting/042804Landes/042804landes.html http://www.americanfreepress.net/html/private_company.html

13 CBS News, 28. Juli 2004 – http://www.cbsnews.com/stories/2004/07/28/sunday/main632436.shtml

KAPITEL 5

Das Jahr 2003 brach an. Im März begann der Irak-Krieg und wurde im Mai für siegreich beendet erklärt, im Oktober wählten die Kalifornier Arnold Schwarzenegger zum Gouverneur, und im Dezember kam der letzte Teil von »Der Herr der Ringe« ins Kino.

Vincent ging ein paarmal mit Fernando zu einem Footballspiel und einmal mit Xuan und Steve zum Fischen. Ob sie eigentlich auch das Gefühl hätten, wollte er von ihnen wissen, dass ihr Leben so … na ja, *vorprogrammiert* sei? Ob es sich für sie auch so anfühle, als warteten keine Überraschungen mehr in der Schachtel?

Das sei vielleicht eine Berufskrankheit, wenn man als Programmierer so ein Gefühl habe, meinte Fernando.

Xuan hob nur die Schultern. »Kommt auf das Programm an, ob das gut oder schlecht ist.«

»Träumst du nicht davon, dass dir eines Tages mal was richtig Überraschendes passiert?«, fragte Vincent.

»Was zum Beispiel?«

»Was weiß ich … Dass du dastehst und weißt, du hast jetzt die Wahl, in die eine Richtung zu gehen und weiterzumachen wie bisher, oder in die andere, die ins Abenteuer führt, ins Unbekannte …«

»Ich glaube«, mischte sich Steve ein, »du musst dir mal grundsätzlich überlegen, was du eigentlich vom Leben erwartest.«

Dem vermochte Vincent nicht so richtig zu widersprechen, und so lief es am Ende darauf hinaus, dass sie die meiste Zeit auch nur wieder über Computer und die Arbeit redeten. Und da Vincent sich weder für Sport noch fürs Angeln so richtig erwärmen konnte, ließ er es nach diesen Experimenten damit gut sein.

Ein andermal übernahm er die Systemwartung in der Musikbücherei, weil Alvin an dem Tag unpässlich war. Dabei kam er mit einer der Bibliothekarinnen ins Gespräch, die hübsch war, ein herzhaftes Lachen hatte und mit der sich etwas hätte ergeben können. Sie gingen einen Kaffee trinken und unterhielten sich gut, aber irgendwie war Vincent wohl doch noch nicht über die Sache mit Rosie hinweg, jedenfalls fand er es besser, sich nicht wieder zu melden.

Anfang des Jahres 2004 zog die Firma SIT in ein großes, komplett neu errichtetes Gebäude am Rand von Oviedo um, und im Frühsommer feierten sie zehnjähriges Firmenjubiläum. Zur offiziellen Feier in den neuen Räumlichkeiten erschien Consuela Sanchez fast eine Stunde zu spät, in einem atemberaubenden Kleid und in derart aufgekratzter Stimmung, wie man sie an ihr noch nie erlebt hatte.

»Sie ist auf 'nem Trip«, diagnostizierte Alvin fachmännisch. »Ecstasy, würde ich sagen.« Er machte eine wegwerfende Handbewegung, um klarzustellen, dass das für jemanden mit seiner Drogenerfahrung Kinderkram war.

»Vielleicht will sie die Firma verkaufen und sich zur Ruhe setzen«, unkte Claudio. »Wahrscheinlich hat sie gerade einen Kaufvertrag unterschrieben, der sie steinreich macht, und wir arbeiten demnächst für Redmond oder Armonk oder Schlimmere.« Seine Miene, die ohnehin nie die hellste war, verdüsterte sich noch mehr. »Falls wir überhaupt noch arbeiten.«

Wie sich herausstellte, hatte sich Consuela schlicht und einfach verliebt.

Wochenlang kursierten wilde Gerüchte. Niemand vermochte sich vorzustellen, wie ein Mann beschaffen sein musste, der das Herz der stolzen und auf ihre Unabhängigkeit bedachten Kubanerin zu erobern imstande war. Ein Macho? Ein Supermann?

Der Mann, den Consuela eines Tages durch die Firma führte, war eine ausgemergelte Gestalt mit hagerem Gesicht, schwarzen, glänzenden, nach hinten gekämmten Haaren, durchdringendem Blick und langen, schmalen Händen. Der Anzug, den er trug, sah teuer aus, schlotterte ihm aber am Körper und war gerade einen

Tick zu modisch, als dass man von gutem Geschmack hätte sprechen können.

»Zantini«, sagte er mit starkem Akzent, als er Vincent gegenüberstand, den Consuela als ihren Chefprogrammierer vorstellte. »Benito Zantini. Angenehm.«

»Erfreut, Sie kennenzulernen«, erwiderte Vincent und schüttelte die dargebotene Hand.

Die Zantini gar nicht mehr losließ. Er schüttelte immer weiter, während seine Augen groß und größer wurden. »Junger Mann«, flüsterte er schließlich voller Besorgnis, »was ist denn mit Ihrem Ohr passiert?«

Vincent griff sich verdutzt ans rechte Ohr, dann ans linke. Beide fühlten sich genau so an, wie er es gewohnt war. »Wieso? Was soll damit sein?«

Irgendetwas *musste* damit sein, denn inzwischen machte auch Consuela große Augen.

Zantini ließ seine Hand los, fasste an Vincents rechtes Ohr. Im nächsten Moment spürte Vincent dort etwas Kaltes, Rundes … ein Hühnerei, das ihm Zantini gleich darauf mit erstaunter Miene vors Gesicht hielt. »Hier. Das ist doch nicht normal, oder?«

Consuela konnte nicht mehr an sich halten, prustete auf einmal los vor Lachen. »Benito ist Zauberer, müssen Sie wissen!«

»Illusionist«, korrigierte Zantini spitzlippig und steckte das Ei achtlos in die Tasche.

***

Kurz darauf gab Zantini eine Vorstellung für die Belegschaft von SIT. Es war die einzige Zaubervorstellung, die Vincent je von ihm erleben sollte, doch sie beeindruckte ihn über alle Maßen.

Es war der Abend vor dem *Memorial Day*, und sie hatten den Festsaal des Restaurants El Rancho, das Consuela bislang immer nur mit wichtigen Kunden aufgesucht hatte, für sich. Es gab Grillfleisch, so viel man wollte, jede Menge Salate und Gemüse auf mexikanische Art und natürlich die dazu passenden Getränke. Drei der jüngeren Sekretärinnen hatten sich verabredet, Huck –

von dem es hieß, er habe noch nie etwas mit einer Frau (oder einem Mann) gehabt; sein Sexualleben beschränke sich auf das Aufstöbern kostenfrei zugänglicher Pornobilder im Internet – betrunken zu machen und dazu zu bringen, eine von ihnen zu küssen. Alvin und Steve wetteiferten, wer mehr Spareribs verdrücken würde; ihre Unterhaltung bestand irgendwann nur noch darin, dass sie einander Zahlen zuriefen wie »Zwanzig!« oder »Dreiundzwanzig!« oder mit den Gabeln fuchtelten und sich beschwerten: »Das Ding da zählt nur halb!«

So hatte die Stimmung einen ersten Höhepunkt erreicht, als nach und nach das Besteck auf die Teller gelegt wurde und die Körper matt nach hinten sanken, obwohl das Buffet noch immer so aussah, als gelte es, die Speisung der fünftausend durchzuziehen – eine Belegschaftsstärke, von der SIT mehrere Größenordnungen entfernt war und wohl auch immer bleiben würde.

Da ertönte aus verborgenen Lautsprechern ein Fanfarenstoß, das Licht im Saal ging aus, zwei einzelne Scheinwerfer beleuchteten den Vorhang und, als dieser beiseite glitt, den Mann auf der Bühne dahinter: Benito Zantini in Frack und Zylinder, der sich in den spontan aufbrandenden Applaus hinein verbeugte.

Es war eine grandiose Schau. Zantini ließ Bälle auftauchen, sich zwischen den Fingern seiner Hand vervielfältigen und wieder verschwinden. Er durchschnitt Schnüre, die nachher wieder heil waren, verbrannte – unter kollektivem Aufstöhnen – Geldscheine, um sie anschließend unversehrt wieder auftauchen zu lassen, und goss Wein in eine zusammengefaltete Zeitung, die am Schluss nicht einmal nass war. Er holte Tücher aus dem Nichts hervor, Tauben aus seinem leeren Zylinder und Blumensträuße aus den Hemdtaschen männlicher Zuschauer. (Einer davon war Huck, der, als Zantini ihm den Strauß aushändigte, ihn spontan der neben ihm sitzenden Sue-Ellen überreichte, worauf diese ihn ebenso spontan – und unter Bruch der Vereinbarung mit den anderen Mädchen – küsste.)

Den tollsten Trick aber – zumindest nach Vincents Meinung – vollbrachte Zantini, als er mit verbundenen Augen erriet, wo im Saal die Zuschauer in seiner Abwesenheit einen magischen Fingerhut versteckt hatten. Wobei Vincent den Trick möglicherweise deswegen so beeindruckend fand, weil er derjenige war, der Zantini bewachen musste. Er begleitete ihn nach draußen, verband ihm die Augen, setzte ihm Gehörschützer auf und sorgte auf jede nur erdenkliche Weise dafür, dass der Zauberkünstler nicht mitbekam, wie man sich drinnen im Saal auf ein Versteck einigte.

Es dauerte lange, bis jemand herauskam und Bescheid gab, dass sie kommen könnten. Zantini hatte die ganze Zeit stumm dagestanden, die Hände vor der Brust zusammengelegt. Vincent nahm ihm vereinbarungsgemäß die Ohrenschützer ab, ließ die Augen aber weiterhin verbunden und führte ihn so zurück in den Saal.

»Derjenige, der den Fingerhut zuletzt berührt hat, möge vor mich treten«, rief Zantini über das gespannte Getuschel hinweg.

Das war Ramesh, der sich erhob und herkam. Er grinste und zwinkerte Vincent in einer Art zu, die besagen sollte: »Von mir erfährt der nichts!«

»Treten Sie vor mich, mit dem Rücken zu mir, sodass ich Ihnen die Hand auf die Schulter legen kann«, verlangte der Zauberer.

»Okay«, sagte Ramesh, stellte sich vor ihn und grinste noch breiter. Zantini streckte die Hand aus, verfehlte Rameshs Schulter aber und bekam sie erst beim zweiten Versuch zu fassen.

»Und nun bitte ich um ab-so-lute Ruhe«, rief er mit Stentorstimme. »Ruhe und Konzentration. Bitte denken Sie alle an den Ort, an dem der Fingerhut versteckt liegt.«

Es wurde mucksmäuschenstill, so still, dass man die Klimaanlage summen hörte und auch, wie es in der Küche klapperte und wie vorne im Restaurantbereich ein Löffel oder dergleichen auf den Boden fiel. Die einzige Bedingung war gewesen, dass der Fingerhut aufrecht auf einer festen Unterlage stehen musste; es hatte ihn also nicht einfach jemand in die Tasche gesteckt. Aber feste Unterlagen gab es viele in diesem Saal, in dem ohne Probleme zweihundert Menschen verköstigt werden konnten.

»Gehen Sie jetzt langsam geradeaus und führen Sie mich durch den Saal, damit ich die Schwingungen erfassen kann«, sagte Zantini.

Ramesh tat wie geheißen, ging Schritt um Schritt zwischen den Tischen hindurch.

»Bewegen wir uns auf das Versteck zu?«, fragte Zantini und beantworte sich seine eigene Frage sogleich mit: »Nein, wir entfernen uns davon. Bitte in die andere Richtung.«

Ramesh wirkte einen Moment regelrecht erschrocken, folgte der Anweisung dann aber.

»Mehr nach links«, befahl Zantini. »Nein, mehr nach rechts. Weiter … Halt.« Er schwieg, wandte den Kopf hierhin und dahin, als könne er den kleinen Gegenstand wittern. »Weiter. Mehr links halten. Nein, jetzt nach rechts.«

Vincent, der ebenfalls keine Ahnung hatte, wo die anderen den Fingerhut versteckt hatten, behielt Consulea im Auge. Sie saß mitten in dem ganzen Trubel wie die ungekrönte Königin des Abends und strahlte aus allen Knopflöchern vor Stolz und, ja, Wohlwollen. Wenn es eine Person im Saal gab, von der er glaubte, dass sie mit Zantini zusammenarbeitete, dann war das Consuela – die aber beobachtete ihren Liebhaber genauso fasziniert und stumm wie der Rest der Belegschaft. Es sah absolut nicht so aus, als gebe sie ihm heimlich Zeichen – wie auch, Zantini sah ja nichts. Nein, eigentlich sah es eher so aus, als frage sich Consuela genau wie alle anderen einfach nur, wie dieser Mann mit verbundenen Augen einen so kleinen Gegenstand in einem so großen Saal finden wollte.

Schließlich hieß Zantini Ramesh vor einem Tisch anhalten. »Was sehen Sie auf dem Tisch?«

»Ich sehe zwei Kaffeetassen«, zählte Ramesh auf, von den um den Tisch Herumsitzenden großäugig angestarrt, »einen Kuchenteller mit einem halb gegessenen Kuchen, drei Weingläser, eine zusammengeknüllte Serviette, eine Blumenvase …«

»Heben Sie die Serviette hoch«, befahl Zantini.

Ramesh tat wie geheißen – und da stand der Fingerhut auf dem Tisch!

»Wie haben Sie das gemacht?«, fragte Vincent später, als die Vorstellung unter donnerndem Applaus zu Ende gegangen war und sie beide wieder an Consuelas Tisch saßen. »Woher wussten Sie, dass der Fingerhut ausgerechnet unter dieser Serviette auf ausgerechnet diesem Tisch stand?«

Zantini lächelte milde. »Junger Freund«, meinte er, »eins müssen Sie sich merken: Ein Zauberer verrät seine Tricks niemals. Das gebietet der Ehrenkodex der Illusionisten.«

»Aber …«, begann Vincent, doch dann sah er in Zantinis Augen, dass es nicht gelingen würde, ihn umzustimmen, und er gab es auf.

In der Entwicklungsabteilung diskutierten sie diesen Trick noch tagelang. Die meisten gingen davon aus, dass sich Zantini mit jemandem abgesprochen haben musste; auch die Theorie, der Fingerhut habe einen Peilsender enthalten, fand ihre Anhänger. Vincent allerdings zählte nicht dazu; er war sich sicher, dass Zantini keinerlei technische Gerätschaften bei sich getragen hatte.

Außerdem sah er den »magischen Fingerhut« wenig später bei Consuela auf dem Schreibtisch stehen; offenbar ein Geschenk Zantinis. In einem unbeobachteten Moment nahm Vincent ihn aus der Nähe in Augenschein, aber es war einfach nur ein Fingerhut aus rotem Kunststoff, ohne besondere Kennzeichen.

Rätselhaft.

***

Den Gerüchten zufolge, die danach die Runde machten, stammte Benito Zantini aus Italien, war mit einer Showtruppe in den USA unterwegs gewesen und allabendlich aufgetreten, vor mehr oder minder großem Publikum, je nachdem, wessen Schilderungen man glauben wollte. Eines Tages, hieß es, sei der Manager mit der Kasse und allen Pässen durchgebrannt, sodass die Artisten sozusagen gestrandet zurückgeblieben waren. Das war in Miami passiert, vor über einem Jahr, und seither schlug sich der Zauberkünstler als Taschendieb, Trickbetrüger und Lebemann durch.

Damit vereinigte Zantini alle Eigenschaften in sich, die Consuela an Menschen schätzte, mit denen sie sich umgab: Er befand sich illegal im Lande, beschäftigte sich mit verbotenen Dingen – und war ihr auf Gedeih und Verderb ausgeliefert.

Die Sekretärinnen drängten Vincent, er solle Consuela fragen, ob sie heiraten würde und vor allem, wann und wie und ob eine Feier in der Firma geplant war. Vincent weigerte sich, seine Chefin etwas derart Persönliches zu fragen; wenn sie das wissen wollten, sollten sie sie selber fragen. Worauf die Sekretärinnen zu Erpressung griffen: Wenn er nicht fragte, würden sie Anrufe für ihn nicht mehr durchstellen, sondern jedem, der ihn sprechen wollte, erklären, er sei fristlos gefeuert worden.

»Das könnt ihr nicht machen«, meinte Vincent.

»Können wir wohl«, sagten sie.

Als die ersten Beileidmails über Vincents privaten Account ankamen und ihn schließlich seine Mutter zu Hause anrief, um zu fragen, wieso er seinen Job verloren habe, gab er nach. Er befragte Consuela zu ihren Hochzeitsplänen, wobei er betonte, zu dieser Indiskretion genötigt worden zu sein.

Die Exil-Kubanerin lachte nur. »Benito hätte natürlich gern, dass ich ihn heirate. Aber ehrlich – was hätte ich davon? Er ist illegal im Land, und solange das so ist, hab ich ihn schön unter Kontrolle.« Sie sah Vincent mit vielsagendem Augenaufschlag an und gurrte: »Sie wissen doch – ich mag es, wenn ich Männer unter Kontrolle habe.«

Wer auch immer wen unter Kontrolle hatte, auf jeden Fall war nicht zu übersehen, dass Consuela, seit sie mit ihrem mageren Zauberkünstler zusammen war, immer weniger Zeit in der Firma verbrachte. Die bislang täglichen Besprechungen fanden nur noch alle zwei bis drei Tage statt. Und als das lukrative Datenbankprojekt im Staatsarchiv sich seinem Abschluss näherte, beauftragte Consuela, die bislang jede Endabnahme persönlich durchgeführt hatte, Vincent damit.

Also fuhr er ein letztes Mal nach Tallahassee. Da eine Endabnahme bedeutete, mit dem beim Kunden Zuständigen zu sprechen – in diesem Fall einem gewissen Herb Phillips –, wollte Vincent nicht zu spät kommen und fuhr besonders früh los. Und natürlich war ausgerechnet an diesem Tag nichts los auf den Straßen, sodass er viel zu früh da war. Mister Phillips sei noch in einer Besprechung, beschied ihn die Sekretärin und empfahl ihm die Cafeteria. Gute Idee, fand Vincent.

In der Cafeteria saß nur ein einziger anderer Gast, ein graubärtiger Mann, der unablässig seinen Kaffee rührte, während er das oberste Blatt eines ganzen Stapels von Unterlagen studierte.

»Sie werden ein Loch hineinmachen«, sagte Vincent, als er sich mit seinem eigenen Kaffee einen Tisch in der Nähe suchte.

Der Kopf des Mannes fuhr erschrocken hoch. »Bitte?«

»Der Boden«, sagte Vincent und zeigte auf den Kaffeebecher. »Sie werden ihn demnächst durchgewetzt haben.«

Der Mann richtete seinen Blick auf den Becher, als sehe er ihn zum ersten Mal. »Ach so«, sagte er. »Ja. Ich sollte nicht zwei Dinge auf einmal machen. Das ist sowieso weniger effizient, als man denkt.«

»Muss ja eine spannende Lektüre sein«, meinte Vincent und nahm am Nebentisch Platz.

»Wie man's nimmt.« Der Mann hob die ersten paar Blätter hoch. Es waren dicht bedruckte Tabellen. »Abstimmungsergebnisse, aufgegliedert nach allen möglichen Kriterien. Lauter Zahlen. Da muss man sich konzentrieren. Ich bin Wahlforscher, müssen Sie wissen«, fügte er hinzu.

Ein heißer Schreck durchzuckte Vincent. Ausgerechnet! Er war einen Moment lang versucht, das Gespräch mit irgendeiner Floskel abzubrechen und die Zeit bis zu seinem Termin lieber mit einem Spaziergang herumzubringen. Aber dann sagte er sich, nein, er würde das jetzt durchstehen. Dem Schrecken ins Gesicht sehen und ihn dadurch besiegen.

Also blieb er sitzen und sagte: »Wahlforscher? Ich wusste nicht, dass das ein Beruf ist.«

Der Bärtige hob die Brauen, die nicht weniger buschig waren als sein Bart, und erklärte: »Präziser gesagt, bin ich Statistiker. Ich arbeite für ein privates Meinungsforschungsinstitut im Bereich von *exit polls*, also Wahltagsbefragungen.«

»Klingt interessant«, sagte Vincent, stolz, dass er auf eigene Faust über seine Ängste hinwegkam. »Und was macht man da so?«

»Wir befragen Wähler am Wahltag, wenn sie aus dem Wahllokal kommen, wie sie gestimmt haben, und versuchen daraus das tatsächliche Wahlergebnis hochzurechnen.« Er machte eine flatternde Bewegung mit der Hand. »Meistens im Auftrag von Nachrichtensendern und Zeitungen. Kein schlechtes Geschäft, aber weil das so einfach aussieht, machen es inzwischen derart viele, dass man sich schon ins Zeug legen muss, um seine Kunden zu behalten. Wie überall.«

Vincent nickte verstehend. »Sie meinen, wenn das tatsächliche Wahlergebnis zu sehr von Ihrer Vorhersage abweicht, sind Sie weg vom Fenster?«

»So ähnlich.«

»Wenn Sie sagen, dass das nicht so einfach ist, wie es aussieht – was ist daran schwierig?«

»Oh, das ist ein weites Feld«, meinte der Mann und begann, sich mit den Fingern durch den Bart zu fahren. »Zunächst ist es eine Frage statistischer Standards; nicht wahr, Sie müssen dafür sorgen, dass Ihre Stichproben groß genug sind und außerdem repräsentativ ... Zum Beispiel ist allgemein bekannt, dass schwarze Amerikaner bevorzugt die Demokraten wählen, reiche Leute lieber die Republikaner und so weiter. Das muss man bei den Befragungen berücksichtigen und die Ergebnisse entsprechend umrechnen, sonst liegt man gewaltig daneben.«

Vincent nickte geflissentlich. »Verstehe.«

»Dann weigern sich natürlich viele Leute, Auskunft zu geben. Was ihr gutes Recht ist, aber der Anteil derer, die sich weigern, unterscheidet sich auch je nach politischer Orientierung. Da muss man Korrekturfaktoren in Anrechnung bringen, die sich aus dem Vergleich zwischen den Wahlergebnissen in einem Bezirk und der Hochrechnung aus den dortigen *exit polls* ergeben.«

Vincent nickte wieder, schon etwas weniger geflissentlich. »Ah ja.«

»Ein weiterer Unsicherheitsfaktor ist, dass die Befragten nicht immer die Wahrheit sagen. Manche Leute geben ihre Stimme aus Protest einem extremen Kandidaten, verheimlichen das aber gegenüber dem Interviewer. Das verfälscht ein Ergebnis natürlich auch, wobei dieser Effekt sehr schwer in den Griff zu kriegen ist.«

Vincent nickte nur noch, sagte aber nichts mehr.

»Ein anderes Phänomen ist, dass verschiedene Gruppen am Wahltag zu verschiedenen Zeiten wählen gehen. Ältere Leute, Mütter von kleinen Kindern und so weiter wählen meist früh am Tag, und da unsere Kunden möglichst sofort nach der Schließung der Wahllokale die ersten Hochrechnungen veröffentlichen wollen, sind solche Wählerschichten darin überrepräsentiert, während Wähler, die in letzter Minute auftauchen, überhaupt nicht berücksichtigt werden können.«

»Klingt tatsächlich alles komplizierter, als man denkt«, sagte Vincent. Vielleicht hätte er doch lieber den Spaziergang machen sollen.

»Aber« – der Bärtige hob dozierend den Zeigefinger – »es geht nicht darum, ob ein Nachrichtensender zwei Minuten früher als ein anderer Ergebnisse vorweisen kann. Wenn die Hochrechnungen von sorgfältig durchgeführten Wahltagsbefragungen statistisch signifikant vom amtlichen Endergebnis abweichen, kann das ein Hinweis auf Wahlbetrug sein –«

In diesem Augenblick erschien eine Frau in der Tür der Cafeteria und sagte: »Dr. Underwood? Sie können jetzt ins Archiv.«

Der Bärtige sprang auf, wobei er um ein Haar seinen Kaffee verschüttete, von dem er keinen Schluck getrunken hatte. Er raffte seine Unterlagen zusammen und beugte sich noch einmal linkisch zu Vincent herüber, um ihm die Hand zu schütteln. »Die stellen gerade ihr Archiv auf ein neues Computersystem um, und wie immer in solchen Fällen geht da alles drunter und drüber. Der Hausmeister findet nicht mal mehr die richtigen Schlüssel.« Er hüstelte. »Hat mich gefreut, Sie kennenzulernen.«

Alles in allem, dachte Vincent, als er endlich in Ruhe seinen Kaffee trinken konnte, hatte er das doch gut gemeistert. Wurde auch Zeit, dass er diese blöden Ängste loswurde.

Die Endabnahme verlief ohne das geringste Problem. Mister Phillips, der zu Anfang des Projekts an allem herumzumäkeln gehabt hatte, unterschrieb das Formular nicht nur sofort, er war des

Lobes voll und deutete sogar an, dass mit einem Folgeauftrag zu rechnen sei. Dann geleitete er Vincent bis zur Eingangshalle, um ihn zu verabschieden. Entsprechend hochgestimmt fuhr Vincent zurück. Das Leben war wunderbar.

Er rollte gegen fünf Uhr auf den Firmenparkplatz, sprang dynamisch-sportlich aus dem Wagen, durchquerte federnden Schrittes die Eingangstür, die Mappe mit der Endabnahme locker in der Hand. Das Leben war immer noch wunderbar, und am Empfang hatte Kathleen Dienst, die jedem ein Lächeln schenkte.

Heute lächelte sie nicht, und das hätte ihn misstrauisch machen sollen. »Sie möchten sofort zur Chefin kommen«, sagte sie mit einem Gesicht wie eine verschreckte Maus.

»Hatte ich sowieso vor«, erwiderte Vincent strahlend, hob vielsagend die Dokumentenmappe und eilte weiter in Richtung von Consuelas Büro.

Dort warteten zwei Männer in schlechten Anzügen, ein übergewichtiger Kleiderschrank der eine, ein mürrischer Zwerg der andere. Sie zeigten Ausweise vor, die sie als Polizisten auswiesen, und erklärten, es habe wieder einen Diebstahl von Kreditkartennummern in großem Stil gegeben. Es sei dabei abermals das Programm benutzt worden, das Vincent seinerzeit geschrieben und das ihm damals jene denkwürdige Woche Unterkunft auf Staatskosten eingebracht hatte. Was er dazu zu sagen habe?

»Ich wollte Sie anrufen und vorwarnen«, erklärte Consuela grimmig, »aber die haben mich nicht gelassen.«

Vincent nickte nur. Er glaubte auf einmal zu wissen, wie es sich anfühlte, wenn man von einem fliegenden Amboss getroffen wurde. Er öffnete den Mund und wollte, ja, wollte durchaus etwas dazu sagen, die Sache klarstellen, bereinigen, aus der Welt schaffen, aber aus irgendeinem Grund kam kein Ton heraus. Also klappte er den Kiefer wieder zu, starrte die Männer einfach nur an und versuchte sich zu erinnern, was man so sagte über Kaninchen und Schlangen. Irgendwie fühlte er sich gerade wie eins von beidem, auch wenn er nicht wusste, wieso.

Einer der Männer schob ihm einen Stuhl hin und sagte, er solle sich setzen. Er tat es.

»Ich weiß nichts davon«, brachte er endlich heraus. »Ich hab damit nichts zu tun.«

Der andere Mann nannte ihm Namen, die Vincent noch nie gehört hatte, also sagte er: »Kenne ich nicht.« Während er das wieder und wieder sagte, sah er Consuela mit zornloderndem Blick aufstehen und das Büro verlassen, sodass er mit den beiden Männern allein blieb.

»Woher hatten die Ihr Programm?«, fragte der Schrank.

»Weiß ich nicht«, erwiderte Vincent. »Nicht von mir jedenfalls.«

»Von irgendwoher müssen sie es ja gehabt haben.«

Vincents Kopf sank vornüber. Er fühlte sich auf einmal müde, unendlich müde. Nicht genug, dass sie zu Unrecht hinter ihm her waren, sie hatten offensichtlich auch keine Ahnung. »Programme kann man *kopieren*«, sagte er kraftlos. »Und kopierte Programme kann man noch mal kopieren und noch mal und noch mal – und so können die sich über die ganze Welt verbreiten, in Milliarden Kopien, wenn es sein muss.«

»Es ist ohne Zweifel Ihr Programm«, hakte der andere nach, der mürrische Zwerg. »Es enthält Ihre Signatur.«

Vincent sah hoch. »Denken Sie, ich wäre so blöd gewesen, meine Signatur drin zu lassen, wenn ich etwas mit der Sache zu tun hätte?«

Der mürrische Zwerg kaute ostentativ seinen Kaugummi, während er über die Frage nachdachte. »Ja«, sagte er schließlich. »Denke ich.«

Das gab Vincent etwas zu grübeln, was ihn immerhin ein wenig von dem bodenlosen Entsetzen ablenkte, das ihn erfüllte. Es stimmte, er hatte bis jetzt in jedem Programm, das er geschrieben hatte, irgendetwas hinterlassen, das auf ihn als Urheber verwies, selbst wenn es nur ganz versteckt war und nahezu unmöglich zu finden. Einfach weil er auf seine Programme stolz war. Weil er fand, dass die meisten davon ziemlich genial waren. Weil er, wenn er einem davon irgendwo begegnete, beweisen können wollte, dass er es geschrieben hatte.

Angenommen, er würde irgend so eine Nummer mit einem Trojaner abziehen: Würde er den ohne Signatur lassen?

Nein. Da hatte der mürrische Zwerg Recht. Auch so ein Programm würde er mit einer Signatur versehen.

Er würde sie nur besser verstecken.

»Wir werden Sie jetzt zu Ihrer Wohnung begleiten, damit Sie ein paar Sachen packen können«, erklärte der Schrank finster. »Und dann kommen Sie mit uns nach Philadelphia.«

In diesem Moment knallte die Tür wieder auf, und eine tiefe Stimme sagte: »Da würde ich aber vorher gerne noch ein paar Papierchen sehen, meine Herren.«

Sie fuhren alle drei herum. Ein korpulenter Mann mit Spitzbart und teurem Dreiteiler stand in der Tür, dicht gefolgt von Consuela Sanchez, die siegessicher lächelte.

»Leonard Stanton«, stellte sich der Mann vor. »Ich bin Mister Merrits Anwalt, wenn Sie gestatten.«

Er ließ sich die Ausweise der Polizisten geben. In aller Gemütsruhe schrieb er sich die Daten heraus und rief dann bei den zuständigen Stellen an, um sich hinsichtlich der Männer und ihres Auftrags zu vergewissern. Er fragte nach Haftbefehlen, richterlichen Anordnungen, Fallnummern und so weiter, und wie sich herausstellte, hatten die beiden nicht mal die Hälfte von dem vorzuweisen, was sie gebraucht hätten, um mit Vincent so umspringen zu dürfen, wie sie es versucht hatten.

Der Anwalt brauchte keine halbe Stunde, um den beiden die Luft rauszulassen. Aus dem Schrank wurde ein dicker, schwitzender Mann, und der Zwerg hörte auf, mürrisch zu sein, und wirkte stattdessen, als wünsche er sich einfach nur ganz weit weg.

Schließlich nahm Consuela Vincent sacht am Arm, zog ihn mit sich aus dem Büro, schloss die Tür hinter sich und sagte: »Machen Sie sich keine Sorgen. Die kommen nicht wieder, wenn Leonard erst mit ihnen fertig ist.«

»Meinen Sie?«, sagte Vincent unbehaglich.

»Sie sind nicht der erste derartige Fall in meiner Firma.« Consuela hob vielsagend die Augenbrauen. »Wie lief es in Tallahassee? Haben Sie die Endabnahme?«

Die Endabnahme. Das kam Vincent vor, als sei es in einem anderen Leben passiert. Er hatte Mühe, sich zu erinnern, wo die Mappe mit dem Formular abgeblieben war. »Ja, das ist alles glattgegangen. Liegt drin auf Ihrem Schreibtisch ... Mister Phillips sagte was von einem möglichen Folgeauftrag«, fiel ihm noch ein.

Jetzt zeigte Consuela wieder jenes breite Lächeln, das signalisierte, dass die Welt für sie in bester Ordnung war. »Na also. Das hab ich mir doch halb gedacht ...« Sie musterte Vincent, der sich wie ein nasser Waschlappen fühlte. »Gehen Sie nach Hause. Bestellen Sie sich eine Pizza auf meine Kosten; das haben Sie sich verdient.«

»Aber –«, begann Vincent. Was war mit den Polizisten?

»Die Komiker da drin?« Consuela machte eine wegwerfende Handbewegung. »Vergessen Sie die. Von denen hören Sie nie wieder.«

Und so kam es. Vincent fuhr nach Hause, gönnte sich eine große Pizza, schlief unruhig und von Alpträumen geplagt, an denen die Pizza nur zum Teil schuld war, ging am nächsten Tag ins Büro, und alles war wie immer. Die Polizisten waren verschwunden und blieben es, und niemand sprach mehr über den Vorfall, den die meisten ohnehin nicht mitbekommen hatten.

Vincent fragte sich, wie viele solcher Vorfälle es schon gegeben haben mochte, von denen *er* nichts mitbekommen hatte.

***

Der Einzige, der die Sache nicht auf sich beruhen ließ, war Zantini.

Etwa zwei Wochen nach dem Auftauchen der Polizisten fand ihn Vincent bei der Rückkehr von einer längeren Sitzung auf der Toilette in seinem Büro vor. Der Zauberkünstler fläzte sich auf dem Besuchersessel, machte mit den Fingerspitzen seiner gegeneinandergestellten Hände gemächlich tippende Bewegungen und begrüßte ihn mit den Worten: »Interessante Dinge hört man über Sie.«

»Was für Dinge?«, fragte Vincent unbehaglich. Was hatte der Typ in seinem Büro zu suchen?

»Dass Sie der Mann sind, der Präsidenten macht.«

Rumms.

Vincent schluckte. Klar, woher Zantini davon wusste. Consuela musste es ihm erzählt haben.

Er ging um den dürren Mann herum, setzte sich in seinen Sessel, legte die Hände wie schützend auf die Tastatur. »Das ist Unsinn«, erklärte er.

Zantini sah ihn über die Spitzen seiner Finger hinweg an, ein amüsiertes Funkeln in den Augenwinkeln. »Das glaube ich Ihnen nicht. Wissen Sie, was ich glaube? Dass Sie insgeheim stolz sind. Dass Sie sich ins Fäustchen lachen, wenn Sie im Fernsehen sehen, wie George Bush und dieser John Kelly durch die Lande ziehen, Reden halten und Hände schütteln, um gewählt zu werden. Dass Sie an Ihr Programm denken, das in all den Computern in den Wahlkabinen arbeiten wird, und daran, dass der Präsident sich im Grunde den Wahlkampf schenken könnte – Ihr Programm wird auf jeden Fall dafür sorgen, dass er gewinnt. Oder?«

»So ist das nicht.« Vincent schüttelte den Kopf. Entschieden. Sehr entschieden. »Ganz und gar nicht. Sie spielen auf das Programm an, das ich damals für den Abgeordneten Frank Hill geschrieben habe –«

»Für den *republikanischen* Abgeordneten Frank Hill«, sagte Zantini. »Den engen Freund des Gouverneurs von Florida, der wiederum der Bruder von Präsident Bush ist.« Er hob die Augenbrauen, was bei ihm immer äußerst beeindruckend aussah. »Ein Schuft, wer Böses dabei denkt? Ja. Ich bin ein Schuft.«

»Das war 2000. Seither sind ein paar Jahre vergangen, und in der Computerindustrie sind ein paar Jahre eine Ewigkeit. Inzwischen gibt es neue Versionen der damaligen Geräte, natürlich auch neue Versionen der Software, die darauf läuft …« Er schüttelte den Kopf nochmals. Nein, der Gedanke war wirklich absurd. Völlig absurd. »Außerdem hat jeder Bezirk andere Geräte, von verschiedensten Herstellern und –«

»Sie scheinen gut Bescheid zu wissen.«

Vincent schluckte. »Nur, was man so liest.«

»Dann haben Sie sicher auch gelesen, dass im Wesentlichen zwei Firmen den Markt beherrschen. ES&S und Diebold.«

»Aber es gibt eben auch andere.«

Zantini nickte gewichtig. Dann lehnte er sich zurück und holte, als sei das Thema für ihn damit erledigt, einen Würfel aus der Tasche, den er Vincent reichte. »Was fällt Ihnen daran auf?«

Was sollte das jetzt? Vincent nahm den Würfel. Ein ganz normaler Würfel, wie man ihn für Spiele verwendete. Weiß, mit schwarzen Augen, und soweit er das beurteilen konnte, waren die auch richtig verteilt.

Wobei man wohl davon ausgehen konnte, dass ein Würfel, den einem ein Zauberkünstler reichte, irgendwie präpariert war. *Gezinkt* oder wie man das nannte.

»Hmm«, machte Vincent, schob seine Tastatur beiseite und begann zu würfeln. Eine Zwei. Eine Drei. Eine Sechs. Noch eine Zwei. Eine Eins.

»Was soll mir daran auffallen?«, fragte er. »Ein Würfel eben.«

Zantini streckte die Hand aus, um den Würfel wieder an sich zu nehmen. »Genau. Weiter sollte Ihnen nichts auffallen.« Als Vincent ihm den Würfel wieder zurückgab, nahm er ihn zwischen seine spinnendürren Finger und erklärte: »Tatsächlich ist der Würfel präpariert, allerdings nur ganz leicht. Die Fünf ist ein wenig beschwert, sodass er häufiger die Zwei zeigt als die übrigen Werte. Doch man muss schon sehr oft würfeln und genau Buch führen, damit man das merkt.«

Er steckte den Würfel wieder ein und fuhr wie beiläufig fort: »Wissen Sie, was ich an Ihrem Programm am meisten bewundert habe? Nicht, dass ich irgendetwas vom Programmieren verstünde, nicht das Geringste«, beeilte er sich zu versichern. »Ich habe nur die Beschreibung der Funktionsweise gelesen, die Sie damals verfasst haben. Da fiel mir auf, wie genial die Idee ist, den betreffenden Kandidaten nur *knapp* gewinnen zu lassen. Einundfünfzig Prozent. Niemand wird misstrauisch bei so einer Zahl. Achtzig Prozent, neunzig Prozent, achtundneunzig Prozent – Ergebnisse, wie sie Diktatoren früher nach ihren von vorne bis hinten gefälschten Wahlen gern verkündet haben, würden heute nur unnötig Argwohn erregen. Und es ist ja nicht nötig, haushoch zu gewinnen. Im Gegenteil, wenn fünfhundert Stimmen ausschlaggebend für die Wahl des Präsidenten der Vereinigten Staaten waren, dann sagt sich jeder, toll, diese Demokratie, meine Stimme ist tatsächlich wichtig, denn unter Umständen kann sie den Ausschlag geben. Das begeistert die Leute eher, als dass es sie skeptisch werden lässt. Und einundfünfzig Prozent für den Sieger, das heißt, dass der Gegenkandidat höchstens neunundvierzig Prozent haben kann. Eher etwas weniger, weil es ja noch ein paar Nebendarsteller gibt, die auch die eine oder andere Stimme kriegen. Es ist nicht einmal nötig, dass das Programm *überall* zum Einsatz kommt, weil es Bezirke gibt, bei denen man von vornherein weiß, wer gewinnen wird. Und weil es der Tarnung des Ganzen nur dienlich ist, wenn in ein paar Wahlkreisen auch der Gegenkandidat gewinnt.« Zantini nickte wohlwollend. »Doch, das war schon genial überlegt.«

Vincent fühlte sich auf einmal schwach und elend. Wenn sie einen, der bloß geholfen hatte, ein paar Kreditkartennummern zu stehlen, schon mit Vergewaltigern zusammensperrten, was würden sie dann erst mit einem machen, der geholfen hatte, die *Präsidentschaft* zu stehlen?

»Ich hab mir damals gar nichts überlegt«, sagte er. »Ich habe nur gemacht, was man mir gesagt hat. Und das Programm war einfach ein schnell hingepfuschter Prototyp, der zeigen sollte, wie so etwas im Prinzip aussehen kann. Es war voller Fehler und in keiner Weise ausgereift. Ich glaube kaum, dass das heute noch zum Einsatz kommt. Wahrscheinlich funktioniert es auf den heutigen Geräten überhaupt nicht mehr.«

Zantini sah ihn eine Weile nachdenklich an. Dann sagte er: »Ich habe das doch richtig mitbekommen – das Programm, wegen dem Sie neulich diesen hohen Besuch hatten: Wann haben Sie das geschrieben? 1997, meine ich gehört zu haben. Oder täusche ich mich? Sagen Sie es mir.«

Vincent nickte widerstrebend. »Ja. 1997.«

»Und wie lange haben Sie daran geschrieben? Monate? Wochen? Tage?«

»Einen Nachmittag. Vier Stunden vielleicht.«

Zantini massierte hingebungsvoll seine Nasenwurzel. »Ich verstehe, wie gesagt, nichts vom Programmieren. Aber ich habe hin und wieder Leute getroffen, die etwas davon verstanden. Und einer von denen hat mir mal erzählt, es sei in der Computerei nicht selten, dass ausgerechnet die Programme, die man schnell mal eben hingepfuscht hat, sozusagen das ewige Leben kriegen. Dass ausgerechnet die einen jahrelang verfolgen und noch benutzt werden, wenn all die anderen, sorgsam ausgetüftelten, gewissenhaft ausgefeilten, nach allen Regeln der Kunst aufwendig entwickelten Programme längst vergessen sind.« Er ließ das mit der Nase, sah Vincent mit spöttischem Lächeln an. »Kennen Sie das?«

Vincent hätte nur zu gerne widersprochen, aber tatsächlich kannte er dieses Phänomen nur zu gut. Er hatte in seinen ersten Wochen bei SIT für eine der Sekretärinnen ein Programm geschrieben, das nichts weiter tat, als die aktuellen Uhrzeiten in allen Zeitzonen der USA anzuzeigen. Es war ein simples, hässliches kleines Stück Software geworden, das er in weniger als einer Stunde hingerotzt hatte und das viel zu viel Rechenleistung beanspruchte, weil er es mit einer für diesen Zweck heillos überdimensionierten Runtime-Library (die einfach zufällig gerade zur Hand gewesen war) compiliert hatte.

Aber die Sekretärinnen benutzten das verdammte Ding heute noch.

»Worauf wollen Sie hinaus, Mister Zantini?«, fragte er also einfach.

Der Zauberkünstler hob die Künstlerhände in einer Geste demonstrativer Ratlosigkeit. »Worauf will ich hinaus? Auf gar nichts. Zunächst. Ich will Sie nur teilhaben lassen an meiner Begeisterung, an der Faszination, die ich empfinde, seit ich von dieser Geschichte erfahren habe …« Er faltete die Hände wieder und beugte sich in einer ruckartigen Bewegung nach vorn, wie ein Raubvogel, der seine Beute sicher wusste und zustieß. »Sagen Sie, Vincent, ist Ihnen nie der Gedanke gekommen, diese Sache zu Geld zu machen?«

»Zu Geld?«, fragte Vincent zurück. »Und wie? Wenn ich Mister Hill erpressen wollte, müsste ich zumindest irgendwas beweisen können. Kann ich aber nicht. Ich bin mir nicht mal sicher, ob ich mir das nicht alles nur einbilde. Könnte genauso gut sein. Und so, wie die Dinge stehen, hätte ich mehr zu befürchten als er, wenn ich damit an die Öffentlichkeit ginge.«

Zantini schüttelte tadelnd den Kopf. »Erpressung. Also hören Sie, was für ein hässliches Wort! Und außerdem – verzeihen Sie – was für eine phantasielose Idee.« Er lehnte sich wieder zurück. »Nein, ich denke in die Zukunft. Ich denke an eine Meldung, die ich vor ein paar Tagen in der Zeitung gelesen habe. Es ging darum, was im Wahlkampf für die Präsidentschaftswahlen 2004 an Geld ausgegeben wird. Wie viel die Kandidaten an Spenden einkassiert haben. Unfassbare Zahlen. Es hieß, dass dieser Wahlkampf über sechshundert Millionen Dollar kosten wird.« Seine Finger begannen wieder, einander zu umspielen, und das amüsierte Funkeln kehrte in seine Augenwinkel zurück. »Ganz davon zu schweigen, dass der demokratische Kandidat mit der Erbin dieses Ketchup-Imperiums verheiratet ist … Wie heißt das noch mal? Heinz, genau. Die Frau allein soll fast eine Milliarde Dollar wert sein. Da wird der Gedanke doch erlaubt sein, wie man ein wenig von all diesem Geld in die eigenen Taschen fließen lassen könnte, oder?«

Vincent verstand immer noch nicht, worauf der Zauberer hinauswollte. »Und wie wollen Sie das machen?«

»Indem ich den Wahlsieg an den Meistbietenden verkaufe, natürlich«, erklärte Zantini und erhob sich aus dem Stuhl. »Allerdings muss ich mir noch im Detail überlegen, wie das vor sich gehen würde.«

Der Mann hatte doch einen Knall. Vincent ließ sich nach hinten sinken. »Ja, überlegen Sie sich das nur gut«, stieß er hervor. »Ganz so einfach ist das nämlich nicht. Auf jeden Fall genügt es nicht, ein Stück Software zu schreiben.«

»Da haben Sie Recht.« Zantini stand an der Tür, hielt den Drehknopf umfasst. »Das größte Problem ist, dass die Regierung das mit den Wahlmanipulationen schon selber in die Hand genommen hat. Das ist eine starke Konkurrenz.«

Er lächelte noch einmal – siegessicher, so, als sei es nur eine Frage der Zeit, bis ihm auch dafür ein Trick einfallen würde –, dann ging er.

***

Vincent versuchte, so wenig wie möglich Notiz vom laufenden Wahlkampf zu nehmen, doch man entkam ihm nicht. Von überallher schrien einen die Plakate, Handzettelausteiler und Werbespots an, für die das ganze Geld ausgegeben wurde, das Zantini so faszinierte. Als im Oktober die üblichen Fernsehdiskussionen zwischen den Kandidaten stattfanden, war Vincents Widerstand dahin; auch er schaltete ein.

Kerry überraschte ihn. Nach dem, was er bisher über den demokratischen Kandidaten gehört hatte – allen zugehaltenen Ohren zum Trotz –, hatte er einen eher drögen Zauderer erwartet, der mit vielen Worten wenig sagte. Stattdessen stand da ein Mann, der ausgesprochen präsidial wirkte, geradezu staatsmännisch im Vergleich zu dem angestrengt grinsenden George W. Bush. John Kerry konterte jede Behauptung des amtierenden Präsidenten mit einem knappen, klaren Statement, das akkurat ins Schwarze traf und Vincent bisweilen ein unwillkürliches »Ja, genau« entlockte. Ja, natürlich war der Irak-Krieg ein kolossaler Fehler gewesen – wer sah das nicht so? Ja, natürlich standen die Terroristen heute besser da als zuvor, während die USA immer mehr an Ansehen in der Welt verloren hatten. Ja, natürlich waren die Steuersenkungen für die Reichen ungerecht, und natürlich war das Rekord-Haushaltsdefizit ein Skandal. Und die ganze Zeit blieb Kerry die Ruhe selbst, während Bush grimassierte, verlegen grinste, nach Worten suchte und einmal in fast peinlicher Weise ausfallend wurde.

Im Grunde, resümierte Vincent, war Bushs einziger Trumpf der, dass er bereits im Amt war.

Und das war ein starker Trumpf. »Amerikaner wechseln ihren Präsidenten nicht aus, wenn sich das Land im Krieg befindet«, erklärte Claudio in der morgendlichen Kaffeepause am Tag nach der Debatte. Die anderen nickten bestätigend, auch die, die gar nicht wählen durften. Danach verlief sich die Diskussion. Alvin erklärte ausführlich, was er alles grundsätzlich anders machen würde, wenn man ihn zum Präsidenten wählte, und Steve sprach sich wortgewaltig dafür aus, das amerikanische Wahlrecht von Grund auf zu reformieren.

Die Wahlprognosen der Meinungsforscher in den letzten Wochen widersprachen einander und oft auch sich selbst, je näher der 2. November rückte. Die einen sahen Bush zwei Prozentpunkte vorn liegen, die anderen glaubten einen Vorsprung von einem Prozent für Kerry zu erkennen, um am nächsten Tag wieder etwas ganz anderes zu behaupten.

Wahlprognosen aus den abstrusesten Dingen abzuleiten schien zum neuen Volkssport zu werden. Zu Halloween gab es Gummimasken sowohl mit Bush-Gesicht als auch mit Kerry-Visage zu kaufen, wobei 53 % der Käufer zu einer Bush-Maske griffen. Das bedeute einen Sieg Bushs, erklärten die Urheber der Statistik. Die Schnellimbisskette »California Tortilla« dagegen gab ihren Kunden vier Wochen lang die Gelegenheit zur Abstimmung mit dem Mund: Der »Kerry-Burrito« mit Hähnchen, Heinz-Ketchup, gewürfelten Tomaten und Salat verkaufte sich um 3,6 % besser als der »Bush-Burrito« mit Knoblauchkartoffelpüree, schwarzen Bohnen, Grillhähnchen und Salat, woraus der Geschäftsführer einen bevorstehenden Sieg Kerrys ableitete.

Das sei alles Blödsinn, ließ sich Vincent von Fernando ausführlich darlegen. Das einzig wirklich aussagekräftige Omen sei, dass die Washingtoner »Redskins« das letzte Heimspiel vor der Wahl verloren hatten. »Seit 1937 hat kein amtierender Präsident nach so einer Niederlage die Wiederwahl geschafft«, erklärte der verkniffen dreinblickende Mann, der aus Südamerika stammte, aber niemandem verraten wollte, aus welchem Land dort.

Dann kam der Wahltag, und der amtierende Präsident gewann mit deutlichem Vorsprung. Nicht nur, dass George W. Bush solide 286 gegen 252 Wahlmännerstimmen für sich verbuchen konnte, er bekam diesmal auch – anders als bei der umstrittenen Wahl 2000 – die Mehrheit der abgegebenen Stimmen.

Nämlich genau 50,73 Prozent.

Was, wie Vincent mit Unbehagen erkannte, verdächtig nahe an jenen 51 Prozent lag, auf die er damals seinen Prototypen programmiert hatte.

Zufall, sagte er sich. *Das ist Zufall. Heutzutage werden Wahlen nun mal knapp gewonnen.*

Allerdings konnte er sich, so sehr er auch nachdachte, nicht erklären, aus welchem Grund das so sein sollte.

Er beschloss, sich einfach nicht weiter mit dem Thema zu befassen. Keine Zeitung mehr in die Hand zu nehmen, solange das Wahlergebnis noch diskutiert wurde. Den Fernseher auszulassen.

Aber nach ein paar Tagen schaltete er dann doch wieder ein. Beim Frühstück sogar, was er zuletzt zu Beginn des Irak-Feldzugs gemacht hatte.

Er blieb bei einem Sender hängen, in dem ein Videogespräch mit einem filigran wirkenden, vornehm gekleideten Mann geschaltet war.

Die eingeblendete Unterschrift lautete:

HOWARD BURKES – Genealoge – (live aus London)

Bestreitet Rechtmäßigkeit der US-Präsidentenwahl 2004

»George W. Bush«, erläuterte Burkes gerade in dem steiflippigen Englisch der britischen Oberschicht, »kann eine weitläufige Verwandtschaft mit Königin Elizabeth II. von Großbritannien vorweisen, ferner mit König Henry III. und König Charles II. von England. Es ist daher nicht erstaunlich, dass er allen Erwartungen zum Trotz Vizepräsident Al Gore bei den Wahlen 2000 geschlagen hat.«

Vincent legte die Fernbedienung beiseite und hörte gebannt zu.

»John Kerry dagegen ist ein anderer Fall[14]. Über seine Mutter Rosemary Forbes ist Kerry nicht nur ein Nachfahre vergangener britischer Könige, namentlich von Henry III. und Henry II., er ist auch entfernt verwandt mit Richard Löwenherz, der 1189 den

---

14 Kate Kelland, »John Kerry's familiy traced back to royalty«, Reuters, 16. August 2004

dritten Kreuzzug anführte. Darüber hinaus ist er ein Nachkomme des französischen Königs Henry I. und über dessen Gattin Anna Jaroslawna, der jüngsten Tochter des Großfürsten von Kiew und Ingegards von Schweden, zudem blutsverwandt mit den schwedischen, norwegischen und dänischen Königshäusern sowie mit den rjurikidischen Fürsten, dem Hause Rus also, aus dem zuletzt Fjodor I. auf dem Zarenthron saß. Weitere Abstammungslinien führen zu Zar Iwan IV. sowie zu einem byzantinischen Kaiser und den Schahs von Persien –«

»Das klingt alles überaus beeindruckend«, unterbrach ihn der Moderator. »Aber was hat das Ihrer Ansicht nach zu besagen?«

»Nun«, erklärte Burkes, »dazu müssen Sie wissen, dass unseren genealogischen Untersuchungen zufolge bei jeder bisherigen Präsidentenwahl – und ich wiederhole: ausnahmslos bei *jeder* bis zurück zu George Washington – stets der Kandidat mit den meisten königlichen Genen und Chromosomen gewonnen hat. Wenn Sie nun bedenken, dass mit John Kerry ein Kandidat zur Wahl stand, der genealogisch betrachtet über jede einzelne seiner mütterlichen Blutlinien königlicher ist als alle bisherigen amerikanischen Präsidenten ...« Der Brite hob eine Hand in einer Geste der Hilflosigkeit und ließ sie wieder fallen. »Für mich ist klar, dass seine Niederlage auf einer Wahlmanipulation beruhen muss.«

Der Moderator hatte sichtlich Mühe, seine ernste Miene zu bewahren. »Ein hartes Wort, Mister Burkes. Aber nun sind die Vereinigten Staaten eine Republik, in der einem eine adlige Abstammung noch nie irgendwelche Sonderrechte verschafft hat.«

Howard Burkes kräuselte die Oberlippe. »Ich kann nur wiederholen: Bei allen bisherigen Präsidentenwahlen in den USA hat stets der Kandidat mit der höheren Abstammung gewonnen. Ich sehe keinen Grund, warum diese Regel durchbrochen sein sollte.«

Damit wurde er weggeschaltet, und der Moderator wandte sich mit belustigtem Grinsen an die Zuschauer. »Soweit diese etwas, hmm, *ungewöhnliche* Deutung des Wahlausgangs aus dem Vereinigten Königreich«, sagte er. Er nahm ein Blatt zur Hand.

»Obwohl Bush nicht in allen Staaten gewonnen hat, hat er mit Ausnahme von South Dakota und Vermont doch in allen Staaten mehr Stimmen bekommen als im Jahr 2000 und damit sämtliche Prognosen klar widerlegt. Wie ist das zu erklären? Sehen Sie im Anschluss eine Diskussion führender Politikexperten zu diesem Thema direkt hier aus dem Studio.«

KAPITEL 7

Ja, wie war das zu erklären? Diese Frage ließ Vincent nicht mehr los. Es half auch nichts, den Fernseher auszuschalten und ins Büro zu fahren. Die Rädchen in seinem Kopf drehten sich.

Er saß über dem Projektplan für Dezember, aber er grübelte, wie dieser Wahlforscher geheißen hatte, dem er im Staatsarchiv von Tallahassee begegnet war. Der Typ mit dem mächtigen grauen Bart und den buschigen Augenbrauen. Hatte der nicht behauptet, Wahltagsbefragungen könnten Hinweise auf Wahlbetrug liefern …?

Hatten sie einander überhaupt vorgestellt? Nein, aber die Angestellte hatte ihn »Dr. Underwood« genannt!

Vincent vergaß den Projektplan und startete eine Suche im Internet. Was hatte Underwood erwähnt? Dass er für ein privates Meinungsforschungsinstitut arbeite, genau.

Zwanzig Minuten später hatte er die einzige derartige Firma ausfindig gemacht, die einen Dr. Clay Underwood beschäftigte, laut Website-Eintrag in der Abteilung Statistik. Passte. Vincent griff zum Telefonhörer.

»*Jesper Opinion Research*, guten Tag. Was kann ich für Sie tun?«, meldete sich die trainierte Stimme einer Telefonistin.

Vincent erklärte, Dr. Underwood sprechen zu wollen; ob das denn nicht seine Nummer sei?

»Im Prinzip schon, nur arbeitet Dr. Underwood nicht mehr für unsere Gesellschaft«, erklärte die Frau.

»Ah, ja«, meinte Vincent. »Auf Ihrer Website steht er noch.«

»Der für die Website zuständige Mitarbeiter ist heute nicht da. Ich denke, spätestens morgen wird das korrigiert sein.«

Vincent starrte auf den Bildschirm mit dem bärtigen Konterfei, während er begriff, was sie damit sagte: nämlich dass der Fortgang – oder die fristlose Entlassung – Dr. Underwoods noch keinen Tag her sein konnte. Allerhand.

»Haben Sie zufällig seine Privatnummer?«, fragte er.

»Tut mir leid, aber wir geben grundsätzlich keine privaten Daten von Mitarbeitern weiter, auch nicht von ausgeschiedenen.«

»Find ich schwer in Ordnung«, erklärte Vincent, der parallel dazu eine Internetabfrage gestartet und die Telefonnummer von Dr. Clay Underwood, 450 Old Vine Street, Lexington, Kentucky bereits vor sich am Schirm hatte. Er bedankte sich, legte auf und wählte erneut.

»Underwood.« Ja, das war die Stimme, an die er sich erinnerte. Er meinte fast, einen Plastiklöffel zu hören, der unablässig in einem Plastikbecher rührte.

»Guten Tag, Doktor Underwood«, begann Vincent, »mein Name ist Vincent Merrit. Wir sind uns mal in Tallahassee begegnet –«

»Ah, Mister Maverick! Ja!«, unterbrach ihn Underwood begeistert. »Vom *Florida Daily*, nicht wahr? Natürlich erinnere ich mich. Schön, dass Sie anrufen. Ehrlich gesagt dachte ich schon, es reagiert überhaupt niemand mehr auf die Presseerklärung, die ich rausgeschickt habe …«

War es ratsam, die Verwechslung richtigzustellen? Eher nicht, fand Vincent und fuhr behutsam fort: »Ja, also … genau, Ihre Presseerklärung, die ist äußerst interessant … Können Sie dazu vielleicht etwas mehr sagen?«

»Was ich Ihnen ganz aktuell dazu sagen kann, ist, dass mich meine Firma deswegen rausgeschmissen hat. Gefeuert, weil ich darauf bestanden habe, die Wahrheit ans Licht zu bringen«, ereiferte sich Underwood. »Darüber sollten Sie auf jeden Fall schreiben! Ich meine, ich frage Sie, kann es angehen, dass man jemanden entlässt, der nichts anderes tut, als von seinem verfassungsmäßigen Recht auf freie Meinungsäußerung Gebrauch zu machen? Und in was für einer Weise, ich bitte Sie: Ich packe gestern Abend gerade meine Sachen zusammen, um nach Hause zu gehen, da kommt mein Vorgesetzter herein, ein Fax in der Hand. Das Fax ist eine Kopie meiner Pressemitteilung, die ihm irgendjemand geschickt haben muss. Underwood, sagt er, Sie können gleich ganz einpacken, Sie sind entlassen. Behauptet, ich hätte das Ansehen der Firma beschädigt mit meinen Rundschreiben. Dabei erwähne ich die Firma überhaupt nicht, das haben Sie ja gesehen. Na, da ist das letzte Wort noch nicht gesprochen; mein Anwalt ist schon verständigt.«

Vincent räusperte sich, wusste nicht, wie er weitermachen sollte. »Hmm«, meinte er, »das ist wirklich allerhand. Aber ich würde gern noch mal auf den eigentlichen Inhalt Ihrer Pressemitteilung zu sprechen kommen …«

»Dazu stehe ich. Nach wie vor. Hundertprozentig.«

Na klasse.

»Ich fürchte nur, ich verstehe nicht ganz, wie Sie das gemeint haben«, versuchte es Vincent noch einmal. Stochern im Nebel.

»Ach so?«, schnappte Underwood. »Aha. Also, ich muss zugeben, es könnte sein, dass ich das alles zu fachspezifisch formuliert habe, zu kompliziert. Ich weiß, dazu neige ich beim Schreiben. Vielleicht hat deshalb bisher niemand darauf reagiert?«

»Weiß ich nicht«, sagte Vincent.

»Also, im Grunde läuft es auf eine höchst einfache und in meinen Augen höchst beunruhigende Beobachtung hinaus. Wir haben am Tag der Wahl in zahlreichen Bundesstaaten – den *swing states* vor allem natürlich, aber auch in anderen – die Wähler befragt, die aus den Wahllokalen kamen. Wir haben deren Angaben, soweit sie welche gemacht haben, mit Hilfe der Verfahren, die wir im Lauf der letzten Jahrzehnte entwickelt haben, zu Wahlvorhersagen hochgerechnet, die die tatsächlichen Wahlergebnisse auch ziemlich gut getroffen haben – mit einer Ausnahme: Praktisch überall dort, wo elektronische Wahlmaschinen eingesetzt worden sind, hat Präsident Bush mehr Stimmen bekommen, als er unseren Hochrechnungen zufolge hätte kriegen sollen[15].«

---

15 »Evaluation of Edison / Mitofsky Election System 2004«, Edison Media Research and Mitofksy International for the National Election Pool (NEP), 19. Januar 2005, Seite 3

Vincent merkte, dass ihm der Schweiß ausbrach. »Sind Sie sicher?«

»Sicher? Ein Statistiker ist sich nie *sicher*«, belehrte ihn Underwood, und es klang, als sei das ein unanständiges Wort für ihn. »Wir sprechen von *statistischer Signifikanz*, und das ist eine Größe, die man berechnen kann. In diesem Fall ist es so, dass wir es mit Abweichungen zu tun haben, die mit einer Signifikanz von 99,9 % nicht zufällig sind.«

»Behaupten Sie damit, dass die elektronischen Wahlmaschinen manipuliert worden sind?«

»Ich lege dar, dass die Statistiken dergestalt ausfallen, dass eine eingehende Untersuchung gerechtfertigt wäre«, erwiderte Underwood. »Schauen Sie, Sie werden ja sicher verfolgt haben, dass wir aufgrund der Befragungen am Wahltag einen klaren Sieg für John Kerry vorausgesagt haben – womit wir bekanntlich deutlich danebenlagen. Was ich gemacht habe, war nichts weiter, als die Befragungsergebnisse und die offiziellen Auszählungsergebnisse je Wahllokal zu vergleichen. Auf dieser Ebene hat man natürlich immer Abweichungen vom Gesamtergebnis. Da spielt der Zufall eine große Rolle, das Einzugsgebiet und so weiter. Aber solche Abweichungen fallen einmal zu Gunsten des einen Kandidaten aus, einmal zu Gunsten des anderen, und im Endeffekt gleicht sich das dann aus. Aber wenn man aus der Tabelle die Wahllokale herausfiltert, in denen Wahlcomputer zum Einsatz gekommen sind, haben wir es fast ausschließlich mit Abweichungen in eine einzige Richtung zu tun. Und das ist, wie gesagt, durch statistische Effekte nicht zu erklären.«

Vincent war froh, dass er saß. »Das ist ja unglaublich.«

»Sie müssen die Dimension verstehen«, fuhr Underwood fort. »Natürlich gibt es bei jeder Präsidentenwahl Anomalien. Das ist üblich. Wir haben es nicht mit *einer* Wahl zu tun; auch nicht mit fünfzig Wahlen. So, wie das amerikanische Wahlsystem beschaffen ist, haben wir etwa dreizehntausend voneinander nahezu unabhängige Wahlen in Countys und Städten, die über mehrere Stufen zu einem Endergebnis zusammengerechnet werden. Aber was die Anomalien bei der Präsidentenwahl 2004 anbelangt, werden Sie feststellen, dass sie fast ausschließlich zulasten Kerrys und zugunsten Bushs ausschlugen.«

»Und dass Sie sich irgendwie verrechnet haben könnten, ist nicht möglich?«

Underwood prustete empört. »Ausgeschlossen. Ich sag Ihnen nur ein Beispiel. Ohio. Bekanntlich der Staat, der diesmal den Ausschlag gegeben hat. Wir haben es hier mit 49 Bezirken zu tun. In 22 davon haben wir starke Abweichungen zwischen den Hochrechnungen aufgrund von Wahltagsbefragungen, und nur zwei davon – *zwei!* – fallen zugunsten von Kerry aus. Die stärkste Abweichung haben wir in einem Bezirk, in dem Kerry den Hochrechnungen zufolge 67 % der Stimmen hätte bekommen müssen, während das offizielle Endergebnis auf 38 % lautet. Die statistische Wahrscheinlichkeit einer solchen Varianz liegt bei eins zu 3 Milliarden[16]. Den Hochrechnungen zufolge hätte Kerry in Ohio mit 4,2 % Vorsprung gewinnen müssen – stattdessen weist das offizielle Ergebnis aus, dass Präsident Bush mit 2,5 % führt[17].«

»Und dass etwas mit der Methode der Hochrechnungen grundsätzlich nicht stimmt?«

»Mister Maverick!«, verwahrte sich Underwood. »Wahltagsbefragungen sind heutzutage eine exakte Wissenschaft. Letztes Jahr haben in der Republik Georgien Diskrepanzen zwischen den Hochrechnungen von Wahltagsbefragungen und dem offiziellen Endergebnis dazu geführt, dass ein Wahlbetrug aufgedeckt wurde und die Regierung von Eduard Schewardnadse zurücktreten musste[18]. Anders als Prognosen, die Leute danach fragen, wie sie wählen *werden*, fragen wir Leute, wie sie tatsächlich gewählt *haben*. Der Faktor, dass sich Leute noch in der Wahlkabine anders entscheiden, entfällt also. Schauen Sie, in Deutschland beispiels-

16 U.S. Count Votes, National Election Data Archive, 23. Januar 2006; siehe http://uscountvotes.org/ucvAnalysis/OH/Ohio-Exit-Polls-2004.pdf

17 Steve Freeman and Joel Bleifuss, »Was the 2004 Presidential Election Stolen? Exit Polls, Election Fraud, and the Official Count«, Seven Stories Press, Juli 2006, Seite 101–102

18 Martin Plissner, »Exit Polls to Protect the Vote«, The New York Times, 17. Oktober 2004

weise haben Hochrechnungen aufgrund von Wählerbefragungen das tatsächliche Wahlergebnis noch nie um mehr als drei Zehntel Prozent verfehlt[19]. Und nun vergleichen Sie das mit dem Abend des 2. November, als bei uns die offiziellen Wahlergebnisse um bis zu 9,5% von den Hochrechnungen abgewichen sind.«

»Allerhand«, meinte Vincent.

»Werden Sie darüber berichten, Mister Maverick?«

»Selbstverständlich«, log Vincent unbehaglich.

»Sie können auch gerne einen Fotografen vorbeischicken.«

»Machen wir. Ich ... muss das hier intern abklären und melde mich gleich noch einmal«, sagte Vincent und legte rasch auf.

Unmöglich, jetzt über den Projektplan Dezember nachzudenken. Auch wenn ihn Consuela morgen sehen wollte. Unmöglich, an etwas anderes zu denken als an Ohio.

Vincent suchte im Internet nach Informationen über Ohio und die Wahlen.

Was er fand, war nicht geeignet, sein Unbehagen zu beseitigen: Der für die Durchführung der Wahlen in Ohio Verantwortliche – derjenige also, der letzten Endes die Regeln bestimmte, nach denen gewählt wurde, der über die Registrierung und den Ausschluss von Wählern von den Wahllisten entschied und auch darüber, welche Geräte zum Einsatz kamen – war ein Mann namens Kenneth Blackwell. Der war nicht nur Mitglied der republikanischen Partei, sondern zugleich Stellvertretender Vorsitzender des »Komitees zur Wiederwahl von Präsident Bush«[20].

Und nicht nur das: Kenneth Blackwell war im Jahr 2000 in Florida gewesen, um im Auftrag des Wahlteams von George W. Bush die Nachzählung der Stimmen zu überwachen[21].

Als *principal electoral system adviser* – als »Chefberater für Wahlsysteme« also.

---

19 bezieht sich auf Bundestagswahlen 1994, 1998 und 2002, zitiert nach Steven F. Freeman

20 John McCarthy, »Nearly a Month Later, Ohio Fight Goes On«, Associated Press Online, 30. November 2004

21 http://www.freepress.org/columns.php?strFunc=display&strID=1074&strYear=2005&strAuthor=3

Vincent schloss den Internetbrowser. Auf einmal wollte er nichts mehr über Ohio und die Wahlen dort wissen.

***

Keine zwei Wochen später, Vincent war gerade nach Hause gekommen, klingelte es an der Tür. Er öffnete und stand Zantini gegenüber, der sich die Schuhe abtrat und fragte: »Darf ich reinkommen?«

Als Vincent zögerte, fügte er hinzu: »Es ist wichtig.«

Vincent wusste nicht recht, was er darauf sagen sollte, also ließ er ihn eben herein.

Zantini machte es sich in einem der Sessel im Wohnzimmer bequem, nahm – »Danke« – ein Glas kalte Cola, und meinte endlich: »Ich nehme an, Sie haben die Wahlen aufmerksam verfolgt?«

»Nein«, sagte Vincent, wie er es sich zurechtgelegt hatte. »Ich war nicht mal wählen.«

Der Zauberkünstler lachte amüsiert. »Ah ja? Aber Sie haben mit Dr. Clay Underwood telefoniert, der diese Diskussion um die Wahlen in Ohio losgetreten hat, die gerade die Runde macht. So ein Zufall.«

Vincent kniff die Augen zusammen. »Das wissen Sie aus den Protokollen der Telefonanlage.«

»Nein, das weiß ich, weil er zurückgerufen und sich gewundert hat, dass wir nicht die Redaktion des *Florida Daily* sind«, erklärte Zantini. Er spreizte die Hände. »Also, jedenfalls wissen Sie, worum es geht. Die Mannschaft des amtierenden Präsidenten hat ihre schmutzigen Finger in den Wahlurnen gehabt. Amateure, wenn Sie mich fragen. Nicht zuletzt deswegen möchte ich jetzt in dieses Geschäft einsteigen.« Er richtete zwei Finger auf Vincent. »Mit Ihrer geschätzten Hilfe. Was Ihr Schaden nicht sein soll.«

»Unter dem Namen einer anderen Person abzustimmen wird mit fünfhundert Dollar Geldbuße, einem Jahr Gefängnis und Verlust des Wahlrechts bestraft, und schon der Versuch ist strafbar«, rezitierte Vincent, was er diesbezüglich recherchiert hatte.

»Was Sie vorhaben, kann uns hinter Gitter bringen, bis die Sonne erlischt.«

»Ja, ja«, winkte Zantini ab. »Ich habe mich redlich bemüht, jemanden ausfindig zu machen, der wegen Wahlbetrugs einsitzt, aber wissen Sie was? Ich habe niemanden gefunden. In diesem ganzen großen Land nicht, das mehr seiner Bürger eingesperrt hält als jeder andere Staat der Erde.«

»Das beruhigt mich kein bisschen.«

»Das sollte es aber.« Damit betrachtete Zantini Vincents Einwand offenbar als erledigt, denn er verschränkte die Arme und fuhr fort: »Ich habe bereits meine Fühler ausgestreckt, um aktuelle Geräte der beiden großen Hersteller zu besorgen. Die sollten spätestens Ende des Monats da sein. Ich denke, es wird ratsam sein, wenn Sie außerhalb der Firma an dem Programm arbeiten, damit niemand auf dumme Gedanken –«

»Das ist völliger Blödsinn!«, stieß Vincent hervor, sprang auf und begann, auf und ab zu laufen. »Das Problem ist doch überhaupt nicht, das Programm zu schreiben. Das kann fast jeder. Oder jedenfalls eine Menge Leute. Das Problem ist doch, das Programm in die Maschinen zu bringen, die in den Wahllokalen stehen. Das sind Tausende. Überall im Land. Und in jeder einzelnen Maschine müssten Sie das originale Programm durch das gefälschte ersetzen – *ohne erwischt zu werden!* Wie wollen Sie das denn machen?«

»Irgendwelche Vorschläge?«

»Ich?« Vincent schüttelte den Kopf. »Nein. Keine Ahnung. Ich weiß nicht mal, wie die Republikaner das gemacht haben. Falls sie's gemacht haben und nicht alles nur eine Wahnvorstellung ist. Ich meine, wie kriegt man das hin, in jedem einzelnen Wahllokal sämtliche Maschinen umzurüsten? Ohne dass nachher irgendeiner die Sache verpfeift? Ich hab keine Ahnung, wie so was gehen soll. Das ist unmöglich.«

Zantini faltete die Hände ineinander, was ihn stets ausgesprochen blasiert wirken ließ. »Sehen Sie, da haben wir beide einfach verschiedene Standpunkte. Das, was für mich das Problem wäre – ein funktionierendes Programm zu schreiben, das genau das tut, was ich will –, ist für Sie keines. Und das, was Sie für ein Problem halten, ist für mich keins.«

Vincent starrte den ausgemergelten Italiener irritiert an. »Versteh ich jetzt nicht.«

»Zaubern«, sagte Zantini und holte ein Kartenspiel aus der Jackentasche, »ist die Kunst der Illusion. Der Täuschung, die nicht als solche erkannt wird. Ein Grundelement menschlichen Daseins, bloß dass sich das die meisten nicht klarmachen. Die Macht eines Präsidenten? Illusion. Er ist mächtig, weil alle glauben, er sei es. Sobald man die Täuschung durchschaut, ist die Macht dahin.« Er mischte die Karten und hielt Vincent einen großen Fächer hin. »Ziehen Sie irgendeine Karte.«

»Und wozu?«

»Eine Demonstration. Um Ihnen etwas Vertrauen in meine Fähigkeiten einzuflößen.«

Vincent zögerte, dann sagte er sich, dass ihn das schließlich zu nichts verpflichte, und zog eine Karte. Es war die Herz 7.

»Wichtig ist nur die Farbe, Herz«, erklärte Zantini, schob die Karte zurück in den Stapel und mischte erneut. »Auch die Macht des Volkes ist eine Illusion. Entscheidend ist nicht, ob wirklich alle Stimmen korrekt gezählt werden; entscheidend ist, dass alle *glauben*, dass sie korrekt gezählt werden.«

Er schob die Karten zusammen, legte eine Hand darauf und schlug mit der anderen auf deren Rücken. Es sah aus, als verschwände dabei schlagartig ein Teil des Stapels.

»Sehen Sie?«, sagte Zantini und blätterte die Karten auf. »Die Herz-Karten sind nicht mehr da.«

Vincent starrte auf die Karten. Tatsächlich. Es war kein vollständiges Set mehr. Er sah nur noch Pik-, Kreuz- und Karo-Karten.

Nicht wundern!, befahl er sich. Zantini war Zauberer. Das war natürlich ein Trick.

»Okay«, sagte Vincent. »Und jetzt?«

Zantini hob den Kopf, sah sich im Zimmer um. »Schauen Sie mal unter dem Fernseher nach.«

»Unter dem Fernseher?« Vincent stand auf, ging zum Fernseher, fasste darunter …

Die Herz-Dame.

»Und oben auf dem Bücherregal«, fuhr Zantini fort.

Vincent tastete die Oberseite des Bücherregals ab und fand die Herz 10.

»Unter Ihrer Mikrowelle.«

Vincent eilte in die Küche und hob das Mikrowellengerät hoch. Darunter lag das Herzass.

»Im Hängeschrank, zweites Fach von links«, rief Zantini aus dem Wohnzimmer. »Unter dem Papier.«

Die Herz 3.

Es ging durchs ganze Haus. Die letzte Herz-Karte, die 9, lag unter dem Fußabtreter vor der Tür, und Vincent begriff überhaupt nichts mehr.

»Wie haben Sie das gemacht?«, fragte er fassungslos. »Ich meine, es ist doch unmöglich, dass ...« Wie war das gewesen? Er hatte eine Karte gezogen, eine beliebige Karte. Zantini hatte sie wieder in den Stapel getan, noch einmal gemischt. Und dann ...

Irgendwie verhedderten sich seine Gedanken an dieser Stelle.

Zantini nahm ihm die Herz-Karten aus der Hand und fügte sie seinem Kartenspiel wieder hinzu. »Ein Magier verrät niemals seine Tricks, das habe ich Ihnen doch schon einmal erklärt.« Er richtete seinen langen, dünnen Zeigefinger auf Vincents Gesicht. »Hören Sie einfach auf, sich meinen Kopf zu zerbrechen. Sie machen das, was Sie am besten können, und ich das, was ich am besten kann, und alles wird gut werden.«

Vincent schluckte, dann schüttelte er den Kopf. »Ich mach das nicht. Ich hab keine Lust, je wieder vor einem Richter zu stehen.«

»Sie werden vor keinem Richter stehen.«

»Nein. Suchen Sie sich einen anderen.«

Es war unübersehbar, dass Zantini diese Art Widerspruch nicht leiden konnte. »Hören Sie zu, junger Mann«, sagte er, und mit einem Mal waren alle Jovialität und das ganze Gehabe des Entertainers verschwunden und hatten nackter, unverstellter Drohung Platz gemacht. »Es dürfte Ihnen nicht entgangen sein, dass ich einen gewissen Einfluss auf Ihre Chefin habe. Sie haben den

Traumjob, das wissen Sie genau. Wenn Sie ihn behalten wollen, dann tun Sie besser, was ich Ihnen sage.«

»Sie wollen mich erpressen.«

»Erpressen! Was für ein Wort!« Zantini war nun wieder ganz der amüsierte Lebemann. »Hierzulande drückt man das doch viel eleganter aus.« Er strich sich mit Daumen und Zeigefinger über den schmalen Clark-Gable-Schnurrbart und lächelte dünn. *»Ich mache Ihnen ein Angebot, das Sie nicht ablehnen können.* Nicht wahr?«

Vincent fehlten die Worte. Er würde das nicht tun, nein – er wusste bloß nicht, wie er das sagen sollte.

Aber seinen Job verlieren wollte er auch nicht. Steckte Consuela etwa mit diesem Halunken unter einer Decke?

Natürlich tat sie das. Einen Moment liefen Vorstellungen vor Vincents innerem Auge ab, was sich unter dieser Decke so abspielen mochte. Was so abging zwischen der kleinen Frau mit dem Temperament einer Dynamitladung und diesem ausgemergelten Snob von Zauberkünstler.

Letzterer hielt Vincents momentane Irritation für ein ernstes Abwägen des Für und Wider seines Ansinnens, und seine Laune hob sich. Er klopfte ihm wohlwollend auf die Schulter. »Denken Sie darüber nach. Und lassen Sie uns in den nächsten Tagen über die Einzelheiten reden.«

Damit ging er.

***

Zantinis Kartentrick ließ Vincent keine Ruhe. Um nichts in der Welt konnte er sich erklären, wie der Zauberkünstler das gemacht hatte – und das beeindruckte ihn mehr, als ihm lieb war. Fast so, als verfüge Zantini tatsächlich über Fähigkeiten, mit denen man sich besser nicht anlegte.

Dann kam er auf die Idee, sich mal im Internet über Zaubertricks schlauzumachen.

Es war eine halbe Stunde, in der er das Gefühl kennenlernte, dass einem die Augen übergehen können. Es gab Hobbyseiten, auf denen kleine Zaubertricks für Kindergeburtstage und dergleichen vorgestellt wurden. Es gab Versandhändler, die professionelle Tricks verkauften, Anleitungen samt dem zugehörigen Material. Websites, die die Tricks von David Copperfield und anderen prominenten Magiern enttarnten, und wenn man die Erklärungen las, konnte man nicht anders, als zu sich selber zu sagen: Ach so! *So einfach?*

Irgendwo fand Vincent ein Forum für Zauberkunst. Er meldete sich unter einem falschen Namen an, las ein wenig kreuz und quer und beschrieb schließlich in der Rubrik *Kartenkunststücke* so detailliert wie möglich, was Zantini – den er »ein Bekannter von mir« nannte – vorgeführt hatte. *Ich würde gern verstehen, wie er das gemacht hat,* schloss er sein Posting. *Alle Hinweise herzlich willkommen.*

Ganz einfach, konnte er nach kaum zwei Stunden als Antwort lesen. *Zunächst hat sich Dein Bekannter Zutritt zu Deiner Wohnung verschafft, als Du noch nicht da warst – Schlösser zu knacken ist wahrhaftig keine Zauberei! –, und sämtliche Herzkarten eines Kartenspiels so versteckt, dass sie nicht offen sichtbar waren. (Wäre im Lauf des Abends irgendetwas dazwischengekommen, sodass er keine Gelegenheit gehabt hätte, seinen Trick vorzuführen, wäre er einfach am nächsten Morgen wiedergekommen, sobald Du im Büro gewesen wärest, und hätte die Karten wieder eingesammelt.)*

Vincent nickte unwillkürlich, als er das las. Ja, richtig: Keine der Karten hatte an einem Ort gelegen, an dem sie ihm vor Zantinis Ankunft hätte auffallen können – mitten auf dem Küchentisch zum Beispiel. Dabei wäre das, wenn man es sich genau überlegte, viel beeindruckender gewesen!

Dann ist er wieder gegangen und hat gewartet, bis Du nach Hause kommst. Er hat geklingelt und so getan, als sei er gerade angekommen.

Richtig. Indem er sich die Schuhe abgetreten hatte. Es hatte wirklich so ausgesehen, als sei Zantini gerade die Treppe heraufgestiegen.

Bei sich hatte er zwei Kartenspiele: Eins, das nur aus Herzkarten bestand – aus dem hat er Dich ziehen lassen. Damit war sicherge-

stellt, dass Du eine Herzkarte ziehen würdest. Dieses Kartenspiel hat er während des Mischens unauffällig ausgetauscht gegen das zweite Set, dessen Herzkarten schon in Deiner Wohnung versteckt lagen. Die Handbewegung mit dem Klopfen und so weiter hat vorgetäuscht, dass der Stapel zuerst normal dick sei, sodass es aussah, als sei er mit einem Schlag dünner geworden.

Der Rest war Show – das ist die eigentliche Kunst beim Zaubern.

Vincent las das alles noch einmal durch, verglich es mit dem, was er erlebt hatte, und musste lachen. Ja. So hatte der dürre Italiener das gemacht. So simpel. Und er war darauf hereingefallen.

Er musste daran denken, wie Zantini über Macht und Illusion gesprochen hatte. *Er hat Macht, weil alle glauben, er habe sie.*

Und war es mit der Illusion dahin, war es auch mit der Macht dahin.

Genau.

Vincent stöberte noch ein wenig im Internet und hatte dabei das Gefühl, unablässig zu schmunzeln. Dann fuhr er anstatt nach Hause in einen Stadtteil Orlandos, in dem er nie zuvor gewesen war, und suchte eine funktionierende Telefonzelle – im Zeitalter des Mobiltelefons der schwierigste Teil seines selbst ausgedachten Zaubertricks, mit dem er eine immer lästiger werdende Beeinträchtigung aus der Welt verschwinden zu lassen gedachte.

Er wählte die Nummer, die er auf der Webseite des *US Citizenship and Immigrations Service*[22] gefunden hatte. »Heimatschutzbehörde«, meldete sich die samtene Stimme einer Frau, »Büro des Generalinspekteurs, was kann ich für Sie tun?«

»Ich kenne jemanden«, sagte Vincent, »der sich illegal in den Vereinigten Staaten aufhält und seinen Lebensunterhalt durch Taschendiebstahl und Betrügereien bestreitet. Kann ich entsprechende Angaben anonym machen?«

»Selbstverständlich«, sagte die samtene Stimme.

---

22 http://www.uscis.gov

KAPITEL 8

Am nächsten Tag hörte man Consuela schreien, Telefonhörer auf Gabeln schmettern und gegen die nicht allzu stabilen Wände zwischen den Büros treten.

»Hill!«, hörte Vincent sie, als er an ihrem Büro vorbeikam, irgendjemanden am anderen Ende einer Telefonleitung anbrüllen. »Frank Hill! Abgeordneter für Florida im Repräsentantenhaus! Ja, natürlich will ich ihn sprechen, verdammt noch mal! Was glauben Sie, weswegen ich anrufe?«

Vincent tat, als müsse er etwas an dem Kopierer nachsehen, der auf dem Flur stand.

»Was heißt, nicht da? Ist das sein Job, oder ist das sein Job? Ach, er kann mich mal! Sagen Sie ihm das, jawohl!« Und *rumms*, knallte der Telefonhörer wieder, dass man um ihn fürchten musste. »Politiker! Pack, alle miteinander!«

Später sah Vincent von seinem Büro aus den Wagen von Leonard Stanton, dem Anwalt, vorfahren. Eine Weile war es still, dann hörte man Consuela wieder in höchsten Tönen kreischen, von denen Vincent hätte schwören können, dass sie die Tischplatte unter seinen Händen vibrieren ließen. Kurz darauf rannte Leonard Stanton zu seinem Wagen, als hinge sein Leben davon ab.

Der folgende Tag verlief so ähnlich, nur etwas leiser.

Am dritten Tag kam statt des Anwalts ein Telefontechniker, um im Chefbüro einen neuen Apparat zu installieren.

Dann kam das Wochenende. Am Tag danach sah und hörte man nichts von Consuela.

Dann tauchte sie wieder auf und wirkte, als sei alles in bester Ordnung. Das Leben ging weiter. Und die Projektsitzungen, die zuletzt nur noch einmal pro Woche stattgefunden hatten und in denen sich Consuela meist damit begnügt hatte, Vorschläge abzunicken, Vorhaben durchzuwinken und schwierige Fragen zu vertagen, fanden nun wieder täglich statt.

»Politiker sind alles Gangster«, vertraute sie Vincent in einer davon an.

»Dachte ich mir schon immer«, sagte Vincent.

»Und Anwälte können nur eins wirklich gut: Unverschämt hohe Rechnungen stellen.«

»Sie sagen es.«

»Ach«, stieß sie hervor und stützte entmutigt den Kopf auf die Hände, »ich hätte ihn vielleicht doch heiraten sollen. Dann hätten sie ihn jedenfalls nicht so einfach nach Europa zurückschicken können.«

»Ich bin sicher, dass Sie sich keine Vorwürfe zu machen brauchen«, erwiderte Vincent mit der Überzeugungskraft dessen, der weiß, dass er die reine Wahrheit sagt.

Consuela seufzte. »Sie haben ja Recht. Was täte ich nur, wenn ich Sie nicht hätte.« Sie versuchte, sich auf den Projektplan Januar 2005 zu konzentrieren, aber es fiel ihr sichtlich schwer.

Vincent war trotz allem höchst zufrieden mit sich. Zwar tat es ihm ein bisschen leid, derart rüde in Consuelas Liebesleben eingegriffen zu haben, aber im Großen und Ganzen hatte er kein schlechtes Gewissen. Im Gegenteil, es war höchste Zeit gewesen, sich zu wehren!

Und ganz ehrlich: Er war insgeheim begeistert, wie elegant die Sache geklappt hatte.

Überhaupt war es keine schlechte Idee, zur Abwechslung mal ein bisschen an sich selber zu denken. Das sagte er sich und widmete die kommenden Abende einem höchst privaten Projekt: In dem Immobilienverwaltungsprogramm jener großen Maklerfirma (die damals so viele Sonderwünsche gehabt und sich, als es an deren Bezahlung ging, eklig angestellt hatte, zeitweise zu einer anderen Softwarefirma gewechselt, inzwischen aber reumütig zurückgekehrt war und nun eine besonders intensive Betreuung – zu einem besonders hohen Stundensatz – genoss) installierte Vincent (selbstverständlich auf Kosten des Kunden) eine »Hintertür« in die Software. Es handelte sich um eine Funktion, die Angebote, die bestimmten Kriterien entsprachen, aus dem allgemeinen Pool sperrte und erst einmal ihn exklusiv per E-Mail darüber in Kenntnis setzte. (Natürlich ließen sich die Suchkriterien per Fernzugriff ändern.)

Nachdem er das Update eingespielt hatte, konnte er jeden Abend ein, zwei interessante Angebote begutachten. So stieß er nach ein paar Wochen auf ein Schnäppchen von einem Haus.

Es war nicht groß, aber es lag sympathisch – direkt am Lake Charm, halb versteckt zwischen Büschen, Bäumen und Agaven. Und seine Besitzerin wollte es einfach nur loswerden, egal zu welchem Preis.

»Ich hätte erwartet, dass sich mehr Interessenten melden«, sagte sie, als Vincent bei ihr auftauchte.

»Ist vielleicht nicht die Jahreszeit«, erwiderte Vincent.

Das Haus, erzählte die Frau, habe ihrem Vater gehört, und der – »der alte Depp« – habe es nicht lassen können, Drogen zu schmuggeln. Nun war er tot, erschossen von Killern eines Kartells, dem er geschäftlich in die Quere gekommen war. Sie konnte es kaum erwarten, irgendjemandem die Schlüssel für das Haus in die Hand zu drücken und fortzufahren, so weit wie möglich, um alles zu vergessen.

»Wenn wir uns über den Preis einigen, können Sie von mir aus noch heute aufbrechen«, sagte Vincent.

Sie einigten sich, Vincent kündigte sein Apartment und verbrachte die darauffolgenden Abende und Wochenenden mit Renovierungsarbeiten.

Als unerwarteter Vorteil des Hauses erwies sich, dass sein Vorbesitzer es mit zahllosen Verstecken, verborgenen Schächten und Fächern versehen hatte, was die Installation einer vernünftigen Ethernet[23]-Verkabelung enorm erleichterte. Außerdem gab es

---

23 Unter Ethernet versteht man die kabelgebundene Datennetztechnik für lokale Datennetze, die den Datenaustausch zwischen allen in einem lokalen Netz (LAN) angeschlossenen Geräten wie Computern, Druckern und dergleichen ermöglicht.

einen großen, fensterlosen, klimatisierten Raum: Welchen Nutzen ein solcher für die Belange eines Drogenschmugglers hatte, konnte Vincent zwar nicht nachvollziehen, für einen Computerfreak jedenfalls war das die unter den Umweltbedingungen Floridas ideale Arbeitsumgebung. Hier deponierte er sein Werkzeug, installierte seine DSL-Netz-Anbindung und stellte seinen Server auf sowie eine der Workstations. Die übrigen Computer, die sich im Lauf der Jahre in seinem Besitz angesammelt hatten, verteilte er auf die verschiedenen Zimmer.

Das Paradies schlechthin, befand er und entfernte die Hintertür mit dem nächsten kostenpflichtigen Update wieder aus der Software besagter *Real Estate Agency*.

Eigentlich eine *coole* Vorstellung, überlegte Vincent eines Abends, als er in seinem kühlen, dunklen Computerraum saß und sich fühlte wie *Dr. Seltsam* oder wie dieser Bösewicht aus den alten James-Bond-Filmen, der immer weiß gekleidet war und eine weiße Katze streichelte, während er seine fiesen Anweisungen gab … Er kam nicht auf den Namen. Egal, jedenfalls war es cool sich vorzustellen, sozusagen vom eigenen Schreibtisch aus in die große Weltpolitik einzugreifen und den Dingen durch winzige, aber genau gezielte Nadelstiche andere Wendungen zu geben.

Was denn, wenn es stimmte, was Zantini behauptet hatte? Wenn er tatsächlich der Mann war, der Präsidenten machte? Vincent verschränkte die Arme hinter dem Kopf, lehnte sich in seinem Sessel zurück und versuchte zu ergründen, wie sich das anfühlte.

Gut, irgendwie. Man hatte das Gefühl, ein paar Zentimeter zu wachsen.

Er musterte die kahle Wand über seinen mittlerweile drei Bildschirmen: Wenn er da eine große Weltkarte anbrachte? Vielleicht so eine, auf der er viele kleine LEDs überall aufleuchten lassen konnte? Wobei er allerdings keine Vorstellung hatte, wofür die stehen sollten.

Er holte sich eine Cola aus dem Kühlschrank.

Eine weiße Katze konnte er sich bei Gelegenheit ja schon mal zulegen.

Und was den Rest anbelangte, würde ihm auch noch was einfallen. Wahlcomputer, das war auf jeden Fall ein Ausgangspunkt.

Er konnte ja mal nachsehen, was sich im Internet dazu finden ließ.

***

Wie er feststellte, existierte eine schier unübersehbare Zahl an Websites, Aktionen, Vereinen, Foren und so weiter, die kein anderes Thema hatten als die Risiken der Verwendung von Wahlcomputern.

Interessant. Vincent meldete sich in einem Forum an, dessen Mitglieder einen besonders kompetenten Eindruck machten, und diskutierte mit, um sich darüber klar zu werden, was auf diesem Gebiet für einen heimlichen Weltherrscher mit weißer Katze zu erreichen war.

Eine Menge Leute aus anderen Ländern mischten mit. In den Niederlanden, wo bei Wahlen bereits 90 % der Stimmen über Wahlcomputer erfasst wurden, existierte eine überaus aktive Bewegung namens »Wij vertrouwen stemcomputers niet«[24]. Es handelte sich hauptsächlich um Computerspezialisten, und sie hatten sich gerade eine *Nedap*[25] *ES3B* besorgt, ein Exemplar jenes Wahlmaschinentyps, der in den Niederlanden fast ausschließlich zum Einsatz kam. Ein User, der sich *Hackinator* nannte, berichtete fortlaufend von ihren Fortschritten, das Ding auseinanderzunehmen und auf technische Schwachstellen zu untersuchen. Und natürlich daraufhin, ob und wie man es hacken konnte. »Unser Plan ist«, schrieb er, »der Presse etwa sechs bis acht Wochen vor den hiesigen Parlamentswahlen im November einen Hack zu präsentieren und zu zeigen, dass die abgegebenen Stimmen mit einem Computer beliebig manipulierbar sind.«

In der entsprechenden Diskussion, die zeitweise extrem tech-

---

24 http://www.wijvertrouwenstemcomputersniet.nl
25 Hersteller: N.V. Nederlandsche Apparatenfabriek

nisch wurde, meldete sich auch eine Deutsche, die unter dem Namen *Sirona* auftrat. Sie sei Systemspezialistin bei einer großen deutschen Firma, die früher Computer hergestellt hatte und heute Speicherchips und Mobiltelefone produzierte, erzählte sie. Erstaunlich: eine Frau, die in Assemblerprogrammierung und Kryptographie so gut war, dass sie nicht nur *Hackinator*, sondern auch Vincent noch etwas beibringen konnte. Vincent tauschte ein paar PNs[26] mit ihr und erfuhr, dass Sirona gerade versuchte, eine eigene Gruppe zu gründen, die gegen den Einsatz von Wahlcomputern in Deutschland vorgehen wollte.

Womit der Austausch hätte vorbei sein können. Doch ein paar Tage darauf schickte Sirona ihm eine PN, in der sie schrieb: *Ich habe von Dir geträumt. Ich sah Dich in einem unterirdischen Bunker sitzen und eine schneeweiße Katze streicheln. Und ich hatte das Gefühl, ich muss Dich da rausholen. Retten. Seltsam, oder?*

»Wow«, sagte Vincent, als er das las.

Wenn das nichts zu bedeuten hatte, was dann?

Du weißt doch nicht mal, wie ich aussehe, schrieb er zurück.

Stimmt, antwortete sie.

Worauf er ihr ein Bild von sich mailte. Eine Geste, die sie nicht erwiderte. *Vielleicht treffen wir uns ja mal*, meinte sie. *Dann reicht es doch, wenn ich dich erkenne.*

Die Mails, die sie tauschten, wurden immer länger, immer persönlicher. Sirona hatte ihren Job verloren, als ihre Abteilung verkleinert und ins Ausland verlagert worden war; heute arbeitete sie bei einer Firma, die biometrische Erkennungssysteme entwickelte. *Die geht aber bald pleite; Biometrie funktioniert einfach nicht*, meinte sie. Sie diskutierten über Gott und die Welt – und über Computer, natürlich.

Ich liebe Computer, stell dir vor, schrieb sie ihm, als er sie fragte, wieso sie sich eigentlich so vehement gegen Wahlmaschinen engagierte. *Und es regt mich auf, wenn Typen das nicht verstehen wollen. Ich meine, schau dir Männer an – die lieben ihre Autos, ihre Motorräder, was weiß ich … und ihre Computer eben auch. Aber wenn man*

26 PN: Persönliche Nachricht; eine Art E-Mail innerhalb eines Forums

als Frau was in diese Richtung sagt, wird man angeguckt, als käme man von einem anderen Stern.

Das klingt sympathisch, schrieb Vincent zurück, *beantwortet aber die Frage nicht. Wenn du Computer liebst, müsste es dich doch freuen, sie auch in der Wahlkabine benutzen zu dürfen.*

Das hatte eine Flut langer Mails zur Folge. *Gerade weil ich Computer liebe, regt es mich auf, wenn irgendwelche Typen glauben, dass sie sich die Demokratie mit ihrer Hilfe unter den Nagel reißen können. Was heißt aufregen? Es treibt mich zur Weißglut. Wir haben wenig genug zu sagen, wenn wir nur alle vier Jahre einen Stimmzettel ausfüllen dürfen – aber wenigstens diese eine Stimme sollte zählen!*

Ansonsten, erläuterte sie ausführlicher, als es Vincent lieb war, sei sie Anhänger des Schweizer Modells der direkten Demokratie. Man sehe ja, wohin das führe: Die Schweiz sei eines der reichsten Länder der Welt und sei noch nie in einen Krieg verwickelt gewesen.

Sie fanden auch Dinge, über die sie einer Meinung waren. Dass auf eine gute Pizza Salami gehörte, aber nicht zu dick geschnitten. Dass »Underworld« der beste Film war, der je gedreht worden war. Sie besaßen beide die Filmmusik zu »Herr der Ringe«, das komplette Set, und liebten es beide, das beim Programmieren im Hintergrund laufen zu lassen. Vincent vertraute ihr an, dass sein Vater Deutscher war, dass er ihn allerdings nie getroffen hatte.

Dass er es schade fand, dass sie so weit weg lebte, behielt er für sich.

***

Das Problem aller, die sich gegen Wahlcomputer engagierten, war, dass sich die Presse für dieses Thema nicht sonderlich interessierte. Jedes schwangere Hollywoodsternchen fand mehr Beachtung als Demonstrationen, wie man einer Wahlmaschine nahezu beliebige Resultate entlocken konnte, wenn man wollte.

»Die Hersteller sagen, es sei alles sicher: Und schon sind die Leute, die Wahlen durchführen, zufrieden«, schrieb ein gewisser *alligator*, laut Mitgliederprofil Systemadministrator einer Tageszeitung in New York. »Wenn ich bei uns was gegen Wahlcomputer sage, machen alle bloß große Augen. Neulich hat einer gemeint, ich hätte vielleicht meinen Beruf verfehlt, wenn ich so denke. Da ist mir echt nichts mehr eingefallen.«

»Wir haben eine Sicherheitsstudie veröffentlicht und in einer Pressekonferenz vorgestellt«, berichtete *Tim*, Mitglied einer anderen deutschen Gruppe, die sich *Chaos Computer Club*[27] nannte. »Die Studie ist praktisch eine Anleitung, wie man Wahlen fälscht – und alles, was die Journalisten dazu zu sagen hatten, war: Schön, aber bei echten Wahlen kommt das nicht vor. Ich weiß auch nicht, was wir *noch* machen sollen.«

Vincent musste lächeln, als er das las. Tja, das war eben der Unterschied. Anders als die übrigen Mitglieder des Forums verfügte er nämlich durchaus über eine Möglichkeit, die Dinge zu beeinflussen.

Immerhin war er der Mann, der Präsidenten machte, nicht wahr? Hatte das Programm geschrieben, mit dessen Hilfe George W. Bush ins Weiße Haus gekommen war. Möglicherweise zumindest.

Das Schöne war, sagte er sich, dass er selber – wie es sich für einen mächtigen Strippenzieher gehörte – gar nicht viel würde tun müssen, um die Dinge ins Rollen zu bringen. Das würde jemand anderer übernehmen. Jemand, der nicht nur weitaus interessierter sein musste, die Hintergründe aufzuklären, sondern der auch über viel weitreichendere Möglichkeiten verfügte.

Die Demokratische Partei nämlich.

Er musste sich vielleicht tatsächlich endlich eine weiße Katze zulegen.

Zunächst verbrachte er jedoch mehrere Tage damit, die Webseiten der wichtigsten Abgeordneten und Senatoren der Demokratischen Partei zu studieren, bis er jemanden ausfindig gemacht hatte, der aussah, als würde er verstehen, worum es ging: einen Abgeordneten aus Chicago, Illinois, der jung genug war, um mit Computern, Internet und so weiter vertraut zu sein. An-

27 http://www.ccc.de

schließend verfasste Vincent einen Bericht über die Ereignisse vor den Präsidentenwahlen im Jahr 2000, wobei er sorgfältig darauf achtete, keine Hinweise zu liefern, die auf SIT oder gar direkt auf ihn deuten konnten. Er richtete sich unter falschem Namen einen Mailaccount bei *yahoo.com* ein und machte sich dann auf die Suche nach einer öffentlichen Bücherei mit einem Internet-PC, den man benutzen konnte, ohne sich ausweisen zu müssen, und dessen CD-ROM-Laufwerk zugänglich war.

Im Süden von Orlando wurde er fündig. Doch als er in der Bibliothek ankam, seine CD mit den nötigen Dateien in der Jackentasche und die E-Mail-Adresse des Abgeordneten im Notizbuch, lag neben dem PC ein Buch, dessen Anblick Vincent stutzen ließ. Dem Titel nach ging es darin um die *NSA*, die *National Security Agency*. Im nächsten Moment tauchte ein kaugummikauendes Mädchen auf, nahm das Buch mit einem »Sorry« an sich und verschwand wieder, aber Vincent kam es vor wie ein Omen. Sagte man nicht, diese Behörde überwache alle E-Mails, die über das Internet verschickt wurden[28]? Ausnahmslos?

Er blieb eine Weile reglos sitzen, starrte den PC an, und schließlich ging er wieder, ohne ihn angefasst zu haben.

Auf der Rückfahrt hielt er an einem Schreibwarenladen und kaufte dicke, wattierte Briefumschläge, eine Packung zu vier Stück, weil es sie einzeln nicht gab. Zu Hause packte er den Bericht, die Beschreibung des Programms, die er damals erstellt hatte (natürlich ohne das SIT-Logo) sowie eine CD mit dem Programm selbst in einen der Umschläge und fuhr zur Post. Zur ganz gewöhnlichen Post. *Snail-Mail*. Es war ewig her, seit er das zum letzten Mal gemacht hatte.

Ehe er den Umschlag in den Kasten fallen ließ, genoss er es einen Moment, das Weltherrschergefühl. Dieser Brief war Dynamit. Eine Bombe. Alles, was er jetzt noch zu tun hatte, war, zu warten, bis sie hochging.

Doch die Tage vergingen, und nichts geschah. Wochen verstrichen, ohne dass in Washington ein Senator mit Beweisen oder ei-

28 http://de.wikipedia.org/wiki/National_Security_Agency

ner Anklage vor die Kameras trat. Einen Monat später war immer noch nichts passiert. Die Bombe war ein Blindgänger gewesen.

Vielleicht, überlegte Vincent, war das Ding verloren gegangen. Schließlich sagte man der amerikanischen Post nach, dass man von ihr weder Schnelligkeit noch Zuverlässigkeit erwarten durfte.

Er suchte sich einen anderen demokratischen Abgeordneten und schickte noch einmal einen dicken Brief.

Wieder ohne irgendwelche Reaktionen.

Vielleicht, überlegte Vincent, gelangten anonyme Briefe an einen Abgeordneten gar nicht erst ans Ziel, sondern wurden vorsichtshalber vernichtet.

Er probierte es mit einem Brief, der eine erfundene Absenderadresse trug. Und sicherheitshalber warf er ihn in einen anderen Briefkasten als die Briefe davor.

Auch nichts. Es war, als seien alle Briefkästen Floridas direkt mit einer Müllverbrennungsanlage verbunden.

Vincent gab das Vorhaben enttäuscht auf. Vielleicht, sagte er sich, überschätzte er das Interesse oder die Möglichkeiten der Demokraten, die Angelegenheit aufzuklären.

Gut, dass er sich noch keine Katze zugelegt hatte.

Kurz darauf bekam er über das Forum Kontakt zu ein paar Leuten, die für ein Projekt namens »Unversehrte Stimmzettel«[29] arbeiteten und eine aufregende Entdeckung gemacht hatten: einen Zugang zur Wählerdatenbank der Stadt Chicago, in der sich die persönlichen Daten von über 1,3 Millionen wahlberechtigten Bürgern befanden – Namen, Adressen, Geburtstage und Sozialversicherungsnummern, frei einsehbar für jedermann, der eine bestimmte Internetseite ansteuerte und eine banale, leicht zu umgehende Abfrage passierte.

»Wir haben die Verantwortlichen schon vor Wochen darauf aufmerksam gemacht«, schrieb einer unter dem Namen *ban_hava* im Forum, »aber es ist nichts geschehen.«

Vincent beschloss, dass dieses kleine Projekt ein geeigneteres Übungsfeld war, um erste Erfahrungen in Weltherrschaft zu

---

29 www.ballotintegrity.org

machen, und schrieb: »Versucht doch, die Datenbank zu hacken. Spätestens wenn der Oberbürgermeister am 7. November nicht wählen darf, weil ihr seinen Status verändert habt, passiert was, jede Wette.«

»Würden wir gern«, antwortete *ban_hava*, »aber wir wissen nicht, wie das geht.«

Vincent lächelte, während er tippte: »Wenn's weiter nichts ist … :-)«

Den Rest machten sie per E-Mail und Telefon. Vincent stellte rasch fest, dass die Sicherheitslücke, die *ban_hava* und seine Freunde entdeckt hatten, weitaus größer war als angenommen. Dank ein paar heißer Tipps von Sirona gelang es ihm, Schreibzugriff auf die Datenbank zu bekommen: Er hätte tatsächlich den Status von Wählern so ändern können, dass sie am Wahltag nicht zur Wahl zugelassen worden wären. Er hätte sie anderen Wahlbezirken oder Wahllokalen zuordnen können, Meilen entfernt von ihrem Wohnort. Er hätte sogar die gesamte Datenbank löschen können.

Dieser Fall endlich schaffte es in die Zeitungen[30]. Dem *Chicago Election Board* blieb keine andere Wahl, als die Gruppe einzuladen und sich die Lücke vorführen zu lassen. Vincent ging nicht mit (als künftiger Weltstrippenzieher zog er es vor, sich nicht unnötig in der Öffentlichkeit zu zeigen), aber er instruierte *ban_hava* und seine Freunde aufs Genaueste, und die Sache schien auch wie geplant zu laufen.

Die Verantwortlichen versuchten, die Angelegenheit herunterzuspielen[31]: Das sei nur ein kleiner Programmierfehler, die Wahlen wären davon nicht betroffen gewesen.

Was die Zeitungen brachten, als sei das eine Tatsache.

Weiter passierte auch diesmal nichts.

Der November brach an. Die Meinungsforscher waren sich uneinig. Viele hielten es für möglich, dass die Republikaner ihre bisherige Mehrheit im Abgeordnetenhaus verlieren könn-

---

30 *Chicago Tribune*, siehe http://www.chicagotribune.com/news/custom/newsroom/chi061023hacking,1,2790710.story

31 http://abcnews.go.com/Politics/story?id=2601085&page=1

ten. Eine Mehrheit der Demokraten im Senat dagegen sei wenig wahrscheinlich.

Der amtierende Präsident gab sich zuversichtlich. »Wir gewinnen«, erklärte er bei jeder Gelegenheit auf seiner Wahlkampfreise durch Missouri, Nevada und Iowa. Und sein Chefstratege Karl Rove fügte hinzu: »Ich kenne die Zahlen.« Es klang bisweilen, als stünde das Wahlergebnis bereits fest.

Dann kam der Wahltag, und die Demokraten gewannen. »Haushoch«, nannten es die Kommentatoren, »ein Erdrutschsieg.« Sowohl im Kongress als auch im Senat würden die Demokraten die nächsten zwei Jahre die Mehrheit haben.

Und so sahen sie aus, die Zahlen:

Bei den Wahlen zum Repräsentantenhaus hatten sie 52 % aller Stimmen bekommen.

Bei den Wahlen zum Senat 53,91 %.

Diese Zahlen fand Vincent besonders aufschlussreich, weil er, ehe er sein altes Programm auf CD gebrannt und an die Abgeordneten geschickt hatte, eine Winzigkeit daran geändert hatte. Einfach so. Als Siegel. Als Duftmarke.

Er hatte aus dem einprogrammierten Vorsprung von 51 % einen Vorsprung von 53 % gemacht.

Vincent ließ die Zeitung sinken und leistete in Gedanken dem *United States Postal Service* Abbitte, ihn der Unzuverlässigkeit verdächtigt zu haben. Das sah aus, als seien seine Briefe durchaus angekommen – aber als hätten die Politiker seinen Bericht nicht als Anlass genommen, einen Skandal aufzudecken, sondern als Gebrauchsanleitung, um es genauso zu machen wie die andere Seite.

Doch was immer in Wahrheit geschehen war – ob zu viele Hände hinter den Kulissen mitgemischt hatten oder ob es einfach nur an gewöhnlicher Schlamperei lag –, in technischer Hinsicht waren die amerikanischen Senats- und Kongresswahlen im November 2006 eine Katastrophe gewesen. Sechsundachtzig Prozent der Wahlberechtigten hatten ihre Stimme statt einem Wahlzettel einer Maschine anvertrauen müssen – und diese Maschinen hatten in desaströser Weise versagt.

Es gab Stromausfälle. Drucker versagten. Scanner versagten. Maschinen starteten einfach nicht. In Tausenden von Fällen reagierten die Touchscreens nicht oder falsch. In Lebanon County, Pennsylvania, war in jedem einzelnen der 55 Wahllokale mindestens eine Wahlmaschine mit falschen Kandidatennamen programmiert. In einem Wahllokal in Ohio funktionierte keine einzige von insgesamt 11 Maschinen, sodass auf rasch fotokopierte Wahlzettel zurückgegriffen werden musste. Im Bezirk Delaware, Indiana, bildeten sich durch technische Schwierigkeiten mit den Maschinen so lange Schlangen, dass ein Gericht anordnen musste, die Öffnungszeiten der insgesamt 75 Wahllokale zu verlängern.

In Waldenburg, Arkansas, stellte ein Kandidat fest, dass die Wahlmaschine für ihn null Stimmen ermittelte – obwohl er zumindest von sich selber wusste, dass er für sich gestimmt hatte[32]. In zahllosen Fällen »zählten« die Maschinen mehr Stimmen, als überhaupt Wähler abgestimmt hatten. Oder weniger. Oder kamen bei jedem Abruf der Ergebnisse auf andere Resultate.

Das Debakel hatte Konsequenzen. Eine davon war, dass das Parlament des Staates Florida am 3. Mai 2007 ein neues Wahlgesetz verabschiedete, das für künftige Wahlen explizit Stimmzettel aus Papier vorschrieb. Alle 118 Abgeordneten stimmten dafür, es gab weder Gegenstimmen noch Enthaltungen.

Vincent war nahe daran, eine Flasche Sekt aufzumachen, ließ es dann aber, weil er sich eigentlich nichts aus Sekt machte.

Irgendwie fand er es auch ein bisschen schade, dass der Kampf schon zu Ende war. Und ein bisschen trauerte er dem Gefühl nach, der Weltherrscher zu sein.

Aber das Leben ging weiter.

Bis es eines Abends an seiner Türe klingelte. Vincent, der eine Pizza bestellt hatte, öffnete, einen Zwanzigdollarschein in der Hand.

Aber es war nicht der Bote von *Howie's Hungry Pizzas*, der vor der Tür wartete. Es war Benito Zantini.

Und hinter ihm standen zwei dunkle Gestalten.

---

32 CNN 11.11.06: »Candidate gets no votes – but voted for himself«

KAPITEL 9

Guten Abend.« Zantini deutete eine Verbeugung an, als stünde er auf einer Bühne. Dann bemerkte er Vincents Gesichtsausdruck und lächelte. »Überrascht, mich zu sehen?«

Vincent fing sich mühsam. »Schon«, gab er zu. »Ich dachte, Sie seien ...«

»War ich. Dumme Sache. *Seltsame* Sache auch, muss ich sagen.« Zantini sah ihn auf eine Weise an, die Vincent durch und durch ging. Ahnte er etwas? *Wusste* er etwas? Kam jetzt die große Abrechnung?

Und wie hatte er überhaupt den Weg zurück in die Staaten geschafft? Er war doch ausgewiesen worden, hatte Einreiseverbot gehabt für Jahre ...?

»Falls Sie sich gerade fragen sollten, wieso ich wieder hier bin«, sagte Zantini in diesem Moment – Himmel, konnte der Kerl Gedanken lesen? –, »denken Sie daran, dass ich ein Zauberer bin.«

»Verstehe«, sagte Vincent, obwohl er überhaupt nichts verstand. Er stand nur da, seinen Geldschein in der Hand, und fühlte sich ... wie? Er wusste nicht, was er fühlte. Ihm war, als bräche ein Hochhaus über ihm ein. Eins, von dem sich gerade herausstellte, dass es nur aus Spielkarten errichtet worden war.

»Ich darf Ihnen meine Begleiter vorstellen?«, fuhr Zantini fort. »Zwei treue ... nun, *Freunde* ist nicht genau das richtige Wort, aber es ist mir auf jeden Fall gelungen, mich ihrer Loyalität zu versichern. Nicht wahr?« Er grinste die beiden an, die heftig nickten.

»Das ist *Furry*«, sagte Zantini und deutete auf die Gestalt zu seiner Rechten. Es war eine untersetzte, breitschultrige Frau mit ausgeprägten weiblichen Formen und einer schleichenden, sinnlich wirkenden Art, sich zu bewegen. Doch als sie in das aus der Haustür fallende Licht trat, sah Vincent, dass sie in einer Weise behaart war, wie er es noch nie gesehen hatte, bei keinem Mann und erst recht nicht bei irgendeiner Frau: Aus jeder Öffnung, die ihre Bekleidung frei ließ, quollen dichte, krause, schwarze Haare; ihre Arme bedeckte regelrechter Pelz, der bis zu ihren Händen reichte. Selbst die Oberseiten ihrer Finger waren behaart bis an die Fingernägel.

Ihn schauderte.

»Und das«, fuhr Zantini fort und wandte sich dem Mann zu seiner Linken zu, »ist *Pictures*.«

Pictures lächelte, als fühle er sich geschmeichelt. Wahrscheinlich fühlte er sich auch so. Der Mann überragte den Zauberkünstler um einen Kopf und trug, dem Klima Floridas angemessen, nur das Nötigste am Leib. Vielleicht sogar noch etwas weniger, damit man auch gut sehen konnte, dass jeder Quadratzentimeter seiner Haut tätowiert war.

Wo um alles in der Welt hatte Zantini diese Gestalten aufgetrieben? In einem Kuriositätenkabinett?

Dann fiel Vincent ein, dass Zantini ja seinerzeit mit einer Showtruppe in den USA gestrandet war. Zweifellos hatten die beiden ebenfalls diesem Ensemble angehört.

»Darf ich hereinkommen?« Zantini neigte den Kopf. »Keine Angst, meine Freunde bleiben draußen. Sie werden dafür sorgen, dass wir ungestört sind.«

»Okay«, sagte Vincent, oder eigentlich sagte das sein Mund, ehe er nachdenken konnte, was er überhaupt wollte. Sein Körper trat zur Seite, um den Zauberer hereinzulassen, ebenfalls, ohne seinen ausdrücklichen Befehl dazu abzuwarten.

Hatte der Mann Gewalt über ihn? Auf eine eigenartige Weise fühlte sich Vincent dadurch, dass er Zantini hinterrücks an die Behörden verraten, ihn sozusagen mit einem Mausklick aus seinem Leben entfernt hatte, in der Defensive. So, als sei er deswegen jetzt verpflichtet, alles zu tun, um den Zauberkünstler bei Laune zu halten, und als sei diese Verpflichtung stärker als er.

Zantini spazierte durch die Räume des Hauses und sah sich

um. »Hübsches Häuschen. Verdient man inzwischen so gut bei der guten Consuela? Schön, schön. Da muss sie ihre intensiven Kontakte zur regierenden Partei wohl noch weiter intensiviert haben.«

Mit anderen Worten, Consuela wusste nichts davon, dass Zantini wieder im Lande war.

»Also, wie Sie ja mitgekriegt haben, ich war außer Landes. Nicht ganz freiwillig«, fuhr er fort. »Genauer gesagt war ich in Europa, aber ich habe die Dinge natürlich weiter verfolgt. Ist ja kein Problem heutzutage. Und wenigstens bin ich durch all diese Unannehmlichkeiten nun wieder im Besitz eines gültigen Passes; das erleichtert vieles.« Er ließ sich in denselben Sessel fallen, in dem er auch schon das letzte Mal gesessen hatte. »Tja, dumm gelaufen – das Geschäft in den USA ist erst mal verdorben. Sie wissen, von welchem Geschäft ich spreche?«

»Vom Handel mit Wahlsiegen«, sagte Vincent.

Er lachte. »Hübsche Formulierung. Ich werde mir erlauben, das für Marketingzwecke zu borgen, wenn Sie nichts dagegen haben. Und warum sollten Sie; schließlich werden Sie ja mitverdienen. Und feststellen, dass ich zwar ein etwas seltsamer Partner bin, aber in Geldangelegenheiten ehrlich wie ein Priester.« Er zog ein silbernes Etui aus der Innentasche und entnahm ihm eine dünne, teuer aussehende Zigarre. Er warf Vincent einen fragenden Blick zu. »Sie erlauben?«

Vincent nickte, wieder wie ferngesteuert. Eigentlich hätte er durchaus etwas dagegen gehabt.

»Meine Familie stammt aus Sizilien«, fuhr Zantini fort. Ein silberner Rauchfaden schlängelte sich zur Decke empor; es begann, nach glimmendem Tabak zu riechen. »Und ehe Sie meinen, das seien nur haltlose Vorurteile, was man so denkt über Sizilien, von wegen Mafia und so: Im Gegenteil. Es ist alles genau so, wie man denkt, dass es ist. Mein Vater war ein Mann der *familia*, mein Großvater auch … Erst ich habe mich selbstständig gemacht, und dass ich das konnte, verdanke ich besonderen Umständen. Jedenfalls, mit diesem Hintergrund lernt man, dass man alles darf, nur eins nicht: seine Geschäftspartner betrügen. Das ist ein Fehler, den man nur ein einziges Mal macht, wenn Sie verstehen, was ich meine.«

Vincent musste schlucken. Er konnte nur nicken; sein Hals war auf einmal zu trocken, um zu sprechen.

»Gut. Wo war ich stehen geblieben? Ach ja, der Handel mit Wahlsiegen. Genau. Also«, er schüttelte bekümmert den Kopf, »ihr Amis habt das ja fein versiebt. Es wird mir ewig schleierhaft bleiben, wie es kommen konnte, dass ihr das Sagen auf der Welt habt, so blöd, wie ihr euch manchmal anstellt. Wie auch immer, jedenfalls habe ich mich nach neuen Märkten umgesehen und bin zum Glück auch fündig geworden. Und das ist natürlich der Grund, warum ich hier bin: Um unsere wundervolle, vielversprechende, aber so rüde unterbrochene Zusammenarbeit wieder aufleben zu lassen.« Er betrachtete sorgenvoll das Ende seiner Zigarre, an dem die Asche immer länger wuchs. Schließlich streifte er sie an einem Blumentopf ab, in dem eine fiedrige Grünpflanze vor sich hin kümmerte, die Vincent vom Vorbesitzer übernommen hatte und ständig zu wässern vergaß. »Zigarrenasche ist hervorragender Pflanzendünger, falls Sie sich Sorgen machen«, meinte Zantini mit einem Augenzwinkern, beugte sich vor und sagte: »Also, kurz gesagt, der Plan sieht so aus, dass wir nach Deutschland gehen.«

Vincent ließ sich auf die Couch sinken. »Deutschland? Ich dachte, Italien. Sie haben doch gerade von Sizilien –«

»Italien? In Italien kommen bei Wahlen noch keine Maschinen zum Einsatz. Was schade ist, Berlusconi wäre ohne Zweifel ein guter Kunde, auf jeden Fall ein zahlungskräftiger … Aber ich fürchte, er wird seine Rückkehr an die Macht auf andere Weise bewerkstelligen müssen.« Zantini nahm einen tiefen Zug aus der Zigarre und blies einen beeindruckenden Rauchring. »Meine Familie stammt aus Sizilien, das stimmt, ich selber aber bin in Deutschland geboren. In Gelsenkirchen, um genau zu sein. Sagt Ihnen nichts, okay. Ist auch egal, weil ich sowieso in der Nähe von Frankfurt aufgewachsen bin, in Wiesbaden. Mein Vater war ein vielbeschäftigter Mann, müssen Sie wissen, und ist viel herumgekommen.«

In diesem Augenblick klingelte es an der Tür.

»Sie haben auf etwas gewartet, oder?«, fragte Zantini. »Ich meine, weil Sie Geld in der Hand hatten, als wir gekommen sind. Doch nicht etwa die typische Pizza, die sich der fanatische Programmierer abends gönnt?«

Vincent fühlte sich durchschaut. Der Zauberer beobachtete wirklich messerscharf, das musste man ihm lassen.

Zantini lachte auf. »Ach, ich liebe Klischees. Das Schöne ist, dass sie alle stimmen.« Er schwang sich aus dem Sessel. »Ich komme gleich mit.«

Als Vincent die Haustür öffnete, stand da der Bote von *Howie's Hungry Pizzas*, flankiert von Pictures und Furry und entsprechend verunsichert dreinblickend. »Ihre ... ähm, *Howie's Special* mit Sesam ... Macht zwölf Dollar, Sir.«

Vincent gab ihm ein ordentliches Trinkgeld, um ihn für den Schock zu entschädigen.

»Na, dann guten Appetit.« Der Zauberer klopfte ihm mit mildem Wohlwollen auf die Schulter. »Gehen Sie Ihre Pizza essen, wir besprechen alles Weitere morgen. Aber damit Sie sich heute Abend nicht langweilen« – er gab Pictures einen Wink –, »habe ich Ihnen ein kleines Geschenk mitgebracht. Wobei – wenn ich's recht bedenke, so klein ist es gar nicht ...«

Pictures schleppte eine Art hellgrauen Metallkoffer an.

»Was ist das?«, fragte Vincent, die Pizzaschachtel immer noch in der Hand.

»Das wird Sie heute Nacht nicht schlafen lassen«, prophezeite Zantini. »Das ist ein Wahlcomputer des Typs *Nedap ESD1*[33], wie er in Europa verwendet wird.« Er deutete auf den Koffer, den Furry in der Tür abgestellt hatte. »Das Ding kann man auf einen Tisch stellen, aufklappen, und schon hat man eine Art Wahlkabine. Ziemlich pfiffig so weit. Aber eben ein Computer – also Wachs in Ihren Händen, nicht wahr?« Er tätschelte ihm noch einmal die Schulter. »Schauen Sie sich das Ding einfach an. Wird Ihnen

33 Baugleich mit dem in den Niederlanden eingesetzten Typ ES3B bis auf die Farbe der Stimmtaste und die Zahl der Knöpfe am Kontrollgerät des Wahlvorstands; einziger Wahlcomputer mit Bauartzulassung in Deutschland

gefallen. Ach ja, und was die nächsten Tage anbelangt – Sie brauchen nicht zur Arbeit zu gehen. Ich regle das. Furry und Pictures bleiben hier, erledigen die Einkäufe für Sie und halten Ihnen alle Störungen vom Leib. Alles, was Sie zu tun haben, ist, diese Maschine zu studieren und das Programm zu schreiben, mit dem wir Wahlsiege verkaufen werden.«

Damit ging er. Er stieg in einen schnittigen Wagen und brauste davon. Furry und Pictures blieben, grinsten ihn aus der Dunkelheit an. Erst jetzt sah Vincent, dass sie ein Wohnmobil dabei hatten, das quer in der Einfahrt parkte.

Himmel, das war alles wie ein Wirbelsturm über ihn hereingebrochen. Er musste erst mal überlegen, was er jetzt überhaupt tun wollte. Erst mal was essen, auf alle Fälle. Und diese Maschine ins Haus tragen.

Kaum war er drinnen, als das Telefon klingelte. Was war denn heute los, zum Teufel? Vincent nahm ab.

»Ach, was ich vergaß zu erwähnen …«, drang die Stimme Zantinis aus dem Hörer. »Wir haben uns erlaubt, Ihre Telefonleitung zu kappen. So viel verstehen wir gerade noch von Technik. Das hier wird der letzte Anruf sein, danach legt Pictures den Hebel um, und Sie haben Ihre Ruhe.«

Vincent fiel fast die Kinnlade herab. »Aber –«

»Und ehe Sie nach Ihrem Handy suchen«, fuhr der Zauberkünstler fort, »das habe ich.«

Vincents andere Hand griff wie von selbst nach seiner Hosentasche. Tatsächlich. Das Ding war nicht mehr da!

»Kein Internet, keine Anrufe, nichts. Nur Sie und die Maschine. Traumhaft, oder?« Zantini lachte auf. »Bis morgen.«

Damit beendete er die Verbindung, und gleich darauf war die Leitung tot.

***

Danach saß Vincent am Küchentisch, aß seine Pizza, trank eisgekühlte Cola dazu und starrte den lichtgrauen Metallkoffer an. Er hatte das Gerät einfach mal auf den Herd gelegt. Das Wahlgerät.

Fast dieselbe Maschine, die *Hackinator* aus dem Forum in der Mache gehabt hatte. Interessant, so ein Ding mal in echt vor sich zu haben.

Durchs Küchenfenster konnte Vincent das Wohnmobil sehen, in dem die beiden Zirkusgestalten zugange waren. Ab und zu kam einer von ihnen heraus, stiefelte herum und machte irgendwas. Vincent konnte nicht erkennen, was, aber es war ihm auch herzlich egal. Die konnten ihn alle mal.

Er biss in die Pizza. Natürlich würde er bei Zantinis Plänen nicht mitmachen. Der dürre Trickkünstler hatte ihn ziemlich überfahren, okay. Aber jetzt, da er sich das alles in Ruhe noch mal durch den Kopf gehen ließ, wurde ihm klar, dass Zantini ihn schließlich zu nichts zwingen konnte. Schön, er tat so, als sei er der große Boss, und sein Auftritt vorhin – das war schon irgendwie stark gewesen. Man merkte, dass Zantini etwas von Show verstand. Aber was wollte er denn machen, wenn Vincent einfach sagte, es ginge nicht, er könne das Ding nicht knacken? Das war alles, was er zu tun brauchte, und zack – schon war er ihn los.

Easy. Einer von den ganz einfachen Zaubertricks.

Vincent nahm sich das nächste Stück Pizza. Ihm das Internet abzuklemmen! Frech. Er würde sich auf alle Fälle was ausdenken, wie er Zantini das heimzahlen konnte.

Kauend betrachtete er den grauen Kasten. *Hackinator* und seine Kumpels hatten es geschafft das Ding zu knacken.

Mit anderen Worten, es ging.

Vincent kaute an einem großen Bissen, die Forumsdiskussionen vor seinem inneren Auge. Die heiklen Punkte. Die Probleme, die sich gestellt hatten.

Tatsache war, dass er, Vincent, das Ding genauso knacken konnte. Das brauchte er Zantini nicht auf die Nase zu binden, klar, aber Tatsache blieb es trotzdem.

Die Pizza schmeckte nicht besonders, aber sie stopfte. Vincent legte den Rest seines Stücks zu der unberührten zweiten Hälfte und klappte den Deckel des Kartons zu. Er zog ein Küchenhandtuch heran, wischte seine Finger daran ab.

Ansehen konnte er sich die Maschine ja wenigstens mal. Einfach um zu sehen, was für Fortschritte die Technik in den letzten zehn Jahren gemacht hatte.

Das Gerät aufzubauen war tatsächlich einfach. Man klappte die Seitenteile hoch, dann ließ sich der eigentliche … hmm, wie nannte man das wohl? Es war eine Art Pult, das man hochklappte und auf dem sich Stimmzettel befestigen ließen. Eine Vorlage dafür war dem Gerät beigefügt, mit fiktiven Parteibezeichnungen und verschwommenen Allerweltsgesichtern hinter den erfunden klingenden Kandidatennamen. Wenn man das Blatt in die vorgesehene Halterung klemmte, lag neben jedem Namen genau eine Taste.

Das war schon mal die offensichtlichste Betrugsmöglichkeit: Wenn jemand einen Stimmzettel einlegte, bei dem zwei Namen miteinander vertauscht waren, bekam der eine Kandidat die Stimmen des anderen und umgekehrt.

Vincent schleppte das Gerät hinüber in den Arbeitsraum. Dort blinkte am Server die LED, die bei bestehender Verbindung zum Internet ruhig hätte leuchten müssen. Ein geradezu kläglicher Anblick. Man konnte glauben, man würde, wenn man die Lautsprecher einschaltete, die Maschine jämmerlich fiepen hören.

Mit dem Ellbogen schob Vincent ein paar Papierstapel auf dem Arbeitstisch beiseite und stellte den Wahlcomputer ab. Aufräumen wäre angesagt gewesen, aber im Moment begnügte er sich damit, die Sachen nicht allzu falsch in Schubladen und auf die Regale zu verteilen. Dann machte er sich daran, das Gehäuse aufzuschrauben.

Als es offen vor ihm lag, zog er seine Arbeitslampe heran, um das Innenleben zu studieren. Herzstück des Ganzen war ein 68 000-Prozessor[34]. Nicht gerade der letzte Schrei. Der 68 000-Prozessor war in den ersten Apple-MacIntosh-Rechnern verwendet worden, im Commodore Amiga, im Atari ST und in der Sega Mega Drive, einer Spielkonsole, mit der Vincent als Jugendlicher herumgedaddelt hatte.

---

34 Weitere Ausstattung: 256 Kilobyte EPROM, 8 Kilobyte EEPROM, 16 Kilobyte RAM, zwei 6850-basierte serielle Anschlüsse und ein Druckerport

Mit anderen Worten: Der Prozessor mochte ein betagtes Modell sein, aber er konnte trotzdem viel, viel mehr, als einfach nur Stimmen zu erfassen und zu zählen.

Zum Beispiel würde er ohne Weiteres *so tun können*, als erfasse und zähle er Stimmen, während er gleichzeitig noch jede Menge anderer Dinge tat.

Vorausgesetzt, jemand schrieb das entsprechende Programm dazu.

Aber auch das brauchte er Zantini nicht auf die Nase zu binden.

Vincent ließ sich gegen die Lehne seines Stuhls sinken. Die nächsten Schritte wollten gut überlegt sein. Zantini war nicht zu ihm gekommen, weil er der beste Programmierer der Welt war – wovon Vincent im Grunde überzeugt war, auch wenn er das jederzeit abgestritten hätte, sogar sich selbst gegenüber –, sondern weil Zantini keinen anderen Programmierer kannte. Bloß brauchte man auch nicht der beste Programmierer der Welt zu sein, um das Programm zu schreiben, mit dem Zantini glaubte, einen Haufen Geld verdienen zu können. Im Gegenteil, es gab Millionen von Leuten, die dazu imstande waren.

Das hieß, wenn er, Vincent Wayne Merrit, Benito Zantini einen Korb gab, würde der sich einfach einen anderen Computerfreak suchen. Er würde das nicht einmal als großes Problem ansehen: Wie man an den beiden Typen draußen im Wohnwagen sah, hatte Zantini reichhaltige Erfahrungen mit Freaks aller Art.

Er, Vincent, würde dann auf jeden Fall außen vor bleiben. Wahrscheinlich würde er überhaupt nichts mehr mitkriegen. Nicht einmal, ob Zantinis Vorhaben glückte oder scheiterte.

Was keine Position war für einen Weltherrscher und Präsidentenmacher.

Vincent kehrte in die Küche zurück, holte sich noch eine Dose Cola aus dem Kühlschrank. Er trank sie in einem Zug aus, am Spülbecken stehend und auf das Wohnmobil in seiner Einfahrt starrend. Besser, er blieb erst mal im Spiel. Das Anti-Wahlmaschinen-Forum daran teilhaben zu lassen wäre lustig gewesen, ging aber natürlich nicht. Schade, er hätte ein paar Anregungen brauchen können. So würde er sich alles selber ausdenken müssen.

Er knüllte die leere Dose zusammen und warf sie in den Müll. Gut, dann würde er sich eben alles selber ausdenken. Kein Problem.

KAPITEL 10

Zantini tauchte am nächsten Morgen in aller Frühe auf, mit einer Tüte Donuts und einer Kanne frisch gebrühten Kaffees. Vincent hatte noch geschlafen.

Als er aus dem Bad kam, saß Zantini immer noch in der Küche. Eigentlich war es auch nicht wirklich in aller Frühe, sondern schon zehn Uhr.

»Ich habe mir erlaubt, einen Blick in Ihre Werkstatt zu werfen, während Sie geduscht haben«, erklärte der Mann, der in dem übergroßen weißen Hemd, das er heute Morgen trug, noch abgemagerter wirkte als sonst. »Die Maschine scheint Sie zu faszinieren.«

Vincent setzte sich, schenkte sich Kaffee ein und nahm einen Donut. Er wusste, was Zantini meinte: Er hatte den NEDAP in seine sämtlichen Einzelteile zerlegt und begonnen, die Verkabelung zu kartografieren. »Ist nicht gerade modernste Technik.«

»Muss ja auch nicht sein. Die Idee der Demokratie ist schließlich auch schon ein paar Tausend Jahre alt.«

»Sie meinen: Zeit, sie zu beerdigen?« Die Donuts waren nicht schlecht. Er musste bei Gelegenheit fragen, woher Zantini die hatte.

Der Zauberkünstler hob amüsiert die Augenbrauen. »Oh? Hat da jemand Skrupel? Wir kehren doch bloß zurück zu den Wurzeln. Anfangs hatten nämlich nur die wohlhabenden Bürger etwas zu sagen, wussten Sie das? Das allgemeine Wahlrecht – eine Stimme für jeden, sei er Nobelpreisträger oder Landstreicher: Das ist eine ausgesprochen neue Erfindung. Und vielleicht ein Irrweg, wer weiß?« Zantini faltete die Hände auf seine unnachahmlich spinnenfingrige Weise und lächelte. »Denken Sie daran: Macht ist eine Illusion. Und mit Illusionen Geld zu verdienen ist mein Metier.«

Vincent kaute an seinem Donut und war froh, dass er auf diese Weise beschäftigt war. Es war wie verhext: Wenn der hagere Mann mit dem dünnen Oberlippenbart ihm von Angesicht zu Angesicht gegenüber saß, hatte Vincent ein Gefühl, als brächen sämtliche Verteidigungslinien in ihm zusammen. Dann vergaß er alles, was er sich zuvor an klugen Erwiderungen und raffinierten Strategien zurechtgelegt hatte.

Er rang im Grunde immer noch mit sich. Ein Teil von ihm wollte mit all dem einfach nichts zu tun haben, wollte Zantini knallhart sagen, dass er sich außerstande sehe, den NEDAP zu knacken, und Schluss. Der andere Teil verfolgte immer noch den Plan, dabeizubleiben, um die Kontrolle über die Dinge zu behalten. Um im richtigen Moment die richtige Entscheidung zu treffen und mit einer kühnen Intrige Zantinis Machenschaften auffliegen zu lassen.

Aber waren seine Motive wirklich so edel? Oder redete er sich die ganze Sache einfach nur schön? Denn da war auch die Herausforderung, diese Maschine zu besiegen, und diese Herausforderung, o ja, die reizte ihn, über alle Maßen reizte sie ihn. Er wollte wissen, ob er das konnte. Ob er das wirklich brachte. Nicht einen Prototyp diesmal, sondern das wirkliche Ding. Ein Programm, das wirken würde wie ein Computervirus. Nur dass es nicht irgendwelche Rechner befallen würde, um belanglosen Unsinn darauf anzustellen, sondern genau die Maschinen, mit denen die Führer der Welt ausgewählt wurden.

Wobei er sich immer noch nicht sicher war, ob er mit dem, was er über die Manipulationen der letzten Präsidentenwahlen zu wissen glaubte, nicht nur einer kollektiven Hypnose erlegen war. Befand er, Vincent Wayne Merrit, sich wirklich und wahrhaftig in einer so einzigartigen Position? Waren hier tatsächlich die Schicksale ganzer Völker in seine Hände gelegt? Oder war das auch nur eine von Zantinis Illusionen? Das wollte er wissen.

Und der einzige Weg, das herauszufinden, war, weiterzumachen.

Eine Bewegung am Fenster erregte seine Aufmerksamkeit. Es war Pictures, der sich an den Fensterrahmen zu schaffen machte, etwas zu montieren schien. Der tätowierte Mann sah, dass Vincent ihn bemerkt hatte, und winkte ihm lächelnd zu.

Vincent blinzelte irritiert. »Was zum Teufel macht er da?«

»Wir sind um Ihre Sicherheit besorgt«, sagte Zantini. »Er schraubt die Fenster von außen zu, damit niemand unbemerkt eindringen kann.«

»Und damit ich nicht einfach abhauen kann.«

Zantini lächelte ebenso breit wie falsch. »Was Sie mir da an Heimtücke unterstellen … Warum sollten Sie abhauen? Das hier ist die Chance Ihres Lebens – und als aufrechter Amerikaner wissen Sie doch, dass man in dem Fall entschlossen zupackt, nicht wahr?« Er seufzte kummervoll. »Eine Eigenschaft, die man sich bei uns alten Europäern auch manchmal wünschen würde, aber wir ziehen es vor, zu jammern und den Staat für alles verantwortlich zu machen. Auf der anderen Seite nehmen wir Europäer aber auch alles brav hin, was der Staat uns zumutet, was für unser kleines Start-up-Unternehmen bedeutet, dass wir nicht befürchten müssen, dass die Wahlcomputer, wenn sie erst angeschafft und eingeführt sind, gleich wieder verschwinden.« Er beugte sich vor, faltete die Hände. »Trotzdem müssen wir vorsichtig sein. Was wir brauchen, ist ein Programm, das … Nun ja, sagen wir, das einen doppelten Boden hat.«

Vincent verstand nur Bahnhof. »Einen doppelten Boden?«

»Doppelte Böden sind ein wesentlicher Bestandteil der Zauberkunst, davon werden Sie ja schon einmal gehört haben.«

»Und wie meinen Sie das bei Software?«, fragte Vincent. »Ich meine, gut, wie ein Zylinder mit doppeltem Boden funktioniert, das kann ich mir einigermaßen vorstellen, aber –«

»Sie dürfen das nicht zu wörtlich nehmen, ich bitte Sie. Sie müssen den Sinn dahinter verstehen, den Daseinszweck. Ein doppelter Boden dient dazu, einen Gegenstand zu verbergen, den man im weiteren Verlauf des Kunststückes noch braucht. Und zwar in genau dem Moment, in dem man vorgibt, sich der Kontrolle des Publikums zu stellen. Verstehen Sie? Ich hebe meinen

Zylinder ab, halte ihn so, dass das Publikum in ihn hineinsehen kann, und es stellt fest: Da ist nichts. Tatsächlich ist da natürlich durchaus etwas, nämlich ein geschickt eingebauter zweiter Zylinder. Er ist so verkürzt, dass er aus der Ferne aussieht wie das Innere des Hutes, während er in Wahrheit einen Hohlraum lässt, ein Versteck, in dem eine Taube untergebracht ist. Im Fortgang öffne ich den doppelten Boden unauffällig, und im richtigen Moment – *voilà* – kann ich die Taube hervorzaubern.«

»Die passt in einen Hut?«, zweifelte Vincent, obwohl er das Kunststück natürlich auch schon irgendwann einmal im Fernsehen gesehen hatte. Er hatte vermutet, dass das mit einem Filmtrick erreicht wurde.

»Vögel sind viel kleiner, als man denkt; der eigentliche Körper unter all den Federn ist winzig. In einen ordentlichen Zauberzylinder passen leicht mehrere Vögel.« Zantini machte eine schwungvolle Bewegung mit der Hand nach oben. »Wenn sie davonflattern, wirken sie noch größer. Deswegen wirft man sie in die Luft.«

Vincent nickte. »Okay. Verstanden. Also, der doppelte Boden verbirgt das eigentliche Geheimnis vor einer Prüfung …« Er hielt inne. Natürlich. Es lag auf der Hand, wie dieses Prinzip auf die Software der Wahlmaschine zu übertragen war: In dem Moment, in dem jemand die Maschine auf korrekte Funktionsweise überprüfen wollte, musste sie vortäuschen, unverändert zu sein.

Wie auch immer sich das bewerkstelligen ließ.

»Trauen Sie sich das zu?«, fragte Zantini.

Trauen Sie sich das zu?

Vincent sah hoch, spürte sein Herz klopfen. Der Zauberer sah ihn unverwandt an, sein Blick hatte etwas Lauerndes, Wissendes: Als wisse er haargenau, dass das die Frage war, der Vincent nicht widerstehen konnte.

Er konnte es auch diesmal nicht.

»Natürlich«, sagte er.

***

So begann Vincents Leben als jemand, der von zwei Dienern umsorgt wurde.

Daran konnte man sich gewöhnen, stellte er fest.

Die beiden mochten bizarr aussehen, aber sie hatten es drauf, die lästigen Notwendigkeiten des Alltags verschwinden zu lassen. Wenn Vincent morgens aufwachte, standen Bagels und Donuts bereit und eine Kanne frisch gebrühten Kaffees, die auch tagsüber nie leer zu werden schien. Im Kühlschrank lagerten unerschöpfliche Vorräte an gut gekühlter Cola und Dosenbier. Mittags tauchte wie von Zauberhand ein Tablett mit einem Mittagessen neben ihm am Arbeitstisch auf. Und dass es draußen zu dunkeln begann, erkannte Vincent daran, dass ihm ein Teller mit Sandwiches hingeschoben wurde.

Seine Klamotten brauchte er nur auszuziehen und fallen zu lassen, damit sie verschwanden, um gewaschen und gebügelt wieder aufzutauchen. Irgendwie hingen stets saubere Handtücher im Bad, ging das Klopapier nie aus und wuchs die Seife immer nach. Und wäre Vincent kein allein lebender Mann gewesen, wäre ihm darüber hinaus aufgefallen, dass sich kein Staub auf dem Boden sammelte, dass sich in der Küche keine Fettschicht mehr rings um den Herd bildete und im Bad Waschbecken und Dusche jeden Morgen sauber geputzt waren.

Allerdings hatte Dienerschaft auch ihre Nachteile.

Nicht einmal so sehr, weil die beiden sich nebenbei als Vincents Leibwächter verstanden, weder Besuch noch Post zu ihm ließen und ihn zweifellos auch daran gehindert hätten, alleine auszugehen. Nein, was ihn irritierte, und zwar extrem, war, dass ständig jemand da war oder zumindest da sein *konnte*. Er war es gewöhnt, die Klotür offen zu lassen und die Badtür sowieso; beides hätte er jetzt nicht einmal mehr unter Androhung von Waffengewalt fertig gebracht. Wenn er duschte, verriegelte er die Tür hinter sich, als gelte es, Staatsgeheimnisse zu schützen, und wenn seine Blase drückte, drehte er erst eine Runde durchs Haus, um sicher zu sein, dass niemand irgendwo zugange war: Nur in dem Fall lohnte es sich überhaupt, die Toilette aufzusuchen. Wenn er das Gefühl hatte, dass einer der beiden mithörte, ging gar nichts.

Es lag an Furry, erkannte er irgendwann. Diese Frau, die sich bewegte wie eine Sexbombe und die, wenn man nur ihre Silhouette sah, auch so aussah, irritierte ihn maßlos mit all dem Haar, das ihr an den unmöglichsten Stellen wuchs. Wenn sie angeschlichen kam und »Hier, Junge, iss mal was« sagte und ihm einen Teller mit Sandwiches oder mit aufgeschnittenem Obst hinschob, mit ihren dunkel behaarten Armen und Händen, die wie die eines Orang-Utans wirkten, so borstig, wie sie waren. Abends sah man, dass ihr Stoppeln ums Kinn herum standen, was ja wohl hieß, dass sie sich jeden Morgen rasieren musste, um ohne Vollbart zu sein. Gruselig.

Pictures war in Ordnung. Einmal zeigte er Vincent die Tätowierung, mit der alles angefangen hatte – ein simples Herz auf dem Oberarm, in dem *Victoria* stand. »Mann, war ich damals verliebt«, lachte er, und die schwarz-blauen Linien auf seinem Gesicht verzogen sich dabei zu wilden Kräuselmustern. Er konnte seine Brustmuskeln so zucken lassen, dass es aussah, als gerate das Schiff, das über seine Herzgegend segelte, in schweren Seegang, und er erzählte vom Tätowieren auf eine Art und Weise, dass man sich ohne so etwas regelrecht nackt fühlte.

Doch seine pelzige Freundin … Klar, es war unfair und ein Vorurteil und alles, aber Vincent ging ihr aus dem Weg, wo er konnte. Und versuchte, sich nicht vorzustellen, wie sie mit Bart aussehen mochte. Oder wenn sie duschte.

Oder wie es aussehen mochte, wenn sie pinkelte. Allein der Gedanke jagte Vincent eine Gänsehaut über den ganzen Körper.

Allerdings – und das machte die Situation erträglich – kamen ihm derlei Gedanken relativ selten. Er hatte seine Arbeit, und die beanspruchte ihn zu fast hundert Prozent, saugte ihn förmlich auf.

Anders als bei dem Prototypen für Frank Hill damals legte er es diesmal darauf an, das Programm des Herstellers tatsächlich zu entschlüsseln. Er las den Inhalt der System-EPROMs aus, überspielte den binären Code auf seinen Computer und begann mithilfe eines professionellen Disassemblers, die Funktionsweise der Software Befehl für Befehl nachzuvollziehen.

Bei den grundlegenden Operationen, die ein Prozessor ausführen kann, handelt es sich um Anweisungen wie *Lade den Inhalt der Speicherstelle X ins Register A* oder *Multipliziere das Register A mit 2* und dergleichen: Man konnte relativ einfach nachvollziehen, was *passierte* – das Schwierige war, herauszufinden, was das jeweils *bedeuten sollte.* Das war eine Herausforderung an Kombinationsvermögen und Intuition; ungefähr so, als gelte es, den ganzen Tag lang Sudokus zu lösen.

So rätselte Vincent ewig an einer komplizierten Kette von Lade-, Schiebe- und Schreibbefehlen herum. Erst nach geschlagenen zwei Tagen – inklusive der Nächte, von drei Stunden betäubten Erschöpfungsschlafes abgesehen – ging ihm auf, dass all diese Befehle nichts weiter taten, als eine einzige Textzeile auf dem Display auszugeben!

Zantini kam ihn ab und zu besuchen. Dann saß er neben ihm auf einem umgedrehten Stuhl, die Arme auf die Lehne gestützt, und ließ sich von Vincent erklären, was er machte. Was ein EPROM eigentlich sei, wollte er einmal wissen.

»Das ist die Abkürzung für *erasable programmable read only memory*«, erklärte Vincent und hob einen EPROM hoch. »Dieser schwarze Käfer hier. Ein nichtflüchtiger Speicher. Nichtflüchtig ist klar? Ein normaler Speicher verliert seinen Inhalt, sobald ihm der Strom abgedreht wird, diese Art Speicher nicht. Man beschreibt ihn mithilfe eines sogenannten EPROM-Brenners.« Er zeigte auf seinen alten Brenner, der aussah wie ein zu groß geratener Taschenrechner mit einem Stecksockel. Das Ding war so alt, dass es noch über die Druckerschnittstelle an den PC angeschlossen werden musste. Aber es funktionierte. »Wenn man den Speicherinhalt löschen will, bestrahlt man dieses Fensterchen hier« – er zeigte auf die winzige Scheibe aus Quarzglas, die in das schwarze Kunststoffgehäuse eingelassen war – »mit ultraviolettem Licht.«

Zantini hörte aufmerksam zu, nickte hin und wieder, ließ sich jedoch nicht anmerken, ob er überhaupt ein Wort verstand.

»Sie müssen mir aber auch mal etwas verraten«, sagte Vincent bei einer dieser Gelegenheiten. »Ich wüsste gerne, wie Sie das damals im El Rancho gemacht haben. Wie Sie den Fingerhut unter der Serviette finden konnten.«

Zantini hob nur eine seiner ausdrucksvollen Augenbrauen. »Ein Zauberer verrät seine Tricks nicht.«

»Und warum sollte ein Programmierer dann seine Tricks verraten?«

Keine Antwort. Man konnte Zantini ansehen, wie es in ihm arbeitete. Wurde Zauberkünstlern der Ehrenkodex mit dem Brenneisen eintätowiert? Kam er vor ein Zaubergericht, wenn er dagegen verstieß? Würde man ihn ... Nun, was mochte die Strafe für abtrünnige Zauberer sein? Vielleicht ließ man sie auf magische Weise verschwinden, sodass sie nie wieder auftauchten?

»Okay«, gab Zantini nach. »Den Trick kann man sowieso in Büchern nachlesen. Im Grunde ist er ganz einfach. Entscheidend ist, sich nicht ablenken zu lassen. Deswegen die Augenbinde.«

»Aber Sie hatten doch jemanden im Publikum, der Ihnen signalisiert hat, wo der Fingerhut versteckt ist, oder?«

»Ja, hatte ich«, sagte Zantini. »Der Mann, der mich führte.«

Vincent spürte seine Augen groß werden. »Ramesh? *Ramesh* war Ihr Komplize?«

»Ohne dass er es wusste.«

»Was?«

»Ich habe ein gewisses Brimborium veranstaltet von wegen, der Letzte, der den betreffenden Gegenstand berührt hat, möge zu mir treten«, erläuterte der Zauberer. »Das diente nur dazu, den Aberglauben anzustacheln, der in jedem Menschen steckt. Um jemanden zu haben, der wusste, wo der Fingerhut versteckt war, und der wenigstens ein kleines bisschen glaubte, dass ich womöglich doch über magische Kräfte verfüge.« Zantini hob die Hand. »Wenn Sie so jemanden anfassen und sich mit verbundenen Augen von ihm führen lassen, spüren Sie jedes Zögern, jedes Innehalten, jede Anspannung. Unweigerlich wird der Betreffende sich ein wenig verkrampfen, sobald ich ihn in die richtige Richtung dirigiere, erst recht, wenn ich ihm am richtigen Tisch befehle, stehenzubleiben ... Mit der Hand auf seiner Schulter können Sie die Gedanken des Betreffenden lesen. Mit ein wenig Übung zumindest.«

»Das heißt, Ramesh war nicht bestochen oder so?«

»Er hat nicht geahnt, dass sein Körper mir alles verrät, was ich wissen musste.«

Vincent war skeptisch. »Das klingt irgendwie zu einfach, ehrlich gesagt.«

»Mag sein«, meinte Zantini, »aber die meisten Zaubertricks sind entweder von geradezu enttäuschender Einfachheit – oder aber von überwältigender Komplexität. Auf jeden Fall nie so, wie sie erscheinen.«

»So, wie Sie das beschreiben, klingt es, als könnte ich das auch.«

»Ich würde Ihnen empfehlen, erst mit einer Person Ihres Vertrauens zu üben, ehe Sie es in einem ganzen Saal versuchen. Ansonsten, ja, zweifellos.« Zantini lächelte dünn. »Manchmal besteht die Kunst darin, etwas schwierig aussehen zu lassen. Ich nehme an, das ist beim Programmieren auch nicht anders, oder?«

Was den Wahlcomputer anging, war sich Vincent noch nicht sicher, ob das System nur schwierig zu hacken *aussah* oder wirklich schwierig zu hacken *war*.

Beim Konzept der Firma Nedap spielten verschiedene Bestandteile ineinander. In einem typischen Wahllokal wurden mehrere Wahlcomputer aufgestellt, wobei man für jedes Gerät außerdem ein sogenanntes Stimmenmodul benötigte, ein kleines schwarzes Kästchen mit einer Anschlussbuchse, die auf die Stecker einer Programmier- und Leseeinheit passte, die wiederum[35] an einen PC angeschlossen war. Auf diesem war ein Programm installiert, mit dessen Hilfe man die Stimmenmodule für die jeweilige Wahl programmierte: Das geschah, indem man die Namen der Parteien und Kandidaten so eingab, wie sie nachher auf Anzeigen und Ausdrucken erscheinen sollten.

Der NEDAP funktionierte nur, wenn das Stimmenmodul eingesteckt war, auf dem auch die abgegebenen Stimmen abgelegt wurden. Nach Ende der Wahl konnte man an jedem Wahlcomputer eine Ergebnisliste ausdrucken, das Stimmenmodul entneh-

35 Über ein serielles Kabel

men und die darin gespeicherten Werte über das Auslesemodul an den PC übertragen, der alle Stimmen aufaddierte[36]. Zusätzlich konnte man die Stimmenmodule versiegeln und aufbewahren.

Daran hatte Vincent eine Weile zu grübeln. Der Schlüssel waren die Stimmenmodule. Wie immer er den Hack letzten Endes durchführte, am Ende mussten in den Stimmenmodulen genau die Ergebnisse stehen, die er haben wollte.

Er zerlegte eines der Stimmenmodule und zeichnete den Schaltplan auf. Ein Modul enthielt zwei Flash-Speicherchips und ein paar integrierte Schaltkreise[37], und das Ganze sah geradezu bestürzend solide und durchdacht aus.

Andererseits war *jedes* System zu hacken. Axiom Nummer 1 und bisher noch nie widerlegt: Ein Hack scheitert nicht an dem betreffenden System, sondern an den Fähigkeiten des Hackers.

Das war die Herausforderung.

Vincent installierte das offizielle Wartungsprogramm auf einem seiner Rechner, schloss das Programmier- und Auslesemodul daran an und steckte ein anderes Stimmenmodul ein. Mit einem *Sniffer*[38] entschlüsselte er, wie das Stimmenmodul anzusteuern war und wie und wo es die Daten ablegte, die es empfing.

Da hatte sich jemand sehr gründlich Gedanken gemacht. Jede Stimme wurde in vier Kopien abgespeichert, jede mit einer Hamming-Code Fehlerkorrektur[39] versehen, sodass Falschauszählungen extrem unwahrscheinlich wurden.

Und – das Stimmenmodul war so konstruiert, dass von der

---

36 Man könnte auf die Idee kommen, nicht die Wahlcomputer, sondern das PC-Programm zu hacken: Da die vorgeschriebene Wahlprozedur nicht einmal eine Prüfung dieses Programms vorsieht, wäre eine Manipulation der Ergebnisse geradezu lächerlich einfach. Die Sicherung dagegen ist die Möglichkeit, die Resultate an jeder einzelnen Maschine direkt auszudrucken: Wenn die Ergebnisse, die der PC ausdruckt, von der Summe der Einzelresultate abweicht, liegt es auf der Hand, dass eine Manipulation vorliegen muss.

37 Notwendig, um in die Flash-Speicher einzulesen und zu schreiben

38 Vom englischen »to sniff«, schnüffeln: ein Gerät, das die Impulse belauscht, die z. B. über ein serielles Kabel hin und her gehen.

39 Spezielles Verschlüsselungsverfahren, das imstande ist, einzelne Bitfehler (z. B. durch »kippende Bits« infolge eines Fehlers im Speicher) in einem Datenblock zu erkennen und zu korrigieren – siehe http://de.wikipedia.org/wiki/Hamming_Code

Wahlmaschine aus jede Stimme nur *ein einziges Mal* geschrieben werden konnte[40]!

Diese Erkenntnis traf Vincent wie ein Schock. Er sprang auf, ging ziellos durchs Haus, goss sich in der Küche ein Glas Cola ein, um es nach dem ersten Schluck wegzustellen. Er starrte Löcher in Wände, murmelte Flüche, kehrte ins Arbeitszimmer zurück und ging alles noch einmal durch. Mit demselben Ergebnis.

Natürlich konnte er sein Programm falsche Voten in das Stimmenmodul schreiben lassen. Das war einfach. Jemand, der für Partei A stimmte, bekam angezeigt: »Sie haben für Partei A gestimmt« – aber das hinderte einen ja nicht daran, trotzdem eine Stimme für Partei B abzuspeichern.

Bloß vertrug sich das nicht mit Zantinis Forderung nach einem »doppelten Boden«, denn dieser Schwindel flog auf, sobald jemand das Gerät zu Testzwecken benutzte. Der Betreffende würde eine Liste abarbeiten – 30 Stimmen für A, 20 Stimmen für B zum Beispiel –, und wenn die Auszählung davon abwich, war klar, dass etwas nicht stimmte.

Das Programm musste also unterschiedlich arbeiten können, je nachdem, ob eine Testwahl stattfand oder eine echte Wahl. Das war kein grundsätzliches Problem; dass ein Programm je nach Bedarf mal dieses, mal jenes Verhalten an den Tag legte, war sozusagen das Grundprinzip des Programmierens schlechthin. Auch hatte Vincent etliche Ideen, wie und woran sein Programm feststellen würde, dass es getestet wurde: Beginnend bei dem sim-

---

40 Dies wird folgendermaßen erreicht: In den Flash-Speichern ist Bit 5 mit Masse verbunden, und außerdem sind die Bits 5 und 7 vertauscht abgelegt. Das 7. Bit muss auf 1 gesetzt sein, um das *flash-erase*-Kommando auslösen zu können, den Löschbefehl für die Intel P28F010 Flash-Chips; für alle anderen Programmierbefehle kann es auf 0 bleiben.

Die einzige Verbindung zu Bit 7 existiert an dem Slot der Programmiereinheit, der mit *Schreiben* gekennzeichnet ist und an dem man die Stimmenmodule einstecken muss, um sie mit den Kandidatenlisten zu bestücken und auf 0 zu setzen. Die Wahlmaschine selber kann nur Nullwerte in das Bit 7 jeder einzelnen Speicherstelle des Stimmenmoduls schreiben.
Da je zwei Kopien einer Stimme mit invertierten Bits abgespeichert werden, ist es unmöglich, eine einmal abgegebene Stimme durch nachträgliche Flash-Operationen zu verändern. Ausführliche Dokumentation unter http://www.wijvertrouwenstemcomputersniet.nl/other/es3b-en.pdf

plen Kniff, einfach erst mit dem Falschspielen anzufangen, wenn eine bestimmte Mindestzahl von Stimmen abgegeben war – fünfhundert zum Beispiel –, über ausgefeilte Auswertungen der Zeitabstände zwischen zwei Abstimmungsvorgängen und dem Drücken der verschiedenen Knöpfe dabei, was zweifellos bei einer Testwahl einem anderen Muster folgte als bei einer echten Wahl, bis hin zu der Möglichkeit, dass die Umschaltung durch eine Art Geheimcode erfolgte, den ein Eingeweihter über die Abstimmtasten eingeben konnte; so ähnlich, wie Vincent es bei seinem simplen Programm für die Diebold-Maschine zehn Jahre zuvor gemacht hatte.

Aber wie sollte er das in ein System einbauen, das Stimmen so speicherte, dass sie nicht mehr überschreibbar waren?

Vincent merkte nicht, dass er dabei war, seine Fingernägel blutig zu kauen. In seinem Hirn war momentan nur eine große, schwarze Wand.

Eine schwarze Wand und der Gedanke, dass es gehen *musste!* Diese Niederländer, *Hackinator* und seine Freunde, hatten das Ding schließlich auch gehackt!

Vincent schlief sehr schlecht in dieser Nacht.

KAPITEL 11

Sie wirken ein bisschen … Wie soll ich sagen? So, als liefen die Dinge nicht so, wie Sie sich das vorgestellt haben«, sagte Zantini bei seinem Besuch am darauffolgenden Tag. »Gibt es irgendwelche Probleme, von denen ich wissen müsste?«

Vincent wandte seinen Blick nicht vom Bildschirm ab. Wenn er eines ganz bestimmt nicht tun würde, dann war das, Benito Zantini zu verraten, wie ratlos er im Moment war. Oder gar, wie es an ihm nagte, dass Hackinator möglicherweise ein besserer Programmierer war als er selber. Der Gedanke, dass der Holländer sich von einem Mädchen hatte helfen lassen, beruhigte Vincent auch nicht.

Wenn er damals nur besser aufgepasst hätte!

»Ich frage mich immer noch, wie Sie es überhaupt hinkriegen wollen, das geänderte Programm auf allen Wahlcomputern zu installieren, ohne dass der Schwindel entdeckt wird«, erklärte Vincent. Ablenken hieß die Devise. »In meinen Augen ist das das Grundproblem.«

»Das habe ich Ihnen doch schon gesagt«, meinte Zantini sanft. »Hokuspokus, Simsalabim.«

Vincent schüttelte den Kopf. »Bei allem Respekt vor Ihrer Fingerfertigkeit – ich glaube kaum, dass es in dem Fall mit ein paar Zauberkunststückchen getan ist. Ich meine, die Leute, mit denen Sie es zu tun haben, sind ja keine Idioten. Abgesehen davon, dass es Politiker sind, okay. Aber trotzdem. Dumm sind die nicht.«

Zantini lachte leise. »Im Gegenteil, Vincent, im Gegenteil. Gerade weil es intelligente Leute sind, wird es funktionieren.«

»Das verstehe ich nicht.«

»Weil Sie nicht verstehen, wie Zauberkunst funktioniert. Wissen Sie, was das schwierigste Publikum überhaupt ist? Kinder. Kinder nehmen nichts als gegeben hin. Sie beobachten genau. Sie haben noch keine Konzepte im Kopf, wie die Welt sein soll, verstehen Sie? Sie sehen, was ist. Intelligente Leute dagegen …« Zantini machte eine wegwerfende Handbewegung. »Je intelligenter die Leute sind, desto leichter sind sie zu täuschen. Je gebildeter, je mehr Titel, je angesehener, desto eher fallen sie auf Illusionen herein. Und wissen Sie, warum? Weil sie nicht erwarten, getäuscht zu werden. Weil sie von sich glauben, sie seien zu klug, um auf Täuschungen hereinzufallen.«

»Hmm«, machte Vincent.

»Warten Sie, ich zeige es Ihnen.« Zantini sprang auf, verließ den Arbeitsraum und kehrte gleich darauf zurück, ein leeres Wasserglas in der Hand. Er blieb bei der Tür stehen, das Glas erhoben, und fragte: »Was sehen Sie hier, Vincent?«

»Ein Glas«, sagte Vincent.

»Sind Sie sicher? Schauen Sie genau hin.«

Was sollte das werden? »Okay. Ich sehe ein leeres Wasserglas mit Längsrillen, das vermutlich Ihnen gehört, weil ich solche Gläser meines Wissens nicht besitze.«

»Schon besser, aber schauen Sie noch genauer hin. Was sehen Sie?«

Vincent verschränkte die Arme, fixierte das Glas in Zantinis Hand und überlegte. Was meinte der Zauberer? Ah! War das am Ende eine Übung in Logik? Vincent musste grinsen.

»Okay – genau genommen sehe ich die Vorderseite von etwas, das aussieht wie ein Wasserglas.«

Zantini sagte nichts, hob nur die freie Hand und führte sie in einer schwungvollen Bewegung von unten nach oben vor dem Glas vorbei, es dabei für einen Augenblick verdeckend.

Und wie durch ein Wunder schwappte in dem Glas plötzlich Cola!

»Ups!«, entfuhr es Vincent.

»Verblüfft?« Der Zauberkünstler lächelte.

Wie hatte er das gemacht? Vincents Gedanken rasten. Woher

kam die Cola? Die Bewegung war zu schnell gewesen, als dass man in der Zeit das Glas irgendwie – aus einem verborgenen Reservoir beispielsweise – hätte füllen können ... Wie um alles in der Welt hatte er das gemacht?

»Nicht schlecht«, gab Vincent widerwillig zu.

»Eine Idee, wie das geht?« Spöttisch fügte Zantini hinzu: »Bei Ihrer Intelligenz ...?«

Vincent schüttelte finster den Kopf. »Ich passe.«

Der Zauberer nickte zufrieden, kam an den Arbeitstisch und stellte das Glas vor Vincent hin.

Es war in der Mitte geteilt. In der einen Hälfte war Cola, die andere Hälfte war leer. Und die Trennwand war ein Spiegel, sodass man, wenn man das leere Glas von vorn sah, ein komplett leeres Glas zu sehen glaubte.

»Sie haben es einfach ... gedreht!«, stieß Vincent hervor.

»Was gut geübt werden will, damit man die Bewegung nicht bemerkt«, erklärte Zantini. »Aber sehen Sie, was ich meine? Illusion. Darum dreht sich alles. Es anders aussehen lassen, als es ist.«

Vincent merkte, wie seine Kinnlade nach unten klappte. In seinem Hirn blitzte und blinkte es auf einmal, Assemblercode raste seine Neuronen entlang und formte sich zu wundervollen, vielversprechenden Mustern.

»Ich glaube«, flüsterte er, »es ist besser, Sie gehen jetzt.«

Er legte die Hände auf die Tastatur und begann zu tippen. Wann Zantini schließlich tatsächlich ging, bekam er nicht mehr mit.

Die Stimmen, die in den Flash-Speicher geschrieben worden waren, ließen sich von der Wahlmaschine aus nicht mehr ändern.

Okay. Aber es spielte keine Rolle, wann diese Stimmen geschrieben wurden!

Wenn die Wahl zu Ende war, wurde an dem Gerät ein ganz bestimmter Schlüssel in ein ganz bestimmtes Schloss gesteckt und in eine ganz bestimmte Position gedreht: Erst dann ließ sich das Stimmenmodul entnehmen – eine vernünftige Vorsichtsmaßnahme, weil so verhindert wurde, dass ein Wähler es im Verlauf des Wahltags einfach mitnahm.

Der Kniff war, den Schwindel erst in diesem Moment durchzuführen. Sein Programm würde die Stimmen, die das Auswerteprogramm nachher zählen würde, erst im allerletzten Augenblick in den Flash-Speicher des Stimmenmoduls schreiben[41].

---

41 Dazu müssen die Stimmen natürlich zunächst anderswo abgelegt werden. In der Maschine stehen 16 Kilobyte RAM zur Verfügung, normaler Hauptspeicher, der für wesentlich komplexere Programme ausreichen würde als für simples Zählen von Stimmen (der niederländische Aktivist und Computerexperte Rop Gonggrijp hat zu Demonstrationszwecken ein einfaches Schachprogramm darin installiert), doch der einen entscheidenden Nachteil hat: Er ist flüchtig – d. h. wenn der Strom ausfällt, gehen alle darin gespeicherten Daten verloren.

Damit verbietet sich dieser Weg, wenn man das System manipulieren will: Es braucht nur am Wahlabend irgendwann kurz der Strom auszufallen, um den Schwindel auffliegen zu lassen. Eine Unterbrechung der Stromzufuhr würde dazu führen, dass das Programm die bisher abgegebenen Stimmen vergisst, und damit würden die Stimmenmodule bei Wahlende in der Summe weniger Stimmen enthalten, als Wähler gekommen sind (deren Anzahl aus der Wählerliste ermittelt und gemeldet wird, um die Wahlbeteiligung zu berechnen).

Auf der Platine des NEDAP befindet sich jedoch noch ein EEPROM-Chip. Das Doppel-E in der Bezeichnung steht für »electronic erasable«: Es handelt sich um einen nichtflüchtigen Speicher, der im Unterschied zu einem normalen EPROM auf programmtechnischem Wege lösch- und neu beschreibbar ist. Er bietet nur 8 Kilobyte Speicher, dient in dieser Maschine aber auch nur dazu, eine Gerätenummer und einige Einstellungen zu speichern, zum Beispiel, ob die Tasten einen Ton erzeugen sollen, wenn man sie betätigt, oder nicht. Den Rest des Speichers teilen sich ein Ereignis- und ein Fehlerprotokoll.

Ein Manipulationsprogramm kann eine Routine enthalten, die die beiden Protokolle automatisch so kürzt, dass Platz ist für eine Liste von 16-Bit-Zahlen, für jede Partei beziehungsweise jeden Kandidaten eine. Anstatt die abgegebenen Stimmen direkt in die Stimmenmodule zu schreiben, würde das Programm einfach nur diese Zahlen hochzählen und am Ende der Wahl entweder ehrlich für jede Zahl die entsprechende Menge von Einzelstimmen in den Flash-Speicher schreiben – oder eben nicht. Da bei einer Wahl nur die Gesamtzahl der abgegebenen Stimmen überprüfbar ist, kann man auf diese Weise (und trotz der raffinierten Konstruktion der Stimmenmodule) dennoch nach Belieben zwischen den aufgelaufenen Stimmzahlen hin- und herschichten.

Empfehlenswert wäre ferner eine Prüfroutine, die sicherstellt, dass einer Partei erst dann Stimmen gestohlen werden, wenn sie eine bestimmte Anzahl davon erhalten hat: Auf diese Weise kann man verhindern, dass ein Kandidat vielleicht nur eine Stimme bekommt – wenn die dann in der Auszählung nicht erscheint, würde der Wähler, der sie abgegeben hat, genau wissen, dass etwas nicht stimmt.

So würde es gehen.

Ihm war, als fiele eine ungeheure Last von ihm ab. Sein Gesicht lächelte wie von selbst. Hackinator konnte sich als geschlagen betrachten. Der hatte den NEDAP auch geknackt, und als Erster, ja – aber er hatte das Ding nur ein paar Journalisten vorgeführt, und die hatte er nicht überzeugt. Vincents Code dagegen würde tatsächlich zum Einsatz kommen. Würde Weltgeschichte schreiben.

Aber erst musste er ein bisschen Schlaf kriegen. Seine Augen brannten, seine Knie taten weh, weil sie die ganze Zeit nervös gewippt hatten, ohne dass es ihm aufgefallen war, und in seinem Kopf summte es.

Es dämmerte schon, als er ins Bett fiel.

An einem der nächsten Abende zeigte er Zantini, was an einem Wahlcomputer technisch zu tun war, um die veränderte Software zum Einsatz zu bringen.

»Zunächst öffnen Sie das Gerät.« Er zeigte ihm die Schrauben, führte es vor. »Sie müssen damit rechnen, dass das Gehäuse vor dem Einsatz bei einer Wahl versiegelt wird. Die Maschine hier hatte einen primitiven Aufkleber, den man mit jedem besseren Kopierer nachmachen könnte, aber es gibt Siegel, die können Sie nicht ohne Weiteres nachmachen und auch nicht lösen, ohne sie zu zerstören. Ist das ein Problem?«

Zantini gluckste belustigt. »Sie machen Witze, oder?«

»Ich meine ja nur«, entgegnete Vincent pikiert. Er hob den Deckel ab und zeigte ihm die beiden EPROM-Chips. »Die müssen Sie austauschen. Wissen Sie, wie man so etwas macht?«

»Zeigen Sie es mir«, forderte der Zauberer ihn auf.

»Sie machen es am besten mit einem speziellen Werkzeug, einer Chipzange.« Er zeigte ihm seine schon etwas abgeschabte. »Gibt's für ein paar Dollar überall zu kaufen. Sie setzen Sie so an, sehen Sie?« Es war eine eingeschliffene Bewegung für ihn; es kostete ihn fast Überwindung, sie ganz langsam auszuführen und zwischendrin innezuhalten. »Wichtig ist, dass dabei keiner der Steckkontakte beschädigt, verbogen oder abgebrochen wird.«

»Das sind die silbernen Beinchen?«, vergewisserte sich Zantini.

»Genau. Sie packen nur den schwarzen Leib des Silikoninsekts und ziehen ihn vorsichtig raus. Das Ding sitzt gut, aber es muss auch gut rausgehen. Wenn nicht, stimmt was nicht; dann sitzt es vielleicht in einem Sockel mit einer Halterung – die müssen Sie zuerst entfernen.« Er sah sich um. »Ich hab grade keinen solchen Sockel da, sonst würde ich es Ihnen zeigen …«

Der Zauberkünstler winkte ab. »Schon gut. Ich glaub nicht, dass die ihre Geräte plötzlich umbauen.« Er streckte die Hand aus. »Darf ich es auch mal versuchen?«

Vincent reichte ihm die Zange und sah zu, wie er damit EPROMs tauschte. Er stellte sich recht geschickt dabei an. Was wiederum nicht so überraschend war, wenn man bedachte, dass er Zauberkünstler war und Taschendieb obendrein, also sozusagen von seiner Fingerfertigkeit lebte.

»Und nach Ende der Wahl«, schloss Vincent, »müssen Sie den natürlich wieder gegen den alten Chip austauschen.«

Zantini blickte ihn unwillig an. »Und wieso?«

»Weil man im Zweifelsfall den EPROM herausziehen und das darauf gespeicherte Programm mit dem Original vergleichen kann, und dann würde man feststellen, dass es nicht das gleiche ist.«

»Können Sie das Programm nicht so schreiben, dass es sich nach getaner Arbeit irgendwie … selber löscht oder so? Sich auflöst und nur die Originalsoftware übrig lässt?«

Vincent schüttelte den Kopf. »Wenn es modernere Chips wären, ja. Aber ich habe Ihnen gezeigt, dass man die hier nur mit UV-Licht löschen kann, und auch nur komplett[42]. Außerdem sehen nicht alle EPROM-Chips gleich aus. Die Originale tragen einen kleinen Aufkleber mit der Versionsnummer der Software, einer primitiven Checksumme und so weiter. Was sich fälschen ließe, aber sie könnten auch Kennzeichnungen tragen, die wir nicht kennen.«

Der Zauberer bewegte die Finger, als müsse er sie auf ihre

42 Es gibt auch sogenannte OTP-EPROMS, die nur ein einziges Mal programmierbar sind, ähnlich einer nur einmal beschreibbaren CD. Das Kürzel OTP steht für *one time programming*.

Beweglichkeit prüfen, während er nachdachte. »Okay«, sagte er. »Verstanden.«

Sie besprachen noch, wie überhaupt festgelegt werden sollte, welcher Partei das Programm die gestohlenen Stimmen zuschlagen würde, und einigten sich auf die simpelste Lösung, nämlich, die Partei, die gewinnen sollte, fest im Sourcecode zu hinterlegen. Vincent solle einfach für jede Partei, die in Deutschland eine Rolle spielte, eine eigene Version des Programms erstellen, meinte Zantini und schrieb ihm eine Liste, auf der lauter vorwiegend dreibuchstabige Abkürzungen standen wie CDU, CSU, SPD, FDP und so weiter. »Diese Bezeichnungen ändern sich nicht«, meinte er dazu, »manche dieser Parteien gibt es schon über hundert Jahre.«

Vincent lehnte sich zurück, betrachtete den hageren Mann mit dem geckenhaften Oberlippenbärtchen. »Sie glauben immer noch, dass Sie das hinkriegen, oder?«

Zantini sah verwundert hoch. »Natürlich. Wieso fragen Sie?«

»Weil ich das irgendwie nicht fasse. Ich wüsste nicht im Traum, wie ich das anfangen sollte. Das Programm zu schreiben, so schwierig es ist, ist ein Klacks dagegen.«

Der Zauberkünstler legte ihm die Liste hin und lächelte. »Darum ergänzen wir uns ja so gut.« Der Einwand schien ihn trotz allem nicht sonderlich irritiert zu haben.

»Ich glaub das erst, wenn ich es sehe.«

»Da wird es nichts zu sehen geben.« Zantini drehte seinen Stuhl wieder herum und stützte sich mit verschränkten Armen auf die Lehne; seine Lieblingsposition offenbar. »Wenn wir schon von Schwierigkeiten reden – es gibt ein viel grundsätzlicheres Problem bei unserem Vorhaben. Nämlich, dass die Politiker, mit denen ich gesprochen habe, auch nicht glauben, dass ich kann, was ich behaupte.«

»Kann ich nachvollziehen.«

»In dem Fall nicht, denke ich. In dem Fall liegt es daran, dass die Generation der Politiker, die heute an der Macht ist, von Computern keine Ahnung hat. Die *verstehen* nicht, wie diese Geräte funktionieren. Nicht dass ich viel Ahnung hätte. Aber die haben *gar keine*.«

Vincent sah skeptisch drein. »Kann ich mir nicht vorstellen. Ich meine, okay, die werden nicht gerade in ihrer Freizeit programmieren, aber zumindest ein bisschen was versteht doch heutzutage jeder von Computern.«

Zantini gab einen schweren Seufzer von sich. »Ich will Ihnen nur ein Beispiel erzählen. Die deutsche Justizministerin hat sich im Rahmen irgendeiner Kampagne von einer Gruppe Schulkinder interviewen lassen. Kam im Fernsehen, als ich in Deutschland war. Die Kinder fragten alles Mögliche, wie der Arbeitstag einer Ministerin aussieht und so weiter, und am Schluss, was für einen Browser sie benutze.«

Vincent hob die Schultern. Den Internet Explorer, nahm er mal an; bei reinen Usern eine lässliche Sünde. »Und?«

»Diese Frau sagt doch wirklich –« Zantini hielt inne, begann, seine Nasenwurzel zu massieren. »Sie müssen sich vergegenwärtigen, dass diese Ministerin damals gerade ein Gesetz durch den Bundestag gebracht hatte, das die Rechtslage für alle bei deutschen Providern gespeicherte Webseiten neu geregelt hat. Und dieselbe Frau antwortet tatsächlich mit der Gegenfrage: ›Was ist noch mal ein Browser?‹«

Vincent machte große Augen. »Oh.«

»Verstehen Sie? Das meine ich mit ›keine Ahnung‹.«

»Das … kann man auch kaum anders nennen.«

»Diese Leute erahnen die Möglichkeiten nicht einmal, die ihnen Wahlmaschinen eröffnen. Die halten Wahlen nach wie vor für sicher. Wahlmaschinen, das ist für die einfach nur ein Ersatz für Stimmzettel. Moderner halt. Und man muss nicht jedes Mal Stimmzettel drucken, hat mir einer gesagt, und fand das einen tollen Vorteil.«

»Für das, was so ein Gerät kostet, kann man viele Stimmzettel drucken, schätze ich.«

»Aber hallo.«

»Okay«, meinte Vincent und verschränkte die Arme. »Und was heißt das? Wie wollen Sie das Problem lösen?«

Der Zauberkünstler lächelte, wie man lächelt, wenn man jemanden in ein großes Geheimnis einzuweihen gewillt ist. »Wie das Schicksal es will, bietet sich uns demnächst eine einmalige Chance, unsere ... hmm, sagen wir, *Dienstleistung* angemessen zu präsentieren.« Er musterte Vincent sorgenvoll. »Allerdings begrenzt das den Zeitrahmen empfindlich, innerhalb dessen wir unsere Vorbereitungen abgeschlossen haben müssen. Und *wir* heißt in dem Fall vor allem *Sie*.«

Vincent kniff die Augen zusammen. »Was heißt das konkret?«

»In vier Wochen«, begann Zantini, beugte sich vor und faltete die Hände, »findet in einem der deutschen Bundesländer eine Wahl statt, eine sogenannte Landtagswahl. In diesem speziellen Fall ist es so, dass sich alle Parteien, die daran teilnehmen, schon bindend zu bestimmten Koalitionen verabredet haben – was an sich kein Problem ist, weil allgemein ein bestimmtes Wahlergebnis erwartet wird, nämlich dass die bisherige Opposition die regierende Partei ablöst. Aber *rechnerisch* – also wenn die Wähler anders abstimmen sollten, als die Prognosen errechnen – wäre es möglich, dass eine völlige Blockade eintritt. Dass keine Partei eine Regierung stellen kann, ohne ihre Bündnisse zu verraten.«

»Und das wollen Sie erreichen?«

»Genau. Auf technischem Wege, natürlich.«

Vincent ließ sich das durch den Kopf gehen. »Nicht dumm.« Das würde die Politiker unter Druck setzen. »Gar nicht dumm.«

Der Zauberkünstler musterte ihn. »Denken Sie, dass Sie das bis dahin schaffen?«

»Ja«, sagte Vincent. Dass das völlig geraten war, musste er dem anderen ja nicht auf die Nase binden. Einfach erst mal »ja, kriegen wir hin« zu sagen, war eine bei Softwareprojekten absolut übliche Taktik. Meistens kriegte man es hin. Und wenn nicht ... Nun, bei jedem IT-Projekt spielten so viele Komponenten eine Rolle – Hardware, Betriebssysteme, Software, Treiber und so weiter –, dass sich immer ein Schuldiger finden ließ, der sich nicht wehren konnte.

»Gut«, sagte Zantini und nickte merklich erleichtert. »Denn tatsächlich habe ich meinen Geschäftspartnern einen solchen Wahlausgang schon angedroht. Sie glauben mir kein Wort, aber sie werden das nicht vergessen haben, wenn es eintritt. Allerdings«, fügte er hinzu, »heißt das auch, es *muss* klappen, sonst ist das Geschäft geplatzt!«

Vier Wochen. Das war knapp. Das war verdammt knapp, obwohl Vincent seinem Gefühl nach eigentlich so gut wie fertig war. Aber wenn man bei einem Softwareprojekt das Gefühl hat, man sei zu neunzig Prozent fertig, hat man meistens gerade erst mal die Halbzeit erreicht. Weil sich, je näher man der Endversion kommt, in der alles stimmen muss, jedes Komma, jeder Punkt, wirklich alles, immer noch neue Probleme auftun, an die man in dem Moment noch nicht denkt.

In Vincents Fall war das Problem die Geschwindigkeit der Datenübertragung. Flash-Speicher arbeiteten mit einer bestimmten Geschwindigkeit, und die reichte nicht aus, um am Ende der Wahl alle Stimmen – es konnten ja Hunderte oder Tausende im Lauf des Tages zusammenkommen – so schnell auf das Stimmenmodul zu schreiben, dass dieser Vorgang abgeschlossen war, bis der betreffende Wahlhelfer das Plastikkästchen aus dem Schlitz zog. Das musste alles innerhalb weniger Sekunden vor sich gehen, und dazu waren die Chips zu langsam.

Knifflig. Vincent starrte wenigstens eine Stunde reglos brütend auf den Schirm, ohne dass ihm bewusst geworden wäre, wie die Zeit verstrich. Es musste gehen. Es musste machbar sein.

Und schließlich kam er darauf, wie.

In den meisten Fällen, sagte er sich, war es am Ende doch nur eine Frage von wenigen Dutzend Stimmen hin oder her, die darüber entschieden, ob die eine Partei gewann oder die andere. Das hieß, im Prinzip konnte er im Verlauf des Tages ohne Weiteres schon jeweils so viele Stimmen auf die Flash-Chips draufschreiben, wie am Schluss mit Sicherheit nicht stören würden.

Dazu musste er seinen Algorithmus allerdings wesentlich raffinierter anlegen.

Das Verfahren, nach dem er die Anzahl dieser Stimmen ermittelte, wollte gut überlegt sein. Vincent verbrachte Tage und Nächte damit, alle möglichen Konstellationen durchzuspielen und dabei die Zusammenhänge herauszuarbeiten, die in Gestalt von Formeln Bestandteil seines Programms werden mussten. Er schrieb sich eigens ein Programm, das nichts tat, als diese Formeln mit allen nur denkbaren Stimmenverteilungen zu testen, um ganz sicherzugehen.

Manchmal, während dieses Programm vor sich hin ratterte und bunte Punkte auf den Bildschirm malte, fragte er sich, was zum Teufel er da eigentlich tat. Wieso machte er das? Abgesehen davon, dass es eine atemberaubende Herausforderung war, ein unglaublich faszinierendes Problem, und dass er es sein würde, der es bewältigte …

»Ich bin der dunklen Seite der Macht verfallen«, sagte er seinem Spiegelbild irgendwann. Draußen war es dunkel, aber er hätte nicht sagen können, ob es früher Morgen oder später Abend war. Er bewegte seinen surrenden Rasierapparat und tat, als sei es ein Lichtschwert. »Am Ende stellt sich raus, dass Zantini mein Vater ist und gemeinsam mit mir über die Galaxis herrschen will.«

Er studierte sein Gesicht, das blass war, weil er das Haus seit Wochen nicht mehr verlassen hatte, begutachtete die Ringe unter seinen Augen. Er sagte sich, dass er vermutlich dabei war, komplett durchzuknallen.

Außerdem wusste er, wer sein richtiger Vater war. Auch wenn er ihm noch nie begegnet war.

Sein Vater, dessen Wahlstimme er demnächst manipulieren würde. Wenn Zantinis Plan aufging. Verrückt, das alles.

Noch konnte er es stoppen. Noch war das Programm nicht fertig. Alles, was er zu tun brauchte, war, es in dem Zustand zu belassen.

Er konnte jederzeit aufhören. Das sagte er sich und kehrte zurück an die Arbeit, programmierte, konzipierte, codierte und testete und vergaß das Schlafen genauso wie das Essen. Dass ihm Furry eines Abends einen Gebäckteller mit einer brennenden Kerze hinstellte und *Merry Christmas* sagte: Er starrte den Teller nur an und begriff einfach nicht, was das sollte.

Es war auch schwer zu begreifen. Daheim in Philadelphia hatte Winter und Weihnachten immer etwas mit Schnee zu tun gehabt. Doch dieses Jahr erlebte Oviedo den wärmsten Dezember seit Gründung der Stadt, mit an manchen Tagen hochsommerlichen, geradezu lähmenden Temperaturen.

So kam es, wie es kommen musste. Eines Nachmittags wankte Vincent aufs Klo, setzte sich auf die Schüssel – und schlief ein.

***

Er schreckte hoch von Schritten, Stimmen und klappernden Geräuschen. Er brauchte eine Weile, ehe er begriff, wo er sich befand und was los war: Er hockte auf der Kloschüssel, während Zantinis Freakpärchen Liegestühle auf der Veranda aufbaute, um es sich mit zwei Kisten Bier gemütlich zu machen. Anfang Januar! Und ausgerechnet unter dem Klappfenster der Toilette!

Himmel, war das peinlich! Auf keinen Fall wollte er, dass sie mitkriegten, wie er hier sein Geschäft verrichtete. Wobei das Wesentliche schon erledigt war und unter seinem Hintern seine Kreise im Wasser zog – aber er würde jetzt nicht spülen, nein, nie im Leben! Er würde hier sitzen bleiben und warten, bis die beiden wieder abzogen, und wenn es Stunden dauerte.

Das zischende Geräusch, mit dem eine Bierflasche geöffnet wurde. Und noch einmal. Und dann das Knarzen der Liegestühle, die es schon lange nicht mehr gewohnt waren, dass jemand auf ihnen Platz nahm.

Wer kam auf die Idee, sich kurz nach Weihnachten in die Sonne zu setzen, selbst wenn es sich um die Sonne Floridas handelte? Nur Freaks!

Vielleicht konnte er die beiden irgendwie weglocken. Er wischte sich den Hintern, den Türgriff anblickend. Quietschte die Tür? Er erinnerte sich nicht genau; solche lästigen Details des Alltagslebens pflegte er zu ignorieren, aber … Nein. Nein, er war sich ziemlich sicher, dass die Toilettentür in Ordnung war. Er konnte rausschleichen, die zwei mit irgendwas ablenken und dann, wenn sie weg waren, schnell ins Klo rennen und spülen. Ja, so würde er es machen, beschloss er.

Im selben Moment fing die Frau an zu reden. Furry. Ihre Stimme hatte etwas Laszives an sich, etwas … nun ja, Samtiges.

Oder: Pelziges. Als wüchsen ihr auch Haare auf den Stimmbändern.

»Sag mal, der Junge … Der schreibt doch für Ben ein Computerprogramm, mit dem man Wahlen fälschen kann, oder? Hab ich doch richtig kapiert?«

»Hast du richtig kapiert.« Der Mann mit den tausend Tätowierungen redete so behäbig wie jemand, der es absolut nicht eilig und nichts vor hat und nur den Tag irgendwie rumkriegen muss.

»Okay. Also, ich hab mir das durch den Kopf gehen lassen –«

»Würd ich nicht. Das ist Bens Angelegenheit.«

»Da bin ich mir nicht so sicher. Vielleicht ist es ganz schnell auch unsere Angelegenheit.«

»Wieso das denn?«

Furry wälzte sich in ihrem Liegestuhl herum, was diesen dazu veranlasste, jämmerlich zu quietschen. »Ich meine, bei der Sache ist doch wichtig, dass keiner rauskriegt, dass die Wahl 'n Schwindel war, oder? Denn wenn das rauskommt, tauschen sie die Geräte aus oder schaffen sie ganz ab und wählen noch mal, und das war's dann.«

»Worauf willst du hinaus?«

»Ich frag mich, ob Ben nicht denkt, dass er besser alle Mitwisser beseitigt. Den Jungen. Und uns.«

KAPITEL 12

Der Schreck durchfuhr Vincent wie eine Explosion heißer Lava. Natürlich! O Gott, *natürlich!* Wenn Zantini das Programm erst einmal hatte, wenn er es wirklich einsetzte, gegen Millionen von Dollar, dann musste er alle Mitwisser zum Schweigen bringen, natürlich, natürlich.

Was für ein Idiot war er gewesen, Zantinis Beteuerungen von der Ehrlichkeit eines Mafiosi auch nur eine Sekunde lang zu glauben. Was für ein Unsinn! Die Mafia hatte den letzten Besitzer dieses Hauses getötet, weil er ihr im Weg gewesen war. Wenn Vincent nicht handelte, wenn er nicht sofort und auf der Stelle die Flucht ergriff, dann würde sie auch den gegenwärtigen Besitzer dieses Hauses töten.

Überhaupt war er ein kompletter Riesenidiot gewesen, sich zu dieser Sache überreden zu lassen. Sich bei seinem blöden Stolz packen und über den Tisch ziehen zu lassen. Hornochse, der er war! Trottel! Rindvieh!

Wie von selbst glitt Vincent von der Kloschüssel, mit schlotternden Gliedern, aber leise, leise. Nicht, dass die da draußen ihren Herrn und Meister und Henker informierten, dass er gewarnt war, das sie sich verplappert hatten … Vincents Hand floss um den Türgriff, schaffte es, ihn mit chirurgenhafter Behutsamkeit zu drehen, obwohl sein ganzer Körper vor Entsetzen bebte … Und draußen war er.

Er ließ die Tür offen, huschte den Gang entlang, verschwand im Arbeitszimmer, schloss hinter sich ab. Ruhig, sagte er sich. Noch war alles zu retten. Er musste nur schnell und entschieden handeln.

***

Vincent hatte sich zu schnell aus der Toilette geflüchtet, um die Antwort des tätowierten Mannes noch mitzukriegen.

»Furry«, sagte der und räkelte sich, »du schaust zu viel fern. Das sag ich dir schon die ganze Zeit.«

»Ich red nicht vom Fernsehen. Lenk nicht ab.«

»Umbringen? So ein Quatsch. Als ob dem das einer glauben würde, wenn er zu den Bullen geht und erzählt, dass er 'n Programm zur Wahlfälschung geschrieben hat. Erstens kapieren das die Bullen überhaupt nicht. Zweitens würd's die einen Scheiß kümmern, selbst wenn sie's kapieren würden. Und drittens wird unser Bubi nicht zu den Bullen gehen – vor denen hat er nämlich eine Scheißangst.«

Furry kratzte sich die Wolle, die aus dem Ausschnitt ihres T-Shirts quoll. »Wieso hat unser Bubi Angst vor den Bullen? Das ist doch ein braver Bürger.«

»Das sieht bloß so aus. Der war schon mal im Knast, vor zehn Jahren oder so.«

»Echt? Und was hat er ausgefressen?«

»Irgendwas mit Computern natürlich.«

Sie ließ sich das durch den Kopf gehen. Gemächlich. Gründlich. Es gab an einem warmen Tag wie heute keinen Grund zur Hektik. Erst recht nicht, wenn man mit einem Pelz wie ein Bär gesegnet war.

Wenn man bedachte, dass Silvester gerade mal eine gute Woche her war … Genial, dieses Florida.

Schließlich fragte Furry: »Woher weißt du denn das?«

Pictures Kopf zuckte hoch; er war wohl kurz weggedöst. »Hmm? Was? Ach so. Das hat Ben erzählt. Und der hat's von Bubis Chefin. Die besorgt sich nämlich alle Akten, die's über ihre Leute gibt.« Er grinste. »Und über ihre Leute gibt's 'ne Menge Akten.«

»Sag bloß. Dabei sehen die alle so brav aus.«

»Das war in Philadelphia. Oak Tree Detention Center. Hab ich mir gemerkt, weil ich jemanden kenne, der dort auch mal war. Jason, ich weiß nicht, ob ich dir von dem schon mal erzählt hab …?«

»Sagt mir jetzt gerade nichts.«

»Hat 'nen Überfall auf 'ne Tankstelle gemacht. Im Vollsuff.«

»Ach, *der* Jason. Klar. Und?«

»Na ja, der sagt, wenn du dort in den falschen Trakt kommst, kann's sein, dass dir ziemlich beeindruckende Dinge passieren.« Pictures nahm einen tiefen Schluck aus seiner Dose. »Der Akte nach zu schließen, war unser Bubi im falschen Trakt. Deswegen glaub ich nicht, dass er zu den Bullen geht.«

»Also gut.« Furry nahm sich ein neues Bier aus dem Kasten. »Ich hoff mal, du hast Recht.«

Das Bier schmeckte genauso gut wie das davor, die Sonne strahlte immer noch so schön warm, dass man am besten ruhig liegen blieb, aber irgendetwas hatte sich verändert. Sie spürten es beide, instinktiv, wechselten einen Blick, dann setzte sich die Frau auf, stellte die haarigen Füße auf den Bretterboden und sagte: »Ich glaub, ich schau mal nach unserem Bübchen. Ob's Mamas Liebling gut geht.«

Pictures nickte. »Frag ihn, ob er auch 'n Bier will. Geht alles leichter mit 'nem kalten Bier an so 'nem Tag.«

Furry rappelte sich hoch, tappte barfüßig ins Haus. Die Gittertür klapperte beruhigend. Im Hausflur stank es nach Scheiße. Kein Wunder, die Klotür stand offen. Und gespült war auch nicht. Echt schräg, diese Computertypen. Sie betätigte die Spülung, schloss die Tür und watschelte zum Arbeitszimmer, klopfte sacht an: »He! Alles okay bei dir? Willst du vielleicht ein kaltes Bier?«

Keine Antwort. Sie drehte den Türknopf.

Im Zimmer war es stockdunkel. Noch nicht mal der Bildschirm war an, obwohl man den Computer rödeln hörte wie verrückt.

»Vincent?«

Sie tastete nach dem Lichtschalter, schaltete das Licht ein. Niemand da. Was bedeutete, dass der Junge schlief.

Normalerweise wäre sie wieder raus auf die Terrasse gegangen und sie hätten sich darüber lustig gemacht, wie diese Computerfreaks lebten. Aber da war dieses seltsame Gefühl, und das brachte sie dazu, im Schlafzimmer nachzusehen.

Und dort war auch niemand.

Das war jetzt seltsam. Beunruhigt ging Furry das ganze Haus ab – Badezimmer, Küche, Wohnzimmer … Alles leer und verlassen.

»*Pic!*«, schrie sie. »Der Junge ist abgehauen!« Dann zog sie ihr Telefon heraus und wählte Zantinis Nummer.

***

Durch den Schacht unterhalb des Hauses ins Freie zu robben war schweißtreibender, als Vincent erwartet hatte. Auf halber Strecke, als er sich unter einem besonders fiesen Balken hindurchzwängen musste, befiel ihn die Panik, steckenzubleiben, nicht mehr vor und nicht mehr zurück zu kommen und *nicht gefunden zu werden …!*

Aber dann ging es doch weiter, und endlich glitt er, von Kopf bis Fuß klatschnass und zitternd, hinter der halb vertrockneten Agave beim Schlafzimmerfenster ins Freie. Sah ihn jemand? Nein. Er zog das kleine Bündel hervor, das er die ganze Zeit hinter sich hergezerrt hatte. Schnell.

Alles hing davon ab, ob der Teppich mit dem Schließen der Klappe tatsächlich wieder flach zurückgerutscht war, ob es sich ausgezahlt hatte, dass er sich fast den Arm verrenkt hatte, um das Ding in die richtige Position zu zerren …

Na gut, er konnte sowieso nur das Beste hoffen. Und machen, dass er davonkam, durch die Hecke und am Haus der Nachbarn vorbei (die sowieso nicht da waren) und dann einfach immer weiter …

Er würde zum ersten Mal im Leben ein Auto stehlen müssen. Hoffentlich war das tatsächlich so leicht, wie es in Filmen immer aussah. Aber ohne Auto kam man aus dieser Gegend nirgendwo hin.

Im Laufen durchwühlte er die paar Habseligkeiten, die er hatte mitnehmen können. Ein bisschen Werkzeug, das würde ihm vielleicht helfen. Geld und die Kreditkarten, natürlich. Der Umschlag, der auf irgendeine Weise, die ihm selber noch nicht klar war, seine Lebensversicherung werden würde. Oder auch nicht, wenn er Pech hatte. Und …

Ein heißer Schreck durchfuhr ihn. Er hatte sein Adressbuch nicht dabei. Hatte es auf dem Tisch liegen lassen, nachdem er die Adresse auf den Briefumschlag geschrieben hatte. Hatte es noch mal rausgenommen und dann vergessen. Verdammt noch mal!

Einen Moment lang erwog er ernsthaft, zurückzugehen und zu versuchen, es zu holen. Wahnsinn natürlich. Wenn sie ihn schnappten, würde er keine zweite Chance kriegen. Nein, weg war weg, Pech gehabt. Vincent setzte sich wieder in Bewegung.

Aber auf der Flucht zu sein ohne eine einzige Adresse, eine einzige Telefonnummer? Irre.

Es musste eben gehen. Irgendwie.

***

Zantini fluchte den ganzen weiten Weg raus zum Lake Charm.

»Wir haben alles gelassen, wie es ist«, versicherte Pictures eifrig. So, als sei die Sache damit grundsätzlich in Ordnung.

Zantini sagte nichts, knurrte nur unwillig und ging an ihm vorbei in den Raum, in dem der junge Merrit gearbeitet hatte. Es stank nicht schlecht hier drin. Das Badezimmer schien der Bengel nicht oft benutzt zu haben. Computerfreaks; alle vom gleichen Schlag.

Der Computer ratterte immer noch, mit ausgeschaltetem Bildschirm. Das Geräusch gefiel Zantini nicht. Er schaltete den Bildschirm ein und fand seine Befürchtungen bestätigt: ein Formatierungsprogramm, das über die Festplatte lief, zum vierten Mal inzwischen, wie ein Zähler unübersehbar verkündete. Er zog dem Kasten den Stecker raus, und Stille breitete sich aus, wenigstens das. Wenn schon die ganze Arbeit beim Teufel war.

»Ich dachte, du hast die Fenster versiegelt?«

Pictures nickte hastig. »Hab ich auch. Sind auch alle noch intakt. Ich versteh's nicht. Er hätte an uns vorbeimüssen, um aus dem Haus zu kommen.«

»Zauberei also?« Zantini sah sich um. Entfesselungstricks waren die Königsklasse der Bühnenmagie. Natürlich kannte er sie alle, auch wenn er im Verlauf seiner Karriere bedauerlich selten Gelegenheit gehabt hatte, einen davon vorzuführen, weil sie aufwendiger technischer Hilfsmittel bedurften. Welchen Trick hatte Vincent hier angewandt?

Eigentlich kam nur einer von der Sorte in Frage, bei der der Künstler im geeigneten Moment durch eine Klappe im Boden verschwand, um an anderer Stelle wieder aufzutauchen. Zantini betrachtete den Teppich, auf dem er stand. Der lag doch nicht richtig flach … Er zog ihn mit einem Ruck weg. Tatsächlich, eine Klappe. Sorgfältig gearbeitet, aber für das geschulte Auge natürlich sofort zu erkennen.

Er hob die Klappe hoch. Darunter kam eine enge Röhre zum Vorschein, die längs des Hauses unter dem Boden verlief, wirklich und wahrhaftig. Gehörte so etwas neuerdings zur Grundausstattung?

»Wahnsinn«, rief Pictures aus und steckte im Nu mit dem Oberkörper in der Öffnung.

»Lass das!«, herrschte Zantini ihn an und packte ihn am Hemd. Er drückte ihm seinen Autoschlüssel in die Hand. »Nehmt meinen Wagen und sucht die Gegend ab. Er kann noch nicht weit sein.«

»Okay. Alles klar«, stieß Pictures hervor und rannte los. Man hörte ihn nach seiner Freundin schreien, gleich darauf heulte ein Motor auf, und Reifen quietschten.

Dann herrschte endlich Stille, und Zantini konnte sich konzentrieren.

Die meisten mentalmagischen Tricks beruhen schlicht und einfach auf einer gut entwickelten Beobachtungsgabe, und Benito Zantini schmeichelte sich, es darin zu einer gewissen Meisterschaft gebracht zu haben. Freilich, sich mit verbundenen Augen von einem Zuschauer führen zu lassen, um zu erraten, unter welchem Sitz im Saal ein bestimmter Gegenstand versteckt lag – das war eine Sache. Einem Zimmer anzusehen, was sich darin zuletzt abgespielt hatte, war eine ganz andere, viel schwierigere.

Vor allem, wenn darin so ein Saustall herrschte wie in diesem.

Zantini schloss die Augen, belauschte das Zimmer, erspürte es, versuchte sich ins Gedächtnis zu rufen, wie es ausgesehen hatte, als er zuletzt hier gewesen war. Dann öffnete er die Augen wieder.

Eine angebrochene Packung beschreibbarer CDs fiel ihm auf, die auf dem Drucker lag. Er beugte sich darüber. Jemand hatte die Plastikumhüllung rabiat aufgerissen; die Folienstücke standen steif ab, knisterten noch ein wenig: Es konnte nicht lange her sein, dass die eine CD, die fehlte, entnommen worden war.

Also hatte Vincent eine Sicherung des Programms gemacht. Was hieß, dass die Software noch existierte. Wenn er sie rechtzeitig aufstöberte, konnte er den Zeitplan einhalten.

Neben der CD-Packung lag eine Tüte, staubbedeckt und ihres Inhalts entleert. Der Aufschrift nach hatte sie wattierte Briefumschläge enthalten, und Zantini erinnerte sich, dass bei seinem letzten Besuch ein Umschlag darin gesteckt hatte. Ein Umschlag, der jetzt nicht mehr da war.

Seine Stimmung sank. Hatte dieser vermaledeite Junge etwa vor, die CD *per Post* zu verschicken?

Sein Blick huschte umher. Da, der Filzstift. Die Kappe saß locker, aber die Spitze war noch feucht. Es konnte nicht länger als eine halbe Stunde her sein, dass jemand damit geschrieben hatte.

Zantinis Blick fiel auf ein kleines, gebundenes Büchlein, das zur Hälfte unter die Tastatur gerutscht war. Er legte einen Finger darauf, schob es sacht heraus. ADRESSEN stand auf dem Einband. Ein gewöhnliches Adressbüchlein, wie man es für ein paar Dollar in jedem Schreibwarenladen bekam.

Vincents Adressbüchlein, wie ein vorsichtiger Blick auf die erste Seite bestätigte. Erstaunlich, dass sich ein Computerfachmann eines so konservativen Hilfsmittels bediente.

Umso besser. Zantini lächelte. Gebundene Notizbücher, das wussten die wenigsten, hatten ein Gedächtnis. Und wenn man sie richtig behandelte, konnte man sie dazu bringen, sich zu erinnern.

Er legte das Buch mit Bedacht auf seine flach ausgestreckte Hand, hob den oberen Deckel behutsam ab und blies leicht gegen die Seiten. Dabei neigte er zugleich die Hand, auf der das Notizbuch lag.

Es öffnete sich – »wie von Zauberhand«, flüsterte Zantini dabei – an einer bestimmten Stelle. An der Stelle, an der es zuletzt für längere Zeit geöffnet gewesen war. Weil sein Besitzer eine Adresse daraus abgeschrieben hatte, wie man mit einigem Recht vermuten durfte.

Es war die Seite mit dem Buchstaben K.

Teil II
Das Spiel

KAPITEL 13

»Herr König!«

Die Stimme der Volkers klang, wie sie immer klang: schrill, fordernd, ungeduldig. Simon verharrte in der Bewegung, mit der er gerade den Schlüssel in das Schloss des Briefkastens hatte stecken wollen, schloss kurz die Augen, zählte bis drei, atmete tief ein und richtete sich wieder auf.

Da kam sie schon die Treppe herunter. Natürlich hatte sie laut genug gesprochen, dass das ganze Haus es mitbekam. Öffnete sich oben im vierten Stock nicht eine Tür? Bestimmt. Die alte Meckenstein liebte es, Streitigkeiten im Haus zu belauschen.

Frau Volkers blieb auf der obersten Stufe der Treppe stehen, die Hand auf dem Handlauf ruhend, und sagte streng: »Wir müssen ein ernstes Wort miteinander sprechen.«

Simon wusste, was jetzt kam. Es war immer das Gleiche.

»Frau Volkers«, sagte er, »wir wechseln alle sechs Wochen ernste Worte miteinander. Ich nehme an, auch diesmal dreht es sich wieder um die Kehrwoche.«

Die schwäbische Sitte der Kehrwoche! Was hieß da Sitte … ein religiöses Ritual war das, von seinen Anhängern mit einer glühenden Inbrunst verfolgt, die denen von Fanatikern gleich welcher Religion in nichts nachstand. Dass bis jetzt noch niemand Bomben gelegt hatte und noch nichts in die Luft gesprengt worden war, lag zweifellos nur daran, dass das viel Dreck gemacht hätte, und Dreck, Schmutz, überhaupt Verunreinigung jeder Art waren genau das, was es aus dem Universum zu tilgen galt, wenn am Samstagvormittag die Besen, Kehrwische und Putzlumpen geschwungen wurden.

Simon König hatte das mit der Kehrwoche für eine folkloristische Anekdote gehalten, als er seinerzeit – wie lange war das her? Auch schon dreißig Jahre mittlerweile – von Berlin nach Stuttgart gezogen war, der Liebe wegen, deretwegen er auch all die List und Tücke aufgebracht hatte, die damals nötig gewesen war, eine Lehrerstelle an einem hiesigen Gymnasium zu ergattern.

Einer seiner kleineren Irrtümer, wie sich herausgestellt hatte.

»Ja, es tut mir leid, dass ich immer wieder davon anfangen muss«, sagte Frau Volkers, »aber sonst tut es ja keiner. Und ich muss Sie auch diesmal wieder darauf aufmerksam machen, dass Sie am Samstag den Keller *nicht* geputzt haben. Sie brauchen es nicht abzustreiten; ich habe es gesehen.«

Simon König unterdrückte ein Seufzen, das beileibe nicht dem Umstand galt, sozusagen erwischt worden zu sein, sondern dem, dass sein freier Montagmorgen mit jedem Wortwechsel weiter auf unschöne Weise dahinschmolz. In diesem Schuljahr hatte ihm der Stundenplan das Geschenk beschert, montags erst nach der dritten Stunde anfangen zu müssen. Oben wartete ein schön gedeckter Frühstückstisch auf ihn, frisches Brot, noch warm aus dem Backautomaten, duftender Kaffee und so weiter, und er hatte einfach nur rasch die Zeitung und eventuell die Post holen wollen.

Er steckte den Schlüssel ins Briefkastenschloss, dann sagte er mit aller Geduld, die er aufzubringen imstande war: »Frau Volkers, der Keller ist sauber. Der Keller ist sauberer als das Innere meines Kühlschranks. Ich bin überzeugt, dass man auf dem nackten Kellerboden eine Herztransplantation durchführen könnte, ohne dass irgendeine Gefahr durch Keime entstünde.«

»Weil ich immer vor Ihnen dran bin. Und ich reinige den Keller natürlich so, wie es sich gehört, nämlich *gründlichst.*«

»Dankenswerterweise. Dadurch ist der Keller eine Woche später fast immer noch so sauber, dass sich eine Reinigung erübrigt.«

»Die Hausordnung, Herr König, schreibt klipp und klar vor, dass derjenige Mieter, der mit der wöchentlichen Kehrwoche an der Reihe ist, das Treppenhaus, den Weg bis zum Gartentor, den Bürgersteig entlang dem Grundstück *und* den Keller zu fegen hat.«

Frau Volkers war eine strenge alte Dame, die erhobenen Hauptes durchs Leben ging, was zur Folge hatte, dass man ihren schildkrötenartig eingefallenen Hals gut sehen konnte, wenn es nicht gerade Winter war und sie ihn mit einem Seidenschal verdeckte. Sie trug mit Vorliebe spitzenbesetzte Kleidung, mit Rüschen und filigranen Mustern, mit Perlen bestickt oder sonstwie herausgeputzt. Niemand wusste genau, was es zu bedeuten hatte, dass sie seit ein paar Jahren ein gerahmtes Szenenfoto aus einem der *Sissi*-Filme über ihrer Klingel und ihrem Namensschild hängen hatte; Gerüchte wollten wissen, sie sei Schauspielerin gewesen und habe in besagtem Film eine der darauf abgebildeten Hofdamen Kaiserin Elizabeths von Österreich gespielt.

Allerdings widersprachen sich die Aussagen darüber, welche der Damen. Auf dem Bild waren insgesamt fünfzehn Frauen in ausladenden Reifröcken zu sehen.

»Das Problem, Frau Volkers«, sagte Simon und nahm seine Brille ab, um sie am Aufschlag seines Jacketts zu reiben, »ist einfach, dass wir unterschiedlicher Ansicht hinsichtlich des durch die Regeln der Hausordnung angestrebten Ziels sind. Nach meiner Auffassung ist das Ziel der Hausordnung, das Haus in einem hygienisch einwandfreien Zustand zu erhalten. Nach Ihrer Auffassung ist es das Ziel der Hausordnung, die Bewohner des Hauses zu beschäftigen, unabhängig vom Verschmutzungsgrad der Gemeinschaftsräume. Nur deswegen streiten wir.«

»Sie versuchen sich herauszureden.«

»Nicht im Mindesten«, verwahrte sich Simon. »Im Gegenteil, ich erkläre Ihnen hiermit frank und frei, dass ich nicht beabsichtige, jemals im Leben saubere Böden zu putzen. Ich kenne bessere Möglichkeiten, meine Zeit zu verschwenden.«

»Ihre geschiedene Frau hatte da aber eine andere Auffassung«, sagte Frau Volkers spitzlippig.

»Jeder von uns betrauert ihren Fortgang auf seine Weise.« Simon drehte sich schroff weg und öffnete den Briefkasten, der mal wieder proppenvoll war. Die Zeitung, ein großer wattierter Umschlag und jede Menge Werbung.

Wenn er auf etwas hätte verzichten können, dann darauf, an

diesem herrlichen Morgen an den unseligen Zustand seiner Ehe erinnert zu werden. Tatsächlich waren Helene und er nicht geschieden, nicht im juristischen Sinne jedenfalls, aber sie lebten seit über achtzehn Jahren getrennt, was praktisch auf das Gleiche hinauslief.

Simon sortierte die Prospekte aus, warf sie in den bereitstehenden Abfallbehälter. Der dicke Umschlag kam aus Amerika. Ein Brief seines unehelichen Sohnes. Das passte ja mal wieder wie die Faust aufs Auge.

»Man könnte das ganze Problem noch viel tiefgreifender diskutieren und auf einer grundsätzlicheren Ebene weitaus befriedigender lösen«, sagte er und wandte sich erneut seiner Widersacherin zu. »Sie werden mir zustimmen, dass sämtliche Parteien in diesem Haus ausgesprochen wohlhabend sind, verglichen mit dem Schnitt der Bevölkerung. Das Gleiche trifft für die Nachbarschaft zu, mit wenigen Ausnahmen für die ganze Straße. Es wäre ohne Weiteres möglich und auch finanziell verkraftbar, ja unterm Strich sogar rentabler, zumindest, was die Erwerbstätigen anbelangt, gemeinschaftlich einen Hausmeister anzustellen, der diese Arbeiten nicht nur bequemer für uns, sondern letzten Endes auch wesentlich professioneller erledigen würde als die meisten von uns das können; Sie selbstverständlich ausgenommen. Und ehe Sie diesen Gedanken verwerfen, bedenken Sie, dass derartige Lösungen in anderen Bundesländern gang und gäbe sind und dass diese Variante darüber hinaus den Vorteil hätte, einen Arbeitsplatz zu schaffen, zudem im Bereich der Tätigkeiten mit geringer Qualifikation, einen Typ Arbeitsplatz also, an dem bekanntlich heutzutage ein ausgesprochener Mangel herrscht. *Das* wäre eine sinnvolle Lösung, wenn Sie mich fragen, eine Lösung darüber hinaus, die zum Hausfrieden wesentlich mehr beitrüge als die gegenwärtige. Insbesondere müssten Sie mir nicht mehr alle sechs Wochen auflauern, um mir Ratschläge zu geben, die ich ohnehin nicht befolgen werde, oder mich mit Ermahnungen zu bedenken, die Ihnen nicht zustehen.«

Die Volkers musterte ihn unbewegten Gesichtes. Dann hob sie ihre Nase noch ein wenig höher und erklärte: »Sie sind eben nicht von hier. Das merkt man einfach.« Damit drehte sie sich um und stieg die Treppe wieder hinauf.

Simon ließ seufzend die Schultern sinken, wartete, bis die Tür hinter ihr ins Schloss gefallen war, und dann noch einmal einen Moment, bis auch die Tür oben im vierten Stock mit einem leisen Klicken geschlossen wurde. Dann sagte er: »Keiner hört mir zu. Das ist das große Drama meines Lebens.«

Seine Post unter dem Arm kehrte er in seine Wohnung zurück. Dort angekommen legte er die Zeitung auf den Tisch neben die kalt gewordenen Brotscheiben, goss sich von dem auch nicht mehr heißen Kaffee ein und riss als Erstes den Umschlag auf, den ihm Vincent geschickt hatte.

Eine CD in einer durchsichtigen Hülle fiel ihm entgegen, für einen Computer bestimmt, wie es aussah. Was sollte das? Vincent wusste doch, dass er gar keinen Computer besaß.

Ein Brief war auch dabei. Kurz, wie immer, und offenbar in Eile geschrieben. Simon setzte sich, um ihn zu entziffern.

Nachdem er die Zeilen das erste Mal gelesen hatte, las er sie gleich ein zweites Mal. Dann nahm er die CD wieder zur Hand, betrachtete sie verdutzt und las den Brief noch ein drittes Mal, nicht ohne das Gefühl zu haben, schlecht zu träumen.

Wenn er das richtig verstand, verlangte Vincent, er solle die CD verstecken, so sicher und unauffindbar wie irgend möglich, solle niemandem auch nur ein Wort davon sagen, sie niemandem aushändigen …

Und er solle den Brief samt Umschlag umgehend verbrennen und dann nichts tun, nichts! Bis er, Vincent, sich wieder melde.

KAPITEL 14

Simons Blick fiel auf die Wanduhr. Das würde heute nichts mehr mit dem gemütlichen Frühstück, so spät, wie es inzwischen geworden war. Er nahm einen Schluck Kaffee, aber der war längst kalt und schmeckte widerlich.

Nichts als Scherereien machte ihm dieser Junge. Was war das mit dieser CD? Etwas Illegales? Etwas Gefährliches? Irgendetwas in der Art musste dahinterstecken, wenn Vincent in seinem Brief schrieb: *Ruf mich unter* keinen *Umständen an!!! Die würden Deine Telefonnummer sehen, und das wäre die Katastrophe!!!*

Was für eine Katastrophe? Und wer waren *die*? Das konnte doch nur ein dummer Scherz sein, oder?

Allerdings hatte Simon nie den Eindruck gehabt, dass sein Sohn der Typ für diese Art Scherze war.

Mit anderen Worten, Vincent zog ihn da in irgendwas rein.

Wieder einmal.

Fast zwanzig Jahre war es nun her, dass Vincent ihm das erste Mal geschrieben hatte. Simon würde nie vergessen, wie er den Brief mit der amerikanischen Marke darauf aus der Post gefischt und sich über die kindlich wirkende Handschrift der Adresse gewundert hatte. Jenen Brief, der mit den Worten *Dear Dad* begonnen hatte.

Er dachte an den Abend zurück, an dem er Helene hier, in dieser Küche, seinen Fehltritt gebeichtet hatte und dass es ein uneheliches Kind gab. An diesem Tisch hatten sie gesessen, und Helene war so weiß wie die gekachelte Wand geworden. Erst später war ihm aufgegangen, dass es wohl nicht der Seitensprung an sich war, der sie so tief verletzt hatte, dass sie ging, um nicht wiederzukommen. Aber sie hatten all die Jahre darauf gehofft, Kinder zu bekommen, und auf diese Weise zu erfahren, dass es an ihr lag, musste wie ein Schlag ins Gesicht gewesen sein.

Geburtsorte der Demokratie hatte die Studienfahrt geheißen, die ihn damals in die USA und nach Philadelphia geführt hatte: Der Ort, an dem sowohl die Unabhängigkeitserklärung beschlossen und verkündet worden war wie auch später die Verfassung, die die Vereinigten Staaten von Amerika als erste und beständigste Demokratie der Welt begründeten.

Lila war ihre Führerin durch die Independence Hall gewesen. Ein Job eben, wie sie ihm später erklärt hatte. Sie waren am Rand der Führung miteinander ins Gespräch gekommen. Ihre Art zu lachen hatte ihn fasziniert und auch, wie sie ihm zuhörte, trotz seines schlechten Englischs. Dass irgendetwas an ihm sie zu faszinieren schien. Wie von selbst war es darauf zugelaufen, dass sie sich für den Abend verabredeten. »Ich bin verheiratet«, hatte er ihr zu einem rechtschaffen frühen Zeitpunkt eröffnet, aber das schien sie nicht zu interessieren.

Und er, er hatte in jenem Moment, als es darum gegangen war, sich von ihr zu verabschieden oder ihr die Treppe hinauf zu folgen, zwar an Helene gedacht, aber sich dann gesagt, was sich schon viele Männer in solchen Momenten gesagt haben mussten: *Wie soll sie es je erfahren?*

Simon grübelte düsteren Gemüts darüber nach, wie viele Männer wohl ebenso teuer für ein einziges kleines Abenteuer bezahlt hatten, für eine Nacht voller Missverständnisse, perlenden Gelächters und ein paar Minuten mäßig heftiger Leidenschaft.

Nicht, dass er Lila einen Vorwurf machte. Sie hatte ihn nie behelligt, hatte nie Geld gewollt, nie Ansprüche irgendwelcher Art erhoben.

Auch Vincent war kein Vorwurf zu machen. Dass er hatte wissen wollen, wer sein Vater war, war sein gutes Recht gewesen.

Der Einzige, dem ein Vorwurf zu machen war, war er selber.

Simon wog die CD unschlüssig in der Hand. Sosehr er sich auch bemühte, er hatte nicht den Schimmer einer Ahnung, was das alles zu bedeuten haben mochte. Dazu verstand er wahrscheinlich zu wenig von Computern. E-Mails, Internet und solche

Dinge – das hatte ihn nie interessiert. Und er hoffte immer noch, dass er sich auch nicht mehr dafür würde interessieren müssen.

Er betrachtete sein verzerrtes Abbild auf der spiegelnden Umhüllung der Kaffeekanne. Über dreißig Jahre lag das alles zurück, kaum zu fassen. Damals hatte er noch dichtes, schwarzes Haar gehabt, nicht diese weißen Locken, die ihm heute ein so unangemessen vornehmes Erscheinungsbild verliehen. Und Lila ... Wie sie mittlerweile aussehen mochte? Damals war sie ein junges Mädchen gewesen, übermütig, lebenslustig und attraktiv, und irgendwie stellte er sich vor, dass sie all das immer noch war, selbst mit Mitte fünfzig.

Er hätte sie gerne angerufen, um vielleicht von ihr zu erfahren, was los war. Aber sie zog nach wie vor alle Jahre um; er besaß längst keine aktuelle Adresse oder Telefonnummer mehr von ihr.

Nichts als Schwierigkeiten.

Das Beste würde sein, erst einmal zu tun, was Vincent von ihm wollte. Und dann sah man weiter.

Er las den Brief ein letztes Mal durch, um ihn sich einzuprägen und sich zu versichern, dass er wirklich nichts darin überlesen hatte. Dann stand er auf, holte Streichhölzer aus einer Schublade und, nach kurzem Überlegen, die Fleischzange aus einer anderen. Die war ein Überbleibsel aus Ehetagen; er selber verwendete sie praktisch nie. Aber um einen brennenden Brief über das Spülbecken zu halten, war sie ideal.

Er verfolgte, wie das Papier verbrannte, wie glimmende Stücke davon herunterfielen. Die kokelnden Reste ließ er los und sah zu, wie die letzten Worte in Vincents Handschrift verkohlten. Das Metall des Spülbeckens knackte leise.

Den Umschlag auch noch, wie Vincent es verlangt hatte. Das dauerte länger und rauchte wesentlich stärker; vermutlich wegen des Polstermaterials. Simon öffnete das Fenster über der Spüle, damit der Rauch abziehen konnte, und als endlich alles verbrannt war, schüttelte er die Asche von der Zange und drehte den Wasserhahn auf, um alles fortzuspülen.

Welchen Verlauf sein Leben wohl genommen hätte, wenn er Vincents ersten Brief damals auch einfach verbrannt hätte?

Besser, er dachte nicht darüber nach. Besser, er konzentrierte sich darauf, ein gutes Versteck für die CD zu finden. Und das schnell; es war höchste Zeit, aufzubrechen.

KAPITEL 15

Simon verließ das Haus, schritt aus, die Aktentasche in der Hand, fest entschlossen, nicht mehr an Vincents Brief zu denken. Natürlich konnte man nichts absichtlich vergessen, aber man konnte an andere Dinge denken. Sich umsehen, die Welt beobachten, sich seine Gedanken machen.

Bis zu seiner Schule hatte er es nicht weit. So gesehen lag die Wohnung ideal, in der er nun schon seit über dreißig Jahren lebte. Anfangs hatten sie zur Miete gewohnt, Helene und er, aber als sich ihm später die Gelegenheit geboten hatte, die Wohnung zu kaufen, hatte er es getan. An dem Kredit zahlte er allerdings immer noch.

Nicht, weil ihm Helene so viel Unterhalt abknöpfte. Im Gegenteil, sie hatte ihn erstaunlich früh gebeten, ihr kein Geld mehr zu überweisen. Sie hatte auf eigene Faust Karriere gemacht, war heute ein großes Tier in einem der Zeitschriftenkonzerne, die jene unsäglichen Magazine herausgaben mit Fotoberichten über Prominente und Adlige und schreckliche Verbrechen; Publikationen, von denen es Simon schwerfiel zu glauben, dass Menschen sie tatsächlich lasen und auch noch Geld dafür bezahlten. Aber offenbar musste das der Fall sein; an dem Kiosk, den er täglich passierte, hingen sie jedenfalls alle aus, ein großes, buntes Mosaik aus scheußlichen Titelbildern mit schreienden, denkbar schwachsinnigen Überschriften.

Es war angenehm, seinen täglichen Weg zur Arbeit zu Fuß zurücklegen zu können. Dafür nahm er auch in Kauf, in dieser Neubausiedlung zu leben, die inzwischen nicht mehr ganz so neu war, aber immer noch genauso scheußlich wie damals in den Siebzigern, als sie errichtet worden war … besser: als sich ein Städteplaner darin verwirklicht hatte. Der anschließend nicht hier leben musste.

Heute kulminierten in diesem Gebiet die sozialen Probleme, und Simon war nicht von der Überzeugung abzubringen, dass viel davon an der Architektur lag. Sie war es, die hier Zonen schuf, die Probleme geradezu einluden: dunkle Ecken, in denen dunkle Dinge passieren konnten, uneinsehbare Gassen, durch die abends niemand mehr zu gehen wagte … Zonen, die – *Horror Vacui* – böse Buben anzogen wie Magneten. Man fand in den harmlos aussehenden Büschen entlang der Wege regelmäßig gebrauchtes Drogenbesteck, Injektionsnadeln und leere Plastikbeutel, in denen die Polizei Überreste von Heroin feststellte. Hier, in dieser auf den ersten Blick so biederen Trabantenstadt!

Die Sitten verkamen, das war einfach so. Und es war ja auch kein Wunder. Es gab niemanden mehr, der höhere Ideale hatte oder sie gar vorlebte. Vielleicht vom Papst abgesehen, aber das war ein bisschen wenig, mochte er ein Deutscher sein oder nicht. Zudem zeugte das, was dieser predigte, nicht von viel Erfahrung mit der Wirklichkeit modernen Lebens.

Und natürlich die Medien. Das große Unglück Deutschlands war nach Simons fester Überzeugung die Einführung des Privatfernsehens gewesen. Seither sank das Niveau dessen, was ein Normalbürger an Informationen und Anschauungsmaterial konsumierte, geradezu in freiem Fall, dem sich zudem die öffentlichrechtlichen Sender mit Vollschub zu folgen bemühten. Was ihn vor nunmehr zehn Jahren dazu bewogen hatte, seine Glotzkiste abzumelden und auf den Sperrmüll zu stellen – ein Schritt, den er bis jetzt keinen Tag bereut hatte. Allenfalls bereute er, ihn nicht schon fünf Jahre früher getan zu haben.

Das Fernsehen war heutzutage *die* große Konkurrenz der Schule und, wie man leider zugeben musste, auch die mächtigere. Fatal, denn was das Fernsehen vermittelte, war schlicht und einfach, dass es in Ordnung war, seine niedersten Triebe auszuleben. *Greif dir, was du kriegen kannst, lass dich nicht erwischen, und tu alles, um Spaß zu haben, denn das ist das Wichtigste im Leben.* So ungefähr. Bloß nicht langfristig denken, bloß keinen Plan für sein Leben haben, bloß keine ethischen Forderungen an sich selber stellen. Am besten überhaupt keine Forderungen, das taten andere schon zur Genüge. *Forderung* – das bloße Wort war heutzutage ein Synonym für *Zumutung*, wenn nicht gar für *Terror*. Welche Chancen hatte man da als Lehrer, seinen Schülern nahezubringen, dass ein gelungenes Leben etwas damit zu tun hatte, dass man sich in die Pflicht nahm? Ein Wort wie *Disziplin* mied man ohnehin besser, wenn man Lachanfälle im Klassenzimmer vermeiden wollte. Oder *Selbstbeherrschung*. *Ordnung*. Lauter so Lachnummern.

Aber mit den Menschen begann eben alles, und es endete auch alles mit ihnen. Wenn man sich gehen ließ – und nichts anderes war es, was man beobachtete in der heutigen Gesellschaft; ein kollektives, lustvolles Sich-gehen-Lassen – dann endete das nie gut.

Diese Erfahrung hatte Simon am eigenen Leib gemacht, nachdem Helene gegangen war. Er hatte sich ganz und gar gehen lassen, und es hatte am Ende nicht viel gefehlt, und er wäre restlos untergegangen. Nicht viel, und man hätte ihn eines Tages tot inmitten einer Müllkippe von Wohnung gefunden. Und es hatte keine sechs Monate gedauert, so tief zu sinken.

Die Schule kam in Sicht. Auch so ein hässlicher Bau, ein Betonklotz in einem Stil, den man einmal für modern gehalten hatte, in einer Zeit, als es modern gewesen war, Erfahrungen und Werte früherer Generationen grundsätzlich über Bord zu werfen und zu glauben, man könne alles aus dem Stand heraus besser machen. Beton war das Resultat gewesen, der inzwischen grünschimmlig verrottete, und Flachdächer, die seit Jahren leckten, ohne dass irgendeine der vielen Firmen, die man hatte kommen und gehen sehen, imstande gewesen war, etwas daran zu ändern. Deswegen gehörten mittlerweile ein Dutzend Plastikbadewannen, die man bei Bedarf unterstellen konnte, zum festen Inventar der Schule.

Was die Atmosphäre anbelangte, die im Inneren des Gebäudes herrschte, hatte er es aufgegeben, sich dazu zu äußern. »Wie in einer U-Bahn-Station«, hatte ein Fünftklässler einmal gesagt, und das, fand Simon, fasste es besser zusammen als alles, was er sonst an Kommentaren gehört hatte.

Die große Pause war schon in vollem Gang, als er ankam. Was hieß, dass er später dran war als üblich; er bemühte sich immer, das Lehrerzimmer erreicht zu haben, ehe die Pausenklingel ertönte und die Stampede hinab in den Schulhof losbrach. Erstens, um nicht niedergetrampelt zu werden, und zweitens, um genügend Zeit zu haben, sich vorzubereiten.

Weil ihm am Haupteingang zu viel los war, umrundete Simon König das Gebäude, um es durch einen der zahlreichen Seiteneingänge zu betreten. Dabei sah er, wie ein paar Schüler der siebten oder achten Klasse in der Deckung eines großen Rhododendrons beisammenstanden, wie einer von ihnen einem anderen eine Hülle mit einer CD darin aushändigte und wie sie alle zusammenzuckten, als sie ihn bemerkten, sich aber bemühten, sich nichts anmerken zu lassen. Wieder einmal irgendetwas Raubkopiertes. Nicht schwer zu erraten.

Simon ärgerte sich, als er das sah. Erstens, weil ihm dieser Vorfall die dubiose CD von Vincent wieder in Erinnerung rief, und zweitens, weil er sich dadurch, dass er sie bei sich versteckt hatte, moralisch geschwächt fühlte. Zu gerne wäre er bei den Schülern gerade eben streng dazwischengegangen, aber so fehlte ihm das Standvermögen dazu.

Hoffentlich meldete sich Vincent bald. Und sei es nur, damit Simon ihm sagen konnte, was er von Ansinnen wie dem seinen hielt.

Im Lehrerzimmer war wenig los. Ein paar Kollegen aus den Naturwissenschaften diskutierten leise, eine Kollegin korrigierte Arbeiten, einer der Sportlehrer saß im Trainingsanzug am Internet-PC und schaute sich irgendwelche Börsenkurse an. Man munkelte, er habe ziemlich viel Geld mit Spekulationen verloren. Ein Grund mehr, dass Simon froh war, sich nie näher mit diesem Internet beschäftigt zu haben. Das war doch nur noch ein Medium mehr, das die Leute durcheinanderbrachte.

Was die Vorbereitung auf den Unterricht anbelangte: Für jemanden mit seiner Berufserfahrung war das natürlich nur noch ein Ritual. Den Stundenplan kannte er auswendig, genau wie die aktuellen Lehrpläne. Auch ohne nachzusehen wusste er, dass er in der fünften Stunde Gemeinschaftskunde in der 12B hatte, dass das derzeitige Thema *Legitimität und Herrschaft* lautete und sogar, dass dafür 18 Unterrichtsstunden vorgesehen waren. Rousseau, Montesquieu und Weber hatten sie schon durch, heute würde es um John Locke gehen. Da konnte man die Anekdote erzählen, dass dieser sein Hauptwerk, *Zwei Abhandlungen über die Regierung*, aus Furcht vor Repressalien anonym veröffentlicht, alle Spuren verwischt, sogar sein Manuskript vernichtet und sich erst in seinem Testament dazu bekannt hatte: So etwas faszinierte die Schüler regelmäßig, vermutlich, weil es wie aus einem Hollywoodfilm klang.

Und jetzt gleich, in der vierten, war eine ganz spezielle Unterrichtseinheit dran. In der 8A ging es zurzeit um das Mittelalter, um das Thema Glaube und Herrschaft, und heute wollte er die Grundlagen der Königsherrschaft durchnehmen. Die Herausforderung bestand darin, den Unterricht so fesselnd zu gestalten, dass die oberschlauen Witzbolde in der Klasse vergaßen, anzügliche Witze über seinen Nachnamen zu machen.

Was ihm in den letzten Jahren fast immer gelungen war.

Es klingelte schon zum Pausenende. Simon hängte noch hastig seinen Mantel auf, schnappte sich dann seine Tasche und machte sich auf den Weg.

Immer noch fühlte er sich unruhig, aufgewühlt. Ein schlechtes Zeichen. Vielleicht würden heute die Witzbolde gewinnen.

»Der König kommt!« Er hörte den Alarmruf schon von weitem durch die Gänge hallen, gefolgt von hastigem Getrappel. Wie immer. Und wie immer ließ er sich nichts anmerken.

Er begann jede Unterrichtsstunde damit, abzufragen, worum es das letzte Mal gegangen war, und machte erst weiter, wenn wenigstens drei Schüler geantwortet hatten. Ein so vertrautes Ritual, zu sehen, wie sie dasaßen und grübelten und wegschauten und allzu sichtbar hofften, nicht aufgerufen zu werden, dass Simon darüber mühelos in das zurückfand, was er als sein normales Leben bezeichnet hätte. Die Turbulenzen von heute Morgen: Er hatte sie beinahe vergessen, als die dritte Antwort kam und die Klasse kollektiv aufatmete.

»Heute wollen wir uns mit der Frage beschäftigen, wie im Mittelalter jemand eigentlich König wurde«, erklärte Simon und griff nach einem Stück Kreide. »Wir schreiben das Jahr 1024, Heinrich II. ist tot, und es gibt keinen Thronfolger. Was tut man in so einer –?«

Er hielt inne. Sein Blick war durch das Fenster hinaus auf den Schulhof gefallen, auf die Reihe der Pflanzkübel aus Waschbeton, die alle Schüler als nicht zu übertretende Grenze zu akzeptieren gelernt hatten.

Jenseits dieser Kübel stand ein Indianer mit bunt bestickter Kleidung, prächtigem Federschmuck – und einem Handy am Ohr.

KAPITEL 16

Die Kinder stürzten aufgeregt an die Fenster, sahen ihn also auch. Immerhin. Das hieß, dass er sich diese Gestalt nicht nur einbildete. Was beruhigend zu wissen war.

»Ruhe«, mahnte er. »Setzt euch wieder hin. Wer immer das ist, es ist ganz bestimmt kein echter Indianer, sondern jemand, der entweder unterwegs zu einem Kostümfest ist oder gerade von einem kommt.«

Nach und nach kehrten sie auf ihre Plätze zurück. Während er darauf wartete, dass wieder so etwas wie Ruhe einkehrte, betrachtete Simon den Mann unten auf der Straße genauer. Breitschultrig war er, etwas kleiner als normal, und den Gesichtszügen nach zumindest ein Mitteleuropäer. Verkleidet, ohne Zweifel. Aber beeindruckend. Die Jacke mit Fellbesatz hätte die sein können, die Simon einmal im Völkerkundemuseum eingehend betrachtet hatte.

Sein Blick schien das Schulgebäude abzusuchen, während er telefonierte.

Simon trat unwillkürlich vom Fenster weg.

Im nächsten Moment ärgerte er sich über sich selbst. Sich so durcheinanderbringen zu lassen von einem dummen Brief! Er verbot sich, noch einmal aus dem Fenster zu sehen, und konzentrierte sich auf die Umstände der Wahl Konrads II. zum König und seinen Weg zur Kaiserwürde.

Erst am Ende der Stunde – die glücklich ohne dumme Witze über die Bühne gegangen war – blickte Simon noch einmal auf den Hof hinab, aber da war der Indianer längst wieder verschwunden.

***

Ein Indianer am Straßenrand, da war kaum ein Irrtum möglich. Leo lenkte den alten Mercedes an den Bordstein und hielt so, dass der untersetzte Mann mit dem Federschmuck sich nur vorzubeugen und die Tür hinten links zu öffnen brauchte.

»Hast du die Sachen?« Die Federn raschelten, als er auf den Rücksitz glitt.

»Wie bestellt.« Leo hievte das Bündel vom Beifahrersitz nach hinten.

»Super.«

Leo warf einen flüchtigen Blick in den Rückspiegel. Tatsächlich: Er zog sich auf dem Rücksitz um. Natürlich trug er auch wieder keine Unterhose, sondern bloß einen Lendenschurz. Stilecht eben …

»Wie war dein Wochenende?« Leo musterte die Fassaden rechts und links voller Unbehagen: dutzende Fenster, von denen aus man verfolgen konnte, was in diesem Auto vor sich ging.

»Na, toll natürlich«, kam es von hinten. Stoff raschelte, Gliedmaßen stießen an Sitze und Türen.

»Wir hatten letzte Nacht drei Grad minus«, sagte Leo.

»Hab ich mir fast gedacht, so saukalt, wie es in meinem Zelt –« Sein Mobiltelefon unterbrach ihn zwitschernd. »Ja? Ah, endlich! Wo treibst du dich denn rum? Hast du meine SMS gekriegt über den Typ mit den gefälschten Waffen? Gut. Ich hab die Faxen jetzt dick mit dem. Leg ihn um. Nein, keine Warnung mehr. Knips ihn aus und gut.«

Schweigen. Leo hörte die quäkende Stimme im Hörer, verstand aber kein Wort. Er sah auf die Uhr. Das dauerte alles viel zu lange.

»Am liebsten wär's mir, du machst es sofort. Auf jeden Fall brauch ich dich heute Nachmittag hier draußen bei der … Warte, wie heißt die Schule? Ja, genau. Gut, pass auf: Der Typ hat Unterricht bis zur achten Stunde, das ist bis um halb vier. Danach schnappen wir ihn uns. Was? Ja, logisch. Jeder stellt sich an einen anderen Ausgang, und wer ihn erwischt, hat gewonnen. Alles klar. Bis dann.« Das Klamottengeraschel ging weiter.

»Woher weißt du das mit der achten Stunde?«, fragte Leo.

»Ich hab angerufen. Im Rektorat. Hab behauptet, ich sei der Vater von Markus und brauche einen Termin.«

»Was für ein Markus?«

»Egal. Heutzutage gibt es in jeder Klasse einen Markus.« Er schlüpfte in sein Jackett, warf die bestickte Indianerhose und die Pelzjacke nach vorn. »Du musst wieder zurück, schätze ich?«

Leo nickte. »Soll ich dich ein Stück mitnehmen?«

»Nein, ich halt hier die Stellung.« Leo sah ihn in seinem kleinen schwarzen Notizbuch blättern. Vermutlich prüfte er, ob er auch genug Telefonnummern hatte, die er in der Zwischenzeit anrufen konnte. »Einer muss es ja machen.«

»War nur ein Angebot«, sagte Leo.

»Ja, danke. Danke auch für ... na ja, alles eben.« Im nächsten Moment war er draußen, schlug die Tür zu.

Leo ließ den Motor an. Als er im Wegfahren zurückblickte, sah er seinen vom Indianer in einen Geschäftsmann verwandelten Bruder schon ins erste Telefonat vertieft.

***

Der weitere Tag verlief, wie schon so viele Tage verlaufen waren, und in den gleichförmigen Rhythmus des Schulalltags zu sinken, empfand Simon König wie immer als ausgesprochen beruhigend.

Sechste Stunde, Klasse 10A: Nationalsozialismus, Übergang von der Weimarer Demokratie zur Diktatur. Heute konnte er einen Film über die Machtergreifung Hitlers zeigen. Filme kamen immer gut an, wenn auch ihr Nutzen in Simons Augen weit überschätzt wurde, weswegen er selten zu diesem Hilfsmittel griff. Aber da er nicht in den Ruf geraten wollte, mit modernen Lehrmitteln nicht umgehen zu können, und er diesen Film zudem für einen der eindrücklichsten hielt, war diese Stunde damit abgedeckt.

»Und?«, fragte ihn Bernd Rothemund in der Mittagspause. »Waren sie brav, meine Zehntklässler?«

Bernd Rothemund war der Klassenlehrer der 10A. Er lehrte Französisch, Englisch und, wenn Not am Mann war, Deutsch und war einer der wenigen Kollegen an der Schule, mit denen sich Simon wirklich gut verstand.

»Ich hab sie mit einem Film ruhiggestellt«, erwiderte Simon.

»Du arbeitest aber auch mit allen Tricks«, grinste Bernd. »Komm, gehen wir zusammen in die Mensa.«

Bernd war ein gemütlicher, bärtiger Mann mit einem gesunden Bierbauch und Halbglatze, der jene Art Unbeschwertheit ausstrahlte, die Simon selber an sich empfindlich vermisste. Zudem teilte Bernd einige seiner Auffassungen über die Bedeutung schulischer Ausbildung, darüber, welche Verantwortung ein Lehrer für die Zukunft eines Gemeinwesens trug und wie man Unterricht am besten gestaltete. Sie pflegten gemeinsam das Motto, dass Schule nicht darin bestehen dürfe, Kinderköpfe mit Wissen zu stopfen; das Ziel sei vielmehr, eine Flamme in ihnen zu entzünden.

Die Mensa. Simon wusste nicht recht, ob er deren Existenz begrüßen sollte oder nicht. Die Schule hatte nicht immer über eine Mensa verfügt; früher waren die Schüler zum Mittagessen nach Hause gegangen, es hatte auch generell weniger Nachmittagsunterricht stattgefunden. Doch inzwischen hätten die meisten Schüler mittags zu Hause nur eine leere Wohnung vorgefunden, weil ihre Mütter ebenfalls arbeiteten. So war entschieden worden, die Cafeteria zu einer richtigen Kantine auszubauen, die professionell von einem externen Dienstleister betrieben wurde.

Und nicht schlecht. Simon aß weitaus lieber hier, als sich zu Hause selber etwas zu kochen oder gar jeden Tag in ein Restaurant zu gehen: Das wäre seiner Überzeugung nach der Gesundheit nicht zuträglich gewesen, abgesehen davon, dass er es sich nicht hätte leisten können.

Das war die positive Seite. Der negative Aspekt war, dass sich darin eine gesellschaftliche Entwicklung niederschlug, die Simon Sorge bereitete: dass die meisten Eltern wirtschaftlich derart gefordert waren, dass sie es sich nicht mehr erlauben konnten, dass ein Elternteil zu Hause blieb und sich um die Kinder kümmerte – wobei es sich in der Regel nur noch um ein einzelnes Kind handelte. Das wiederum hieß, dass die Eltern von der Schule erwarteten, Erziehungsaufgaben zu übernehmen, die einer staatlichen Einrichtung zu übertragen früher niemandem auch nur im Traum eingefallen wäre. An manchen Elternabenden hatte Simon das Gefühl, viele Eltern hätten ihre Kinder am liebsten zu Beginn des Schuljahrs in der Schule abgegeben und am Ende wieder abgeholt, in der Erwartung natürlich, tadellos erzogene junge Menschen vorzufinden. Aber das war nicht leistbar. Die Schule war dazu da, Wissen zu vermitteln, im besten Fall dazu, eine gewisse geistige Neugier zu wecken, eine Lust am Lernen (was zugegebenermaßen nur selten wirklich passierte), aber mit ihrer Struktur aus Klassen und Lehrerhierarchie war sie nicht geeignet, zum Beispiel mehr als rudimentäre Benimmregeln zu vermitteln.

»Darf ich dich heute einladen?«, fragte Bernd, als sie vor dem Speiseplan standen und es galt, sich zwischen Fleischkäse mit Kartoffelsalat und Spaghetti Bolognese zu entscheiden.

Simon nickte. »Wieso das?« Er würde den Fleischkäse nehmen. Tomatensoße war immer ein unabschätzbares Risiko, wenn man ein weißes Hemd trug.

»Zur Wiedergutmachung.«

»Zur –?« Simon ächzte, als er begriff. »Nein. Nicht schon wieder. Sag, dass du nicht schon wieder –«

»Die haben mich ausgetrickst«, versicherte Bernd ihm mit komischer Verzweiflung. »Ich war absolut entschlossen, dass ich mich nicht noch einmal verplappere, das musst du mir glauben! Aber gestern hatte ich davor eine Sprechstunde, die mich ganz konfus gemacht hat, und das haben diese Teufelsbraten ausgenutzt!«

Seit Beginn des Schuljahrs wollte Simon in der 10A einen unangekündigten Test schreiben, aber bis jetzt war der jeweilige Termin – den er mit Bernd als Klassenlehrer abstimmen musste – jedes Mal durchgesickert. Wobei stets Bernd das Leck war.

»Nichts für ungut, aber da gehört bei dir nicht viel dazu«, erwiderte Simon. Bernd war einfach niemand, der Geheimnisse für sich bewahren konnte.

»Eine Woche später wäre noch ein Termin, ich habe nachgeguckt.« Sie reihten sich in die Schlange ein. »Wenn du deinen Kalender dabeihast, könnten wir –«

»Ach, weißt du, ich glaube, ich lasse es, solange du Klassenlehrer der 10A bist.« Simon nahm einen Vorspeisensalat. »Was war das denn für eine Sprechstunde?«

»Einer meiner Abiturienten, Sebastian Traub, ist ein Ass in Fremdsprachen und möchte Dolmetscher werden. Was ich für die einzig richtige Berufswahl halte«, erzählte Bernd. »Nun war heute früh sein Vater bei mir, um mich wissen zu lassen, dass er darauf besteht, dass sein Sohn Medizin studiert. Die Spaghetti, bitte«, sagte er zu der weißbekittelten Frau auf der anderen Seite der Theke. »Dr. Traub, schon mal gehört? Bekannter Kardiologe. Spielt Golf mit dem Ministerpräsidenten, isst mit dem Oberbürgermeister zu Mittag und so weiter. Sein Vater, sein Großvater, alles Ärzte, Familientradition, *jadda jadda jadda*.«

»Verstehe. Also geht es jetzt darum, dem Jungen den Rücken zu stärken, seine eigene Entscheidung zu treffen«, sagte Simon und deutete auf den Fleischkäse. »Mit wenig Kartoffelsalat, bitte.«

»Der Fall liegt ein bisschen schwieriger«, erklärte Bernd, als sie ihre Tabletts durch die Tischreihen balancierten, hin zu dem für die Lehrer reservierten Bereich. »Dr. Traub erwartet, dass wir in seinem Sinne auf Sebastian einwirken. Wir, das ist die Schule, alle Lehrer, du, ich, der Rektor, die Putzfrau – so stellt er sich das vor.«

»Muss uns interessieren, was Dr. Traub sich vorstellt?«

»Ich fürchte, ja. Denn Dr. Traub ist seit März Vorsitzender des Fördervereins, einer der größten Spender und derjenige, der die meisten Firmenspenden eintreibt.«

Simon stellte sein Tablett heftiger ab als beabsichtigt. »Er *erpresst* uns?«

Bernd hob die Schultern. »Du weißt, wie wichtig der Förderverein geworden ist. Ohne ihn bricht der Schulbetrieb zusammen, so einfach ist das.« Er schüttelte betrübt den Kopf. »Ich weiß nicht, was ich tun soll. Zum ersten Mal seit Jahren bedaure ich es, der Kontaktmann zum Förderverein zu sein.«

Simon malträtierte seinen Fleischkäse voller Ingrimm, obwohl der nichts dafürkonnte. »Da läuft etwas ganz gewaltig aus dem Ruder«, sagte er. »Wieso kann er uns erpressen? Weil mit den bewilligten Mitteln nicht auszukommen ist, ich weiß. Die Frage ist, warum wird uns nicht bewilligt, was wir brauchen?«

»Weil der Staat kein Geld mehr hat«, erwiderte Bernd. »Ist doch überall so.«

»Das erzählt man uns dauernd. Aber wo ist das ganze Geld?«

»Was für Geld?«

Simon richtete die Spitze seiner Gabel auf ihn. »Es ist ständig von Wirtschaftswachstum die Rede, oder etwa nicht?«

»Ja, aber nie, ohne dass es heißt, es sei nicht *genug*.«

»Wann haben Leute schon mal von irgendwas genug? Nein, egal, ob ein oder zwei Prozent, auf jeden Fall haben wir Wachstum, und das, während die Bevölkerung schrumpft. Nach Adam Riese müsste das heißen, dass wir immer wohlhabender werden, oder?«

Bernd seufzte. »Du, ich weiß schon, warum ich nicht Mathematik studiert hab damals. Das war nie mein Ding.«

»Ich rede nicht von Mathematik, ich rede von gesundem Menschenverstand. Ich meine, wann ist diese Schule gebaut worden? Mitte der Siebziger, wenn wir demnächst 35-Jahr-Feier haben. Damals hatte die Bundesrepublik Deutschland offenbar das Geld, Schulen zu bauen. Und heute, fünfunddreißig Jahre vielleicht geringen, aber alles in allem stetigen Wirtschaftswachstums später, soll nicht einmal mehr das Geld da sein, die Schulen zu *unterhalten?* Die Schulen, in denen die Generationen herangebildet werden sollen, die diesen Staat eines Tages übernehmen werden, wohlgemerkt. Und es ist kein Geld da, die Löcher im Dach zu reparieren? Da stimmt doch etwas nicht.«

Bernd wickelte an seinen Spaghetti. »Mal ganz zu schweigen von den abgewetzten Teppichen im Treppenhaus. Die werden allmählich richtig gefährlich.«

»Ganz zu schweigen auch von der Ausstattung der Schulbücherei.«

»Oder davon, dass von allen Lehrertoiletten nur noch eine einzige einen funktionierenden Trockenlüfter hat. Das ertragen wir ja mannhaft.« Bernd fingerte an einem Tomatenfleck auf seinem Pullover herum. »Seit fünf Jahren inzwischen. Oder sechs?«

»Das meine ich«, sagte Simon. »Wo ist das viele Geld? Wo ist all der Wohlstand? Und wenn der Wohlstand Deutschlands immer weiter zugenommen hat, wieso können sich die Leute dann keine Kinder mehr leisten? Wieso können kaum noch Mütter zu Hause bleiben? Da stimmt doch was nicht.«

»Früher hat man allerdings auch bescheidener gelebt«, gab Bernd zu bedenken. »In den Siebzigern, du meine Güte – welche Familie hatte da zwei Autos? Wir hatten noch einen Schwarz-Weiß-Fernseher, stell dir das vor. Die Kinder heute wissen nicht mal mehr, was das überhaupt ist.«

Gemeinsam schauten sie versonnenen Blicks über das lebhafte Wogen, Kommen und Gehen an den Schülertischen. Schüler, die neben dem Essen mit ihren Handys telefonierten oder SMS-Nachrichten tippten. Schüler, unter denen diejenigen ohne Zugang zu einem Computer mit Internetanschluss die seltene Ausnahme waren.

»Die Ansprüche sind gestiegen«, fuhr Bernd fort. »Das spielt auch eine Rolle. Du wirst heute bombardiert mit Werbung für alle möglichen unnötigen Dinge, und bei vielen wirkt das. Auf einmal sind die nicht mehr unnötig, sondern im Gegenteil unerlässlich. Also gibt man sein Geld dafür aus, und weg ist es.«

»Und die Wirtschaft floriert.« Simon musterte seinen Kollegen über den zugerichteten Fleischkäse hinweg. »Manchmal habe ich das Gefühl, das ist alles ein großer Schwindel. Dass wir uns arm arbeiten, und zwar umso schneller, je mehr wir uns anstrengen.«

»Du solltest in die Politik gehen, Simon.«

Simon lachte auf. »In die Politik? Nein, mein Lieber. Ich geh in Pension, und das so früh wie möglich.«

KAPITEL 17

Nach der Mittagspause hatte Simon König die 10A noch einmal, diesmal in Gemeinschaftskunde zum Thema Wahlrecht, Parteien, parlamentarisches Regierungssystem: Da ließ sich gut an die letzte Vormittagsstunde anschließen.

In der achten Stunde schließlich die 8C. Es ging um den absolutistischen Staat, um Ludwig XIV. und die Anfänge der Aufklärung. Der Lehrplan träumte davon, dass die Schüler verstanden, wie die Aufklärung zur französischen Revolution führte und die Grundlagen der Moderne legte, aber das war natürlich reichlich viel verlangt von Achtklässlern. Wie immer würde er sich damit zufriedengeben, wenn sie ein paar wichtige Jahreszahlen und Stichworte im Gedächtnis behielten. Wobei die 8C eine ausgesprochen ruhige, strebsame Klasse war; das würde schon klappen. Und Ludwig XIV. mit seinem Hofstaat, das war ein bunt zu schilderndes Thema, sodass nicht zu befürchten stand, dass jemand einschlief. So spät am Tag musste man darüber schon froh sein.

Nach der letzten Stunde ging Simon wie stets noch einmal ins Lehrerzimmer. Er legte seine Bücher zurück in den Schrank, sah in seinem Briefkorb nach, ob irgendwelche Briefe oder dergleichen für ihn eingetrudelt waren – was nicht der Fall war. Das Übliche eben.

Er hatte es nicht eilig. Wenn ein Tag vorüber war, liebte er es, ihn langsam ausklingen zu lassen, alles abzuschließen, nichts unerledigt zu wissen. Er war keiner von denen, die aus der Schule flüchteten, wieso auch? Es erwartete ihn ja niemand. Seine Wohnung zu Hause war still und leer, und nicht selten war sie ihm *zu* still und *zu* leer. Nein, er hatte es nicht eilig.

Es war auch noch ein Schluck Kaffee in der Kanne. Das war gut, denn neuen zu machen lohnte sich um diese Zeit nicht mehr. Es gab keine halbe Tasse voll, aber egal.

Simon kehrte zurück an sein Fach, überflog den Stundenplan vom Dienstag und versuchte, eine Vorstellung davon zu entwickeln, was er in den einzelnen Stunden abhandeln würde. In der elften Klasse musste er den Test für nächste Woche ansagen, das durfte er nicht vergessen …

Die Tür ging auf. »Ah, der Herr König.« Die Stimme von Volker Fuhrmann, seines Zeichens Lehrer für Biologie, Deutsch und Religion. »Das ist ja geschickt, dass ich dich treffe. Ich brauch nämlich was von dir.«

Simon musterte den schwabbeligen Mann. Fuhrmann gehörte zu den Kollegen, mit denen er den Umgang auf das absolute Minimum beschränkt hielt. »Nämlich?«

»Deine Unterschrift.« Fuhrmann wackelte an sein Schrankfach, dabei einen Schlüsselbund aus der Tasche nestelnd, der aussah, als enthielte er die Hausschlüssel des gesamten Stadtteils. Simon war schleierhaft, wie ein einzelner Mensch so viele Schlüssel besitzen konnte. Er werfe damit nach unbotmäßigen Schülern, hieß es, vor allem nach solchen, die während seines Unterrichts miteinander tuschelten. In der letzten Ausgabe der Schülerzeitung war der Fuhrmann'sche Schlüsselbund deshalb als Massenvernichtungswaffe bezeichnet worden.

»Meine Unterschrift? Wozu das denn?«

»Wirst du gleich sehen.« Fuhrmann öffnete geräuschvoll die Schranktür und zog ein mehrseitiges Dokument mit einer langen Liste von Unterschriften hervor. »Eine Aktion der Lehrergewerkschaft gegen die Pläne der Bildungsministerin, uns Inspektoren in den Unterricht zu schicken. Ich meine, geht's noch? Was glaubt die Frau, mit wem sie es zu tun hat? Wir haben alle unsere Prüfungen abgelegt und bestanden, sonst wären wir heute wohl kaum als Lehrer tätig, nicht wahr? Was braucht es da weitere Kontrollen?«

»Eine Aktion? Davon höre ich zum ersten Mal.«

»Die wollen Druck machen. Es ist in der Diskussion, dass jeder Lehrer einmal jährlich von einem Inspektor dahingehend begutachtet werden soll, was sein Unterricht taugt. Nach deren Vorstellung halt; ich meine, was werden da für Leute kommen? Gesandte vom grünen Tisch, die keine Ahnung haben, wie es im wirklichen Schulleben zugeht.« Fuhrmann legte die Papiere vor Simon hin und einen Kugelschreiber daneben. »Also, wenn du nicht willst, dass demnächst irgendwelche Typen vom Oberschulamt auftauchen und sich in deinen Unterricht setzen, um dir nachher Noten zu geben, dann unterschreib. Bis jetzt ist das bloß eine Idee, das heißt, man kann sie noch stoppen. Das Kind in der Wiege erwürgen, sozusagen.«

Simon überflog den Text der Resolution, dann schüttelte er den Kopf. »Tut mir leid«, sagte er. »Ich finde das eine gute Idee. So was in der Art wäre das Erste, was ich einführen würde, wenn ich Bildungsminister wäre.«

Fuhrmann sah ihn entgeistert an. »Bist du wahnsinnig? Du unterstützt das auch noch?«

»Was haben wir denn zu befürchten? Wenn wir unseren Unterricht so machen, wie er gemacht werden muss, nichts. Zumal man es sich überlegen wird, aus solchen Bewertungen allzu rasch Konsequenzen zu ziehen«, erklärte Simon. »Sie werden schon keinen feuern, bei dem Lehrermangel, der zurzeit herrscht.«

Was kein Wunder war, war der Beruf des Lehrers doch im öffentlichen Ansehen auf dem denkbar niedrigsten Stand angelangt. Lehrer wurde nur noch, wer sich zu einem richtigen Beruf nicht befähigt fühlte. Jemand wie Volker Fuhrmann, der sich auf seinem dicken Hintern und seiner Beamtenposition ausruhte und dessen Lieblingsspruch lautete: »Mir doch egal, ob ihr was lernt; mein Gehalt läuft weiter.« Fuhrmanns Vorstellung von Unterricht, das hörte Simon immer wieder von Schülern, sah so aus, sich auf die Vorderkante des Lehrertischs zu setzen und vor sich hin zu monologisieren, ohne sich darum zu kümmern, ob ihm jemand folgen konnte oder auch nur verstand, wovon die Rede war. Dafür galten seine Tests als kinderleicht, weswegen er sich, obwohl man nichts bei ihm lernte, trotzdem einer gewissen Beliebtheit erfreute.

»Na schön«, sagte Fuhrmann und nahm Stift und Unterschriftenliste wieder an sich. »Na schön, von mir aus.« So, wie er es sagte, war klar, dass er es alles andere als schön fand. Im Gegenteil, er kochte vor Wut, geradeso, als hätte ihn Simon persönlich beleidigt. »Das ist kurzsichtig gedacht, Simon. Lass dir das gesagt sein. Sehr kurzfristig gedacht. Hätte ich nicht von dir erwartet.«

»Bedauerlich, dass du mich so schlecht kennst«, erwiderte Simon ungerührt.

»Kurzsichtig, Simon«, wiederholte Fuhrmann und fuchtelte ihm mit dem ausgestreckten Zeigefinger vor der Nase herum. »Im Moment herrscht Lehrermangel, ja. Aber die demografische Entwicklung geht weiter, und dann? Irgendwann hat sich das austariert. Dann werden diese Noten nicht mehr ohne Folgen bleiben. Dann werden sie Kollegen den Job kosten. Dann werden die ihre Kürzungspläne auf diesem Weg durchsetzen und es noch so aussehen lassen, als täten sie ein gutes Werk damit.«

»Das kann schon sein«, räumte Simon ein. »Ich würde es auch anders machen, als es im Gespräch ist. So, wie es angedacht ist, steht und fällt alles mit dem Urteilsvermögen der Inspektoren, und ich weiß nicht, woher man Inspektoren nehmen will, die wirklich beurteilen können, welcher Unterricht etwas taugt oder nicht. Im Grunde können das nur die, die es existenziell betrifft. Die Schüler selber, mit anderen Worten.«

»Am Ende würdest du die Schüler die Lehrer benoten lassen«, prustete Fuhrmann und knallte die Tür seines Schrankfachs wieder zu. »Ja, klasse. So weit kommt's noch. Da können wir aber froh sein, dass du nicht Bildungsminister bist und auch nie werden wirst.«

Da kannst du froh sein, allerdings, dachte Simon, sagte aber nichts mehr.

Nun hielt es ihn doch nicht mehr in der Schule. Erst recht nicht, als er sah, dass sich Fuhrmann grummelnd an einem der Tische auszubreiten begann, offenbar in der Absicht, noch rasch ein paar Arbeiten zu korrigieren. So schlechter Laune, wie er war, würden die Noten diesmal wahrscheinlich nicht so gut ausfallen wie sonst.

Simon packte seine Tasche, schloss sein Schrankfach ab und verließ das Lehrerzimmer mit dem knappsten Gruß, zu dem er imstande war. War er ungerecht gewesen? Man sagte ihm nach, ein Besserwisser zu sein, das wusste Simon. Aber er war nun mal der Ansicht, dass er tatsächlich vieles besser wusste als viele Leute; was sollte er machen? Das war vermutlich eine Berufskrankheit bei Lehrern. Oder der Grund, aus dem man überhaupt Lehrer wurde.

Warum allerdings jemand wie Fuhrmann Lehrer geworden war, verstand Simon beim besten Willen nicht. Im Grunde war die einzige Erklärung, die ihm einleuchtete, die, dass Fuhrmann nichts anderes hatte finden können. Dem Mann war es völlig gleichgültig, ob seine Schüler etwas lernten oder nicht. Die Haltung, die er an den Tag legte, ging im Grunde davon aus, dass die Schüler für ihn da waren anstatt umgekehrt, wie es sein sollte. Er hatte Fuhrmann auch noch nie von einem Schüler erzählen hören, der irgendetwas Herausragendes vollbracht hatte. Wenn Fuhrmann über Schüler redete, dann nur, wenn sie ihn ärgerten oder auf andere Weise in seinem auf Geruhsamkeit ausgerichteten Dasein störten.

Mit einem Satz, in Simons Augen waren es Leute wie Fuhrmann, die den Stand der Lehrer in Verruf gebracht hatten.

Er stürmte zum Haupteingang hinaus, hörte die Tür schwer hinter sich zufallen. Die Schule lag ruhig da um diese Zeit. Die meisten Schüler waren längst zu Hause, bis auf die, die sich in irgendeiner AG engagierten: In dem einen oder anderen Fenster sah man noch Bewegung.

Es hatte keinen Zweck, sich aufzuregen, sagte er sich. Er würde nichts mehr daran ändern. In ein paar Jahren ging er in Pension, und das würde es dann gewesen sein, sein Leben. Immerhin, aus vielen seiner Schüler waren ordentliche Leute geworden; von einigen hatte er bei dem einen oder anderen Ehemaligentreffen regelrecht anerkennende Worte zu hören bekommen. Das war etwas, das jemand wie Fuhrmann nie erleben –

»Herr König?«

Ein dicker junger Mann stand vor ihm, sein Handy erhoben, als filme er ihn damit.

Simon zuckte regelrecht zusammen. »Was?«

»Entschuldigung«, sagte der andere und senkte die Hand. »Sie sind doch Herr Simon König?«

»Ja.«

»Da gibt es jemanden, der Sie dringend sprechen möchte.«

KAPITEL 18

»Mich sprechen? Wer? Wieso?« Simon feuerte die Fragen ab, als gelte es, Pistolenschüsse zu erwidern. Noch während er die Sätze hervorstieß, durchzuckte ihn der Gedanke, dass so viel heftige Abwehr verräterisch wirken mochte, aber nun war es schon zu spät.

»Am besten kommen Sie einfach mit«, schlug der junge Mann vor. Er mochte neunzehn oder zwanzig sein, war entschieden übergewichtig und trug einen dünnen schwarzen Ledermantel mit allerlei kantigen Ausbuchtungen, die von Waffen herrühren mochten oder auch nicht. »Ich bringe Sie hin.«

»Zu wem?« Simon schüttelte den Kopf. »Wer sind Sie überhaupt? Wie kommen Sie auf die Idee, ich würde einfach mit Ihnen irgendwohin gehen?«

Der andere verzog das Gesicht. »Das kann ich Ihnen nicht sagen. Nur, dass es wichtig ist.«

Irgendwie sah er aus, als sei er entschlossen, nicht lockerzulassen. Als würde er Simon, falls dieser einfach um ihn herumgehen und seinen Heimweg fortsetzen sollte, notfalls bis nach Hause folgen. Oder ihn – was für ein Gedanke! – sogar festhalten. Bei seinem Gewicht, überlegte Simon, brauchte er sich einfach nur an einem Opfer festzukrallen, um es zur Bewegungsunfähigkeit zu verdammen.

Besser, er versuchte, ihm aus dem Weg zu gehen. Unauffällig natürlich.

»Wichtig, sagen Sie?«, wiederholte Simon und bemühte sich, so zu wirken, als ließe er sich das tatsächlich durch den Kopf gehen.

»Ja«, meinte der andere, offensichtlich erfreut über Simons

plötzliche Kooperationsbereitschaft. »Es ist auch nicht weit, nur – na, hundert Meter oder so. Und es wird nicht lange dauern.«

Simon nickte. »Gut. Dann gehen wir doch einfach … Ah!«, unterbrach er sich und fasste in die Tasche seines Jacketts. »Warten Sie. Ich merke gerade, dass ich noch den Schlüssel zum Kartenraum bei mir habe; den muss ich beim Hausmeister abgeben, bevor der zumacht. Dauert nur einen Moment, ich bin gleich zurück.«

Damit drehte er sich um und eilte zum Haupteingang, und o Wunder, der Bluff schien zu funktionieren: Der Kerl blieb abwartend stehen, folgte ihm nicht.

Natürlich hatte Simon nicht im Mindesten die Absicht, zurückzukehren. So wenig, wie er tatsächlich einen abzugebenden Schlüssel in der Jackentasche trug. Kaum war die Tür des Haupteingangs hinter ihm zugefallen, eilte er nach links zur nächsten Treppe, die eine Etage tiefer führte. Er würde das Gebäude einfach durch den Ausgang B verlassen, der auf die Parkplätze ging. Von dort aus kam er mit ein paar Umwegen genauso gut nach Hause.

Himmel, in was hatte Vincent ihn da nur hineingezogen? Keine Frage, dass das alles etwas mit dem Brief und der CD zu tun haben musste. In über dreißig Jahren an dieser Schule war ihm kein einziges Mal jemand so seltsam gekommen wie dieser Kerl mit seinem Sturmbannführermantel. Am selben Tag, an dem der Brief von Vincent angekommen war. Wenn das ein Zufall war, fraß er einen Besen.

Simon erreichte das untere Ende der Treppe, eilte geradeaus weiter. Seine Schritte hallten in den Gängen aus nacktem Beton. Selten war ihm die Architektur dieses Gebäudes bedrückender vorgekommen, hatte sie ihn so stark an eine Fabrik erinnert oder, ja, an ein Gefängnis.

Rechts abbiegen. Links ging es zur Turnhalle, ein Durchgang führte zu den Schließfächern, deren Zustand ein steter Grund zu Kummer darstellte.

Der Parkplatz lag weitgehend leer. Zwei, drei Autos standen noch da, soweit Simon das sehen konnte, während er auf die Türen aus dunklem Glas und Metall zueilte.

Was mochte es mit dieser CD auf sich haben? Waren darauf irgendwelche Dokumente oder Daten gespeichert, die Vincent nicht hätte besitzen dürfen? Hinter denen gefährliche Leute her waren? Irgend so etwas musste es sein.

Was für eine Zumutung, ihn in so eine Geschichte zu verwickeln. Irgendwie war das charakteristisch für ihre Beziehung. Vom ersten Brief an hatte Vincent sich nie viele Gedanken darüber gemacht, was das, was er tat, bei ihm, Simon, auslösen würde. Wobei Simon sich sagte, dass er alles, was ihm widerfahren war, verdient hatte. Er hatte moralisch versagt und ein Kind gezeugt, das ohne Vater aufwachsen musste; er durfte sich wahrhaftig nicht beschweren.

Was für eine tragische Entwicklung der Dinge. Sie hatten einander noch nie gesehen! Die wenigen Fotos, die er von Vincent besaß, hatte ihm Lila geschickt, und auf dem letzten davon war Vincent dreizehn oder vierzehn Jahre alt. Dann war sie umgezogen, ohne ihm ihre neue Adresse mitzuteilen, und der Kontakt war für lange Zeit abgebrochen. Heute mochte Simon seinem Sohn auf der Straße über den Weg laufen und würde ihn nicht einmal erkennen.

Er blieb abrupt stehen. Steckte das dahinter? War der Junge vorn auf dem Schulhof ein Bote gewesen, den *Vincent* ihm geschickt hatte?

Aber nein, das hätte er sicher gesagt. Er hätte Vincents Namen erwähnt oder zumindest gesagt, dass Vincent ihn geschickt hatte …

Oder – Simon schnappte nach Luft – war das am Ende Vincent selber gewesen?

Unsinn. Der junge Mann hatte einwandfreies Deutsch gesprochen, mit einem Akzent, der auf eine Herkunft aus Hessen schließen ließ. Vincent dagegen sprach nur Englisch.

Was für eine Aufregung! Simon fuhr sich mit der Hand über das Gesicht, und gerade als er sich wieder in Bewegung setzen wollte, sah er, dass auf dem Parkplatz auch jemand stand und so aussah, als warte er.

Es war der Indianer.

Nur, dass er jetzt nicht mehr sein Indianerkostüm trug, sondern Anzug, Krawatte und Wintermantel.

Was war hier los, zum Kuckuck?

Simon trat zurück in den Gang, in den schützenden Schatten. Das hatte keinen Zweck. Die lauerten ihm ja regelrecht auf!

Vincent! Na, dem würde er was erzählen, wenn er sich meldete!

Aber was nun? Er sah auf die Armbanduhr. Das Rektorat war noch besetzt. Er würde raufgehen und eine der Schulsekretärinnen bitten, die Polizei zu rufen. Gut, das war vielleicht etwas übertrieben …

… oder auch nicht. Die waren hinter ihm her, und er hatte keinen Anlass zu glauben, dass sie gute Absichten verfolgten. Jemand, der gute Absichten hegte, lauerte einem nicht auf.

Ja, genau. So würde er es machen. Simon drehte sich um und ging den Weg zurück, den er gekommen war.

Auf der Treppe kam ihm eine Frau entgegen, vermutlich eine Kollegin. Sie trat einen Schritt zur Seite und sagte: »Herr König?«

Simon blieb stehen. Er erkannte sie nicht, was an den schlechten Lichtverhältnissen liegen mochte oder einfach daran, dass es schrecklich viele Lehrer an dieser Schule gab und man sowieso nie alle kannte. »Ja?«

»Ich soll Ihnen Grüße von Ihrem Sohn Vincent ausrichten.«

KAPITEL 19

Simon wich zurück. »Wie bitte?«

Er musste fliehen, sofort. Wenn sie ihn jetzt schon innerhalb des Gebäudes verfolgten …

Er erkannte den Fehler, den er gemacht hatte. Er hatte sie nur deshalb für eine Kollegin gehalten, weil man es sich im Lauf der Jahre angewöhnte, davon auszugehen, dass ein Erwachsener, der einem während der Unterrichtszeiten in der Schule begegnete, ein Lehrer sein musste.

»Vincent Merrit«, wiederholte die Frau.

Jetzt sah Simon, dass sie unmöglich eine Lehrerin sein konnte. Sie trug zwei Piercings durch die Augenbrauen, an deren Ende jeweils ein kleiner Stern glitzerte: An der Schule Piercings zu tragen, war nach langen, zähen Diskussionen vor einem Jahr verboten worden, und wenn es den Schülern verboten war, erwartete man von den Lehrern natürlich, dass sie mit gutem Beispiel vorangingen.

»Wer sind Sie?«, fragte Simon. Er fasste seine Aktentasche fester. Sie war nur eine Frau, vielleicht um die dreißig, vielleicht ein paar Jahre darüber. Wenn sie ihn angriff, würde er sie mit seiner Aktentasche niederschlagen oder es wenigstens versuchen. Er trug zwei schwere Bücher darin; zumindest ein Überraschungsmoment sollte sich damit erzielen lassen.

Dass die Gänge aber auch so ausgestorben dalagen! Wenn jetzt doch ein Kollege des Weges gekommen wäre! Selbst Fuhrmann wäre ihm willkommen gewesen …

»Mein Name ist Sirona«, sagte die Frau. »Ihr Sohn hat mich gebeten, Sie aufzusuchen. Er ist im Augenblick auf der Flucht und muss sich versteckt halten, und er weiß noch nicht, wann und wie er es schaffen wird, nach Europa zu kommen. Er hat Probleme, an sein Geld heranzukommen, und vor allem hat er vergessen, seinen Reisepass einzustecken, ehe er geflohen ist. Es könnte also eine Weile dauern, bis er hier ist, und so lange soll ich mich um die Sache kümmern.«

Simon starrte sie an. »Um welche Sache? Wovon reden Sie?«

»Von der CD, die er Ihnen geschickt hat«, sagte die Frau.

Simon hielt unwillkürlich die Luft an. Halt mal, halt mal. Kein falsches Wort jetzt. Vincent hatte geschrieben, er solle die CD verstecken, an einem sicheren Ort, und niemandem etwas davon sagen. Und so, wie er es formuliert hatte, hatte Simon durchaus herausgelesen, dass es Leute geben mochte, die hinter dieser CD her waren – wozu sonst hätte man sie verstecken müssen? Sonst hätte es ja gereicht, sie in die Schublade zu legen.

Er musterte die Frau, die sich Sirona nannte. Was für ein seltsamer Name! Und seltsam sah sie auch aus, wenn man genau hinschaute. Unwirklich beinahe. Sie hatte ein scharf geschnittenes Gesicht und lange schwarze Haare, und sie trug ein Kostüm, das aussah, wie einem phantastischen Film entsprungen: eine eng anliegende Kombination aus etwas Glattem, Glänzendem – Leder? –, ganz in Schwarz, darüber ein wallendes, fließendes Gewand … Und ein eigenartiges Schmuckstück am rechten Handgelenk; eine silberne Schlange, die sich um ihren Unterarm wand.

In was zum Teufel war der Junge da verwickelt? Das wurde ja immer seltsamer.

Auf jeden Fall: Wenn diese Frau und ihre Komplizen da draußen – denn nichts anderes konnten die beiden Typen sein: Komplizen –, wenn die glaubten, einen alten Knacker wie ihn aufs Kreuz legen zu können, dann sollten sie sich geschnitten haben. So leicht würde er es ihnen nicht machen.

»Was für eine CD?«, fragte er.

»Die er Ihnen geschickt hat.«

Simon setzte einen Gesichtsausdruck vollkommener Ahnungslosigkeit auf. Er hatte diesen Gesichtsausdruck sorgfältig einstudiert, denn man benötigte ihn als Lehrer oft; zum Beispiel, wenn einen Abiturienten auszufragen versuchten, welche Sachgebiete oder Fragen im nächsten Test drankamen.

»Es tut mir leid, aber ich fürchte, ich kann Ihnen nicht folgen«, sagte er. »Mein Sohn soll mir eine CD geschickt haben? Was für eine CD?«

Sie holte tief Luft, lächelte wissend. »Okay«, sagte sie und hob die Hände in einer beschwichtigenden Geste. »Gut. Damit war zu rechnen. Dass Sie so reagieren, meine ich. Vincent hat mir gesagt, dass er Ihnen in dem Brief, der der CD beilag, eingeschärft hat, mit niemandem darüber zu reden. Das ist okay. Und Sie machen das gut, wirklich. Hochachtung. Aber sehen Sie« – sie strich sich eine Haarsträhne aus dem Gesicht –, »sehen Sie, nachdem Vincent den Brief an Sie abgeschickt hatte, hat er sich die ganze Sache noch mal durch den Kopf gehen lassen. Man hat sicher viel Zeit nachzudenken, wenn man in den USA mit dem Auto unterwegs ist, bei den Entfernungen … Jedenfalls, er hat mir von unterwegs ein Mail geschrieben, von einem Internet-PC in irgendeinem Motel, wie ich das verstanden habe, und mich darum gebeten, Ihnen beizustehen. Und er hat mir auch geschrieben, dass Sie möglicherweise so reagieren würden, wie Sie jetzt reagieren. Dass Sie abstreiten würden, etwas von einer CD zu wissen. Aber der Brief hatte eine Trackingnummer, ein Einwurfeinschreiben oder wie das heißt, und über diese Nummer kann man die Sendung im Internet verfolgen. Vincent hat mir die Nummer geschickt, und ich habe gesehen, dass die Sendung seit heute früh um 9:02 Uhr als zugestellt gilt, zugestellt durch Einwurf.«

Klang ziemlich überzeugend, das musste Simon zugeben. Beinahe wahr.

Allerdings war Simon lange genug Lehrer, um gelernt zu haben, dass es oft die verlogensten Menschen waren, die sich darauf verstanden, geradezu aus dem Nichts absolut glaubwürdig klingende Geschichten zu erfinden und sie mit dem treuherzigsten Augenaufschlag der Welt zu erzählen. Darauf durfte man nicht hereinfallen. Im Zweifelsfall hieß es, skeptisch zu bleiben und nichts zu glauben, solange nicht knallharte Beweise vorgelegt wurden.

Was in diesem Fall schwierig werden konnte. Es stimmte: Er erinnerte sich, dass auf dem Briefumschlag ein Etikett mit einem Barcode geklebt hatte. Er hatte nicht weiter darauf geachtet, schließlich war das heutzutage nichts Besonderes. Er hatte schon Pakete mit einem halben Dutzend verschiedener Barcode-Aufkleber erhalten, ein Anblick, bei dem er sich gefragt hatte, wie die Leute, die damit umgingen, die einzelnen Aufkleber auseinanderhielten und ob es überhaupt noch jemanden gab, der kapierte, wozu das alles gut sein sollte.

Wie auch immer: Er hatte den Briefumschlag sorgfältig vernichtet, inklusive des Aufklebers. Davon war keine Spur mehr zu finden. Und was das Internet behauptete … Nun ja. Das war nicht sein Problem.

Er lächelte, hob die Schultern. »Tut mir leid. Mit dem Internet kenne ich mich absolut nicht aus.«

»Haben Sie heute schon in Ihren Briefkasten geschaut?«

»Ich wüsste zwar nicht, was Sie das angeht, aber: Ja.«

»Das kann nicht sein. Der Brief müsste darin gewesen sein.«

»Tut mir leid.«

Insgeheim musste er lächeln. Sie schien noch zu glauben, ihn überreden zu können. Wie die Staubsaugervertreter, die ab und zu in seiner Tür standen und meinten, wenn sie nur lange genug redeten, würde er schon klein beigeben. Oder die diversen Bibelpropagandisten früher – inzwischen kamen die gar nicht mehr zu ihm.

Aber Simon war im Umgang mit rabiaten Teenagern gestählt. Er hatte gelernt, verwöhnten Gören standzuhalten, Kindern, die schrien, drohten und manchmal regelrecht tobten, wenn sie ihren Willen nicht bekamen. Und ihren Eltern, nicht zu vergessen. Die schrien, drohten und tobten nicht selten auch.

Egal, was sie versuchte, er würde keine Miene verziehen und nicht weichen, und wenn sie hundert Jahre hier auf der Treppe stand und redete, bis ihr der Unterkiefer abbrach.

Sie überlegte einen Moment. »Ich weiß jetzt zwar nicht, was da schief gegangen ist, aber wenn der Brief heute nicht da war, dann wird er hoffentlich noch kommen«, sagte sie. Sie holte eine Visitenkarte hervor und hielt sie ihm hin. »Hier haben Sie meine Handynummer, unter der erreichen Sie mich jederzeit. Bitte, wenn die CD ankommt, rufen Sie mich an. Es ist wichtig. Ich …«

Sie hielt inne, warf einen Blick über ihre Schulter: Ihr schien aufzugehen, dass sie hier in einem Treppenhaus standen und ein Dutzend Leute ihnen zuhören konnte, ohne dass sie etwas davon merken würden.

»Ich habe Ihnen die Trackingnummer des Briefes hinten draufgeschrieben«, fügte sie leise hinzu. »Dann sehen Sie, dass Vincent mich tatsächlich geschickt hat.«

Simon war fast ein wenig enttäuscht, dass sie schon aufgab. Vielleicht strahlte er mehr Unbeugsamkeit aus, als er dachte. Er nahm die Karte. Es war eine von der Art, wie man sie an den Automaten in Bahnhöfen selbermachen konnte, und es stand nichts weiter darauf als ihr Name – einfach nur: *Sirona* – und darunter eine Mobiltelefonnummer.

Und eine zwanzigstellige Ziffernfolge auf der Rückseite.

Netter Versuch. Bloß ließ sich diese Nummer jetzt natürlich nicht mehr überprüfen. Das hätte Vincent zum Beispiel klar sein müssen; schließlich war er es ja gewesen, der ihn aufgefordert hatte, alles außer der CD sorgfältig zu vernichten: den Brief selber, den Umschlag und sogar die Plastikhülle, in der die CD eingepackt gewesen war.

Selbst für den Fall, dass die Geschichte stimmte, musste man konstatieren, dass Vincent sich die Sache jedenfalls nicht gründlich überlegt hatte.

Wobei das natürlich sein konnte. Simon hatte, so wenig er seinen Sohn kannte, doch durchaus den Eindruck gewonnen, dass Vincent dazu neigte, vorschnell zu handeln.

»Werden Sie mich anrufen?«, fragte sie.

»Das muss ich mir noch überlegen«, erwiderte Simon.

Was würde sie machen, wenn er nicht anrief? Natürlich würde er die Karte aufbewahren. Vielleicht konnte er seinen Sohn demnächst selber fragen, was es mit dieser ganzen Geschichte auf sich hatte.

»Es ist sehr, sehr wichtig«, sagte sie.

»Ich glaube Ihnen gern, dass Sie das so sehen.«

Etwas wie ein Schatten huschte über ihr Gesicht. Sie war sichtlich unzufrieden mit seiner Reaktion.

Gut, dachte Simon.

Er schob die Karte in seine Hemdtasche. »Ich behalte die auf alle Fälle«, erklärte er. »Und dann sehen wir weiter. Können wir so verbleiben?«

Die junge Frau musterte ihn eindringlich, schien nicht so recht zu wissen, was sie von dieser Reaktion halten sollte. »Okay«, sagte sie schließlich. »Ich warte auf Ihren Anruf. Bis dann.«

Damit ging sie. Wobei das nicht das richtige Wort war, fand Simon, als er ihr nachschaute. Sie hatte einen kraftvollen, federnden Schritt, der ihre Art der Fortbewegung wirken ließ, als schwebe sie.

Wie nicht ganz von dieser Welt.

So war ihm beinahe, als habe er das alles nur geträumt, als die Tür zugefallen und der Knall, mit dem sie das getan hatte, verhallt war. Simon tastete unwillkürlich noch einmal nach der Karte. Sirona. Tatsächlich. Es war wohl doch keine Erscheinung gewesen.

Er bewegte sich langsam wieder in Richtung Parkplatzausgang. Der Indianer im Anzug war verschwunden. Immerhin.

Was sollte er nun machen? Nach Hause gehen? Oder doch noch die Polizei rufen?

Simon zögerte. Was sollte er den Beamten denn sagen? Dass ihm drei junge Leute aufgelauert hatten und dass ihm eine Frau eine Visitenkarte gegeben hatte? Das klang selbst in seinen Ohren merkwürdig. Und von der CD wollte er ja nichts erzählen. Sie würden denken, dass bei ihm der Kalk zu rieseln anfing, und das musste nun wirklich nicht sein.

Nein, genug der Possen. Er würde jetzt nach Hause gehen, Punkt, aus, basta.

Er packte seine Tasche fester und marschierte los. Tatsächlich hielt ihn diesmal niemand auf, sprach ihn niemand an, und soweit man das sagen konnte – er wollte sich nicht allzu oft umdrehen –, folgte ihm auch niemand. Wozu auch? Wenn sie seinen Namen kannten, dann konnten sie zweifellos auch ins Telefonbuch schauen. Dort stand er schließlich, komplett mit Berufsbezeichnung – Gymnasialprofessor – und Adresse.

Die Frage war vielmehr, erkannte er, was er tun würde, sobald er zu Hause war. Am liebsten hätte er versucht, Vincent anzurufen. Aber das sollte er auf keinen Fall tun, hatte es geheißen. Galt das auch, wenn Leute auftauchten, die offenkundig hinter der CD her waren?

Andererseits konnte es durchaus sein, dass die Geschichte stimmte, die diese Sirona ihm erzählt hatte. Dass Vincent sie geschickt hatte. Aber in dem Fall würde der Junge ja hoffentlich so intelligent sein, ihm einen zweiten Brief zu schreiben, in dem er die Anweisungen des ersten entsprechend modifizierte. Das war logisch, und da Vincent Programmierer war, war er sicher daran gewöhnt, logisch zu denken. Also würde Simon diesen zweiten Brief seines Sohnes abwarten, ehe er irgendwelche weiteren Schritte unternahm.

Dieser Entschluss, so wohltuend und durchdacht er sich anfühlte, hielt nur knapp bis zu seiner Haustür. *Gar nichts* zu tun, das war doch ein bisschen wenig.

Vielleicht, sagte sich Simon, während er seinen Schlüsselbund hervorzog und die altmodische Mattglastüre aufschloss, sollte er sich zumindest einmal anschauen, was auf dieser CD eigentlich drauf war. Was ihm mangels PC nicht möglich war, aber vielleicht konnte er sich ja einen Computer borgen. Es war nicht so, dass er von Computern überhaupt keine Ahnung hatte; auf dem PC im Lehrerzimmer hatte er durchaus schon den ein oder anderen Text verfasst, und er bewahrte in seinem Schrankfach ein paar Disketten auf, auf denen er diese Texte abgespeichert hatte.

Eine andere Sache war, dass er sich hatte sagen lassen müssen, dass Disketten aus der Mode kamen und der nächste PC, sollte der jetzige seinen Geist eines Tages aufgeben, wahrscheinlich gar kein Laufwerk mehr dafür haben würde, aber das kümmerte ihn im Moment nicht. Wichtig war, dass eine CD im Prinzip auch nichts anderes als eine Diskette war, nur dass eben mehr draufpasste. Er sollte imstande sein, damit auf eigene Faust klarzukommen.

Während er die Treppe hochstieg, ging er in Gedanken seinen Bekanntenkreis durch. Wer besaß einen tragbaren Computer und würde ihn ihm borgen, zumindest für einen Abend? Bernd vielleicht. Hatte der nicht erzählt, dass seine Frau sich einen Laptop gekauft hatte?

Doch, jetzt erinnerte er sich. Bernd hatte sich beklagt, dass sie so wenig damit mache und es hinausgeworfenes Geld gewesen sei. Da würde es sicher kein Problem sein, sich das Gerät einmal auszuleihen.

Simon schloss die Wohnungstür auf und trat die Schuhe ab. Am besten rief er Bernd gleich an; vielleicht ließ sich das ja noch heute Abend –

Er hielt inne, als sich ihm der nächste unwirkliche Anblick an diesem Tag der Seltsamkeiten darbot. Diesmal war es ein Zwerg, ein kaum einen Meter großer Mann, der einen piekfeinen Nadelstreifenanzug trug, mitten im Flur von Simons Wohnung stand und einen Revolver auf ihn gerichtet hielt.

»Guten Abend, Herr König«, sagte er. »Kommen Sie ruhig herein. Fühlen Sie sich ganz wie zu Hause.«

KAPITEL 20

Simon hatte das Gefühl, dass sein Herz einen Schlag lang aussetzte. Oder zwei. Oder dass es überhaupt aufgehört hatte zu schlagen.

Sein Mund war auf einmal trocken. Das merkte er, als er unwillkürlich zu schlucken versuchte. Ein Revolver! So etwas kannte er nur aus dem Fernsehen, von damals, als er noch Zeit mit dem Müll aus der Glotze verplempert hatte. Und seltsam: Wenn man so etwas wie Revolver immer nur im Fernsehen sah, dachte man irgendwie, dass es derlei Dinge in Wirklichkeit gar nicht gab. Vielleicht, schoss es ihm durch den Kopf, war das der Grund, warum die Menschen so gerne Mord und Totschlag auf Bildschirmen und Kinoleinwänden sahen: Weil das auf paradoxe Weise diese schrecklichen Dinge von ihnen fortrückte, ihnen das Gefühl gab, dass ihnen so etwas nicht passieren konnte.

Ein Trugschluss, wie es aussah.

Simon hob langsam die Hände. Das machte man so. Das wusste er ebenfalls aus dem Fernsehen. Vincent, Vincent, dachte er, was ist das? Deine Rache?

»Lassen Sie den Scheiß, wir sind hier nicht im *Tatort*«, meinte der Zwerg. »Kommen Sie einfach rein und machen Sie die Tür hinter sich zu.«

Simon nahm die Hände wieder herunter und tat wie geheißen. Wobei die Tür zu schließen erforderte, dem Liliputaner den Rücken zuzukehren. Dabei spannte sich Simon unwillkürlich an, obwohl er sich sagte, dass auch angespannte Muskeln keine Geschosse abhielten.

»Darf ich meine Tasche abstellen?«, fragte er, als er das mit der Tür überlebt hatte.

»Klar«, sagte der Zwerg. »Langsam halt.«

Eine schattenhafte Bewegung in der Tür zum Wohnzimmer. »Die Bemerkung meines Freundes, Sie sollten sich wie zu Hause fühlen, war nicht nur so dahingesagt«, hörte Simon jemanden sagen.

Ein erschreckend hagerer Mann mit pomadisiertem, dünn werdendem Haar tauchte im Türrahmen auf. Er trug einen etwas dezenteren Anzug als der Zwerg, der ihm gleichwohl nicht stand, und ein dünnes Oberlippenbärtchen, das ihn aussehen ließ wie einen gealterten, an Tuberkulose leidenden Rhett Butler.

Er deutete eine Verbeugung an. »Herr König? Es tut mir leid, dass wir so unhöflich sein mussten, einfach bei Ihnen einzudringen, aber ich fürchte, die Umstände ließen uns keine andere Wahl. Ich habe Grund zu der Annahme, dass etwas, das mir gehört, sich in Ihrem Besitz befindet, und wenig Alternativen dazu, als es mir in eigener Regie zurückzuholen. Ich hoffe dabei auf Ihre Kooperation.«

Die CD!, dachte Simon. Klarer Fall.

»Ich fürchte, ich habe keine Ahnung, wovon Sie reden«, sagte er, entschlossen, angemessenen Widerstand zu leisten.

»Oh, ich glaube, dass Sie durchaus wissen, wovon ich rede«, erwiderte der Mann, der wirkte wie aus einer Kuriositätenschau entlaufen. »Es handelt sich um eine CD, die Ihnen Ihr Sohn aus Florida geschickt hat. Eine CD, auf der sich Dateien befinden, die mir gehören und die ich dringend brauche. Tatsächlich ist meinen aktuellen Geschäften ein enger Zeitrahmen gesetzt, und Sie können sich vorstellen, dass in einer solchen Situation auch die kleinste Abweichung vom geplanten Ablauf überaus störend ist.«

»Eine CD?«, wiederholte Simon, bemüht, sein *Keine-blasse-Ahnung*-Gesicht aufrechtzuerhalten. Gegenüber einer Gruppe Abiturienten, denen verzweifelt zu Bewusstsein gekommen war, dass sie zu viel Zeit auf Partys und zu wenig über ihren Büchern verbracht hatten, war das allerdings leichter als angesichts eines Mannes mit einem Revolver in Händen.

Aber nur *ein bisschen*. »Tut mir leid. Alle meine CDs befinden sich im Wohnzimmer, in dem Regal über der Stereoanlage. Sie können sich gern umsehen, ob eine dabei ist, die Ihnen gehört.«

Dumm stellen. Immer gut.

Der Hagere lächelte schmallippig. »Nun, ich nehme an, dass Ihr Sohn Ihnen auch eingeschärft hat, die CD zu verstecken und niemandem etwas davon zu sagen. Ich an seiner Stelle hätte das jedenfalls getan. Und es ist nun mal so, dass man eine CD sehr leicht verstecken kann. Ich meine, was ist schon eine CD? Eine dünne Plastikscheibe. Die könnte hier buchstäblich überall sein.«

Simon hob die Schultern. »Wie gesagt, ich weiß nicht, wovon die Rede ist. Tatsächlich habe ich sehr wenig Kontakt zu meinem Sohn. Diese Weihnachten hat er mir nicht einmal eine Karte geschrieben.«

»Wie traurig. Ich fühle mit Ihnen. Es ist schon schlimm, wie wenig tragfähig die einst so heiligen Bande der Familie heutzutage geworden sind, nicht wahr?« Der dürre Mann kam ein paar Schritte näher, während der Zwerg seinen Revolver unverwandt auf Simon gerichtet hielt. »Aber zufällig bin ich mir nun mal sehr sicher, dass Sie einen Brief von Ihrem Sohn erhalten haben, ganz unabhängig von Weihnachten, und dass sich besagte CD darin befand. Und zufällig bin ich fest entschlossen, nicht ohne diese CD von hier fortzugehen.«

Simon dachte flüchtig an das Versteck, das er gewählt hatte, und versuchte, sich vorzustellen, wie lange es dauern konnte, es zu finden. Die beiden Männer würden die ganze Wohnung auseinandernehmen, jedes einzelne seiner über zwanzigtausend Bücher durchsehen, in jede Spalte hinter jedem einzelnen Möbelstück schauen müssen, unter jede Schublade, ob die Scheibe darunter-, dahinter- oder hineingeklebt war … Eine herkulische Aufgabe. Der bevorstehende Abend würde dafür nicht reichen, auch die Nacht nicht, in der sie zusätzlich darauf bedacht sein mussten, keinen Verdacht zu erregen, etwa indem sie bis weit nach Mitternacht das Licht brennen ließen, Möbel rückten oder sonstigen Lärm machten.

Wenn er morgen nicht in der Schule erschien, bestand die Chance, dass jemand misstrauisch wurde, weil dergleichen noch nie vorgekommen war, jedenfalls nicht, ohne dass Simon sich telefonisch krankgemeldet hatte. Man würde ihn anrufen. Wenn er sich nicht meldete, würde jemand vorbeischauen. Lauter Chancen, dass diese Sache letzten Endes glimpflich ausging.

»Tja«, sagte er und hob die Schultern. »Das wird schwierig, fürchte ich.«

Zu Simons Überraschung lächelte der dünne Mann und meinte: »Oh, ich glaube nicht. Ich bin sogar überzeugt, es wird ziemlich einfach sein.« Er fasste in seine Jackentasche, was Simon dazu veranlasste, tiefer Luft zu holen, denn konnte man wissen, was er hervorziehen würde? Eine Waffe? Ein Messer? Ein Folterinstrument?

Wie es sich zeigte, war es ein schwarzes Stück Stoff, das er hervorholte; etwas wie eine breite Krawatte.

Hatte er vor, ihn zu würgen, bis er das Versteck verriet?

»Nein«, sagte der dürre Mann. Seine Oberlippe kräuselte sich spöttisch, wodurch sich der dünne Bart in eigenartige Formen legte. »Ich habe nicht vor, Sie damit zu erwürgen. Das ist eine Augenbinde, sehen Sie?« Er hob das Stück Stoff hoch. »Und jetzt fragen Sie sich, ob ich Gedanken lesen kann. Die Antwort«, fügte er mit einer Ernsthaftigkeit hinzu, die Simon einen Schauder über den Rücken jagte, »lautet Ja. Ja, ich kann Gedanken lesen. Deswegen bin ich so überzeugt davon, dass wir Sie nicht lange aufhalten werden.«

Simon musterte den Mann skeptisch, wie er die Augenbinde zwischen seinen Händen hin und her zog, als musse er sie straffen und in Form bringen. Gedanken lesen? Dann konnten Schweine fliegen. Und Oberschülern war Unterricht neuerdings wichtiger als Sex.

»Sie glauben mir nicht«, fuhr der Hagere fort, verständnisvoll den Kopf schüttelnd. »Das kann ich Ihnen nicht verdenken. Ich an Ihrer Stelle wäre auch skeptisch. Aber Sie werden sehen, dass es stimmt. Wobei man sich das nicht so vorstellen darf, als könnte ich in Ihrem Kopf lesen, wie man ein Buch liest. Oder Ihren Gedanken zuhören, wie man ein Gespräch in der Straßenbahn belauscht. Es ist ein bisschen komplizierter. Ich muss mich dazu konzentrieren – dafür ist diese Augenbinde gedacht. Für mich, nicht für Sie.« Er machte eine einladende Handbewegung. »Kommen Sie. Näher. Ich tue Ihnen nichts. Und mein Assistent wird dafür sorgen, dass auch Sie mir nichts tun. Hier«, er deutete auf einen Punkt am Boden, keinen Meter von ihm entfernt, »stellen Sie sich hierher.«

Was sollte das werden, um Himmels Willen? Das war bei Gott der eigenartigste Überfall, von dem Simon je gehört hatte. Dass ausgerechnet er das erleben musste! Darauf hätte er wahrlich verzichten können.

Er seufzte und folgte den Anweisungen. Als er vor dem Hageren stand, konnte er dessen Rasierwasser riechen. Auch darauf hätte er verzichten können; es war eine Duftnote, die er eher mit Halbwelt und dubiosen Gesellschaftsschichten assoziierte denn mit Vornehmheit und Stil.

Der Mann faltete das schwarze Tuch zweimal der Länge nach, legte es sich vor die Augen und verknotete es hinter dem Kopf. Er zupfte sich die Binde zurecht, bis sie zu seiner Zufriedenheit saß, dann verharrte er eine Weile reglos, wie in tiefe Andacht versunken.

Simon wagte nicht, sich zu rühren. Alles, was er tun konnte, war, den fremden Mann anzustarren, der da ein schwer fassliches Schauspiel mitten in Simons eigener Wohnung aufführte. Was sollte das werden? Das hatte er sich schon einmal gefragt, aber er hatte immer noch keine Antwort darauf.

»So«, sagte der Mann mit den verbundenen Augen unvermittelt. »Nun drehen Sie mir bitte den Rücken zu, damit ich meine Hand in Ihren Nacken legen kann. Ungewohnt, ich weiß, aber notwendig, um den Kontakt zu Ihrem Geist aufzunehmen.«

»Los«, knurrte der Zwerg, der so gelangweilt zusah, als habe er dergleichen schon öfter gesehen, als er zählen konnte.

Es blieb ihm wohl keine Wahl. Simon drehte sich um, zuckte zusammen, als eine kalte, spinnenfingrige Hand in seinen Nacken fasste.

»Nun denken Sie bitte an das Versteck der CD«, sagte der Mann.

Sonst noch was. Im Gegenteil, Simon bemühte sich, nicht an das Versteck zu denken. Nicht weil er dem Kerl abnahm, dass er Gedanken lesen konnte, nein, nur … Nun ja, für alle Fälle. Rein sicherheitshalber dachte er nicht an die Schubladenrückseite, an deren Rückseite er die CD geklebt hatte, in einen Briefumschlag gehüllt.

Er holte tief Luft, dachte an … nun, an was konnte man denken, wenn man den Gedanken an eine weiße, unbeschriftete CD vermeiden, sich nicht daran erinnern wollte, wie man sie aus der Plastikhülle genommen und in den Briefumschlag gelegt und damit durch die Wohnung gewandert war, verschiedene Verstecke erwägend und verwerfend …?

Er konnte an die Schule denken. An die nächste Prüfung, die er die siebte Klasse schreiben lassen wollte, an die Fragen, die er darin stellen würde … Nein, zu schwach, dahinter schimmerte doch wieder die Erinnerung, wie er den Klebstreifen abgerollt und auf das dunkle Holz gedrückt hatte … An Sex. Er konnte an Sex denken. Was den Nachteil hatte, dass er dann an Helene denken musste, und das wollte er eigentlich weiterhin vermeiden, so gut es ging.

»Ihr Geist ist ein wenig unklar …«, hörte er den Mann hinter sich murmeln. »So viele Gedanken … So viele Gefühle … Sie denken an Ihre Ex-Frau, will mir scheinen …«

Simon schluckte unwillkürlich. Herr im Himmel, wie konnte der Mann das wissen? Wie konnte er überhaupt wissen, dass er verheiratet war? Nichts in der Wohnung deutete darauf hin; Simon besaß nicht einmal mehr das Doppelbett, schon seit Jahren nicht mehr …

»Ich muss Sie bitten, sich jetzt gemeinsam mit mir durch die Wohnung zu bewegen«, sagte der Mann. »Folgen Sie meinen Anweisungen, und gehen Sie ganz langsam, Schritt für Schritt, damit ich Ihnen gut folgen kann. Zuerst ins Wohnzimmer, bitte.«

Ins Wohnzimmer. Simon verbiss sich ein erleichtertes Lächeln. Weit war es also nicht her mit der Gedankenleserei. Ins Wohnzimmer? Gern. Dort konnte der Kerl suchen, bis er so schwarz war wie seine Augenbinde.

Er setzte sich in Bewegung.

»Halt«, sagte der Mann. »Nein. Im Wohnzimmer ist sie nicht.« Er überlegte. Stille. Simon versuchte zu schlucken, aber sein Hals war wieder wie ausgedörrt. Was war das für ein Mensch? Gedanken lesen, wie um alles in der Welt ...? Das gab es doch nicht. Das waren Legenden. Märchen. Erfindungen der Medien. Niemand konnte Gedanken lesen.

»Probieren wir es im Schlafzimmer.«

Volltreffer. Simon spürte ein Zittern in seinen Beinen. Das war unglaublich. Wie machte der Mann das? Ihm war auf einmal, als spüre er kalte, schleimige Tentakel in seinem Schädel, geradeso, als besäßen die dürren Finger in seinem Nacken unsichtbare Verlängerungen, die sich durch Haut und Knochen gebohrt hatten, seine Hirnrinde abtasteten, in seinen Erinnerungen blätterten wie in einem staubigen alten Karteikasten ...

»Bitte, ins Schlafzimmer«, wiederholte der Unheimliche, und Simon blieb nichts anderes übrig, als sich gehorsam in Bewegung zu setzen. Immerhin, das Schlafzimmer war groß, bot zahlreiche Verstecke, und vielleicht war das nur ein Zufallstreffer gewesen und hatte nichts zu bedeuten ...

Er öffnete die Tür, trat hindurch. Was für eine Schmach, zwei wildfremde Menschen, Einbrecher zumal, ins eigene Schlafzimmer führen zu müssen! Glücklicherweise gehörte es zu seinen Angewohnheiten, morgens nach dem Aufstehen das Bett zu machen; der Schlafanzug hing ordentlich über der Stuhllehne ... Trotzdem. Eine verdammte Schweinerei das alles! Er musste sich die Stimme einprägen, sich merken, wie die beiden aussahen, damit er sie der Polizei genau beschreiben konnte ...

»Beschreiben Sie mir, was Sie sehen«, forderte der Mann in seinem Rücken ihn auf.

Hatte er das Wort »beschreiben« in seinen Gedanken aufgeschnappt?

Unheimlich.

»Da ist das Bett«, zählte Simon auf. »Daneben der Nachttisch. Eine Kommode. Der Kleiderschrank. Ein Teppich, eine Hängelampe, ein Stuhl ...«

»Der Kleiderschrank«, unterbrach ihn der Mann, der offenbar wahrhaftig Gedanken lesen konnte, mit gruseliger Zielsicherheit. »Gehen Sie bitte zum Kleiderschrank.«

Wie kann er das wissen?, fragte sich Simon verzweifelt, während er sich zögernden Schritts auf den dunkelbraunen alten Kleiderschrank zubewegte, eine Garnitur, wie sie in den Achtzigern modern gewesen war. Im Grunde nicht sein Geschmack, er hätte das Monstrum schon längst ersetzen sollen … Wie konnte der Mann wissen, dass er die CD im Kleiderschrank versteckt hatte? Als Simon nach einem Versteck gesucht hatte, hatte sein erster Gedanke den Büchern gegolten, die im Wohnzimmer, im Flur und im Esszimmer zahlreiche Regale bevölkerten, dicht an dicht. Seine erste Idee war gewesen, die CD innen in den Einband eines der zahllosen Geschichtswerke zu kleben, die er besaß.

Er hatte schon Golo Manns »Deutsche Geschichte des 19. und 20. Jahrhunderts« in der Hand gehabt, die gebundene Sonderausgabe, groß, stabil, als ihm der Gedanke gekommen war, dass ein eventueller Eindringling, der – aus welchen Gründen auch immer – Vincents CD bei ihm suchen würde, auf denselben Gedanken kommen mochte. Eine CD in einem Buch zu verstecken, das war schlicht die naheliegendste Idee. Was er für einen guten Grund gehalten hatte, es gerade *nicht* so zu machen.

Und nun stand er genau vor dem Möbel, von dem er gedacht hatte, dass niemand hier eine CD vermuten würde.

»Öffnen Sie die Türen eine nach der anderen«, forderte der Mann ihn auf.

Der Revolver in der Hand des Zwergs zuckte, eine wirksame Motivationshilfe. Simon öffnete die erste Tür. Diese Fächer hatten Helene gehört; er bewahrte darin allerhand Kram auf, den er nicht mehr benutzte, von dem er sich aber auch noch nicht trennen konnte: einen alten Toaster, Weihnachtsschmuck, zwei Hüte –

»Die nächste.«

Auch dieser Schrankteil war einst Helenes Territorium gewesen. Hier hatten ihre Kleider gehangen, die sie in großer Zahl gekauft, selber genäht, umgeändert und leichten Herzens wieder weggeworfen hatte, wenn sie aus der Mode waren. Heute hingen hier Simons Mäntel, ein Overall, den er benutzte, wenn etwas im Keller zu erledigen war, und dahinter standen drei Schirme an der Rückwand.

»Die nächste.«

Das war nun diejenige, welche. Simon öffnete die Tür, blieb stehen, sah stur geradeaus. Sich bloß nicht durch einen Blick verraten. Hier standen seine Schuhe, bewahrte er seine Krawatten auf, seine Socken und Unterwäsche. Nicht sehr ordentlich, andererseits hatte der Kerl hinter ihm ja verbundene Augen.

»Die nächste.«

Ha! Daneben. Mit einem leisen Gefühl der Befriedigung schloss Simon die Tür wieder und zog die nächste auf. Seine Hemden, seine Anzüge, seine Jacketts und Hosen. Bitte, der Herr. Ja, alles selbst gebügelt, falls es jemand wissen wollte. Nicht, weil er es sich nicht hätte leisten können, seine Hemden in die Reinigung zu geben, sondern weil die Reinigung mit seinen Hemden zu oft Dinge angestellt hatte, für die sie ihm zu schade waren.

»Nein«, sagte die Stimme in seinem Nacken zu Simons Bestürzung. »Gehen Sie noch mal zum vorhergehenden Schrank zurück.«

Das konnte jetzt nicht wahr sein. Der Mann schien wirklich und wahrhaftig in seinen Gedanken zu lesen! Simon zwang sich, ruhig zu bleiben, an die Wäscherei zu denken. Zweimal hatten sie ihm den Neupreis eines Hemdes erstattet, das ihren Anstrengungen zum Opfer gefallen war. Danach hatte er beschlossen, die Sache mit dem Bügeln selber in die Hand zu nehmen. Nicht, dass er das mochte, aber neue Kleidung einkaufen zu gehen, mochte er noch viel weniger. Tatsächlich war das eine Beschäftigung, die er geradezu verabscheute …

»Beschreiben Sie, was Sie sehen.«

Simon holte tief Luft. »Ein Regal mit Unterhemden, eines mit Unterhosen. Eine Schublade; in der sind Socken. Zwei Gitter mit Schuhen …«

»Fassen Sie an das Regal mit den Unterhemden.«

Was sollte das jetzt? Na schön, wenn er das so wollte …

Simon streckte die Hand aus, berührte das oberste Regalbrett. Und nun?

»Berühren Sie das mit den Unterhosen.«

Oh, oh. Es wurde allmählich heiß. Die CD war an die Rückseite der Sockenschublade ge-

Nein. Nicht daran denken. Simon legte die Fingerspitzen auf das zweite Regalbrett, dessen dunkles Furnier an einer Stelle ein wenig abgesplittert war. Eine helle Stelle von der Form eines … hmm … schwer zu sagen …

»Die Schublade. Berühren Sie sie.«

Ruhig bleiben. Sich nichts anmerken lassen. An was anderes denken. An Sex. An Helene. Er fasste an die Schublade, und erst jetzt kam ihm die Idee, dass er am besten *an eine andere Stelle* dachte, an ein anderes Versteck, dass er sich am besten selber einredete, dass die CD an einem anderen Ort versteckt war. Im Wohnzimmer, genau. In Platons »Der Staat« …

»Ziehen Sie die Schublade heraus.«

Mist. Nein. Die CD war hier nicht, hier war gar nichts, in der Schublade waren nur Socken, lauter schwarze, damit er nicht lange nach passenden Paaren suchen musste, alle durcheinander, gewiss, aber keine CD, nirgends, denn die war im Wohnzimmer, im Innendeckel des Platon, in der schönen Klinghardt-Ausgabe von 1909 in Halbleder, eingeklebt mit vier langen Klebestreifen …

»Schieben Sie die Schublade wieder zu.«

Ha! Es hatte funktioniert. Wie auch immer der Kerl das mit dem Gedankenlesen bewerkstelligte, Simon hatte ihn ausgetrickst damit, dass er sich die CD an einem ganz anderen Ort vorgestellt –

Die Hand ließ seinen Nacken los. Simon drehte sich um und sah, wie der Hagere die Binde von den Augen nahm, ein schmales, entsetzlich siegessicheres Lächeln um die Lippen.

Ohne ein weiteres Wort zog er die Sockenschublade ganz heraus, leerte die Socken auf den Boden, drehte den Kasten herum und sah, natürlich, den Briefumschlag, der an die Hinterseite geklebt war. Er löste ihn ab, immer noch schweigend, öffnete ihn, zog die CD heraus und betrachtete sie. »Hmm«, meinte er. »Das ist doch mal interessant.« Er bedachte Simon mit einem unergründlichen Blick. »Ich muss noch um einen Augenblick Geduld bitten.«

Er verließ das Schlafzimmer. Der Zwerg stellte sich mit seinem Revolver wieder in Positur, als warte er nur auf einen Anlass, Simon das Lebenslicht auszupusten.

Simon lauschte. Er hörte ein Geräusch, das klang wie ein Computer, der gestartet wurde. Offenbar hatten die beiden einen tragbaren Computer mitgebracht, um überprüfen zu können, ob sie auch die richtige CD gefunden hatten. Und offenbar verlief diese Prüfung zur Zufriedenheit des Gedankenlesers, denn er kehrte kurz darauf zurück und meinte: »Nun, ich hatte Ihnen versprochen, Sie nicht lange aufzuhalten, nicht wahr? Das war jetzt keine halbe Stunde; ich denke, damit habe ich mein Versprechen eingelöst.« Er nickte seinem kurzgewachsenen Kompagnon zu, die Waffe einzustecken. »Genießen Sie den Rest des Abends. Ach ja, und das mit der Polizei«, fügte er, schon im Begriff, sich abzuwenden, hinzu: »Das vergessen Sie besser, okay?«

Damit gingen sie.

KAPITEL 21

Es war, als schlage die plötzliche Stille über ihm zusammen. Simon stand da, mitten in seinem Schlafzimmer, unfähig, sich zu rühren. Er war überfallen worden! Wirklich und wahrhaftig, es waren zwei Männer in seiner Wohnung gewesen, einer davon hatte eine Waffe auf ihn gerichtet, und der andere hatte …

Er wollte gar nicht daran denken. Das konnte man auch niemandem erzählen. Diese Schmach! Diese Entwürdigung! Gezwungen zu werden, die Tür zu seinem eigenen Schlafzimmer zu öffnen, seinen Kleiderschrank zu entblößen vor fremden, gierigen, feindlichen Augen … Infam. Simon spürte seinen Magen revoltieren, seine Knie beben, eine unerhörte Wut in sich aufsteigen, ein Durcheinander an Gefühlen, aber die Wut war das stärkste darunter.

Er musste sich setzen. Nein, erkannte er, als er bebend, zitternd beinahe, auf dem Schlafzimmerstuhl hockte, er konnte jetzt nicht sitzen, er musste aufstehen, umherlaufen. Am liebsten hätte er diese Kerle jetzt in seiner Gewalt gehabt und dazu jemanden, dem er befehlen konnte, ihnen die Köpfe abzuhacken, verdammt noch mal!

Simon tigerte durch den Flur, durchs Wohnzimmer, schob die Gardine beiseite, um hinabzusehen auf die Siedlung, die so täuschend aufgeräumt dalag, so, als könne hier niemals etwas Schlimmes passieren, genau das spießige Paradies, als das sie entworfen worden war. Aber hier passierte so viel, er wusste es ja aus dem, was er in Elternsprechstunden erfuhr, von Kollegen, aus dem, was Polizisten der Schule mitteilten, nachdem ein Krankenwagen vorgefahren und Blaulicht über die Fassaden gezuckt war:

Gewalttaten zwischen Eheleuten, Misshandlungen von Kindern, Vergewaltigungen, Alkohol, Selbstmorde.

Aber das zu wissen, war keine Erleichterung. Er ließ die Gardine wieder los, tigerte weiter. Rückte Bücher, Blumenvasen, Papierstapel zurecht, wusch sich die Hände, kämmte sich, wusste nicht, wohin mit sich. Hätte am liebsten etwas gegen die Wand geschmettert. Er ballte die Faust, aber nein, er würde sie nicht gegen die Wand schlagen; so, wie er sich fühlte, bestand die Gefahr, dass er sich dabei alle Knochen brach.

Er belauerte das Telefon, wollte jemanden anrufen, die Polizei oder jemand anders, und wollte es auch wieder nicht, weil er sich schämte, ja, *schämte* dafür, dass er sich hatte benutzen lassen, dass er nicht mehr Widerstand geleistet hatte …

Wie war das überhaupt möglich gewesen? Der Kerl hatte gewusst, was er dachte! Zumindest hatte er es auf irgendeine Weise gespürt. Das war vielleicht das Schlimmste von allem: Sie waren nicht nur in seine Wohnung eingedrungen, in das also, was man gemeinhin als Privatsphäre bezeichnete, sondern auch in seine Gedanken, in seinen Geist, in seinen intimsten Bereich!

Und wenn der Kerl Gedanken lesen konnte, was mochte er noch alles erfahren haben? Simon blieb an der Schublade stehen, in der er seine Bankunterlagen aufbewahrte. Musste er jetzt seine Kreditkarten sperren lassen, für alle Fälle? Er zog die Schublade auf. Alles noch da. Hieß das, eine Sperrung war unnötig? Himmel, er wusste es nicht.

Er ging wieder zum Telefon, legte die Hand auf den Hörer, zuckte zurück, als sei der glühend heiß. Was er natürlich nicht war, aber das, was passiert war, konnte man niemandem erzählen, weiß Gott nicht. Nein, das würde er als Geheimnis bewahren müssen bis an sein Lebensende, als ein schmutziges, widerliches Geheimnis zwischen ihm und diesem Mann mit dem Rhett-Butler-Bärtchen.

So ein verfluchter Kerl! Als er auf seiner ruhelosen Wanderung am Sofa vorbeikam, war es ein blitzartiger, übermächtiger Impuls, eins der Kissen zu packen und quer durch den Raum zu schleudern, mit aller Gewalt und einem geradezu unmenschlich klingenden Schrei, aus einer Tiefe seiner selbst dringend, von der er nie geahnt hatte, dass es sie gab. Er erschrak über sich und den Laut, der da aus ihm herausgebrochen war. Das Kissen prallte mit einem dumpfen Geräusch gegen das Bücherregal und plumpste von da zu Boden.

Simon verharrte, die Hand auf der Brust. Irgendwie hatte ihn der Ausbruch erleichtert, irgendwie aber auch noch mehr verstört. Er musste zur Ruhe finden. Er dachte an Situationen im Klassenzimmer, in denen er kurz davor gestanden hatte, auszurasten, und wie er sich doch immer wieder im Zaum gehalten hatte. Atmen, ruhig atmen, bis zehn zählen oder bis dreißig, die Wut hinausatmen, spüren, dass er sich entfernte von dem Punkt, ab dem es kein Halten mehr gegeben hätte.

Was war geschehen? Abgesehen von allen Peinlichkeiten war geschehen, dass er der CD verlustig gegangen war, die ihm sein Sohn anvertraut hatte. Das Vertrauen, das Vincent in ihn gesetzt hatte, war unbegründet gewesen; er hatte die CD nicht einmal einen Tag lang schützen können.

Mit anderen Worten, nun war es unumgänglich, Vincent anzurufen. Nun, da das, was sein Sohn hatte verhindern wollen, passiert war, war die diesbezügliche Anweisung bestimmt gegenstandslos.

Und verdammt noch mal, durchfuhr es Simon, er wollte jetzt endlich wissen, was hier eigentlich gespielt wurde!

Er kramte die letzte Postkarte heraus, die ihm Vincent geschickt hatte. Sie zeigte die *»beautiful landscape of Ovideo, FL«*, behauptete der gedruckte Text, wobei das, was auf der Karte abgebildet war, in Simons Augen jede beliebige amerikanische Vorortsiedlung hätte sein können. Irgendwo im Hintergrund hatte Vincent ein Kreuz eingezeichnet, dazu einen Pfeil und *»I am here«* geschrieben, aber man sah überhaupt nichts außer Hausdächern, Palmen und Büschen und etwas Blau, das ein See sein mochte oder auch nicht.

Jedenfalls, da war die Telefonnummer. Simon wählte, wartete. Es klingelte. Nach dem vierten Klingeln wurde abgehoben, und eine samtene Frauenstimme sagte: *»Hello?«*

»*Hello, my name is Simon König*«, erklärte Simon. »*I want to talk to Vincent Merrit, please.*« Wer war das? Die Stimme war Simon völlig fremd. Nun ja, vermutlich Vincents Freundin.

»*I am very sorry*«, sagte sie mit hörbarem Bedauern. »*Vincent is not here.*«

»*When will he come back?*«

»*I don't know. In fact, I don't know where he is.*«

Vincent sei auf der Flucht, hatte die seltsame Frau heute in der Schule gesagt. Das widersprach dem zumindest mal nicht. Simon zögerte.

»*May I know with whom I am talking?*«, fragte er.

»*I'm a friend*«, sagte die samtene Stimme. »*May I tell him something in case he comes back?*«

Irgendwas stimmte hier nicht.

»*Yes*«, sagte Simon mit wachsendem Unbehagen. »*Please tell him to call his father. As soon as possible.*« Dann wurde der Impuls, das Gespräch zu beenden, übermächtig; er sagte nur noch »*Thank you*« und legte auf.

Der Hörer unter seiner Hand war schweißnass.

Vincent verschwunden. Auf der Flucht, tatsächlich. Nun half alles nichts, er musste Lila anrufen, musste es wenigstens versuchen. Er konnte –

Es klingelte an der Tür.

Simon rührte sich nicht. Kamen sie zurück? Unsinn. Sie hätten nicht geklingelt. Er rührte sich trotzdem nicht.

Es klingelte noch einmal, und eine Faust klopfte gegen die Tür. »Herr König? Sind Sie in Ordnung?«

Die Volkers. Simon verdrehte die Augen und öffnete. Widerwillig, aber was blieb ihm anderes übrig?

»Ich habe gerade ein *so seltsames* Geräusch gehört«, erklärte die Frau halb atemlos. »Waren Sie das?«

Simon seufzte. »Wahrscheinlich. Ich habe mir den Fuß angestoßen«, log er. »Den kleinen Zeh. Kann sein, dass ich da einen Schmerzlaut von mir gegeben habe.« Er sah auf seine Füße hinab. Er trug noch Schuhe. »Die hab ich sicherheitshalber angezogen«, fügte er lahm hinzu.

Frau Volkers betrachtete ihn mit sichtlicher Irritation. »Ich dachte schon, es sei was passiert.«

Simon starrte sie an, musterte die Hand, die auf ihrem mächtigen Busen lag und mit diesem heftig auf und ab wogte von all der Aufregung. Ein Gedanke kam ihm. »Haben Sie«, fragte er, »zufällig zwei Männer beobachtet, die vorhin das Haus verlassen haben?«

»Zwei Männer?«, erwiderte Frau Volkers mit noch größerer Irritation.

»Ein großer hagerer und ein sehr kleiner, ein Liliputaner. Beide in Anzügen.«

Sie blinzelte. »Nein. Tut mir leid. Ich habe niemanden gesehen.«

Und er hätte geschworen, dass sie den ganzen Tag auf der Lauer lag. »Schade.«

»Wieso? Wer war das?«

»Das hätte ich eben gern gewusst«, sagte Simon. Auf einmal war ihm klar, was er tun würde.

Er bedankte sich für die Sorge um seine Person, versicherte noch einmal, dass ihm nichts passiert sei, und konnte die Tür endlich wieder schließen.

Anschließend verbrachte er weitere zehn Minuten am Telefon damit, zu versuchen, Lila Merrits Telefonnummer herauszufinden, ehe die Dame in der Telefonauskunft kapitulierte.

Schließlich blieb ihm nichts anderes mehr, als die Visitenkarte hervorzuholen, die ihm die geheimnisvolle Frau in der Schule gegeben hatte. Sirona. Er wählte die Nummer, die unter dem Namen stand.

Sie meldete sich sofort. »Ja?«

»Hier ist Simon König«, sagte er. »Haben Sie etwas mit dem Überfall zu tun?«

»Welchem Überfall?« Es klang echt. Simon hatte dreißig Jahre Erfahrung damit, zu erkennen, wann Eltern am Telefon logen, den Gesundheitszustand ihrer Kinder vor wichtigen Klassenarbeiten betreffend beispielsweise. »Haben Sie die CD noch?«, fügte sie erschrocken hinzu.

»Ehe ich darauf antworte«, entgegnete Simon, »will ich wissen, was hier gespielt wird.«

Einen winzigen Moment lang war es still, dann sagte sie: »Wir müssen uns treffen.«

KAPITEL 22

Sie trafen sich in der Pizzeria *Da Tonio*, die sich nach Simons Dafürhalten aus mehreren Gründen für ein konspiratives Treffen angeboten hatte: Erstens handelte es sich um eine ebenso schlechte wie schlecht besuchte Pizzeria, sodass man davon ausgehen konnte, am frühen Abend weitgehend ungestört zu sein, zweitens verstanden und sprachen sowohl der Wirt als auch seine Angestellten nur sehr lückenhaft Deutsch, was sich bei Bestellungen und Sonderwünschen nachteilig auswirkte und Reklamationen von vornherein zu aussichtslosen Unterfangen machte, in diesem Fall aber bedeutete, dass auch diese mit an Sicherheit grenzender Wahrscheinlichkeit nicht mithören würden, was es zu besprechen gab.

Sie kamen alle drei: die Frau, die sich Sirona nannte und gekleidet war wie ein Fabelwesen aus einem dieser neumodischen japanischen Comics, der stämmige junge Mann mit der Schwäche für Indianerkostüme – an diesem Abend trug er die Felljacke, aber dazu Jeans – und schließlich der beleibte Dritte. Er trug ein T-Shirt mit der Aufschrift *Es gibt nur 10 Arten von Menschen – die einen verstehen das binäre System und die anderen nicht* und wurde als »Root« vorgestellt.

»Eigentlich Rüdiger«, räumte er ein, »aber wegen Unix und so … Also, jedenfalls, Rüdiger darf mich nur meine Mutter nennen, okay?«

»Er hört in dem Fall einfach nichts«, erläuterte der Pseudo-Indianer, der relativ bodenständig »Alex« hieß.

Es war tatsächlich noch nichts los. Eine Runde von Lehrern hatte sich mehrmals in dieser Gaststätte getroffen, um den sechzigsten Geburtstag des Rektors angemessen vorzubereiten. Es roch schlimmer nach ranzigem Fett, als Simon es in Erinnerung hatte – der Rektor war inzwischen dreiundsechzig; gut möglich, dass sie das Fett seither nicht erneuert hatten. Die drei bestellten davon unbeeindruckt jeder eine Pizza, dazu große, sehr große und riesengroße Gläser Cola, und als das alles auf dem Tisch stand, erzählten sie ihm endlich, worum es ging.

Es dauerte eine ganze Weile. Sie sprachen abwechselnd, wobei immer die, die nicht sprachen, wie die Wilden spachtelten. Als sie endlich fertig waren, waren alle Pizzen zu mehr als der Hälfte verzehrt. Simon hatte nur einen Thunfischsalat bestellt; seiner Erfahrung nach das am wenigsten unbekömmliche Gericht der Speisekarte.

»Wahlbetrug«, wiederholte Simon, mit dem sicheren Gefühl, zu träumen.

Die drei nickten mit mahlenden Unterkiefern.

»Die Wahlen in den USA waren gefälscht?«

»Möglicherweise«, schränkte Sirona ein. »Der Punkt ist, dass das Spiel jetzt hier in Deutschland losgehen soll. Und als Geschichtslehrer wissen Sie ja: Wenn die Deutschen was machen, dann machen sie's hundertfünfzigprozentig.«

Simon stocherte in seinem Salat herum, während er versuchte, sich darüber klar zu werden, was er von der ganzen Sache halten sollte. Sein Sohn hatte also angeblich ein Programm geschrieben, ein simples Stück Software, das dazu benutzt worden war, den amtierenden Präsidenten der Vereinigten Staaten entgegen dem Wählerwillen ins Amt zu hieven? Das klang mehr als obskur. Das klang nach verrückten Verschwörungstheorien, nach Science-Fiction, nach Hirngeburten von Leuten, in deren Leben nichts los war.

»Ich muss Sie ein paar Dinge fragen«, begann Simon, während er die Dinge, die er zu fragen gedachte, in seinem Geist in eine vernünftig aussehende Reihenfolge zu bringen versuchte.

»Nur zu«, sagte Sirona. »Dazu sind wir hier.«

Seit ihm diese Frau am Tisch gegenübersaß, musste sich Simon anstrengen, sie nicht allzu genau anzusehen, weil er fürchtete, ins Starren zu geraten. Wie viel Schminke um alles in der Welt trug diese Frau auf dem Gesicht? In dem Gang in der Schule war es schummrig gewesen, wahrscheinlich war ihm das deswegen nicht schon da aufgefallen. Zum Glück; Simon war sich nicht sicher, ob er es ansonsten noch über sich gebracht hätte, sie anzurufen. Sie war sozusagen vollverspachtelt, musste Schminke millimeterdick auf der Haut haben. Simon erinnerte sich an Bilder von Geishas, auf denen diese ähnlich maskenhaft ausgesehen hatten.

»Wahlmaschinen«, wiederholte Simon das Stichwort. »Ich kenne die Dinger; bei der letzten Kommunalwahl habe ich auf so einem Gerät meine Stimme abgegeben. «

»Und? Was war es für ein Gefühl?«, fragte Sirona.

Simon zuckte mit den Achseln. »Ob man einen Knopf drückt oder ob man ein Kreuz auf ein Blatt Papier macht, letzten Endes geht es um die Stimme, nicht wahr?«

»So denken die meisten«, bestätigte Root. »Das ist das Problem.«

Simon versuchte, sich nicht aus dem Konzept bringen zu lassen. »Sie behaupten allen Ernstes, man könne so eine Wahlmaschine manipulieren?«

»Ohne jeden Zweifel«, sagte Sirona.

»Ich muss gestehen, dass es mir schwerfällt, das zu glauben. Immerhin leben wir in einem Land, das für seine Ingenieurskunst ebenso berühmt wie für sein Sicherheitsstreben berüchtigt ist. Deutschland hat den TÜV erfunden, den Crashtest bei Autos und so weiter. Ich gehe davon aus, dass hierzulande nur Wahlmaschinen zum Einsatz kommen, die man nicht manipulieren kann.«

»Herr König«, sagte Sirona, »ich würde es vorziehen, wenn wir hier nicht von Wahl*maschinen* sprechen würden, sondern von Wahl*computern*. Denn um nichts anderes handelt es sich. Wenn Sie sich anschauen, wer sich gegen die Einführung von Wahlcomputern engagiert, dann werden Sie feststellen, dass es fast ausschließlich Leute sind, die beruflich mit Computern zu tun haben. Es sieht so aus, als seien diese Art Leute die einzigen, denen klar ist, dass man Wahlcomputer *grundsätzlich* nicht so bauen *kann*, dass sie nicht manipulierbar sind.«

»Man kann sie noch nicht mal so bauen, dass sie weniger manipulierbar sind als Wahlzettel aus Papier«, fügte Root hinzu.

»Das eben verstehe ich nicht«, meinte Simon und hob die Hand in dem Bestreben, die Diskussion nicht zu schnell werden zu lassen. Die drei jungen Leute strömten eine energiegeladene Ungeduld aus, von der er überwältigt zu werden befürchtete. »Man baut alle möglichen Maschinen, die allen möglichen Sicherheitsbestimmungen entsprechen. Das wird von jemandem geprüft und bestätigt, das wird ausgerechnet ... Ein Hausbau zum Beispiel: Da wird jeder einzelne Bauplan von einem vereidigten Statiker auf Stabilität nachgerechnet; vorher nimmt kein Maurer auch nur einen Ziegelstein in die Hand. Und da wollen Sie mir erzählen, dass man, was die Fundamente einer Demokratie anbelangt – die Wahlen –, weniger Sorgfalt an den Tag legt als beim Bau einer Garage?«

»Ja«, sagte Sirona knapp. »Weil es genau so ist.«

Jetzt war es Alex, der sich nach vorn beugte und die Ellbogen breit nach den Seiten hinschob. »Stellen Sie sich vor, Sie gehen zur nächsten Bundestagswahl, und im Wahllokal sehen Sie, dass man anstelle einer Wahlkabine eine Art Beichtstuhl aufgestellt hat.« Er wirkte, als ob er öfter vor der Notwendigkeit stand, dummen Leuten schwierige Sachverhalte zu erklären. »Sie gehen hinein und sehen, dass auf der anderen Seite des Gitters jemand sitzt. Dem flüstern Sie den Namen der Partei zu, die Sie wählen wollen; daraufhin sagt die Person ›Danke, ich habe Ihre Stimme gezählt‹, und Sie gehen wieder hinaus. Wie sicher wären Sie sich, dass Ihre Stimme tatsächlich gezählt worden ist, und zwar so, wie Sie sie abgegeben haben?«

»Überhaupt nicht«, sagte Simon. »Das wäre ein lächerliches Verfahren.«

»Aber genau das passiert, wenn Sie einen Wahlcomputer verwenden. Nur dass es kein Beichtstuhl ist, sondern eine Maschine. Das Prinzip ist dasselbe: Sie erklären Ihren Wahlwunsch, indem Sie auf eine Taste drücken, und das Gerät behauptet, es habe Ihre Stimme registriert. Ob es das aber tatsächlich tut und wie – was sich da im Inneren weiter abspielt –, das können Sie nicht wissen. Niemand kann das.«

»Aber man kann einen Computer doch bestimmt so bauen, dass er –«

»Nein. Verstehen Sie, ein Computer *ist* eine Maschine zur Manipulation von Daten. Dafür ist er erfunden worden; das kriegen Sie nicht aus ihm heraus, sonst ist es kein Computer mehr. Das wäre so, als würden Sie ein Flugzeug umbauen wollen zu etwas, das nicht mehr fliegt: Dann ist es kein Flugzeug mehr. Und ein Computer ist nicht nur dazu da, Daten zu manipulieren, er ist auch dazu da, das mit *hoher Geschwindigkeit* zu tun. Klar, man kann auch herkömmliche Wahlen manipulieren. Ohne Frage. Eine Menge Diktaturen haben das vorgemacht. Aber so eine Wahlfälschung ist eine Heidenarbeit. Sie brauchen einen Geheimdienst dazu oder jedenfalls eine Menge Leute, die falsche Stimmzettel herstellen, Urnen verschwinden lassen und gefälschte Urnen an deren Stelle schmuggeln und so weiter. Und letzten Endes kommt es doch heraus, weil bei so vielen Leuten immer einer den Mund nicht halten kann. Wenn Sie dagegen Computer verwenden, reicht ein einziger Mensch, der die richtigen Passwörter kennt und Zugang zum System hat, um Millionen von Stimmen innerhalb von Sekunden zu verändern. Das ist der Unterschied.«

Simon blinzelte beunruhigt. »Aber was kann man dagegen tun? Ich meine, das ist nun mal der Zug der Zeit; immer mehr Dinge werden auf elektronischem Wege erledigt …«

»Aber es gibt Dinge, die man besser nicht elektronisch macht. Für die ein Computer das falsche Gerät ist«, sagte Root und hüstelte. »Seltsam, dass ausgerechnet die Computerfreaks das den Zivilisten erklären müssen.«

»Die Lösung ist einfach: Man bleibt bei Stimmzetteln aus Papier, auf die man Kreuze macht«, erklärte Sirona. »Das ist ein bewährtes Verfahren, bei dem man nichts falsch machen kann und dessen Ergebnisse nachprüfbar bleiben. Ganz einfach.«

Simon sah auf die rot karierte Tischdecke hinab, konzentrierte sich auf das, was er wirklich wissen wollte. Und das war das: »Was genau hat Ihnen mein Sohn geschrieben?«

Sirona faltete die Hände. »Er hat geschrieben, dass er auf der Flucht sei. Dass er mit einem gestohlenen Auto unterwegs sei und –«

»Mit einem gestohlenen Auto?«

»An seinen eigenen Wagen war kein Herankommen, und ohne Auto kommen Sie in den Staaten nicht weit. Er hatte wohl nur wenig Geld dabei, nicht genug, um sich einen Wagen zu mieten, nehme ich an. Er hat geschrieben, er sei in einem Motel, das seinen Gästen einen Internet-PC anbietet. Er hat geschrieben, dass er Ihnen eine CD mit diesem Programm geschickt hat, damit Sie es sicher verwahren, und dass ihm, seitdem er den Brief aufgegeben hatte, massive Zweifel daran gekommen seien, ob das eine gute Idee war …«

»War es nicht, in der Tat«, murmelte Simon.

»… deswegen hat er mich gebeten, Sie ausfindig zu machen und die CD an mich zu nehmen.« Sie faltete die Hände wieder auseinander, spreizte die Finger. »Er konnte mir Ihre Adresse nicht sagen, weil er sein Adressbuch nicht dabeihatte. Ich musste Sie über die Webseite der Schule ausfindig machen.«

»Sie hätten nur ins Telefonbuch zu schauen brauchen.«

»Das habe ich. Aber es gibt fünf Simon Königs in Stuttgart. Deswegen haben wir beschlossen, Sie in der Schule aufzusuchen.«

Simon dachte darüber nach, ob diese Geschichte stimmen konnte. Wahrscheinlich. Dass Vincent Briefe abschickte und es danach bedauerte, war nun weiß Gott nicht zum ersten Mal passiert.

»Wenn er sein Adressbuch nicht dabeihatte, woher wusste er Ihre E-Mail-Adresse?«

»Die ist leicht zu merken. Und wir stehen schon länger im Kontakt.«

Nun musste er sie doch ansehen. Was hieß das? Dass sie befreundet waren? Er musterte das maskenhafte Gesicht. Er konnte nicht einmal mit Sicherheit sagen, wie alt diese Frau war. Sie hätte genauso gut achtzehn wie achtunddreißig sein können.

Er räusperte sich, sah wieder hinab auf die rot karierte Tischdecke mit den zahllosen Spuren nur unvollständig entfernter Rotweinflecke. »Also, die Sache ist die: Ich habe die CD nicht mehr. Es ist jemand bei mir eingedrungen und hat sie gestohlen.«

Die drei gaben ein Stöhnen von sich, das unter anderen Umständen in seiner spontanen Einstimmigkeit erheiternd gewesen wäre.

»Wann war das?«, fragte Sirona.

»Heute Nachmittag. Kurz bevor ich Sie angerufen habe.«

»Haben Sie gesehen, wer es war?«

»Ja. Ein hagerer Mann mit einem dünnen Oberlippenbart und ziemlich dünnen Fingern und ein ... nun ja, ein Liliputaner. Ein Zwerg.«

»Hatten Sie die CD denn nicht versteckt? Vincent meinte, er habe Sie darum gebeten.«

Simon bemühte sich um einen nichtssagenden Gesichtsausdruck. Nie im Leben würde er diesen ... *Kindern* erzählen, auf welche Weise dieser seltsame Mann das Versteck der CD gefunden hatte. »Ich hatte sie versteckt«, erklärte er, »aber offenbar nicht so gut, wie ich dachte.«

Root ließ sich nach hinten fallen; die Lehne seines Stuhles knackste vernehmlich. »Okay«, sagte er. »Dann war's das. Lasst uns einpacken und wieder heimfahren.«

»Mann!«, fauchte ihn Sirona an. Es war wie ein Ausbruch. Dann wandte sie sich wieder Simon zu, als sei nichts gewesen. »Den hageren Mann hat mir Vincent auch beschrieben. Er heißt Benito Zantini und will aus der Wahlmanipulation ein Geschäft machen. Er will die bevorstehenden Landtagswahlen in Hessen so manipulieren, dass im Landtag ein Patt entsteht – dass keine Partei regieren kann. Und dann will er seine Dienstleistung an den Meistbietenden verkaufen. Zumindest hat er das Vincent gegenüber behauptet.«

Simon sah unbehaglich in die Runde. »Ich verstehe nicht, wieso Vincent bei so etwas mitmacht. Das ist doch illegal, oder?«

»Ja, natürlich. Wahlbetrug ist illegal.«

»Und wieso dieser plötzliche Sinneswandel?«

Sirona bedachte ihn mit einem langen Blick, dann hob sie die

Schultern und meinte nur: »Keine Ahnung. Er hat es sich eben anders überlegt. Das Gewissen, wer weiß? Soll es ja geben.«

Ja, das sollte es geben. Simon dachte an sein eigenes Gewissen und wie es ihn geplagt hatte, damals, als er aus den USA nach Hause gekommen war. Er hatte beschlossen, Helene nichts davon zu sagen, zu versuchen, die Affäre zu vergessen.

Bis sie ihn dann eingeholt hatte.

Eigenartige Sache, so ein Gewissen.

»Wo ist Vincent jetzt«?, fragte er. »Ich würde gerne mit ihm reden.«

Sirona wechselte einen Blick mit ihren Kumpanen, dann sagte sie leise: »Ich weiß nicht, wo er ist. Er hat versprochen, sich wieder zu melden, aber ich habe seit seiner Mail nichts mehr von ihm gehört.«

KAPITEL 23

Die Wände des Raumes bestanden aus schmucklosem Beton. An der Decke hing eine Leuchtstoffröhre, von einem Käfig aus dickem Stahldraht geschützt. Der abgeschabte Tisch, an dem sie saßen, und die beiden Stühle stellten das einzige Mobiliar dar.

Nachdem Vincent erzählt hatte, was es zu erzählen gab, herrschte erst einmal Stille. Der Mann auf der anderen Seite des Tisches war ein breitschultriger Kerl mit graubraunen Locken und einem Bartschatten. Er trug einen grauenhaften braunen Cordanzug, dazu ein grünes Hemd, blätterte die vollgekritzelten Seiten seines gelben Blocks immer wieder vor und zurück und zerkaute sich fast die Unterlippe dabei.

»Hmm«, machte er schließlich.

Vincent räusperte sich. »Bruce, bitte – geht's ein bisschen genauer?«

Das veranlasste den Mann, endlich hochzusehen und Vincent anzublicken. In seinen Augen las Vincent tiefe Sorge. Wenn nicht sogar Angst.

»Als mich deine Mutter angerufen hat«, sagte er leise, »habe ich alles stehen und liegen lassen und bin sofort hergekommen.«

Vincent nickte. »Ja. Danke.«

»Ich dachte ehrlich gesagt aber, dass es sich um eine Lappalie handelt«, fuhr der Mann fort, der Bruce Miller hieß und einmal mit Vincents Mutter zusammen gewesen war. Vincent war damals sieben oder acht Jahre alt gewesen und Bruce einer der wenigen Männer, bei denen er sich gewünscht hatte, er möge bleiben. Bruce hatte ihm einen Baseballhandschuh gekauft und mit ihm gespielt, ihm unermüdlich die Bälle zugeworfen, stundenlang und bei jedem Wetter. Sie hatten sich gemocht, von Anfang an. Bruce war auch der einzige von Mutters zahlreichen Partnern, der den Kontakt zu Vincent noch etliche Jahre gehalten hatte, der ihn ab und zu angerufen und sogar an seinen Geburtstag gedacht hatte.

»Das mit dem Auto tut mir auch leid«, sagte Vincent. »Ich dachte irgendwie, dass das vielleicht ... na ja, Notwehr ist oder so. Ich meine, ich musste fliehen, okay? Die hatten mich in meinem eigenen Haus eingesperrt, und ich weiß nicht, was die mit mir gemacht hätten, wenn –«

»Das habe ich schon verstanden«, unterbrach ihn Bruce. »Aber mit dem gestohlenen Auto von Florida bis Pennsylvania zu fahren, ich bitte dich! Hättest du es wenigstens irgendwo stehen lassen und ein Flugzeug genommen!«

»Ich hab mich nicht getraut, ein Flugzeug zu nehmen. Ich hab mich kaum in ein Motel getraut.« War das übertrieben gewesen? Offenbar, entnahm er Bruce' Reaktion. Er hatte befürchtet, dass man ihn finden würde, sobald er sich irgendwo auswies oder seine Kreditkarte benutzte. In den Filmen war das immer so; da spürte man Flüchtige anhand ihrer Kreditkarten auf.

Bruce blätterte wieder, vor, zurück, vor, zurück, und betätigte dabei unentwegt den Druckknopf an seinem Kugelschreiber – *knips, knips, knips*. »Das Problem ist«, sagte er schließlich und ließ den Block auf die kahle weiße Tischplatte zwischen ihnen fallen, »dass du vorbestraft bist.«

»Vorbestraft?« Wie das klang! »Die eine Woche?«

»Es war eine Gefängnisstrafe.« Bruce seufzte, rieb sich das Kinn. »Ich verstehe dich, Vincent. Nicht so ganz, aber im Prinzip. Du hast dich da in was reinziehen lassen, und auch wenn es mir ehrlich gesagt schwerfällt zu glauben, dass du dafür verantwortlich sein könntest, dass wir den Präsidenten haben, den wir haben ...« Er hielt inne, schüttelte den Kopf. »Nein, das will ich lieber nicht glauben. Egal – Tatsache bleibt, dass du wieder in eine Sache verwickelt warst, die mit widerrechtlichen Manipulationen von Computern zu tun hat, also genau dasselbe Delikt, aufgrund dessen du vorbestraft bist. Das macht die Sache gravierender, klar?«

»Ja.«

»Dazu ein Autodiebstahl.« Bruce setzte die geballten Fäuste vor sich auf den Tisch und sah ihn an. »Hast du schon einmal von der *Three-Strikes*-Regel gehört?«

»Klar«, sagte Vincent. Was sollte das jetzt? Die *Three-Strikes*-Regel besagte, dass ein Batter, der dreimal danebenschlug, raus war. »Ich dachte, wir reden über meine juristische Situation. Nicht über Baseball.«

»Wir reden über deine juristische Situation. Die *Three-Strikes*-Regel gibt es auch vor Gericht. Sie besagt, dass jemand, der zweimal wegen derselben Sache verurteilt wird, bei einem dritten Delikt – egal wie klein es ist; es reicht schon ein Ladendiebstahl – lebenslänglich aus dem Verkehr gezogen werden kann.«

Vincent hatte das Gefühl, von einem Sandsack getroffen zu werden. »*Lebenslänglich?*«

»Ja. Die Regel gilt nicht in allen Bundesstaaten, und sie wird auch nicht in allen Staaten, in denen sie gilt, gleich angewandt, aber in Pennsylvania gilt sie. Wenn wir versuchen würden, deinen Autodiebstahl damit zu entschuldigen, dass du in eine illegale Computermanipulation verwickelt warst und fliehen musstest, dann kann es sein – *kann*, wohlgemerkt, aber die Gefahr besteht, und sie ist nicht gerade klein, je nachdem, an welchen Richter wir geraten –, also, dann kann es sein, dass der dich wegen dieser Computergeschichte *und* wegen Autodiebstahls verknackt und die *Three-Strikes*-Regel anwendet. Und das hieße lebenslänglich.«

Vincent war, als begännen die Knochen in seinem Körper sich aufzulösen. Er sank in sich zusammen. »Lebenslänglich!«

Er hatte geglaubt, auf das Schlimmste gefasst zu sein, aber das war schlimmer als seine schlimmsten Alpträume.

»Deswegen«, fuhr Bruce fort, »würde ich dir raten, die Sache in Florida nicht zu erwähnen. Ich würde dir dringend raten, dich einfach des Autodiebstahls schuldig zu bekennen und die Strafe abzusitzen.«

»Und wie lange wäre das?«

Bruce wiegte das wollige Haupt. »Bei guter Führung könntest du nächstes Jahr im Herbst wieder draußen sein. Und ich denke, ich könnte erreichen, dass du in eine der besseren Strafanstalten kommst. In eine, wo du ...« Er hüstelte. »Wo du nichts zu befürchten hast.«

***

Die restliche Woche lebte Simon in einer Art Schwebezustand. Er ging zur Schule wie üblich, hielt seinen Unterricht, aber er tat es nebenbei, wurde das Gefühl nicht los, alles nur zu träumen, wobei er sich nicht sicher war, was nun der Traum war: das mit der CD und dem Mann, der Gedanken lesen konnte, oder das, was er gerade tat.

Wahlmanipulation mit Computern. Seltsame Geschichte. Und Simon konnte nicht vergessen, wie der dicke Kerl, der sich *Root* nannte, seine Pizza restlos aufgegessen und danach erklärt hatte: »Lecker. Muss man sich merken.« Was war von alldem zu halten, wenn jemand so wenig Urteilsvermögen bewies?

Sie hatten noch dies und das geredet, über Demokratie, Wahlverfahren, Parteienbildung, politische Korruption und so weiter. Es waren die üblichen Gemeinplätze gewesen, das, was junge Leute eben redeten, wenn es um Politik ging. Nach Simons Erfahrung waren in dem Alter die meisten im Grunde desinteressiert am Wohl des Gemeinwesens; eigentlich bewegte sie nur die Sorge, ihnen selber könne aufgrund der Beschlüsse anderer etwas Unangenehmes passieren. Das war der Grund, warum sie, wenn es um Politik ging, vor allem auf »die da oben« schimpften und von Korruption redeten, als wüssten sie, was das bedeutete. Und bei denen, die tatsächlich politische Ansichten hatten, redeten diejenigen viel von Meinungsfreiheit, die es in Wahrheit nicht ertrugen, dass andere anderer Meinung waren als sie selbst.

Angst also, mit einem Wort. Vielleicht musste ein Mensch die erst überwinden, ehe etwas mit ihm anzufangen war, Politik hin oder her.

Je länger dieser ereignisreiche Montag zurücklag, desto mehr kam Simon das ganze Gerede über die Wahlcomputer und die

Befürchtung, dass irgendjemand damit demnächst die Demokratie zu kapern gedachte, wie eine dieser wilden Verschwörungstheorien vor, die hier und da kursierten.

Dann klingelte eines Nachts bei ihm das Telefon, zwanzig Minuten nach Mitternacht.

Simon hatte natürlich schon geschlafen, und unter normalen Umständen wäre er im Bett geblieben. Mitternächtliche Anrufe waren, das hatte er in den ersten Jahren seiner Tätigkeit als Lehrer gelernt, eine der beliebtesten Rachemethoden von Schülern, die sich ungerecht benotet fühlten, und das würde auch so bleiben, bis Telefonzellen vollends abgeschafft wurden. Aber die Umstände waren nicht normal, also eilte er nackten Fußes über das Parkett in den Flur und hob ab.

»Simon?«, fragte eine helle Frauenstimme.

Er erkannte sie sofort. Es war Lila.

***

Normalerweise interessierte sich Simon nicht sonderlich für Landtagswahlen in anderen Bundesländern. Natürlich kannte er die amtierenden Ministerpräsidenten, dazu war er ja sozusagen von Berufs wegen verpflichtet, er verfolgte auch die Verteilung der Machtverhältnisse im Bundesrat, die Prognosen und so weiter. Aber als an diesem Sonntag die Wahllokale in Hessen schlossen, war es das erste Mal, dass er sich aus so einem Anlass vor einen Fernsehapparat setzte.

Zu diesem Zweck hatte er sich bei Bernd und seiner Frau Ute eingeladen, die sein diesbezügliches Interesse mit milder Irritation tolerierten.

»Die SPD wird haushoch gewinnen, ist doch klar«, meinte Bernd. »Sie wird die CDU-Regierung wegfegen. Das ist so sicher wie das Amen in der Kirche.«

»Wann warst du denn das letzte Mal in der Kirche?«, gab Simon zurück. »Du kannst doch gar nicht mitreden.«

Draußen war hässliches Wetter. Sie saßen im Wohnzimmer und ließen sich einen Grog schmecken, den ihnen Ute hingestellt hatte. Fünfter Stock: Ohne den Nebel und den Regen hätte man einen hübschen Blick über die Siedlung gehabt.

»Die Meinungsumfragen sagen es. Die Spatzen pfeifen es von den Dächern. Die amtierende Regierung ist schon dabei, die Schreibtische aufzuräumen«, zählte Bernd an den Fingern ab. »Was willst du noch?«

»In einer Stunde werden wir es wissen«, meinte Simon und nahm einen weiteren Schluck.

»Aber es wird pünktlich gegessen«, mahnte Ute an. »Wenn mein Braten so weit ist, wird der Fernseher ausgeschaltet, darauf bestehe ich.«

»Ich auch«, sagte Simon. Neben Utes Küche sah jedes Sterne-Restaurant blass aus. Wenn er gewusst hätte, dass sie einen Urnengang zum Anlass nehmen würde, ihn zu bekochen, hätte er keine Landtagswahl der letzten zehn Jahre versäumt.

Die Moderatoren der Wahlsendung wirkten gelangweilt, ein wenig wie Sportreporter, die einen Wettkampf mit vorhersehbarem Ausgang zu kommentieren hatten. Sie alberten herum, um die Zeit bis zur ersten Hochrechnung zu überbrücken, spulten die üblichen Sprüche ab, rekapitulierten, was der Rekapitulation nicht bedurft hätte, bis sich endlich die ersten bunten Balken hoben und fast auf die Nachkommastelle genau bestätigten, was die Prognosen aufgrund von Wahltagsbefragungen vorhergesagt hatten: Die Linkspartei schaffte den Einzug ins Landesparlament nicht, während SPD und Grüne zusammen zwei Sitze mehr erhalten würden als CDU und FDP.

Bilder von jubelnden Leuten in roten T-Shirts, Bilder bestürzter Anhänger der Parteien mit herben Verlusten.

Doch dann sagte einer der Moderatoren, die Hand an dem Knopf in seinem Ohr: »Ich erfahre gerade, dass wir eine neue Hochrechnung haben mit einem etwas anderen Bild …«

Wieder ein Balkendiagramm, das sich auf den ersten Blick kaum von dem davor unterschied, aber die Ko-Moderatorin machte große Augen und sagte: »Oha. Das sieht aus, als würden die Karten neu gemischt …«

Erst als das zweite Diagramm mit der Sitzverteilung aufgrund der aktuellen Hochrechnung erschien, begriff Simon: Die Linkspartei hatte es über die Fünf-Prozent-Hürde und damit in den Landtag geschafft. Was die Konstellation der Parteien grundlegend veränderte.

»Könnte schwierig werden«, sagte der Moderator.

Das sollte sich als die Untertreibung des Tages erweisen.

In der Küche fiepte die Schaltuhr des Bratrohrs. »Ah, es ist so weit«, sagte Simon voller Vorfreude. »Wir können uns ja nachher anschauen, wie es ausgegangen ist.«

Ute nahm den Blick nicht von der Mattscheibe. »Das geht jetzt nicht. Tut mir leid.«

»Und dein Braten?«

»Mein Braten …«, stieß Ute unwillig hervor; es klang wie eine Verwünschung. »Bernd, hol doch den kleinen Apparat aus dem Schlafzimmer. Den stellen wir einfach auf die Anrichte.«

Simon musste an sich halten, um angesichts der drohenden Barbarei – die unvermeidlich schien; Bernd hatte sich gehorsam erhoben und war bereits unterwegs – nicht die Fassung zu verlieren. »Ute«, sagte er behutsam, »so wichtig war mir das mit den Wahlen wirklich nicht –«

»Aber mir. Das kann jetzt nicht sein, dass die Ypsilanti den Koch nicht aus seinem Sessel kriegt. Das darf einfach nicht sein.«

Doch so war es. Das Wahlergebnis bescherte dem Bundesland Hessen eine Patt-Situation.

Alle Parteien hatten sich bereits vor der Wahl hinsichtlich der Koalitionspartner festgelegt: Die FDP hatte erklärt, nur mit der CDU koalieren zu wollen, die Grünen nur mit der SPD. Durch den Einzug der Linkspartei kam jedoch keine dieser beiden Konstellationen auf die zur Regierungsbildung erforderliche Mehrheit der Sitze.

Eine große Koalition war rechnerisch möglich, scheiterte aber am Anspruch der CDU, als die Partei mit den meisten Stimmen eine solche Koalition zu führen, das hieß, den Ministerpräsidenten zu stellen: Zwar kamen CDU und SPD auf die gleiche Anzahl von Sitzen im Landtag, aber die CDU hatte 0,1 % mehr Stimmen erhalten als die SPD[43]. Da die Spitzenkandidatin der SPD, Andrea Ypsilanti, mit dem ausdrücklichen Ziel angetreten war, den amtierenden Ministerpräsidenten Roland Koch abzulösen, verbot sich eine derartige Kooperation jedoch.

Die Moderatorin befragte einen in solchen Auftritten sichtlich ungeübten Professor für Verfassungsrecht, wie es nun weiterginge. »Wird Hessen ohne Regierung auskommen müssen?«

»Nun, das sicher nicht«, erklärte der Interviewte, »im schlimmsten Fall greift Artikel 113 der hessischen Verfassung, wonach die amtierende Landesregierung die Amtsgeschäfte so lange weiterführt, bis eine arbeitsfähige neue Regierung gebildet ist. Prinzipiell ist das über die gesamte Dauer der neuen Legislaturperiode möglich.«

»Das hieße, Ministerpräsident Koch bliebe im Amt?«

»Ja, aber nur geschäftsführend.«

»Was heißt das?«

Der Professor sah sie tadelnd an; wie ein Prüfer, der einem Kandidaten mangelhafte Kenntnisse attestieren muss. »Nun, das ist so neu nicht; im Prinzip bestand dieselbe Situation 1982 schon einmal[44]. Damals blieb Holger Börner anderthalb Jahre geschäftsführend im Amt, bis zur Selbstauflösung des Landtags[45].«

»Das wäre also ein Ausweg? Die Selbstauflösung?«

»Natürlich. Nach Artikel 80. Dafür wird allerdings die absolute Mehrheit der Abgeordneten benötigt.«

---

43 tatsächlich genau 3511 Stimmen mehr

44 1982 schaffte die FDP den Einzug in den hessischen Landtag nicht, dafür kamen die Grünen erstmals über die 5-%-Hürde. Sowohl CDU als auch Grüne verweigerten sich einer Koalition mit der SPD, die zwar stärkste Partei war, aber keine Mehrheit hatte. Dieser Schwebezustand ging unter dem Begriff »Hessische Verhältnisse« in den politischen Sprachgebrauch der Bundesrepublik Deutschland ein.

45 Am 24. September 1983. Die anschließenden Neuwahlen ergaben wieder eine rot-grüne Mehrheit; diesmal beschlossen die Grünen, eine SPD-Minderheitsregierung zu tolerieren. Zwei Jahre später stiegen sie als Koalitionspartner in die Regierung ein; Joschka Fischer wurde Staatsminister für Umwelt und Energie und damit erster grüner Minister überhaupt. Seine Vereidigung in weißen Turnschuhen (die er sich, wie er später verriet, eigens für diesen Anlass neu gekauft hatte) ging in die Annalen ein.

Es schmerzte Simon, dass sie Utes köstlichen Braten, die duftenden Kartoffelklöße und das Weinkraut so achtlos nebenbei vertilgten, während auf der kleinen Mattscheibe ein Politiker nach dem anderen sein Statement abgab. Zum größten Teil war es das übliche, inhaltsleere Gerede, kaum aussagekräftiger, als es ein Piepston gewesen wäre. Es lag an den Medien, erkannte Simon. In einer Situation, in der noch niemand wissen konnte, wie es weitergehen würde, in der die Verantwortlichen miteinander diskutieren und zu einer Lösung zu kommen versuchen mussten, zerrte man sie vor Mikrofone und zwang sie, etwas zu sagen: Dass sie sich dann, so gut sie konnten, bemühten, nur so zu tun, als sagten sie etwas, war nicht nur verständlich, es war sogar fast redlich.

Simon sah auf seinen Teller hinab, schnitt ein Stück von dem Fleisch ab, bemüht, seine Ohren vor dem Geplapper aus dem Fernseher zu verschließen, sich ganz auf den Genuss zu konzentrieren und so den Bemühungen Utes die ihnen zustehende Ehre zu erweisen, aber es wollte ihm nicht gelingen.

»Könnt ihr euch vorstellen, dass das kein Zufall ist?«, wandte er sich schließlich an die beiden. »Das seltsame Wahlergebnis, meine ich.«

Bernd sah ihn an. »Klar. Seit es diese Linkspartei gibt, kommt die ganze politische Landschaft durcheinander. Die stiften nichts als Unruhe.«

»Womit eine Demokratie fertig werden müsste und durchaus auch fertig werden kann«, erwiderte Simon, der diesbezügliche Diskussionen schon so oft geführt hatte, dass er sie inzwischen leid war. »Aber das meine ich nicht. Ich meinte, ob ihr euch vorstellen könnt, dass diese Wahl manipuliert worden sein könnte, um genau diese Pattsituation herzustellen?«

Die beiden sahen ihn an, als hätte Simon wer weiß was Unanständiges von sich gegeben. »Manipuliert«, wiederholte Bernd behutsam. »Wie … ähm, *kommst* du auf den Gedanken?«

»Würde mich auch interessieren«, fügte Ute spitzlippig hinzu.

Also erzählte Simon, wie er auf den Gedanken kam. Von Anfang an. Von der CD und von dem, was danach passiert war. Die

Begegnung mit dem Hageren und dem Zwerg streifte er eher kurz, dafür gab er das, was ihm die eigenartigen Freunde seines Sohnes über Wahlcomputer und ihre Manipulierbarkeit erzählt hatten, umso ausführlicher wieder.

Bernd hatte sich zwischendrin kurz zum Fernseher gedreht und ihn ausgeschaltet. »Das wäre ja der Hammer«, meinte er, nachdem Simon fertig war. »Wobei ich mir das aber echt kaum vorstellen kann. Ich meine, wie soll das jemand hinkriegen, all die Geräte in all den Wahllokalen zu beeinflussen …?«

Ute blinzelte nervös. »Das denke ich auch. Klar, theoretisch geht das sicher, aber praktisch dürfte das unmöglich sein.«

»Nur weil wir uns etwas nicht vorstellen können, heißt es nicht, dass es unmöglich ist«, sagte Simon. »Ich konnte es mir auch nicht vorstellen. Aber das war eben der Grund, warum mich diese Landtagswahl so interessiert hat: Weil man mir vorher gesagt hat, dass jemand versuchen würde, sie so ausgehen zu lassen. Und nun ist sie tatsächlich so ausgegangen. Ist doch seltsam, oder?«

Die beiden wechselten einen Blick. »Das wäre vielleicht was für deinen Bruder«, meinte Ute und fuhr, an Simon gewandt, fort: »Kennst du Frank, seinen Bruder?«

Simon schüttelte den Kopf.

»Frank ist seit einem halben Jahr Chefredakteur der *Wiesbadener Neuen Zeitung*«, erklärte Bernd.

»Und er kommt morgen Abend zu Besuch«, fügte Ute hinzu.

KAPITEL 24

So war Simon am nächsten Abend schon wieder bei Bernd und seiner Frau zu Gast, ebenso wie dessen Bruder Frank. Sie saßen im Wohnzimmer, naschten von den Häppchen, die Ute vorbereitet hatte, tranken badischen Weißwein, und Simon erzählte dasselbe, was er Bernd und Ute am Abend zuvor erzählt hatte.

»Wahlmaschinen? Hmm«, meinte Bernds Bruder sinnend und griff nach einem Schnittchen Vollkornbrot mit Kräuterkäse. Er schien zu überlegen, während er kaute. »Ich weiß nicht … Wie viele solcher Geräte waren überhaupt im Einsatz? Würde das denn ausreichen, um die Wahl wesentlich zu beeinflussen?«

»Das«, sagte Simon, »wäre eine der Fragen, auf die mich die Antwort[46] interessieren würde.«

»Es ist die ganze Zeit die Rede davon, wie knapp die Wahl ausgegangen ist«, warf Bernd ein. »Dass es im Grunde nur ein paar Tausend Stimmen waren, die die Sache entschieden haben. Um ein paar Tausend Stimmen zu stehlen, da reichen vielleicht schon ein paar von den Dingern, oder?«

Frank Rothemund war so ziemlich das Gegenteil seines Bruders, abgesehen von Ähnlichkeiten in den Gesichtszügen, insbesondere um die Augen herum. Frank Rothemund war größer, wesentlich schlanker und wirkte im Gegensatz zu Bernd angespannt, beinahe rastlos. Irgendein Körperteil bewegte sich immer bei ihm, mal wippte ein Fuß, mal nestelte eine Hand am Sofakis-

46 Bei der Wahl am 27. Januar 2008 in Hessen setzten acht Städte und Gemeinden erstmals elektronische Wahlmaschinen ein. Insgesamt waren davon rund 100 000 Wahlberechtigte betroffen; das sind etwa 2,3 % aller in Hessen Wahlberechtigten.

sen, mal kaute der Kiefer ein weiteres Brötchen. Sein Blick hatte etwas Stechendes an sich, Simon las darin ein grundsätzliches Misstrauen, wenn nicht sogar ausgeprägte Misanthropie. Nun, vielleicht wurde man so in dem Beruf? Jeden Tag über Morde, Kriege und politische Intrigen berichten zu müssen, blieb sicher nicht ohne Folgen für das eigene seelische Gleichgewicht.

»Solche Geschichten sind ganz amüsant«, sagte er und griff nach dem nächsten Häppchen: Lachs auf Toastbrot. »Ich erinnere mich an ein Experiment, das eine Protestgruppe in den Niederlanden vorgeführt hat. Die haben einen Wahlcomputer in einen Schachcomputer umprogrammiert[47]. Ganz witzig, okay, aber ich meine, klar: Gib solchen Burschen einen Geldautomaten, und du weißt auch nicht, was sie daraus machen. Wahrscheinlich wirft der dann Pornobilder aus oder so was.« Er schüttelte den Kopf. »Imponiert mir alles nicht so richtig, muss ich sagen.«

Auf unangenehme Weise klang das so geduldig-nachsichtig, wie man mit einem redete, dem man nicht offen sagen wollte, dass man ihn für einen verrückten Verschwörungstheoretiker hielt.

»Aber wäre das nicht ein Thema?«, hakte Simon nach. »Ich weiß auch nicht, was sich tatsächlich abgespielt hat, aber ich denke, es wäre der Mühe wert, es herauszufinden.«

Der Journalist musterte ihn unwillig. »Also, ganz ehrlich: Nein, ich sehe nicht, dass das ein Thema wäre.« Er verschlang das Häppchen und fuhr, noch kauend, fort: »Wissen Sie, das ist nach jeder Wahl das Gleiche. Jedes Mal melden sich eine Menge Leute mit den aberwitzigsten Theorien, warum die Wahl so und nicht anders ausgefallen ist. Die Palette reicht von astrologischen Einflüssen – weil der Pluto über den Saturn wandert oder so Zeug – bis hin zu massiv ehrverletzenden Vorwürfen gegen führende Politiker, die man unmöglich ernst nehmen kann.«

Simon faltete die Hände vor sich. »Das glaube ich Ihnen gern, aber ich denke trotzdem, dass das in diesem Fall etwas anderes

---

47 http://www.heise.de/ct/Hackerteam-demonstriert-die-Manipulierbarkeit-von-Wahlcomputern--/artikel/125969

ist. Immerhin wurde bei mir eingebrochen. Mir wurde etwas gestohlen. Und ich habe die Information, dass jemand erklärt hat, Wahlbetrug zum Geschäft machen zu wollen. Zugegeben, das sind keine hieb- und stichfesten Beweise. Aber wenn ich beim Finanzamt anriefe und einen Verdacht dieser Qualität vorbrächte – ich bin überzeugt, dass das ausreichen würde, um eine Untersuchung in Gang zu setzen.«

»Da geht's auch um Geld, nicht bloß um Wählerstimmen«, warf Bernd ein.

Sein Bruder winkte ungeduldig ab. »Ja, ja. Solche Vorwürfe werden gegen Wahlmaschinen erhoben, seit sie verwendet werden. Aber es gibt Sicherheitsbestimmungen, Verfahrensvorschriften, was weiß ich … Ich glaube schlicht und einfach nicht, dass sich bei einer richtigen Wahl ein solcher Betrug realisieren ließe.«

»Computerleute sind vom Gegenteil überzeugt«, erwiderte Simon. »Die glauben, dass mit Wahlmaschinen ein Betrug sogar besonders leicht möglich wäre.«

»Könnte man nicht«, mischte sich Ute ungeduldig ein, »einfach die Wahlmaschinen untersuchen lassen, die bei der Wahl zum Einsatz gekommen sind? Ich meine, ein Fachmann müsste doch imstande sein, zu erkennen, ob sie manipuliert wurden oder nicht. Und dann wüsste man Bescheid.« Sie sah ihren Schwager an. »Und Frank, ich muss mich schon wundern. In meinen Augen ist es die Aufgabe der Presse, solche Diskussionen anzustoßen und derartige Vorschläge zu machen.«

Franks Mundwinkel zuckten. Er beugte sich vor und stellte sein Weinglas ab, ein wenig zu hart, wie es Simon vorkam, als dass er noch guter Laune sein konnte. »Also, Ute, sei mir nicht böse, aber du bist Laie, was Journalismus anbelangt. Das läuft nicht so. Wir als Zeitung haben auch eine Verantwortung. Das heißt, wir können nicht einfach schreiben, was wir wollen. Wir müssen uns der großen Zusammenhänge bewusst bleiben. Ich sag's mal so: Eine Kampagne, die Misstrauen gegen die Wahlcomputer säen würde, passt einfach nicht ins politische Bild.«

»*Passt nicht ins Bild?*«, wiederholte Bernd mit großen Augen. »Was heißt das denn?«

Frank machte eine raumgreifende Geste mit der Hand. »Es gibt schon mehr als genug Demokratieverdrossenheit in Deutschland, und gerade wir können uns solche Tendenzen nicht leisten. Wenn man jetzt Gerüchte in die Welt setzt, dass die Wahlen manipuliert werden … Das würde genau diese Stimmen verstärken. Und wenn so ein Gerücht erst mal in Umlauf ist, wie will man das je wieder aus der Welt schaffen? Gerade bei solchen Maschinen? Das ist schier unmöglich.«

»Dann sollte man sie vielleicht einfach nicht verwenden«, meinte Ute. »Ich meine, das herkömmliche Verfahren funktioniert doch.«

Frank verdrehte die Augen. »Ja. Aber es ist eben altmodisch. Aufwendig. Die Kommunen haben heutzutage massive Probleme, genügend Wahlhelfer aufzutreiben. Die *brauchen* jedes Hilfsmittel, das die Sache rationalisiert.«

»Das könnte man aber auch anders lösen«, meinte Bernd.

Simon hob die Hand. »Folgender Gedanke«, sagte er. »Angenommen, es ist etwas dran an dem, was man mir gesagt hat. Angenommen, jemand hat diese Wahl – wie auch immer – beeinflusst, mit dem Ziel, den daran beteiligten Parteien zu beweisen, dass er das kann. Dann müsste dieser Jemand doch jetzt gerade, während wir hier zusammensitzen, irgendwelchen Politikern sein Angebot für die nächste Wahl unterbreiten. Und sicher nicht für irgendeine, sondern für die nächste Bundestagswahl. Die voraussichtlich nächstes Jahr im Herbst stattfindet.«

»Ist mir bekannt«, nickte der Journalist unleidig.

Simon beschloss, sich nicht irritieren zu lassen. »Wenn man das vermutet«, fuhr er fort, »könnte man jemanden losschicken, der die verschiedenen maßgeblichen Leute beobachtet. Der zum Beispiel darauf achtet, ob er einen hageren Mann entdeckt, der dieser Tage in den diversen Parteizentralen ein und aus geht.« Er griff nach seinem Weinglas. »So würde ich das jedenfalls machen.«

»In einem schlechten Hollywoodfilm würde man das so machen«, erwiderte Frank Rothemund bissig. »Aber in der Wirklichkeit funktioniert das nicht, glauben Sie mir. Sie können nicht einfach zum Ministerpräsidenten eines Landes gehen oder in Berlin zu den Vorsitzenden der großen Parteien und die nächste Wahl zum Kauf anbieten. Selbst wenn Sie es bis zu denen ins Büro schaffen sollten – was ich für ausgeschlossen halte, bei den Kontrollen und Sicherheitsmaßnahmen heutzutage –, die würden Sie nach dem zweiten Satz achtkantig rauswerfen. Man kann unseren Politikern eine Menge vorwerfen, aber keiner von denen würde über so ein Angebot auch nur eine Sekunde lang nachdenken. Keiner.«

***

Simon verabschiedete sich früh mit der Ausrede, noch ein paar Arbeiten korrigieren zu müssen. So wurde es nicht zu spät, Sirona anzurufen.

»Gibt es etwas Neues von Vincent?«, fragte sie als Erstes.

Simon verstand immer noch nicht genau, welcher Art die Beziehung zwischen ihr und seinem unehelichen Sohn war. Nach dem Anruf Lilas hatte er es für richtig gehalten, Sirona davon in Kenntnis zu setzen, dass Vincent wegen Autodiebstahls im Gefängnis saß und ein Gerichtsverfahren sowie eine längere Haftstrafe erwartete. Zu seiner Verwunderung schien sie das nicht sonderlich zu interessieren, sodass er sich gefragt hatte, ob sie Vincent doch nicht so nahestand, wie er glaubte.

Und nun das. Vielleicht war er einfach schon zu alt, um noch zu verstehen, wie die nächste Generation dachte und fühlte.

»Nein«, sagte er. »Nichts Neues. Ich rufe wegen der Wahl gestern in Hessen an. Ob Sie mehr darüber wissen als das, was in der Zeitung steht und im Fernsehen kam.«

Er hörte ein Seufzen. »Ja«, sagte sie. »Ich war mit ein paar Freunden als Wahlbeobachter unterwegs.«

Das beeindruckte Simon unwillkürlich. Freiwillig? Er versuchte immer, wenn Wahlen stattfanden, seine Schüler dazu zu bewegen, sie in einem Wahllokal mitzuverfolgen – vergebens natürlich. »Interessant«, sagte er.

Sie schien das als Frage misszuverstehen. »Ja, doch. War interessant«, meinte sie. »In Obertshausen hat man uns am Betreten des Wahllokals gehindert[48], und in … ähm, weiß ich gerade nicht, jedenfalls haben wir herausgefunden, dass alle Wahlleiter in einem Brief vor uns gewarnt[49] und angewiesen worden sind, uns nach Möglichkeit zu verscheuchen.«

»Aber wie das?«, wunderte sich Simon. »Es ist eines der fundamentalen Prinzipien demokratischer Wahlen, dass sie öffentlich sind. Das sollte ein Wahlleiter wissen.«

»Man will keine Kritik an Wahlcomputern aufkommen lassen[50]«, sagte Sirona. »Das hat uns einer direkt so gesagt. Ohne Zeugen natürlich, abgesehen von uns.«

Simon dachte an das Gespräch mit Bernds Bruder, das so ganz anders verlaufen war, als er es sich ausgemalt hatte. *Kritik an Wahlcomputern passt nicht ins politische Bild.* Was für ein seltsames Statement. Simon spürte ein wachsendes Unbehagen. »Wie viele Wahlcomputer sind überhaupt zum Einsatz gekommen? Wissen Sie das zufällig? Ich wüsste gern, ob es rechnerisch möglich ist, dass sie die Wahl entschieden haben.«

Einen Moment lang herrschte Stille, so, als sei die Verbindung unterbrochen worden. »Ich stelle im Moment die Zahlen zusammen; die Ergebnisse der einzelnen Wahlkreise und so weiter. Wenn Sie wollen, können Sie ja am Mittwoch auch kommen.«

»Kommen? Wohin?«

»Ach so«, sagte sie. »Wir treffen uns bei Alex. Der wohnt auch in Stuttgart; Sie hätten es also nicht weit.«

---

48 siehe http://netzpolitik.org/2008/erste-berichte-von-der-wahlbeobachtung-in-hessen

49 http://asset.netzpolitik.org/wp-upload/warnung_vor_ccc_in_langen1.jpg

50 SPIEGEL ONLINE berichtete am 28.1.2008 über Zwischenfälle im Zusammenhang mit dem Einsatz von Wahlcomputern bei der hessischen Landtagswahl. In mindestens einem Fall seien die Computer über Nacht in den Privatwohnungen von Parteimitgliedern gelagert worden. http://www.spiegel.de/netzwelt/tech/0,1518,531417,00.html

KAPITEL 25

Vincent beobachtete seine Mutter, wie sie sich setzte, auf der anderen Seite der Glasscheibe. Sie trug eine Handtasche bei sich, wirklich und wahrhaftig: seine Mutter, die er sich kaum ohne ihre selbstgenähten Umhängetaschen vorzustellen vermochte. Eine Handtasche, die sie unsicher vor sich hielt, wie einen Schutz.

Sie sagte etwas, das er nicht hören konnte. Er bedeutete ihr, den Telefonhörer zu nehmen, der links von ihr an der Trennwand hing.

»Hallo, Vince«, hörte er ihre Stimme blechern aus dem Lautsprecher. Auf dieser Seite der Trennwand gab es keine Hörer, hier gab es nur Lautsprecher und ein Mikrofon an jedem Platz. »Wie geht's dir?«

»Ganz okay, schätze ich«, erwiderte Vincent. Er dachte an die bevorstehende Verhandlung und daran, dass ihm bis jetzt niemand dumm gekommen war; alles lief korrekt ab, und die Wärter behandelten ihn mit neutraler Gelassenheit. Er fragte sich, ob das anders werden würde, wenn er kein Untersuchungshäftling mehr war, sondern ein Verurteilter, aber er versuchte, darüber nicht zu sehr ins Grübeln zu geraten, denn erstens würde er das noch früh genug herausfinden, und zweitens konnte er ohnehin nichts daran ändern.

»Ach, Vince!« Seine Mutter schüttelte bekümmert den Kopf. Es schmerzte ihn, sie so betrübt zu sehen; die heitere Lebenslust, die bislang noch keine Widrigkeit ihres abwechslungsreichen Lebens hatte beeinträchtigen können, war wie weggeblasen. »Dass ich das erleben muss – mein Sohn im Gefängnis. Wegen *Autodiebstahls!*«

Es klang, als sei dies ein ganz besonders unwürdiges Delikt.

»Wäre dir ein Bankraub lieber gewesen?«, fragte Vincent.

Sie hörte gar nicht hin. »Ich muss etwas falsch gemacht haben.« Ihr Blick ging ins Leere, als sei sie in Erinnerungen versunken. »Ich war keine gute Mutter, denke ich. Zum ersten Mal im Leben kommt es mir seltsam vor, dass ich immer noch von einem Mann zum nächsten flattere, als wäre ich ein dummer Teenager.« Sie sah ihn an, Schmerz in den Augen, biss sich auf die Unterlippe. »Das ist es wahrscheinlich, oder? Ich konnte dir keine Stabilität geben. Du hattest nie die Chance, Wurzeln zu bilden, so etwas wie ein richtiges Familienleben kennenzulernen. Immer nur Bewegung, Bewegung, Bewegung.«

»Mom«, sagte Vincent. Es war ihm unangenehm, über solche Dinge zu reden, zumal hier, zwischen all den Männern auf seiner Seite der Trennwand, die widerwärtig rochen und in ihre Mikrofone brüllten, dass man kaum sein eigenes Wort verstand. »So schlimm war das auch wieder nicht. Immerhin war es nie langweilig, oder?«

Ein flüchtiges Lächeln huschte über ihr Gesicht. »Nein. Das war es allerdings nicht.« Sie seufzte. »Wie geht es mit Bruce? Hast du das Gefühl, dass er dich gut vertritt? Ich meine, es ist natürlich auch eine Geldfrage, ehrlich gesagt, und ich bin froh, dass Bruce einverstanden war, dir zu helfen, als ich angerufen habe, obwohl –«

»Bruce ist okay«, unterbrach Vincent. »Bruce war immer okay. Bei Bruce hättest du bleiben sollen. Er hat dich wirklich geliebt, weißt du das eigentlich?«

Mom sah ihn erschrocken an, blickte zur Seite, so, als müsse sie Tränen verbergen, blinzelte, fuhr sich mit der Hand über das Gesicht. »Ja«, sagte sie. »Ich weiß. Vielleicht bin ich deshalb damals …« Sie stieß einen langen Seufzer aus, versuchte ein Lächeln, das verzweifelt bemüht aussah. »Jeder macht mal Fehler, nicht wahr? Ich jedenfalls hab eine Menge gemacht. Also, ich kann dir gar keinen Vorwurf machen, was?« Zu Vincents Erleichterung ließ sie das mit dem krampfhaften Lächeln. »Ich mach dir auch keinen Vorwurf. Mir selber mache ich Vorwürfe, und daran kann mich keiner hindern.«

So saßen sie einen Moment schweigend, während rechts um Geld gestritten wurde und links um den Namen, den ein noch ungeborenes Kind bekommen sollte.

»Hast du mit meinem Vater telefoniert?«, fragte Vincent schließlich. Das war jetzt wichtig.

Sie nickte. »Hab ich.«

»Und?«

»Es war eigenartig, seine Stimme wiederzuhören. Er klang noch genauso, wie ich ihn in Erinnerung hatte. Als wäre keine Zeit vergangen.« Sie lächelte versonnen. »Schon seltsam, das mit der Zeit …«

»Hast du ihn nach der CD gefragt?«

»Die CD? Ja. Er hat sie bekommen. Aber jemand hat sie ihm noch am gleichen Tag gestohlen. Ein großer, dünner Mann, hat er gesagt.«

Vincent ließ sich fassungslos nach hinten sinken. Zantini. Dieser Hund. Wie zum Teufel hatte er das wieder fertiggebracht? Woher hatte er wissen können, wem er die CD geschickt hatte? *Dass* er davon gewusst haben konnte, der Gedanke war ihm unterwegs gekommen; einfach so, ein Gefühl … Zum Glück kannte er Sironas E-Mail-Adresse auswendig, und die Idee, sie die CD holen zu lassen, war ihm ziemlich schlau vorgekommen.

Er begriff es nicht. Vielleicht war Zantini doch ein richtiger Zauberer, und das mit der Bühnenmagie war nur Tarnung?

Vincent dachte nach, mit Blick auf die Uhr an der gegenüberliegenden Wand, die zur Eile drängte, denn die Sprechzeit endete in ein paar Minuten. Er hatte eine Idee, aber er war sich nicht sicher, ob es eine gute Idee war. Nach allem, was geschehen war, zweifelte er mehr denn je daran, überhaupt imstande zu sein, eine gute Idee von einer schlechten zu unterscheiden.

Aber die Zeit drängte, und vielleicht hatte er nur die eine Chance, den Lauf der Dinge noch zu ändern.

Er beugte sich vor, sah seine Mutter an, die Lippen dicht vor dem Mikrofon. »Kannst du ihn noch mal anrufen?«

Sie riss die Augen auf. »Ja. Klar.«

»Tu das. Und dann sag ihm Folgendes …«

KAPITEL 26

Alex wohnte im Stuttgarter Süden, in einem dieser totalrenovierten Häuserblöcke in der Gegend der Mozartstraße, deren Baustellen monatelang für Staus und Verkehrsbehinderungen gesorgt hatten. Während Simon die Stufen der U-Bahn-Station hinaufstieg, fragte er sich, was er hier eigentlich tat. Was er mit dem Ganzen zu schaffen hatte. Nur weil sein Sohn, ein Mensch, dem er noch nie im Leben begegnet war, ein Computerprogramm geschrieben hatte ... War es nicht verrückt, was für Auswirkungen solche winzigen, eigentlich gar nicht existierenden Dinge heutzutage haben konnten? Einmal mehr kam es ihm so vor, als sei die Welt im Begriff durchzudrehen.

Ob Menschen vor einem Jahrhundert ähnlich empfunden hatten? Oder war das einfach nur das Alter? Kam einem die Welt zu allen Zeiten hektisch und überwältigend vor, sobald man eine gewisse Anzahl von Jahren zählte? Das hätte Simon zu gern gewusst. Er hätte etwas darum gegeben, einmal in die Haut eines Menschen schlüpfen zu können, der im neunzehnten oder achtzehnten Jahrhundert gelebt hatte, nur um zu erfahren, wie sich das anfühlte. Man konnte Geschichtsbücher studieren, so viel man wollte, das erfuhr man daraus niemals: wie es sich anfühlte, im Kaiserreich zu leben mit seiner rigiden Hierarchie, zu Zeiten der Französischen Revolution mit ihrem Anspruch, die ganze Welt umzukrempeln, oder im Mittelalter mit seinem unhinterfragten religiösen Weltverständnis.

Da war die Nummer, die ihm Sirona genannt hatte. Und der Name Alexander Leicht stand auf dem Klingelschild.

»Nehmen Sie den Aufzug«, kam Alex' Stimme aus dem Lautsprecher. »Ganz oben.« Dann summte der Türöffner.

Ganz oben gab es nur eine Wohnung, eine Art Penthouse. Die Tür stand offen, gab den Blick frei auf ein weitläufiges Interieur, das sich in jedem Architekturmagazin gut gemacht hätte. Simon war erstaunt. Das hatte er diesem kanonenkugelartigen jungen Mann gar nicht zugetraut. Vielleicht ein reicher Erbe? Davon gab es immer mehr. Milliardenwerte waren gerade im Begriff, von der Generation, die sie erarbeitet hatte, auf die nächste zu wechseln, die nicht zögerte, das Geld mit vollen Händen auszugeben.

Wie auch immer. Simon nahm die Flasche Rotwein, die er als Gastgeschenk mitgebracht hatte, von der rechten in die linke Hand, klingelte noch mal kurz und trat ein.

»Leo?«, kam von irgendwoher die Stimme Alex'. »Kümmerst du dich bitte?«

»Ja«, erwiderte eine andere Stimme.

Simon stand da, die Flasche in der Hand, und wäre seinen Mantel gerne losgeworden, denn trotz der auf den ersten Blick weitläufigen, kühl möblierten Räume war kräftig geheizt. Er sah sich nach einem Kleiderhaken um, nach einer Möglichkeit, die Flasche irgendwo abzustellen.

Da tauchte jemand auf, ein Schrank von einem Mann: bestimmt zwei Meter groß, breit wie ein Boxer und mit seinem Kurzhaarschnitt und seinem etwas stumpfen Blick nicht gerade eine Ikone der Intellektualität. »Guten Abend«, sagte er und streckte Simon eine seiner gewaltigen Hände hin. »Sie müssen Herr König sein. Sirona hat Sie angekündigt.«

»Angenehm. Und Sie sind Leo?«, sagte Simon und musterte die gewaltige Pranke misstrauisch. Schließlich kam ihm der Gedanke, ihr anstelle seiner Rechten die Weinflasche anzubieten.

»Eigentlich Leopold.« Das mit der Flasche klappte, Leo nahm sie und studierte das Etikett. »Aus Spanien? Das ist aber nett von Ihnen.«

Gerade als er Simon aus dem Mantel half, kam Alex angeschossen. Er ging barfuß, trug ein grobes Leinenhemd und eine Hose aus Sackleinen, wie es aussah. »Hallo, Herr König«, rief er und schüttelte Simon die Hand. »Sorry, ich hatte gerade einen Anruf und muss leider noch was Dringendes erledigen. Sie können sich's ja schon mal gemütlich machen, bis der Kriegsrat komplett ist. Leo kümmert sich um alles. Mein Bruder übrigens, auch wenn's nicht so aussieht.« Er grinste. »Ohne ihn säh's hier aus wie Sau. Also, bis gleich.«

Damit entfernte er sich platschenden Schrittes wieder und verschwand durch eine Tür. In dem Moment, in dem sie geöffnet wurde, sah Simon in dem Raum dahinter Computermonitore flimmern und vor einem davon den umfangreichen Mann, der sich »Root« nannte.

Leo geleitete ihn zu einer riesenhaften Sitzgruppe. Drei schneeweiße Sofas standen um einen Couchtisch von den Ausmaßen eines Doppelbetts. Dieser Bereich der Wohnung war ringsum verglast, und man hatte einen unglaublichen Blick über die Stuttgarter Innenstadt. Die Sonne war gerade untergegangen, der Himmel glänzte in dunklem Blau, und mit all den gelben Lichterperlen der Straßenlaternen erschien die Stadt so verzaubert, wie es nur in anbrechender Dämmerung möglich war.

»Sie wohnen schön hier, Sie und Ihr Bruder«, meinte Simon, bemüht um etwas Konversation.

Leo hob die Schultern. »Na ja, sagen wir mal so … Ich wohne, und er zahlt die Miete.« Er musste in Simons irritiertem Blick die Aufforderung gelesen haben, diese Aussage zu erklären, denn er fuhr hastig fort: »Vor ein paar Monaten hab ich mich von meiner Freundin getrennt, und … also, Alex hat mich eingeladen. Ich gieß die Blumen und so, während er weg ist. Und er ist eigentlich ständig weg.«

»Wieso das? Was macht er beruflich?« Simon räusperte sich. »Wenn ich das fragen darf.«

Leo sog geräuschvoll die Luft durch die Zähne. »Also … so ganz genau weiß ich das auch nicht. Alex hat eine Firma, die Rollenspiele veranstaltet. In echt und im Internet. Aber nach Details müssen Sie ihn schon selber fragen.«

»Und davon kann man leben?«

»Davon leben?« Leo machte eine ausholende Geste, die die Wohnung und wahrscheinlich noch mehr einschloss. »Sehen Sie doch. Er weiß gar nicht, wohin mit dem Geld.«

»Rollenspiele.« Simon setzte sich. Man lernte nie aus.

Leo entpuppte sich als der vollendete Gastgeber. Ob er etwas zu trinken wolle, fragte er mit einer Fürsorglichkeit, die bei einem so gewaltigen Mann verblüffte. Als Simon sich für eine Tasse Kaffee entschied, brachte er ein Tablett mit allem, was dazugehörte, und nachher noch weitere Tabletts mit Gläsern, Flaschen und appetitlich belegten Broten.

»Sie sind Lehrer, hat Alex gesagt?«, fragte er dann.

Simon nickte. »Gymnasiallehrer für Geschichte und Gemeinschaftskunde. Und Sie?«

»Personenschutz«, sagte der breitschultrige Mann, den Simon nicht älter als zweiundzwanzig schätzte. »Ich bin bei einer Sicherheitsfirma.« Er hob die Schultern. »Klingt aufregender, als es ist. Man sieht eine Menge berühmter Leute aus der Nähe, klar, aber die meiste Zeit steht man, ehrlich gesagt, nur herum.« Es klingelte wieder. »Das wird Sirona sein«, sagte Leo und erhob sich, blieb jedoch stehen, als von vorn die Geräusche nackter Füße zu hören waren, die über den Parkettboden eilten.

Alex öffnete selber.

»Ist Sirona seine Freundin?«, fragte Simon leise.

Leo setzte sich wieder. Ein flüchtiges Lächeln huschte über sein Gesicht. »Das hätte er gern. Aber ich fürchte …« Er schüttelte den Kopf und ließ den Satz unbeendet.

Nun kamen sie alle drei. Sirona erschien diesmal als eine Art Märchenfee: Sie trug einen bauschigen Hüftrock aus weißem Tüll, ein tiefblaues Jackett mit Rockschößen, die ihr bis zu den Kniekehlen reichten, und eine Art Heiligenschein im hochtoupierten Haar. Erstaunlich, dachte Simon, dass sich jemand traute, in einem solchen Aufzug durch die Stadt zu gehen. Roots aktuelles T-Shirt war knallgelb und trug die Aufschrift *Lieber Neid als Mitleid*.

»Wir haben ein bisschen Stress«, erklärte Alex, ohne so zu wirken, als wisse er, was wirklicher Stress war. »Nächstes Wochenende veranstalten wir ein Mittelalterfest in der Eifel, mit Ritterturnier und allem Pipapo, und da haben wir noch jede Menge Trouble mit den Behörden. Ich sag nur: Waffen! Gehen Sie mal mit einem Schwert am Gürtel durch eine deutsche Stadt: Sie glauben nicht, gegen wie viele Paragrafen Sie damit verstoßen.«

»Online kracht's auch grad gewaltig«, fügte Root hinzu, einen tragbaren Computer locker unter dem Arm.

»Aber hoffentlich nicht wieder im Elfenland?«, fragte Sirona, während sie Simon die Hand gab. Was immer dieses Elfenland war – Simon konnte sich darunter nichts vorstellen –, sie schien persönlich davon betroffen zu sein.

»Volle Punktzahl. Der Typ, der gefälschte Zaubersprüche verkauft, ist wieder aktiv. Muss ein echtes Genie sein, dass der meine Verschlüsselungen knackt.«

»Hört, hört«, meinte Alex grinsend.

Sie machten sich über die Brote her, die Leo vorbereitet hatte. Es gab ein wenig Gekabbel, weil nur Leo und Simon dem Wein zusprachen, während die anderen Cola bevorzugten, dann begann Sirona von ihren Erlebnissen als Wahlbeobachterin zu erzählen. »Die Wahlhelfer waren alle vorgewarnt. Die hatten Anweisung, uns von den Geräten fernzuhalten, nicht mit uns darüber zu reden, keine Kommentare abzugeben und so weiter. Das war nicht zu übersehen, und inzwischen steht auch ein Foto im Netz, das einer von einer anderen Gruppe von dem entsprechenden Brief gemacht hat. Verwackelt, aber deutlich zu lesen. Okay, manche waren locker, haben das nicht so eng gesehen, aber manche … Pff, ich sag's euch. Als wären wir auf die Kronjuwelen aus gewesen.« Sie verdrückte ein Brötchen nach dem anderen. »Hmm, die sind klasse. Leo, super.«

Leo lächelte geschmeichelt.

»Eins ist ganz eindeutig«, fuhr sie kauend fort, »das Argument, dass man weniger Leute braucht, wenn man Wahlcomputer einsetzt, ist falsch. In Heiligenrode[51] hat uns das ein Mann vom Wahlvorstand klipp und klar gesagt: Er spart keinerlei Personal ein; um eine Wahl ordnungsgemäß über die Bühne zu bringen, braucht er mit oder ohne Computer genau gleich viele Leute. Wobei er Computer generell doof fand. Er hat auch gesagt, dass ältere Leute

51 Details siehe https://berlin.ccc.de/wiki/Wahl_in_Hessen/Niestetal

damit schlecht zurechtkommen. Der einzige Vorteil, den er sieht, war, dass bei Kommunalwahlen weniger Fehler vorkommen.«

»Wie das?«, wunderte sich Root.

Sirona goss sich Cola nach. »Kommunalwahlen sind oft ziemlich kompliziert. Da hast du zum Beispiel zehn oder fünfzehn Stimmen, die du auf die Wahlvorschläge verteilen kannst – das nennt man ›Kumulieren und Panaschieren‹ –, und du darfst dich nicht verrechnen, sonst ist dein Stimmzettel ungültig. Ein Wahlcomputer zählt da natürlich mit und sagt dir immer, wie viele Stimmen du noch vergeben kannst.«

»Klingt tatsächlich wie ein Vorteil«, meinte Alex.

»So ziemlich der einzige.« Sie schien endlich satt zu sein, wischte sich die Finger an einer Serviette ab. »Ansonsten jede Menge Pannen. Ein Wahlleiter hatte offenbar die Schulung verpennt, was ihm seine Leute unüberhörbar unter die Nase gerieben haben; eine Wahlhelferin hat ein Stimmenmodul einfach in die Tasche gesteckt, um es zum Hauptbüro zu bringen[52]; vergessene Siegel, verlegte Freigabeschlüssel, versagende Drucker … Was eben so vorkommt.«

»Und was heißt das jetzt alles?«, fragte Alex. Simon hatte den Eindruck, dass ihn das Thema im Grunde kalt ließ. Dass er den ganzen Zirkus nur mitmachte, um Sirona zu gefallen.

»Ja, was heißt das? Das ist die Frage.« Sie öffnete ihre Mappe und begann, allerhand Tabellen und Diagramme auf dem riesigen Wohnzimmertisch auszulegen. »Die Ergebnisse der einzelnen Wahlkreise. Die grün hinterlegten Zeilen sind Wahlkreise, in denen Computer eingesetzt wurden.« Sie begann eine neue Reihe. »Und das sind die Wahlkreisergebnisse der letzten Wahl. Hier habe ich alle Zeilen farbig hinterlegt, bei denen sich zwischen dieser und der letzten Wahl Unterschiede ergeben. Gelb heißt zwischen drei und fünf Prozent Differenz, Orange fünf bis zehn, Rot mehr als zehn.«

---

52 Vorgeschrieben ist das Vier-Augen-Prinzip, d. h. zwei Personen pro Gerät; Stimmenmodule sind in versiegelten und unterschriebenen Umschlägen zu archivieren.

Sie beugten sich alle vor, betrachteten die Ausdrucke. Weiß geblieben war praktisch keine einzige Zeile.

»Ziemlich wankelmütiges Volk, diese Hessen«, meinte Alex.

Simon räusperte sich. »Ich muss gestehen, dass ich nicht verstehe, was Sie da tun.«

Sie ließ sich auf den Teppich sinken, bändigte ihr Tüllröckchen mit den Händen. »Ich suche nach Anhaltspunkten, dass die Wahl tatsächlich manipuliert wurde. Ich habe mir überlegt, dass, wenn man zeigen könnte, dass sich Veränderungen im Abstimmverhalten in den Wahlkreisen, wo Computer verwendet wurden, anders entwickelt haben als in den übrigen Wahlkreisen, man ein Argument hätte, um ein Wahlprüfungsverfahren anzustrengen.«

»Und sehen Sie solche Anhaltspunkte?«

Ihr weiß geschminktes Gesicht blieb reglos. »Leider nein.«

Es wurde unangenehm still.

»Mit anderen Worten«, sagte Simon, weil niemand sonst etwas sagte, »wir wissen zwar, dass es eine CD gegeben hat, die jemandem wichtig genug war, sie zu stehlen. Man hat uns gesagt, dass sich auf dieser CD ein Manipulationsprogramm befunden hat. Aber wir können nicht mit Gewissheit sagen, dass es auch zum Einsatz gekommen ist.«

Die Runde nickte einhellig, bis auf Sirona.

»Das Problem ist ja nicht, so ein Programm zu schreiben«, meinte Root. »Das Problem ist, es einzusetzen.«

Sie zuckten alle zusammen, als Sirona in einem plötzlichen Ausbruch die leere Mappe packte und quer durchs Zimmer schleuderte. »Verdammt!«, rief sie. »Ich will an diese verdammten Computer ran. Ich will nachsehen, was die damit gemacht haben.«

»He, he«, machte Alex.

Root rümpfte die Nase. »Ich schätze, da gibt es nicht viel zu sehen. Nicht, wenn dein amerikanischer Freund was vom Programmieren versteht.«

Simon entging nicht, dass die Erwähnung Vincents einen Schatten über Alex' Gesicht huschen ließ.

»Das Programm ist im EPROM«, fauchte Sirona. »Da kann es sich nicht selber löschen. Jede Wette, dass da was zu sehen ist.«

»Du denkst zu eng«, versetzte der beleibte Programmierer, die Hände um seinen Laptop gelegt. »Das System, das du hacken musst, ist nicht auf die NEDAPs beschränkt, das umfasst die gesamte Wahlprozedur. Wenn ein Cheater[53] imstande ist, manipulierte EPROMs einzusetzen, ist er auch imstande, den Tausch rückgängig zu machen. Und dann bleiben überhaupt keine Spuren.«

»Es gibt immer Leute, die Wahlen fälschen wollen«, warf Alex ein. »Hat es immer gegeben.«

Sirona warf ihm einen zornblitzenden Blick zu. »Ja. Aber wir brauchen es denen verdammt noch mal nicht noch leichter zu machen!« Sie sah aus dem Fenster, durch die von Lichtern erfüllte Nacht. »Wenn wir wenigstens das Programm hätten. Wenigstens das. Das wäre ein Anhaltspunkt.«

Das Programm! Simon schreckte hoch. Das hätte er jetzt beinahe vergessen …

»Was das anbelangt, hätte ich eine Frage an Sie«, meldete er sich zu Wort. »Weil ich nicht viel von Computern verstehe. Nichts eigentlich. Die Frage ist: Was habe ich mir im Zusammenhang mit einem Computerprogramm unter einer … Falltüre vorzustellen?«

Alex verschränkte seine Beine zum Lotussitz. »Eine Falltüre? Das gibt es in Adventure Games. In dem Onlinespiel Drachenburg zum Beispiel, das wir betreiben, haben wir jede Menge Falltüren. In der Regel führen die in Verliese, aber manchmal auch zu Schätzen oder Geheimgängen, wobei wir –«

Sirona hob die Hand und brachte ihn damit zum Schweigen. »Wart mal. Das will er, glaub ich, nicht wissen.« Sie sah Simon an. »Warum fragen Sie das?«

Wie erklärte er das am besten? Gestern, kurz vor Mitternacht, hatte Lila noch einmal angerufen, in Vincents Auftrag, wie sie

53 (Engl.: Betrüger) Begriff aus dem Computerspiel-Jargon: Meint einen Spieler, der Mittel einsetzt, die ihm gegenüber den Mitspielern (bzw. dem Computergegner) einen unfairen Vorteil verschaffen.

mehrmals betont hatte. Es war zu allem Überfluss eine schlechte Verbindung gewesen, die irgendwann einfach abgebrochen war, ohne dass er aus dem, was sie ihm gesagt hatte, wirklich schlau geworden wäre. Aber sie hatte nicht noch einmal angerufen, obwohl er bis um zwei Uhr wach geblieben war.

»Ich habe eine neue Information von Vincent, mit der ich, offen gestanden, nicht das Geringste anfangen kann«, gestand Simon also. »Er hat mir ausrichten lassen, dass sein Programm eine Falltüre enthalte.«

Roots Kopf ruckte in die Höhe, als habe er einen elektrischen Schlag bekommen. »Eine Falltür! Er meint eine *trap door*!«

Simon verstand nicht, wieso, aber auf alle Fälle versetzte es sowohl Sirona als auch Alex in sichtliche Aufregung. »Wow!«, sagte er, und sie stieß hervor: »Das wäre ja der Hammer …!«

»Darf ich fragen, was das heißt?«, bat Simon.

»Das heißt hoffentlich«, übersetzte ihm Sirona, »dass das Programm eine geheime Funktion enthält.« Sie setzte sich auf, sah Simon scharf an. »Was genau hat Vincent gesagt?«

»Puh.« Simon versuchte sich zu erinnern. »Was er genau gesagt hat, weiß ich nicht, denn es war seine Mutter, die mich angerufen hat, in seinem Auftrag. Und ob sie alles richtig wiedergegeben hat, weiß ich nicht; ich fürchte, von Computern versteht sie so wenig wie ich.«

»Okay.« Sirona breitete die Hände aus, als sei es nötig, ihn zu beruhigen. »Das kriegen wir vielleicht trotzdem raus. Was hat sie gesagt?«

»Dass sie mir von Vincent ausrichten solle, er habe seine Signatur in dem Programm hinterlassen, und zwar als Test gegen seine Initialen.«

Sirona, Alex und Root wechselten ratlose Blicke.

»Als Test gegen seine Initialen …?«, wiederholte Alex.

Root runzelte die Stirn. »Was für ein Test?«

»Wie sieht dieser Test aus?«, wandte sich Sirona an Simon. »Hat sie dazu etwas gesagt?«

Simon versuchte, sich an jedes Wort des Gesprächs zu erinnern. Lila hatte geklungen, als lese sie von einer Stichwortliste ab.

»Sie hat gesagt, wenn die Initialen in der Parteiliste auftauchen, dann ziehen sie … Hmm. Dann ziehen sie fünfundneunzig Prozent an sich.« Er hob die Hände. »Fünfundneunzig Prozent von was? Keine Ahnung. Ich habe nachgefragt, aber das konnte sie mir nicht sagen.«

»Der Stimmen vielleicht«, sagte Sirona. Ihre Augen waren zu schmalen Schlitzen geworden. »Das muss es sein. Bestimmt. Er hat eine zusätzliche Prüfroutine eingebaut, die die Liste der zur Wahl stehenden Parteien abfragt. Und wenn eine Partei mit dem Kürzel VM enthalten ist, kriegt die fünfundneunzig Prozent der Stimmen, egal, wie abgestimmt wird.«

»VWM«, korrigierte Simon. »Sein voller Name lautet Vincent Wayne Merrit.«

»Gut, von mir aus VWM«, meinte sie ungeduldig. Sie sprang auf, begann, unruhig auf und ab zu gehen. »Das hilft uns weiter. Wenn das stimmt, wäre es der Test, mit dem man beweisen kann, dass ein Gerät manipuliert ist. Es würde genügen, eine fiktive Partei mit der Kurzbezeichnung VWM in die Liste einzutragen und eine Probewahl durchzuführen, bei der man nur den übrigen Parteien Stimmen gibt. Wenn die VWM am Schluss trotzdem fast alle Stimmen hätte, wäre einwandfrei klar, dass etwas nicht stimmt.«

»Wie soll uns das helfen?«, fragte Alex. »Das Problem, dass du gar nicht erst an die Geräte rankommst, hast du trotzdem.«

Sirona fuhr herum; ihr Taftröckchen wippte. »Das ist es ja«, rief sie begeistert. »Das muss ich gar nicht. Es würde genügen, diesen Hinweis publik zu machen! Dann wäre der öffentliche Druck da, jeden Wahlleiter dazu zu verpflichten –«

»Sirona, sorry, du träumst«, unterbrach sie Alex. »Bis zur nächsten Wahl sind es noch Monate hin. Wenn du die *trap door* publik machst, hat dieser Zantini oder wer immer dahintersteckt mehr als genug Zeit, das Programm ändern zu lassen. Und dann? Dann erreichst du genau das Gegenteil. Man wird diesen Test machen, er wird nichts bringen, und dann heißt es, falscher Alarm, da sieht man mal, bei Abstimmungen über Computer kann gar nichts passieren.«

Die wie eine Fee geschminkte junge Frau sackte in sich zusammen. »Du hast Recht. So geht es nicht. Mist. Wir müssen selber an die Geräte ran. Es erst einmal testen, und erst wenn es stimmt, den Verantwortlichen vorführen.«

»Und wie willst du das machen?«

»Einbrechen. Ein Gerät stehlen.« Sie seufzte. »Weiß ich auch nicht.«

Ratlose Stille senkte sich auf die Runde. Simon schwirrte der Kopf. Die ganze Diskussion kam ihm immer unwirklicher vor, je länger sie dauerte. Und die angebliche Gefahr durch Wahlcomputer genauso. Das schien mehr oder weniger die persönliche Paranoia dieses seltsamen Mädchens zu sein, das nicht aus dem Haus ging, ohne wie eine Comicfigur aufgemacht zu sein.

Ein meckerndes Lachen durchbrach das Schweigen. Es kam von Root. »Sagt mal, bin ich der Einzige, der hier noch eins und eins zusammenzählen kann?«, fragte er, als ihn alle ansahen. »Mit dieser Information ist es doch das Einfachste von der Welt, deren System zu hacken.«

»Ah ja?«, blaffte Alex. »Und wie? Die Dinger sind nicht vernetzt. An die kommst du nicht ran.«

Root lachte auf, wie über einen richtig guten Witz. »Denk doch nach.« Er streckte den Kopf vor, starrte Alex in die Augen. »Stehst du auf der Leitung oder was?«

»Spuck's aus, Mann.«

»Wir gründen einfach eine Partei. Eine Partei, die VWM heißt. Mit der nehmen wir an der Bundestagswahl teil. Wenn sich danach rausstellt, dass alle Wahlcomputer fünfundneunzig Prozent für eine völlig unbekannte Partei ausgeworfen haben, dann sind die Dinger schlicht tot.« Er lehnte sich grinsend zurück. »*Owned*[54].«

---

54 siehe Wikipedia, Computerspieler-Jargon: *own, owned.* (Engl. to own: besitzen). Häufig auch *pwn. Ownen* lässt sich frei übersetzen mit *dominieren* oder *deutlich stärker spielen. owned* entspricht etwa »Erwischt!« oder »Besiegt!«.

KAPITEL 27

Eine Partei gründen?«, wiederholte Alex. In seinen Augen glomm ein seltsames Licht, das aber wahrscheinlich nur eine Widerspiegelung der nächtlichen Kulisse jenseits der Panoramascheiben war. »Kann man das denn so einfach?« Er sah Simon an. »Sie müssten das doch wissen, oder?«

Simon nickte. »Laut Artikel 21 des Grundgesetzes[55] kann das grundsätzlich jeder tun. Tun ja auch eine Menge. Allerdings habe ich selber noch nie eine Partei gegründet, falls Sie das wissen wollten. Wie es im Detail geht, weiß ich nicht. Aber es geht, das ist sicher.«

»Faszinierend«, meinte Alex. Er sah Sirona an. »So machen wir es. Da kann nichts passieren. Im schlimmsten Fall funktioniert es einfach nicht. Dann kriegt unsere Partei null Stimmen und gut.«

»Ihr könntet ruhig mal sagen, dass ich ein Genie bin«, beschwerte sich Root.

Sirona und Alex blickten ihn an und sagten im Chor: »Root, du bist ein Genie.« Es sah aus wie einstudiert. Oder als hätten sie das schon oft gemacht.

Der korpulente Computerfreak lehnte sich breit grinsend zurück und breitete die Arme über die Lehnen aus. »Schon besser.«

»Wir müssen natürlich«, begann Alex sofort zu organisieren, »überlegen, was das Kürzel VWM überhaupt heißen soll. Irgendwas Abgedrehtes, klar, aber … Hmm.« Er warf Simon einen

---

55 Art. 21 Abs. 1 des Grundgesetzes der Bundesrepublik Deutschland lautet: »Die Parteien wirken an der Bildung des politischen Willens des Volkes mit. Ihre Gründung ist frei. Ihre innere Ordnung muss demokratischen Grundsätzen entsprechen. Sie müssen über die Herkunft und Verwendung ihrer Mittel sowie über ihr Vermögen öffentlich Rechenschaft geben.«

kritischen Blick zu. »Hätten Sie Ihren Sohn nicht Peter taufen können? Dann hätten wir jetzt ein P für ›Partei‹. Das wäre echt hilfreich.«

»Da müssen Sie sich bei Vincents Mutter beschweren«, erwiderte Simon säuerlich. »Ich hatte damit nichts zu tun.«

»V geht genauso gut«, ließ sich Root vernehmen. »Dann gründen wir eben eine *Volkspartei*. Oder eine *Volksfront*. Genau, wie wäre das? *Volksfront für wirtschaftlichen Marxismus – VWM*. Na, was sagt ihr?«

Alex verzog das Gesicht. »Ich weiß nicht. Ich bin Unternehmer, Mann; mit Marxismus hab ich's nicht so.« Er schüttelte den Kopf. »Außerdem gibt es so ähnliche Parteien mehr als genug. Nein, ich stell mir eher was richtig Ausgefallenes vor. Verstehst du, je abgedrehter das Programm unserer Partei ist, desto weniger Zweifel kann es nachher geben, dass was nicht stimmt, wenn sie massenhaft Stimmen kriegt. Oder, Sirona?«

Sirona nickte stumm. Sie wirkte, als habe sie sich noch nicht so richtig mit der Idee angefreundet.

»VWM«, grübelte Alex. »Volks … Volks ist schon mal gut. Besser als Verein, das klingt nicht politisch. Volkspartei. Oder Volksbewegung. Genau, Volksbewegung. Fragt sich nur, wofür das Volk bewegt werden soll. Volksbewegung für … hmm.«

»*Volksbewegung für Waffenbesitz und Mobilfunk*«, schlug Root vor. »Oder *Volksbewegung für weltweite Mülltrennung*. Oder *Volksbewegung für würdevolle Mutterschaft*. Oder –«

»Mann!«, rief Alex aus. »Schnappst du jetzt über? *Würdevolle Mutterschaft*. Also ehrlich!«

»Wieso? Du hast gesagt, je abgedrehter, je besser.«

Leo räusperte sich. »Wie wär's mit *Volksbewegung zur Wiedereinführung der Monarchie*?«, schlug er zaghaft vor. »Das ergäbe auch VWM.«

Sie starrten ihn alle an, als sei ihm ein blaues Geweih oder dergleichen gewachsen.

»Coole Idee«, meinte Sirona.

»Ja, schau an«, sagte Alex. »Du hast ja doch nicht bloß Muskeln.« Simon sah, wie Leo bei dieser Bemerkung unmerklich zusammenzuckte, und vielleicht kam Alex in diesem Moment auch zu Bewusstsein, dass er seinen Bruder damit verletzt hatte, denn er beeilte sich, ihm auf die Schulter zu klopfen und zu versichern: »Gut. Echt gut. Tolle Idee.«

»Monarchie!« Root rümpfte die Nase. »Also, wenn was abgelutscht ist, dann das, oder?«

»Nein, im Gegenteil.« Alex hatte sichtlich Feuer gefangen, wirkte wie jemand, vor dessen innerem Auge eine Vision Gestalt annahm. »Monarchie ist genial. So eine Partei wird niemand *wählen* – aber jeder wird sie *kennen*. Über so eine Partei werden die Medien berichten, werden die Leute diskutieren … Das ist genau das, was wir brauchen.« Er sah Sirona an. »Oder? Was denkst du?«

Das Elfenmädchen nickte versonnen. »Klingt wie eine Chance.«

Alex klatschte in die Hände. »Also, das machen wir. Es lebe die Monarchie.« Er richtete den ausgestreckten Zeigefinger auf Simon. »Und Sie, Herr König, beraten uns bitte, wie man das genau macht mit der Parteigründung.« Er lachte auf. »Herr König! Das passt ja!«

***

Diffuses Unbehagen erfüllte Simon, als er am nächsten Morgen erwachte. Was natürlich mit dem gestrigen Abend zu tun hatte. Mit der Idee, eine Partei zu gründen. Seit er diese drei jungen Leute getroffen hatte, fühlte er sich Schritt um Schritt in etwas hineingezogen, von dem er nicht wusste, wohin es führen würde.

Drei junge Leute? Inzwischen waren es schon vier. Und irgendwie konnte Simon den Blick nicht vergessen, mit dem Leo ihn angesehen hatte, als er sich am Schluss bei ihm für den Kaffee und die Brötchen bedankt hatte. Unverkennbar, dass er mit Anerkennung nicht gerade verwöhnt wurde. In dieser Szene galt wohl nichts, wer sich nicht bestens mit Computern auskannte, und da das für Simon ebenfalls nicht galt, fühlte er sich Alex' Bruder unwillkürlich verbunden.

Sie hatten ausgemacht, sich am kommenden Montag wieder zu treffen, wieder bei Alex, der dann sein Mittelalterfest hinter sich gebracht haben würde. Bis dahin wollte Simon sich über alle Formalitäten einer Parteigründung kundig gemacht haben.

Das war der angenehmste Aspekt bei der Sache: dass mal jemand etwas von ihm wissen wollte!

»Sag mal«, fragte er Bernd, als sie sich in der großen Pause im Lehrerzimmer trafen, »du kennst dich doch mit Computern ein bisschen aus. Man kann doch über jemanden was rausfinden im Internet, oder?«

Bernd blies die Backen auf. »Manchmal. Das muss man halt probieren.«

»Und wie geht das?«

»Man googelt den Namen. Und dann findet man etwas oder man findet nichts. Oder etwas über jemanden, der bloß zufällig genauso heißt; das passiert auch häufig.«

»Kannst du mir das mal zeigen?«

Also fahndeten sie an dem PC im Lehrerzimmer nach »Alexander Leicht«. Der, wie sich in Sekundenschnelle herausstellte, eine Firma namens *Brot und Spiele* betrieb, die »Multiplayer Online-Role Playing Games« anbot, »Live Action Role Playing Games« und »jetzt neu: Alternate Reality Games!«.

Simon sank in sich zusammen und kam sich auf einmal schrecklich alt vor. »Jetzt bin ich so schlau wie vorher«, gestand er. »Darunter kann ich mir absolut nichts vorstellen.«

»Ich guck mal, was dazu in der Wikipedia steht«, meinte Bernd und fuhrwerkte bereits mit der Maus herum. »Wer ist denn das überhaupt, dieser Alexander Leicht?«

»Ein junger Mann, den ich neulich kennengelernt habe«, sagte Simon absichtlich vage. »Mitte zwanzig. Ich würde gern verstehen, womit der sein Geld verdient.«

»Mmmh«, machte Bernd, mit den Gedanken merklich woanders. »Also, pass auf: Ein *Multiplayer Online-Role Playing Game*[56]

56 http://de.wikipedia.org/wiki/Massively_Multiplayer_Online_Role-Playing_Game

ist ein Computerspiel, bei dem mehrere Spieler über das Internet zusammen spielen, und zwar typischerweise dergestalt, dass sie eine virtuelle Welt bevölkern und dort miteinander interagieren, gemeinsam Abenteuer bestehen und so weiter.«

»Über das Internet?«, wunderte sich Simon. »Das heißt doch aber, dass jeder bei sich zu Hause vor dem Computer sitzt? Allein?«

»Simon«, seufzte Bernd, »das ist heutzutage so. Die Jungen sind das gewöhnt. Die chatten, simsen, sind in Foren unterwegs – und in solchen Fantasiewelten. Das ist Alltag; ich seh's doch an unseren beiden. Juliane ist da genauso fanatisch wie Dominik.«

Simon betrachtete die Bilder auf dem Schirm, die grob konturierte Krieger zeigten, angetan mit klobigen Rüstungen, ungeheure Schlagwaffen in den muskulösen Armen. »Da wächst eine Generation in einer Periode des Friedens auf, die in der Geschichte ohne Beispiel ist«, sagte er, »und dann haben diese Menschen nichts Besseres zu tun, als sich in eine fiktive Welt zu begeben, in der unablässiger Krieg herrscht. Schon seltsam.«

»Das ist nur ein Spiel, Simon«, sagte Bernd. »Fantasie. Den Leuten ist die Realität einfach zu langweilig geworden.«

KAPITEL 28

Am Abend des darauffolgenden Montags war Simon der Erste, und wie ihm Alex gleich an der Tür erklärte, würden sie auf die anderen wohl noch warten müssen.

»Leo holt Sirona mit dem Auto in Mainz ab, und er hat gerade angerufen – sie stecken im Stau«, erzählte er, das Telefon in der Hand. Heute trug er ganz normale Kleidung, Jeans und ein abgewetztes Sweatshirt. »Root kommt mit dem Zug, aber der hat natürlich mal wieder Verspätung. Ist immer dasselbe, man kommt nicht mehr vom Fleck in der *real world*.« Er legte das Telefon weg. »Kann ich Ihren Mantel nehmen?«, fragte er unbeholfen. Die Rolle des Gastgebers wirkte bei ihm aufgesetzt, anders als bei seinem Bruder. »Gehen Sie schon mal vor, ich bring was zu trinken und so. Sie kennen sich ja aus.«

Simon ging zu der Sitzgruppe, an der sie auch das letzte Mal gesessen und den verrückten Plan mit der Parteigründung ausgetüftelt hatten. Er legte seine Mappe auf den Sitz und betrachtete, was da auf dem Tisch lag. Ein Buch über die Mongolei und ein altes Brettspiel. Bloß, dass es keine Spielfiguren gab, nur Karten, so etwas wie Drehscheiben, die Bestandteil des Spielfelds waren.

»Hab ich auf dem Flohmarkt gefunden«, sagte Alex, als er mit einem Tablett voller Gläser, Flaschen und Salzbrezeln ankam. »Ich halt immer Ausschau nach alten Spielen, wissen Sie? Bin ständig auf der Suche nach Anregungen, nach Ideen für Spiele, die ich irgendwie mit meiner Firma umsetzen kann. Die Spielebranche ist glitschiges Terrain. Man muss die ganze Zeit in Bewegung sein, sich ständig was Neues ausdenken, pausenlos um seinen Platz auf der Beliebtheitsskala kämpfen. Im Internet ist niemand treu – sobald jemand anderes was Besseres auf die

Beine stellt, sind alle Ihre Kunden weg, so schnell können Sie die Hand nicht umdrehen.«

Simon nahm dankend ein Glas Orangensaft, dann deutete er auf das Spielbrett. »Und was ist das für ein Spiel?«

»Ich probier's gerade aus. Es heißt Ökolopoly[57], ist steinalt und soll das vernetzte Denken fördern.«

Der Spielplan zeigte eine Art Landschaftsbild eines fiktiven Landes. Es gab ausgestanzte Fenster, in denen Zahlenwerte für Messgrößen wie »Lebensqualität«, »Umweltbelastung«, »Bevölkerungsgröße« oder »Produktion« angezeigt wurden, außerdem die Drehscheiben, die man eine bestimmte Anzahl von Schritten vor- oder zurückstellen konnte: Das waren die Spielzüge, deren Ergebnisse in einer festgelegten Reihenfolge auf die anderen Größen einwirkten. Alles war mit allem verknüpft, und alle Spieler gemeinsam hatten als Regierung die Aufgabe, die desolate Ausgangssituation des Landes zu verbessern.

Sie spielten ein paar Runden. Das Spiel war kniffliger, als Simon gedacht hatte. Sie bemühten sich redlich, durch geschickte Verteilung der Aktionspunkte auf die Bereiche Umweltschutz und Industrie eine Verbesserung zu schaffen, aber die Nebenwirkungen ihrer Maßnahmen verkehrten ihre Anstrengungen auf vertrackte Weise ins Gegenteil: Entweder stieg die Umweltverschmutzung ins Unermessliche, sanken die Staatseinnahmen ins Bodenlose oder fiel der Wert ihrer politischen Beliebtheit so tief, dass das Spiel aufgrund eines Staatsstreichs als beendet galt.

»Das ist nicht lösbar«, murrte Alex schließlich frustriert. »Oder? Ich meine, ich hab eine Menge Erfahrung mit Spielen, aber das hier? Das soll mir dieser … Wie heißt der Erfinder? Frederic Vester[58]? Der muss mir mal erklären, wie das gehen soll.«

Simon stellte die Drehscheiben auf die Anfangswerte zurück.

---

57 »Ökolopoly, ein kybernetisches Umweltspiel« ist ein von Frederic Vester entwickeltes Spiel, das zuerst 1980 in einer auszufaltenden Beilage der Zeitschrift »Natur« erschien, vier Jahre später als Brettspiel. Heute ist es auch als Computerspiel erhältlich.
Siehe http://de.wikipedia.org/wiki/Ökolopoly.

58 http://de.wikipedia.org/wiki/Frederic_Vester

»Probieren wir es noch einmal«, meinte er. »Und diesmal versuchen wir es mit Investitionen in die Bildung. Oder Aufklärung, wie das hier heißt.«

»In Bildung? Was soll das denn bringen?«

»Im Leben ist entscheidend, was sich in unseren Köpfen abspielt«, erklärte Simon. »Wenn das Spiel die Wirklichkeit auch nur annähernd erfasst, müsste es hier genauso sein.«

»Hmm«, machte Alex. Er wirkte nicht überzeugt, folgte aber der von Simon vorgeschlagenen Strategie. Und tatsächlich – mit ein paar Abweichungen, über die sie jeweils lange diskutierten, schafften sie es, die Situation der fiktiven, durch nur wenige Kennzahlen grob dargestellten Welt zu verbessern. Was nach den Spielregeln hieß, dass sie »gewonnen« hatten.

»Cool.« Alex lehnte sich zurück, den Blick zufrieden auf dem Spielbrett ruhend. »Entscheidend ist, was sich in unseren Köpfen abspielt … Guter Spruch«, meinte er. »Könnte ich glatt zum Motto meiner Firma machen.«

»Ihre Firma …« Simon lehnte sich zurück. »Ich muss gestehen, dass ich mir keine rechte Vorstellung davon machen kann, was Sie da überhaupt tun. Was Sie verkaufen, meine ich. Sie veranstalten Spiele, hat Ihr Bruder erzählt.« Er hob die Schultern. »Ich kann mir darunter ehrlich gesagt nichts vorstellen.«

Alex griff nach einer Flasche Bier. »Ich bin da sozusagen reingewachsen«, erklärte er, während er sie öffnete. »Als Kind war ich immer der, der bestimmt hat, was gespielt wird, und auch, wie es gespielt wird – sozusagen Anführer und Schiedsrichter in einer Person. Das fanden die meisten gut, man braucht so jemanden, und ich war es eben zufällig. Hinzu kam: Ich bin am Stadtrand aufgewachsen, aber um uns herum haben sie gebaut wie die Wahnsinnigen. Als ich vierzehn war, war das kein Dorf mehr, sondern eine Stadt – na ja, und irgendwann hat man auch keine Lust mehr, draußen herumzulaufen, sich die Hosen dreckig zu machen und die Nase abzufrieren. Da hab ich dann mit Rollenspielen angefangen – ich weiß nicht, ob Ihnen das was sagt?«

»Erklären Sie's mir lieber. Ich bin sicher, das, was ich mir vorstelle, stimmt nicht.«

Alex machte eine schwungvolle Bewegung mit der Bierflasche, bei der ein paar Tropfen auf den Wohnzimmertisch schwappten. »Wenn man zuschaut, sieht es total unspektakulär aus: Da sitzen eine Handvoll Leute an einem Tisch, Formulare, Stifte und Würfel vor sich, und die meiste Zeit erzählen sie sich was. Es ist ein Spiel mit der Phantasie, verstehen Sie? Jeder spielt die Rolle einer Figur, die in einer erfundenen Welt gemeinsam mit anderen Abenteuer erlebt. Damit das funktioniert, muss ein Spielleiter da sein, der, wenn einer zum Beispiel sagt: ›Ich öffne diese Tür‹, festlegt, was sich hinter der Tür befindet. Vielleicht hat der Betreffende ein Monster befreit, gegen das er nun kämpfen muss. Das macht er, indem er würfelt; bestimmte Punktzahlen heißen dann, dass er Treffer erzielt hat oder vielleicht selber getroffen wurde und so weiter …« Er bemerkte die Biertropfen auf der Tischplatte, holte ein Taschentuch heraus und wischte sie auf. »Jedenfalls, ich war fast immer der Spielleiter. Es gibt fertige Spielkonzepte zu kaufen, *Das schwarze Auge*[59], *Dungeons and Dragons*[60] und so weiter, aber irgendwann reizt es einen natürlich, eigene Welten, eigene Regeln und so weiter zu entwickeln … Na ja, und dann gab es die Computerspiele, die immer besser wurden. Darüber hab ich Root kennengelernt, war auch mal bei einem Projekt dabei, so ein Ding mitzuentwickeln … Ich schätze, es war mir vorbestimmt, in dieser Branche zu bleiben. Spiele eben. Ist nicht jedermanns Sache, klar, aber die Fans da sind *richtige* Fans, wenn Sie verstehen, was ich meine. Hundertfünfzigprozentige. Und ich sag immer, es ist doch besser, selber zu spielen, als zuzuschauen, wie andere spielen, oder? Und sei es Fußball. Ich meine, nur dabeizusitzen? Fader geht's doch nicht.«

Er nahm einen tiefen Schluck.

Simon ließ das, was er gehört hatte, auf sich wirken. »Was mich etwas verwirrt hat, war, dass Sie erwähnten, dass Sie Mittelalterfeste veranstalten …«

»Ach so.« Alex fuhr sich mit dem Handrücken über den Mund

59 http://de.wikipedia.org/wiki/Das_Schwarze_Auge
60 http://de.wikipedia.org/wiki/Dungeons_%26_Dragons

und stellte die Bierflasche beiseite, um besser gestikulieren zu können. »Also, um genau zu sein, ich hab kein Mittelalterfest veranstaltet, sondern nur im Rahmen dessen ein Ritterturnier. Solche Feste organisieren Städte mit entsprechender Altstadt, aber heutzutage funktioniert das nicht mehr ohne Profis, die man engagiert. Mittelalterfeste gibt es mittlerweile viele, aber wenn Sie ein paar davon besuchen, merken Sie, dass Sie immer die gleichen Gesichter sehen. Das sind Leute, die ziehen den Sommer über von einer Stadt in die andere und spielen Bettler oder Gaukler, Kreuzritter oder Kräuterweib; die haben ihre Kostüme, ihre Tricks, ihre Sprüche ... Und ich veranstalte eben Ritterturniere, so richtig mit Waffen und Schilden und Zelten, Knappen und Reitern ... Irre aufwendig, bringt aber auch richtig Kohle. Weil, das können nicht viele.«

»Gut«, sagte Simon, »aber wie passt das jetzt zum Thema Computer? Was ja irgendwie der Anlass war, dass wir uns begegnet sind.«

»Der Punkt ist das Spiel. Die Phantasie. Sich in eine andere Welt zu denken, in ein anderes Leben zu schlüpfen und auf diese Weise etwas zu erleben, das man in unserer Welt niemals erleben würde. Ein Ritter zu sein, ein Krieger, ein Zauberer ... was Sie wollen. Die einzige Grenze ist Ihre Phantasie.« Er griff wieder nach der Flasche. »Ein Computer ist letzten Endes auch nur ein Spielgerät unter anderen. Ich verstehe gar nicht so schrecklich viel von den Kisten; verglichen damit, was für einen Durchblick jemand wie Root oder Sirona hat, verstehe ich überhaupt nichts davon. Es ist bloß so: Wenn Sie Multiplayer Games übers Internet veranstalten, dann haben Sie einen technischen Aufwand, der fast nicht mehr zu stemmen ist, sobald das Ding richtig abgeht. Da haben Sie plötzlich Tausende von Spielern ... Klar, da fließt momentan auch viel Geld, aber ich hab's vorhin ja gesagt, im Internet gibt's keine Treue, die können alle von einem Monat auf den anderen weg sein, und dann stehen Sie da mit Hardware für eine Million Euro und einem Haufen laufender Kosten. Das machen inzwischen große Companies, da habe ich nicht mehr so die Lust mitzumischen. Deswegen geh ich in letzter Zeit zunehmend in Richtung *Alternate Reality* …« Er sah Simon an. »Sagt Ihnen wahrscheinlich auch nichts?«

Simon verneinte. »Noch nie gehört.«

»Okay. Also, bei *Alternate-Reality*-Spielen geht es darum, eine erfundene Welt in unsere reale einzubetten. Man könnte auch sagen, das sind Inszenierungen. Zum Beispiel haben wir letztes Jahr eine Agentengeschichte gemacht, bei der zwei Gruppen von Geheimagenten hinter einem Geheimnis her waren, einer geheimen Formel – wobei egal war, was genau, es ging ja vor allem um die Jagd. Das Spiel lief über mehrere Monate: Erst haben wir die Teilnehmer in einem Trainingslager zu Agenten ausgebildet, dann sind sie mit Ausrüstung, geheimen Anweisungen und so weiter losgezogen, um die feindlichen Agenten zu enttarnen. Wobei die feindlichen Agenten natürlich eine andere Gruppe waren; die haben gegeneinander gespielt.« Er schüttelte grinsend den Kopf. »Das war heiß. An einem Tag waren die Spieler alle in der Innenstadt unterwegs, zwischen all den normalen Passanten – die haben geguckt, wenn da jemand ein Funkgerät rauszog und eine Verfolgungsjagd losging …« Er lachte auf. »Da haben Sie als Spielleiter Stress nonstop.« Er sah Simon an, und dabei fiel ihm offenbar die ursprüngliche Frage wieder ein. »Bei solchen Spielen kommen auch Computer zum Einsatz, aber auf andere Weise. Man macht viel über E-Mails, baut Webseiten auf, die zum Spiel gehören, aber so aussehen, als seien sie echt … Aber natürlich nicht nur. Wir haben jede Menge Briefe auf Briefpapier irgendwelcher Institutionen verschickt, die es gar nicht gibt, haben Gegenstände in Schließfächern deponiert, haben Leute engagiert, die so tun mussten, als seien sie Wachposten oder Wissenschaftler oder einfach nur ›zufällige‹ Passanten …«

Simon hob die Augenbrauen. »Ich könnte mir vorstellen, dass da manchmal die Grenzen zwischen Spiel und Wirklichkeit verschwimmen.« Er musterte den jungen Mann. »Wie halten Sie das auseinander?«

Alex grinste. »Ehrlich gesagt, manchmal gar nicht.« Er zuckte mit den Achseln. »Aber das ist das Faszinierende daran. Dass es Momente gibt, in denen man das Gefühl hat, wenn du jetzt noch einen Schritt tust, dann verlässt du diese Welt hier ganz und bleibst in der Welt, die du dir ausgedacht hast. In manchen Augenblicken glaubt man, dass das möglich sein könnte.«

Simon wusste nicht, was er darauf sagen sollte. Er schenkte sich etwas Orangensaft nach, um den Moment des Schweigens zu überbrücken.

»Wobei einen die Realität dann doch immer wieder einholt«, fuhr Alex seufzend fort. »Meistens hinterher, wenn man die Abrechnung macht. Wir haben ein Spiel, das ist halb online, halb *real life,* das heißt Elfentanz. Da treffen sich die Teilnehmer online und alle paar Monate *face to face*. Wir bauen dann immer tief im Wald ein komplettes Elfendorf auf, an einem zauberhaften Plätzchen im Thüringischen … Finanziell lohnt sich das nicht. Ein Geldgrab ohne Ende.« Er starrte auf die Tischplatte. »Aber durch das Spiel hab ich Sirona kennengelernt, und eigentlich mache ich's nur ihretwegen weiter.« Er brach ab, räusperte sich, nahm einen Schluck aus der Bierflasche und sah auf seine Armbanduhr. »Jetzt könnten sie allmählich kommen.«

***

Der übliche Stau bei Pforzheim, der sich, sobald man sich an der Stadt vorbeigequält hatte, langsam wieder auflöste. Leo seufzte. Was für eine Erleichterung, in den dritten Gang schalten zu können!

Er konnte es kaum erwarten, endlich in Stuttgart zu sein.

Sirona saß auf der Rückbank und hatte die ganze Fahrt über so gut wie kein Wort gesagt. Seltsame Frau. Obwohl es ihm ein wenig ungehörig vorkam, hatte er sie, während sie im Stau gestanden hatten, ab und zu im Rückspiegel beobachtet. Das musste man sich erst einmal trauen, in so einem Aufzug auf die Straße zu gehen.

Und zugleich hatte es etwas Unwirkliches. Vielleicht war das der Trick dabei. In manchen Momenten kam sie ihm wie eine Figur vor, die aus einem Comic-Heft in diese Welt gehüpft war. Kaum zu glauben, dass er sie in Mainz an einem richtigen Haus abgeholt hatte. Aber tatsächlich, da war ein Klingelknopf gewesen, und auf dem kleinen weißen Schild daneben hatte *Sirona* gestanden.

»Kannst du mal anhalten?«, fragte sie unvermittelt.

Leo zuckte beinahe zusammen. »Anhalten?«

»Ich meine, wenn wieder mal ein Rastplatz oder so kommen sollte.«

»Wieso?«, entfuhr es Leo, ehe ihm klar wurde, dass das eine Frage war, die zu stellen einem Chauffeur nicht zukam. Aber er war einfach so froh, endlich wieder zu *fahren*, dass ihm der Gedanke an *noch* eine Pause widerstrebte.

Sironas Kleid raschelte. »Ich muss mal«, sagte sie schlicht.

Leo hatte das Gefühl, rot zu werden. »Okay«, sagte er. »Ich glaube, hinter der nächsten Kurve kommt eine Tankstelle.«

Irgendwie war es beruhigend. Eine Sagengestalt musste nicht aufs Klo. Jedenfalls hatte man davon noch nie gehört.

An die Tankstelle hatte er sich richtig erinnert. Leo hielt in der Nähe der Glastür, die zu den Toiletten führte, Sirona sprang ohne ein weiteres Wort raus und verschwand dahinter.

Gewohnheitsmäßig stieg Leo auch aus und ging einmal um den Wagen herum, ob alles in Ordnung war; kein Kratzer, die Reifen okay … Sein Blick fiel auf den Rücksitz. Sironas Laptop lag da und darauf eine Mappe, aus der ein paar Blätter herausgerutscht waren; nicht weit, nur ein paar Zentimeter.

Zu den Dingen, die man ihm in der Ausbildung eingebläut hatte, gehörte, dass ein Bodyguard sich nicht für herumliegende Papiere zu interessieren hatte. Nirgends. Niemals. Unter keinerlei Umständen.

Leo hatte sich auch immer daran gehalten, aber hier und jetzt war die Neugier mächtiger. Womit beschäftigte sich eine Sagengestalt? Er stieg zurück hinters Lenkrad, drehte sich um und zupfte an einem der Blätter, die aus der Mappe ragten.

Es war ein Schaltplan oder so etwas. Ein irrsinnig kompliziertes Geflecht von Linien und Symbolen, von dem Leo nicht einmal hätte sagen können, welche Art Gerät dargestellt war, geschweige denn, dass er etwas damit hätte anfangen können. Für seine Augen hätte es auch moderne Kunst sein können, hätten in einer Ecke nicht die Worte TWIN CHIP gestanden und TOP SECRET.

Eine Bewegung im Augenwinkel ließ ihn gerade noch rechtzeitig aufsehen. Es war Sirona, die eben aus der Tür trat. Sie musste um einen Mann herumgehen, dem bei ihrem Anblick fast die Augen aus dem Kopf fielen – zum Glück, denn so schaffte es Leo, alles wieder zurückzutun.

»Alles klar?«, fragte er, als sie einstieg, und beobachtete sie dabei im Rückspiegel.

»Ja«, sagte sie. Mit einer beiläufigen Bewegung steckte sie die Mappe weg, aber sie wirkte nicht, als schöpfe sie irgendeinen Verdacht.

Leo ließ den Motor wieder an und nahm sich vor, künftig nicht mehr so neugierig zu sein.

***

Schließlich kamen sie alle auf einmal an: Root, seinen unvermeidlichen Laptop in der Umhängetasche, verschnupft und verärgert über die Verspätungen der Bahn und dass er so lange in der Kälte hatte herumstehen müssen, und einen Moment später Sirona und Leo.

»Wir müssen uns was anderes ausdenken«, sagte Sirona gleich aufgeregt und packte ihren eigenen Rechner aus. »Ich habe in der Zwischenzeit das Grundgesetz mal durchgelesen, und ich weiß nicht, ich glaube, wenn man eine Monarchie einführen wollte, das wäre verfassungsfeindlich, oder?« Sie sah Simon an. »Sie haben gesagt, wir dürfen nichts Verfassungsfeindliches anstreben, sonst schaffen wir es nicht auf den Wahlzettel, nicht wahr?«

»Richtig«, sagte Simon.

»Also.« Sie klappte ihren Rechner auf, der Schirm wurde hell und zeigte ein Textdokument, in dem sie sich offenbar Notizen gemacht hatte. »Es gibt einen Artikel im Grundgesetz, der es verbietet, wesentliche Änderungen daran vorzunehmen. Hier, Artikel 79, Absatz 3. Danach darf man die ersten zwanzig Artikel nicht verändern, darf nicht an der Unterteilung des Bundes in Länder rühren oder daran, dass die Länder bei der Gesetzgebung mitwirken[61].«

Simon nickte gelassen. »Ja. Diesen Artikel nennen Juristen die sogenannte ›Ewigkeitsklausel‹.«

»Aber dagegen würden wir doch mit der Einführung der Monarchie verstoßen, oder?« Sirona blätterte in ihrem Text hoch. »Gut, die ersten zwanzig Artikel, das sind die Grundrechte. An denen gibt es ja nichts zu ändern. Aber ein Königreich von Deutschland – das könnte man doch so verstehen, dass die Bundesländer abgeschafft werden sollen, oder? Ich meine, nicht dass wir das explizit so sagen würden, aber es geht ja darum, auf diesen verdammten Wahlzettel zu kommen, nicht wahr? Es braucht nur jemand an entscheidender Stelle zu denken, dass wir das wollen, und schon kann er uns wegen verfassungsrechtlicher Bedenken stoppen. Und dann?«

Root machte es sich umständlich auf dem Sessel bequem und zog geräuschvoll die Nase hoch. »Ist doch kein Problem. Dann eben Volksbewegung für Würdevolle Mutterschaft. Dagegen kann keiner was haben.«

»Mann«, knurrte Alex. »Was hast du die ganze Zeit mit deiner würdevollen Mutterschaft? Ein Problem, oder was?«

»Ich? Ich hab kein Problem. Ihr habt ein Problem. Ich hab bloß die Lösung.« Er kramte in seiner Tasche. »Kacke, bin ich durchgefroren. Wahrscheinlich hab ich mir 'ne Lungenentzündung geholt. Kann ich vielleicht 'n heißen Tee oder so was kriegen?«

»Leo, verarztest du ihn?« Alex nickte seinem Bruder zu, worauf sich Leo gehorsam in Richtung Küche entfernte. »Herr König, was sagen Sie dazu? Sie sind der Fachmann.«

»Unter Verfassungsfeindlichkeit versteht man, die freiheitlich-

---

61 Der genaue Wortlaut des Artikels 79 GG, Absatz 3 ist: »Eine Änderung dieses Grundgesetzes, durch welche die Gliederung des Bundes in Länder, die grundsätzliche Mitwirkung der Länder bei der Gesetzgebung oder die in den Artikeln 1 und 20 niedergelegten Grundsätze berührt werden, ist unzulässig.«

demokratische Grundordnung der Bundesrepublik Deutschland nicht anzuerkennen, sie abzulehnen oder durch andere Prinzipien ersetzen zu wollen«, erklärte Simon.

»Was für andere Prinzipien zum Beispiel?«, wollte Sirona wissen.

»Nun, das ›Führerprinzip‹ zum Beispiel, mit dem die Generation meiner Eltern ausgiebige und unangenehme Erfahrungen gemacht hat.«

»Ach so.« Sirona sah vor sich hin, grübelnd, soweit man das unter all ihrer Schminke erkennen konnte. »Meinen Sie, es reicht, wenn wir ein ausdrückliches Bekenntnis zur freiheitlich-demokratischen Grundordnung in unser Programm reinschreiben?«

Simon musste schmunzeln. »Wissen Sie denn, was man darunter versteht?«

Sie blinzelte, was bei ihren langen künstlichen Wimpern ausgesprochen dramatisch aussah. »Na ja … Freiheitlich ist ja klar. Dass man die Grundrechte hat. Menschenwürde, Unversehrtheit und so weiter. Und demokratisch – also, das heißt im Prinzip, dass sich das Volk seine Regierung wählt. Oder?«

Er genoss es. Das musste Simon zugeben. Es kam selten genug vor, dass jemand etwas von ihm wissen wollte; dass er nicht gezwungen war, es dem Betreffenden mit allen Tricks des pädagogischen Waffenarsenals einzutrichtern. Und dann noch eine hübsche junge Frau … Doch, er genoss es.

»Drei Stichworte sind in dem Zusammenhang wichtig«, dozierte Simon also gut gelaunt. »Erstens, der Ausschluss jeglicher Gewalt- oder Willkürherrschaft. Stattdessen, zweitens, Rechtsstaatlichkeit – darunter versteht man heute, dass das Zusammenleben durch Gesetze geregelt wird, die prinzipiell für alle gleichermaßen gelten und auf deren Einhaltung man Anspruch hat. Drittens, dass diese Gesetze auf Grundlage der Selbstbestimmung des Volkes zustande kommen, das heißt – und das ist jetzt der entscheidende Punkt –, dass der Wille der Mehrheit entscheidet. Und zwar der in Freiheit und Gleichheit geäußerte Wille, worunter man heute versteht, dass jede Stimme das gleiche Gewicht hat, unabhängig von Geschlecht, Vermögen oder Status.«

»Sie sagen immer ›heute versteht man das und das darunter‹ – war das denn früher anders?«

»O ja. Im antiken Griechenland zum Beispiel verstand man unter dem Volk, dem *dēmos*, nur die männlichen Vollbürger. Und in Deutschland wurde noch bis 1918 der preußische Landtag nach einem Dreiklassenwahlrecht bestimmt, bei dem sich das Gewicht der Stimmen danach richtete, wie viel Steuern man zahlte.«

»Krasse Idee«, schniefte Root. Leo kam aus der Küche und stellte ihm einen großen Pott Tee hin, den Root ohne ein Wort des Dankes an sich nahm.

Leo schien auch nicht damit gerechnet zu haben. Ohne den voluminösen Computerspezialisten weiter zu beachten, erkundigte er sich nach den Getränkewünschen der anderen und verschwand wieder in der Küche.

»Sie haben aber im Prinzip Recht«, fuhr Simon an Sirona gewandt fort, »das Grundgesetz ist tatsächlich ein großes Hindernis für die Wiedereinführung einer Monarchie in Deutschland.«

Das elfenhaft gekleidete Mädchen setzte sich auf. »Sag ich doch. Und? Was machen wir also?«

»Wir berufen uns auf Artikel 146[62], den letzten Artikel des Grundgesetzes.« Simon nickte in Richtung ihres Computers. »Lesen Sie den mal genau. Er bestimmt, dass das Grundgesetz jederzeit durch eine neue Verfassung abgelöst werden darf, vorausgesetzt, sie ist vom deutschen Volk in freier Entscheidung beschlossen worden.« Er lehnte sich zurück. »Das heißt, eine Partei kann durchaus die Ablösung des Grundgesetzes anstreben. Das ist absolut verfassungskonform.«

»Ah«, rief Alex. »Das heißt, wir können bei unserem Plan bleiben? Am Grundgesetz scheitern wir nicht?«

»Nein«, sagte Simon.

---

62 »Dieses Grundgesetz, das nach Vollendung der Einheit und Freiheit Deutschlands für das gesamte deutsche Volk gilt, verliert seine Gültigkeit an dem Tage, an dem eine Verfassung in Kraft tritt, die von dem deutschen Volke in freier Entscheidung beschlossen worden ist.«

Alex war deutlich erleichtert. »Gut. Das ist nämlich eine viel zu gute Idee, um sie zu verwerfen.«

»Sie könnte allerdings«, fuhr Simon fort, »an etwas anderem scheitern. An einem Hindernis, von dem ich keine Möglichkeit sehe, es aus der Welt zu schaffen.« Er sah Root an. »Und dabei wird uns auch eine Umbenennung nicht weiterhelfen.«

Drei große Augenpaare sahen ihn entsetzt an.

»Was für ein Hindernis?«, fragte Alex.

»Was heißt das? Dass wir das mit der Partei nicht hinkriegen?«, bibberte Sirona.

»Ich fürchte, nein.« Simon packte seine Unterlagen aus. »Eine Partei muss, um als solche anerkannt zu werden, einige Kriterien erfüllen. Erstens, sie muss von natürlichen Personen gegründet werden, die in der Mehrheit deutsche Staatsangehörige sind. Zweitens, ihr Name muss sich von den Namen bereits bestehender Parteien deutlich unterscheiden, auch und vor allem in der Kurzbezeichnung …«

»Na, das erfüllen wir doch«, meinte Alex.

»Dritten, sie muss intern demokratisch organisiert sein, das heißt, alle Parteiämter müssen durch Wahlen besetzt werden«, fuhr Simon fort. »Viertens, sie muss in der Öffentlichkeit in einer Weise in Erscheinung treten, die die Ernsthaftigkeit ihrer Absicht erkennen lässt, an der politischen Willensbildung teilzunehmen.«

»Kein Problem. Da drucken wir ein paar Plakate und Flyer und machen eine Webseite …«

»Wichtigstes Kriterium dieses Auftretens«, erläuterte Simon, »ist die Anzahl ihrer Mitglieder.«

»Oh«, machte Sirona mit großen Augen.

Alex sah verwundert drein. »Wieso? Ist das nicht wie bei einem Verein? Dass man sieben Gründungsmitglieder braucht?«

»Nein. Es gibt einen Präzedenzfall aus dem Jahre 1970[63], als einer Gruppe mit nur 55 Mitgliedern die Parteieigenschaft aberkannt wurde.« Simon holte ein Blatt hervor. »Auf der anderen

---

63 Beschluss des Deutschen Bundestags vom 26.02.1970 zur Drucksache VI/361, StenBer. S. 1657

Seite gibt es ein Urteil des Bundesverfassungsgerichts[64], das eine im Aufbau befindliche Vereinigung mit vierhundert Mitgliedern als Partei anerkannt hat. Das wären die Messlatten. Und so leid es mir tut, ich weiß nicht, wie wir an diese Zahlen herankommen wollen.«

Alex blinzelte, dann lachte er unbeschwert auf, ließ sich behaglich zurückfallen und meinte: »Wenn's weiter nichts ist ... Es geht letzten Endes um Unterschriften, oder? Unterschriften unter Mitgliedsanträge?«

»Vergessen Sie die Idee, dass Sie die fälschen können. Es müssen wirkliche Personen dahinterstehen. Der Bundeswahlleiter kann das nachprüfen, und in unserem Fall wird er das bestimmt tun.«

»Soll er.« Alex grinste von einem Ohr zum anderen. »Alles, was ich zu tun brauche, ist, ein Rundschreiben an alle Leute in meiner Kundenkartei zu schicken. Wir definieren das einfach als neues Spiel. Wer mitmachen will, muss einen Parteiantrag unterschreiben.«

Simon wunderte sich. »Und das tun die dann?«

»Klar. Das läuft ständig so.« Alex lachte auf. »Wenn ich sage, dass die Zahl der Mitspieler limitiert ist, geht es noch schneller. Dann haben wir die vierhundert Anträge binnen einer halben Woche zusammen. Garantiert.«

Simon sah auf seine Unterlagen hinab, überflog grübelnd die Paragrafen, Regeln, Ausführungsvorschriften, sah wieder hoch. »Ja. Das könnte funktionieren. Tatsächlich.«

»Dann machen wir es so. Am besten setzen wir noch heute so einen Antrag auf, der kann morgen gleich raus.«

Simon versuchte, sich darüber klar zu werden, was für ein Gefühl diese unerwartete Wendung in ihm auslöste. Er hätte erleichtert sein müssen, dass sich so schnell und einfach eine Lösung für ein Problem gefunden hatte, das ihm unüberwindlich vorgekommen war. Umso mehr, als er ja auch im Interesse seines Sohnes wollte, dass das Projekt glückte. Doch aus irgendeinem

---

64 BVerfGE 24, 332

Grund war ihm, als habe man ihm mit einem Ruck den Boden unter den Füßen weggezogen. Als sei nun etwas in Bewegung geraten, das er nicht mehr unter Kontrolle hatte.

»Ist das nicht ein bisschen heikel?«, meinte er an Alex gewandt. »So mit Ihren … Kunden? Teilnehmern? So mit diesen Leuten umzugehen? Ich meine, irgendwann können die vielleicht gar nicht mehr zwischen Realität und Spiel unterscheiden!«

Alex lächelte philosophisch. »Sind Sie sicher, dass es da überhaupt einen Unterschied *gibt*?«

***

War das nun Spiel, oder war es Realität? Das fragte sich Simon ein paar Tage später, als er in seiner Küche über der Post saß, den Mitgliedsantrag mit der eingestempelten Nummer 1 vor sich. Er wusste es auch nicht mehr.

Sollte er das wirklich unterschreiben? Er verstand schon, die jungen Leute wollten ihm damit eine Ehre erweisen, aber im Grunde wäre es ihm lieber gewesen, nur Berater in dieser Angelegenheit zu bleiben.

Lila hatte wieder angerufen. Vincent sei wegen des Autodiebstahls zu zweiundzwanzig Monaten Haft verurteilt worden, und nach Stand der Dinge würde er den größten Teil davon auch tatsächlich absitzen müssen. Und nein, er könne nichts tun, sie habe ihm nur Bescheid sagen wollen.

Es war seltsam gewesen, ihre Stimme wiederzuhören. Eine Stimme aus seiner Vergangenheit. Unwirklich.

Und nun saß er hier, diesen echt aussehenden Antrag auf Mitgliedschaft in einer unechten Partei vor sich, und dachte darüber nach, dass er Vincent noch nie im Leben gesehen hatte. Alles, was er hatte, waren Fotos, Karten, Briefe, Telefonate. Dinge, wie sie Alex künstlich produzierte, wenn er seinen Spielen den Kitzel des Echten verleihen wollte.

Im Grunde glaubte er auch nur, dass alles so war, wie man ihm gesagt hatte. Aber wissen … wissen tat er es nicht. Es mochte genauso gut nur ein Spiel sein, das seit achtzehn Jahren lief.

Simon seufzte. Dann holte er einen Kugelschreiber aus der Küchenschublade, nahm den Antrag, füllte ihn aus, unterschrieb und steckte ihn in den beiliegenden Briefumschlag.

KAPITEL 29

»*Winston Smith Correction Center*« stand in stolzen silbernen Buchstaben auf einem großen weißen Schild vor der Zufahrt, und darunter »*Ein Unternehmen der John D. Narosi Group*«.

Ein privates Gefängnis[65], hatte ihm Bruce erklärt. *Gilt als vorbildlich geführt, und es sind nur leichte bis mittelschwere Fälle dort.*

Das Gebäude am Ende der Zufahrt wirkte absolut futuristisch, ließ eher an ein Museum für moderne Kunst denken als an ein Gefängnis. Der verschrammte, klappernde Gefängnisbus, der, nachdem Vincent eingestiegen war, noch drei andere Untersuchungsgefängnisse abgefahren und weitere Gefangene aufgenommen hatte, wirkte hier absolut fehl am Platz.

Sofort nachdem das Eingangstor sich hinter ihnen geschlossen hatte, wurden ihnen die Ketten abgenommen: Sie passten nicht hierher. Alles hier war licht, hell, neu. Hier hatte sich ein Architekt wirklich ausgetobt. Kein Vergleich mit der staubig-muffigen Atmosphäre, in der Vincent die letzten Wochen verbracht hatte, und erst recht nicht mit dem Geruch nach Zerfall und Gewalt, an den er sich aus dem *Oak Tree* erinnerte.

Die Aufnahme lief mit kühler Präzision ab. Als Erstes mussten sie auch noch die letzten Dinge abgeben, die sie mitgebracht hatten, denn ab jetzt, das hatte ihm Bruce schon ganz zu Anfang erklärt, war er kein Untersuchungsgefangener mehr, sondern ein richtiger Häftling.

---

65 Im Jahr 2007 waren in den USA 7,4 % der insgesamt 1,6 Millionen erwachsenen Strafgefangenen in von Privatfirmen geführten Gefängnissen untergebracht. Die drei größten Unternehmen auf diesem Gebiet sind die Correction Corporation of Ameria (CCA), die Geo Group und die Cornell Company.

So stand Vincent vor einer polierten Edelstahltheke und sah zu, wie eine uniformierte, stämmige Frau mit stumpfbraunem, kurzem Haar den Beutel leerte, den er mitgebracht hatte. Sie legte seine Brieftasche, seinen Kamm, seine Armbanduhr in einen mit Barcode gekennzeichneten Metallkasten und diktierte einem schmächtigen, glattgesichtigen Mann jeweils in den Computer, worum es sich handelte. »Brieftasche, enthaltend Führerschein, fünf Dollar und fünfzig Cent, ein Foto. Ein Kamm. Eine Armbanduhr. Was ist das?«, fragte sie dann und hielt einen Baseball hoch.

»Mein erster Baseball«, sagte Vincent. »Den würde ich gerne behalten.«

Sie betrachtete das abgeschabte Spielgerät grimmig. »Das ist nicht gestattet.«

Schade, wollte Vincent sagen, aber er brachte kein weiteres Wort heraus. Seine Mutter hatte ihm den Ball gegeben, als sie ihn nach der Gerichtsverhandlung ein letztes Mal umarmt hatte. Die Gerichtsverhandlung, die keine halbe Stunde gebraucht hatte, um ihn in einer geradezu beiläufigen Weise zu fast zwei Jahren Haft zu verurteilen. Nur weil er eines der drei Autos seines Nachbarn benutzt hatte, um der Gefahr zu entgehen, umgebracht zu werden.

So betrachtet kein schlechter Tausch.

»Da«, hatte seine Mutter gesagt, während sie, in Tränen aufgelöst, den Ball aus ihrer Handtasche geholt hatte. »Den hab ich neulich gefunden. Den hat Bruce dir gekauft, weißt du noch?«

»Klar weiß ich das noch«, hatte Vincent gesagt. Weiß und groß war der Ball damals gewesen, ganz sauber, und man hatte alle Aufdrucke lesen können.

Er schien geschrumpft zu sein, als ihn nun die Beamtin hinter der Theke in Händen hielt. Abgeschabt war er, abgewetzt, viel benutzt. Klein war er und grau, von Schmutz, der nie wieder rausgehen würde. Eine Menge loser Fäden hingen heraus. Bruce und er hatten viel mit diesem Ball gespielt. Der Wärter im Untersuchungsgefängnis hatte nichts dagegen gehabt, dass er ihn mit in seine Zelle nahm.

»Ein Baseball«, sagte die Wärterin und legte ihn auch in den Kasten.

Dann ging es weiter: Ausziehen, Reinigung. Es gab Einzelduschen ohne Vorhänge, das Wasser war lauwarm, die Mienen der Wärter gleichgültig. Ein Arzt widmete jedem einen kurzen Blick und setzte dann seine Unterschrift auf das Eingabefeld eines tragbaren Tablett-Computers. An einer weiteren Stahltheke nahm man die Anstaltskleidung entgegen, Unterwäsche, Socken und einen blauen Overall, und zog sich wieder an.

Und am Schluss bekam man eine Art stählernen Ring ausgehändigt, den man sich unter Aufsicht zweier Wachbeamter um ein Fußgelenk legen musste, bis der Verschluss einschnappte.

»Das Ding enthält einen Chip, über den das System immer weiß, wo Sie sind«, erklärte einer der Beamten, ein blasser Mann mit vielen Muttermalen am Hals. »Wenn der Chip nicht mehr antwortet – was zum Beispiel passieren kann, wenn man versucht, den Ring gewaltsam zu öffnen, oder wenn man sich vom Gelände entfernt – gibt es Alarm.«

»Und was passiert dann?«, fragte Vincent.

»Würd ich an Ihrer Stelle nicht ausprobieren«, meinte der andere Beamte nur und winkte ihn weiter.

Zwei Wachbeamte brachten ihn zu seiner Zelle. Der Raum war geradezu aseptisch sauber, er wirkte, als sei Vincent sein erster Bewohner überhaupt. In den glatten, hellbeige gestrichenen Wänden spiegelte sich das Licht. Ein schießschartenartiges Fenster, zu schmal, als dass man sich hätte hindurchzwängen können, bot einen Blick über die Stadt. Eine Toilette und ein Waschbecken aus Edelstahl, ein kleiner Tisch und ein Stuhl aus weißem Plastik, ein Bett aus hellbeige lackiertem Stahl, einfach an die Wand geschraubt: Das war die ganze Einrichtung. Die Bettwäsche war vom gleichen Blau wie die Anstaltskleidung. Vincent setzte sich und versuchte zu begreifen, dass er hier nun über ein Jahr seines Lebens zubringen sollte.

Auf der Bettwäsche lag ein Faltblatt, das ihn willkommen hieß und über die innerhalb der »Einrichtung«, wie das Gefängnis genannt wurde, geltenden Vorschriften und Angebote informierte, über Öffnungszeiten der Leihbibliothek und an wen man sich bei Lebensmittelunverträglichkeiten wenden sollte.

Die letzte Seite des Prospekts enthielt ein kurzes Porträt der »John D. Narosi Group«, bei der es sich um ein ebenso eindrucksvolles wie konzeptionsloses Konglomerat verschiedenster Unternehmen handelte: Sie betrieb Gefängnisse, aber auch Mobilfunknetze überall in der Welt, stellte Berufskleidung her, aber auch Kühlaggregate, lieferte flüssigen Stickstoff, Automobilzubehör, Kinderspielzeug und Chemikalien für Campingtoiletten, hielt aber auch Beteiligungen an Hedge Fonds und Banken. Unter anderem an der Bank, bei der damals der von Vincent geschriebene Trojaner zum Einsatz gekommen war.

Vincent ließ das Faltblatt sinken. So also schlossen sich alle Kreise eines Tages.

Irgendwann ging die Klappe an seiner Tür auf, und ein Gesicht sah herein. Es war die Frau von der Theke am Eingang. Sie hielt seinen Ball in der Hand.

»Sie müssen ihn bei sich behalten«, sagte sie. »Wenn Sie ihn nach jemandem werfen, sind Sie ihn los.«

»Versprochen«, erwiderte Vincent hastig.

Sie deutete auf das schmale Ablagebord neben dem Fenster. »Legen Sie ihn dorthin. Was dort liegt, ist privat.« Sie gab ihm den Ball.

»Danke«, sagte Vincent, und dann musste er einfach danach fragen: »Aber Sie haben ihn doch schon eingetragen? Im Computer, meine ich.«

»Was man in einen Computer einträgt, kann man auch wieder löschen«, erwiderte sie. Sie seufzte. »Ich weiß nicht, warum ich das mache. Irgendwie erinnern Sie mich an meinen Sohn. Bloß ist der erst anderthalb. Na ja. Sorgen Sie dafür, dass ich es nicht bereue.«

»Er wird da liegen bleiben«, versprach Vincent.

Aber in dieser ersten Nacht behielt er den Ball in der Hand. Er träumte, dass er den Baseball immer wieder in große Wahlurnen warf, drei Meter hoch und aus einem schwarz glänzenden Material. Es machte dumpfe Geräusche, wenn der Ball innen aufschlug, so, als seien sie völlig leer.

***

Welche Regeln in diesem Gefängnis galten, lernte Vincent rasch.

Morgens weckte ihn ein durchdringender Summton, den er hundertfach aus den Tiefen des Gebäudes widerhallen hörte, aus den anderen Zellen. Es war noch dunkel um diese Zeit, die sich ziemlich früh anfühlte, und irgendwann sagte ihm jemand, es sei fünf Uhr dreißig.

Nach dem Wecken hatten sie zehn Minuten Zeit für die Morgentoilette. Dann ertönte ein zweiter, angenehmerer Ton, die Zellentüren öffneten sich automatisch, und es ging zum Frühstück in den Speisesaal.

Das hatte Vincent schon in Filmen gesehen. Da hatte sich das alles regelmäßig in düsteren, verfallenden Bauten abgespielt, in denen sadistische Wärter herumschrien und Gittertüren grundsätzlich so laut wie möglich zuschlugen.

Im *Winston Smith Correction Center* hingegen bewegte man sich inmitten Hunderter ebenfalls in blaue Overalls gekleideter Männer ruhig und gelassen durch lichtdurchflutete Räume. Niemand schrie, und Türen öffneten sich mit sanftem Scharren. Wenn eine Lautsprecherdurchsage kam, klang sie eher wie die Bekanntgabe einer Gleisänderung am Bahnhof. Wachbeamte waren permanent anwesend, aber sie fielen kaum auf. Niemand schwang Schlagstöcke oder martialische Reden.

Weil das alles nicht nötig war. Auf eine schwer zu fassende Weise wusste man trotzdem, dass man besser nicht versuchte, aus der Reihe zu tanzen. Man verstand, was von einem erwartet wurde, und auch, dass man gut daran tat, diesen Erwartungen gerecht zu werden.

Es gab kein morgendliches Durchzählen. Dank der Fußbänder mit den elektronischen Sensoren war der Aufenthaltsort jedes Insassen zu jedem Zeitpunkt bekannt. Zusätzlich waren alle Räume und Flure unübersehbar mit Videokameras und Bewegungsmeldern ausgestattet. Niemand tat in diesem Gefängnis einen unbeobachteten Schritt.

Den Tag verbrachte man in einer der Werkstätten an dem Platz, der einem zugewiesen wurde. Vincents Job war es, Filter zusammenzusetzen. Zusammen mit einem Dutzend anderer, die die gleiche Arbeit taten, saß er in einer luftigen, halbrunden Halle an einem hellbeigen, geschwungenen Tisch. Jeder hatte Kartons mit verschiedenen vorgestanzten Teilen vor sich. Watteflauschige weiße Einlagen waren im Wechsel mit kratzigen, schwarzen Zwischenschichten auf eine bestimmte Weise in einen Plastikrahmen zu legen, anschließend kam ein Deckel darauf. Die Endprodukte stapelte man in Plastikkisten, die ab und zu von jemandem aus einer anderen Gruppe abgeholt wurden, die die fertigen Filter in Plastikfolie verschweißte und versandfertig machte.

Alles verlief in ruhiger Atmosphäre, beinahe schweigsam. Irgendwann läutete es zum Mittagessen. Dann wieder Arbeit. Dann zurück in die Zelle, wo das Licht um halb zehn abgeschaltet wurde.

Und am nächsten Tag dasselbe, in derselben Weise.

In manchen Momenten fühlte sich Vincent an alte Science-Fiction-Filme wie »Logan's Run[66]«, »Gattaca« oder »THX 1138« erinnert. Das Leben in der Zukunft – das sah in solchen Filmen oft genauso aus: Alle Menschen trugen praktische Overalls in einheitlichen Farben, bewegten sich ruhigen Schrittes in großen, hellen Räumen von überwältigender Schlichtheit und gingen leidenschaftslos ihren Aufgaben nach.

Das war es. Er war nicht im Gefängnis, er war in der Zukunft. Jeder wusste, was er zu tun hatte, und tat es. Alles war wohlorganisiert, nichts Unvorhergesehenes geschah.

In gewisser Weise, sagte sich Vincent, war dies die vollkommene Welt.

***

Es funktionierte genau so, wie Alex es vorhergesagt hatte: Innerhalb von einer Woche hatten sie beinahe eintausend Mitgliedsanträge zusammen, aus allen Teilen Deutschlands.

Simon war beeindruckt. Er half, die notwendigen Briefe zu

66 Deutscher Titel: »Flucht ins 23. Jahrhundert«, 1976.

verfassen und die Formulare auszufüllen, sie schickten alles ab, und der Alltag kehrte zurück.

Bald vergingen ganze Tage, ohne dass Simon an seine seltsamen jungen Freunde und ihr ehrgeiziges Vorhaben dachte, geschweige denn daran, dass er Mitglied Nummer 1 einer in Gründung befindlichen Pseudo-Partei war. Manchmal rief Lila spätabends an und berichtete, wie sie Vincent im Gefängnis besucht hatte und dass es ihm gut gehe; ein schöner, moderner Bau sei es, in dem es sehr zivilisiert zugehe; eher wie in einer Klinik als wie in einer Strafanstalt. Botschaften auszurichten hatte sie keine mehr. Simon überlegte, ob er Lila beauftragen sollte, Vincent von ihrem Vorhaben zu erzählen, entschied sich dann aber dagegen: Nicht nur, dass es zu kompliziert gewesen wäre, den springenden Punkt des Plans zu übermitteln, auch das Risiko, dass dabei etwas durchsickerte und ihr Projekt dadurch schiefging, war zu groß – wobei Simon vor allem die Gefahr fürchtete, dass Vincent doch noch wegen Computerkriminalität angeklagt werden konnte.

Stattdessen machte er sich daran, seinem Sohn in die Haft zu schreiben. Es dauerte ewig, bis er den Brief fertig hatte, und war eine schlimme Quälerei, weil er nicht wusste, was er ihm eigentlich sagen sollte. Am Schluss war es ein ziemlich nichtssagendes Schreiben, das er eintütete und zur Post brachte, um die Sache endlich vom Tisch zu haben.

Und eines Tages rief abends nicht Lila an, sondern Alex: Es sei Post gekommen, vom Büro des Bundeswahlleiters. Die VWM sei als Partei anerkannt und werde auf dem Stimmzettel zur Bundestagswahl stehen! Das müsse man feiern, meinte Alex. Sie seien dabei, eine kleine Party auszurichten; ob er nicht auch Lust habe zu kommen?

KAPITEL 30

Als Simon bei Alex eintraf, ging es dort bereits hoch her, feucht-fröhlich und etwas lauter, als ihm angenehm gewesen wäre. Die Wohnung war eigentümlich dekoriert; man hatte eine Art riesiges Zelt mit sternförmig zusammenlaufenden Stangen unter der Decke des Wohnzimmers befestigt. Es verdeckte den größten Teil der Fenster – und roch ziemlich streng.

»Eine mongolische Jurte«, erklärte ihm Alex, der in einer Weise kostümiert war, die in der Tat an Abbildungen Dschingis Khans erinnerte: den Bart streng frisiert und dunkel gefärbt, eine pelzbesetzte Mütze, dazu eine Jacke, die so dick war, dass er darunter schwitzen musste. »Ein Originalstück; eine zehnköpfige Familie hat jahrelang darin gelebt.«

»Interessant«, meinte Simon und betrachtete den schweren, filzartigen Stoff. Vor dem Terrassenfenster lehnte ein Rahmen mit einer Tür aus rotem, bunt bemaltem Holz. »Ich muss gestehen, dass ich den Zusammenhang nicht ganz nachvollziehen kann.«

Alex lachte auf. »Den gibt es auch nicht. Das gehört zu einem anderen Spiel, das wir planen. Mongolei, das ist noch was Neues, verstehen Sie? Wir hatten heute große Projektbesprechung. Wir versuchen gerade, eine Genehmigung der mongolischen Regierung zu kriegen, das Spiel tatsächlich in der Mongolei zu veranstalten. Da hätten wir jede Menge Pferde zur Verfügung und Vieh und jede Menge Platz! Platz, sage ich Ihnen – das kann man sich gar nicht vorstellen, wie leer die Mongolei ist. Das am dünnsten besiedelte Land der Welt! Wenn das klappen würde, wäre das die Sensation. Wenn nicht, suchen wir uns hier in Europa ein geeignetes Plätzchen.« Er fasste Simon am Arm. »Kommen Sie, ich stelle Ihnen meine Mitarbeiter vor. Aber Achtung«, mahnte er mit gedämpfter Stimme, »in die Hintergründe sind die nicht eingeweiht. Die denken alle, auch unsere Parteigründung ist nichts weiter als ein Spiel.«

Simon nickte. »Verstehe.«

Es waren mehr Leute, als er erwartet hatte. Simon konnte sich die Namen nicht merken, verstand sie kaum vor dem Hintergrund der seltsamen, dröhnenden Musik, die die Wohnung erfüllte. Teils kamen sie, so viel begriff er, aus dem Sekretariat für die alltäglichen Dinge, teils waren es Helfer und Darsteller diverser Spiele. Ein paar waren ebenfalls verkleidet, als mongolische Viehhirten und dergleichen – Kostümierungen, die in anderem Zusammenhang spektakulär gewesen wären, hier aber nicht weiter auffielen: Nicht in einem Raum mit Sirona, die heute abenteuerlicher denn je herausgeputzt war. »Ich bin die Eisprinzessin«, verriet sie Simon lächelnd, über blau-weißen Tüll und silberfunkelnde Bänder hinweg. Die turmhoch aufgesteckten Haare konnten unmöglich ihre eigenen sein.

Root war natürlich nicht verkleidet. Er trug ein T-Shirt mit der Aufschrift *Intelligentes Risikomaterial* und ein großes, halb geleertes Bierglas, über das er Simon anvertraute: »Schon mein drittes!«

Simon folgte Alex' Einladung, sich am Buffet mit Häppchen zu versorgen. Er fand auch einen vertrauenerweckend aussehenden Bordeaux, um den sich niemand kümmerte, und anschließend einen freien Sessel, fühlte sich dann aber doch etwas fehl am Platze. Die jungen Leute redeten aufeinander ein, als hätten sie sich ein Jahr lang nicht gesehen und würden demnächst für ein weiteres voneinander isoliert werden. Alle schienen sich prächtig zu amüsieren. Er dagegen … Immerhin, die Häppchen schmeckten hervorragend. Der Wein auch. Trotzdem war er froh, als Sirona herangerauscht kam und sich neben ihm auf der Couch installierte, offenbar, um ein Gespräch mit ihm anzufangen.

»Jetzt, wo Sie da sind«, sprudelte es aus ihr heraus, »muss ich Sie endlich mal etwas fragen, das mich schon die ganze Zeit beschäftigt. Nämlich, also … Mal angenommen, die Monarchie wäre in Deutschland nie abgeschafft worden – wer würde dann heute eigentlich regieren?«

Simon musste lächeln. Eine gute Frage. Erstaunlich, dass sie erst jetzt jemand stellte. »Regieren würde vermutlich ein gewählter Ministerpräsident oder Kanzler, wie das in den anderen europäischen Monarchien auch der Fall ist. Aber Sie meinen vermutlich, wer dann Monarch wäre?«

Sie nickte so heftig, dass man um die Stabilität ihrer turmartigen Frisur fürchten musste. »Genau. Das wäre ja dann ein Kaiser, nicht wahr?«

»Zumindest war der letzte deutsche Monarch einer. Kaiser Wilhelm II., zugleich König von Preußen.«

»Genau. Und? Hat der eigentlich heute noch Nachfahren?«

Simon nickte. »Wilhelm II. war ein Abkömmling des Hauses Hohenzollern, dem neben den Habsburgern bedeutendsten deutschen Fürstengeschlecht. Die Familie stammt ursprünglich übrigens aus Schwaben und lässt sich zurückverfolgen bis zum Jahr 1061[67] …«

»Tausend Jahre?«, staunte die wild verkleidete Frau.

»… und sie existiert bis auf den heutigen Tag«, fuhr Simon fort. »Heutiger Chef des Hauses Hohenzollern ist Prinz Georg Friedrich von Preußen[68], der Ur-Ur-Enkel Wilhelms des Zweiten und damit ein Nachfahre zum Beispiel Friedrichs des Großen. Wenn die Monarchie in Deutschland nicht 1918 geendet hätte, wäre er vermutlich heute Deutscher Kaiser.«

Sirona schüttelte bedachtsam den Kopf. »Ehrlich? Prinz Georg? Nie gehört, den Namen.«

»Das ist ein ganz junger Mann, knapp über dreißig. Sie würden ihn vermutlich sympathisch finden.« Simon beobachtete Alex' Bruder Leo, der ernsten Gesichts leere Gläser einsammelte und verwüstete Buffetplatten in Ordnung brachte.

Irgendwo in den Tiefen ihres Kostüms begann es zu zwitschern. »Schon seltsam«, meinte sie, während sie nach dem zugehörigen

---

67 Burkhard I. von Zollern, gestorben 1061, gilt als erster Hohenzollernfürst.
68 http://de.wikipedia.org/wiki/Georg_Friedrich_Prinz_von_Preußen

Mobiltelefon wühlte. »Mit dem Adel ist es wie mit der Astrologie. Der Verstand sagt einem, dass da nichts dran sein kann – aber das Thema fasziniert einen trotzdem ohne Ende.« Sie betrachtete das Display ihres Telefons, hob die blau-silbern gefärbten Augenbrauen. »Sie entschuldigen mich einen Moment? Ich muss kurz telefonieren.«

»Natürlich«, sagte Simon.

Sie entschwand auf die Dachterrasse. Von wegen kurz: Nach zehn Minuten stand sie immer noch draußen, redete und gestikulierte. Simon beschloss, nachzusehen, ob von dem guten Rotwein noch etwas da war.

***

Leo verbrachte den größten Teil der Party in der Küche und kümmerte sich um alles: um Nachschub an Getränken, an Platten frischer Häppchen und darum, die gebrauchten Gläser und Teller einzusammeln, ehe sie zu Bruch gingen. Und er hielt den Geschirrspüler am Laufen. Wie üblich. Seine Art, die Miete zu zahlen. Nicht, weil Alex das von ihm verlangt oder auch nur erwartet hätte, sondern weil es sich so gehörte.

Abgesehen davon hätte er sich auf der Party ohnehin nicht wohl gefühlt. Weder konnte er mit den Leuten viel anfangen, die um seinen Bruder herum waren, noch ertrug er die Musik … Ach, im Grunde gefiel es ihm in der Küche am besten. Hier hatte er seinen Bereich, etwas zu tun und seine Ruhe. Wenn sich, was ab und zu geschah, einer der Mongolenkrieger hierher verirrte, hatte Leo es drauf, so wortkarg und abweisend zu wirken, dass derjenige schnell wieder das Weite suchte.

Doch als Simon König plötzlich neben seiner Theke stand – das war natürlich etwas anderes.

Tatsächlich machte es Leo regelrecht verlegen, dass ihm dieser Ehrfurcht gebietend wirkende Mann zusah, wie er schwarze Oliven in kleine Stücke schnitt und sie auf mit Thunfischpaste bestrichene Baguettescheiben verteilte. Und dass er dann auch noch sagte: »Sie machen das sehr gut.«

»Abgeschaut«, erwiderte Leo, ohne aufzusehen. Und weil er das Gefühl hatte, mehr sagen zu müssen als das, erzählte er eben von Nina und wie sie sich kennengelernt hatten, auf dem Landespresseball, wo sie im Catering gearbeitet hatte und er als Leibwächter des Ministerpräsidenten. »In meinem Job steht man die Hälfte seiner Zeit neben irgendwelchen Büfetts herum, von denen man nichts essen darf. Da hilft man manchmal aus, wenn wenig zu tun ist, trägt Platten von hier nach da, legt auch mal was nach … So sind wir ins Gespräch gekommen.«

»Und so haben Sie gelernt, wie man das professionell macht.«

»Professionell? Na, ich weiß nicht …« Leo fühlte seine Hände feucht werden, musste sie an einem Handtuch abtrocknen. Er war es nicht gewöhnt, dass überhaupt jemand mit ihm redete. Ein Bodyguard wurde gewöhnlich nur wie eine Art bekleidetes Möbelstück behandelt.

Simon König hob sein Glas. »Der Wein ist gut. Haben Sie sich das auch abgeschaut?«

Nina und Weine? Leo hatte sie nie einen Schluck trinken sehen, die ganzen zwei Jahre nicht, die sie zusammen gewesen waren. Er machte sich daran, Lauchzwiebeln in feine Ringe zu schneiden, und erzählte, dass er sich dafür schon immer interessiert hatte. Dass er eine Menge Bücher zu diesem Thema besaß, über Anbaugebiete, Jahrgänge und so weiter. »Da schlage ich aus der Art; immerhin hat meinem Vater mal eine Brauerei gehört …« Er hielt inne, musterte den Mann mit dem stattlichen weißen Haar unschlüssig. »Finden Sie das seltsam für jemanden in meinem Alter?«

»Wieso?«, meinte der. »Ich finde das großartig.«

Wow, dachte Leo und hätte sich beinahe geschnitten.

»Ist das eins dieser Bücher?«, fuhr Simon König fort und beugte sich über das Buch, das aufgeschlagen auf der Anrichte lag. Er inspizierte den Titel, und Leo hatte das Gefühl, zu erröten. Und er hatte es noch wegräumen wollen, die ganze Zeit …!

»Rebecca Gablé, ›Das zweite Königreich‹«, las der weißhaarige Mann halblaut. »Wohl eher kein Buch über Wein. Was ist das? Ein historischer Roman?«

»Meine zweite heimliche Leidenschaft«, blieb Leo nichts anderes übrig, als zu gestehen. »Sie lachen sicher über diese Art Bücher, nicht wahr? Weil das, was in solchen Romanen beschrieben wird, vermutlich zum größten Teil gar nicht stimmt.«

»Wie es wirklich gewesen ist, weiß sowieso niemand«, meinte Simon König, während er ein paar Seiten überflog. »Auch das, was Historiker schreiben, ist letzten Endes nur Theorie.« Er legte das Buch behutsam wieder zurück. »Bloß dass sich deren Abhandlungen nie auch nur annähernd so spannend lesen.«

Leo fasste sich ein Herz. »Herr König«, begann er, »darf ich Sie mal was fragen?«

Der durchdringende Blick des Mannes richtete sich auf ihn. »Bitte.«

»Wie fängt so etwas eigentlich an? So eine – wie sagt man? Dynastie? Ich lese immer nur, dass der älteste Sohn eines Königs dessen Nachfolger wird, wieder einen Sohn zeugt und immer so weiter – aber irgendwie muss das doch angefangen haben. Einer muss der erste König der Linie gewesen sein. Und ich frage mich schon seit jeher, wie er das geworden ist.«

Simon stellte sein Weinglas behutsam ab. »Das ist eine Frage für einen abendfüllenden Vortrag, fürchte ich. Das Königtum als Herrschaftsform ist so alt wie die menschliche Zivilisation, und dementsprechend verliert sich hinsichtlich seiner Anfänge vieles im Dunkel der Geschichte. In den meisten alten Kulturen dürfte der König zugleich auch eine Art Hohepriester gewesen sein. Oft hat er seine Herkunft von den Göttern abgeleitet oder galt als deren Inkarnation, also gar nicht mehr als normales menschliches Wesen. In Ägypten etwa war der Pharao weltlicher Herrscher, geistliches Oberhaupt und, zumindest anfangs, Verkörperung des Gottes selbst. In Japan war das noch bis zum Ende des Zweiten Weltkriegs so; erst die Besetzung durch die Amerikaner raubte dem Tenno seinen gottgleichen Nimbus.«

»Und in Deutschland?«

»Nun, Deutschland hat bekanntlich eine wechselvolle Geschichte. Da muss man weit zurückgehen, noch vor das sogenannte ›Heilige Römische Reich Deutscher Nation‹, das sich im zehnten Jahrhundert unter den Ottonen herausbildete. Im Ostfränkischen Reich, dem Vorläufer, wurde der König tatsächlich in der Regel gewählt. Allerdings war natürlich bei Weitem nicht jeder wahlberechtigt, und es war auch nicht jeder wählbar. Vor allem in den Anfängen musste ein König einem Geschlecht mit sogenanntem *Königsheil* entstammen – womit wir wieder diese Vorstellung von einer Übernatürlichkeit des Königs finden, denn *Königsheil* bedeutete, übermenschliche Kräfte zu besitzen. Das begann damit, dass ein König außerordentlich klug und redegewandt sein musste – Eigenschaften, die man heutzutage unter dem Begriff ›Charisma‹ subsumieren würde –, aber es ging so weit, dass man von ihm erwartete, in einer Schlacht unverwundbar zu sein, die Fruchtbarkeit der Felder zu bewirken und Kranke zu heilen.«

»Ein bisschen viel verlangt, oder?«

»Ja, aber daher kommt beispielsweise die Regel im Schach, dass das Spiel als verloren gilt, wenn der König geschlagen ist. Man betrachtete im Frühmittelalter das Kriegsglück als vom König abhängig. Wenn der König fiel, ging die Schlacht unweigerlich verloren.«

Leo sah betreten auf seine halbfertigen Schnittchen hinab. »Sehen Sie, das hatte ich mir ganz anders vorgestellt. Ich hatte die Vorstellung, dass irgendwann einer die Macht in einem Land ergreift, sich zum König erklärt und dann bestimmt, dass seine Kinder und deren Kinder nach ihm König werden, sodass seine Familie an der Macht bleibt. Dass das immer so begonnen hat.«

»Derlei Fälle lassen sich wahrscheinlich auch finden, aber sie erklären nicht, warum diese Art der Herrschaft so allgemein verbreitet war. Ich denke, dass es eher mit dieser Vorstellung zu tun hat, einem König hafte etwas Übermenschliches, etwas Göttliches an – und mit der Idee, dass sich diese Eigenschaften vererben. Die Erbmonarchie kann sich gegenüber der Wahlmonarchie nur aus dem Grund durchgesetzt haben, dass ihre Legitimität von der Bevölkerung höher eingeschätzt wurde. Denn egal, welche Herrschaftsform man betrachtet – ohne die Bevölkerung geht es nun mal nicht.«

Leo nickte nachdenklich. Das leuchtete ein. Und eigentlich war es ein einfacher, naheliegender Gedanke – dass man darauf nicht selber gekommen war!

Er hätte Simon König gern gesagt, wie interessant er dieses Gespräch fand und, ja, wie viel es ihm bedeutete – allein, dass es stattgefunden hatte. Aber er wusste nicht, wie er sich ausdrücken sollte, also sagte er nichts, sondern nickte nur und legte Lauchringe auf die Mettwurstschnitten.

***

Blöde Party. Was interessierte ihn die Mongolei? Also ehrlich. Root lehnte in dem windgeschützten Winkel zwischen Aufzugsschacht und Badezimmer-Außenwand, wie er es immer zu tun pflegte, wenn er mal eine rauchen musste. Rauchen durfte man nämlich in Alex' Umgebung auch nicht, egal wie viel oder wie gut man arbeitete.

War sowieso besser hier draußen. Kein blödes Geschnatter um einen herum, eine tolle Sicht über die Stadt, und ein lauer Frühlingsabend. Was wollte man mehr?

Als er eine Stimme hörte, beugte er sich vor, um nachzusehen, woher sie kam. Ach so. Dieses ausgeflippte Weib. Stand an der Brüstung und telefonierte. Root spitzte die Ohren.

»… will doch nur rauskriegen, wo er steckt!«, rief sie gerade. »Ach, komm, erzähl mir nichts …«

Root lehnte sich wieder zurück. Alles klar. Wie er schon immer vermutet hatte, machte Sirona mit irgendwelchem verflossenen Beziehungskäse herum. Deswegen kam Alex bei ihr nicht zum Zug, sosehr er sich auch ins Zeug legte.

Er sah dem Rauch nach, den er in die Luft blies, wo ihn ein sanfter Wind nach und nach verwehte. Natürlich ging ihn das nichts an.

Deswegen war es ja so interessant.

Er lugte noch einmal um die Ecke.

»… das habt Ihr mir damals erzählt, aber inzwischen ist mir klar, dass das nicht stimmen kann. Ich weiß nicht, was hinter

TWIN steckt, aber jedenfalls nicht das, was mir Friedhelm damals hat weismachen wollen!«

TWIN? Was hieß das nun? Root spitzte die Lippen. Das klang nicht mehr so richtig nach Beziehungskäse.

»… benutzt!«, rief Sirona ins Telefon. »Benutzt habt Ihr mich, weiter nichts!«

Mit einer wütenden Bewegung klappte sie das Gerät zu, und dann stand sie einfach nur da, am Geländer, starrte in die Nacht hinaus und schluchzte.

Root lehnte sich so leise wie möglich wieder zurück. Besser, sie merkte jetzt nicht, dass er ein bisschen mitgehört hatte.

* * *

Es war alles gar kein Problem. Er kam gut zurecht, doch, das tat er. Alles, was man tun musste, war, zu funktionieren. Und er funktionierte. Tadellos. Jeden Tag besser, weil jeder Tag eine neue Gelegenheit bot, sämtliche Abläufe einzuüben, damit sie noch reibungsloser, noch perfekter abliefen.

Vincent erwachte mit dem Wecksignal, schlug die Decke beiseite und stand, ehe es wieder aufhörte. Sich waschen, sich anziehen – nach und nach gewöhnte er sich auch hier die immer gleichen Bewegungsabläufe an, die *optimalen* Bewegungsabläufe. Wie ein Roboter das getan hätte. Er wusch sich und wurde dabei zum Roboter, zur festprogrammierten Maschine. Mehr war nicht nötig.

So würde er das alles überstehen. Kalt, metallisch, festen Bahnen folgend. Ohne unnötige Bewegungen, ohne Energie zu verschwenden. Wie C3PO, nur dass er die Ruhe selbst war und mit niemandem redete, es sei denn, es war absolut erforderlich.

Das Konzept, optimale Bewegungsabläufe zu suchen, einzuüben und stets unverändert auszuführen, funktionierte hervorragend. Damit bekam er pro Stunde mehr Filter fertig als jeder andere, was den Aufseher dazu veranlasste, anerkennend zu nicken. Wozu er freilich nicht verpflichtet gewesen wäre und was auch nichts zu bedeuten hatte.

Der Aufseher kam eines Tages auf ihn zu. Vincent sah es, ohne in seiner Arbeit innezuhalten, und rechnete damit, ein Lob zu bekommen, doch stattdessen sagte der Mann: »Sie sehen nicht gut aus, Merrit.«

Was sollte das heißen? Vincent verstand es nicht. »Ich fühle mich bestens, Sir«, sagte er, und soweit es ihn anbelangte, war das die reine Wahrheit.

»Sie sollten zum Arzt gehen«, fuhr der Aufseher fort, ein durchtrainierter Mann mit kurzen, blonden Haaren.

»Danke, Sir, aber ich glaube, das ist nicht nötig.«

Doch er wurde nicht gefragt. Er war ein Gefangener, ein Häftling, ein Sträfling: Was er wollte, spielte keine Rolle.

Der Anstaltsarzt untersuchte ihn und stellte ihm Fragen. Wie er schliefe? Was er träume? Ob er Probleme mit der Verdauung habe? Vincent wusste nicht, wozu der Weißbekittelte das wissen wollte, doch er antwortete, so gut er konnte.

»Also, ich finde nichts Körperliches«, sagte der Arzt, der lange dünne Finger und grüne Augen hatte, »aber gesund sind Sie jedenfalls auch nicht. Ich denke, es ist am besten, ich schicke Sie mal zu unserer Psychologin.«

Vincent spürte Widerwillen in sich aufwallen, geradezu überwältigend in seiner Heftigkeit. »Sir!«, beschwor er den Arzt. »Nein. Bitte nicht. Das möchte ich nicht, Sir. Bitte keinen Seelenklempner!«

Doch er war ein Gefangener, ein Häftling, ein Sträfling: Was er wollte, spielte keine Rolle.

»Morgen um zehn Uhr«, sagte der Arzt und tippte den Termin in seinen Computer.

***

Am nächsten Tag holte ihn jemand aus der Werkstatt ab, ein junger Wachbeamter mit unendlich gelangweiltem Gesichtsausdruck. Er brachte Vincent vor die entsprechende Tür und erklärte ihm, dass er zu allen weiteren Terminen, die er mit der Ärztin ausmache, alleine gehen müsse; das System werde dann auf seine

ID eingestellt sein und ihm die entsprechenden Türen automatisch öffnen.

»Und Ihr Ding wird summen, wenn es Zeit ist, loszugehen«, schloss er und entließ ihn in die Praxis der Psychologin.

Die Psychologin war eine Frau Mitte fünfzig, füllig, mit langen, lockigen Haaren. Ihre Augen hinter der goldumrandeten Brille wirkten müde, aber insgesamt strahlte Wohlwollen von ihr aus.

»Guten Morgen, Vincent«, sagte sie und reichte ihm die Hand. »Mein Name ist Dr. Cramer. Setzen Sie sich.«

Der Sessel neben ihrem Schreibtisch war ausnehmend bequem, er schwang leicht hin und her. Vincent sah, dass Dr. Cramer seine Akte auf ihrem Computerschirm hatte.

Er hatte damit gerechnet, dass sie ihn zu der Tat befragen würde, die ihm diese Haft eingebracht hatte – warum er Autos stehle und so weiter. Stattdessen fragte sie ihn, wie es ihm gehe, und sah ihn dabei an, als interessiere sie das wirklich.

»Gut«, versicherte er ihr. Und als sie daraufhin schwieg und ihn weiter so ansah, fügte er hinzu: »Ich komme zurecht. Es ist alles sehr gut ausgestattet hier. Manchmal habe ich ein Gefühl, als hätte man mich in die Welt von *Star Trek* gebeamt, wenn Sie verstehen, was ich meine.«

Sie ließ nicht erkennen, ob sie das verstand. »Macht es Ihnen nicht zu schaffen, Ihrer Freiheit beraubt zu sein?«

Vincent blinzelte, wusste nicht, was er sagen sollte. »Nun ja«, meinte er schließlich, »das ist der Sinn des Ganzen, nicht wahr?«

»Denken Sie, dass das der Sinn ist?«

»Na klar, oder? Ins Gefängnis zu kommen, heißt, nicht mehr frei zu sein.«

Sie nickte sinnend. »Ja. Aber was macht das mit Ihnen?«

»Ich nehme mal an, es soll mich zu einem besseren Menschen machen.« Das war eine gute Antwort, fand Vincent. Bestimmt wollte sie so etwas in diese Richtung hören. Und wenn es ihm gelang, sie davon zu überzeugen, dass mit ihm alles in bester Ordnung war, dass er tadellos funktionierte, dann würde er hier schnell wieder draußen sein.

»So, so«, machte Dr. Cramer, nahm die schwere Brille ab und

massierte ihre Nasenwurzel. »Ein besserer Mensch … Wenn mir nur mal jemand erklären könnte, was das sein soll. Wissen Sie, was ich mich frage, seit ich diesen Job hier mache?«

Vincent musterte sie argwöhnisch. »Nein.«

»Freiheit heißt, wählen zu können. Zur Freiheit gehört also, auch die Unfreiheit wählen zu können. Aber was ist mit der anderen Richtung? Wenn Sie erst einmal unfrei sind, haben Sie keine Wahl mehr, auch nicht die, wieder frei zu sein. Warum muss das so sein? Natürlich, alles andere würde den Definitionen von Freiheit und Unfreiheit zuwiderlaufen, aber irgendwie kommt es mir trotzdem ungerecht vor.« Sie seufzte, setzte ihre Brille wieder auf und beugte sich vor, die Arme vor ihrer mächtigen Brust verschränkend. »Erzählen Sie mir von Ihrer Kindheit, Vincent.«

Vincent verstand nicht, was das alles sollte und wovon sie überhaupt redete. »Von meiner Kindheit?«

»Das macht man so bei Seelenklempnern. Man redet über seine Kindheit«, sagte sie.

Wie es aussah, würde er darum nicht herumkommen, also tat Vincent wie geheißen. Er fing eher allgemein an, aber Dr. Cramer fragte hartnäckig nach und ließ nicht locker, ehe Vincent von seiner Mutter erzählte, den vielen Umzügen von Philadelphia weg und nach Philadelphia zurück und wie er endlich herausgefunden hatte, wer sein Vater war.

Die Sache mit den geknackten Tagebüchern schien sie zu faszinieren. »Wie denken Sie heute darüber? War das in Ordnung, an die privaten Aufzeichnungen Ihrer Mutter zu gehen?«

Vincent hob die Schultern. »Ich weiß nicht. Ich wollte eben wissen, wer mein Vater ist. Und sie wollte es mir nicht sagen.«

»Sie wirken, als seien Sie heute noch stolz darauf, die Schlösser geknackt zu haben.«

Vincent dachte nach, rief sich diesen ewig lange zurückliegenden Nachmittag ins Gedächtnis zurück und musste auflachen, musste zum ersten Mal, seit er das Gefängnis betreten hatte, wieder lachen. »Ja«, gab er zu. »Stimmt. Ich finde immer noch, dass ich das ziemlich clever gemacht habe.«

KAPITEL 31

Mit der geglückten Parteigründung war »die Falle gestellt«, wie sich Alex beim Abschied ausgedrückt hatte, und weiter gab es erst einmal nichts zu tun. Alles Weitere würde von selbst passieren.

So kehrte nach und nach der Alltag zurück. Simon hielt seinen Unterricht ab wie eh und je, ärgerte sich mit Schülern herum, die es seiner Meinung nach besser hätten machen können, aber aus irgendwelchen Gründen nicht wollten, und mit Eltern, auf die im Grunde das Gleiche zutraf. Es galt Prüfungsfragen zu ersinnen, die zugehörigen Arbeiten zu korrigieren und die gefundenen Noten zu verteidigen. Einmal geschah es, dass Alex anrief und ihn fragte, ob er in letzter Zeit etwas von Sirona gehört habe; sie sei gerade schwierig zu erreichen. Simon musste verneinen, was Alex mit einiger Enttäuschung zur Kenntnis nahm. Danach hörte er nichts mehr in dieser Angelegenheit und dachte auch nicht weiter daran.

Das Jahr verging. Nach dem aufregendsten Wahlkampf, den Amerika je erlebt und die Welt mit noch nie da gewesener Anteilnahme verfolgt hatte, wurde Barack Obama zum neuen Präsidenten der USA gewählt; gleichzeitig brach etwas aus, das erst Banken-, dann Finanzkrise genannt wurde und über das plötzlich jeder redete, ohne etwas davon zu verstehen. Rätselhafterweise fanden sich plötzlich Milliarden und Abermilliarden, um Banken vor dem Kollaps zu retten – bloß für die Reparatur des Daches von Simons Schule reichte es immer noch nicht, das blieb weiter undicht.

Der einzige Anlass für Simon, bisweilen an die aufregenden Wochen zu Jahresbeginn zu denken, war, dass Vincent anfing, ihm regelmäßig zu schreiben.

Die ersten Briefe fielen kurz aus, beschrieben seinen Alltag im Gefängnis und lasen sich, als ob es Vincent im Großen und Ganzen gut gehe. Sie waren auf eine Weise formuliert, die es schwierig machte, darauf zu antworten, aber Simon gab sich redlich Mühe, den neu entstandenen Kontakt nicht abreißen zu lassen. Schließlich hatte er ebenfalls einen Alltag, von dem er berichten konnte. Und gut ging es ihm im Großen und Ganzen auch.

Nach und nach ließ Vincent durchblicken, dass er zu Anfang seiner Haftstrafe eine Art seelischen Zusammenbruch erlitten hatte und nun bei einer Psychologin in Behandlung war und dass sie es war, die ihm geraten hatte, die Briefe zu schreiben. Das veränderte den Tonfall ihres Briefwechsels – und verlängerte die Zeit, die Simon mit dem Abfassen seiner Antworten zubrachte. Ganze Abende saß er am Schreibtisch, sinnierend, sich erinnernd, nach den ihm richtig dünkenden Formulierungen suchend. Was er auszudrücken versuchte, war, dass er die kurze Affäre mit Vincents Mutter – seinen Seitensprung, denn immerhin war er damals bereits zwei Jahre mit Helene verheiratet gewesen – lange Zeit als großen Fehler betrachtet hatte, als ein Versagen, das er einst am liebsten korrigiert hätte, hätte die Möglichkeit dazu bestanden, dass er heute jedoch froh sei, dass derlei unmöglich war, denn nun habe er wenigstens einen Sohn, selbst wenn die Umstände nicht ideal gewesen seien, und dass er im Rückblick vor allem bedauere, keine gemeinsame Geschichte mit ihm zu haben. Lila hatte damals sogar abgelehnt, Geld von ihm anzunehmen, hatte die Schecks, die Simon dennoch geschickt hatte, nie eingelöst und war irgendwann umgezogen, ohne ihn ihre neue Anschrift wissen zu lassen, sodass der Kontakt wieder abgerissen war, bis Vincent ihm erneut geschrieben hatte, aber erst während seiner Collegezeit.

Wie sollte man das Versäumte nachholen, wiedergutmachen gar? Simon wusste es nicht, und er saß mehr als einen Abend einfach nur da, blickte aus dem Fenster, während die Sonne unterging, und spürte der Wehmut, ja, der Trauer nach, die er empfand, wenn er auf sein Leben zurückblickte.

Ein seltsamer Gedanke ging ihm dabei nicht aus dem Kopf:

Es hatte ihn, wenn er sich während seines Studiums oder auch später mit Herrscherhäusern und überhaupt dem Adel beschäftigt hatte, immer befremdet, wie viel Bedeutung in diesen Kreisen der Abstammung beigemessen wurde. Die entsprechenden Nachschlagewerke[69] beschäftigten sich praktisch mit nichts anderem als damit, wer wessen Sohn oder Tochter war, und den Hausverfassungen[70] des Hochadels kam es hinsichtlich möglicher Ehepartner weder auf Charaktereigenschaften noch auf gesundheitliche Aspekte an, sondern einzig und allein auf ebenbürtige Abstammung.

Diese Weltsicht war Simon immer ausgesprochen verschroben vorgekommen, an Besessenheit grenzend – doch nun begann er sich zu fragen, ob sich darin bei aller Skurrilität nicht etwas erhalten hatte, das in der heutigen Zeit, die so viel Wert auf Individualität legte, in Vergessenheit geraten war: Nämlich dass die Fortpflanzung – die Weitergabe des Lebens und der eigenen Erbanlagen also – der elementarste Aspekt des menschlichen Daseins war und immer bleiben würde.

***

Vincent tat seine Arbeit, die Tage vergingen, und auch, als Dr. Cramer meinte, es sei an der Zeit, mal ein bisschen Pause zu machen, war das in Ordnung.

Er würde ja nicht für immer im Gefängnis sein. Es würde vorübergehen. Manchmal dachte er schon darüber nach, was er danach machen wollte.

Seine Mutter kam an fast jedem Besuchstag, und eines Tages kam sie nicht allein, sondern zusammen mit Bruce.

---

69 Das »Genealogische Handbuch des Adels« umfasst derzeit 124 Bände. Eine öffentlich zugängliche genealogische Datenbank des höheren Adels in Europa findet sich unter http://www8.informatik.uni-erlangen.de/cgi-bin/stoyan/wwp/LANG=germ/?2

70 Der Hochadel war berechtigt, seine familien-, güter- und erbrechtlichen Angelegenheiten autonom zu regeln, d. h. unabhängig vom allgemein geltenden Recht: http://www.adelsrecht.de/Lexikon/H/Hausgesetz/hausgesetz.html

»Was ist denn jetzt los?«, wollte Vincent wissen.

Bruce grinste nur, ein vielsagendes Grinsen. Dann legte er den Arm um Lila, die ein bisschen verschämt den Kopf einzog, eine winzige Bewegung nur, aber sie entging Vincent nicht.

Zum ersten Mal, seit er denken konnte, wirkte seine Mutter ruhig. So, als wäre sie bis jetzt gerannt, ihr ganzes Leben lang.

Oder geflüchtet.

»Wie geht's dir?«, fragte sie.

»Gut«, sagte Vincent. Er überlegte, ob man das so sagen konnte. Er sah seine Mutter an. Sie hatte viel falsch gemacht, das konnte man durchaus sagen. Aber sie liebte ihn, er wusste es. Sie hatte ihn immer geliebt. Und er liebte sie. »Doch, ja«, sagte er. »Gut.«

***

Eines Tages kam ein Brief vom Büro des Bundeswahlleiters: Als zur Wahl zugelassene Partei stehe der VWM kostenlose Sendezeit im öffentlich-rechtlichen Fernsehen zu. Um von dieser Möglichkeit Gebrauch zu machen, sei mindestens ein Wahlwerbespot zusammen mit dem ausgefüllten beiliegenden Formblatt einzureichen. Über Stichtage, Adressen und zu verwendende Datenträger informiere das beigefügte Merkblatt.

Alex blätterte die Papiere einmal durch und gab sie dann Root. »Mach du das.« Er war in Gedanken völlig bei dem Mongolei-Projekt, das endlich spruchreif zu werden schien. Interessenten an dem geplanten mehrwöchigen Nomadenspiel hatte er schon, jede Menge, auch jemanden vor Ort, der bereit war, ihm Jurten und Pferde zu vermieten. Inzwischen sah es sogar so aus, als ob die Regierung der Mongolei das Vorhaben genehmigen würde. Nur sicher war es eben noch nicht, und so lange brachte er es nicht über sich, an etwas anderes zu denken.

Root studierte die Unterlagen unwillig. »Und was soll ich da machen?«

»Na, einen Wahlwerbespot. Monarchie und so. Lass dir halt was einfallen.«

»Okay«, sagte Root, stopfte die Papiere in seine aus allen Nähten platzende Laptop-Tasche und vergaß das Ganze.

Einige Zeit später kam ein weiterer Brief vom Bundeswahlleiter, in dem unter anderem an die rechtzeitige Abgabe der Wahlwerbespots erinnert wurde.

»Hast du das eigentlich erledigt?«, fragte Alex.

»Klar«, sagte Root wie aus der Pistole geschossen, weil er sich nicht anmerken lassen wollte, dass es nicht stimmte. »Hab denen eine DVD geschickt, schon längst.«

»Okay.« Alex wog das Schreiben in seiner Hand, schien zu überlegen, wohin er es tun sollte. »Kann ich mal sehen, was du da eigentlich gemacht hast?«

»Kein Problem«, sagte Root und klappte seinen Laptop auf. Dann schüttelte er den Kopf. »Ach so, nein. Ich hab das Disk-Image ausgelagert. War zu groß. Ich kann's morgen mitbringen, wenn du willst.«

»Ja, mach mal«, sagte Alex. Er schob den Brief in seine »Zu erledigen«-Mappe, die vor Papier überquoll. Wenig von dem, was in dieser Mappe landete, sah je wieder das Tageslicht. »Würde mich interessieren. Immerhin bin ich ja der Parteivorsitzende.«

So verbrachte Root den größten Teil der Nacht damit, aus diversen Fotos und Videoschnipseln, die er auf seinen Festplatten fand oder im Internet aufstöberte, einen Wahlwerbespot zu montieren, der zumindest ein wenig so aussah, als versuche er für die Wiedereinführung der Monarchie in Deutschland zu werben.

Gar nicht so einfach, und das, obwohl das Ding ja nicht mal die Aufgabe hatte, irgendjemanden zu überzeugen; im Gegenteil. Aber ganz doof sollte es eben auch nicht aussehen, das war eine Frage persönlicher Ehre.

Die zumindest seiner eigenen Einschätzung nach geniale Idee kam Root, als er in einem Ordner seiner Festplatte auf ein paar ziemlich gut geratene Aufnahmen stieß, die er mal mit seinem Handy gemacht, aber in der Zwischenzeit ganz vergessen hatte. Kichernd löschte er das meiste von dem, was er bis dahin zusammengestoppelt hatte, und montierte einen völlig neuen Werbespot. Es war richtig schwierig, ernst zu bleiben, als er den Text dazu sprach; er brauchte mehrere Anläufe. Aber schließlich war das Ding fertig, sah erstklassig aus, zumindest seiner persönlichen Auffassung nach. Also brannte er es auf eine DVD, die er eintütete und am nächsten Morgen noch schnell zur Post brachte, damit er Alex gegenüber sagen konnte, sie sei »schon längst« abgeschickt.

Aber an dem Tag war die Zusage aus der Mongolei da, sodass es auf einmal ganz viel zu organisieren gab und niemand mehr an den Wahlspot dachte.

KAPITEL 32

Helene Bergen war Chefredakteurin von insgesamt fünf Zeitschriften, die sich zwar nach Preis, Gestaltung und Zielgruppe deutlich voneinander unterschieden, aber alle dieselbe Mission verfolgten: ihrer vorwiegend weiblichen Leserschaft ergreifende, sensationelle, lüsterne oder anderweitig aufregende Geschichten aus der Welt der Schönen, Reichen und Berühmten zu erzählen. Es war ein Job, der Helene Bergen regelmäßig bis in ihr ohnehin fast zu vernachlässigendes Privatleben verfolgte und oft genug bis spät in den Abend.

So war es nichts Ungewöhnliches, dass sie, frisch geduscht, noch vom Pfirsichduft ihres Shampoos umweht und in ihren Bademantel gehüllt, in der Mitte ihres kuscheligen Wohnzimmerteppichs stand und mit ihrem Büro telefonierte.

»Also«, entschied sie gerade, »der Typ ist zwar ein Halsabschneider, aber ich will diese Story. Aber sag ihm, für den Betrag schuldet er uns was. Einen *first look* auf seine nächsten Bilder oder so was.«

Sie zog sich das Handtuch vom Kopf, in das sie ihre Haare eingewickelt hatte, fächerte die noch feuchte Mähne auseinander. »Jemand von der Grafik soll ein Layout machen. Doppelseitig, die Bilder so groß wie möglich. Wenn sie schon so viel gekostet haben. Überschrift irgendwas wie ›Liebt sie einen Bürgerlichen?‹ Und versuchsweise auch gleich ein Titelbild. Will ich alles bis morgen Mittag haben.«

Helenes Blick fiel auf die Uhr an der Wand. Sie griff nach der Fernbedienung, schaltete den Fernseher ein, während ihre Assistentin ein weiteres Anliegen vorbrachte.

»Schätzchen«, erwiderte Helene, »darüber können wir gerne

reden, aber nicht jetzt. Heute ist Sissi-Tag, schon vergessen? Der dritte Teil, ›Schicksalsjahre einer Kaiserin‹. Ich gäb was, wenn wir mal eine Story mit so einem Titel bringen könnten.« Helene hatte nicht herausfinden können, aus welchem Grund die alten Schmachtfetzen mit Romy Schneider und Karl-Heinz Böhm in den Hauptrollen wiederholt wurden. Irgendein Jubiläum, vermutete sie, und im Grunde war es ihr auch egal. Die »Sissi«-Trilogie gehörte, wie ihre Mitarbeiter wussten, zu ihren Leib- und Magen-Filmen, und eventuelle Ausstrahlungstermine waren sakrosankt.

»Wir werden mal zusammenlegen und dir die Filme auf DVD schenken«, sagte Verena, ihre Assistentin.

»Das würde ich als unfreundlichen Versuch werten, mich arbeitsunfähig zu machen«, erwiderte Helene mit Blick auf die Wettervorhersage. »Oder was meinst du, warum ich keinen DVD-Player habe?«

Verena seufzte. »Dann streich ich hier auch mal die Segel, hmm?«

»Ja«, sagte Helene. »Mach das. Kann nichts schaden, wenn dein Mann dich mal wieder sieht.«

Gerade als sie das Telefon zurück in die Ladestation stellte, verkündete der Fernsehapparat: »Parteien zur Bundestagswahl. Sie sehen einen Beitrag der Volksbewegung zur Wiedereinführung der Monarchie, VWM.«

Helene musste grinsen. Was es doch für absonderliche Parteien gab! Den Spot hatte bestimmt ein Witzbold beim Sender absichtlich auf diesen Sendeplatz gesetzt.

Sie ging in die Küche und hörte, während sie sich ein Glas Rotwein einschenkte, die Parolen. Ein Monarch als Garant für Stabilität und Vertrauen, bla, bla.

Es hätte nicht viel gefehlt, und das Weinglas hätte seine Existenz auf dem Weg zum Beistelltischchen beendet und die bislang makellose Sauberkeit des teuren Wohnzimmerteppichs gleich mit. Als Helene Bergen nämlich damit aus der Küche kam, erblickte sie auf dem Fernsehschirm ihren seit fast zwanzig Jahren von ihr getrennt lebenden Ehemann, in Würde ergraut und ernsten Blicks, und die jugendlich klingende Stimme des Sprechers erklärte dazu: »Wir fordern: Simon König soll König Simon I. werden, König von Deutschland.«

***

Volker Fuhrmann hatte sich mit seinem Vorhaben, die Sportsendung im anderen Programm zu sehen, nicht durchsetzen können. Er immer mit seinem Sport, hatte sich seine Frau beschwert, und im Übrigen habe sie allein in der letzten Woche zweimal auf einen Spielfilm verzichtet, der sie interessiert hätte.

»Dann geh ich eben in die Kneipe«, erklärte Volker Fuhrmann und stand auf, als der Wetterbericht vorbei war und ein Wahlwerbespot einer dieser ulkigen Winzparteien angekündigt wurde, die aussichtslos an der Bundestagswahl teilnahmen. »Dort läuft bestimmt keine Schnulze.«

Seine Frau zog die Beine aufs Sofa hoch und eine Schnute. »Irgendwie bist du nie da«, sagte sie.

Was erwidert man auf so einen Vorwurf? Eine innere Stimme riet Volker Fuhrmann, jetzt bloß nicht anzubieten, dass er dableiben würde, wenn er auf die Sportsendung umschalten durfte. Weil er nicht wusste, was er sonst sagen sollte, blieb er ebenso ratlos wie schuldbewusst in der Tür stehen.

So kam es, dass ihm der Anblick seines ungeliebten Kollegen zuteilwurde, wie er aus dem Schulportal trat und energischen Schrittes auf die Kamera zu schritt, während die jugendlich klingende Stimme des Sprechers erklärte: »Wir fordern: Simon König soll König Simon I. werden, König von Deutschland.«

Volker Fuhrmann schloss die Augen, öffnete sie wieder. Der Schirm zeigte eine wehende Deutschlandfahne, und es hieß: »Parteien zur Wahl. Sie sahen einen Beitrag der Volksbewegung für die Wiedereinführung der Monarchie, VWM.«

Das hatte er gerade geträumt, oder? Er wollte nicht hoffen, dass er anfing, verrückt zu werden.

»Komisch«, meinte seine Frau. »Ich hätte schwören können, dass das gerade ein Kollege von dir war.«

Volker Fuhrmann spürte, wie unartikulierte, kieksende Laute

aus seiner Kehle quollen. *König?* Der alte Knacker entpuppte sich als Monarchist? Und nicht nur das, er entblödete sich auch noch, sich selber vorzuschlagen für einen Thron, den es überhaupt nicht gab?

Das Kieksen wurde endlich zu einem Lachen. Jetzt hatte er ihn. Diese Geschichte würde König das Genick brechen.

***

»Das stellt mich vor einen Konflikt«, erklärte der Rektor am nächsten Morgen in seinem mit dunklen Eichenmöbeln ausgestatteten Büro, dem einzigen Raum an der Schule, in dem man imstande war, die architektonische Gesamtaussage des Baus zu vergessen. »Ich nehme an, das verstehen Sie.«

Simon verstand überhaupt nichts. Das fing schon damit an, dass er immer noch nicht restlos begriff, was eigentlich vorgefallen war. Irgendwie hatte alles mit gestern Abend zu tun, als er friedlich über einem Buch gesessen hatte, Mark Aurels Selbstbetrachtungen. Auf dem Plattenteller hatte sich Vivaldis Cellokonzert in e-Moll gedreht, als plötzlich dieser Fuhrmann angerufen und ihm völlig abstruse Vorwürfe ins Ohr trompetet hatte. »Das kostet Sie Ihren Kopf, König!«, hatte er gegrölt und: »Sie sind ja größenwahnsinnig!« Nicht um alles in der Welt hatte er verstanden, was für eine Laus dem anderen über die Leber gelaufen war. Schließlich war Simon zu dem Schluss gelangt, dass Fuhrmann betrunken sein müsse, und hatte ohne weiteren Kommentar aufgelegt. Als es gleich darauf wieder klingelte, hatte er einfach den Telefonstecker gezogen.

Erst heute Morgen hatte er erfahren, dass es sich bei dem zweiten Anrufer um Bernd gehandelt hatte. Bernd hatte ihm von einem Wahlwerbespot im Fernsehen erzählen wollen, in dem er, Simon, vorgekommen sei, und nicht nur das: Es hatte darin geheißen, er solle König von Deutschland werden. Das könne nur ein schlechter Scherz sein, hatte Bernd gemeint, aber auf jeden Fall müsse er etwas dagegen unternehmen.

Simon war nicht dazu gekommen, Bernd von den Hintergründen zu erzählen, mit denen dieser Vorfall vermutlich zu tun hatte, und auch nicht dazu, zu versuchen, Alex zu erreichen, denn in dem Moment hatte ihn der Rektor zu sich beordert, und zwar dringend und sofort. Einer der Referendare werde Simons erste Stunde übernehmen.

»Tut mir leid«, erwiderte Simon, »aber mir ist nicht klar, worin dieser Konflikt bestehen soll.«

Ernst Rögemann, seit undenklichen Zeiten Rektor der Immanuel-Kant-Schule, hatte graues, streng gescheiteltes Haar und ein hageres Gesicht, das zu geradezu entwaffnend entsagungsvollen Gesichtsausdrücken imstande war. »Nun. Sie kandidieren für eine politische Partei, wie ich erfahren habe.« Er ließ das so stehen, als sei damit alles gesagt; faltete nur bedächtig die Hände.

»Das ist ja nicht verboten«, erwiderte Simon, der sich immer noch fragte, was für ein Missverständnis die Ursache für all das hier sein mochte.

In manchen Momenten wirkte Rögemann, als habe man ihn einfach zu pensionieren vergessen, und dies war so ein Moment: Unwillkürlich erwartete Simon, nun zu hören, dass Rögemann selber noch unter Kaiser Wilhelm II. zur Schule gegangen sei und diese Zeit in schlechter Erinnerung habe.

»Einmal davon abgesehen, dass es nicht die feine Art ist, dass ich so etwas aus dem Fernsehen erfahren muss.« Der Rektor seufzte schwer, bewegte die gefalteten Hände wie in einem Bittgebet. »Aber der *Monarchie* das Wort zu reden! Ausgerechnet Sie, der als Lehrer für Gemeinschaftskunde den *klaren* Auftrag hat, junge Menschen im Sinne von Demokratie und Rechtsstaatlichkeit zu erziehen! Da heißt es doch auch, *Vorbild* zu sein und das, was man lehrt, zu *leben* …!«

Simon verstand immer noch nicht ganz, was vorgefallen war, aber immerhin schien festzustehen, dass am Vorabend eine Wahlwerbesendung der angeblichen Partei ausgestrahlt worden war, die zu gründen er diesem bizarren Mädchen und ihren nicht weniger bizarren Freunden geholfen hatte, und dass er in diesem Spot aufgetaucht war. Wie es dazu hatte kommen können, galt es zu klären, aber auf alle Fälle war damit ein Schaden für sein persönliches Ansehen angerichtet worden, den einzudämmen nun das Gebot der Stunde war.

Die Frage war, wie? Einfach abzustreiten, mit der Sache irgendetwas zu tun zu haben, war ganz sicher nicht die Lösung: Es würde ihn nur aussehen lassen wie einen Idioten.

Blieb also nur die Flucht nach vorn. In Maßen jedenfalls. Bis er genau wusste, was zum Henker eigentlich los war.

»Dänemark ist eine Monarchie«, erwiderte Simon. »Belgien ist eine Monarchie. Die Niederlande, Spanien, Schweden – alles Monarchien. Zweifeln Sie im Ernst deren demokratische Haltung an? Sogar Großbritannien ist eine Monarchie, und dort wurde die parlamentarische Demokratie *erfunden*!«

Der Rektor spitzte die Lippen. Man war sich im Kollegenkreis uneins darüber, welche Gemütsregung sich bei ihm damit verband; die einen sagten, er tue das, wenn er etwas missbillige, andere vertraten die Ansicht, es sei bei ihm ein Zeichen des Nachdenkens.

»Ich will Ihnen da nicht widersprechen, Herr Kollege«, erklärte er schließlich, »aber mir scheint, dass das in Ihrem Fall doch etwas anderes ist. Was man mir über diesen Wahlwerbespot erzählt hat – selber gesehen habe ich ihn, wie ich gestehen muss, nicht –, lässt mich trotzdem daran zweifeln, dass der Lehrauftrag eines deutschen Gemeinschaftskundelehrers zu vereinbaren ist mit dessen Kandidatur als, hmm … *Monarch*. Darf ich Sie geradeheraus fragen, ob es den Tatsachen entspricht, dass Sie Mitglied dieser Partei zur Wiedereinführung der Monarchie sind?«

Das ließ sich schlechterdings nicht abstreiten, schließlich existierte ein von ihm unterschriebener Mitgliedsantrag. Es hieß also, Haltung zu bewahren. Simon hob den Kopf, straffte seinen Rücken und erklärte: »Das stimmt.«

Die ineinander verkrampften Hände des Rektors erschlafften. »Also tatsächlich.«

»Ich hoffe«, fiel Simon als gesichtswahrendes Argument ein, »dass Sie nicht beabsichtigen, mein verfassungsmäßiges Grundrecht auf Meinungsäußerung und politische Betätigung infrage zu stellen.«

»Ganz im Gegenteil«, erklärte der Rektor. »Ich habe in dieser Frage vorhin mit dem Oberschulamt telefoniert, und die Weisung, die ich von dort erhalten habe, dient in wahrhaft wunderbarer Weise sowohl Ihrem Wunsch nach politischer Betätigung wie auch der Beruhigung meines vorhin artikulierten Unbehagens. Es gibt nämlich eine Verfahrensvorschrift dahin gehend, dass Lehrer, die für ein hohes politisches Amt kandidieren – vom Landtag an aufwärts –, für ihren Wahlkampf und für den Fall, dass sie in das angestrebte Amt gewählt werden, auch für die Dauer dieses Amtes von ihrer Lehrtätigkeit freizustellen sind. Man hat mir auch erklärt, auf welche gesetzlichen Grundlagen das zurückgeht – aber Sie wissen das wahrscheinlich besser; ich habe es, ehrlich gesagt, schon wieder vergessen.«

Simon schluckte unbehaglich. »Wie muss ich das verstehen? Was meinen Sie mit ›freistellen‹?«

»Nun, Sie sind der Spitzenkandidat einer Partei, die an den Bundestagswahlen teilnimmt. Zumindest bis dahin sind Sie hiermit von Ihren Unterrichtsverpflichtungen entbunden«, erklärte der Rektor. »Und danach sieht man weiter.«

»Aber ich bin in meinen Klassen mitten im Stoff, mitten im Schuljahr –«

»Ich bekomme Ersatz; eine Kollegin aus Thüringen, die aus familiären Gründen nach Stuttgart wechseln möchte. Das hat man mir schon zugesagt für den Fall, dass sich in unserem Gespräch hier herausstellen sollte, dass die Dinge tatsächlich so liegen, wie es den Anschein hatte.« Der Rektor lehnte sich zurück und legte die Hände in einer abschließenden Geste vor sich auf den Tisch. »Was ja nun der Fall ist.«

***

»Es tut mir sehr leid«, erklärte Alex zerknirscht, als der Werbespot auf dem Bildschirm von Roots Laptop zu Ende war.

Die beiden waren zum ersten Mal in Simons Wohnung zu Gast. Alex trug einen edlen dunkelblauen Blazer, vernichtete aber den dadurch entstehenden Eindruck von Seriosität, indem er dazu eine Adlerfeder in dem zu einem Zopf geflochtenen und mit Perlen verzierten Haar trug. Er saß auf der Stuhlkante, als wolle er jeden Augenblick aufspringen.

Root dagegen hatte sich beim Hereinkommen in einen Sessel geworfen und lag dort nun wie ein aufgequollener nasser Sack. Er trug heute ein rotes T-Shirt mit der Aufschrift *Wir sind die Leute, vor denen uns unsere Eltern immer gewarnt haben.*

»Der Plan war«, erinnerte Simon ruhig, »für die Partei VWM keinerlei Werbung zu machen. Keine Homepage, keine Prospekte, keine Plakate – nichts. Und nun das – ein Werbespot zur besten Sendezeit. Und zu allem Überfluss mit mir als …« Er hielt inne. »Ich weiß gar nicht, ob es dafür überhaupt ein Wort gibt. ›Thronanwärter‹ kann man schlecht sagen; schließlich existiert ja kein Thron.«

Root wirkte nicht im Entferntesten so, als tue ihm in der ganzen Angelegenheit irgendetwas leid. »Ich finde das ein tolles Wortspiel«, erklärte er unbeeindruckt. »Simon König – König Simon: Die Idee ist doch viel zu gut, um sie zu verwerfen.«

»Heh«, murrte Alex. »Das ist *mein* Spruch.«

»Dieses tolle Wortspiel«, meinte Simon, »hat zur Folge, dass ich für den Rest des Jahres beurlaubt bin.«

»Was heißt beurlaubt?«

»Dass ich mich an meiner Schule nicht blicken lassen darf. Dass jemand anders meinen Unterricht fortsetzt.«

»Und Ihr Gehalt?«

Simon nickte. »Das kriege ich weiterhin, aber –«

»Na, ist doch klasse.« Root hob die Hände. »Sie sollten mir dankbar sein, Mann. Ein Dreivierteljahr Urlaub – wer kriegt das schon?«

Simon fand es anstrengend, die Contenance zu wahren. »Mal ganz abgesehen davon, wie mich dieser Vorfall persönlich in Verruf bringt«, begann er mit mühsam gewahrter Ruhe, »ist es ja so, dass wir, wenn die Dinge wie geplant laufen, irgendwann offenlegen müssen, dass die Gründung der VWM-Partei *nicht* dem Ziel diente, das diese Partei angeblich verfolgt, sondern dem, die prinzipielle Manipulierbarkeit von Wahlmaschinen zu beweisen.

Die Freistellungsregelung, die der Rektor in meinem Fall angewandt hat, ist aber für Leute gedacht, die sich ernsthaft in einem Wahlkampf engagieren – umherreisen, Reden halten und so weiter. Das werde ich natürlich alles nicht tun, was bedeutet, dass man mir danach mit einigem Recht wird vorwerfen können, mir Leistungen erschlichen zu haben. Denn dass ich, ohne dafür zu arbeiten, mein Gehalt weiter bekomme, stellt ja unzweifelhaft eine Leistung des Gemeinwesens dar.« Er hielt inne. Je deutlicher er das formulierte, desto deutlicher kam ihm zu Bewusstsein, in welche schwierige Lage ihn Root mit seinem »lustigen« Einfall gebracht hatte. Das Ganze konnte ihn die Pension kosten, wenn es dumm lief.

»Ich denke, Sie sollten, um sich abzusichern, an höherer Stelle offiziell gegen die Beurlaubung Widerspruch einlegen und betonen, dass Sie bereit sind, den Unterricht jederzeit wieder aufzunehmen«, sagte Alex. »Ich kann meinen Anwalt beauftragen, Sie zu beraten. Aber was Ihren Ruf anbelangt … Ich glaube, Sie machen sich da zu viele Sorgen. Ich meine – das war ein einziger Werbespot. Gerade mal zwei Minuten. Und kein Mensch wird den noch einmal zu Gesicht kriegen. In ein paar Tagen ist alles vergessen, jede Wette.«

***

Als Helene Bergen seinerzeit den Posten der Chefredakteurin übernommen hatte, war der Konferenzraum ein nüchtern-sachlicher Raum gewesen, ausgestattet mit wenig mehr als einem großen Tisch und einer zweckmäßigen Beleuchtung. Davon war nichts mehr zu erkennen: Plüschsofas, Ledersessel, Beistelltisch mit Tiffanylampe, pastellfarben gestrichene Wände und viele Vorhänge mit romantischen Blumenmustern schufen, was Helene unter einer behaglichen Atmosphäre verstand.

Nur den Konferenztisch gab es noch: Eine bestickte Tischdecke verbarg ihn.

Die Entwürfe, die Helene am Tag zuvor angefordert hatte, lagen bereit und sahen nach viel Mühe aus, aber sie legte sie nach einem beiläufigen Blick beiseite und fragte: »Wer hat gestern Abend den Wahlwerbespot von dieser Partei gesehen, die die Monarchie in Deutschland wieder einführen will?«

Drei Hände hoben sich, die übrigen Redakteurinnen und der eine Mann, der es in die Redaktion einer Frauenzeitschrift geschafft hatte – sein Name war Felix –, schauten nur verdutzt drein. Felix runzelte zudem die Stirn, was seine Kolleginnen zu unterlassen gelernt hatten, weil das Falten machte.

»Die wollen, dass ein gewisser Simon König König von Deutschland wird, als König Simon der Erste«, erklärte Manuela. Manuela schrieb sämtliche Antworten auf Leseranfragen und nicht selten auch die Leseranfragen selbst.

Roswitha, zuständig für Kochen und Backen, schüttelte den Kopf. »Man muss sich wundern, was es für durchgeknallte Leute gibt.«

»Och, aber der sah gut aus«, meinte Manuela. »Richtig königlich.«

Worauf ein Gekicher und Gegacker einsetzte, das Helene eine Weile die Runde machen ließ, ehe sie es auf gewohnte Weise – nämlich indem sie mit ihrem Kugelschreiber energisch auf ihre Ledermappe pochte – zum Verstummen brachte.

»Mädels«, erklärte sie streng, »das ist ein Thema für uns. Ein König für Deutschland – das könnte sogar ein *großes* Thema werden.«

»Die haben doch aber keine Chance«, wandte Felix ein. »Die werden null Komma null null irgendwas Prozent der Stimmen kriegen – ihre eigenen hauptsächlich – und fertig.«

Helene sah ihn an, seufzte abgrundtief und fragte: »Felix – wie lange bist du jetzt schon bei uns?«

»Vier Jahre?«, riet Felix, der große blaue Augen und schwarze Locken hatte, nicht verheiratet und nicht liiert war und auch noch nie irgendeine Frau im Hause angebaggert hatte, vermutlich also schwul war. Er war für alles zuständig, was mit Reisen, Wellness und dergleichen zu tun hatte.

»Vier Jahre«, wiederholte Helene. »Dann solltest du inzwischen begriffen haben, wie unser Geschäft funktioniert. Wir sind weder die FAZ noch die ZEIT noch die Süddeutsche. Für uns sind Fakten zweitrangig. Wir verkaufen nicht Nachrichten, wir verkaufen Träume, Felix. *Schöne* Träume. Unsere Leserinnen sollen wohlig seufzen, wenn sie unsere Zeitschriften lesen.«

Der Rest der Runde intonierte an dieser Stelle ein kollektives, hingebungsvolles »Hach!«. Sie kannten Helenes Standpauke alle schon.

»Und Mädels«, fuhr Helene fort und sah in die Runde, »ein König für Deutschland! Stellt euch das doch vor! Nicht mehr nötig, nach Kopenhagen, Den Haag, London oder Stockholm zu schauen. Nie wieder Ärger mit Caroline von Monaco. Wir hätten alles im eigenen Lande!«

Niemand wusste, dass Simon König ihr Mann war. Die meisten wussten nicht einmal, dass sie von Rechts wegen verheiratet war. Wie auch, schließlich lebte sie seit fast zwanzig Jahren alleine.

Helene war sich nicht sicher, ob sie das, was sie vorhatte, *für* Simon tun wollte oder um ihn zu piesacken. Irgendwie beides. Er war immer so schrecklich korrekt und ordentlich gewesen, so bedacht darauf, nur vernünftige Dinge zu tun, vernünftige Ansichten zu haben ... Langweilig, mit einem Wort. Ja, sie hatte ihn verlassen, nachdem er ihr seine Affäre und seinen illegitimen Sohn gestanden hatte. Knall auf Fall. Hatte wutentbrannt ihren Koffer gepackt und noch am selben Abend das Haus verlassen. Ja.

Aber sie war aus einem anderen Grund nicht wieder *zurückgekommen*: Weil das Leben ohne ihn interessanter gewesen war. Zorn verrauchte, über Enttäuschung kam man hinweg – aber Langeweile blieb.

Dass Simon auf einmal etwas derart Verrücktes auf die Beine stellte, auf seine alten Tage sozusagen, faszinierte Helene maßlos. Sicher tat er es nicht ihretwegen, natürlich nicht. Vielleicht war er einfach nur übergeschnappt, wer mochte das wissen? Aber Tatsache blieb, dass sie zum ersten Mal seit Jahren wieder etwas für ihn empfand. Achtung. Bewunderung beinahe.

Sie zog ein Blatt aus der Mappe, das Verena ihr vorbereitet hatte. »Die Partei heißt VWM, ›Volksbewegung für die Wiedereinführung der Monarchie‹. Von Werbung verstehen die nicht das Geringste; man findet nichts im Internet, es scheint keine Pressestelle zu geben, nichts. Was wir haben, ist die Anschrift des Parteivorsitzenden, wie sie beim Bundeswahlleiter hinterlegt ist.« Sie reichte das Blatt weiter an Isabella, die für Reportagen und Interviews zuständig war. »Und wir haben die Anschrift und Telefonnummer von diesem Simon König.«

Niemand fragte, woher Helene *die* hatte.

»Ich will«, fuhr sie fort, »ein großes Interview mit ihm. Und eine Homestory. Und denkt euch was aus, wie wir ein bisschen Glanz und Gloria darum herum veranstalten können. Ich möchte aus dem Material Beiträge für alle unsere Magazine machen. Schickt den besten Fotografen, den ihr kriegen könnt. Ich will, dass dieser König Simon richtig gut aussieht. Ich will, dass Frauen sich sein Foto ausschneiden und übers Bett hängen. Ich will, dass er mit Liebesbriefen zugeschüttet wird, okay?«

Also gut, gestand Helene sich ein, es ist nicht nur Bewunderung, was ich für ihn empfinde. Ich will ihn auch piesacken. Rache ist süß. Er soll ruhig ins Schwitzen kommen, der alte Korrektheimer.

KAPITEL 33

»Ich habe den Spot jetzt auch gesehen«, sagte Bernd, als er am nächsten Tag anrief.

Simon verzog unwillig das Gesicht. »Wie das? Man hat mir versprochen, dass er nicht mehr gesendet wird.«

»Im Internet. Irgendjemand muss die Sendung mitgeschnitten und diesen Ausschnitt ins Internet gestellt haben. YouTube oder wie das heißt. Dort bist du unter den Top Ten, sagt Juliane.«

Simon ächzte.

»Und Dominik hat erzählt, dass der Spot gestern Abend noch mehrmals im Fernsehen gezeigt worden ist«, fuhr Bernd fort. »Bei einem von diesen geschmacklosen Komikern – Stefan Rabe oder wie der heißt. Der hat ein eigenes Video produziert, ganz genauso aufgemacht, nur dass es darin heißt, Roland Kaiser solle zum Kaiser Roland I. gekrönt werden.«

»Wer ist Roland Kaiser?«

»Ein Schlagersänger, glaube ich.«

Simon schloss entsetzt die Augen.

»Ich frage mich, wie die ausgerechnet auf dich kommen«, hörte er Bernd ratlos sinnieren. »Ich meine, das warst du, ganz ohne Zweifel. Jemand hat dich gefilmt, wie du aus dem Hauptausgang der Schule kommst. Seltsam, oder? Was soll das alles?«

Simon rieb sich die Schläfe. »Das ist am Telefon mit ein paar kurzen Sätzen nicht zu erklären«, sagte er. »Hast du vielleicht Lust, heute Abend –«

»Simon?«, kam da Bernds Stimme, metallisch verzerrt. »Bist du noch –?«

Aus. Batterie alle. Simon sah auf die Uhr. Halb elf. Heute hatte Bernd Unterricht bis zur siebten. Er würde ihn abends zu Hause anrufen. Er musste das aufklären, ehe Bernd anfing, ihn für komplett übergeschnappt zu halten.

»Ich muss das aufklären«, sagte er auch, als er Sirona endlich erreicht hatte. »Ich muss erklären, was es mit alldem auf sich hat, ehe ich als Depp der Nation abgestempelt bin.«

Sirona, die ihm gerade ebenso wortreich wie unverständlich erklärt hatte, wieso sie die letzten Tage nicht ans Telefon gegangen war – irgendwas in der Art, dass sie sich durch intensives Spielen am Computer von einer schweren Erkältung kurierte –, stöhnte entsetzt auf. »Das dürfen Sie nicht!«, rief sie. »Ich bitte Sie! Damit würden Sie alles kaputt machen. Die Chance, derart schlagend zu beweisen, wie gefährlich Wahlcomputer wirklich sind, wird so nie wiederkommen!«

»Hören Sie – dass das passiert ist, ist nicht *meine* Schuld, sondern die Ihres Freundes Rüdiger. Ich sehe nicht ein, dass ich das jetzt ausbaden soll.«

»Es tut ihm bestimmt schrecklich leid«, meinte Sirona lahm.

»Erstens tut es ihm kein bisschen leid, im Gegenteil, er findet das nach wie vor eine tolle Idee«, sagte Simon. »Und zweitens hätte ich davon nichts. Was ich brauche, ist eine Rehabilitation.«

»Aber die werden Sie doch kriegen!« Das Mädchen klang regelrecht verzweifelt. »Bis zu den Wahlen sind es nur noch ein paar Wochen …«

»Ich würde eher sagen, noch fast drei Monate«, sagte Simon.

»… und wenn alles so klappt wie geplant, dann sind Sie doch der Held der Demokratie schlechthin!«, beschwor sie ihn. »Okay, Sie erregen jetzt ein bisschen Aufsehen, und das ist vielleicht momentan unangenehm, aber auf lange Sicht gesehen … Verstehen Sie? Wenn Sie jetzt versuchen, das mit dem manipulierten Programm zu erklären – das verstehen die meisten Leute doch gar nicht. Aber Zantini wird es verstehen. Er wird das Programm nicht einsetzen, sondern ändern lassen oder die Aktion verschieben – und wie stehen Sie *dann* da? Erst recht als Spinner, würde ich sagen.«

»Aber –« Simon hielt inne. Die Erwähnung Zantinis hatte ihn zusammenzucken lassen. Die Schmach jenes Abends war nur verdrängt, nicht vergessen. Und Lila fiel ihm ein, wie sie ihm mit bebender Stimme erzählt hatte, dass Vincent lebenslängliche Haft drohte, sollte je herauskommen, dass er erneut in illegale Computermanipulationen verwickelt war. Und so vernetzt, wie die Welt heutzutage war, *würde* der zuständige Staatsanwalt davon erfahren, sobald er, Simon, mit seiner Geschichte herausrückte.

Simon betrachtete sein Abbild im Flurspiegel, fühlte Entsetzen. Nein. Diese Schuld würde er nicht auch noch auf sich laden.

»Meinetwegen«, sagte er. »Ich spiele mit. Gute Miene zum bösen Spiel machen nennt man das wohl.«

Er hörte sie erleichtert ausatmen. »Gut«, stieß sie hervor. »Das ist gut.«

»Hoffen wir es«, meinte Simon.

Dann legte er auf und fragte sich, was wohl als Nächstes passieren mochte.

Es war seltsam, auf einmal so viel Zeit zu haben. Es war anders, als er es von Schulferien her gewohnt war: Da hatte er stets Arbeiten zu korrigieren gehabt, Unterricht vorzubereiten und dergleichen. Aber jetzt – gar nichts.

Nun, wenigstens konnte er sich für die Zubereitung seiner Mahlzeiten endlich so viel Zeit nehmen, wie diesem Vorgang gebührte; brauchte sich nicht zu hetzen. Er ging in die Küche und füllte Weizen in die Kornmühle, um Mehl für ein frisches Vollkornbrot zu mahlen.

Das Telefon klingelte wieder. Diesmal war es eine fremde Stimme, ein Mann, der erklärte, er sei Journalist und wolle ihn interviewen.

»Gern«, sagte Simon.

***

Simon verabredete sich mit dem Journalisten für den übernächsten Tag. Da auch ein Fotograf dabei sein würde, ging Simon noch rasch zum Friseur und zog für die Begegnung seinen besten Anzug an.

Sie fotografierten ihn vor seiner Bibliothek, auf seinem Balkon und in seinem Lesesessel, der, ein hochlehniger Ohrensessel aus dunklem Leder, durchaus etwas von einem Thron hatte. Sie ließen ihn verschiedene staatsmännisch wirkende Posen einnehmen, baten ihn Dutzende Male um Dinge wie das Kinn ein wenig zu senken, eine Idee weiter nach links zu blicken, mehr zu lächeln, weniger zu lächeln, die Augenbrauen zu heben und so fort, was sich alles merkwürdig anfühlte, aber, wie Simon zugeben musste, als sie ihm nachher die Bilder auf dem kleinen Monitor der Kamera zeigten, in der Tat eindrucksvoll wirkte. Sie hatten sogar die Nachbildung eines Reichsapfels mitgebracht, aus Holz und Plastik zwar, aber das war auf den Fotos, die sie damit machten, nicht zu erkennen: Dort wirkte es, als hielte er ein schweres Reichsinsignium aus purem Gold in der Hand.

»Wie leiten Sie Ihren Anspruch auf den deutschen Königsthron ab?«, lautete anschließend die erste Frage des Journalisten. »Was für Verbindungen weist Ihr Stammbaum auf? Oder anders gefragt: Wie viel königliches Blut fließt in Ihren Adern?«

Simon hatte, nachdem der Termin für das Interview ausgemacht war, mit Alex telefoniert, um sich beraten zu lassen, was es dabei zu tun oder zu unterlassen galt.

»Das ist natürlich unmöglich, dass Sie so banale Dinge wie Termine zu vereinbaren selber erledigen«, war dessen erster Kommentar gewesen. »Absolut unköniglich. Sie brauchen einen Sekretär. Darum werde ich mich kümmern.«

»Ich brauche keinen Sekretär«, hatte Simon erwidert, »ich brauche jemanden, der mir Tipps gibt, wie ich mich nicht blamiere.«

»Ach«, hatte Alex gemeint, »machen Sie sich keine Sorgen. Erzählen Sie einfach irgendwas. Ruhig was Kontroverses. Je mehr Sie ihn aufregen, desto größer wird der Artikel. *Any publicity is good publicity*, heißt es, und meiner Erfahrung nach stimmt der Spruch absolut.«

Das war nicht gewesen, was Simon hatte hören wollen. *Einfach irgendwas erzählen*, das war für ihn gleichbedeutend mit: sich zum Narren zu machen. Nein, das brachte er nicht über sich.

Wenn er schon bei diesem Zirkus mitmachte, wollte er dabei wenigstens einigermaßen vernünftig aussehen. Also verbrachte er nach dem Telefonat jede freie Minute damit, sich Argumente zurechtzulegen, die zwar nicht seinem Standpunkt entsprachen, aber zumindest zurechnungsfähig klangen.

Die Frage nach der Abstammung war natürlich vorhersehbar gewesen.

»Ich denke«, begann Simon mit aller Ruhe, die er aufbringen konnte, »über den Begriff ›königliches Blut‹ sollten wir heutzutage hinaus sein. Wenn ein König im Krankenhaus liegt und eine Blutübertragung benötigt, braucht er keine Blutspende eines anderen Königs, sondern einfach nur Blut der richtigen Blutgruppe, nicht wahr?«

Der Journalist, ein magerer, wieseliger Mann mit ergrauenden Locken, schmunzelte. »Stimmt. Aber in Fragen der Thronfolge spielt die Abstammung nun einmal die entscheidende Rolle.«

»Mit einer Frage der Thronfolge haben wir es aber nicht zu tun«, erwiderte Simon. Das Gerät, das der Journalist auf den Tisch gelegt hatte, blinkte gemächlich vor sich hin. »Es gibt im Moment ja keine Monarchie in Deutschland. Ein Thron muss erst geschaffen werden. Darum geht es.«

»Gut. Aber warum Sie?«

Aus irgendeinem Grund wollte Simon das, was er sich für eine derartige Frage überlegt hatte, nicht einfallen, und so sagte er, um überhaupt etwas zu sagen, vage: »Einer muss es schließlich tun.« Und weil der Mann ihn daraufhin nur neugierig, aber schweigend ansah, fuhr er fort: »Und soweit ich sehe, ist sonst niemand bereit dazu.«

»Dann reicht Ihr Blick vielleicht nicht weit genug«, meinte der Journalist. »Es dürfte Ihnen nicht unbekannt sein, dass noch etliche Dynastien existieren, die in der Vergangenheit deutsche Könige oder Kaiser gestellt haben. Bei einer Wiedereinführung der Monarchie in Deutschland könnten diese Familien zweifellos ältere Rechte geltend machen als Sie.«

Auch mit diesem Argument hatte Simon gerechnet.

»Das bestreite ich«, sagte er. »Und zwar bestreite ich, dass diese

›älteren Rechte‹, wie Sie es nennen, heute noch irgendeine Rolle spielen. Die alte Monarchie mitsamt dem damit verbundenen Adel ist ja nicht ohne Grund untergegangen. Dieser Grund war, dass sie an ihrer Aufgabe, nämlich das Volk, den Staat, angemessen, gerecht und friedlich zu lenken, gescheitert sind. Mit diesem Untergang sind alle Rechte erloschen. Das ist genauso, wie wenn ein Firmeninhaber bankrott geht und Konkurs anmelden muss: Damit verliert er auch sämtliche Ansprüche auf das mit seiner Firma verbundene Vermögen. Nein, was wir brauchen, ist ein kompletter Neuanfang.«

»Aber warum eine Monarchie? Was gefällt Ihnen nicht an der jetzigen Regierungsform?«

Hätte man Simon diese Frage gestellt, bevor das alles über ihn hereingebrochen war – angefangen mit Vincents unglückseligem Brief an jenem lange zurückliegenden Montagmorgen –, hätte er geantwortet, dass die momentane Regierungsform der Bundesrepublik Deutschland zwar ihre Nachteile haben mochte, insgesamt aber nicht so viele, dass es nötig sei, über eine derart radikale Alternative wie die Monarchie auch nur eine Sekunde lang nachzudenken.

Diese Antwort verbot sich aber natürlich in seiner Situation, weswegen er viel Mühe darauf verwendet hatte, nach Gründen zu suchen, die für die Monarchie als Staatsform sprachen. Wenn man sich anstrengt, lässt sich bekanntlich alles begründen.

»Vieles in der Politik ist Symbol«, begann Simon. »Staatsoberhäupter, die sich die Hände reichen: ein Symbol. Die Schleife eines Kranzes zurechtzulegen: eine symbolische Handlung. Und so weiter. Niemand, der mit Politik und Geschichte zu tun hat, wird in Abrede stellen, dass Symbole von großer, vielleicht sogar von entscheidender Bedeutung sind.«

»Absolut richtig«, bestätigte der andere bereitwillig.

»Nun, und das traditionelle Symbol der nationalen Identität ist seit jeher die *Krone*. Denken Sie, es ist Zufall, dass etwas wie die Hochzeit eines Königs auch heute noch, in unserem angeblich so rationalen Zeitalter, Millionen vor die Fernsehschirme zieht? Nein, die Krone ist bis auf den heutigen Tag ein wirksames

Symbol. Und deshalb symbolisiert ein Monarch an der Spitze eines Staates Werte wie Stabilität und Kontinuität weitaus besser als gewählte Staatsoberhäupter. Die wechseln alle paar Jahre und sind zudem meist Mitglieder einer bestimmten Partei: ein Widerspruch zu der Neutralität, die vom Repräsentanten des gesamten Staates zu fordern ist. Der Monarch steht sozusagen über dem politischen Tagesgeschäft und ist damit die Verkörperung der langfristigen Perspektiven eines Volkes. Und wenn wir eines heute brauchen, dann sind das langfristige Perspektiven.«

In Simons Ohren klang alles schwammig, was er da von sich gab, aber der Journalist schien es zu schlucken, ja, es schien ihn sogar nachdenklich zu machen. Jedenfalls brütete er einen Moment über seinem Block mit den Fragen, die er vorbereitet hatte, ehe er die nächste stellte.

»Herr König …«, begann er, grinste dann entschuldigend und fragte: »Ist das überhaupt die richtige Anrede? Oder muss ich ›Euer Majestät‹ sagen?«

Simon schüttelte den Kopf. »Nicht, bevor ich zum König gekrönt bin.«

Der andere nickte, wirkte beinahe erleichtert, einen Fauxpas vermieden zu haben. »Wie würde unser Land denn heißen, wenn Sie König würden? Sicher nicht mehr ›Bundesrepublik‹, nehme ich an?«

»Natürlich nicht. Eine Republik definiert sich gerade dadurch, dass ihr kein Monarch vorsteht.«

»Also wieder ›Deutsches Reich‹?«

Simon schüttelte den Kopf. »Ich sagte doch, wir wollen einen Neuanfang. Die alten Zöpfe gehören abgeschnitten. Und die Zeit der *Reiche* ist heutzutage wirklich vorbei.«

»Aber ein *Königreich* ist doch auch ein Reich.«

»Einfach ›Deutschland‹. Das genügt.«

Der Journalist nickte zufrieden, blätterte seinen Block um und überflog die weiteren Fragen.

»Können wir uns dann auf eine generelle Steuersenkung freuen?«, fragte er. »Wenn Sie die Monarchie wieder einführen, führen Sie ja vielleicht auch die schöne alte Sitte des Zehnten wieder ein – ein Steuersatz, von dem wir modernen Menschen heutzutage nicht einmal mehr zu träumen wagen …«

Mit dieser Frage hatte Simon nicht gerechnet. Sie verblüffte ihn, und einen Moment lang wusste er nicht, was er sagen sollte.

Dann fiel ihm Alex' Rat ein, ruhig auch etwas Kontroverses vom Stapel zu lassen. Nun, das war zweifellos die beste Gelegenheit dafür.

»Ja, natürlich«, sagte er und war selber erstaunt, wie selbstverständlich er klang. »Es kann nicht so weitergehen, dass sich der Staat einfach nimmt, was er zu brauchen glaubt. Genau umgekehrt muss es laufen – nämlich dass der Staat einen bestimmten Betrag erhält, mit dem er auszukommen hat. Es kann schließlich auch niemand zu seinem Arbeitgeber gehen und sagen, ›ich habe die und die Ausgaben, also setzen Sie mein Gehalt entsprechend an‹. Und was sind Politiker anderes als die Angestellten der Bürger?«

Verblüffend, was einem einfiel, wenn man drauflosredete, ohne nachzudenken, fand Simon.

Und das Verblüffendste war, dass der Journalist zum ersten Mal so wirkte, als nehme er ihn wirklich ernst.

»Und Sie denken, zehn Prozent reichen dafür?«

Simon hob die Schultern. Das Gespräch begann, ihm zu gefallen. »Die Geschichte lehrt, dass Fürsten, wenn sie zu viel Geld zur Verfügung haben, Kriege anfangen oder es verprassen. Also schätze ich, es ist besser, den Staat finanziell eher auf Sparflamme zu halten.«

»Und die Mehrwertsteuer? Die ist ja eine ganz neue Erfindung. Würden Sie die auch abschaffen?«

Simon musterte den Mann skeptisch. Wollte er ihn aufs Glatteis locken? Oder was war los? Der Journalist klang, als rechne er bereits fest damit, ab Herbst in einer Monarchie zu leben. Besser, er bremste das ein bisschen ab.

»Ich glaube nicht, dass es angebracht ist, schon jetzt derart detailliert über eine Neugestaltung des Steuersystems zu reden«, sagte Simon. »Auf jeden Fall aber brauchen wir auch und gerade hier einen Neuanfang, das dürfte unstrittig sein.«

Der Kopf des Journalisten ruckte unmerklich hoch, fast so, als erwache er aus einem Tagtraum. »Ah, ja«, sagte er und dann: »Gut.« Simon wusste nicht, was er damit sagen wollte. Nichts, vermutlich.

Das Interview ging noch eine Weile weiter. Die restlichen Fragen drehten sich vorwiegend um biografische Details – wann und wo geboren, warum den Beruf des Lehrers ergriffen und dergleichen –, was eher wie die Pflicht nach der Kür wirkte. Endlich verabschiedete sich der Journalist, und Simon blieb zurück in einer Wohnung, die sich auf einmal still und klein anfühlte. Hatte er es nun einigermaßen bewältigt? Oder hatte er sich endgültig blamiert? Er wusste es nicht.

***

Eine Woche verging in eigentümlicher Stille. Niemand rief ihn an, niemand kam, und wenn er einkaufen ging, behandelten ihn die Frauen an der Kasse kein bisschen anders als früher. Es schien tatsächlich so zu sein, dass der Werbespot erstens nicht so viel Aufsehen erregt hatte, wie Simon zuerst geglaubt hatte, und dass er zweitens auch bei denen, die ihn gesehen hatten, schon wieder in Vergessenheit geraten war.

Er begann gerade selber, alles hin und wieder eine Weile zu vergessen, als eines Morgens ein dicker Umschlag im Briefkasten lag, mit einem Exemplar der Zeitschrift, in der das Interview erschienen war. *Mit freundlichen Grüßen* stand auf einem Haftnotizzettel, der auf dem Titelblatt klebte, und *Sie sind auf Seite 22*. Auf dem Titel selber war eine Frau abgebildet, in der Simon eine Schauspielerin zu erkennen glaubte, und gleich die zweite Schlagzeile lautete »Ein König für Deutschland?«.

Simon ließ das Heft zurück in die Hülle gleiten. Sein Herz pochte plötzlich heftig. Schließlich nahm er den Umschlag mit hinauf in die Wohnung, legte ihn auf den Küchentisch und betrachtete ihn dort erst einmal aus sicherer Entfernung. Was hatte er mit diesem Interview angerichtet? Er spürte den Impuls, das Heft samt Umschlag zu packen und ohne einen weiteren

Blick in den Müll zu werfen. Aber damit war es ja nicht aus der Welt; Zehntausende von identischen Exemplaren befanden sich in diesem Augenblick auf dem Weg zu Kiosken, Supermärkten und Buchhandlungen oder lagen bereits in Zeitschriftenständern aus.

Er setzte sich, zog das Heft vollständig heraus und legte es vor sich hin. Immerhin, es sah manierlich aus. Eine Frauenzeitschrift, aber eine aus der edelsten Kategorie.

Er schlug die genannte Seite auf und erblickte sich selbst, wie er vorgebeugt auf seinem Lesesessel saß, das Imitat des Reichsapfels in der Hand. Gedruckt sah das Bild noch weitaus beeindruckender aus, als es auf dem winzigen Display des Fotoapparats gewirkt hatte: geradezu staatstragend. Und hinter dem Titel stand kein Fragezeichen mehr.

Simon las das Interview. Hatte er das wirklich gesagt? Und hatte er es wirklich *so* gesagt, oder hatte man den Text hier und da etwas abgeändert? Schwer zu sagen. Auf jeden Fall las es sich gar nicht übel.

Zusammen mit den Fotos füllte das Interview fast fünf Seiten. In der letzten Spalte der fünften Seite waren Meinungen von Leuten zu lesen, die man angeblich auf der Straße befragt (und fotografiert) hatte: Was sie davon hielten, wenn Deutschland einen König bekäme? Ein Herbert P. (78) und eine rotwangige Waltraud R. (22) waren dafür, ein Detlef E. (39) und eine Klara M. (52) dagegen, und ein Yilmaz H. (31) erklärte, er sei Türke; ob Deutschland einen König oder einen Präsidenten habe, sei ihm gleichgültig.

Simon blätterte den Rest des Heftes flüchtig durch. Reisebeschreibungen, Körperpflege, Mode und ein Interview mit der auf dem Umschlag abgebildeten Schauspielerin, aber wesentlich kürzer als sein eigenes. Das las er schließlich noch einmal.

Es war nicht peinlich. Nicht im Mindesten. Im Gegenteil, es wirkte richtiggehend seriös. Simon war erleichtert.

Mehr als das: Zu seiner eigenen Überraschung verspürte er den Wunsch, es würde noch einmal jemand anrufen und ihn um ein Interview bitten. Falls sich ihm eine weitere derartige Gelegenheit bieten sollte, würde er sie nutzen, um ein paar der Gedanken zu äußern, die er sich im Lauf seines Lebens gemacht hatte.

Die Sache begann ihm beinahe zu gefallen.

***

Es blieb nicht bei dem einen Artikel. In rascher Folge trafen weitere dicke Briefumschläge mit Zeitschriften darin ein. Das fünfte Magazin, das ihn erreichte, war zwar leider eher ein Blatt aus der Kategorie »unsäglich«, aber immerhin: Sein Konterfei zierte die Titelseite. Von dem Interview war praktisch nichts mehr übrig außer einigen nichtssagenden, aus dem Zusammenhang gerissenen Äußerungen; im Wesentlichen war der Text nur ein Bericht darüber, wie er lebte und wohnte – aber auf wundersame Weise so geschrieben, dass der Eindruck entstand, er sei ein Prinz im Exil, der darauf wartete, dass der Usurpator des Thrones, der rechtmäßig ihm zustand, endlich stürzte.

Unmittelbar nach dem Interview hatte er Alex angerufen, um sich zu bedanken, worauf dieser umtriebige Mensch erneut gedrängt hatte, Simon solle nicht mehr selber telefonieren, er bräuchte ein Sekretariat. »Das fände ich reichlich übertrieben«, hatte Simon erklärt. Aber nun klingelte sein Telefon mit jedem Heft, das mit einem Artikel über ihn erschien, öfter, und immer öfter waren es wildfremde Leute, die ihn anriefen, um ihn auszufragen (»Sind Sie der Typ, der König werden will?«) und dann zu beschimpfen. Sonderlich viele Monarchisten schien es nicht zu geben. Schließlich kapitulierte Simon und bat Alex, das Nötige zu tun. Daraufhin tauchte dieser umgehend bei ihm auf, ließ ihn ein Formular unterschreiben und versprach, dafür zu sorgen, dass Simon so schnell wie möglich eine neue, geheime Telefonnummer bekam. Seine alte Nummer würde auf das Sekretariat von Alex' Firma umgeschaltet werden.

Irgendwann im Verlauf des Nachmittags des darauffolgenden Tages fiel Simon auf, dass sein Telefon schon eine ganze Weile still geblieben war. Neugierig hob er ab und wählte seine eigene bisherige Telefonnummer. Er hörte es zweimal klingeln, dann meldete sich eine routiniert klingende Frauenstimme: »Guten Tag, Sie sprechen mit dem Sekretariat von König, Simon. Was kann ich für Sie tun?«

Sie sprach die kleine Pause zwischen seinem Nach- und Vornamen so raffiniert kurz, dass man auch glauben konnte, es handele sich bei »König« bereits um einen Titel. Simon legte ohne ein Wort wieder auf. Nun ja. Wenigstens hatte er nun seine Ruhe.

Später fiel ihm ein, Bernd anzurufen, um ihm die neue Telefonnummer durchzugeben, unter der er erreichbar war.

»Weißt du«, sagte der, »ich freue mich ja, dass du nun doch in die Politik gegangen bist, so wie ich es dir immer geraten habe. Wahrscheinlich albern, aber irgendwie bin ich stolz darauf. Falls du verstehst, was ich meine.«

»Also, ganz so ist es nicht …«, begann Simon, worauf Bernd ihn sofort unterbrach: »Sag nichts. Bitte. Lass mir meine Illusionen.« Er lachte, aber es klang nicht wirklich lustig.

Simon hätte das Missverständnis gern aufgeklärt, doch am Telefon wollte er das nicht machen. Er schlug ein Treffen irgendwann in den nächsten Tagen vor, damit sie über alles reden könnten.

»Ja, das sollten wir wirklich«, meinte Bernd. »Weißt du, ehrlich gesagt hat mich das schon alles ziemlich gewundert. Vielleicht liegt es daran, dass wir nie viel über Politik geredet haben. Irgendwie geht man, wenn man es nicht anders weiß, automatisch davon aus, dass jemand, mit dem man sich gut versteht, auch dieselben Einstellungen und Vorlieben hat wie man selber …«

»Wir sollten uns wirklich bald mal treffen«, wiederholte Simon, bestürzt ob des sich abzeichnenden Ausmaßes der Entfremdung zwischen ihnen.

»Verfolgst du eigentlich die Reaktionen auf die Artikel über dich?«, wollte Bernd wissen. »Leserbriefe und so?«

»Ähm … nein«, gestand Simon. Der Gedanke war ihm überhaupt noch nicht gekommen.

»Also, ehrlich gesagt, ich hab das auch nicht mitbekommen. Aber Frank – mein Bruder, du hast ihn ja kennengelernt … Jedenfalls, seine Frau hat die Zeitschrift abonniert, in der das erste

Interview mit dir erschienen ist, und Frank hat mir die darauffolgende Nummer geschickt. Die kann ich dir mitbringen; sind eine Menge Leserbriefe drin.« Bernd kicherte. »Frank ist völlig aufgeregt wegen der Sache, schlimmer als ich. Ich glaube, er ringt mit sich, ob er dich um ein Interview bitten soll oder ob man ihm das in der Redaktion negativ auslegen würde … Auf jeden Fall ruft er zurzeit ständig an, und ich muss ihm alles haarklein erzählen, was ich weiß. Dabei weiß ich ja gar nichts.«

Vielleicht, überlegte Simon, war es doch keine so gute Idee, Bernd in alles einzuweihen. Nicht Bernd, dem jeder Sinn für Geheimniskrämerei abging. Nicht Bernd, die verkörperte Transparenz.

Nein, besser, er sagte ihm nichts. Noch nicht. Bernd würde es verstehen, später, wenn hoffentlich alles geklappt hatte und das Geheimnis der Wahlmaschinen nicht mehr gewahrt werden musste.

Also beließ er es, als Bernd an einem der darauffolgenden Abende auf ein Glas Wein vorbeikam, bei ein paar allgemeinen Worten, dahingehend, dass das alles nicht so sei, wie es erscheine, sondern dass ein anderer Plan dahinterstecke, den zu enthüllen die Zeit noch nicht reif sei.

»Verstehe«, meinte Bernd daraufhin mit schlauem Lächeln. »Ich schätze mal, das Ganze ist ein Trick, um überhaupt erst mal die Aufmerksamkeit zu erregen. Clever, mein Lieber, wirklich clever.«

Simon sagte nichts dazu, schenkte nur Wein nach, und bald bewegte sich ihr Gespräch wieder in vertrauten Gefilden, drehte sich wie üblich um Schüler, Kollegen und schließlich um das Bildungswesen und seine Miseren.

Am nächsten Morgen nahm sich Simon das Heft vor, das ihm Bernd mitgebracht hatte, und studierte die Leserbriefe. Sie stammten vorwiegend von männlichen Lesern, die das Magazin offenbar also auch hatte, und brachten vorwiegend Empörung zum Ausdruck. Das sei ja wohl ein schlechter Witz, schrieb einer, ein anderer nannte Simon einen »Clown«, ein dritter meinte eher amüsiert, es sei nicht nur erstaunlich, was für Freaks herumliefen, sondern fast noch mehr, dass man ihnen derart bereitwillig Gelegenheit böte, sich öffentlich zu produzieren. Einer schließlich war ein richtiggehender Monarchist, der die Idee, wieder einen König an die Spitze des deutschen Staates zu stellen, »im Prinzip hervorragend, wenn auch alles andere als neu« nannte – aber natürlich käme für eine derartige Position kein dahergelaufener No-Name infrage. Gerade in dieser Angelegenheit gehe es schließlich in erster Linie um den Erhalt von Traditionen, die sich in Jahrhunderten bewährt hätten. Es gälte, an nichts Geringeres als die Geschichte des Heiligen Römischen Reiches Deutscher Nation anzuknüpfen, und hierfür kämen ausschließlich Vertreter traditionell hervorragender Familien infrage, allen voran das Haus Hohenzollern, das mit Wilhelm II. immerhin den letzten deutschen Kaiser gestellt habe.

Simon empfand den Tonfall dieser Briefe als verletzend, unabhängig davon, dass er sich sagte, dass das alles ohnehin nichts zu besagen hatte. Im Grunde, sagte er sich außerdem, war es doch mehr als beruhigend zu sehen, wie wenig Neigung in Deutschland bestand, zum Absolutismus zurückzukehren. Wobei er zu dem Geschichtsbild dieses Monarchisten einiges zu sagen gewusst hätte, was diesem wenig gefallen, dafür aber den historischen Tatsachen mehr entsprochen hätte.

In diesem Augenblick fiel Simons Blick auf das Impressum in der Spalte neben den Leserbriefen und auf eine der obersten Zeilen darin, die lautete *Chefredakteurin: Helene Bergen.*

Simon erstarrte.

Helene? Was hatte das zu bedeuten?

Er sprang auf, holte die übrigen Zeitschriften hervor, die man ihm zugeschickt hatte, schlug überall die Impressen nach.

Überall stand das Gleiche.

KAPITEL 34

Hättest du mir ab und zu ein bisschen zugehört«, erklärte Helene am anderen Ende der Leitung, »dann hättest du das gewusst. Ich habe nie ein Geheimnis daraus gemacht, wo ich arbeite.«

»Du wirst nicht im Ernst erwarten, dass ich mir die Namen derartiger Zeitschriften merke«, verwahrte sich Simon.

Sie lachte auf; es klang eher schmerzlich als belustigt. »Keine Sorge, das habe ich nicht erwartet. Ich wollte nur klarstellen, dass mich keine Schuld trifft, okay?«

»Ich habe kein Wort von Schuld gesagt, ich wollte nur –«

»Ich wollte dir nur helfen«, unterbrach Helene ihn. »Wobei auch immer. Ich habe keine Ahnung, wie du auf so eine Idee gekommen bist. Aber ich wollte dir einfach helfen.«

Simon blickte unwillkürlich auf die Stelle neben der Wohnungstür, wo einst die beiden gerahmten Kupferstiche gehangen hatten, die Helene auf einem Künstlermarkt auf dem Schlossplatz gekauft und bei ihrem Auszug mitgenommen hatte. Er hatte den Flur später neu anstreichen lassen und war sich sicher, dass an den Stellen, an denen die Bilder gehangen hatten, keine Spuren mehr zu erkennen waren, doch jetzt gerade war ihm, als sehe er die ausgebleichten Ränder noch.

»Helene«, sagte er, »ich halte das für keine gute Idee. Weiß denn niemand, dass wir verheiratet sind?«

»Natürlich nicht.«

»Trotzdem. Es könnte herauskommen, und dann? Dann bekämst du jede Menge Schwierigkeiten.« Irgendwie musste er an Fuhrmann denken, der ihn, wie Bernd hatte erzählen hören, beim Rektor angeschwärzt hatte. »Es gibt immer einen, der einem am Zeug flicken will und dem alles recht ist, was er gegen einen verwenden kann.«

»Wie sollte das herauskommen?«, fragte Helene.

»Zumindest eure Personalabteilung dürfte Bescheid wissen. Das ist schließlich steuerlich relevant.«

»Unsere Personalabteilung weiß, *dass* ich verheiratet bin, aber nicht, mit *wem*.«

»Meinetwegen. Aber du kannst dich nicht darauf verlassen. Und wenn ich so mitkriege, was man heutzutage über das Internet alles herausfinden kann …«

»Zu unserer Zeit gab es das noch nicht mal. Was sollte da also stehen?«

Simon setzte sich auf den Stuhl, der neben dem Telefonapparat an der Wand stand. »Ich weiß es nicht. Aber du weißt es auch nicht. Und im Grunde ist es ganz einfach: Je mehr Wirbel du um mich veranstaltest, desto mehr Leute werden auf die Idee kommen, irgendwelche Nachforschungen anzustellen. Und je mehr Leute suchen, desto größer wird die Wahrscheinlichkeit, dass jemand etwas findet.« Es war doch egal. Er hatte seine Ideen und Gedanken sein Leben lang für sich behalten. Es würde keine große Umstellung sein, das auch den Rest seiner Tage so zu handhaben. »Es wäre mir lieber, du unternimmst in dieser Sache nichts mehr.«

»Hmm«, machte Helene. Nach ein paar Augenblicken meinte sie mit merklich veränderter Stimme: »Ich muss sagen, ich bin ziemlich … Ich weiß auch nicht. Dass du dir meinetwegen Sorgen machst …«

Simon musste schlucken. »Ganz so ist es nicht«, versicherte er.

»Ja, schon klar«, erwiderte Helene. »Du versuchst nur, das Richtige zu tun. Ich weiß. Wie immer. Immer so vernünftig. Es hat mich eben begeistert, dass du mal etwas so Unvernünftiges tust, das ist alles. Wenn du's genau wissen willst.«

Simon wurde das Gefühl nicht los, dass sich ihr Gespräch zusehends in eine ganz falsche Richtung bewegte. »Alles mit Maß und Ziel«, sagte er lahm.

»Da spricht jetzt wieder der Simon, den ich kenne.« Sie klang enttäuscht.

Es schmerzte Simon, das zu hören, aber er sagte sich, dass sie auch allen Grund dazu hatte, von ihm enttäuscht zu sein. »Engagier dich nicht mehr in dieser Geschichte«, sagte er. »Bitte.«

»Das muss ich mir noch überlegen«, erwiderte sie spitz. »Unseren Verkaufszahlen hat es nämlich gutgetan, und das ist im Zweifelsfall das stärkere Argument.« Im Hintergrund hörte man ein Geräusch, eine Tür, die geöffnet und wieder geschlossen wurde oder dergleichen. »Ich muss los«, sagte Helene, »die Budgetkonferenz beginnt gleich. War schön, von dir zu hören. Mach's gut, tschüs!« Damit legte sie auf.

Simon blieb noch eine Weile sitzen, den Hörer in der Hand, in dem es leise tutete – ein Geräusch, das seine stille, leere Wohnung noch stiller und leerer wirken ließ –, und kämpfte gegen das überwältigende Gefühl an, ein verfehltes Leben gelebt zu haben, ein Leben ohne jede Bedeutung.

Ihre Stimme. Die hatte ihn ganz durcheinandergebracht. Helene klang immer noch genauso wie früher, und das rief alle möglichen Erinnerungen wach. Nicht zuletzt an jenen entscheidenden Moment, in dem er versagt hatte. Hätte er *damals* das Richtige getan, dann wäre er in Philadelphia standhaft geblieben. Dann hätte er niemals einen unehelichen Sohn gehabt, der dann natürlich auch niemals ein dubioses Computerprogramm geschrieben hätte, das folglich auch nie in Form dieser CD in seinem Briefkasten gelandet wäre. Alles, was seither passiert war, hätte sich nie ereignet.

Simon seufzte. Eigentümlich, auf einmal dieses Spinnennetz aus Ursachen und Wirkungen zu sehen, in dem er sich verfangen hatte.

Er legte auf, und im selben Moment, in dem der Hörer wieder auf der Gabel lag, klingelte es erneut.

Er riss den Hörer wieder ans Ohr. »Ja?«

Es war nicht Helene, es war Alex.

»Jetzt interessiert sich das Fernsehen für Sie!«, verkündete er in einem Ton, als hielte er das für eine großartige Nachricht. »Wir haben schon alles arrangiert; Termin, Location und so weiter. Ich hoffe jetzt bloß, Sie haben auch Zeit!«

***

»Sie brauchen sich wirklich keine Sorgen zu machen«, wiederholte Alex zum mindestens dritten Mal. Er war, nachdem ihm Simon erklärt hatte, dass ihm die Sache nicht gefiele, eigens zu ihm rausgefahren, um ihn umzustimmen. »Ich kenne den zuständigen Produzenten, der das machen wird. Der hat schon öfter über unsere *Alternate-Reality-Games* berichtet, immer sehr positiv.« Auch das hatte er schon mehrmals erzählt.

Es sei nur die Landesschau. Die wolle einen kurzen Bericht bringen, drei bis fünf Minuten in der Sendung, die wochentags vor den Abendnachrichten lief. Den Beitrag zu drehen werde ein paar Stunden in Anspruch nehmen. Höchstens einen halben Tag.

»Es gefällt mir nicht, dass das immer weitere Kreise zieht«, sagte Simon noch einmal. »Schon das Interview in dieser Zeitschrift war mir im Grunde nicht recht. Und jetzt kommen Sie mit dem Fernsehen daher. Das ist ja noch mal eine ganz andere Kategorie.«

»Die Landesschau? Ach, kommen Sie. Die schaut eh niemand. Öffentlich-rechtliche Beschäftigungstherapie …« Alex wand sich, gestand schließlich: »Also, es ist so – ich schulde dem Produzenten noch einen Gefallen.«

»Einen Gefallen.«

»Er hat mir mal erlaubt, mich für meine Onlinewerbung aus seinem Videoarchiv zu bedienen. Das hat mir damals wahrscheinlich den Hals gerettet, um ehrlich zu sein.«

»Könnte es nicht ein anderer Gefallen sein?«

Alex hob die Schultern. Lächelte entwaffnend.

Simon seufzte. »Also, meinetwegen. Dieses eine Mal noch.«

***

So fuhren sie zwei Tage später auf der Autobahn dahin, und wann immer Simon wissen wollte, wohin um alles in der Welt Alex ihn zu bringen vorhabe, sagte dieser nur: »Warten Sie ab; es wird Ihnen gefallen.«

Nach dem dritten Mal fragte Simon nicht mehr, war sich aber sicher, dass es ihm nicht gefallen würde.

Sie verließen die Autobahn und fuhren über eine schmale, gewundene Landstraße.

Dann verließen sie die Landstraße und fuhren einen holprigen Waldweg entlang.

Dann verließen sie den Waldweg und rollten über knisternden, knackenden Schotter durch ein verwittertes Tor.

Und hielten vor einem schier unübersehbar großen Gebäude.

»Ein König«, erklärte Alex, als er dem verdutzten Simon den Wagenschlag öffnete, »braucht natürlich ein Schloss.«

»Wo sind wir?«, wollte Simon wissen.

»Auf Schloss Reiserstein, urkundlich erstmals erwähnt 1286, im sechzehnten Jahrhundert Sitz der Fürsten von Fresenhagen, heute am ehesten bekannt für seinen prachtvoll ausgeschmückten Rittersaal«, rasselte Alex herunter. »Im Übrigen seit 1991 im Privatbesitz des Industriellen Heinz Stiekel.«

Simon sah an der Ringmauer hoch, die Schießkammern und Rundvorsprünge aufwies. 1286, das hieß, die Burg musste in der Stauferzeit erbaut und später in barockem Stil umgebaut worden sein.

»Nie davon gehört«, bekannte er.

Alex nickte. »Das Schloss ist eher unbekannt. Schade, denn es ist heute prachtvoll hergerichtet. Praktisch bewohnbar.«

»Und woher kennen Sie es?«

»Über Herrn Stiekel.«

Stiekel? Das sagte Simon irgendwas. Stellte irgendwelche Werkzeugmaschinen her, oder? Jedenfalls war er dem Namen in der Zeitung schon öfters begegnet, in der Regel im Wirtschaftsteil. »Und woher kennen Sie den?«

Alex hob die Schultern. »Ich habe eine Riesenadressdatei von solchen Leuten. Ich kenne jeden, der in Deutschland eine Burg oder ein Schloss besitzt. Mit denen habe ich praktisch ständig zu tun.«

»Wegen Ihrer Spiele?«, dämmerte es Simon.

»Genau. Auch Ritter brauchen Schlösser. Oder zumindest Burgen.« Er wies auf das Hauptgebäude. »Hier gibt es sogar noch ein richtiges altes Verlies, komplett mit Gittern und schweren Riegeln – grandios!«

Als sie das Bauwerk betraten, stellte Simon fest, dass das Fernsehteam bereits da war, schon seit Stunden, wie es aussah. Überall liefen Kabel, standen Stühle, Kühlboxen mit Getränken und Geräte mit zahlreichen Reglern und Knöpfen daran. Im Rittersaal tauchte ein halbes Dutzend Scheinwerfer alles in taghelles Licht, sodass die alten Farben der Wand- und Deckenmalereien in geradezu die Sinne verwirrendem Glanz erstrahlten.

Der Regisseur, ein zur Kugelform neigender Mann in einer speckigen Lederjacke, strahlte auch. »Das werden wunderbare Bilder, ganz wunderbare Bilder«, erklärte er, während er Simon die Hand schüttelte. »Ich freue mich jetzt schon. Schön, dass Sie kommen konnten.«

Simon murmelte etwas dahingehend, dass die Freude ganz auf seiner Seite sei, aber nicht allzu laut, denn eigentlich war es gelogen. Freude? Er würde sich hier endgültig zum Affen machen, das war es, was ihm bevorstand.

Die Bühne dafür war bereitet. Im Kamin brannte ein Feuer, davor hatte man zwei edel aussehende, antike Sessel aufgestellt und in einem weiten Kreis darum herum mehrere Kameras, noch mehr Scheinwerfer und allerlei durch Kabel miteinander verbundene Gerätschaften.

Ein Riese mit einem beinahe kahl geschorenen Kopf und einem modischen Dreitagebart – tatsächlich unterschieden sich sein Bart und sein Kopfhaar von der Länge her praktisch überhaupt nicht – kam auf Simon zu, reichte ihm die Hand. »Ich werde Sie nachher interviewen, wenn Ihnen das recht ist«, sprudelte er hervor. »Brauchen Sie noch irgendwas? Einen Kaffee? Was zu essen? Wir haben Sandwiches mit, wenn Sie mögen.«

Simon lehnte dankend ab.

»Okay, dann darf ich Sie bitten, mit meiner Kollegin hier in die Maske zu gehen? Ist leider nötig für Fernsehaufnahmen aller Art.« Er winkte einer vierschrötigen Frau, die neben ihm wie eine Zwergin wirkte.

Nach einer halben Stunde voller Puder, Haarspray und anderer Make-up-Maßnahmen saß Simon in dem prächtigeren der beiden Sessel und fühlte sich wie der Sonnenkönig höchstpersönlich. Mehr parfümiert und hergerichtet konnte Ludwig XIV. auch nicht gewesen sein.

Und wenn er ganz ehrlich war: Das fühlte sich gar nicht so schlecht an.

Der Riese mit dem Dreitagebart saß auf dem anderen Sessel. »Wir sprechen heute mit Simon König, dem Spitzenkandidaten der VWM, der Volksbewegung zur Wiedereinführung der Monarchie in Deutschland«, sagte er an die Kamera gewandt, über der das rote Lämpchen leuchtete. »Ginge es nach dieser Partei, würde er als Simon I. der neue König von Deutschland werden.« Er wandte sich Simon zu. »Guten Abend, Königliche Hoheit.«

Simon schüttelte behutsam den Kopf. »Aktuell einfach Herr König. ›Königliche Hoheit‹ wäre die Anrede für einen Prinzen. Das bin ich ja nicht. Ich heiße nur zufällig König mit Nachnamen.«

Der Interviewer hielt einen Moment inne, als müsse er das verarbeiten, dann sah er Simon an und begann, ohne auf den Einwand zu reagieren, mit seinem Interview.

»Der letzte deutsche Monarch war Wilhelm II., Deutscher Kaiser und König von Preußen. Er bestieg den Thron im Jahre 1888, auch als das ›Dreikaiserjahr‹ bezeichnet, regierte bis zum Jahr 1918 und dankte nach dem verlorenen Krieg ab. Müsste man, gesetzt den Fall, man wollte die Monarchie in Deutschland wieder einführen, nicht an diese Tradition anknüpfen?«

Simon hob die Augenbrauen auf eine Weise, die seiner Erfahrung nach einschüchternd aussah, und das sicher nicht nur in Klassenzimmern. »Wieso müsste man das? Wo steht das geschrieben?«

»Nun, die traditionellen deutschen Herrscherhäuser sind nun

mal die Hohenzollern, Wittelsbacher, Wettiner, Welfen und so weiter …«

»Richtig, aber die hatten alle ihre Zeit. Und diese Zeit ist vorüber.«

»Das heißt, Sie wollen die Monarchie einführen, aber sozusagen eine neue Dynastie aus dem Nichts heraus begründen? Gewissermaßen eine Tradition ohne Tradition schaffen?«

Simon legte die Hände übereinander, um der Versuchung zu widerstehen, den Zeigefinger dozierend zu heben. »Natürlich kann man eine Tradition nicht schaffen. Man kann nur die Grundlagen dafür legen, dass sie entsteht – im Lauf der Zeit, wie das Traditionen nun einmal so an sich haben. Aber was würde es uns denn bringen, an Traditionen anzuknüpfen, die sich nicht bewährt haben?«

»Haben sie sich denn nicht bewährt?«

»Das steht außer Frage. Gerade Kaiser Wilhelm II. dürfte mehr als jeder andere dazu beigetragen haben, die damalige Monarchie in Deutschland ihrer Unterstützung im Volk zu berauben. Nicht, dass er bösen Willens gewesen wäre – das war er bestimmt nicht: Er konnte es eben nicht besser. Tatsächlich muss man aus heutiger Sicht sagen, dass er die Rolle, die er hätte spielen müssen, zu keinem Zeitpunkt befriedigend ausgefüllt hat, in Friedenszeiten nicht und in Kriegszeiten erst recht nicht.«

»Sie machen ihm aber nicht zum Vorwurf, dass Deutschland den Ersten Weltkrieg verloren hat, oder?«

»Nein, das wäre Unsinn. Er hat allerdings ohne Zweifel wesentlich dazu beigetragen, dass der Krieg überhaupt ausgebrochen ist[71]. Der Erste Weltkrieg hat eine lange Vorgeschichte, die man keineswegs auf das Attentat von Sarajevo und die daraufhin abrollenden Bündnismechanismen reduzieren kann: Man muss sich vielmehr fragen, wieso diese Bündnisse überhaupt so entstehen konnten. Da hat es jahrzehntelang an Voraussicht und Realismus gefehlt. Ein Zeichen dafür, dass die damals regieren-

---

71 http://de.wikipedia.org/wiki/Wilhelm_II._(Deutsches_Reich)#Erster_Weltkrieg

den Fürsten der Lebenswirklichkeit ihres Volkes gefährlich weit entrückt waren.«

»Gut, aber angenommen, Sie würden König von Deutschland – wie würden Sie denn verhindern wollen, dass Ihnen oder Ihren Nachfahren ähnliche Fehler passieren? Ist das alles nicht ein Argument für die Demokratie?«

Simon spürte, wie er wieder ins Schwimmen kam. Natürlich war das ein Argument für die Demokratie. In genau diesem Sinne hätte man in einer Unterrichtsstunde über deutsche Geschichte weitergemacht.

Wobei das allerdings eine zu einfache Sicht der Dinge war. Sozusagen die Light-Version für Gymnasiasten.

»Sie konstruieren da einen Gegensatz zwischen Monarchie und Demokratie, der so nicht besteht«, begann Simon bedächtig und unsicher, wohin ihn das argumentativ führen würde. »Und der im Grunde für alle Mitgliedsstaaten der Europäischen Union, an deren Spitze nach wie vor Monarchen stehen, eine Beleidigung ist. Können wir uns darauf einigen? Dass auch Dänemark und Belgien demokratische Staaten sind?«

»Ja, natürlich«, beeilte sich der Interviewer zu versichern. »Aber vielleicht liegt der Fall, was Deutschland betrifft, doch etwas anders?«

»Er liegt insofern anders, als die deutschen Monarchen vor der Herausforderung der Geschichte versagt haben. Das meinte ich damit, dass die Zeit der früheren Herrscherdynastien vorbei und ein vollständiger Neuanfang nötig ist. Nicht der Ausgang des Ersten Weltkriegs – die Niederlage Deutschlands also – war der entscheidende Faktor, sondern, dass die damals Regierenden sich demokratischen Reformen verweigert haben. Hätten sie rechtzeitig einer Entwicklung hin zur Demokratie Raum gegeben, hätte die Monarchie in Deutschland wahrscheinlich überlebt[72].«

»Ein verblüffender Gedanke.«

»Das wäre ziemlich sicher noch bis zum Jahr 1917 möglich

---

72 Lothar Machtan, »Die Abdankung. Wie Deutschlands gekrönte Häupter aus der Geschichte fielen«, Berlin 2008

gewesen. Stattdessen haben die Herrscher nur zäh ihre Privilegien verteidigt, ohne zu sehen, dass sie damit ihren eigenen Untergang herbeiführten. Derselbe Realitätsverlust, der auch die Art und Weise kennzeichnet, wie der Erste Weltkrieg militärisch geführt wurde – mit illusorischen Vorstellungen über die eigenen Möglichkeiten und ohne jedes Bewusstsein für das Leid der Soldaten. Ohne diesen Realitätsverlust wäre dieser Krieg vielleicht nie begonnen, ganz sicher aber eher beendet worden.«

»Faszinierend«, sagte der Interviewer. »Wie wäre die Geschichte Deutschlands dann weitergegangen?«

»Es hätte zunächst einmal die Weimarer Republik nie gegeben«, zählte Simon auf. Er fühlte sich herausgefordert. Die Scheinwerfer blendeten. »Dadurch, dass die deutsche Demokratie sich langsamer entwickelt hätte – dass es ein organischer Übergang geworden wäre anstatt eines radikalen Umbruchs –, hätte es vermutlich auch die demokratiefeindlichen Strömungen der 20er-Jahre nicht gegeben; ja, womöglich wäre auch Hitler überhaupt nicht möglich gewesen.«

Simon hielt inne. Ein erstaunlicher Gedanke. Und wie er ihm gekommen war! Wie von selbst, beim Sprechen sozusagen!

»Denken Sie wirklich?« Auch sein Gegenüber wirkte verblüfft.

Simon nickte mit mehr Entschiedenheit, als er verspürte. »Man kann durchaus sagen«, erklärte er, langsam und bedächtig, weil er erst eine überaus vage Idee hatte, was sich dazu sagen ließ – seltsam, das alles; gerade so, als sauge der fragende Blick des anderen an ihm, fördere Gedanken aus ihm zutage, von denen er selber nicht gewusst hatte, dass er sie besaß! –, »dass Hitler sozusagen eine Stelle besetzte, die im Gefühl der Bevölkerung vakant war: die des Kaisers nämlich. Natürlich füllte Hitler sie auf eine geradezu perverse Weise aus, aber man muss sich schon die Frage stellen, ob er die Chance dazu gehabt hätte, hätte es 1933 in Deutschland einen Monarchen gegeben. Ob die Dinge dann so hätten kommen können. Ich denke, nein.«

Der Mann mit dem Dreitagebart sah Simon an – erstaunt, verdutzt, mit einem Blick, in dem Simon beinahe etwas wie Bewunderung zu erkennen glaubte.

»Königliche Hoheit«, sagte er dann, »vielen Dank für das Gespräch.«

***

Wann das Interview ausgestrahlt werden würde, war im Voraus schwer zu sagen, erklärte der Regisseur; das hänge von den jeweiligen tagesaktuellen Ereignissen ab, über die vorrangig berichtet werden musste. Man werde ihn, Simon, anrufen.

Das passierte nicht; stattdessen rief Alex am Dienstag der darauffolgenden Woche an, ganz aufgeregt: Heute Abend käme das Interview! Sie seien alle schon auf dem Weg zu ihm, brächten einen Fernseher mit und eine Flasche Champagner und dies und das, er bräuchte sich keine Sorgen zu machen!

Simon wusste nicht, ob er sich über den Überfall freuen sollte oder nicht, aber als die jungen Leute schließlich ankamen, gefiel es ihm doch, Leben im Haus zu haben. Die Stille der vergangenen Tage hatte schon begonnen, an ihm zu zehren.

Es war der zweite Beitrag der Sendung, die um 19 Uhr 45 begann. Die Moderatorin machte sich in ihrer Ansage ein wenig lustig über die Partei, die ein so antiquiertes Ziel wie die Monarchie verfolgte; der Beitrag selber war dann aber beeindruckend ausstaffiert mit Bildern von deutschen Schlössern, Filmausschnitten von Krönungszeremonien und dergleichen, ehe sich Simon schließlich selbst auf dem Bildschirm erblickte: ernsten Blicks und mit staatstragender Würde. Wenn er daran zurückdachte, wie er sich in diesem Augenblick gefühlt hatte, musste er zugeben, dass der Kameramann etwas von seinem Handwerk verstand.

Wer auch etwas von seinem Handwerk verstand, war derjenige, der das Interview geschnitten hatte: Nach dem Moment, in dem der Interviewer ihn mit »Guten Abend, Königliche Hoheit« begrüßte, war Simons Entgegnung herausgeschnitten worden, und zwar so geschickt, dass man keinen Übergang bemerkte.

Simon fühlte, wie er blass wurde. Wie peinlich! Nun würde alle Welt glauben, dass er sich tatsächlich für einen Prinzen hielt!

Die jungen Leute nahmen daran allerdings keinen Anstoß.

»Sie kommen großartig rüber«, erklärte Alex. »Das Fernsehen wird uns die Bude einrennen, warten Sie's ab.«

»Das war wie aus einer anderen Welt«, hauchte Sirona.

»Cool gemacht«, lobte Root.

Simon versuchte zu erklären, was ihm daran unangenehm war. Dass die Passage, in der er die Anrede richtigstellte, fehlte und er auf diese Weise anmaßender erschien, als er war.

Allgemeines und verständnisloses Kopfschütteln. »Ich glaube, da machen Sie sich unnötige Sorgen«, meinte Leo.

Simon war sich da nicht so sicher, aber nun war es schon passiert. Es würde ihm ohnehin nichts anderes übrig bleiben, als mit den Folgen zu leben, wie auch immer sie aussehen mochten.

Alex ließ den mitgebrachten Champagner knallen, goss ein, und genau in dem Moment, als er Simon das erste Glas reichte, klingelte es an der Wohnungstür.

Es war Frau Volkers. »Ich habe gerade die Landesschau gesehen«, erklärte sie mit durchdringendem Blick.

Also ging es schon los. »Dazu kann ich nur sagen, dass –«, begann Simon, aber sie unterbrach ihn streng.

»Ich habe vor meiner Heirat als Bühnenschneiderin gearbeitet. Zuerst beim Theater, dann beim Film. Ich war Schneiderassistentin bei den Dreharbeiten zu allen drei ›Sissi‹-Filmen – mit anderen Worten, *ich* habe die meisten Kostüme genäht.« Sie faltete die Hände. »Ich wäre Ihnen gerne behilflich, eine angemessene königliche Garderobe zusammenzustellen.«

Sie betonte das Wort *»angemessen«* in einer Weise, die Simon das Gefühl vermittelte, bei dem Interview Lumpen getragen zu haben.

Die Augen seiner Nachbarin strahlten einen Glanz aus, wie Simon ihn bei ihr noch nie gesehen hatte. Er wusste nicht, was er sagen sollte.

Doch da war schon Alex neben ihm und erklärte mit dem herzlichsten Lächeln der Welt: »Aber gern. Kommen Sie doch herein, Frau …?«

»Volkers«, sagte sie und neigte den Kopf, fast so, als verbeuge sie sich vor einem Höhergestellten. »Edeltraud Volkers.«

KAPITEL 35

Alex behielt recht: Das Telefon stand nicht mehr still. Auf einmal wollte jeder Fernsehsender ein Gespräch mit Simon König.

Das nächste Interview fand in Stuttgart statt, auf Schloss Solitude. Da das Wetter hervorragend war, platzierte man Simon auf dem umlaufenden Balkon, und zwar so, dass die Kamera hinter ihm genau auf die Solitudeallee blickte, die über 13 Kilometer lange Straße, die das hügelige Land schnurgerade durchschnitt.

»Herzog Karl Eugen von Württemberg hat das Schloss erbauen lassen, vor dem wir heute sitzen«, begann der Interviewer, ein in der Region ziemlich bekannter Fernsehjournalist mit sanfter Stimme und wohlwollenden Bewegungen. »Von 1763 bis 1769 dauerten die Arbeiten, die, wie wir heute wissen, die finanziellen Mittel des Herzogtums überforderten. Und dabei war die Solitude nur als Jagd- und Repräsentationsschloss gedacht.« Er sah Simon an. »Angenommen, es käme tatsächlich so, wie Ihre Partei sich das wünscht, und in Deutschland würde nachstes Jahr die Monarchie wieder eingeführt, mit Ihnen an der Spitze – wo würden Sie, wo würde der deutsche König denn dann überhaupt residieren?«

Früher hätte Simon daraufhin erklärt, dass er das für eine der unwichtigsten Fragen hielt, mit denen man sich in diesem Zusammenhang beschäftigen konnte, aber er hatte inzwischen begriffen, dass es darauf nicht ankam. Die Fernsehleute wollten Einschaltquoten, und Sirona und ihre Freunde wollten für ihr Vorhaben, wie es Alex ausgedrückt hatte, *dass jeder Sie kennt, aber keiner Sie wählen würde.*

»Nun«, begann er also, »erstens herrscht an Schlössern in Deutschland nun wirklich kein Mangel ...«

»Aber Schlösser sind teure Angelegenheiten, schon immer gewesen«, warf der Journalist mit sanftem Lächeln ein.

»... und zweitens«, fuhr Simon unbeeindruckt fort, »ist ja unlängst erst beschlossen worden, das Berliner Schloss wieder aufzubauen. Von der jetzigen Regierung, wohlgemerkt.« Er gestattete sich ein feines Lächeln. »Was ich sehr vorausschauend finde.«

Obwohl heller Tag war, hatte man drei starke Scheinwerfer aufgestellt, die die Szenerie zusätzlich ausleuchteten. Ein gutes Dutzend Leute standen herum, schoben Kameras auf durch Klebeband am Boden markierte Positionen oder drehten, dem Ton in Kopfhörern lauschend, an Knöpfen auf Mischpulten. Etliche Passanten, Spaziergänger, Wanderer und Radfahrer hatten sich jenseits der Absperrungen versammelt, um das Geschehen neugierig zu verfolgen.

»Sie meinen das Berliner Stadtschloss«, resümierte Simons Gegenüber. »Das an der Stelle wieder errichtet werden soll, an der man den Palast der Republik abgerissen hat.«

Simon nickte. »Was doch sehr symbolisch ist, finden Sie nicht? Der Palast der Republik wird abgerissen, um die Hauptresidenz der preußischen Könige und des deutschen Kaisers wieder zu errichten, die an genau dieser Stelle gestanden hat und auch weitgehend so ausgesehen hat, wie der Bau nun geplant ist. Sozusagen eine architektonische Vorwegnahme der Zukunft, wie wir sie uns vorstellen.«

Es kam ihm frech vor, das so pointiert zu formulieren. Aber auf der anderen Seite machte es Simon auch ungeahnten Spaß.

»Allerdings soll das neue Schloss als Bibliothek und Ausstellungsort dienen«, wandte der Journalist ein, »nicht als Residenz eines deutschen Königs.«

»Das lässt sich ja ändern.«

Der andere nickte wohlwollend, sah kurz in seine Karten mit den Stichworten. »Gut, stellen wir uns vor, Sie ändern das und ziehen als neuer König von Deutschland ins Berliner Schloss. Wie wird das übrige Land aussehen? Das alte Kaiserreich war ein höchst kompliziertes Gebilde – da gab es die Königreiche Preußen[73], Bayern[74], Sachsen[75] und Württemberg[76], es gab die Großherzogtümer Baden, Hessen, Mecklenburg-Schwerin, Mecklenburg-Strelitz, Sachsen-Weimar-Eisenach und Oldenburg, die Herzogtümer Braunschweig und Lüneburg[77], Sachsen-Meiningen, Sachsen-Altenburg, Sachsen-Coburg und Gotha[78] und Anhalt, die Fürstentümer Schwarzburg-Rudolstadt, Schwarzburg-Sondershausen, Waldeck und Pyrmont, Reuß, Schaumburg-Lippe, und Lippe[79] … Wollen Sie das alles wiederherstellen?«

Simon schüttelte den Kopf. »Natürlich nicht. Wie ich schon öfter betont habe: Wir wollen einen radikalen Neuanfang. Selbstverständlich wird das Königreich Deutschland neu gegliedert werden, in mehrere Herzogtümer, um hinsichtlich der Bezeichnungen im traditionellen Rahmen zu bleiben – aber natürlich werde ich neue Herzöge einsetzen.«

Unbeachtet von den Leuten des Fernsehteams, verwundert beobachtet von den Schaulustigen, war ein Mann über die Absperrung geklettert und schlenderte nun gemächlich auf das Schloss zu, so, als habe er hier zu tun.

»Muss man sich das so vorstellen wie die Bundesländer jetzt?«

---

73 Die Homepage des Hauses Hohenzollern: www.preussen.de

74 Die Homepage des Hauses Wittelsbach: www.haus-bayern.com

75 Das Haus Wettin existiert noch; der derzeitige Chef der Dynastie ist Maria Emanuel Markgraf von Meißen Herzog zu Sachsen (http://de.wikipedia.org/wiki/Maria_Emanuel_Markgraf_von_Meißen) (http://www.prinz-albert-von-sachsen.de)

76 Das Haus Württemberg existiert noch. Der letzte König war Wilhelm II. von Württemberg. Er verzichtete am 30. November 1918 auf die Krone, hat aber nie formell abgedankt: Theoretisch könnte deshalb der heutige Chef des Hauses Württemberg, Carl Herzog von Württemberg, als einziger deutscher Adliger rechtmäßig einen Thron besteigen.

77 Dieser Familie entstammt der in der Presse gern als »Prügelprinz« bezeichnete Herzog Ernst August von Braunschweig und Lüneburg, Prinz von Hannover, Großbritannien und Irland. Geboren am 26.2.1954, ist er seit 1981 Chef des Hauses Hannover und in zweiter Ehe mit Prinzessin Caroline von Monaco verheiratet.

78 Homepage des Herzoglichen Hauses Sachsen-Coburg und Gotha: www.sachsen-coburg-gotha.de

79 www.schloss-detmold.de

»Ja, nur weniger davon und sinnvoller unterteilt. Damit werden weniger Landesparlamente benötigt, und so etwas wie den Bundesrat wird es auch nicht mehr geben. Mit einer derartigen Neugliederung wird der in den letzten Jahrzehnten gewachsene Verhau an Kompetenzproblemen zwischen Bund und Ländern auf einen Schlag vereinfacht; viele Regelungen werden ersatzlos entfallen können.«

Der Journalist lehnte sich mit einem kessen Lächeln vor und fragte: »Neue Herzogtümer … Da müssen Sie uns jetzt ein bisschen mehr darüber verraten. Wie sollen die aussehen? Gibt es schon Kandidaten für die Herzogswürde? Wie wird das –«

In diesem Moment holte der Mann, der über die Absperrung geklettert war, etwas aus der Tasche, schrie »Sie sind ja ein Verrückter!« und warf, was er in Händen hielt.

Es waren Eier. Eines traf Simon an der Schulter, zerplatzte mit einem harten, pflatschenden Geräusch, das zweite verfehlte ihn und fiel irgendwo in den Rasen unterhalb der Brüstung.

Noch ehe jemand reagieren konnte, begann der Mann zu rennen. Zwei der Kameramänner schalteten schnell genug und setzten ihm nach, erwischten ihn auch und brachten ihn zu Fall. Doch er erwies sich als unerwartet stark, wand und wehrte sich und entglitt ihnen schließlich wieder; obwohl inzwischen die halbe Fernsehmannschaft hinter ihm her war, entkam der Mann unerkannt.

***

Das galt es wohl unter der Rubrik ›Unerfreuliche Erlebnisse‹ abzulegen. Simon war froh, als er endlich wieder zu Hause war und sich umziehen konnte. Danach untersuchte er den Anzug. Er hatte ihn gemeinsam mit Frau Volkers gekauft, und er war teuer gewesen. Allerdings in der Tat auch ausgesprochen edel. Er hätte das nie geglaubt, bis er zur Probe hineingeschlüpft war und sich im Spiegel gesehen hatte … Kleider machten Leute; eine alte Weisheit.

Trotz der raschen Erste-Hilfe-Maßnahmen der Maskenbildnerin waren die Flecken noch zu sehen. Er würde Frau Volkers fragen müssen, was man da tun konnte.

Es klingelte. Simon seufzte. In letzter Zeit klingelte es ständig. War es nicht das Telefon, war es die Klingel an der Tür. Er hängte den Anzug zurück auf den Bügel und ging öffnen.

Zwei große Männer standen vor ihm, jeder eine Sporttasche unter dem Arm, und Simon brauchte einen Moment lang, ehe er in einem von ihnen Leo erkannte. »Sie?«

Leo nickte ernst. »Guten Abend, Hoheit.« Er deutete auf seinen Begleiter. »Darf ich vorstellen? Das ist Matthias Hofmeister, ein Freund und Kollege …«

»Guten Abend, Hoheit«, sagte auch der mit einem Nicken, das beinahe ein Sich-Verneigen war.

Simon machte die erstaunliche Erfahrung, dass man ungern ratlos wirkte, wenn man hartnäckig mit »Hoheit« angeredet wurde. Selbst wenn man nur eine Strickjacke und seine älteste Hose trug. »Freut mich, Sie kennenzulernen«, erwiderte er, und wie von selbst geriet es ihm … nun ja, *hoheitsvoll*. Er öffnete die Tür. »Kommen Sie doch herein.«

Und so standen sie dann da. Sie ähnelten einander: Beide waren sie zu groß und zu breitschultrig für das hiesige Treppenhaus und eigentlich auch für den Flur seiner Wohnung.

»Wir haben von dem Anschlag heute gehört«, begann Leo.

Simon schüttelte den Kopf. »Anschlag? Nein, so dramatisch war das auch wieder nicht …«

Leo schüttelte den Kopf, und es lag etwas Unnachgiebiges in dieser Bewegung. »Es *hätte* aber dramatisch *sein können*. Deshalb haben wir beschlossen, Sie von nun an zu beschützen.«

»Beschützen?«, entfuhr es Simon. »Mich?«

»Ein König braucht eine Leibgarde«, sagte Leo.

Das war ein Scherz, oder? Ein schlechter dazu. Simon sah von einem zum anderen. Nein, eigentlich wirkten die beiden jungen Männer nicht, als ob sie scherzten.

»Eine Leibgarde?«, wiederholte er. »Ehrlich gesagt, finde ich das jetzt übertrieben. Abgesehen davon, dass ich nicht sehe, wie das funktionieren soll …«

Leo setzte behutsam seine Tasche ab. Es hatte etwas von einer symbolischen Machtübernahme. »Wir werden uns völlig unauffällig verhalten. Wir werden einfach hier in Ihrem Flur sitzen und an Ihrer Stelle an die Tür gehen. Wenn Sie das Haus zu verlassen wünschen, werden wir Sie begleiten.«

»Wir werden Sie nicht stören«, fügte der andere hinzu. »Wir haben so etwas schon oft gemacht.«

»In ein paar Tagen werden Sie sich so daran gewöhnt haben, dass Sie uns kaum noch bemerken«, versprach Leo.

Simon musterte die schwarze Ledertasche auf seinem Teppich, sah sich in dem winzigen, dunklen Flur um. »Wie wollen Sie denn das machen? Sie müssen doch auch einmal schlafen!«

»Wir werden uns abwechseln.« Leo sah ihn ernst an. »Fast alle Kollegen aus meiner Firma sind auf Ihrer Seite, Herr König. Sechzehn Männer insgesamt. Wir machen das in unserer Freizeit, und bitte glauben Sie mir: Wir machen es gern.«

Ein König brauchte eine Leibgarde? Allmählich nahm das alles verrückte Formen an …

»Na schön«, meinte Simon. »Dann machen wir das eben so. Darf ich Ihnen etwas zu trinken anbieten? Zu essen?«

»Danke, aber wir haben alles dabei, was wir brauchen«, sagte der andere, der Matthias hieß.

»Und auf keinen Fall werden wir uns von Ihnen bedienen lassen, Hoheit«, fügte Leo hinzu. Er sah sich um, zögerte. »Allenfalls einen zweiten Stuhl könnten wir gebrauchen.«

***

Am nächsten Morgen – Simon saß gerade beim Frühstück – rief Alex an und wollte wissen, wie er mit seiner Leibwache zurechtkomme.

»Danke der Nachfrage«, sagte Simon, stand auf und schloss die Tür zum Flur. »War das Ihre Idee?«

»Nein, Leo hat das alles auf eigene Faust organisiert, als er von der Sache mit den Eiern gehört hat. Ich habe erst vorhin davon erfahren.«

»So.« Simon dämpfte seine Stimme. »Also, ich finde das ja durchaus fürsorglich und gut gemeint, aber für derlei ist meine Wohnung einfach zu beengt. Abgesehen davon, dass es ein unangenehmes Gefühl ist, nie allein zu sein.«

»Die beiden haben versprochen, sich klein wie Mäuschen zu machen.«

»Ja, das tun sie auch, auch die beiden, die Ihren Bruder und seinen Kollegen heute früh abgelöst haben. Aber verstehen Sie, ich bin so etwas nicht gewöhnt. Es irritiert mich, dass da zwei junge Männer reglos in meinem Flur sitzen, wie lebende Statuen, und das den ganzen Abend, die ganze Nacht hindurch. Ich kann mich auf nichts mehr richtig konzentrieren. Ich habe ständig das Gefühl, ich sollte sie irgendwie versorgen, sie verköstigen … ihnen wenigstens Kaffee kochen oder so etwas, aber sogar den haben sie dabei, in Thermoskannen!« Simon seufzte. »Und wenn ich mir vorstelle, dass das nun Wochen oder Monate so weitergehen soll …? Ein Alptraum!«

Alex gab ein unbestimmtes Brummen von sich. »Verstehe, verstehe. Sie denken also nicht, dass das auf die Dauer funktioniert?«

Simon überlegte. Dabei gab es nichts zu überlegen, er zögerte nur, es auszusprechen. »Nein«, bekannte er. »So leid es mir tut. Aber für so etwas bräuchte man eine andere Wohnung, als ich sie besitze.«

»Das habe ich mir gedacht«, erklärte Alex. »Das Beste wird sein, Sie ziehen um.«

»Ich ziehe um?«, echote Simon.

»Nur zeitweise natürlich. Solange der ganze Zirkus läuft.«

»Ich kann doch nicht einfach umziehen! Wohin denn?«

Worauf Alex mit einem erstaunten Unterton und so, als sei es das Selbstverständlichste der Welt, erwiderte: »Nun, in ein Schloss natürlich.«

KAPITEL 36

Wenn man sich einmal daran gewöhnt hatte, dass jeder Tag wie der andere verlief, gewann das Leben ein Gleichmaß und eine Ruhe, die man außerhalb der Gefängnismauern kaum je erlebte. Man musste keine Pläne machen, keine Entscheidungen treffen, nicht nachdenken. Man lebte einfach. Für alles war gesorgt, und es gab keine Überraschungen.

Der einzige Nachteil war allenfalls, dass, je länger man so lebte, selbst kleinste Abweichungen von der Routine etwas Furchteinflößendes bekamen. So war es ein regelrechter Schock für Vincent, als eines Morgens beim Frühstück ein Wärter auf ihn zu trat und sagte: »Merrit? Sie sollen zum Direktor kommen.«

Das war nicht die übliche Prozedur. Nachrichten und Anweisungen aller Art erwarteten einen normalerweise abends in der Zelle, ausgedruckt auf dem Tisch liegend. Vincent sah sich Hilfesuchend um, aber die anderen guckten auch nur seltsam. Es war vermutlich besser, alles stehen und liegen zu lassen und dem Befehl zu folgen, obwohl er noch richtig Hunger hatte.

Vincent war nie zuvor im Büro des Direktors gewesen, was er unbedingt als gutes Zeichen ansah. Tatsächlich hatte er den dürren Mann, der da hinter einem mächtigen Schreibtisch saß und ihn durch dicke, runde Brillengläser musterte, erst ein einziges Mal gesehen: bei einer Inspektion kurz nach seiner Ankunft, als der Direktor schweigend alle Zellen des Traktes, in dem Vincent untergebracht war, abgeschritten hatte.

»Sie verstehen was von Computern, steht in Ihrer Akte«, begann der Direktor ohne jede Begrüßung.

Vincent merkte, wie er unwillkürlich den Kopf einzog. Was für eine Antwort wurde daraufhin von ihm erwartet? Irgendeine

Antwort schien der Direktor zu erwarten, so fragend, wie er ihn ansah, beinahe studierte, also nickte Vincent vorsichtig und sagte: »Ja.«

Der Mann, der einen richtigen Anzug trug, deutete auf den Computer, den er auf dem Schreibtisch stehen hatte. »Meine Kiste spinnt. Was kann das sein?«

Puh. Was für eine Frage! Vincent räusperte sich, versuchte den Kloß in seiner Kehle herunterzuschlucken. »Ähm … Wie äußert sich das denn?«

»Er druckt nicht mehr.« Die Stimme des Direktors troff vor Widerwillen. »Und wenn ich die Hilfe aufrufe, bringt er mir alles Mögliche, aber nichts, was mir weiterhilft. Ist das vielleicht ein Virus?« Er sah Vincent scharf an, fast als verdächtige er ihn, daran schuld zu sein.

Vincent wusste nicht, was er von all dem halten sollte. Auf jeden Fall schien es ihm ratsam, im Zweifelsfall lieber zu vorsichtig zu sein.

»Also, das kann natürlich grundsätzlich immer sein«, begann er behutsam, »aber wenn er nicht druckt … Haben Sie sich die Druckerqueue angeschaut?«

Der verständnislose Blick, mit dem der Direktor ihn daraufhin ansah, sprach Bände. Alles klar. Der Mann hatte, was Computer anging, null Durchblick.

»Es ist nicht mein Job, mich mit diesen Kisten auszukennen«, erklärte er harsch.

Was das anbelangte, war ihm freilich nicht zu widersprechen, aber was erwartete er von ihm, Vincent Wayne Merrit, Häftling Nummer 08-2017? Vincent wagte nicht, sich umzusehen, hatte nur das Gefühl, dass das viele dunkle Holz an den Wänden ringsum näher rückte, so, als wolle es ihn zermalmen. Er durfte jetzt nichts Falsches sagen oder tun, so viel stand fest.

»Ähm, ja, natürlich«, sagte er. »Aber Sie müssen doch jemand haben, der sich auskennt. Der sich um die Computeranlage der Strafanstalt kümmert?«

»Der ist heute nicht da«, knurrte der Direktor.

»Ach so.« Vincent leckte sich über die Lippen. »Also, um mehr als haltlose Spekulationen anbieten zu können, müsste ich mir das Problem einmal ansehen, fürchte ich …«

Der Direktor stand auf. Es sah aus, als täte er es widerwillig. »Bitte.«

Vincent ging um den Tisch herum, setzte sich vorsichtig in den schweren, ausladenden Sessel, der unter ihm nachgab. Er fühlte sich deplatziert auf dieser Seite des Schreibtisches. So, als maße er sich etwas an, wofür er unweigerlich bestraft werden würde.

Aber andererseits – wieder eine Tastatur unter den Fingern zu haben, einen Bildschirm vor sich … So musste sich ein Kettenraucher auf Entzug fühlen, der unerwartet eine Zigarette angeboten bekam. Vincent legte die Hand auf die Maus, und es war beinahe wie Sex.

Mann, wie ihm das alles gefehlt hatte!

Er rief die Druckerwarteschlange auf. Es war genauso, wie er es sich gedacht hatte: Ein angehaltener Druckjob verstopfte alles, dahinter wartete ein Dutzend identischer Jobs. Vermutlich ein falsch eingestelltes Papierformat. Der Mann hatte echt keine Ahnung.

Er musste ihn loswerden. Er wollte so schnell nicht wieder von hier aufstehen.

Vincent öffnete mehrere Terminalfenster, startete diverse Systemanalysen, ließ das gesamte Dateiverzeichnis der Platte auflisten … Egal was, Hauptsache, es sauste etwas beeindruckend Unverständliches über den Bildschirm.

»Was machen Sie da?«, wollte der Direktor wissen.

»Es könnte ein Virus im Spiel sein«, erwiderte Vincent, ohne aufzusehen. »Aber um sicher zu sein, muss ich mir ein paar Dinge genauer anschauen.«

»Und wie lange wird das dauern?«

Vincent leckte sich über die Lippen. Jetzt nichts Falsches sagen. »Nicht lange. Ein, zwei Stunden, höchstens«, sagte er so beiläufig wie möglich.

Der dürre Mann gab ein Schnauben von sich. Gut. Also hatte auch ein Gefängnisdirektor nicht zu viel Zeit.

»Haben Sie ein Antivirenprogramm?«, fuhr Vincent fort. Er

hatte keines, das hatte er schon gesehen. Sein Spezialist konnte nicht viel taugen.

»Ein Antivirenprogramm?«, wiederholte der Direktor. »Nicht, dass ich wüsste.«

Vincent sah ihn an und machte ein Gesicht, von dem er hoffte, dass es besorgt wirkte. »Haben Sie Internetanschluss? Dann könnte ich eines herunterladen. Das würde die Sache wesentlich vereinfachen.«

Der Direktor verzog seinen dünnlippigen Mund zu einem schlauen Lächeln. »Junger Mann, ich kenne Ihr Strafregister. Ich werde Sie mit dem PC allein lassen, aber nicht mit einem PC, der ans Internet angeschlossen ist.« Er nickte dabei in Richtung der Wand, wo ein hüfthoher, mahagonifarbener Aktenschrank stand, und jetzt erst sah Vincent, dass darauf ein Ethernetkabel lag, direkt vor einer abschließbaren Anschlussdose. Was es alles gab!

Der Direktor ging strammen Schrittes zur Tür, rief den Wärter herein und instruierte ihn: »Sie bleiben hier und passen auf, dass er nichts anstellt. Wenn er fertig ist, bringen Sie ihn zurück und informieren mich. Ich bin in der Bibliothek.« Dann schnappte er sich eine lederne Mappe, zwei Ordner und einen Füllfederhalter und ging ohne ein weiteres Wort.

Der Wärter bezog Posten auf einem Stuhl neben der Tür, die denkbar falscheste Stelle für seinen Job, und sagte finster: »Also, Sie haben den Direktor gehört. Beeilen Sie sich.«

Vincent spreizte die Finger über der Tastatur. Ja, er hatte den Direktor gehört.

***

Am Mittwoch der darauffolgenden Woche beeilte sich Vincent mit dem Frühstück. Wie erwartet, tauchte mittendrin wieder ein Wärter auf – ein anderer diesmal –, wieder mit dem Auftrag, ihn zum Direktor zu bringen.

»Es ist wie verhext«, erklärte ihm dieser aufgebracht. »Auf einmal geht gar nichts mehr. Was haben Sie denn gemacht? Ich dachte, Sie verstehen was davon?«

Vincent zog devot den Kopf ein und sagte: »Das heißt, Sie haben doch einen Virus auf Ihrem PC.« Was das anbelangte, gab es nicht viel zu raten: Da war ein Virus. Eine ganz primitive Routine, die Vincent beim letzten Mal mithilfe des für derlei Dinge eigentlich nicht gedachten *debug*-Befehls gebastelt hatte. Reiner Binärcode, direkt in den Bootsektor geschrieben. Vincent war nicht wenig stolz, dass es tatsächlich funktioniert hatte.

»Ich dachte, den wollten Sie wegmachen?«

»Für den Fehler beim letzten Mal kamen mehrere verschiedene Ursachen infrage«, erklärte Vincent. »Die anderen Fehlerquellen habe ich alle beseitigt. Aber um einen Virus aufzuspüren, brauche ich ein spezielles Programm.« Rasch fügte er hinzu: »Ich wüsste, wo ich eines aus dem Internet laden könnte. Ich könnte es ja unter Ihrer Aufsicht tun.«

Der Direktor lehnte sich zurück, lächelte geringschätzig. »Sie denken, weil Sie mir erzählen können, was Sie wollen. Nein, das machen wir anders. Sie werden dieses Programm herunterladen, aber unter Aufsicht eines Fachmanns.« Er griff nach dem Telefon, wählte eine Nummer. »Damon? Kommen Sie bitte?«

Der Fachmann, der zwei Minuten später zur Tür hereingehetzt kam, war blass, hatte schlimme Akne und konnte kaum älter als zwanzig sein. In Gegenwart des Direktors schien er sichtbar zu schrumpfen. Das war der Systemadministrator? Vincent hatte Mühe, ein ausdrucksloses Gesicht zu bewahren. Wahrscheinlich, sagte er sich, hatten sie keinen anderen gefunden. Ein Job im Knast war schließlich nicht gerade das Idealbild einer IT-Karriere.

»Alles klar?«, schnauzte der Direktor, während er seinen Sessel räumte und sich wieder mit seiner Ledermappe bewaffnete. »Sie schauen ihm auf die Finger und passen auf, dass er keinen Unsinn anstellt. Ich bin in der Bibliothek, und wenn ich zurückkomme, erwarte ich einen virenfreien PC.« Er warf Vincent einen letzten drohenden Blick zu, wies den Wächter im Hinausgehen an, vor der Tür zu warten, und entschwand.

Vincent hatte mit einer derartigen Situation gerechnet und die vorangegangenen Tage damit verbracht, sich verschiedene Pläne zurechtzulegen. Während er sich vor dem Rechner des Direktors einrichtete, verwickelte er Damon, den Fachmann, in ein Gespräch, um ein Gefühl dafür zu bekommen, wie es um dessen Fachwissen bestellt war.

Wie es aussah, war davon quasi nichts vorhanden.

Gut.

Vincent startete den Rechner neu, ließ Damon an die Tastatur, blieb aber so stehen, dass er genau sehen konnte, was für ein Passwort er eintippte: Der brave Damon merkte nicht mal das.

Noch besser.

Anschließend rief er in wilder Folge allerlei Programme aus dem Systemordner auf, machte »Hmm, hmm«, öffnete schließlich den Browser und gab eine Adresse ein, von der er wusste, dass sie nicht existierte. Worauf die entsprechende Fehlermeldung erschien.

»Da stimmt was nicht«, sagte Vincent. »Ist der Stecker richtig drin?«

Damon nickte. »Ja. Der rastet ein.«

»Das sagt wenig. Der Stecker scheint trotzdem einen Wackelkontakt zu haben«, behauptete Vincent. »Warten Sie, ich pinge die Adresse mal an.« Er öffnete ein Terminalfenster, rief das Ping-Programm[80] mit der gleichen Adresse auf. Natürlich lieferte das auch nur einen Time-out-Fehler. »Sehen Sie? Das Signal kommt nicht durch.«

Damon sah belämmert drein. »Versteh ich nicht. Bis jetzt ging es immer.«

»Tja, das kommt vor. Den Stecker einmal zu oft rausgezogen – und *knacks*.« Vincent sagte das bewusst so leichthin, als spreche er aus langer, leidvoller Erfahrung.

»Rufen Sie doch mal Google auf«, schlug Damon vor.

Gar nicht so dumm, der Knabe.

Da half nur Einschüchterung. »Mann«, stieß Vincent hervor

---

80 Ping ist ein Computerprogramm, mit dem überprüft werden kann, ob ein bestimmter Rechner im Internet (genauer: ein bestimmter Host in einem IP-Netzwerk) erreichbar ist. Der Name soll an von U-Booten eingesetzte Sonargeräte erinnern, deren Schallimpulse wie »Ping« klingen.

und sah ihn missbilligend an. »Das beweist doch nichts; die Google-Startseite ist natürlich im Cache.« Ihn jetzt bloß nicht darüber nachdenken lassen, dass das für Suchergebnisse sicher nicht galt. »Halten Sie einfach mal den Stecker fest, vielleicht hilft das.«

Damon blinzelte irritiert, schien etwas sagen zu wollen, gehorchte dann aber. Mit dem Resultat, dass er drei Meter vom Rechner entfernt an der Wand stand und nicht mehr sehen konnte, was auf dem Bildschirm geschah. Was der Zweck des ganzen Theaters gewesen war.

Vincent wechselte eilig in ein anderes Programm. Seine Finger rasten über die Tasten. »Gut«, behauptete er. »Jetzt geht es. Bleiben Sie so, rühren Sie sich nicht …«

»Okay«, meinte der verwirrte junge SysAdmin und blieb stocksteif stehen, die Hand am Kabelstecker verkrampft. Er sah aus, als bräche ihm der Schweiß aus.

Vincent tat drei Dinge gleichzeitig. Erstens suchte er im Internet nach einem Antivirenprogramm, zweitens traf er alle notwendigen Maßnahmen, um sich den Zugang zum PC des Direktors offen zu halten. Diesmal nicht mit einem Virus, sondern indem er eine unauffällige Routine installierte, die jeden Morgen eine beliebige Datei aus dem Systemverzeichnis löschte. Damit würde es nur eine Frage der Zeit sein, bis der Rechner wieder ein seltsames Verhalten an den Tag legte. Man konnte davon ausgehen, dass der Direktor auch dann wieder lieber ihn zurate ziehen würde als seinen kindlichen Systemadministrator. Und was immer die Fehlfunktion sein würde, sie würde sich durch eine simple Neuinstallation beheben lassen.

Und drittens …

»Jetzt nicht bewegen«, sagte Vincent. »Der Download läuft.«

»Alles klar«, sagte Damon.

Und drittens tat er, was der eigentliche Sinn des Ganzen gewesen war: Er durchforstete das Gefängnisverwaltungsprogramm und versuchte zu verstehen, wie es sich sinnvoll nutzen ließ. Schade, dass das in so unziemlicher Eile geschehen musste.

Zumindest dieses Mal.

»Noch ein paar Sekunden …«, sagte Vincent schließlich und verließ das Programm wieder. »Okay. Sie können loslassen.«

Der Virenchecker taugte was, obwohl es nur eine Demoversion war. »Sehen Sie?«, erklärte Vincent und zeigte Damon die Warnanzeige. »Ein Bootsektorvirus. Fieses Ding, so was. Wahrscheinlich hat der Direktor sich den von einer Diskette eingefangen. Die alten Dinger gehören längst verboten.«

»Sag ich ihm schon lange«, pflichtete ihm der arme SysAdmin bei.

»Weg damit«, sagte Vincent und drückte auf den *Löschen*-Button. Spuren beseitigen. Nirgends ging das so leicht wie in einem Computer.

***

Am nächsten Morgen wurde Vincent zu einem anderen Job eingeteilt. Er hatte genug Filter zusammengebaut. Von nun an würde er in der Versandabteilung Dienst tun.

Die Versetzung überraschte Vincent nicht, denn er hatte sich über den PC des Direktors selber dazu eingeteilt. Auch wenn der Direktor nichts von Computern verstand, eines musste man ihm lassen: Sein PC war bestens organisiert. Man fand alle Informationen, die man suchte, auf Anhieb.

Zu den Gepflogenheiten des *Winston Smith Correction Centers* gehörte, dass seine Insassen nicht nur mit der Produktion stumpfsinnig herzustellender Dinge Geld verdienten, sondern auch beinahe alle sonstigen Arbeiten selber verrichteten. Sie wuschen die anfallende Wäsche, putzten die Räumlichkeiten und arbeiteten in der Küche, abgesehen von den Bereichen, in denen sie Kontakt mit der Außenwelt gehabt hätten, wie der Anlieferung der Lebensmittel oder der Müllabfuhr.

Selbst die Organisation des Warenflusses wurde von Häftlingen erledigt. Natürlich hatten auch sie keinen Zutritt zu Wareneingang oder Auslieferungsbereich, im Gegenteil: An den mehrfach verschlossenen Türen, die in diese Bereiche führten, prangten riesige Hinweistafeln, die davor warnten, dass jeder Versuch, sie mit aktiver Fußfessel zu durchqueren, Alarm auslöste und jeder Alarm Bestrafung nach sich zog. Aber dichter dran an der Freiheit war man in diesem Gebäude nirgends.

Doch nicht das machte diesen Job für Vincent so attraktiv, sondern, dass er ihn an einem Computer sitzend erledigen konnte: Er beantwortete Mails, füllte Versandpapiere aus – und alles weitgehend ungestört, weil ihm die anderen »die Tipperei« nur zu gern überließen.

Leider war der Internetzugang extrem eingeschränkt. Außer der Handvoll Webseiten, die er für die Arbeit brauchte, kam er nirgends hin, und selbst die Adressen, an die er Mails schicken konnte, unterlagen strengen Restriktionen.

Natürlich hätte sich das aushebeln lassen, doch dazu fehlte ihm das richtige Passwort. Das Passwort des Direktors, das er dem jungen Damon abgeluchst hatte, beinhaltete keine Administrationsrechte, und damit blieb ihm alles, was im System richtig interessant gewesen wäre, verschlossen.

Immerhin, er konnte von hier aus das Verwaltungsprogramm in aller Ruhe studieren. Wenn er auch nicht recht wusste, was er darin zu finden hoffte. Den Code, um seine Fußfessel zu lösen? Das wäre interessant gewesen, aber was hätte er damit konkret gemacht? Zu fliehen versucht? Sicher nicht. Seine Haft dauerte keine drei Monate mehr, zu wenig, als dass es sich gelohnt hätte, irgendwelche Dummheiten zu riskieren.

Egal. Hauptsache, er saß wieder an einem Computer. Allein das erhöhte seine Lebensqualität schon um hundert Prozent. Da brauchte er gar nicht mehr zu Dr. Cramer.

***

Im Lauf der Zeit stellte sich heraus, dass sein neuer Job auch seine Nachteile hatte.

Die meisten aus seiner Gruppe arbeiteten in der Verpackung. Das hieß, sie schichteten je nach Lieferschein soundso viele Filter, Schachteln mit sortierten Schrauben, fertig genähte Uniformen oder handbemalte Holzfiguren in passende Versandkartons, machten sie versandfertig und stapelten sie anschließend in Rollwagen. Die wurden in eine Schleuse geschoben, aus der sie die Trucker auf der anderen Seite nur herauszuholen und an Bord ihrer Lastwagen zu schieben brauchten. Eine anstrengende Arbeit, aber für manche nicht anstrengend genug: Ein grobschlächtiger Kerl namens Francesco mit zu vielen Muskeln und zu wenig Gelegenheit, seine Aggressionen loszuwerden, entwickelte aus irgendeinem Grund eine Aversion gegen Vincent. Es begann damit, dass er ihn »Schwanzlutscher« und »Scheißkerl« nannte, worüber Vincent im Interesse eines friedlichen Zusammenlebens noch hinwegsah, und entwickelte sich dergestalt weiter, dass Francesco ihm bei jeder Gelegenheit ein Bein stellte, ihn anrempelte, schubste, stieß, ihm schließlich beim Essen regelmäßig »versehentlich« Suppe über den Nachtisch, den Salat oder gleich auf den Overall leerte. Und als Vincent ihm erklärte, man könne den Eindruck gewinnen, Francesco suche Streit, beugte sich der über ihn, bis sein Gesicht nur noch einen Zentimeter von Vincents entfernt war, und zischte: »Versuch doch, dich zu wehren!«

Nun, gänzlich wehrlos fühlte sich Vincent nicht. Und da er herausgefordert wurde, lag die Wahl der Waffen bei ihm, nicht wahr?

Auf alle Fälle war das eine gute Gelegenheit, etwas auszuprobieren. Vincent hatte kurz zuvor den Zugang zu jener Datenbank entdeckt, in der die Bewegungskoordinaten sämtlicher aktiver Fußfesseln protokolliert wurden. Den Identifikationscode von Francescos Fußfessel herauszufinden war eine leichte Übung. Andere Koordinaten einzutragen – solche nämlich, die etwa zwei Meter hinter der Tür lagen, die sie nicht passieren durften – war auch kein Problem.

Das Experiment erbrachte eindrucksvolle Resultate. Vincent hatte kaum die Eingabetaste gedrückt, da ging schon der Alarm los: *BÄÄP, BÄÄP, BÄÄP* – ohrenbetäubend. Zwischen den Alarmsignalen hörte man rennende Stiefel und laute Rufe auf der anderen Seite der Tür, und keine zwanzig Sekunden später wurde sie aufgerissen, Bewaffnete stürzten herein, bellten Francescos Nachnamen und »Hinlegen! Auf den Boden! Die Hände ausstrecken! Nicht bewegen!« Nach weiteren zehn Sekunden – Vincent war nur dazu gekommen, das Verwaltungsprogramm zu beenden und die Hände von der Tastatur zu nehmen – lag der gewaltige Francesco mit dem Gesicht auf dem Boden und wimmerte, ein halbes Dutzend Gewehrläufe auf sich gerichtet, immer wieder: »Was denn? Was denn?«

Sosehr er auch seine Unschuld beteuerte, sie ließen ihn so lange da liegen, bis ein Techniker die Tür und das Schloss eingehend untersucht und bestätigt hatte, dass beides unversehrt und intakt war. »Muss ein Fehler in den Sensoren sein«, meinte er, während er sein Berichtsformular ausfüllte.

Am nächsten Morgen war Francesco nicht mehr da. Über das Verwaltungsprogramm stellte Vincent fest, wo er abgeblieben war: in der Wäscherei.

Viel zu gnädig, fand Vincent und versetzte ihn in die Putzkolonne, die die Toiletten putzen musste.

KAPITEL 37

Kaiserwetter. Oder? So sagt man doch?«, meinte Alex, als Schloss Reiserstein über den Waldwipfeln in Sicht kam. Die Dachfirste schimmerten im Sonnenlicht, umkreist von kleinen Vogelschwärmen.

Es war in der Tat ein strahlender Tag. Simon rätselte, ob es am Sommer lag, dass ihm das Schloss weitaus prachtvoller vorkam, als er es in Erinnerung hatte, oder ob es frisch gestrichen worden war.

Umso erfreulicher auf alle Fälle. Denn diesmal kamen sie nicht mit Alex' Mercedes, sondern mit einem kleinen Transporter, der Simons Kleidung, seine wichtigsten Bücher und dergleichen beförderte.

Wobei sich Simon vorgestellt hatte, in weitestgehender Stille anzukommen. Die Fahrt über hatte er sich ausgemalt, wie es sein würde, die nächsten Wochen fernab des normalen Weltgetriebes zu verbringen, mit Leo und seinen Kollegen als einziger Gesellschaft. Ob es sich wie eine Art Verbannung anfühlen würde. Er hatte sich eigens eine mehrbändige Monographie über das Leben Napoleons auf Sankt Helena mit eingepackt, in der Erwartung, dass ihn die neue Umgebung bei dieser Lektüre inspirieren würde.

Doch als sie durch das Haupttor in den Hof fuhren, standen da schon mehrere große Umzugswagen, und einige Dutzend junger Leute waren eifrig damit beschäftigt, Mobiliar aller Art auszuladen und ins Innere des Gebäudes zu schleppen.

»Tut mir leid«, sagte Alex und parkte den Wagen abseits davon. »Ich hatte gehofft, das Schloss sei fertig eingerichtet, wenn wir ankommen.«

»Sie möblieren das ganze Schloss?«

»Selbstredend.«

»Meinetwegen?«

Alex lachte verlegen. »Ehrlich gesagt, eher wegen dieser Typen dort.« Er deutete auf ein Auto, das gerade in den Hof gefahren kam, eine rostige Limousine von unbestimmbarer Farbe, die ihren nächsten TÜV aller Voraussicht nach nicht überstehen würde.

Der Wagen hielt, die Türen wurden aufgestoßen, und zu Simons nicht geringer Verblüffung entstiegen dem Rücksitz junge Frauen in weit gebauschten Krinolinen, die Haare kunstvoll hochfrisiert und tüllbesetzte Sonnenschirme schwenkend. Lediglich die ausgelassene, undamenhafte Art und Weise, wie sie jauchzten und lachten und herumzutollen begannen, passte nicht zu dem äußeren Anschein vornehmer Herrschaften.

Nun stiegen auch die Insassen der vorderen Sitze aus: junge Männer, in weniger auffällige, aber ebenfalls historische Kostüme gewandet.

»Darf man«, fragte Simon irritiert, »erfahren, wer das ist?«

»Ihr Hofstaat.«

»Mein *was?*«

»Na, die Spieler«, erklärte Alex. Er sah Simon an und begriff, dass dieser nichts begriff. »Die Parteimitglieder. Teilnehmer des Spiels. Meine Klienten, Sie erinnern sich?«

Simon begannen die Zusammenhänge zu dämmern. »Sie meinen, das sind die Leute, die Sie dazu gebracht haben, unserer Partei beizutreten …?«

»Genau. Das Ganze war als Spiel angekündigt, und jetzt beginnt es.« Alex zog den Schlüssel ab. »Sie sind alle begeistert, das sehen Sie ja.«

Simon schüttelte entgeistert den Kopf. »Aber … Diese Kostüme! Woher haben die die?«

»Manche machen sie selbst, aber die meisten sind geliehen.« Alex öffnete die Wagentür. »Von Kostümverleihern, Vereinen, Theatern … Ich war immer stolz auf meine entsprechende Adressdatei, aber seit Ihre Frau Volkers mit an Bord ist, kenne ich mindestens doppelt so viele Quellen für derartige Dinge wie vorher.«

»Und für Möbel womöglich auch«, meinte Simon ahnungsvoll.

»Natürlich. Hier ein Theaterfundus, da ein Antiquitätenhändler, dort ein Heimatmuseum ... Alles nur leihweise, versteht sich. Kommen Sie!« Er schien sich prächtig zu amüsieren, genau wie die jungen Leute in den Kostümen, zu denen er jetzt hinüberging, um ihnen zu erklären, dass sie das Auto außerhalb des Schlosshofs parken mussten.

Die für Simons Aufenthalt gedachten Räume waren bereits fertig ausgestattet, und das überaus prachtvoll. Lediglich das Badezimmer machte einen unkomfortablen Eindruck: Eine Dusche gab es nicht, nur eine kleine Badewanne auf metallenen Drachenfüßen.

»Und das sind bereits alles nachträgliche Einbauten«, erklärte Alex. »Mit Badezimmern hatten es die Fürsten früher nicht so.«

»Ich werde zurechtkommen, denke ich«, meinte Simon.

Es klopfte an der Tür. Ein paar junge Leute brachten die Kartons mit seinen Sachen herein, wollten sich auch gleich ans Auspacken machen, ließen es aber auf Simons entschiedenen Einspruch hin. So viel Privatsphäre wollte er in dem ganzen Spiel dann doch wahren.

Alex' Mobiltelefon klingelte. »Ja?« Er lauschte. Simon wandte sich diskret ab, überlegte, wo er seine Bücher hinstellen würde. Was Regale anbelangte, waren die Zimmer nicht gerade üppig ausgestattet.

»Ich frag ihn mal«, hörte er Alex sagen.

Simon sah ihn an.

»Die Fernsehleute hätten gern, dass Sie mal kurz auf den Balkon treten und huldvoll winken oder so«, erklärte Alex mit treuherzigem Augenaufschlag.

»Fernsehleute?«

Alex blinzelte, die Harmlosigkeit in Person. »Es sind von, ich glaube, allen wichtigen Sendern Teams da. Und ich schätze, die bleiben uns auch bis zu den Wahlen erhalten. Ich habe den ganzen vorderen Flügel für sie reservieren lassen.«

Simon sah zu den großen Flügelfenstern hin, die auf einen kleinen, halbrunden Balkon führten. »Und die stehen jetzt alle da draußen mit ihren Kameras?«

Alex strahlte. »Von so viel Medienwirkung können die anderen Parteien nur träumen!«

Simon seufzte, straffte sich. »Also, wenn es der Sache dient.« Er sah an sich herab. Für die Fahrt hatte er eine seiner ältesten Hosen angezogen, und das Hemd war nicht mehr ganz frisch. »Ich ziehe mich nur schnell um.«

Als er wenig später auf den Balkon trat, um sich den Kameras zu stellen, stutzte er bei dem Anblick, der sich ihm bot: Die Umzugswagen waren verschwunden, der Schlosshof auf einen Schlag erfüllt von buntem, archaischem Treiben: flanierende Männer und Frauen in historischen Kostümen, Soldaten in Uniformen längst verflossener Armeen, Händler mit hölzernen Karren, an denen Ziegen angebunden waren, aufgeregt gackernde Hühner unter grob geflochtenen Körben … und mittendrin die Batterie der Kameras, die sich auf ihn richteten.

Es war absolut unwirklich. Als wäre er von magischen Kräften in ein Märchenschloss versetzt worden.

Oder in die Kulissen eines historischen Films.

»Die Idee war, dass Sie winken«, hörte er Alex' leise Stimme irgendwo hinter sich.

»Ja, richtig.« Simon hob, ganz in Gedanken, die Hand, winkte.

Und all die Menschen in ihren prachtvollen Kostümen jubelten, winkten zurück, ein ohrenbetäubendes Spektakel. Simon spürte, wie sich ein verwundertes Lächeln in sein Gesicht schlich, und seine Hand wollte sich gar nicht mehr senken.

***

Helene Bergen saß an ihrem Schreibtisch, die Fernbedienung in der Hand, unverwandt auf den Fernseher starrend, wo Simon König hinter einer altertümlichen Balkonbalustrade auftauchte, den Blick in die Runde schweifen ließ, lange, bis er endlich, wahrhaft königlich-huldvoll, die Hand hob …

Die Bürotür wurde aufgerissen, eine Frau mit hennaroten Streichholzhaaren sah herein, eine große Mappe hochhaltend. »Frau Bergen, hier sind die Andrucke für –«

»Nicht jetzt«, erwiderte Helene, ohne den Blick vom Fernsehschirm zu nehmen.

»Aber Sie hatten doch –«

»Nicht. Jetzt.«

Die rothaarige Frau atmete hörbar ein. »Okay«, murmelte sie. »Okay.«

Die Tür schloss sich wieder. Helene hob die Fernbedienung, setzte die Aufzeichnung an den Anfang zurück. Es war bestimmt das zehnte Mal, dass sie sich das ansah.

Sie war eine vernünftige Frau. Sagte sie sich jedenfalls. Sie war ein Kind des 20. Jahrhunderts, einigermaßen angekommen im 21. Jahrhundert. Sie war modern, aufgeschlossen, lernfähig und emanzipiert. Sie stand ihre Frau in einem Business, in dem einem wahrhaft nichts geschenkt wurde. Gestern etwa hatte sie der Vorstand des Konzerns im Rahmen einer eigens einberufenen Sondersitzung geehrt; ihr Einfall, ausführlich über die Bewegung zu berichten, die einen Nobody auf einen nicht existierenden deutschen Thron setzen wollte, hatte dem Konzern nicht nur die größte Umsatzsteigerung in seiner Geschichte beschert, sondern darüber hinaus die gesamte Medienlandschaft in Bewegung gesetzt. Sie könne sich auf die Fahnen schreiben, hatte der Vorstandsvorsitzende salbungsvoll erklärt, einen Trend geschaffen zu haben, und gebe damit ein leuchtendes Beispiel für die Kultur des Konzerns …

Und so weiter. Bla, bla, bla. Helene gab sich keinerlei Illusionen hin: Wäre die Sache, die sie aus einem Impuls heraus entschieden hatte, nach hinten losgegangen, hätte man ihr etwas gehustet, wenn sie sich auf die »Kultur des Konzerns« berufen hätte. Man hätte ihr alle Schuld zugeschoben und sie, je nach Höhe der Verluste, mehr oder weniger gnadenlos gefeuert. Da hätten ihr auch all ihre vorangegangenen Verdienste nichts genutzt. Vergangene Verdienste waren, Ehrungen hin oder her, eben genau das: vergangen.

Also bedeutete ihr das Theater nichts. Sie war eine vernünftige Frau, wie gesagt.

Aber das hier … Simon. Ihr Ehemann, den sie schon beinahe vergessen geglaubt hatte.

Sie hatte schlucken müssen, als man ihr die fertig retuschierten Fotos für den allerersten Beitrag vorgelegt hatte. Wie gut er darauf ausgesehen hatte! Sie hatte sich gefragt, ob es womöglich ein Fehler gewesen war, ihn zu verlassen, und keine Antwort darauf gewusst.

Und seither hatte er irgendwie an Statur noch zugelegt …

König Simon. Verrückt, das alles, klar.

Aber ein Gedanke wollte ihr nicht mehr aus dem Kopf – nämlich dass sie, würde Simon tatsächlich König, automatisch Königin wäre. Königin Helene I. von Deutschland.

Was war dagegen der Titel *Chefredakteurin*?

Das Telefon summte. Es war Isabella, die Nummer 2 der inoffiziellen Redaktionshierarchie. »Es geht um das Interview mit diesem Hollywood-Schönling. Er hat jetzt bei der Premiere in Berlin doch keine Zeit mehr, bietet uns aber an, es am nächsten Tag in London zu machen. Die Frage wäre, ob uns das die höheren Reisekosten wert ist.«

Helene atmete tief durch. »Das überlasse ich dir«, sagte sie.

Isabella stutzte. »Echt?«

»Ich überlass dir bis auf Weiteres den ganzen Laden. Ich muss ein paar Tage weg.«

»Echt? Und darf man erfahren –?«

»Nein«, sagte Helene. »Nicht jetzt.« Damit legte sie auf.

Isabella hatte sie schon öfter vertreten. Sie würde das Schiff nicht zum Kentern bringen. Und was ihre Fehlzeit anbelangte … Nun, würden Überstunden nicht verfallen, sie hätte genug davon, um ein Jahr lang wegzubleiben. Den wollte sie sehen, der ihr deswegen an den Karren fuhr.

Sie wählte eine andere Nummer. »Helene hier«, meldete sie sich. »Ich brauche einen Wagen.«

***

Alex hatte sich sein Büro im ersten Stock des Pförtnerhauses eingerichtet, in einem großen Zimmer, aus dem er durch vier Fenster in alle Himmelsrichtungen sehen konnte und so alles unter Kontrolle hatte. Hier setzte sich Simon mit ihm zusammen, um die Abläufe zu besprechen, die anstehenden Termine und Interviewanfragen.

»… dann ist schließlich noch das Festbankett heute Abend«, sagte Alex irgendwann. »Es wäre schön, wenn Sie den Vorsitz an der Tafel übernähmen.«

Simon hatte einen Moment lang das Gefühl, sich verhört zu haben. »Ein Festbankett?«

Alex deutete auf das in den Schlosshof führende Fenster. Dort stand ein Lieferwagen, und Leute mit weißen Schürzen trugen Körbe, Kisten und Gerät ins Haus. »Das ist die Cateringfirma, die das durchführt.«

»Die Cateringfirma.« Simon lehnte sich zurück, faltete die Hände. »Sagen Sie, Alex, das muss doch alles unglaublich viel Geld kosten? Wie machen Sie das?«

Alex grinste breit. Das Thema schien ihn ausgesprochen zu amüsieren. »Klar, einen Hofstaat zu unterhalten war noch nie billig, das werden Sie besser wissen als ich …«

»Ich hatte mir nie vorgestellt, dass das solche Dimensionen annehmen würde. Wer bezahlt das alles? Das müssen doch Unsummen sein, die hier im Spiel sind!«

Alex verschränkte die Arme hinter dem Kopf. »Also, zunächst ist das ein Spiel, ein *Alternate-Reality-Game*, und die Teilnahme kostet eine Gebühr. Die sich in diesem Fall nach der gewünschten Rolle richtet – eine Gräfin zu spielen kostet viel, als Diener oder Küchenmagd teilzunehmen wenig. Na ja – und dann bekommen wir zum Glück großzügige Spenden …«

»Spenden? Von wem?«

»Unter anderem von Herrn Stiekel, dem Besitzer des Schlosses. Sie werden sich erinnern, er ist ein ausgesprochener Fan von Ihnen.«

Das hielt Simon für eine ausgesprochen naive Sichtweise der Dinge. »Sie meinen, er hält es für möglich, dass ich tatsächlich

König werden könnte, und erhofft sich für diesen Fall Vorteile? Das ist unredlich, Alex. Sie dürfen ihn nicht in diesem Glauben lassen. Das Spiel endet am Abend der Bundestagswahl, das wissen Sie genau.«

Alexander Leicht kippte seinen Stuhl wieder nach vorn, beugte sich vor, legte die Unterarme auf den Tisch und blickte Simon ernst an. »Ich glaube das nicht«, erklärte er. »Ich glaube nicht, dass er solche Hintergedanken hat. Ich habe einen Riecher für Leute, die nicht um des Spiels willen spielen, und Herr Stiekel ist nicht so jemand.«

Sein Blick wanderte in eine ungewisse Ferne, und seine Augen bekamen einen träumerischen Glanz. »Aber schade ist es schon, dass irgendwann die Wahlen sind. Wirklich jammerschade.«

Simon musterte den vierschrötigen jungen Mann verwundert. In diesem Augenblick war mit Händen zu greifen, dass er das alles am liebsten einfach immer so weitergetrieben hätte.

***

»Ein toller Trick, den Sie sich da ausgedacht haben«, meinte der Journalist, während die Techniker noch damit beschäftigt waren, die winzigen Mikrofone an ihnen zu befestigen. »Um die Aufmerksamkeit der Öffentlichkeit auf sich zu ziehen, meine ich. Kompliment.«

Simon sagte nichts. Er hatte den Namen seines Gegenübers nicht genau verstanden, erinnerte sich nur, dass der dunkelhaarige Mann mit dem eindringlichen Blick als berühmt galt. Er erinnerte sich auch, das Gesicht schon einmal gesehen zu haben, bloß der Name, wie gesagt, der wollte ihm einfach nicht einfallen.

Peinlich, aber nicht zu ändern. Und zum Glück für das bevorstehende Interview nicht relevant.

So sahen seine Tage inzwischen aus: Seine Ruhe hatte er lediglich morgens; da ließ man ihn schlafen, solange er wollte, und servierte ihm sein Frühstück in seinen »Gemächern«, wie man dazu sagte. Dann folgten Fototermine, Zeitungsinterviews, Gespräche, ein Mittagessen gemeinsam mit den jungen Leuten, die seinen Hofstaat spielten und sich bei alldem fabelhaft zu amüsieren schienen. Der Nachmittag gehörte meist den Fernsehleuten, die gar nicht genug davon bekamen, zu filmen, wie er über den Schlosshof oder durch die optisch beeindruckend herausgeputzten Säle und Flure schritt, und ihn zu allen Fragen der Zeitgeschichte zu interviewen.

Ein toller Trick? Nun, wenn sein Gegenüber das ernsthaft glaubte, war es das Beste, ihn in diesem Glauben zu lassen.

Wobei, was hatte Alex ihm erzählt? Irgendeiner der altgedienten Politiker in Berlin, ein Parteivorsitzender oder Generalsekretär, Urgestein auf jeden Fall, habe im Rahmen eines Interviews gespottet über »diese Leute, die jetzt den Kaiser Wilhelm wiederham' wollen«.

Doch. Das war kein Respekt, durchaus nicht – aber Aufmerksamkeit allemal.

Nach ein paar Minuten Vorgeplänkel, in denen mehr oder weniger wiedergekäut wurde, was Simon schon unzählige Male gefragt worden war, wollte der Journalist wissen, was denn Simons zentrales Anliegen sei, solle er tatsächlich König werden. Und er musterte ihn dabei auf eine Weise, die Simon an die vielen Diskussionen erinnerte, die er mit Bernd geführt hatte: Der hatte ihn irgendwann auch immer so angeschaut. So … *fundamentalskeptisch*.

Vielleicht war das die Gelegenheit, eine Idee vorzustellen, die ihm schon seit Jahren im Kopf herumging.

»Mein zentrales Anliegen«, erklärte Simon also kühn, »wäre eine Bildungsreform, die diesen Namen wirklich verdient.«

Der andere neigte in mildem Erstaunen das Haupt. »Das überrascht. Nichts Außenpolitisches? Wirtschaftspolitisches? Das sind doch gewöhnlich die zentralen Gebiete normaler Politik.«

»Dann missversteht die normale Politik, wie die Welt funktioniert.« Simon faltete die Hände. »Es kann nichts Zentraleres geben als das, was sich in den Köpfen der Menschen abspielt. Und es ist die Bildung, die hierfür wesentlich ist. Das wird verkannt. Ihre Frage verrät, dass auch Sie die Bedeutung von Bildungspolitik verkennen. Das ist nicht ein Anhängsel, das irgendwie nötig, aber mit dem Ausgeben von ein paar Millionen Euro abgehakt ist. In einem ressourcenarmen, hochentwickelten Land wie Deutschland ist es das Fundament von allem, was in die Zukunft gerichtet ist.«

Ein Anflug von Ärger war über das Gesicht seines Gegenübers gehuscht wie ein Schatten, als Simon ihn direkt angesprochen hatte. »Starke Worte, denen man nicht wirklich widersprechen kann.« Seine Augen verengten sich leicht, bekamen etwas Lauerndes. »Die Frage ist natürlich, wie das bei Ihnen konkret aussehen würde.«

Simon lehnte sich zurück. Ob Bernd dieses Interview verfolgte? Er würde die Argumente wiedererkennen.

»Nun, wie sieht Bildung seit ewigen Zeiten aus? Man schickt Sie in eine Schule, wo Sie, was ein bestimmtes Fach anbelangt, mindestens ein Jahr lang einem einzigen Lehrer ausgeliefert sind, der unterrichtet, was er will, und die Noten gibt, die er will.«

»Bestimmt nicht der Lehrplan, was unterrichtet wird?«

»Der Lehrplan sagt, was er unterrichten *soll*. Was ein Lehrer tatsächlich tut, wird dagegen nicht überprüft.«

»Und was wollen Sie daran ändern? Doch nicht etwa Aufpasser in alle Schulklassen setzen?«

Simon schüttelte den Kopf. »Unsinn. Das würde nichts bringen. Nein, meine Reform besteht aus zwei grundlegenden Neuordnungen. Die erste bestünde darin, dass Unterricht und Prüfungen völlig voneinander getrennt werden – so, wie es in Fahrschulen und dergleichen schon lange üblich ist. Die normalen Lehrer würden künftig nur noch unterrichten, während für die Abnahme von Prüfungen andere zuständig sind. Die Prüfungen wären so zu gestalten, dass der Ablauf der Schuljahre keine Rolle mehr spielt. Idealerweise wird es so sein, dass Sie, um das Abitur zu erwerben, eine festgelegte Abfolge von Prüfungen in bestimmten Fächern bestehen müssen – und zwar egal, wann. Sie melden sich zu einer Prüfung dann an, wenn Sie das Gefühl haben, darauf vorbereitet zu sein.«

»Damit verlangen Sie den jungen Leuten aber viel ab. Im

Grunde haben Sie vor, den heutzutage ohnehin schon hohen Druck, der auf ihnen lastet, noch zu erhöhen, indem Sie sie dazu zwingen, ständig schwerwiegende Entscheidungen zu treffen.«

»Abgesehen davon, dass auch Entscheidungen zu treffen etwas ist, das man nicht früh genug anfangen kann zu lernen«, entgegnete Simon, »wären das keine schwerwiegenden Entscheidungen. Denn natürlich wird man Prüfungen wiederholen können. Ich sehe nicht, was dagegen spräche, sie beliebig oft wiederholen zu dürfen. Auf diese Weise könnte der Begabte regelrecht zum Abitur oder einem anderen Abschluss *rasen*, während der weniger Begabte denselben Weg eben langsamer zurücklegt, Stück um Stück, in seinem eigenen Tempo. Das wird den Druck nicht erhöhen, sondern auf ein vernünftiges Maß senken. Ich weiß, wovon ich spreche.«

Der Journalist lächelte maliziös. »Sie spielen auf Ihre eigenen Erfahrungen als Lehrer an.«

»Natürlich. Sehen Sie, das Grundproblem der Schule in ihrer heutigen Form ist, dass die eine Hälfte der Schüler einer Klasse in fortwährendem Stress lebt, weil ihnen alles zu schnell geht, und die andere Hälfte in Langweile versinkt, weil ihnen alles zu langsam geht. Kein Wunder, dass man mit vorwiegend unguten Gefühlen an Schule denkt. Aber das müsste nicht sein. Worauf es ankommt, ist doch nur, was man nachher weiß und verstanden hat, nicht, wie viel Zeit man dafür gebraucht hat.«

Simons Gegenüber nickte. Es lag Ungeduld darin; offenbar gefiel ihm das Thema eher nicht. »Sie sprachen vorhin von *zwei* grundlegenden Neuordnungen. Was wäre die zweite?«

»Die zweite Neuordnung«, erklärte Simon, »besteht darin, dass Schüler künftig den Unterricht besuchen können, *wann* sie wollen und bei welchem Lehrer sie wollen.«

Die Augenbrauen des anderen gingen hoch. »*Wann* sie wollen? Ich fürchte, wenn Sie das Schülern überlassen, werden sie *niemals* irgendeinen Unterricht besuchen.«

»Wieso?«, gab Simon zurück. »Das erlebe ich anders. Wenn sich junge Leute für etwas interessieren – Computer zum Beispiel –, dann kriegen sie überhaupt nicht genug davon, mehr darüber zu lernen.«

»Das mag auf das Thema Computer zutreffen, aber ich wage zu bezweifeln, dass es auf, sagen wir, Latein zutrifft.«

»Unterschätzen Sie die jungen Leute nicht«, mahnte Simon. »Wenn ihnen klar ist, dass sie das brauchen – und wohlgemerkt, wir sprechen von Kindern und Jugendlichen, die das Lernen weder als langweilig noch als furchteinflößend empfinden –, dann kriegen sie das auf die Reihe. Und zu einem großen Teil ist das eine Frage des richtigen Lehrers. Denken Sie an Ihre eigene Schulzeit: Welche Fächer haben Sie da fasziniert? Hatte das nicht oft zumindest zum Teil mit dem Lehrer zu tun? Sie kennen sicher den Spruch, dass Lehren nicht heißt, Köpfe mit Wissen vollzustopfen, sondern die Flamme der Neugier darin zu entzünden. Die jungen Leute werden künftig zu den Lehrern gehen, die das bei ihnen vermögen.«

Der andere schüttelte missbilligend den Kopf. »Damit erreichen Sie aber nur, dass die guten Lehrer überrannt werden, während die schlechten allein in leeren Klassenzimmern stehen.«

»Richtig.« Simon nickte. »Das ist der Sinn der Sache.«

»Die guten Lehrer mit Mehrarbeit zu bestrafen?«

»Nein, im Gegenteil – sie werden belohnt. Denn jeder Schüler wird künftig eine Art Heft mit Gutscheinen erhalten, mit denen er für die einzelnen Unterrichtseinheiten gewissermaßen bezahlt. Auf diese Weise werden gute Lehrer künftig auch gut verdienen, während schlechte Lehrer sich mangels Schülern irgendwann einen anderen Job suchen müssen.«

Der Unterkiefer des Journalisten sank herab. »Das … ist ziemlich radikal«, brachte er mühsam heraus.

»Ja«, sagte Simon einfach. »Es wird anfangs ungewohnt sein, aber auf lange Sicht eine Situation schaffen, in der motivierte, selbstbestimmte Schüler die besten Lehrer haben, die verfügbar sind. Wenn das erreicht ist, braucht man sich um alles Weitere keine Sorgen mehr zu machen.«

Nachdem das Interview zu Ende war, meinte Alex voller Begeisterung: »Große Klasse. Teilen Sie ruhig aus, Herr König, das bringt es total. Hauen Sie dicke Nägel rein. Klotzen, nicht kleckern!«

***

Die Frau, die den Flur entlang auf sie zu kam, war schlank, sah gut aus und machte den Eindruck, sich verlaufen zu haben. Leo und Dirk wechselten einen Blick, dann stand Leo auf, um ihr entgegenzutreten. Dirk hatte Telefondienst, also war das hier sein Job.

Im Näherkommen sah er, dass die Frau nicht mehr so jung war, wie sie ihren Bewegungen nach wirkte. »Guten Tag, gnädige Frau«, sagte Leo. »Kann ich Ihnen behilflich sein?«

Sie lächelte. »Dieses Schloss ist ziemlich unübersichtlich. Überall Gänge, Türen, Treppen …« Sie zupfte ihre elegante Bluse zurecht. »Ich suche Simon König. Man hat mir gesagt, dass er hier irgendwo wohnt.«

Leo nickte. Genau aus diesem Grund standen Dirk und er hier Wache. Würden sie Simon König nicht abschirmen, die Journalisten hätten ihn rund um die Uhr mit Beschlag belegt. »Haben Sie einen Termin?«

»Nein«, lachte sie. »Nein, habe ich nicht. Aber ich bin seine Ehefrau. Ich hoffe, in dieser Eigenschaft kann ich ihn auch ohne Termin kurz sprechen.«

Leo stockte der Atem. Die Ehefrau! Mit anderen Worten, die mögliche zukünftige Königin!

Was jetzt? Leo wusste, dass Simon und seine Gattin seit etwa zwanzig Jahren getrennt lebten. Auch wenn das, was diese Frau sagte, stimmte und sie demzufolge juristisch die künftige Königin war, musste seine Loyalität dennoch Simon gelten.

Er räusperte sich. »Verzeihen Sie, gnädige … ich meine, Königliche Hoheit …«

»Was?« Sie sah ihn verdutzt an.

»Im Prinzip ist das, was Sie sagen, sicher richtig«, fuhr Leo hastig fort, »aber ich fürchte, in diesem Fall muss ich trotzdem zuerst nachfragen.«

Streng genommen hätte er sie sogar bitten müssen, sich auszuweisen: Woher sollte er wissen, ob sie tatsächlich diejenige war, die sie zu sein behauptete? Aber so weit wollte er nicht gehen, die möglicherweise künftige Königin von Deutschland um ihren Personalausweis zu bitten …

Und er konnte auch nicht wissen, ob Simon dieser Besuch überhaupt gelegen kam. Mit anderen Worten, Leo musste ohnehin erst fragen.

»Bitte nicht«, sagte die mögliche künftige Königin. »Es soll eine Überraschung sein. Er ahnt nicht, dass ich hier bin.«

Leo verbeugte sich leicht. »Ich bin sicher, die Überraschung gelingt Ihnen trotzdem.«

Ihre Augen weiteten sich. »Ich verstehe. Sie sind sein Leibwächter!«

»So ist es«, sagte Leo knapp. »Wenn Sie mich bitte einen Moment entschuldigen …«

»Tun Sie Ihre Pflicht«, erwiderte sie lachend. Dann schüttelte sie den Kopf, und während Leo sich entfernte, hörte er sie sagen: »Simon …! Nie im Leben hätte ich dir so etwas zugetraut …«

Er beeilte sich. So genau wollte er das alles nicht hören.

Er fand Simon in der Bibliothek, in die Lektüre eines dicken Buches vertieft. Auf dem Tischchen neben ihm lag ein Block, auf dem er sich viele Notizen gemacht hatte.

Er sah auf, als Leo hereinkam, begrüßte ihn mit einem sanften, königlichen Lächeln. »Leo. Sie sehen beunruhigt aus. Was gibt es?«

»Königliche Hoheit, verzeihen Sie die Störung«, sagte Leo hastig. »Da ist eine Frau, die behauptet, Ihre Gattin zu sein …«

Simon schoss geradezu aus seinem Sessel hoch. »Helene? Hier?« Er knallte das Buch auf den Block, achtete nicht auf das Lesezeichen, das davonflatterte, sondern stürmte los, dass Leo Mühe hatte, ihm zu folgen.

Simon erreichte die Tür vor ihm, riss sie auf, sah auf den Flur hinaus. »Helene?«, rief er.

»Hallo, Simon«, antwortete die Frau.

Einen Herzschlag lang herrschte eine Stille, als sei die Zeit selber stehen geblieben. Die beiden standen nur da, sahen sich an, und Leo begriff, dass dies ein sehr, sehr privater Moment war, der ihn nichts anging. Er schlüpfte unauffällig hinter Simon aus dessen Gemächern, trat leise in den Schatten und wartete, was geschehen würde.

»Aber …«, begann Simon schließlich, um im nächsten Moment den Kopf zu schütteln, die Tür weit zu öffnen und zu sagen: »Komm doch herein.«

Die Frau schritt an Dirk und Leo vorbei, ohne sie zu beachten, ging auf Simon zu, folgte ihm in das Zimmer dahinter, dann schloss sich die Tür hinter den beiden.

Leo atmete aus und kehrte zu Dirk zurück, der mit großen Augen dasaß.

»Wir lassen niemanden passieren«, ordnete Leo leise an, »und wir stellen keine Anrufe durch. Nicht, solange diese Tür geschlossen ist.«

Sie sollte sich an diesem Tag nicht wieder öffnen.

KAPITEL 38

Frühstück im Bett«, sagte Helene und räkelte sich. »Wann hatte ich das das letzte Mal?«

»Ich hatte das zuletzt auf unserer Hochzeitsreise«, meinte Simon. »In dem Hotel in Athen.«

Sie nickte. »In dem man kein Fenster aufmachen konnte, weil es draußen schrecklich laut war und nach Abgasen stank. Da ist es hier deutlich besser.« Sie blickte verträumt zu den weit geöffneten Fensterflügeln hinüber, die auf den Balkon hinausführten. Man hörte Stimmen, das Klappern irgendwelcher Gerätschaften, aber auch Vogelgezwitscher. »Ein Schloss eben.«

Sie wirkte heute Morgen zehn Jahre jünger als gestern. Das Licht fiel in breiten Bahnen ins Zimmer. Draußen war ein herrlicher Tag, und sie hatten alle Zeit der Welt.

Zumindest bis zu der Pressekonferenz heute Nachmittag.

Helene nahm eines der winzigen Marmeladengläschen in die Hand und versuchte, die Beschriftung darauf zu entziffern. »Ich brauche, glaube ich, doch meine Brille …« Sie griff zum Nachttisch, zog an der Schublade, aber die ließ sich nicht öffnen. »Was ist denn jetzt?«

Simon holte ihre Brille aus der Schublade auf seiner Seite. »Hier. Die Schublade da ist nur Attrappe. Die Nachttische sind Theatermöbel, nur der auf meiner Seite lässt sich öffnen.«

Helene nahm die Brille mit einem Gesichtsausdruck äußerster Verwunderung entgegen. »Theatermöbel?«

»Das ganze Schloss ist voll davon. Schränke, deren Türen sich nicht öffnen lassen; Bilderrahmen, die goldverziert und schwer aussehen, aber nur aus dünnem Plastik bestehen; Kerzenhalter aus versilbertem Holz; und so weiter …«

Helene sah auf das Tablett zwischen ihnen hinab. »Und das Essen? Ist das wenigstens echt?«

»Das hoffe ich doch.«

»Bizarr«, meinte sie.

Simon nickte. »Das kann man wohl sagen.«

Bizarr war gar kein Ausdruck für die ganze Situation. Nie im Leben hätte Simon erwartet, einen Morgen wie diesen zu erleben. In einem richtigen Schloss zu erwachen, seine verloren geglaubte Frau wieder an seiner Seite …

Der gestrige Abend kam ihm in der Erinnerung vor, als habe er Monate gedauert. Sie hatten geredet, endlos. Sich gestritten. Sich wieder versöhnt, um über einen anderen Punkt erneut in Zank zu geraten. Sie hatten heftig debattiert, stundenlang, wie es ihm schien, und dabei mehr als einmal aneinander vorbeigeredet. Danach hatten sie einander erzählt, was in den letzten zwanzig Jahren gewesen war. Helene hatte es nicht fassen können, dass er nach ihr nie wieder eine andere Frau gehabt hatte.

»Ich wollte keine andere«, hatte Simon erklärt.

Worauf sie ihn skeptisch angeblickt und gemeint hatte: »Ich weiß nicht, ob ich das glauben soll.«

Er hatte sie nicht nach anderen Männern gefragt. Das wollte er nicht wissen. Das war ihre Sache, und nach dem, was geschehen war, auch ihr Recht.

Irgendwann, spät in der Nacht, hatte sie gesagt: »Zeit, dass ich gehe.«

»Wohin?«, hatte er gefragt.

»Ich habe ein Hotelzimmer, unten im Dorf.« Das hatte sie gesagt, und dann hatte sie gewartet. Er hätte es beinahe nicht bemerkt. Er war schon drauf und dran gewesen, sie mit höflichem Bedauern zu verabschieden, ehe ihm in einer Art Verzweiflung die Frage entschlüpfte: »Willst du nicht einfach bleiben?«

Danach hatten sie nicht mehr geredet …

Simon bemerkte, wie Helene ihn über den Rand ihrer Tasse hinweg betrachtete. »Was ist?«, fragte er.

»König Simon«, sagte sie und setzte die Tasse ab. »Ich frage mich immer noch, wie du auf diese Idee gekommen bist.«

»Bin ich gar nicht«, bekannte Simon. »Es hat sich so ergeben.«

Sie schmunzelte skeptisch. »Ich würde lieber denken, dass du das alles inszeniert hast, um mich zurückzulocken.«

Simon sah auf seine eigene Tasse hinab, griff nach dem Löffel, rührte um, obwohl es nichts umzurühren gab in einem schwarzen Kaffee ohne Zucker oder Milch. Da war er wieder, der Stich. Es hatte gestern Abend zweimal einen Moment gegeben, in dem es gepasst hätte, ihr die Hintergründe der ganzen Sache zu erklären. Dass alles nur ein Spiel war, ein Täuschungsmanöver. Dass sie die Partei nur gegründet hatten, um einen möglichen Wahlmaschinenbetrug aufzudecken. Aber Simon hatte beide Gelegenheiten verstreichen lassen, hatte abgelenkt, das Thema gewechselt …

Zuerst, weil ihn im selben Augenblick die Sorge befallen hatte, dass Helene, als die Journalistin, die sie war, ihr Wissen ausnutzen könnte. Dass sie die nächste Sensationskampagne starten würde, ehe das Spiel vorbei war.

Er war sich auch jetzt nicht restlos sicher, dass sie das nicht tun würde. Aber wenn er nun damit herausrückte, würde sie wissen, dass er ihr gestern Abend misstraut hatte, und Simon hatte Angst, sie so gleich wieder zu verjagen. Wenigstens diesen einen Morgen wollte er in ungetrübter Harmonie verbringen.

Und falls es ein *Später* geben sollte, würde er es ihr irgendwann erklären.

Der Morgenmantel, den sie trug – eigentlich war es seiner – verhüllte ihren Körper nur unvollständig. Sie gefiel ihm, immer noch.

Und Simon wusste, dass Helene so tat, als merke sie nicht, dass er sie betrachtete.

Vielleicht gab es ja ein *Später*. Und vielleicht begann es mit einem *Noch mal*.

***

Je länger das alles dauerte, desto mehr kam es Root vor, als lege Alex in dem Moment, in dem er das Büro betrat und die Tür schloss, eine Maske ab. Und der Alex hinter der Maske war unsagbar müde, müde und niedergeschlagen. Jemand, der sich nur noch in seinen Sessel fallen ließ und so aussah, als würde er nie wieder aufstehen wollen.

Obwohl Root wusste, wie die erste Frage lautete, wartete er immer, bis Alex sie stellte. Es war seit Wochen dieselbe: »Was Neues von Sirona?«

Und wie immer konnte Root nur sagen: »Nichts.«

Worauf Alex noch ein Stück mehr in sich zusammensank.

»Aber ich hab was anderes«, fuhr Root heute fort.

»Und was?« Erstaunlich, welches Ausmaß an Desinteresse man mit zwei einfachen Worten zum Ausdruck bringen konnte.

»Eine interessante Zahl.«

Alex seufzte kraftlos. »Erwartest du, dass ich sie dir aus der Nase ziehe?«

Seit sie ihre Zelte hier auf Schloss Reiserstein aufgeschlagen hatten, war Root hauptsächlich damit beauftragt, alle möglichen Internetforen, Weblogs und dergleichen abzusurfen, um herauszufinden, ob die Berichterstattung der Medien über Simon König in der Bevölkerung Resonanz erzeugte, und wenn ja, welche.

Heute aber hatte er etwas ganz anderes gefunden. Etwas, das er geradezu sensationell fand.

»Was denkst du, wie viele Wahlmaschinen es überhaupt gibt?«

»Sag's mir einfach.«

»In den letzten zwölf Monaten hat ein regelrechter Run der Wahlkreise auf Wahlmaschinen stattgefunden«, berichtete Root. »Wie es aussieht, werden bei den nächsten Bundestagswahlen über siebzig Prozent der Wahlberechtigten ihre Stimme an einer Maschine abgeben.«

Alex richtete sich auf. »*Siebzig Prozent?*«

»Siebzig Prozent und ein paar Zerquetschte.«

»Woher hast du diese Information?« Alex' Gesicht umwölkte sich mit jeder Minute mehr.

»Statistisches Bundesamt. Ganz, ganz tief unten vergraben.« Root grinste triumphierend. »Ich wette, das hat bis jetzt noch keiner entdeckt. Jedenfalls liest man in den Zeitungen nichts darüber, nicht mal einen Dreizeiler.«

»Hmm«, machte Alex missmutig. »Das könnte ein Problem werden.«

»Ein Problem?« Mann, war der drauf! »Wo siehst du da bitte ein Problem?«

»Wozu treiben wir das alles hier? Um den Wahlmaschinen den Garaus zu machen. Aber was ist, wenn bloß *manche* der Geräte abnorme Ergebnisse anzeigen, andere aber nicht? Dann wird unsere ganze Argumentation schwammig.«

Root lehnte sich zurück und verschränkte die Arme hinter dem Kopf. Immer dasselbe. Niemand außer ihm schien logisch denken zu können. »Ich seh immer noch kein Problem. Wenn siebzig Prozent der Stimmen über Wahlmaschinen abgegeben werden und jede Wahlmaschine fünfundneunzig Prozent der abgegebenen Stimmen für uns zählt, dann kriegen wir nach Adam Riese 66,5 Prozent. Das heißt, wir gewinnen die Wahl, kommen an die Regierung und können Wahlmaschinen einfach verbieten. Fertig, Amen, aus. Ist doch simpel.«

Alex warf ihm einen müden Blick zu. »Root, das ist gesponnen.«

»Das ist nicht gesponnen, das ist Mathematik.«

Mit einem mächtigen Ruck riss sich Alex aus dem Sessel hoch und knallte die Handflächen auf die Tischplatte. »Du glaubst doch nicht im Ernst, dass dieser Zantini wirklich Tausende von Wahlcomputern manipulieren kann? Tausende! Nie im Leben. Da müsste er schon ein richtiger Zauberer sein.«

Das beeindruckte Root nicht im Mindesten. »Wieso? Wenn er das nicht kann, braucht er erst gar nicht in diese Art Geschäft einzusteigen. Dass es nicht reicht, nur ein *paar* Maschinen zu manipulieren, war doch von vornherein klar.«

Alex begann, seine Schläfen zu massieren. Immer ein schlechtes Zeichen bei ihm. »Root«, knurrte er, ohne ihn anzusehen, »du nervst. Ich seh hier ein Problem, okay? Wir spielen ein Spiel, ich sehe ein mögliches Problem, also will ich nachdenken, was ich tun kann, damit es nicht eintritt, oder was ich tue, *falls* es eintritt. Ganz normale ARG-Routine. Die ›was tun wir, wenn‹-Liste. Okay?«

Root hob ergeben die Hände. »Ja, schon gut.« An all der miesen Laune war natürlich nur dieses Weib schuld. Seit Sirona weg war, hatte Alex Liebeskummer. Und das, obwohl er noch nicht mal was mit ihr gehabt hatte.

Wurde Zeit, dass ihm dämmerte, was für ein Spiel sie mit ihm gespielt hatte. Dass sie ihn nur benutzt hatte. Dass sie ihn am langen Arm hatte verhungern lassen.

***

Wahrhaftig, ein Tag der Überraschungen. Helene hatte Frau Volkers getroffen und erfahren, dass sie es war, die sich um alle Kostüme dieser vielen jungen und nicht mehr so jungen Leute kümmerte! Frau Volkers aus dem zweiten Stock! Und sie hatte ihr angeboten, sie ebenfalls einzukleiden, sie herzurichten, wie es einer Königin gebührte …

Ein Traum.

Simon wollte, dass sie bis zu den Wahlen bei ihm blieb. »Danach wird das alles vorbei sein«, hatte er gesagt.

Vorbei? Es tat ihr weh, sich das vorzustellen; dazu war die Szenerie viel zu hinreißend: die festlich gedeckten Tische in den herrlichen Speisesälen. Die anmutigen Mädchen in den weiten Reifröcken. Die in den Gärten rings um das Schloss flanierenden Paare, die ihr so freundlich begegneten, die in ihr die Königin sahen, einfach, weil sie es so wollten …

Dass sich ab und zu Ritter und Landsknechte im Hof duellierten, das war natürlich ein Stilbruch. Genau wie die Fernsehleute, die überall zu sein schienen und nie in die Szenerie passten. Wie schafften die das eigentlich, sich nicht ständig gegenseitig ins Bild zu geraten? Sie hatten sie schon um Interviews gebeten. Königin Helene. »Königliche Hoheit«, wie sie ein junger Mann mit zwei Handys in den Taschen seiner Lederjacke allen Ernstes angesprochen hatte. Sie hatte ihn vertröstet, wie die anderen auch. Später. Vielleicht. Sie musste sich erst an all das gewöhnen; im Moment überforderte es sie.

Aber ja, sie wollte bleiben. Sie wollte diesen Traum auskosten, wenn es schon nur ein Traum war, ein Spiel, ein überwältigendes Theaterstück. Königin Helene. Sie betrachtete sich in einer spiegelnden Glastüre, versuchte sich vorzustellen, wie ihr eine Krone stehen würde … Ein schmerzhaftes Sehnen zerriss ihr fast das Herz, ein Verlangen, es möge nicht nur ein Traum bleiben, sondern wahr werden, wirklich wahr werden, fortdauern, weitergehen. Natürlich, die Wahlen würden alles entscheiden, aber Wahlen, da wusste man nie genau, wie die ausgingen, oder? Deswegen war es ja notwendig, sie abzuhalten. Bei Wahlen konnte grundsätzlich alles passieren.

Und Simon wirkte so souverän, so edel, so königlich … Sie konnte doch unmöglich die Einzige sein, die sich bei seinem Anblick fragte, ob ein König für Deutschland vielleicht gar nicht so schlecht wäre?

Bloß konnte sie nicht einfach bleiben. Nicht ohne Weiteres, jedenfalls. Darum saß sie hier, im sogenannten »Roten Salon«, dem einzigen Raum im Schloss, der vollständig mit echt antiken Möbeln ausgestattet war. Der Besitzer des Anwesens, ein Industrieller, ein freundlicher älterer Herr, der Helene beim Mittagessen begegnet war, ihr einen Handkuss gegeben hatte – einen Handkuss! –, hatte sich diesen Raum bereits vor Jahren herrichten lassen, um hier Gäste zu empfangen.

Helene saß über ihrem Terminplaner, ihr Telefon neben sich. Eine Menge Termine ließen sich verschieben, absagen oder jemand anderem aufhalsen, aber ein paar Dinge waren unaufschiebbar, wie man es auch drehte und wendete. Dinge, die niemand anders als sie selbst erledigen konnte. Und ausgerechnet für den 26. und 27. September, das Wochenende der Bundestagswahl, war ein Update der Computersysteme im Verlag angesetzt. Daran war nicht zu rütteln, nicht im Traum. Am Freitagabend würden alle Rechner im gesamten Verlagshaus abgeschaltet und anschließend komplett ausgetauscht werden. Man würde neue Software aufspielen, die bisherigen Daten übernehmen, und bis Sonntagabend musste alles laufen. Ein Wahnsinnsprojekt, aber das hatte sich der technische Vorstand so in den Kopf gesetzt. An dem Tag durfte sie nicht fehlen, ausgeschlossen. Allenfalls ein Herzstillstand würde als Entschuldigung für Abwesenheit durchgehen; mit jedem anderen Grund brauchte sie am Montag erst gar nicht wiederzukommen …

Aber bis dahin war es noch lang hin. Wenn sie heute zurückfuhr, um die notwendigsten Dinge zu regeln, dann würde sie, mit ein paar Unterbrechungen dann und wann, den Rest der Zeit hier auf dem Schloss verbringen können.

Und davon würde sie sich nicht abbringen lassen. Sie würde heute fahren, sobald Frau Volkers die Maße für ihr Kleid genommen hatte, und übermorgen Mittag zurück sein zur Anprobe …

»Königin Helene«, flüsterte sie unhörbar in die Stille des Roten Salons.

Wenigstens für ein paar Wochen.

KAPITEL 39

Diese Pressekonferenzen uferten allmählich aus. Inzwischen fasste nicht einmal mehr der Rittersaal all die Journalisten, Kameraleute und Berichterstatter, die sich mit ihren Kameras und Mikrofonen aufbauten. Simon fragte sich, ob die Bundeskanzlerin, wenn sie aus dem Fernseher zu sprechen schien, auch in einen solchen Wald an Gerätschaften starren musste. Bestimmt, es ging ja technisch nicht anders.

In Gedanken war er noch bei Helene, als er sich setzte, aber der Anblick der vielen dunklen Linsen und der vielen, größtenteils gelangweilt dreinblickenden Gesichter brachte ihm wieder in Erinnerung, was er sich zurechtgelegt hatte. Denn sich etwas zurechtzulegen, das gehörte mittlerweile zu seinen Pflichten. Man erwartete von ihm, dass er jedes Mal einen originellen Gedanken brachte, einen ungewöhnlichen Gesichtspunkt, einen provozierenden Vorschlag. Die üblichen Sprechblasen der Politik, mit denen die etablierten Amtsträger durchkamen, wollte man von ihm nicht auch noch hören. Er war der politische Clown, damit hatte er sich abgefunden.

Und es war ihm gar nicht so unlieb. Der Narr bei Hofe – war das nicht traditionell die Figur, die alles sagen durfte, sogar die Wahrheit?

Alex tauchte neben ihm auf, strahlend wie immer, wenn so viel los war, dass man meinte, es müsse im nächsten Moment das völlige Chaos ausbrechen. »Toll, was?«, sagte er. »Ich denke jeden Tag, das ist jetzt der Rekord, aber dann kriegen wir immer noch mehr Zulauf.« Das Strahlen verschwand aus seinem Gesicht. Er beugte sich herab und fuhr leise fort: »Kann ich Sie mal kurz sprechen, ehe das hier losgeht?«

»Sie sprechen doch schon mit mir?«

»Nebenan«, erwiderte Alex und nickte in Richtung einer von dem Vorhang hinter dem Podium halb verdeckten Holztür. »Es ist wichtig.«

Nebenan war ein kleines Gelass, ein Durchgang zur Küche mit unebenen, weiß getünchten Wänden. Nach all dem Prunk, an den sich Simon in den übrigen Räumen des Schlosses gewöhnt hatte, kam es ihm hier ungewohnt kahl vor.

Alex machte beide Türen sorgsam zu. »Es geht um Ihren Sohn. Sie sagten, er kommt eine Woche nach den Bundestagswahlen frei?«

Simon nickte. »Das war der letzte Stand.«

»Wie sicher ist dieses Datum?«

»Schwer zu sagen.« Simon versuchte wiederzugeben, was Lilas derzeitiger Lebensgefährte, ein Anwalt namens Bruce Miller, ihm erklärt hatte: Das Datum der Entlassung aus der Haft richtete sich zwar grundsätzlich nach dem vom Richter festgelegten Strafmaß, das aber konnte sich bei schwerwiegenden Verstößen gegen die Hausordnung verlängern, während gute Führung – oder, was auch häufig vorkam, aktueller Platzmangel – bisweilen zu einer früheren Entlassung führte.

»Die Bauchschmerzen, die ich damit habe«, erklärte Alex, »sind folgende: Sie wissen ja, nach einer Wahl überschlagen sich oft die Ereignisse. In den Medien jagt eine Schlagzeile die andere, je nach Ergebnis geht es drunter und drüber, dafür ebbt das öffentliche Interesse auch immer bald wieder ab. Das ist eine Frage von Tagen, verstehen Sie? Und was unser Projekt betrifft, würde ich gern den optimalen Zeitpunkt auswählen können, um die Bombe platzen zu lassen. Ich habe Sorge, dass der Effekt verpuffen könnte, wenn wir warten müssen.«

»Wenn die Beteiligung meines Sohnes an einer Computermanipulation öffentlich wird, droht ihm –«

Alex nickte heftig. »Ich weiß, ich weiß. Aber müssen wir ihn überhaupt erwähnen?«

»Ich bin sein Vater. Das ist aktenkundig und damit eine Spur.« Simon schüttelte den Kopf. »Ich muss darauf bestehen, dass wir die Sache erst aufdecken, wenn Vincent keine Gefahr mehr droht.«

Die Tür vom Rittersaal her wurde aufgerissen, einer von Alex' Assistenten, als stutzerhafter Höfling verkleidet, streckte den Kopf herein. »Die Leute scharren mit den Hufen. Ich soll fragen, ob Seine Königliche Hoheit noch kommt oder nicht.«

Alex nickte ihm zu, machte eine scheuchende Handbewegung. »Er kommt in zwei Minuten.« Er wartete, bis die Tür wieder zu war, dann bat er: »Können Sie noch mal drüben anrufen? Vielleicht lässt sich ja was beeinflussen. Oder wenn wir wenigstens das genaue Datum wüssten; das könnte auch schon helfen. Und Ihr Sohn muss eben das Land verlassen, sowie er draußen ist.«

Simon versprach, noch einmal nachzufragen.

»Wahrscheinlich ist das gar nicht so wichtig, wie ich gerade denke«, grübelte Alex, sich das Kinn reibend. »Aber es war eben ein Gedanke, der mir durch den Kopf geschossen ist, und ich bin so veranlagt, dass ich dann immer gleich losrasen muss ... Ich will es eben so gut wie möglich machen, verstehen Sie? Damit sich der Aufwand am Ende auch lohnt.« Sein strahlendes Lächeln war zurück wie eingeschaltet. »Gehen Sie, ehe die zu ungeduldig werden. Knallen Sie denen was vor den Latz, damit sie auch was zu berichten haben.« Er lachte auf. »Sie machen das super. Am Ende wählen die Leute Sie tatsächlich noch!«

Simon musste schmunzeln. Er fasste nach seinem Krawattenknoten, überprüfte den Sitz. »Da fällt mir diese junge Frau mit dem phantasievollen Äußeren ein, Sirona. Von der habe ich jetzt ewig nichts mehr gehört. Sie?«

Alex hob die Schultern. Nichts schien ihn weniger zu interessieren. »Bis zur Wahl wird sie schon wieder auftauchen. Ist ja schließlich ihr Baby, das ganze Projekt.«

* * *

»Ich möchte heute über die Unzufriedenheit im Lande sprechen«, begann Simon und registrierte mit stillem Vergnügen, wie sich daraufhin Ohren spitzten, Blöcke umgeschlagen, Kugelschreiber gezückt und an Aufnahmereglern gefummelt wurde. »Deutschland ist eines der wohlhabendsten Länder der Erde – trotzdem herrscht eine weit verbreitete Unzufriedenheit. In einer Rangliste der Zufriedenheit belegen wir nur einen der hinteren Ränge. Haben Sie sich schon einmal überlegt, woran das liegt?«

Er blickte in die Runde. Hinter den Reportern drängten sich, soweit der Platz es zuließ, einige der grandios kostümierten jungen Leute herein, die seinen »Hofstaat« spielten. Sie jedenfalls sahen nicht so aus, als treffe diese Beschreibung auf sie zu.

Einer der Journalisten in der vordersten Reihe hob die Hand. »Geld allein macht nicht glücklich, sagt man bekanntlich«, ließ er sich vernehmen.

»Aber was für ein Sinn läge darin, sich anzustrengen, damit es einem besser geht, wenn es einem am Ende dadurch auf andere Weise eher schlechter ginge?« Simon schüttelte den Kopf. »Ich sehe das anders. Ich sehe die allgemeine Unzufriedenheit in etwas anderem begründet. Etwas ganz Konkretem.« Er konnte es sich nicht verkneifen, eine Kunstpause zu machen, ehe er fortfuhr: »Ich sehe den Grund dafür in der heute allgegenwärtigen *Werbung*.«

Gedämpfte Unruhe brandete auf, als hätte die Hälfte der Anwesenden im gleichen Moment beschlossen, mit den Füßen zu scharren, den Stuhl ein Stück zurückzurücken oder zu husten. Viele schüttelten den Kopf, unwillig, so, wie man es konfrontiert mit offensichtlicher Unvernunft tat.

»Denken Sie darüber nach«, forderte Simon. »Es ist geradezu Sinn und Zweck von Werbung, Sie unzufrieden zu machen. Wie anders könnte man Sie dazu bringen, Ihr Geld für etwas auszugeben, nach dem Sie von sich aus gar kein Bedürfnis verspürt haben? Sie sollen unzufrieden sein mit dem, was Sie haben, was Sie sind oder was Sie erleben – nur wenn Werbung das erreicht, erfüllt sie ihren Zweck. Werbung ist nicht mehr die *Reklame* von früher, die hauptsächlich dazu diente, auf das Vorhandensein bestimmter Produkte aufmerksam zu machen. Die heutige Werbung ist eine gigantische, milliardenschwere Bewusstseinsbeeinflussungsmaschinerie, die in zunehmendem Maße unser ganzes

Leben durchdringt. Sie beherrscht das Straßenbild unserer Städte, nimmt den größten Teil der meisten Zeitschriften ein und verfolgt uns bis ins Privateste. Und es ist kein Halt in Sicht – im Gegenteil, Werbung wird immer ausufernder, immer invasiver; ein regelrechtes Wettrüsten findet statt. Nicht genug, dass man unsere Städte mit Plakaten vollgestopft hat, nun traktiert man uns auch schon in der U-Bahn mit Fernsehspots: Was kommt als Nächstes? Wird man Werbebotschaften an den nächtlichen Wolkenhimmel projizieren? Ideen wie diese tauchen immer wieder auf. Wäre es technisch möglich, der Mond wäre längst rot angestrichen und mit dem Logo einer bekannten Brausefirma versehen, glauben Sie nicht auch?« Simon faltete die Hände vor sich auf dem Tisch und hob das Kinn. »Deshalb werde ich, von wenigen Ausnahmen abgesehen, Werbung künftig grundsätzlich verbieten.« Einschränkungen wie »sollte ich die Wahl gewinnen« oder »falls ich König werde« ließ er längst unter den Tisch fallen. Seltsamerweise kam das, was er sagte, besser an, wenn er so tat, als sei seine Thronbesteigung schon ausgemachte Sache.

In all der Unruhe, die seine Erklärung hervorgerufen hatte, hob sich eine Hand. Simon erteilte dem Mann das Wort.

»Verzeihung, Königliche Hoheit«, rief der, »aber als jemand, der für einen Privatsender arbeitet, kann ich das nicht gutheißen. Private Fernsehanstalten finanzieren sich nun mal durch Werbung. Ihr Gesetz wäre das Aus für eine ganze Branche!«

»Für Zeitungen und Zeitschriften gilt dasselbe«, rief eine Frau mit einer scharf geschnittenen Pagenfrisur. »Die Preise sind nicht zu halten ohne Werbung.«

Simon beugte sich über das Mikrofon. »Diese Sachverhalte sind mir bekannt. Aber das, was dank Werbung scheinbar kostenlos ist, ist es ja nicht wirklich. Das, was es zum Beispiel kostet, mit langen Werbespots und teuren Druckschriften für ein neues Automodell zu werben, zahlen schließlich diejenigen, die dieses Fahrzeug kaufen, über einen entsprechend höheren Preis. Und so weiter. Hier muss einfach ein Umdenken erfolgen. Private Fernsehsender werden ein Programm anbieten müssen, für das Zuschauer bereit sind, zu bezahlen. Zeitschriften werden mehr kosten müssen, das ist richtig – aber andere Produkte, deren Preise einen hohen Anteil an Kosten für Werbung enthalten, werden dafür billiger werden können. Unter dem Strich bleibt Geld übrig, wenn wir die Werbung aus dem Spiel herausnehmen: genau das Geld nämlich, das es gekostet hätte, Plakate zu drucken, Fernsehspots zu produzieren und Anzeigenblätter in alle Briefkästen zu stopfen. Plakate, die uns die Sicht auf Häuser und Landschaften nehmen, wohlgemerkt. Fernsehspots, die uns irritieren. Anzeigenblätter, über die wir uns ärgern und die wir ungelesen in den Müll stopfen.«

Allgemeines, aufgebrachtes Kopfschütteln, soweit er sah. Gut so.

»Auf lange Sicht«, fuhr er fort, »wird sich das dahin entwickeln, dass jeder einfach genau für die Dinge zahlt, die ihm wichtig sind. Und das wird eine gesündere Situation sein als heute, wo Autokäufer Fernsehshows finanzieren, die ihnen vielleicht überhaupt nicht gefallen, und Parfümkäufer illustrierte Magazine, die sie gar nicht kennen.«

Ein hagerer, ganz in Schwarz gekleideter Mann rief: »Und die Werbebranche selbst? Die hätte keine Zukunft mehr, oder? Die würden Sie damit plattmachen!«

Simon musterte ihn, ein wenig ungehalten über die Wortwahl. »Wieso sollte eine Industrie erhalten bleiben, die nur dem Ziel dient, Menschen unzufrieden zu machen? Darin sehe ich keinen Sinn. Die Anstrengungen der hiermit Beschäftigten sind einer besseren Sache wert.«

Aus dem Hintergrund des Rittersaals brandete Jubel auf. Sein angebliches Gefolge, diese jungen Frauen in Krinolinen oder Marlotten, mit Schutenhüten oder Rokokofrisuren, und die jungen Männer in Schoßröcken, mit Zopfperücken und Dreispitzen, sie jubelten ihm zu, riefen »Bravo!« oder »Es lebe der König!«, und sofort schwenkten die Kameras auf sie, wurden die Galgenmikrofone in ihre Richtung gedreht. Es war ein bizarres Durch- und Nebeneinander von alt und neu, von Tradition und Moderne, das sich Simon darbot: Könnte man doch nur das jeweils Beste aus allem miteinander kombinieren!

Schade beinahe, dass nichts von dem, was er hier großmundig ankündigte, jemals Wirklichkeit werden würde. Aber wenigstens hatte er es einmal gesagt, war losgeworden, was sich im Lauf der Jahrzehnte an Ideen und Gedanken angesammelt hatte. Zumindest hatte er damit Aufregung verursacht, wenn schon sonst nichts daraus werden würde. Alex würde zufrieden sein, der all das hier letzten Endes ins Leben gerufen hatte und dem er seit gestern dankbar dafür war.

Trotzdem war Simon froh, als die Pressekonferenz endlich vorüber war. Zum ersten Mal freute er sich, dass es heute Abend wieder ein Fest geben würde, wie jeden Abend. Diesmal würde er tanzen. Er tanzte nicht gut; alles, was er je gelernt hatte, war in all den einsamen Jahren eingerostet. Aber er wollte üben, für übermorgen, wenn Helene zurückkam.

***

Helene kam zurück, um ihn flüchtig zu küssen und sogleich in Frau Volkers Nähstube wieder zu verschwinden. Stunde um Stunde verbrachte sie in diesem geheimnisvollen Reich, um zu guter Letzt in einem Hofkleid mit Reifrock und Schleppe zum Vorschein zu kommen, das ihr stand, als sei sie dafür geboren.

Simon fielen fast die Augen aus dem Kopf, als er sie in voller Pracht sah. Wie gut, dass er das Tanzen geübt hatte! Denn wie sich in den darauffolgenden Tagen zeigen sollte, war Helene eine Frau, die überhaupt nicht genug bekommen konnte von den Festen, dem Tanzen, dem Pomp.

Zum ersten Mal, seit dieses Unternehmen lief, wäre es Simon lieber gewesen, es hätte nicht so bald wieder ein Ende gefunden. Am besten gar keines.

Er musste an Alex denken und wie er eingestanden hatte, dass er davon träumte, völlig in einem Spiel zu verschwinden. Er konnte ihn auf einmal verstehen.

KAPITEL 40

Es ist etwas Geheimnisvolles dabei, auf einen bestimmten Tag zu warten, und zwar ganz gleich, ob man diesen Tag herbeisehnt wie Heiligabend als Kind oder ob man ihn fürchtet wie den Termin einer Wurzelbehandlung beim Zahnarzt: So lange ist dieser Tag noch nicht gekommen, so lange ist er Zukunft, dehnt sich die Zeit, bis man schließlich beinahe glaubt, dass der Tag niemals kommen wird.

Und dann – kommt er irgendwann doch.

Wie dieser Tag, der Tag der Wahl. Noch war dieser Tag jung, die Wahllokale öffneten erst in einer Stunde. Simon stand im Bad und ließ, während er sich abtrocknete, den Blick schweifen, erfüllt von einem Gefühl des Abschiednehmens. All das hier würde heute enden. Nicht, dass er all den Prunk vermissen würde; er würde sich auch in seiner vertrauten alten Wohnung wieder wohlfühlen.

Aber da war eben die Sache mit Helene.

Helene, die er noch nie so glücklich erlebt hatte wie in diesen Wochen und Tagen, in ihrer Rolle als Königin.

Am Freitag nach dem Mittagessen hatte sie sich umgezogen, dem Ruf der Pflicht folgend. Ganz fremd hatte sie ausgesehen in dem schlichten, dunkelblauen Kostüm, die Haare nicht mehr hochgesteckt, nicht mehr mit Perlen und Spangen geschmückt. Sie schien sich auch selber fremd gefühlt zu haben, ihren Autoschlüssel und ihren ledernen Terminkalender wie Fremdkörper in Händen, als sie »Tja, dann muss ich mal« gesagt und ihn zum Abschied scheu geküsst hatte.

Gestern hatte sie angerufen. Es gab ein paar Verzögerungen, aber im Großen und Ganzen schien der Systemwechsel zu klappen. Heute Abend werde sie wieder da sein, hatte sie versprochen. Je nachdem, wie voll die Straßen waren, vielleicht noch vor Bekanntgabe der Wahlergebnisse.

Was ab morgen sein würde, darüber hatten sie nicht geredet. Ob sie bei ihm bleiben würde, auch wenn er nicht mehr den König spielte? Simon wusste es nicht, hatte sie nicht danach fragen wollen. Wahrscheinlich hätte sie es ihm auch nicht sagen können.

Wie sich die Stimmung verändert hatte, als Simon nach dem Frühstück seinen üblichen Rundgang durch das Schloss machte! Wie all die Tage zuvor grüßte er jeden, der ihm begegnete, und wurde zurückgegrüßt. Wie sehr er es schon gewöhnt war, mit »Hoheit« angesprochen zu werden, merkte er daran, dass es ihm auffiel, ja, ihn regelrecht irritierte, wie viele heute einfach nur »Guten Morgen, Herr König« zu ihm sagten. Die Vorbereitungen für die Wahlparty am Abend liefen schon auf Hochtouren, doch in vielen Gesichtern las Simon Traurigkeit, zumindest aber Ernüchterung. Es kam den Leuten wieder zu Bewusstsein, dass alles nur ein Spiel gewesen war.

Nicht jedem freilich. Frau Volkers wirbelte, kommandierte, war in ihrem Element. Sie hatte alle Hände voll zu tun, die »Hofdamen« für ein letztes rauschendes Fest herauszuputzen, mit phantastischen Frisuren und frisch gestärkten, weit gebauschten Röcken. »Und Sie will ich auch noch ein bisschen königlicher schniegeln!«, knurrte sie ihm zu, den halben Mund voller Nadeln und Spangen, als er vorbeiging. Simon winkte nur zurück, in der Hoffnung, dass sie ihr Vorhaben vergessen oder mit den jungen Frauen zu sehr beschäftigt sein würde.

Das Fernsehen war heute endgültig überall. Der ganze Vorhof stand voller Übertragungswagen, in den Sälen, Hallen und Fluren wurden allerorts Kameras installiert, Scheinwerfer aufgestellt und Kabel verlegt. Manche der Maskenbildner hatten sich von den Darstellern des Hofstaates überreden lassen, sie zu schminken, und taten es mit sichtlichem Vergnügen.

Schließlich kehrte Simon in seine Gemächer zurück und begann zu packen. Viel war da nicht zu tun. Um den Rücktransport seiner Bücher, das hatte man ihm versprochen, würde sich jemand kümmern, und das bisschen Kleidung aus den Schränken war schnell im Koffer.

Kurz vor Mittag telefonierte er nach Philadelphia, um zu erfahren, ob Lila inzwischen Genaueres hinsichtlich Vincents Entlassung wusste, aber er erreichte nur ihren Anrufbeantworter. Vermutlich war sie noch nicht wach; an der Ostküste war es schließlich erst kurz vor sechs Uhr morgens.

Simon hinterließ eine Nachricht, dann richtete er sich her, um zum Mittagessen zu gehen. Ein letztes Mal in großer Runde – nun stimmte es sogar ihn wehmütig.

Diesmal speiste Herr Stiekel mit ihm am Tisch, der Besitzer des Schlosses, dem Simon bisher immer nur kurz begegnet war, auf eine Begrüßung und ein paar Worte Small Talk. Schade, denn der stiernackige Mann mit den lebhaften, leicht hervorquellenden Augen erwies sich als interessanter Gesprächspartner; sie unterhielten sich aufs Beste, und als es für Simon an der Zeit war, zu gehen – die übrigen Gäste wurden schon ungeduldig, aber, diese Regel hatte Alex eisern durchgesetzt, niemand durfte vor dem König aufstehen –, ließ es Herr Stiekel sich nicht nehmen, Simon aufgeregt die Hand zu schütteln und mit merklich bewegter Stimme zu erklären: »Es war mir eine Ehre und Freude, dass Sie meine Liegenschaft mit Ihrer Anwesenheit beehrt haben, Königliche Hoheit. Ich erlaube mir, Ihnen die Daumen zu drücken für die heutige Wahl.«

Simon dankte ihm, beschämt von dem Gedanken, was dieser gebildete, gutmütige Mann von ihm denken würde, wenn es in ein paar Tagen, wie geplant, zum Eklat kam, zum politischen Skandal.

Auf dem Rückweg begegnete ihm Leo, der ihn offenbar abgepasst hatte. »Alex und ich gehen noch mal das ganze Gelände ab, um die Sicherheitsmaßnahmen zu checken«, erklärte er. »Aber ich soll Ihnen auf jeden Fall wegen heute Abend Bescheid sagen, dass wir ein Zusammensein im Roten Salon ausrichten, im kleinsten Kreis, bis die Hochrechnungen verkündet sind. Damit wir erst intern die weitere Vorgehensweise besprechen können, ehe wir danach alle runter in den Festsaal gehen.«

Simon nickte. »Das klingt sinnvoll. Und ab wann?«

»Halb sechs. Ach ja, und ich soll Sie an den Anruf erinnern. Sie wüssten schon Bescheid.« Leo offenbar nicht, sein Gesicht war ein einziges Fragezeichen.

Simon lächelte. »Sagen Sie Ihrem Bruder, ich bin dran. Ein paar Stunden habe ich ja noch Zeit.«

So lange dauerte es gar nicht. Simon hatte kaum die Tür seines Zimmers hinter sich geschlossen, als das Telefon klingelte. Matthias, einer der Leibwächter, war dran: »Ein Anruf für Sie, Hoheit. Eine Miss Merrit aus den USA.«

»Danke«, sagte Simon. »Stellen Sie durch.«

***

Der Ablauf war immer derselbe: Alex machte sich Sorgen, und Leo machte sich Notizen. Schritt um Schritt pilgerten sie um das Schloss herum, gingen durch Torbögen, durch Zimmer, Flure, Säle, und Alex überlegte sich mit erstaunlicher Phantasie, was alles schiefgehen konnte, was herunterfallen, abbrechen, umkippen mochte, woran sich jemand verletzen würde, wo Feuer auszubrechen und wo es zu Zusammenstößen zu kommen drohte.

»… und die Kabel da gefallen mir auch nicht!« Alex fuchtelte heftig in Richtung dreier dicker, schwarzer Stränge, die sich vor einer der Küchentüren schlängelten, als sein Mobiltelefon klingelte. »Das ist Drehstrom«, fuhr er fort, während er das Gerät aus seiner Tasche nestelte, mit der anderen Hand auf den Verteilerkasten deutend, in dem sie endeten. »Ich will, dass die ordentlich hingelegt werden und dass ein Trittschutz darüberkommt. Einer aus Holz! Ja?«, bellte er in den Hörer.

Dann trat ein Ausdruck freudigen Erstaunens in sein Gesicht. »Sirona? Du?«

Leo seufzte, während er notierte: *Küchentür 2 – Drehstromkabel – Trittschutz (Holz!)*. Das würde jetzt vermutlich dauern. Er wollte sich diskret entfernen, aber Alex signalisierte ihm zu bleiben.

»Ich hab mich schon gefragt, ob du überhaupt noch lebst«, rief er dabei ins Telefon. »Du erinnerst dich, dass die heute sind, die Bundestagswahlen? Ich dachte eigentlich, dass du –« Er lauschte, den Mund halb geöffnet. Eine Furche auf seiner Stirn wurde immer schärfer. »Hmm. Und darf man erfahren, wieso?«

Leo sah beiseite, tat, als interessiere ihn die Inschrift auf dem hölzernen Balken über der Tür ungemein.

»Hör mal.« So klang Alex, wenn er sich richtig, richtig ärgerte. »Wir haben das ganze Spiel hier nur deinetwegen aufgezogen, ist dir das überhaupt klar? Und ich hab mir das, ehrlich gesagt, nicht so vorgestellt, dass du dich mittendrin absetzt und monatelang nichts von dir hören lässt. Da werd ich doch wenigstens fragen dürfen –«

Seine Schultern sanken herab, sein Gesicht verdüsterte sich, während er lauschte.

»Okay«, meinte er schließlich. »Mach, wie du denkst.«

Er nahm das Telefon vom Ohr, beendete die Verbindung und studierte anschließend argwöhnisch die im Display angezeigte Nummer. »Was ist denn das für ein Land?« Er wandte sich an Leo. »Weißt du, welches Land die Vorwahl 0042 hat?«

Die plötzliche Frage schreckte Leo hoch. Seit wann ging Alex davon aus, dass er so etwas wusste?

»Ah, warte«, fiel es Alex im selben Moment ein. »Die Vorwahl lautet 00421. Das ist die Slowakei.«

Leo riss die Augen auf. »Sie hat dich aus der *Slowakei* angerufen?«

»Anscheinend.«

»Was tut Sirona in der Slowakei?«

Alex hob den Kopf, sein Blick ging ins Leere. »Sie hat mal erzählt, dass die Abteilung, in der sie gearbeitet hat, in die Slowakei verlegt worden ist. Ihr hat man aus diesem Anlass gekündigt, während der Typ, von dem sie sich gerade getrennt hatte, zum Abteilungsleiter befördert wurde.« Er sah auf sein Telefon hinab, schaltete es aus. »Falls das nicht nur so eine Geschichte war, die sie sich einfach ausgedacht hat.«

Mit geräuschvollem Ausatmen schob Alex das Handy zurück in seine Hemdtasche. Er drehte sich einmal um sich selbst, betrachtete das Schloss, das Treiben im Hof. »Weißt du noch, wie sie gekommen ist und gedrängelt hat wie blöde, dass wir etwas unternehmen müssen wegen dieser beknackten CD? Die wir nie zu Gesicht gekriegt haben? Nicht zu fassen. Der ganze Aufwand, den wir hatten. Was wir alles auf die Beine gestellt haben! Und dann kriegst du ein beleidigtes ›*Ich kann jetzt nicht darüber reden*‹. Toll.«

Leo musterte seinen Bruder verstohlen. Er hätte nie von sich behauptet, jederzeit zu wissen, was in Alex vorging. Aber jetzt gerade wirkte sein Bruder, als habe er alle Hoffnung, dass es mit ihm und Sirona je etwas werden könnte, endgültig begraben.

Teil III
Die Wahl

KAPITEL 41

Es ist der Tag der Wahl. Sie betreten Ihr Wahllokal – einen Raum in der nahe gelegenen Grundschule vielleicht oder den Saal im örtlichen Rathaus, in dem sonst der Gemeinderat tagt, jedenfalls jene Räumlichkeit in einem öffentlichen Gebäude, die auf Ihrer Wahlbenachrichtigung gedruckt steht.

Hinter langen Tischen sitzen die Wahlhelfer. Sie prüfen Ihren Ausweis, suchen und finden Ihren Namen im Wählerverzeichnis und machen einen Haken dahinter.

Doch Sie erhalten keinen Stimmzettel samt Umschlag, wie es früher üblich war. Stattdessen sehen Sie sich, als Sie die Wahlkabine betreten, einem Wahlgerät gegenüber.

Dessen Bedienung ist denkbar einfach, sozusagen einleuchtend. Sie sehen einen Stimmzettel darauf befestigt, und neben jedem Wahlvorschlag eine Taste. Ein Aufkleber sagt Ihnen, was zu tun ist: Sie müssen die Taste neben dem von Ihnen favorisierten Wahlvorschlag drücken, anschließend eine weitere Taste, mit der Sie bestätigen, dass Ihre Stimme gilt und gezählt werden soll.

Für die Bundestagswahl zählt bekanntlich vor allem die Zweitstimme. Sie haben nun die Wahl:

Wenn Sie für die CDU stimmen wollen, lesen Sie bitte weiter auf Seite 375.

Wenn Sie für die SPD stimmen wollen, lesen Sie bitte weiter auf Seite 376.

Wenn Sie für DIE GRÜNEN stimmen wollen, lesen Sie bitte weiter auf Seite 377.

Wenn Sie für die FDP stimmen wollen, lesen Sie bitte weiter auf Seite 378.

Wenn Sie für DIE LINKE stimmen wollen, lesen Sie bitte weiter auf Seite 379.

Wenn Sie für die VWM stimmen wollen, lesen Sie bitte weiter auf Seite 380.

Als Anhänger einer hier nicht genannten Partei überblättern Sie die folgenden Seiten und lesen bitte weiter auf Seite 383.

Sie wollen für die CDU stimmen, deswegen drücken Sie die Taste neben dem entsprechenden Feld. Nachdem Sie auch Ihre Erststimme vergeben haben, drücken Sie auf die große Taste mit der Aufschrift »Abstimmen«.

Es erscheint folgende Anzeige:

Sie stimmen für: CDU.

Bitte bestätigen Sie, indem Sie die Taste JA drücken, oder drücken Sie die Taste ABBRECHEN, um von vorn zu beginnen.

Sie drücken die Taste JA. Daraufhin wechselt die Anzeige, nun lesen Sie:

Ihre Stimme wurde registriert.

Sie können die Wahlkabine nun verlassen.

Das tun Sie. Sie verabschieden sich von den Wahlhelfern und gehen wieder nach Hause in dem Bewusstsein, Ihr staatsbürgerliches Recht ausgeübt zu haben, mitzubestimmen, wer Sie in den kommenden Jahren regieren wird.

Lesen Sie weiter auf Seite 383.

Sie wollen für die SPD stimmen, deswegen drücken Sie die Taste neben dem entsprechenden Feld. Nachdem Sie auch Ihre Erststimme vergeben haben, drücken Sie auf die große Taste mit der Aufschrift »Abstimmen«.

Es erscheint folgende Anzeige:

Sie stimmen für: SPD.

Bitte bestätigen Sie, indem Sie die Taste JA drücken, oder drücken Sie die Taste ABBRECHEN, um von vorn zu beginnen.

Sie drücken die Taste JA. Daraufhin wechselt die Anzeige, nun lesen Sie:

Ihre Stimme wurde registriert.

Sie können die Wahlkabine nun verlassen.

Das tun Sie. Sie verabschieden sich von den Wahlhelfern und gehen wieder nach Hause in dem Bewusstsein, Ihr staatsbürgerliches Recht ausgeübt zu haben, mitzubestimmen, wer Sie in den kommenden Jahren regieren wird.

Lesen Sie weiter auf Seite 383.

Sie wollen für die Grünen stimmen, deswegen drücken Sie die Taste neben dem entsprechenden Feld. Nachdem Sie auch Ihre Erststimme vergeben haben, drücken Sie auf die große Taste mit der Aufschrift »Abstimmen«.

Es erscheint folgende Anzeige:

Sie stimmen für: DIE GRÜNEN.

Bitte bestätigen Sie, indem Sie die Taste JA *drücken, oder drücken Sie die Taste* ABBRECHEN, *um von vorn zu beginnen.*

Sie drücken die Taste JA. Daraufhin wechselt die Anzeige, nun lesen Sie:

Ihre Stimme wurde registriert.

Sie können die Wahlkabine nun verlassen.

Das tun Sie. Sie verabschieden sich von den Wahlhelfern und gehen wieder nach Hause in dem Bewusstsein, Ihr staatsbürgerliches Recht ausgeübt zu haben, mitzubestimmen, wer Sie in den kommenden Jahren regieren wird.

Lesen Sie weiter auf Seite 383.

Sie wollen für die FDP stimmen, deswegen drücken Sie die Taste neben dem entsprechenden Feld. Nachdem Sie auch Ihre Erststimme vergeben haben, drücken Sie auf die große Taste mit der Aufschrift »Abstimmen«.

Es erscheint folgende Anzeige:

Sie stimmen für: FDP.

Bitte bestätigen Sie, indem Sie die Taste JA drücken, oder drücken Sie die Taste ABBRECHEN, um von vorn zu beginnen.

Sie drücken die Taste JA. Daraufhin wechselt die Anzeige, nun lesen Sie:

Ihre Stimme wurde registriert.

Sie können die Wahlkabine nun verlassen.

Das tun Sie. Sie verabschieden sich von den Wahlhelfern und gehen wieder nach Hause in dem Bewusstsein, Ihr staatsbürgerliches Recht ausgeübt zu haben, mitzubestimmen, wer Sie in den kommenden Jahren regieren wird.

Lesen Sie weiter auf Seite 383.

Sie wollen für die Linke stimmen, deswegen drücken Sie die Taste neben dem entsprechenden Feld. Nachdem Sie auch Ihre Erststimme vergeben haben, drücken Sie auf die große Taste mit der Aufschrift »Abstimmen«.

Es erscheint folgende Anzeige:

Sie stimmen für: DIE LINKE.

Bitte bestätigen Sie, indem Sie die Taste JA *drücken, oder drücken Sie die Taste* ABBRECHEN, *um von vorn zu beginnen.*

Sie drücken die Taste JA. Daraufhin wechselt die Anzeige, nun lesen Sie:

Ihre Stimme wurde registriert.

Sie können die Wahlkabine nun verlassen.

Das tun Sie. Sie verabschieden sich von den Wahlhelfern und gehen wieder nach Hause in dem Bewusstsein, Ihr staatsbürgerliches Recht ausgeübt zu haben, mitzubestimmen, wer Sie in den kommenden Jahren regieren wird.

Lesen Sie weiter auf Seite 383.

Sie wollen für die *Volksbewegung zur Wiedereinführung der Monarchie (VWM)* stimmen, deswegen drücken Sie die Taste neben dem entsprechenden Feld. Nachdem Sie auch Ihre Erststimme vergeben haben, drücken Sie auf die große Taste mit der Aufschrift »Abstimmen«.

Es erscheint folgende Anzeige:

Sie stimmen für: VWM.

Bitte bestätigen Sie, indem Sie die Taste JA drücken, oder drücken Sie die Taste ABBRECHEN, um von vorn zu beginnen.

Sie drücken die Taste JA. Daraufhin wechselt die Anzeige, nun lesen Sie:

Ihre Stimme wurde registriert.

Sie können die Wahlkabine nun verlassen.

Das tun Sie. Sie verabschieden sich von den Wahlhelfern und gehen wieder nach Hause in dem Bewusstsein, Ihr staatsbürgerliches Recht ausgeübt zu haben, mitzubestimmen, wer Sie in den kommenden Jahren regieren wird.

Lesen Sie weiter auf Seite 383.

Teil IV
Der König

KAPITEL 42

Es war ein wahrhaft anachronistischer Anblick: ein opulenter Ballsaal in barockem Stil, an dessen Wänden und Decken goldener Zierrat glänzte, bevölkert von Männern in Schoßröcken und Frauen in aufwendigen Ballkleidern – und alle standen sie da und starrten auf einen riesigen Plasmabildschirm neben dem Kamin.

Bereits wenige Minuten nach der offiziellen Schließung der Wahllokale kam die erste Hochrechnung.

»Die ersten Zahlen stammen aus kleinen Wahlkreisen, in denen teilweise schon um sechzehn Uhr alle Stimmen abgegeben waren«, erzählte einer der beiden Moderatoren, um die Zeit zu überbrücken. »Diese Stimmen sind natürlich schnell ausgezählt und hochgerechnet. Deswegen müsste sich gleich etwas tun …«

»Eine erstaunlich hohe Wahlbeteiligung hatten wir heute zu verzeichnen«, meinte sein Kollege. »Das lag zum einen sicher an dem doch bis zuletzt spannenden Wahlkampf, zum anderen aber spielt natürlich das Wetter immer eine wichtige Rolle …«

»Jetzt«, unterbrach der erste Moderator.

Balken wuchsen in die Höhe, schwarz, rot, grün.

»Wir sehen«, fuhr der Moderator fort, »im Moment CDU/CSU und SPD fast gleichauf, die Grünen bei zwölf Prozent … Daran dürfte sich bei den nächsten Hochrechnungen noch einiges ändern.«

Viele der festlich Gekleideten seufzten. War bis eben noch gespannte Aufregung im Raum zu spüren gewesen, verflüchtigte sich diese nun zu kalter, fader Enttäuschung. Manche der Frauen suchten Platz auf einem der Polsterstühle, die in großer Zahl entlang der Wände standen. Männer zuckten mit den Schultern oder gaben anderweitig zu verstehen, dass sie selbstverständlich nichts anderes erwartet hatten, vernünftig, wie sie waren.

»Da kommt schon die zweite Hochrechnung«, verkündete der eine Moderator.

»Das geht schnell heute«, meinte der andere.

Wieder wich das Bild der beiden Männer einem blassen Rechteck, auf dem sich farbige Balken erhoben. Schwarz ... rot ...

Und blau.

»Ist das ein Fehler?«, fragte einer der Moderatoren. »Das sieht aus wie blau. Sollte das nicht ... Ah, ich höre gerade von unseren Mathematikern, dass das kein Fehler ist.«

»Aber wofür steht blau?«

Ein Moment atemloser Stille, dann: »Blau steht für VWM.« Ein Räuspern. »Das, liebe Zuschauerinnen und Zuschauer, ist nun eine echte Überraschung. Das sieht aus, als hätte die *Volksbewegung zur Wiedereinführung der Monarchie*, die in den letzten Wochen so viel mediale Aufmerksamkeit auf sich gezogen hat, mehr Anklang gefunden, als alle Experten für möglich gehalten hätten.«

»Wenn das stimmt, dann haben wir es wohl doch nicht mit einer Spaßpartei zu tun?«

»Nein. Bei fast dreiundzwanzig Prozent der Stimmen kann man beim besten Willen nicht mehr von einer ...«

Der Rest seines Satzes ging in unvermittelt losbrechendem Jubel unter. Die Festteilnehmer rissen die Arme hoch, schrien, hüpften in die Höhe, schlugen die Hand vor den Mund oder fielen sich um den Hals. Niemanden hatte es auf den Stühlen gehalten. Die Temperatur im Saal schien schlagartig um zehn Grad gestiegen zu sein.

Psst! hieß es und *Still!*, als die dritte Hochrechnung angekündigt wurde. Atemlos standen sie da, starrten auf den Bildschirm, manche mit gefalteten Händen.

War es doch nur ein Ausrutscher gewesen, ein böser Scherz, ein Rechenfehler?

Wieder die Balken. Schwarz. Rot.

Und wieder blau. Erleichterung. Der blaue Balken stieg, stieg ...

»Danach zieht die VWM mit den großen Volksparteien gleichauf«, konstatierte der Moderator, hörbar um Fassung bemüht. »Damit hätte, glaube ich, niemand von uns gerechnet. Das heißt, die erst vor Kurzem gegründete Partei ist auf Anhieb zu einer bedeutenden politischen Kraft in Deutschland geworden.«

»Auf die Koalitionsverhandlungen kann man jetzt schon gespannt sein«, versuchte sein Kollege zu scherzen. »Da ergeben sich ganz neue Farbkonstellationen.«

»Die Frage, die sich jetzt schon stellt, ist, wie das Ausland darauf reagieren wird. Auch wenn die VWM ihre Ziele natürlich trotz dieses respektablen, ja, nachgerade unglaublichen Ergebnisses nicht wird umsetzen können, Deutschland also dennoch keinen König bekommen wird, dürfte allein das Stichwort ›Monarchie‹ alte Ressentiments wachrufen.«

»Vor allem in den europäischen Nachbarstaaten wird man mit der Monarchie in Deutschland immer noch Kaiser Wilhelm verbinden, wird an die unglückselige deutsche Großmannssucht vor dem Ersten Weltkrieg denken, an markige Sprüche wie ›Gefangene werden nicht gemacht‹ …«

Einige der Feiernden hatten einander untergehakt, hüpften auf und ab und skandierten: »Simon! Simon! Simon!« Immer mehr taten es ihnen gleich, bis der ganze Saal von rhythmischen Sprechchören erfüllt war.

Die vierte Hochrechnung.

Diesmal war der *erste* Balken blau.

Und er hörte gar nicht mehr auf zu steigen.

»Ich bin sprachlos«, bekannte der Moderator. »Fünfzig Komma drei Prozent – das ist die *absolute Mehrheit für die VWM!* Meine Damen und Herren, Sie sehen mich ratlos. Das hat es noch nie gegeben. Kann sich an diesem Trend noch etwas ändern? Ich sehe auch unsere Statistiker fassungslos. Jemand rauft sich buchstäblich die Haare …«

»Man kann mit Fug und Recht von einem historischen Tag sprechen«, kam ihm der andere zu Hilfe. »Wie es aussieht, wird die VWM, dieser absolute Newcomer auf der politischen Bühne, Deutschland demnächst regieren.«

Von den Buffettischen im Ballsaal her drang Gläserklirren durch den überschäumenden Jubel. Champagnerkorken knallten. Alles schrie und lachte durcheinander.

Die Musiker der Band, in Rokokokostüme gekleidet, erklommen die Bühne, auf der klassische Instrumente wie Violine und Cembalo einträchtig neben Synthesizern, Schlagzeug und Elektrogitarre standen.

»Die fünfte Hochrechnung!«, rief jemand.

»Ruhe!«, rief ein anderer.

Ruhe konnte man nicht nennen, was einkehrte, aber es wurde leise genug, um den Moderator zu verstehen.

»Das müsste jetzt schon nahe am Endergebnis sein«, drang dessen beklommene Stimme aus den Lautsprechern.

Der blaue Balken stieg … und stieg …

Für die anderen blieben nur noch dünne Striche.

»Sechsundsechzig Komma acht Prozent der Zweitstimmen für die Volksbewegung zur Wiedereinführung der Monarchie«, dröhnte die Stimme des anderen Moderators. »Unglaublich. Wenn sich daran nicht noch durch Direkt- oder Überhangmandate etwas verschiebt, bedeutet das, dass die VWM alleine die Zweidrittelmehrheit im neuen Bundestag stellen wird.«

»Was ihr erlauben wird, das Grundgesetz nach Belieben zu ändern.«

»Womöglich bekommt Deutschland tatsächlich wieder einen König …«

Als hätte sie auf dieses Stichwort gewartet, spielte die Band los. Sektgläser wurden beiseite gestellt, Paare begannen zu tanzen, und die Kameras der Fernsehleute, die sich in den Ecken des Saales bereitgehalten hatten, zeichneten alles auf. Auf dem großen Bildschirm sah man führende Repräsentanten der bisher im Bundestag vertretenen Parteien, wie sie bleich und ratlos oder grimmig und streitlustig nach Erklärungen für das Vorgefallene suchten, aber das war nur noch ein buntes Spiel von Lichtern im Hintergrund.

***

Sie waren nur zu viert im Roten Salon. Alex thronte auf einem der Kanapees, Leo stand neben der Tür, und Root fläzte sich in einem der Ohrensessel. Simon saß auf einem der Polsterstühle. Sirona, die er eigentlich auch erwartet hatte, war nun doch nicht aufgetaucht.

Von fern hörte man die Festgesellschaft, am lautesten die Bässe der Musik. Auf dem Tisch standen zwei silberne Tabletts mit belegten Broten, die sie kaum angerührt hatten.

Als sich auf dem Schirm zum dritten Mal das Diagramm mit der ungeheuren blauen Säule aufbaute, neben der die schwarzen, roten, grünen und gelben Balken zur Bedeutungslosigkeit schrumpften, stand Root auf, machte den Champagner auf und füllte mit sichtlicher Zufriedenheit die bereitstehenden Gläser.

»Na?«, sagte er zu Alex, als er ihm sein Glas reichte. »Hab ich's gesagt, oder hab ich's gesagt?«

Alex sagte nichts, sah ihn nicht an, nahm nur das Glas und trank.

Simon blickte erschüttert auf den Fernseher. Er hatte geglaubt, im Lauf all der Diskussionen, Erklärungen und technischen Ausführungen die Ausmaße des Problems verstanden zu haben. Aber tatsächlich dämmerte ihm erst jetzt, um welche Dimensionen es ging, die ganze Zeit gegangen war: Um nichts weniger als darum, dass ein simples Computerprogramm … eine ausgeklügelte Abfolge von Zeichen, also gewissermaßen ein *Text* … praktisch *nichts* … imstande war, den Lauf der Geschichte zu verändern. Dass die Veränderung einer Folge immaterieller Zeichen mehr bewirken konnte als ein Krieg! Dass es möglich war, eine Revolution, einen Umsturz, einen Staatsstreich regelrecht *vorzuprogrammieren!*

Er riss sich los, setzte sich aufrecht hin. »Nun gut. Nach diesem Ergebnis dürften die Reporter in Heerscharen unterwegs sein, ganz abgesehen von den Fernsehleuten, die wir ohnehin im Haus haben. Umso dringender, das weitere Vorgehen zu besprechen.« Simon sah auf sein Glas hinab. »Was meinen Sohn anbelangt, habe ich heute erfahren, dass er morgen früh freikommen wird; seine Mutter hat mir auch versprochen, ihn zu einem sofortigen

Verlassen der USA zu drängen. Ich gehe davon aus, dass Vincent damit spätestens morgen Abend außer Gefahr sein dürfte. Wir haben also weitgehend freie Bahn. Ich schlage vor, dass wir heute nur eine Pressekonferenz für übermorgen ankündigen. Damit haben alle Zeit, sich in Stellung zu bringen, sodass wir die maximale Aufmerksamkeit genießen, wenn wir die Bombe platzen lassen.«

Das Schweigen, auf das dieser Vorschlag stieß, ließ Simon irritiert aufsehen. Er blickte in seltsam reglose Gesichter.

»Ich schätze«, sagte Root gemächlich und langte wieder nach der Champagnerflasche, »so wird es nicht laufen.«

Alex hob den Kopf, den Unterkiefer angespannt, was sein Kinn kantig hervortreten ließ und Simon den Abend in Erinnerung rief, als er als Dschingis Khan verkleidet gewesen war. »Das ist eine andere Situation als die, mit der wir gerechnet haben«, sagte er kühl. »Wir werden keine Bombe platzen lassen. Wir haben die Wahl gewonnen – also werden wir auch regieren.«

KAPITEL 43

Simon sah sich um, blickte von einem zum anderen. Das war ein Scherz, ganz klar, aber irgendwie hatten sie ihn nicht so gebracht, dass man darüber lachen konnte.

Er räusperte sich. »Nun gut. Dieser Witz musste natürlich kommen. Aber jetzt im Ernst –«

»Wir haben gewonnen«, unterbrach ihn Root. »Gesiegt. Triumphiert. Abgeräumt, wie man so schön sagt.« Er hob sein Glas. »Auf das künftige Königreich Deutschland.«

Simon schüttelte tadelnd den Kopf. »Wir haben nicht gewonnen, das wissen Sie genau. Das Programm war manipuliert. Das Ergebnis rührt daher, dass mehr Wahlcomputer im Einsatz waren, als wir erwartet hatten.«

»Eben das«, rief Alex aus und schnellte in die Höhe, »bezweifle ich. Wie soll das gegangen sein? Überlegen Sie sich das doch mal.« Er begann, zwischen Tisch, Kanapee und dem Kamin auf und ab zu tigern, die Hände in aufgeregter Bewegung. »Wir sind davon ausgegangen, dass dieser Zantini die Wahlgeräte manipuliert. Dass er irgendwie das Programm draufspielt, das Ihr Sohn geschrieben hat. Aber wie soll er das gemacht haben? Haben Sie schon mal versucht, sich das vorzustellen? Ein einzelner Mann, der Tausende von Wahlmaschinen umstellt, und das unbemerkt? Wie soll das gehen?« Er nestelte einen Taschenrechner hervor. »Das brauchen Sie sich bloß mal auszurechnen. Selbst wenn er für den Umbau einer Maschine nur eine Minute braucht[81] und selbst wenn er dieses Tempo durchhalten könnte, bräuchte er für tau-

81 Ein Video, das zeigt, wie ein EPROM an einem NEDAP-Wahlgerät innerhalb von 60 Sekunden ausgetauscht wird, findet sich unter http://www.youtube.com/watch?v=rtiqwAWu-DU

send Geräte sechzehn Stunden, für zehntausend Geräte 166 Stunden – das ist fast eine komplette Woche, ohne eine Sekunde Schlaf und vor allem ohne jede Reisezeit! Die beträchtlich wäre, denn die Geräte stehen ja nicht alle hübsch beieinander, sondern über die ganze Republik verteilt. Mal abgesehen davon, dass sie im Normalfall irgendwo hinter verschlossenen Türen gelagert werden und nur eine Handvoll Leute jeweils weiß, wo … Auch wenn Zantini Zauberkünstler von Beruf ist – das ist schlicht und einfach unmöglich.«

»Und wie erklären Sie sich dann das Wahlergebnis?«, fragte Simon.

»Ganz einfach!« Alex riss die Arme weit auseinander. »Sie waren überzeugend als König! Die Leute *wollen Sie*, schlicht und ergreifend!«

»Das glaube ich nicht«, erwiderte Simon.

Alex blieb vor ihm stehen. »Dann sagen Sie's mir. Sagen Sie mir, wie Zantini das gemacht haben könnte.«

»Das weiß ich auch nicht. Vielleicht gibt es ja noch andere Möglichkeiten …«

»Und welche? Ich bilde mir einiges auf meine Phantasie ein, aber hier streikt sie. Zehntausende Geräte, in denen ein Chip herauszuhebeln und durch einen anderen zu ersetzen ist?« Er sah Root Hilfe suchend an. »Das ist doch der Punkt, nicht wahr?«

Der nickte nur. »Genau.«

»Nein, wissen Sie, was ich glaube?«, fuhr Alex fort. »Die Hessenwahl, die hat Zantini tatsächlich manipuliert. Da ging es nur um ein paar Geräte; das war machbar. Mit der Story hat er es geschafft, eine der Parteien zu beschwatzen, sich von ihm bei den Bundestagswahlen groß rausbringen zu lassen – und dann hat er sich mit dem Geld abgesetzt. Ein paar Millionen werden das locker gewesen sein; das reicht für einen angenehmen Lebensabend. Und was soll die Partei machen? Ihn verklagen? Das wird sie schön bleiben lassen.« Er lachte auf. »Ein perfekter Plan! Aber mit unserem ganzen Projekt hat das nichts mehr zu tun.«

Simon schüttelte den Kopf. »Das war nie ausgemacht. Es war nie die Rede davon, dass ich tatsächlich König werden soll. Es ging nur darum, ein Spektakel für die Medien zu veranstalten. Und selbst das war ursprünglich nicht abgemacht; als wir das erste Mal zusammensaßen, Sie, Sirona –«

»Wen interessiert Sirona?«, erwiderte Alex heftig. »Wann haben Sie die das letzte Mal gesehen? Gesprochen? Hmm? Die hat inzwischen jedes Interesse verloren. Was die will, spielt keine Rolle mehr. Keine.«

Simon verschränkte die Arme, merkte, wie ein lähmendes Gefühl in ihm emporstieg … Was war das? Angst? Wovor? Vor der Verantwortung, die eine solche Stellung mit sich bringen würde?

»Es mag sein, dass ich ein paar Wochen lang einen halbwegs ansprechenden Monarchen gespielt habe. Aber was heißt das? Doch höchstens, dass möglicherweise ein Schauspieler an mir verloren gegangen ist. Ich bin doch …« Simon hielt inne, als er merkte, was für ein Argument er gerade hatte anbringen wollen: *Ich bin doch nur bürgerlicher Abkunft!* Wie kam das? Fing er jetzt schon selber an, von Blutlinien und adliger Abstammung zu reden? Nein, das würde er nicht tun.

»Ich kann das nicht«, schloss er lahm.

Von draußen aus dem Hof drang Lärm herauf. Rufe waren zu hören, Jubelschreie, Gelächter.

Alex beugte sich, auf einmal mit gewinnendem Lächeln und lammfrommer Miene, leicht vor. »Sie sind Historiker. Sie haben den Überblick über die Geschichte. Ich kenne nur die heutigen Politiker, aber ich wette, es hat in der Vergangenheit eine Menge unfähiger, dummer, schlechter Könige gegeben. Besser als die werden Sie es auf jeden Fall machen.« Er streckte die Hand aus. »Kommen Sie. Ihr Volk wartet auf Sie. Gehen wir hinunter, lassen Sie sich feiern.«

»Nein«, erwiderte Simon. Er spürte seine Stimme beben. »Ohne mich.«

Alex blieb unbeeindruckt. »Es ist ein Spiel. Ich habe es begonnen, es läuft großartig – alles, was ich will, ist, es weiterzuspielen.«

»Das geht jetzt zu weit. Das ist kein Spiel mehr.«

Alex schüttelte den Kopf, eine Geste nachsichtigen Tadels. »Alles ist ein Spiel, Herr König. Letzten Endes jedenfalls.«

Der Jubel draußen wurde immer lauter. Erste Sprechchöre bildeten sich. *Simon! Simon! Simon!*

Das plötzliche Schweigen im Zimmer dagegen war auf einmal fast unerträglich. Aber Simon wusste nicht, was er noch sagen sollte. Er atmete erleichtert auf, als Leos Telefon klingelte und damit den Bann brach.

»Ja?«, hörte er den jungen Mann sagen. »Okay. Begleitet sie hoch. Roter Salon, genau.« Leo suchte Simons Blick und sagte: »Ihre Frau ist angekommen.«

Auch das noch … Simon erhob sich, fühlte sich hilflos, ausgeliefert, alt.

Im nächsten Moment kam Helene zur Tür hereingestürmt, fiel ihm um den Hals, ihr Gesicht nass von Tränen. »Oh, Simon«, stieß sie hervor, »ich hab es im Auto gehört, auf den letzten Kilometern … Oh, mein Gott, es ist unglaublich. Du hast es geschafft, Simon, du hast es geschafft!«

Simon hielt sie im Arm, spürte ihre Wärme, ihre Nähe, wie sie überfloss vor Glück – und sah gleichzeitig das vielsagende, dünne Lächeln auf Alex' Gesicht. Simon wusste mit kristallener Klarheit, dass dies der Moment war, alles aufzuklären, jetzt und hier.

Aber er brachte es nicht über sich.

»Königliche Hoheit«, sagte Alex salbungsvoll und öffnete die Flügel des großen Fensters, »Ihr Volk will Sie sehen.«

Ich bin kein König, dachte Simon.

Helene sah zu ihm hoch. »Ja, Simon«, hauchte sie. »Geh.«

Ein König wäre stark genug, die Wahrheit zu sagen.

Er ließ Helene los. Die Schritte zum Fenster kamen ihm vor, als müsse er durch zähen Schlamm waten. Dann stand er da, umweht von kühler Nachtluft und lautem Gejohle, und winkte müde, nahm die Huldigungen entgegen, den Jubel, die Begeisterung. Ein Spiel, freilich, für die jungen Leute mit ihren Fackeln da unten im Hof war das alles nur ein Spiel.

Wobei er sich da auch nicht sicher war. Vielleicht ließ sich tatsächlich keine klare Grenzlinie mehr ziehen zwischen Spiel und Ernst.

Außerdem, sagte er sich, musste er ohnehin noch Stillschweigen über die tatsächlichen Hintergründe bewahren. Vincent war noch nicht wieder frei, folglich auch noch nicht in Sicherheit.

Natürlich: Damit log er sich in die Tasche. Er wusste es selber. Aber vielleicht reichte es später einmal als Ausrede.

***

Am Tag vor seiner Entlassung wurde Vincent ein letztes Mal in das Büro des Direktors gerufen.

Das überraschte ihn nicht. Tatsächlich hatte er es erwartet. Ja, genau genommen hatte er es so eingestellt. Denn er hielt es für ratsam, alle Spuren seines Tuns zu beseitigen, ehe er ging. Seine fiesen kleinen Routinen zu löschen und auszurufen: »Ah! Jetzt habe ich den Fehler gefunden! Endlich!« Der Direktor würde erleichtert sein.

Was Vincent nicht erwartet hatte, war, dass anstelle des allzeit grimmigen Direktors zwei junge, glattgesichtige Männer hinter dessen Schreibtisch saßen, die ihn mit ausdruckslosen Mienen musterten. Sie baten ihn, die Türe zu schließen, und stellten sich dann als Mister Miller und Mister Smith vor.

»Okay«, meinte Vincent mit zunehmendem Unbehagen, »und worum geht es?«

Miller faltete die Hände vor sich, eine Geste, die etwas eigentümlich Künstliches an sich hatte. »Sagen wir es einmal so: Es war überaus faszinierend, was Sie mit dem PC des Direktors angestellt haben.«

»Mit einem simplen Tool wie *debug* einen Virus aus dem Kopf zu schreiben, das kann nicht jeder«, fügte Smith hinzu.

Vincent spürte seine Beine schwach werden. Sie hatten den Rechner überwacht! Und so raffiniert, dass er nichts davon bemerkt hatte! Es musste ein Monitoring-System auf Hardware-Ebene angeschlossen gewesen sein, das jeden Tastendruck protokolliert hatte!

»Nehmen Sie doch Platz«, sagte Miller und deutete auf den Stuhl. Er hatte dunkles, kurz geschnittenes Haar, Smith war eher aschblond, aber davon abgesehen wirkten sie in ihren teuer aussehenden anthrazitfarbenen Anzügen wie Zwillinge.

»Sie müssen das verstehen«, stammelte Vincent, während er auf den Sitz niedersank. »Ich wollte einfach nur … einfach nur an einen Computer, ab und zu wenigstens …« Wer waren die beiden? Was wurde hier gespielt? »Ja, vielleicht bin ich süchtig. Kann sein. Und ehrlich – wenn mich der Direktor nicht gerufen hätte, wäre nie was passiert! Es war bloß … *nötig*.« Nicht ganz das richtige Wort, aber ein anderes fiel ihm nicht ein.

Nun faltete Smith ebenfalls die Hände. »Der Kollege, den Sie spaßeshalber zum Toilettendienst versetzt haben, trotz seiner Allergie gegen Reinigungsmittel, liegt mit einem Lungenschaden in der Krankenstation. War das auch *nötig?*«

»Allergie?« Vincent schrumpfte in sich zusammen. »Das wusste ich nicht.«

Die beiden nickten in gruseliger Gleichzeitigkeit.

»Sie wissen Vieles nicht«, sagte Miller.

Vincent spürte den Impuls, ebenfalls die Hände zu falten, ließ es aber lieber. Nicht dass die beiden dachten, er wolle sich über sie lustig machen. Er legte die Handflächen auf seine Knie, und da würden sie bleiben.

»Und jetzt?«, fragte er.

»Ihre Entlassung ist für morgen vorgesehen«, sagte Smith. »Wir hätten gern, dass Sie danach mit uns zusammenarbeiten.«

»Das sähe so aus, dass Sie einen Auftrag bekommen, und wenn Sie den angemessen erfüllen, ist alles vergeben und vergessen«, erläuterte Miller.

»Sie können sich natürlich auch weigern«, meinte Smith. »Oder nur so tun als ob, Ihren Auftrag aber vernachlässigen oder gar vergessen: In dem Fall kriegen wir Sie. Und Sie kriegen dann ein neues Gerichtsverfahren, und da kommen Sie, das kann ich Ihnen jetzt schon versprechen, nicht mehr so glimpflich davon. Da sehen Sie die Sonne erst im Rentenalter wieder.«

»Wenn überhaupt«, fügte Miller hinzu.

Vincent starrte die beiden an. Der blockierte PC des Direktors war also eine Falle gewesen. Er hatte sich reinlegen lassen.

»Okay«, sagte er. »Was soll ich tun?«

***

»Interessante Situation«, überlegte Simon, während er die Sachen aus seinem Koffer wieder in den Schrank räumte. »Natürlich kann man es ›beschützen‹ nennen. Aber tatsächlich sind wir Gefangene.« Er blieb einen Moment stehen, blickte sinnierend vor sich hin, dann zuckte er mit den Schultern und machte weiter. »Na ja. Im Grunde ist das so. Niemand, der Leibwächter braucht, ist frei.«

Helene saß immer noch auf dem Bett, sah ihm zu und verstand nicht, wovon er redete.

Eigentlich verstand sie überhaupt nicht, was los war. Vorhin, der Moment am Fenster, mit all dem Jubel da draußen, den Fackeln, die geschwenkt wurden, den »Hurra!«-Rufen … das war großartig gewesen. Genauso, wie man sich das vorstellte. Aber jetzt? Wieso waren sie hier? Und wieso alleine, während unten die Party tobte? Ein Tablett mit Schnittchen, war das alles?

Und was hatte Alex damit gemeint, dass er den Umzug nach Berlin vorbereiten müsse? Berlin, klar, die deutsche Hauptstadt – aber er hatte geklungen, als wolle er allein dorthin gehen, ohne Simon, der doch der künftige König sein würde? Wieso?

Sie hatte einen Triumphzug erwartet. Eine Ansprache. Und dann …

Ja: Und dann? Wie ging so eine Thronbesteigung eigentlich vor sich? In ihrer Zeit als Redakteurin hatten nur zwei europäische Monarchen den Thron bestiegen, die ulkigerweise beide Albert II. hießen: König Albert II. von Belgien, der 1993 seinem kinderlosen Bruder Baudouin gefolgt war – damals war sie noch Tippse in der Abteilung Gartenarbeit und Kochrezepte gewesen und weit davon entfernt, zu einem derartigen Ereignis geschickt zu werden. Als 2005 Fürst Albert II. von Monaco an die Regierung gekommen war, war sie dagegen längst Leitende Chefredakteurin und damit selbst eine Art Königin im Konzern gewesen – und so eingespannt, dass sie jemand anders zur Inthronisation hatte schicken müssen. Was sie immer bereut hatte.

Aber was Simon anbelangte, gab es ja noch gar keinen Thron. Der musste erst geschaffen werden. Das machte die Angelegenheit natürlich komplizierter.

»Die ganze Sache ist außer Kontrolle geraten.« Simon verstaute seinen Koffer wieder in einer Nische. »Es tut mir leid, dass ich dich da mit reingezogen habe.«

Helene betrachtete ihn mit dem deutlichen Gefühl, dass sie irgendetwas Wichtiges nicht mitbekommen hatte. »Wovon redest du? Du bist gewählt worden! Zum König! Und anstatt dich zu freuen, spielst du den Miesepeter wie in alten Zeiten!«

»Das ist es ja. Ich bin nicht gewählt worden. Das ist alles Betrug.«

»Betrug? Was heißt das?«

Simon setzte sich neben sie und seufzte. »Das ist eine lange Geschichte.«

Helene sah umher, betrachtete das Tablett mit den belegten Broten, die Weinflasche daneben. »Es sieht so aus, als hätten wir Zeit.«

***

Simon erzählte ihr alles. Ja, sie hatten Zeit. Jede Menge. Er begann bei der CD, berichtete von deren Diebstahl, dem Plan, den sie ausgeheckt hatten, und wie es zu dem Fernsehspot gekommen war. Er ersparte sich auch die Details nicht – zum Beispiel, wie ihm Zantini die CD abgeluchst hatte.

»Und er hat dich wirklich auf deine Ex-Frau angesprochen?«, unterbrach Helene ihn verblüfft, als er die Sache mit der angeblichen Gedankenleserei schilderte.

»Das ist die Kunst der Magie, nehme ich an«, meinte Simon schulterzuckend. »Die Illusion zu erzeugen. In dem Moment dachte ich wahrhaftig, der Kerl kann Gedanken lesen. Erst nachher ist mir klar geworden, dass er, wenn er rechtzeitig vor mir in der Wohnung gewesen ist, in aller Ruhe meine Unterlagen durchgesehen haben kann. Man braucht bloß die Schublade oben rechts an meinem Schreibtisch aufzuziehen und weiß alles Wesentliche über mich.«

Helene tätschelte ihm den Arm. »Du bist eben zu ordentlich. Schon immer gewesen.«

Womit sie wohl recht hatte. Simon versuchte auch zu erklären, warum ihm die Geheimhaltung so wichtig gewesen war. Dass ein vorzeitiges Durchsickern ihres Plans dessen Gelingen nicht nur sicher vereitelt, sondern darüber hinaus auch Vincent in Gefahr gebracht hätte.

»Lebenslänglich?« Helene konnte es nicht fassen. »Für so eine Lappalie?«

Simon hob die Schultern. »Amerika. Deren Rechtssystem versteht man ja schon lange nicht mehr.«

Helene holte die Schnittchen und begann zu essen, während er die Weinflasche entkorkte und weitererzählte. Als er mit seinem Bericht fertig war, war das Tablett leer und die Weinflasche im letzten Drittel.

»Ein geändertes Computerprogramm?« Sie konnte es nicht fassen, sich wohl auch nichts darunter vorstellen.

»Verrückt, oder?«

Helene schüttelte den Kopf. »Kann man das wirklich machen? In Tausenden von Maschinen?«

»Das weiß ich auch nicht. Aber irgendwie muss es gegangen sein. Anders kann ich mir das Wahlergebnis nicht erklären. Eine Zweidrittelmehrheit für eine einzige Partei, das hat es noch nie gegeben. Wenn man mal von der DDR absieht und den Wahlergebnissen der SED damals.« Simon seufzte. »Und dass es in Deutschland derart viele heimliche Monarchisten geben soll oder dass ich dermaßen charismatisch bin … das glaube ich einfach nicht.«

Er betrachtete Helene, wie sie dasaß und versuchte, sich über das Gehörte klar zu werden. Würde sie sich nun enttäuscht von ihm abwenden? Würde sie ihm verzeihen, dass er sie nicht von Anfang an eingeweiht hatte?

Schließlich ließ sich Helene zur Seite sinken, griff nach dem Weinglas, das sie auf dem Fußboden abgestellt hatte, und erklärte entschieden: »Unrecht Gut gedeiht nicht. Wenn Betrug dahintersteckt, wird das nicht lange funktionieren.«

***

Am nächsten Tag strengten alle bisher im Bundestag vertretenen Parteien ein Wahlprüfungsverfahren[82] an.

82 Auszug aus Wahlprüfungsgesetz (WPrüfG) in der im Bundesgesetzblatt Teil III, Gliederungsnummer 111-2, veröffentlichten bereinigten Fassung:
Artikel 1 Absatz 1: Über die Gültigkeit der Wahlen zum Bundestag entscheidet vorbehaltlich der Beschwerde gemäß Artikel 41 Abs. 2 GG der Bundestag.
Artikel 2 Absatz 1: Die Prüfung erfolgt nur auf Einspruch. Absatz 2: Den Einspruch kann jeder Wahlberechtigte … einlegen.

KAPITEL 44

Aus dem Gefängnis entlassen zu werden folgte ziemlich genau der umgekehrten Prozedur, wie es zu betreten. Nur dass vor dem Tor kein Bus stand, sondern ein Auto, bei dem Bruce und Mutter auf ihn warteten.

Als sie ihn umarmte, kam es Vincent seltsam vor, dass sie kleiner war als er: Wie lange war das schon so? Er wusste es nicht.

Sie hatte feuchte Augen. »Ich soll dir von deinem Vater ausrichten, dass du so schnell wie möglich nach Europa kommen sollst. Es hat irgendwie mit einer CD zu tun, die du ihm mal geschickt hast, und ich soll dir sagen, dass er … Warte … Er muss offenlegen, dass du in die Sache verwickelt bist und dass du dann nicht mehr in den USA sein solltest. Kannst du damit was anfangen?«

Vincent zögerte. »Ich fürchte, ich bin nicht so richtig auf dem Laufenden.«

Bruce hatte die aktuelle Ausgabe des *Philadelphia Inquirer* dabei, auf deren Titelseite es Nachrichten aus dem Ausland nur höchst selten schafften. Doch »Deutschland kehrt zurück zur Monarchie« war sogar die Schlagzeile des Tages.

Vincent überflog den Text, las die Fortsetzung weiter hinten. Als er auf den Namen der siegreichen Partei stieß – VWM – dämmerte ihm, was los war.

»Verstehe«, sagte er und reichte Bruce das Blatt zurück.

»Du verstehst?«, meinte der. »Großartig. Ich wollte, ich könnte dasselbe von mir sagen. Nein«, wehrte er ab, »erklär's mir nicht. Ich glaube, es ist besser, ich bleibe unwissend.« Er zog eine Plastikmappe mit dem Emblem einer Fluggesellschaft aus dem Mantel. »Damit du den Ratschlag deines Vater befolgen kannst, habe ich mir erlaubt, dir ein Ticket zu besorgen. Es ist ein Standardticket, du kannst fliegen, wann du willst, aber vielleicht solltest du nicht allzu lange damit warten.«

Vincent nahm die Mappe entgegen, schlug sie auf und atmete überrascht ein, als er die vielen Geldscheine sah, die außerdem darin steckten.

»Ein kleines Startkapital«, meinte Bruce. »Falls du Prinz von Deutschland wirst, kannst du es mir ja zurückzahlen.«

»Prinz von … *was?*« Vielleicht verstand er ja doch nicht so viel, wie er glaubte.

Bruce schlug den Mantelkragen hoch. Ein plötzlich aufkommender kalter Wind jagte trockenes Laub vor sich her. »Wenn dein Vater König von Deutschland wird, könnte es sein, dass du Kronprinz wirst. Zwar bist du unehelicher Abstammung – ein *Bastard*, wie es in alten Zeiten hieß –, aber dafür sein einziges Kind. Und er ist in der glücklichen Situation, sich die neue deutsche Verfassung quasi auf den Leib schneidern lassen zu können. Also – es ist noch nicht spruchreif, aber durchaus im Bereich des Möglichen.«

»Prinz von Deutschland«, wiederholte Vincent. Klang nicht schlecht. Fast ein bisschen wie *Weltherrscher*.

»Aber« – Bruce hob dozierend den Zeigefinger – »auch dazu musst du nach Europa. Als dein Anwalt muss ich dich darauf hinweisen, dass du als amerikanischer Staatsbürger nicht berechtigt bist, ausländische Adelstitel zu tragen, jedenfalls nicht auf amerikanischem Territorium.«

Vincent überlegte. Schließlich steckte er die Mappe ein, hob seine Tasche wieder vom Boden auf und sagte: »Okay. Vielleicht ist es tatsächlich am besten, ihr bringt mich gleich zum Flughafen.«

Worauf seine Mutter in Tränen ausbrach.

Bruce legte den Arm um sie. »Er wird nicht aus der Welt verschwinden«, redete er ihr zu, als wäre sie ein trostbedürftiges Kind. »Wir besuchen ihn. Du bist noch nie aus Pennsylvania rausgekommen; es wird sowieso höchste Zeit, dass sich das ändert.«

So fuhren sie ihn zum Flughafen. Wie meistens, waren auch an diesem Montagmorgen alle Parkplätze am *Philadelphia Inter-*

national Airport belegt, und auf den Zufahrten vor den Abflughallen staute sich der Verkehr.

Vincent griff nach seiner Tasche. »Es ist mir eh lieber, ihr kommt nicht mit rein«, sagte er.

Der Abschied war noch einmal tränenreich und zog sich hin, bis sich die Schlange vor dem Wagen lichtete und die Fahrzeuge dahinter zu hupen anfingen. Vincent trat auf den Randstreifen, winkte den beiden nach, bis sie außer Sicht waren, dann marschierte er durch die nächste Drehtür ins Terminal und direkt zum nächsten Ticketschalter.

»Den nächsten Flug nach Orlando, Florida, bitte«, sagte er und holte die Mappe, die Bruce ihm gegeben hatte, aus der Jacke. »Ich zahle bar.«

***

Der Wahlprüfungsausschuss, dessen mündliche Verhandlungen wie vorgeschrieben öffentlich stattfanden, stand im Mittelpunkt der medialen Aufmerksamkeit wie schon lange kein Ereignis in Deutschland mehr.

Entsprechend bemühten sich Politiker aller Couleur, vor dieser Bühne in Erscheinung zu treten. »Das Wahlergebnis weicht krass von allem ab, was zu erwarten war«, wiederholte ein Parteivorsitzender das, was er schon am Wahlabend gesagt hatte, vor jeder Kamera, die auf ihn gerichtet wurde. »Da kann etwas nicht stimmen. Und das muss mit allen Mitteln des demokratischen Rechtsstaats untersucht werden.«

Die erste Amtshandlung des Wahlprüfungsausschusses nach seiner Konstituierung[83] war, eine technische Überprüfung der verwendeten Wahlgeräte anzuordnen und Gutachten darüber an-

83 Auszug aus §3 Absatz 2 Wahlprüfungsgesetz (WPrüfG): »Der Wahlprüfungsausschuss besteht aus neun ordentlichen Mitgliedern, neun Stellvertretern und je einem ständigen beratenden Mitglied der Fraktionen, die in ihm nicht durch ordentliche Mitglieder vertreten sind. Der Bundestag kann aus der Mitte einer Vereinigung von Mitgliedern des Bundestages, die nach der Geschäftsordnung des Bundestages als parlamentarische Gruppe anerkannt ist, zusätzlich ein beratendes Mitglied wählen.«

zufordern, inwieweit sie die Normen und geltenden gesetzlichen Bestimmungen erfüllten oder eben nicht.

Die Ergebnisse waren durchweg nicht dazu angetan, die Zweifler zufriedenzustellen: Die Geräte entsprachen der Bauartzulassung gemäß Bundeswahlgeräteverordnung[84], waren also, wie vorgeschrieben, baugleich mit dem ordnungsgemäß durch die Physikalisch-Technische Bundesanstalt geprüften Modellgerät, auf das sich die Zulassung bezog. Die Überprüfung, deren Kosten übrigens die Besitzer der Geräte zu tragen hatten[85], die jeweiligen Gemeinden also, die sie erworben und zum Einsatz gebracht hatten, ergab darüber hinaus, dass auch die Software in den EPROMs absolut identisch war mit der vom Hersteller ausgelieferten Version.

Mit anderen Worten: Es waren keine Unregelmäßigkeiten feststellbar.

»Das kann nicht sein«, entfuhr es einem Ausschussmitglied, das daraufhin wegen offenkundiger Befangenheit ausgetauscht werden musste.

»Fragen wir anders«, versuchte es der Ausschussvorsitzende, nachdem diese Kalamität ausgeräumt und wieder Ruhe eingekehrt war. »Fragen wir, ob es denkbar ist, dass es Unregelmäßigkeiten gegeben haben *könnte,* zu deren Aufdeckung die geltenden und angewandten Bestimmungen unter Umständen nicht ausgereicht haben.«

Auch hierzu traten sachverständige Techniker, Ingenieure, Hochschulprofessoren und Softwareentwickler in den Zeugenstand.

Im Prinzip, urteilten diese, waren die in Anlage 1 zur Bundeswahlgeräteverordnung genannten Richtlinien nicht nur sinnvoll, sondern auch vollständig, mit anderen Worten, sie ließen keine

---

84 BWahlGV: Verordnung über den Einsatz von Wahlgeräten bei Wahlen zum Deutschen Bundestag und der Abgeordneten des Europäischen Parlaments aus der Bundesrepublik Deutschland vom 3. September 1975 (BGBl. I S. 2459), zuletzt geändert durch Artikel 1 der Verordnung vom 20. April 1999 (BGBl. I S. 749)

85 Nach Artikel 2 Absatz 4 BWahlGV

Lücke für Manipulationen jedweder Art. Denn schließlich hieße es ja in Punkt 2.1 ausdrücklich, dass ein Wahlgerät so zu konstruieren sei, »dass eine Veränderung des technischen Aufbaus und bei rechnergesteuerten Geräten auch der installierten Software durch unbefugte Dritte nicht unbemerkt bleibt«.

Das sei in der Tat eine großartige Vorschrift, erklärte eine anerkannte Koryphäe auf dem Gebiet der Informatik. Wenn man sie verwirkliche, stünde die grundsätzliche Zuverlässigkeit des Systems außer Frage.

»Heißt das«, hakte der Ausschussvorsitzende nach, »es ist technisch ausgeschlossen, dass bei den Bundestagswahlen vom Sonntag eine Manipulation im Spiel war?«

Der Experte sah indigniert drein. »Das habe ich mit keinem Wort behauptet.«

»Aber Sie haben gerade erklärt –«

»– dass das eine schöne Vorschrift ist, genau. Bloß, die große Frage ist doch, wie man sie eigentlich umsetzt! In dieser Anlage zur Bundeswahlgeräteverordnung hat man sich eines linguistischen Tricks bedient, um ein unlösbares Problem als gelöst erscheinen zu lassen. Die gesamte Verordnung dient ja, kurz gesagt, nur einem einzigen Ziel: nämlich zu verhindern, dass Wahlen manipuliert werden, indem Wahl*geräte* manipuliert werden. Und was finden wir, wenn wir all das juristische Wortgeklingel weglassen, im Kern dieses Dokuments? Die simple Vorschrift, dass ein Wahlgerät so zu bauen sei, dass man es eben *nicht* manipulieren könne. Fertig. Aber kein Wort dazu, *wie* man das bewerkstelligen soll! Was kein Wunder ist, man kann das nämlich nicht.« Er warf die Verordnung mit einer verächtlichen Geste auf den Tisch des hohen Hauses. »Wissen Sie, woran mich das erinnert? An meinen vierjährigen Sohn. Der hat neulich eine Wunscherfüllungsmaschine gezeichnet. Eine wunderschöne, ausgefeilte Zeichnung, die genau erklärt, wo der Einschaltknopf sitzt, wo man das Gehäuse öffnen kann, wie die Stromkabel laufen und so weiter. ›Aha‹, habe ich gesagt, ›das ist ja interessant. Und wie erfüllt dieses Gerät Wünsche?‹ Worauf mein Sohn auf ein kleines Gebilde in der Mitte des Ganzen zeigt und erklärt: ›Das macht das hier.

Das ist der Wunscherfüllungskristall. Der sendet Strahlen aus, die alle Wünsche erfüllen.‹ So ähnlich, meine Damen und Herren, funktioniert diese Verordnung.«

Diese ernüchternde Einschätzung wollte man durch Anhörung eines Professors für Sicherheitstechnik gegenprüfen.

»In der Tat ist beim Einsatz derartiger Geräte deren grundsätzliche technische Manipulierbarkeit nie mit endgültiger Sicherheit auszuschließen«, meinte dieser umständlich, »nicht ohne begleitende nichttechnische Maßnahmen auf alle Fälle.«

»Und«, versuchte der Vorsitzende die weitschweifigen Ausführungen des Sachverständigen auf eine klare Aussage zu reduzieren, »was haben wir unter solchen Maßnahmen zu verstehen?«

Der Sachverständige suchte offenkundig nach Worten, die simpel genug waren, um von einem Bundestagsabgeordneten verstanden zu werden, ohne dass deren Verwendung seinem eigenen Berufsethos entgegenstand. »Nun, man könnte allgemein sagen: Maßnahmen organisatorischer Natur. Sicherheitsprotokolle. Das Vier-Augen-Prinzip beispielsweise. Und so weiter.«

Der Vorsitzende wechselte fragende Blicke mit seinen Beisitzern.

Die blieben dem Experten nicht verborgen. »Sehen Sie«, beeilte er sich nachzuschieben, »es bleibt bei so einem Gerät eben nichts Materielles zurück, verstehen Sie? Die Löschbarkeit oder, allgemein gesagt, die Manipulierbarkeit von Daten – das sind nun einmal Grundmerkmale von Computern. Dafür baut man sie: Um Daten zu manipulieren. Das ist eine Grundfunktion, die Sie nicht wegnehmen können. Das ist so ähnlich, wie *scharf zu sein* und *zu schneiden* Grundeigenschaften eines Messers sind. Oder wie ein Auto grundsätzlich der Fortbewegung dient. Wenn Sie verlangen würden, ein Auto zu bauen, das *nicht* der Fortbewegung dient, dann erhielten Sie eben kein Auto, sondern etwas anderes.«

Der Ausschussvorsitzende musterte den Mann prüfend, während er sich das Gesagte durch den Kopf gehen ließ. »Ich frage einmal andersherum«, setzte er erneut an. »Hat man dadurch, dass man Computer für Wahlen benutzt, deren nicht nachweisbare Manipulierbarkeit ermöglicht?«

Ein Strahlen erschien auf dem Antlitz des Sachverständigen. »Genau!«, rief er begeistert. »Das haben Sie jetzt großartig formuliert.«

***

Diesmal nahm Vincent ein Taxi. Die Sonne glomm tief im Westen, als sie, vom Flughafen Orlando kommend, Oviedo erreichten.

Sein Auto stand noch da. Wahrscheinlich würde es nicht mehr anspringen, nach zwei Jahren in der Einfahrt, aber immerhin.

Auch sonst sah alles erstaunlich ordentlich aus. Vincent hatte damit gerechnet, das Haus heruntergekommen vorzufinden, von Unkraut überwuchert, die Scheiben eingeschlagen. Stattdessen sahen nicht mal die Pflanzen sonderlich vernachlässigt aus. Es war, als wäre er gar nicht weggewesen.

Nur der Rasen wucherte wie wild. Das hatte er allerdings auch getan, während Vincent hier gewohnt hatte.

Er ließ sich absetzen, bezahlte den Fahrer und wartete, bis der Wagen außer Sicht war. Dann blickte er sich um. Niemand zu sehen. Gut, denn Vincent zog es vor, das nächste Problem unbeobachtet anzugehen: Er besaß nämlich keinen Hausschlüssel mehr. Den hatte ihm Zantini damals abgenommen.

Anfangen würde er mit dem Kreditkartentrick, überlegte er, während er auf das Haus zuging. Den kannte er zwar nur aus Filmen, aber dies war die Gelegenheit, ihn mal auszuprobieren. Wenn er die Tür damit nicht aufbekam, konnte er es durch die Schmugglertunnel unter dem Haus versuchen. Und wenn auch das nicht ging, würde er eben eine Scheibe einschlagen.

Er erreichte die Haustüre, und alle vorangegangenen Überlegungen stellten sich als unnötig heraus: Sie war offen.

Vincent seufzte. Mit anderen Worten, jemand hatte das Haus leer geräumt. Er zog die Tür auf, gefasst auf leere Räume, beschmierte Wände und Verwüstung.

Aber nein – alles war bestens. Alle Möbel standen an ihrem

Platz. Sogar der Fernseher war noch da. Es roch nicht mal feucht oder muffig, wie verlassene Häuser im Allgemeinen riechen.

Wirklich erstaunlich. Das hatte er nicht erwartet. Er öffnete die Tür zur Küche.

»Hallo, Vincent«, sagte Furry.

***

Nach Abschluss der Anhörungen tagte der Wahlprüfungsausschuss in geheimer Sitzung[86], um über die daraus gewonnenen Erkenntnisse zu beraten und zu einer Entscheidung zu kommen.

Der schriftlich niedergelegte Beschluss argumentierte dahingehend, dass sich aufgrund der technischen Besonderheiten von Wahlgeräten (auch Wahlmaschinen oder Wahlcomputer genannt) Manipulationen daran während der jüngsten Bundestagswahl zwar nicht beweisen ließen, man aufgrund der statistisch auffallend unwahrscheinlichen Ergebnisse aber davon ausgehen müsse, dass solche stattgefunden hatten. Der Wahlprüfungsausschuss schlug dem Bundestag[87] deswegen vor, die Wahl für ungültig zu erklären.

Der Bundestag folgte diesem Vorschlag mit großer Mehrheit.

***

Furry. Ausgerechnet. Saß da und schälte in aller Seelenruhe Kartoffeln!

»Was machen Sie denn noch hier?«, brachte Vincent schließlich hervor.

Sie zuckte die behaarten Schultern. Sie trug nur ein dünnes, ärmelloses Teil und, wie es aussah, nicht viel darunter. »Ich wusste nicht, wo ich hin sollte. Oder warum.«

Vincent spürte den Impuls, auf der Stelle umzudrehen und

---

86 gemäß §10 WPrüfG
87 gemäß §11 WPrüfG

Reißaus zu nehmen. Hatte sie womöglich in seinem Bett geschlafen? Die Vorstellung ließ ihn erschaudern.

»Mach nicht so ein Gesicht«, sagte sie. »Ich hab immerhin dein Haus in Ordnung gehalten. Was meinst du, wie es jetzt hier aussehen würde ohne mich? Ich hab nach dem Garten gesehen, hab geputzt, und nach dem Sturm letztes Frühjahr hab ich das Vordach und das Wohnzimmerfenster repariert.«

»Ja, okay«, murmelte Vincent und fügte widerwillig hinzu: »Danke.«

Dann stutzte er. Irgendwas stimmte da nicht. Wieso sagte sie nur *ich*?

»Und Ihr … Partner?«, fragte er. »Wie hieß er? Pictures?«

Sie warf die Kartoffel, die sie gerade geschält hatte, in die Schüssel und machte sich mit wütender Energie über die nächste her. »Nachdem du weg warst, ist Zantini nach Europa abgedüst, gleich am nächsten Tag. Irgendwann hat er Pictures nachgeholt. Nur ihn. Hat ihm ein Ticket geschickt und einen Treffpunkt ausgemacht. Sollte ihm bei irgendwas helfen, aber er hat mir nicht gesagt, wobei. Ich wollt's auch gar nicht wissen, mal davon abgesehen.«

Vincent sah ihren Händen zu, wie sie mit dem Schälmesser hantierten. Arme Kartoffel.

»Na ja, und bei der Gelegenheit hat sich der Mistkerl in eine andere verguckt. Weiß nicht, wieso und in wen – in irgend 'ne Nackte halt. Per SMS hat er mit mir Schluss gemacht, kannst du dir das vorstellen? Nach vier Jahren ist man so einem Typen keine vier Zeilen Text wert. Nicht mal 'nen Anruf. Das muss man sich echt geben. Männer!«

»Hmm«, machte Vincent. Na toll. Und er hatte sie jetzt am Hals. »Okay, aber nun bin ich wieder da. Was machen wir da?«

Sie verdrehte die Augen, als sei die bloße Frage eine Zumutung. »Junge, stell dich nicht so an. Du hast ein Haus mit drei Schlafzimmern. Da wird ja wohl ein Plätzchen für mich sein.« Sie seufzte. »Ist ja nicht für immer.«

Vincent betrachtete sie hilflos. Ihr Fell schimmerte mahagonifarben im Licht der Küchenlampe. Dass die brannte, war ihm von draußen gar nicht aufgefallen.

»Also gut«, sagte er. Er würde sowieso nicht lange bleiben. Vielleicht gar nicht so verkehrt, wenn sie sich weiter um alles kümmerte. »Wissen Sie, ob meine Computer noch funktionieren?«

Furry hob die Schultern. »Sie stehen jedenfalls noch da. Ich hab nichts angefasst.«

Sie standen tatsächlich noch alle da. Jemand hatte daran herumgefingert – klar, Zantini, auf der vergeblichen Suche nach dem Programm –, aber ansonsten schienen sie okay zu sein. Auch sein altes Mobiltelefon lag noch in der Schublade, mausetot freilich. Er steckte es ins Ladegerät, dann machte er sich daran, den Rechner neu zu installieren, den er damals mithilfe des Formatierprogramms hatte Selbstmord begehen lassen.

Sie haben Post kam, als alles wieder funktionierte und die Verbindung zum Internet stand.

Also existierte sogar sein Account noch. Neugierig rief Vincent seine E-Mails ab. Das dauerte; in zwei Jahren kam einiges zusammen. Der größte Teil war erwartungsgemäß Müll, Spam, Werbung, aber hier und da …

Eine Mail ließ ihn stutzen. Mit der hatte er nicht gerechnet. Von wann war die? Von letzter Woche erst …?

Vincent zog das Telefon aus dem Ladegerät. Es lebte wieder, wenn auch nur mal gerade so, aber es reichte, um die Telefonnummer, die in der Mail stand, einzuspeichern. Er würde zurückrufen, das war klar.

Nur noch nicht, wann.

***

Mit dieser Entscheidung, erklärte der Vorsitzende der VWM, Alexander Leicht, habe er gerechnet. Und selbstverständlich werde man Beschwerde beim Bundesverfassungsgericht[88] einlegen; seine Anwälte seien schon unterwegs. »Ich meine, das ist doch

88 Auszug aus Artikel 41 des Grundgesetzes:
Absatz 1: Die Wahlprüfung ist Sache des Bundestags. (…)
Absatz 2: Gegen die Entscheidung des Bundestages ist die Beschwerde an das Bundesverfassungsgericht zulässig.

lächerlich: Die großen Verlierer der Wahl setzen sich zusammen, prüfen, finden nichts – und kommen *trotzdem* zu dem Schluss, dass die Wahl ungültig ist? Muss man erst ›Komplott‹ draufschreiben, damit man sieht, was hier gespielt wird?«

»Und wie erklären *Sie* sich das Wahlergebnis?«, wollte ein Journalist wissen.

»Die Menschen im Lande«, sagte Alex, »haben es satt, von zweitklassigen Figuren regiert zu werden, die nur nichtssagend daherreden und nichts Vernünftiges zuwege bringen. Sie sind es leid, in einem Morast von Vorschriften zu versinken, für den nie irgendjemand verantwortlich ist. Sie haben die Nase voll davon, mit immer neuen Gesetzen bombardiert zu werden, ohne dass jemals darüber nachgedacht wird, ob die grundlegenden Konzepte eigentlich noch angemessen sind. Die Menschen hungern danach, dass endlich jemand all den Unfug ausmistet, der sich in Jahrzehnten angesammelt hat, und die Dinge vom Kopf auf die Füße stellt. Und König Simon ist so jemand. Sie haben gehört, wie klar er Sachverhalte beim Namen nennt und wie grundlegend er die Verhältnisse ändern will. Er ist die erste glaubwürdige Alternative zum etablierten politischen Zirkus seit Jahrzehnten, und deswegen haben die Menschen für ihn gestimmt. *So* erkläre ich mir das Wahlergebnis.«

Das Bundesverfassungsgericht nahm die Beschwerde an und machte sie, die angespannte Situation berücksichtigend, zum Eilverfahren. Der zuständige Zweite Senat ließ buchstäblich alles stehen und liegen, um die mündliche Verhandlung anzusetzen, in der die Entscheidungsfindung des Wahlprüfungsausschusses noch einmal aufgerollt wurde.

Anschließend berieten sich die Richter drei Tage lang. Karlsruhe glich in dieser Zeit einer belagerten Stadt; nach und nach schienen sich hier sämtliche Reporter Deutschlands zu versammeln, um in den Cafés und Restaurants herumzuhängen und über den Ausgang des Verfahrens Mutmaßungen anzustellen.

Dann endlich die Urteilsverkündung. Die Richter in ihren scharlachroten Roben mit weißem Jabot betraten den bis auf den letzten Platz besetzten Saal. Der Vorsitzende, zugleich Vizepräsident, verlas den mit fünf zu drei Stimmen gefassten Beschluss: Die vorgelegten Beweise reichten nicht aus, die Wahl für ungültig zu erklären. Es gehe nicht an, Wahlgeräte für den Einsatz bei Bundestagswahlen zuzulassen, ja, sogar ein Gesetz hierfür zu verabschieden, die Zuverlässigkeit derselben Geräte aber genau dann anzufechten, ja, grundsätzlich in Zweifel zu ziehen, sobald einem ein Wahlergebnis nicht gefiele.

»Eine Wahl durchzuführen beinhaltet vorab die Entscheidung, sich an ihr Ergebnis zu binden. Das ist ein unverzichtbares demokratisches Grundprinzip.« Der Vizepräsident hob den Blick vom Blatt, musterte die anwesenden Reporter über den Rand seiner schwarz eingefassten Brille hinweg und fügte hinzu: »Oder anders gesagt: Man darf nicht einfach so lange abstimmen lassen, bis einem das Ergebnis gefällt.«

KAPITEL 45

Geile Sache. Die meisten der Spieler, die jetzt in der Rolle von Abgeordneten in den Bundestag eingezogen, kannten sich – nicht nur aus Chats, Foren oder anderen Online-Kontakten, sondern oft auch aus dem RL[89]. Die Eingangshalle des Reichstags war erfüllt von Ausrufen wie »Ach, du bist *BrainTime*?« oder »Hey, ich hab dir letzthin den Kopf abgeschlagen, weißt du noch?«, und Spieler, die schon einmal gemeinsam an einem ARG[90] teilgenommen hatten, sammelten sich zu Grüppchen, um Erinnerungen auszutauschen.

Alle waren sich einig, dass das hier mit Abstand das geilste Spiel war, das Alex je veranstaltet hatte. Als das hochamtliche Schreiben von der Bundestagsverwaltung gekommen war, die jedem von ihnen ein Büro zuwies und um die Angabe der Bankverbindung zwecks Überweisung der Abgeordnetenbezüge bat – abgefahren! Und wie man sie hier empfing! Richtiggehend ehrfürchtig.

Mal abgesehen von den alteingesessenen Politikern der bisherigen Parteien. Die redeten kein Wort mit ihnen.

Loser.

»Ich versteh das ja nicht so richtig«, bekannte einer, ein dicker, machomäßig gekleideter IT-Student, den die meisten unter seinem Pseudo SuperShrike kannten. »Das ist doch aber jetzt irgendwie echt, oder?«

»Keine Ahnung«, bekannte ein in einen nicht mehr ganz guten Anzug gekleideter Kraftfahrzeugmechaniker, Mitte dreißig,

---

89 RL: Abkürzung für »real life«; steht für das Leben außerhalb des Cyberspace, gemeinhin als »wirklich« bezeichnet

90 ARG: alternate reality game

Familienvater mit zwei Kindern und in der *World of Warcraft* ein gefürchteter Draenei-Magier. »Sieht auf jeden Fall alles aus wie im Fernsehen.«

Nach der Führung durch das Reichstagsgebäude und den Plenarsaal (»Hier werden wir sitzen?« – »Boah, Mikrofon an jedem Platz! Und wozu sind die Knöpfe?« – »Mann! Zum Abstimmen natürlich!«) ging es in den im obersten Stock gelegenen Fraktionsbereich. Ein großes Transparent, auf das eine skizzierte Königskrone gedruckt war und daneben ein Porträt von Simon I., wies den Weg in den Raum, in dem sie sich schließlich versammelten.

»Fraktionssitzung«. Klang geil, das fanden alle.

Alex, den sie natürlich alle kannten, leitete die Sache. Er trug einen todschicken Anzug und hatte, wie immer, alles im Griff.

»Morgen ist die sogenannte konstituierende Sitzung des Bundestags«, erklärte er. Das Mikrofon pfiff. Er wartete, bis jemand die Anlage besser eingestellt hatte, dann fuhr er fort: »Ich will euch jetzt erklären, wie das ablaufen wird und was ihr tun müsst. Der wichtigste Punkt ist, dass im Verlauf dieser Sitzung der Bundeskanzler gewählt werden wird[91]. Ich hatte gestern ein Gespräch mit dem Bundespräsidenten; danach steht jetzt fest, dass er mich als Vorsitzenden der stärksten Partei zum Kanzler vorschlagen wird –«

Mehrere Arme schossen in die Höhe, und auf Alex' fragenden Blick hin rief einer: »Wieso du? Ich dachte, es ging um Simon König?«

---

91 Der Bundeskanzler wird vom Bundestag in geheimer Wahl ohne Aussprache gewählt. Zunächst schlägt der Bundespräsident einen Kandidaten vor. Rein rechtlich ist er bei diesem Vorschlag frei, in der Praxis aber stellt er stets den Kanzlerkandidaten der stärksten siegreichen Partei zur Wahl. Wählt der Bundestag diesen mit den Stimmen der Mehrheit seiner Mitglieder, wird er vom Bundespräsidenten zum Bundeskanzler ernannt. Kann der Vorgeschlagene keine absolute Mehrheit der Stimmen auf sich vereinen, hat der Bundestag vierzehn Tage Zeit, einen anderen Kandidaten aus seiner Mitte mit absoluter Mehrheit zu wählen. Gelingt dies dem Bundestag nicht, findet nach Ablauf der Frist unverzüglich ein weiterer Wahlgang statt, in dem als gewählt gilt, wer die meisten Stimmen erhält. Ist dies eine absolute Mehrheit, *muss* der Bundespräsident den Gewählten ernennen; im Fall einer nur relativen Mehrheit kann der Bundespräsident entscheiden, ob er den Gewählten zum Bundeskanzler ernennt oder den Bundestag auflöst.

»Nein. Da er später zum König gekrönt werden und als Monarch über den Dingen stehen soll, ist es besser, wenn er erst gar nicht in das parteipolitische Tagesgeschäft verwickelt wird.«

»Warum wählen wir ihn nicht einfach gleich zum König?«

»Das geht nicht ohne Weiteres. Ehe wir das tun können, sind zusätzliche Schritte nötig, die ich euch nachher genauer erklären werde. Im Wesentlichen ist es dazu erforderlich, dass wir zuerst eine Verfassung schaffen, die überhaupt einen Monarchen als Staatsoberhaupt vorsieht. Im Moment ist dies nach wie vor der Bundespräsident.«

Im Saal war Unruhe aufgekommen, die sich nicht legen wollte. Alex merkte, dass seine Ausführungen die Leute nur verwirrten.

»Ich sag's noch mal ganz einfach«, rief er schließlich über das Mikrofon. »Wenn es morgen zur Abstimmung kommt, dann bitte ich euch, alle für mich zu stimmen. Das ist nötig, sonst kommen wir nicht ins nächste Level des Spiels. Alles klar?«

Ja, damit war alles klar. Diese Sprache verstanden sie.

So wurde Alexander Leicht in der konstituierenden Sitzung des Bundestages mit siebenundsechzig Prozent der Stimmen – das hieß, mit sämtlichen Stimmen der *Volksbewegung für die Wiedereinführung der Monarchie* und gegen die Stimmen aller anderen im Bundestag vertretenen Parteien – zum neuen Bundeskanzler gewählt. Seine Antrittsrede fiel kurz aus: Er erklärte, vorrangiges Ziel seiner Regierung sei, Simon König zum König von Deutschland zu krönen und damit die Monarchie wiederherzustellen.

***

»Früher kannte man den Begriff der *Festungshaft*«, sagte Simon.

Sie saßen wieder einmal in dem dunklen Gang, dessen schmale Fenster scharf umrissene Lichtinseln auf den Boden zeichneten. Inzwischen akzeptierte Leo es ohne Widerrede, wenn Simon während dessen Wache aus dem Zimmer kam und sich zu ihm setzte, um mit ihm zu plaudern. Solange Helene drinnen blieb, machte Leo sich offenbar keine Sorgen, er könne zu fliehen versuchen.

»Man sprach von einer *custodia honesta*, einer *nicht entehrenden Strafe* oder auch von *Ehrenhaft*«, fuhr Simon fort. Anfangs war er nur herausgekommen, um sich zu erkundigen, ob etwas über den Verbleib seines Sohnes bekannt geworden sei: Vincent war seit seiner Entlassung aus dem Gefängnis spurlos verschwunden, und niemand schien zu wissen, wohin. »Sie wurde meist verhängt, wenn der Angeklagte ein Angehöriger eines höheren Standes war, manchmal auch bei politischen Straftaten. Nach dem Reichsstrafgesetzbuch von 1871 drohte außerdem Duellanten Festungshaft – allerdings waren Duelle ein Vergehen, das fast nie verfolgt wurde.«

Leo sah betreten zu Boden. »Ich bedaure es, dass Sie Ihren Aufenthalt so empfinden. Mir geht es nur darum, Sie zu beschützen, das müssen Sie mir glauben.«

»Das glaube ich Ihnen auch. Aber meine Frau zum Beispiel kann sich nicht endlos lange krankmelden; ihre Vorgesetzten können schließlich eins und eins zusammenzählen. Es wird darauf hinauslaufen, dass sie ihre Stelle verliert.«

Auch das hatten sie schon mehrmals durchgekaut. »Ihre Frau ist Journalistin. Es steht zu befürchten, dass sie ihre Position dazu ausnutzen würde, über interne Vorgänge in einer Weise zu berichten, die den angestrebten Zielen nicht dienlich ist«, sagte Leo förmlich. Bestimmt hatte Alex ihm diesen Satz beigebracht; von sich aus hätte der junge Mann das nicht so formulieren können.

Alex, der nicht mehr vorhatte, das Komplott um die Wahlmaschinen aufzudecken. Wodurch paradoxerweise auch die Gefahr gebannt war, in der Vincent geschwebt hatte.

»Wenn tatsächlich eine große Mehrheit der Deutschen einen König will«, sagte Simon, »sollten ein paar Zeitungsartikel nichts dagegen ausrichten können, oder?«

»Mag sein, aber wozu braucht eine Königin einen *Job*?«

Simon betrachtete seine Hände, fuhr sich mit dem Daumen über die Fingerspitzen. Keine Kreide, schon lange nicht mehr.

»Leo«, sagte er, »Sie reden sich da was ein. Sie wissen doch, was tatsächlich hinter der Sache steckt. Es gibt diese Mehrheit nicht. Zumindest höchstwahrscheinlich nicht. Die Wahlgeräte waren manipuliert.«

»Wie?«, erwiderte Leo heftig. »*Wie* soll dieser Zantini das bewerkstelligt haben? Das ist unmöglich!«

Simon musterte ihn. »Sie *wollen* das glauben, nicht wahr?«

»Und wenn?« In Leos Augen glitzerte die Furcht vor einer Enttäuschung seiner Hoffnungen. »Und wenn es so ist, dass ich mir *wünsche*, dass Sie König werden? Wenn es so ist, dass ich glaube, dass das besser wäre für alle? Wäre das so schlimm?«

***

Endlich hatte Vincent Erfolg. Nachdem er tagelang vor den diversen Stammkneipen, Lieblingspizzerien oder bevorzugten Kinos seiner ehemaligen Firmenkollegen herumgehangen hatte, traf er eines Abends endlich einen von ihnen: Fernando, der ihm auf dem Parkplatz des von SIT aus nächstgelegenen Einkaufszentrums regelrecht in die Arme lief.

Und er hatte nichts vor, das dringender gewesen wäre, als sich im nächsten Diner zusammenzusetzen und über die alten Zeiten zu reden.

»Da war was los, nachdem du plötzlich verschwunden warst«, erzählte Fernando, während er seinen Kaffeelöffel und das leere Zuckerpäckchen sorgfältig parallel zueinander anordnete. »Erst hat man uns wochenlang gar nichts dazu gesagt. Wir wussten nur, dass Zantini wieder da war und die Chefin im siebten Himmel. Wobei das für die Firma nicht so gut war. Irgendwie sind nach und nach alle Projekte ins Rutschen gekommen, weil keiner mehr klare Vorgaben gemacht hat und alle mehr oder weniger aneinander vorbeigearbeitet haben …« Er seufzte abgrundtief. »Und dann, auf einen Schlag, war Zantini weg, Consuela außer sich, und schließlich kam die Nachricht, du seist wegen Autodiebstahls verhaftet worden. Das hat alles niemand so richtig verstanden.«

Vincent wich dem neugierigen Blick aus. »Das ist eine lange Geschichte. Die erzähl ich euch irgendwann bei 'ner Pizza. Im

Moment wäre es erst mal sagenhaft wichtig, dass ich Zantini aufstöbere.«

Fernando brach in sein typisches kieksiges Lachen aus. »Und da fragst du *mich*? Consuela würde wer weiß was dafür geben, wenn sie wüsste, wo er steckt. Zantini muss damals Knall auf Fall verschwunden sein und hat sich nie wieder gemeldet.«

»Hmm.« Mit so etwas hatte Vincent gerechnet. Er ließ sich Kaffee nachgießen und widmete sich der Aufgabe, angemessene Mengen Milch und Zucker hineinzurühren.

Fernando gehörte zu den Menschen, die den ganzen Tag lang schweigen konnten, um dann, wenn es jemand schaffte, sie ins Reden zu bringen, nicht mehr aufzuhören. So erfuhr Vincent, wer von der alten Truppe noch da war und wer nicht. Alvin und Steve hatten sich selbstständig gemacht und zusammen eine eigene Firma gegründet. Nach einigen vielversprechenden anderen Ansätzen hatten sie sich schließlich auf das Vorhaben gestürzt, eine Software zu entwickeln, die die Art und Weise, wie man an einem Computer arbeitete, von Grund auf neu gestalten sollte …

»Ich höre Steve förmlich reden«, sagte Vincent.

Fernando nickte. »Ja, nicht wahr? Wie es aussieht, sind sie demnächst pleite. Angeblich hat Alvin schon vorgefühlt, ob er wieder zurückkommen kann … Ach ja, übrigens – Chefprogrammierer ist jetzt Huck!«

»Huck?« Vincent hatte Mühe, sich das vorzustellen. »Der Huck, den ich kenne?«

»Nein, den kennst du nicht wieder. Er und Sue-Ellen haben inzwischen zwei Kinder, das dritte ist unterwegs, und irgendwie hat ihn das total umgekrempelt, jedenfalls leitet er jetzt die Sitzungen – astrein, sag ich dir. Am Schluss gehst du immer raus mit einer klaren Liste, was zu tun ist, erstens, zweitens, drittens …«

»Hör mal.« Vincent beugte sich vor, sah Fernando in die Augen. »Das ist jetzt vielleicht schwer zu glauben, aber ich halte es für möglich, dass Consuela euch was vorspielt. Zantini musste untertauchen, ja. Er wird auch gesucht. Aber ich bin mir sicher, dass er den Kontakt zu ihr hält.«

Fernando musterte Vincent mit offenem Mund. Schließlich schluckte er. »Das ist tatsächlich schwer zu glauben.«

»Du könntest mir einen Gefallen tun.«

»Einen Gefallen?« Es war kaum zu überhören, dass er nicht einsah, wozu er Vincent einen Gefallen tun sollte.

»Gleichzeitig würdest du rausfinden, ob ich recht habe«, schob Vincent nach.

In Fernandos Gesicht arbeitete es. »Okay. Und wie?«

»Indem du dir die Telefonanlage vornimmst. Such aus den Protokolldateien die Nummern aller Anrufe aus Europa raus und gib mir die, die zu keinem Kunden und keinem Lieferanten gehören.«

»Die Telefonanlage? An die komm ich nicht ran.«

Vincent zog einen Kugelschreiber aus der Tasche und riss ein Stück von seinem Papieruntersetzer ab. »Kein Problem. Ich schreib dir das Administrator-Passwort auf.«

* * *

Das Ausland verfolgte die Vorgänge in Deutschland mit wachsender Sorge.

Umfragen in Großbritannien ergaben, dass weite Teile der Bevölkerung befürchteten, das »Deutsche Reich« werde nun wiederauferstehen. Ausgerechnet die Briten, die an der Monarchie hingen wie kaum ein anderes Volk, waren die entschiedensten Gegner der Wiedereinführung dieser Staatsform in Deutschland: einen neuen Deutschen Kaiser – nein, das wollte niemand. Buttons mit einer rot durchgestrichenen Pickelhaube und der Aufschrift *German Kaiser – no, thanks!* verbreiteten sich mit epidemischer Geschwindigkeit auf der Alltagsbekleidung der Bürger Ihrer Majestät, Elizabeth II., von Gottes Gnaden Königin von Großbritannien und Nordirland.

Überhaupt regte sich der Unwille ausgerechnet in den europäischen Monarchien am heftigsten. Während sich etwa der französische Präsident damit begnügte, an bestehende Bindungen und Verträge zu erinnern und ansonsten einfach tief besorgt dreinzublicken, berichteten die Zeitungen Dänemarks, Belgiens oder der Niederlande mit geradezu hämischer Detailverliebtheit über die »gewöhnliche« Abstammung Simon Königs: dass sein Vater Lateinprofessor gewesen sei, sein Großvater väterlicherseits Beamter im niederen Staatsdienst, während sein Großvater mütterlicherseits eine Apotheke geführt habe, und dass sich, so weit man forsche, nirgends auch nur ein Tropfen königlichen Blutes finde.

Die jeweiligen Monarchen selbst zogen es vor, sich nicht zu äußern. Von Hofe verlautete nur, dass keinerlei Absicht bestände, eventuellen Einladungen zu Krönungsfeierlichkeiten zu folgen.

In Deutschland mahnte die Presse vor allem an, dass es mit der Bildung der neuen Regierung doch ziemlich schleppend vorangehe, ja, irgendwie rühre sich da überhaupt nichts. Die Ministerien, wurde berichtet, seien führungslos, zur Entscheidung anstehende Fälle stapelten sich auf leeren Schreibtischen in verlassenen Ministerbüros, und immer mehr Abteilungen täten überhaupt nichts mehr oder nur noch, was sie wollten. Es sickerte durch, der Kanzler sähe sich mit massiven Personalproblemen konfrontiert – niemand aus seiner Partei interessiere sich etwa für Ressorts wie Familie oder Landwirtschaft, während man sich um den Posten des Verteidigungsministers regelrecht prügle. Ein provisorisch eingesetzter Wirtschaftsminister habe, hieß es aus »gewöhnlich gut unterrichteten Kreisen«, als erste Amtshandlung bei amerikanischen Herstellern von Computerspielen anfragen lassen, ob Vorabversionen von noch in Entwicklung befindlichen Spielen erhältlich seien, und sei daraufhin gleich wieder abberufen worden.

Ansonsten erlebten Verschwörungstheorien aller Art Hochkonjunktur. Natürlich wurde das Geschehen im Internet anders diskutiert als an den Stammtischen der Republik, die demnächst keine mehr sein sollte, aber diskutiert wurde es, und im Endeffekt kamen alle zum selben Schluss: dass bei diesen Wahlen etwas nicht mit rechten Dingen zugegangen sein konnte.

Hier und da kam es zu Demonstrationen, von denen es aber die wenigsten in die Fernsehnachrichten schafften. Die meisten

Menschen blieben, auch wenn sie skeptisch waren, zu Hause. Was konnte man schon tun? Die da oben machten doch sowieso immer, was sie wollten.

Und ob man nun einen Bundespräsidenten hatte oder einen König, was spielte das schon für eine Rolle?

Wobei ... so mancher das mit dem König gar nicht so übel fand. Insgeheim.

***

»Also, das Admin-Passwort hat funktioniert«, berichtete Fernando am anderen Ende der Leitung.

»Hab ich doch gesagt«, meinte Vincent zufrieden. »Solche Passwörter werden nie geändert.«

Furry war aus dem Haus. Sie war ziemlich oft außer Haus, genau genommen, und meistens kam sie mit großen Einkaufstüten wieder. Woher sie das Geld dazu hatte, war Vincent unklar; es schien jedenfalls kein Problem zu sein.

»Ich hab dann alle Protokolle gesichtet, genauso, wie du es gesagt hast, mit sämtlichen Tools«, berichtete Fernando weiter. »Bloß ... Okay, es gab natürlich Anrufe aus Europa, aber da war keiner darunter, den ich nicht eindeutig hätte zuordnen können. Kein einziger.«

Vincent fühlte milde Verzweiflung. »Was ist mit ihrem Mobiltelefon?«

»Da hab ich die Abrechnungen überpruft. Von Hand«, fügte Fernando mit leichtem Vorwurf in der Stimme hinzu. »Auch nichts. Ich weiß allerdings nicht, ob sie noch ein privates Telefon hat.«

Vincent überlegte. Das konnte natürlich sein, aber wie sollte er da rankommen? »Gibt es sonst irgendwelche Spuren? Schau dich doch mal um. Hat Zantini vielleicht mal einen Brief geschrieben, eine Postkarte, eine E-Mail ...?«

»Wenn irgendwann irgendwo was in der Art aufgetaucht wäre, dann wüssten wir das. Die Sekretärinnen interessiert praktisch nichts anderes.«

Vincent seufzte. »Okay. Danke jedenfalls.« Er legte auf.

Ein Räuspern ließ ihn herumfahren. Furry! Sie stand in der Tür seines Arbeitszimmers, trug wieder nur ein T-Shirt, und der Pelz entlang ihrer Arme schimmerte dunkel.

»Sorry, ich wollte nicht mithören«, sagte sie. »Ich wollte dich nur fragen, ob du mitisst, wenn ich Enchiladas mache.«

»Enchiladas?«, wiederholte Vincent, immer noch durcheinander vor Schreck.

Furry verschränkte die Arme. »Du suchst Zantini, nicht wahr?«

Vincent nickte nur.

»Wo der ist, weiß ich auch nicht. Aber ich weiß, wo Pictures war, bevor er … *mir gekündigt* hat. Er hat mich mal angerufen, und damals war er in einem kleinen Dorf auf Sizilien. Er hat gesagt, dort seien die Leute so verschwiegen, als hätte man ihnen den Mund zugenäht; die würden einem noch nicht einmal verraten, wie spät es ist …« Sie hob die Schultern. »Wenn's dich interessiert, kann ich dir genau sagen, wo das war.«

Vincent sah sie an und fragte sich plötzlich, wieso er je einen solchen Widerwillen gegen sie empfunden hatte. Eigentlich war es bewundernswert, dass sie einfach so unter die Leute ging, als sei nichts. Dass sie sich *gefiel*, wie sie war.

»Du bist gar nicht so übel«, sagte er.

***

Kanzler werden war nicht schwer – Kanzler sein dagegen sehr. Bei der ersten Bundestagssitzung hatten die Spieler, die sich auf einmal in der Rolle von Abgeordneten gefunden hatten, Alex alle noch aufs Wort gehorcht. Aber eben dass sie Spieler waren, hieß, dass sie reichlich Übung darin hatten, herauszufinden, wie die Spielregeln lauten und wie man sie zum eigenen Vorteil nutzen kann. Und wie das Spiel hier lief, hatten sie schnell begriffen. Und nun waren sie emsig dabei, sich untereinander zu verbünden und Alex mit Forderungen zu kommen.

Eine große Gruppe wollte etwa das Recht, Waffen zu tragen,

in der nächsten Verfassung verankert sehen. Dieser Wunsch war zumindest verständlich: Jeder, der sich mit einiger Hingabe bei Mittelalterspielen engagierte, sah sich nur zu bald damit konfrontiert, dass ein Mann in deutschen Landen zwar die Rüstung eines Ritters anziehen durfte, wenn ihm das gefiel, dass er sich aber strafbar machte, sobald er auch dessen Schwert umlegte.

Ein kleinerer Kreis strebte an, die Todesstrafe wieder einzuführen. Wenn schon, denn schon, und zum Teufel mit den Weicheiern und Verbrecherverstehern, die heutzutage die Welt unsicher machten!

Aber das momentane Lieblingsprojekt einiger infantiler Gemüter lautete: Büstenhalter verbieten! Und zu Alex' Entsetzen fand diese Schnapsidee unter den Abgeordneten der VWM – zum größten Teil Männer, die zudem ein eher überdurchschnittlich ausgeprägter Spieltrieb in die Position gebracht hatte, in der sie sich befanden – immer mehr Anhänger.

»Logischerweise auch Oberteile von Badeanzügen«, bekräftigte einer der Vertreter der Initiative, ein glubschäugiger Gnom, dessen Adamsapfel beim Sprechen faszinierende Auf- und Abwärtsbewegungen machte.

»Wir denken, dass das mit unter das Vermummungsverbot fallen sollte«, ergänzte sein Begleiter mit breitem, froschartigem Grinsen.

Dass er dabei nicht sabberte, war regelrecht erstaunlich, fand Root.

Alex hörte sich alles an, bis sie endlich abgezogen waren. Dann sprang er auf, packte den nächstbesten Ordner und schleuderte ihn quer durch das riesige Bundeskanzlerbüro. »Sind die eigentlich noch zu *retten*?«, brüllte er. »Vermummungsverbot! Mann! So ein *Scheiß-Spiel*! Ich kann dir gar nicht sagen, wie mir das alles zum Hals raushängt!«

Root sagte nichts, blieb einfach sitzen. Er kannte das. So einen Ausraster hatte Alex bisher bei jedem Spiel gehabt.

»Ich muss Druck machen.« Alex ließ sich wieder in den Sessel auf der anderen Seite des riesigen Schreibtisches fallen. »Das muss jetzt einfach alles schnell gehen. Wir bringen den ganzen

Zirkus hinter uns, der nötig ist, um Simon zum König zu krönen, und dann soll der sich mit diesen Typen rumärgern.« Alex hielt inne, rieb sich das Kinn. »Am besten wäre, die hätten gar nichts mehr zu melden. Wir müssen die neue Verfassung irgendwie so hinbiegen.«

Root spielte mit einem Brieföffner herum und spießte damit kleine Löcher in die Notizblöcke, die das Siegel des Bundeskanzlers trugen. »Vielleicht war das alte System doch nicht so übel. Wenn ein Abgeordneter sich für seine Wahl anstrengen muss, dann hat er auch Angst, wieder abgewählt zu werden, und benimmt sich.«

Alex nickte düsteren Blicks. »Auf alle Fälle war es ein Fehler, es den Spielern so leicht zu machen.«

Sein Telefon gab einen zurückhaltenden, aber unüberhörbaren und ungemein kostspielig klingenden Ton von sich. Alex nahm ab. »Ja?« Er lauschte. »Die Pforte? Und was wollen …?« Er lauschte weiter, bekam große Augen. »Ja. Durchlassen. Direkt zu mir bringen.«

Er legte auf, sah Root an. »Ich glaub's ja nicht. Eine gewisse Sirona steht unten am Eingang.«

KAPITEL 46

Dass sie monatelang verschwunden gewesen war, untergetaucht ohne ein Wort, ohne jede Nachricht, war Sirona nur ein Schulterzucken wert. Sie kam herein, utopisch gestylt wie in alten Zeiten, winkte Root grüßend zu, hauchte Alex ein Küsschen auf die Wange und machte es sich im Besuchersessel bequem. Sie zog die Beine auf den Sitz und spielte, während sie redete, an der Silberschlange herum, die sie am Unterarm trug.

Root holte unauffällig sein Handy heraus, machte ein paar Aufnahmen. Sirona, das Manga-Mädchen, im Büro des Bundeskanzlers – das konnte man sich nicht entgehen lassen. Ein Traum in Pfirsichfarben und Tüll, verziert mit Ketten aus dicken, schimmernden Perlen, die zweifellos genauso falsch waren wie ihre riesigen Wimpern.

Der Hammer war: Sirona behauptete zu wissen, wie Zantini *das gemacht* habe.

»Hast du ein Radio?«, fragte sie Alex, als der eingestanden hatte, dass ihn das, in der Tat, heftig interessieren würde.

»Habe ich ein Radio?« Alex sah Root an. »Haben wir?«

Der deutete auf ein in die Wand eingebautes Gerät, topmodisch und so dezent gestaltet, dass man fast nichts davon sah.

»Okay«, sagte Alex zu Sirona, »ich hab ein Radio.«

»Schalt es ein.«

Bundeskanzler Alexander Leicht erhob sich folgsam, studierte die wenigen Tasten und Drehknöpfe und fand endlich den, der das Ding einschaltete. Getragene, klassische Musik erklang, beeindruckend rauschfrei.

»UKW. Gut«, sagte Sirona. »Jetzt geh ans untere Ende der Skala.«

Alex drehte, durchquerte sonore Berichte, hysterische Telefonate, Schlager und Rockmusik und gelangte schließlich an einen Sender, der nur einen hohen, gleichbleibenden Pfeifton von sich gab.

»Weißt du, was das ist?«, fragte Sirona.

»Wird jedenfalls nicht mein Lieblingssender«, meinte Alex.

»Ein Pager-Signal«, sagte Root, damit die Sache weiterging.

Alex warf ihm einen irritierten Blick zu. »Muss mir das was sagen?«

»Ein Pager, Pieper oder, wie der Fachausdruck lautet, Funkmeldeempfänger«, erklärte Sirona, »ist ein kleines Gerät, das man bei sich tragen kann, um sich per Funk alarmieren oder kurze Nachrichten übermitteln zu lassen. In den Achtzigern war das Hightech. Damals hat jeder wichtige Mensch so ein Ding am Gürtel getragen, und wenn du seine Pagernummer hattest – eine bestimmte Telefonnummer –, konntest du ihn anpiepsen, damit er dich zurückruft.« Sie deutete auf das Radio, das den Raum weiterhin mit konstantem Pfeifen erfüllte. »Das lief alles über diese Frequenz.«

»Nutzt das etwa noch jemand?«, wunderte sich Root.

Als wäre es abgesprochen, wurde der Pfeifton von einer kollernden Signalfolge unterbrochen.

»Sieht ganz so aus«, sagte Sirona. »Das war gerade ein Beispiel. Jemand hat vor ein paar Sekunden die Nummer eines Pagers angewählt, der auf diesen Signalcode anspricht.«

Sie lauschten eine Weile. Dieselbe kurze Melodie kam noch einmal.

»Schön.« Alex schaltete das Radio wieder ab. »Und was hat das mit uns zu tun?«

Endlich begann Sirona, ihre eigentliche Geschichte zu erzählen. Wie üblich kam sie dabei heftig ins Gestikulieren, rutschte auf dem Sessel hin und her, begleitet vom Rascheln und Knistern ihrer Kostümierung. Die Geschichte war die, dass sie bei der Chipfirma, bei der sie in der Entwicklung beschäftigt gewesen war, mitbekommen hatte, wie dort ein Geheimprojekt aufgesetzt worden war. Davon erfahren hatte sie nur deshalb, weil ihr damaliger Freund – ein gewisser Friedhelm Fäustel – in die Sache verwickelt gewesen war.

»Ich wusste nicht, was da lief«, beteuerte sie. »Er traf sich immer wieder mit einem der Vorstände, und nicht im Büro, sondern in irgendwelchen Kneipen, in der Sauna, auf dem Trimm-dich-Pfad … Mir kam das komisch vor. Friedhelm hat nichts darüber erzählt, nur, dass das seine Chance sei, es ganz nach oben zu schaffen. Aber ehrlich gesagt hatte ich den Verdacht, er macht mir was vor, und in Wirklichkeit steckt bloß eine andere Frau dahinter.«

Der ehrgeizige Friedhelm habe irgendwann angefangen, sie mit Kurieraufgaben zu betrauen: Sie musste Briefumschläge irgendwohin bringen oder irgendwo abholen, Mappen mit Unterlagen in Bahnhofsschließfächern deponieren, bestimmte Nummern von bestimmten Telefonzellen aus anrufen und bestimmte Codeworte durchgeben.

»Irgendwann hat am anderen Ende jemand gelacht, und ich dachte, das ist doch alles nur ein Spiel, das er für mich inszeniert; der verarscht mich einfach.« Sirona nestelte an ihrer Silberschlange, als habe sie vor, sie zu zerbrechen. »Mit der nächsten Dokumentenmappe bin ich in den Copyshop, habe alles kopiert, in einem Bankschließfach hinterlegt und Friedhelm ein Ultimatum gestellt: Entweder er sagt mir, was los ist, oder ich mach mit den Kopien irgendwas – veröffentliche sie, bringe sie zur Polizei, egal.« Sie atmete tief durch. Es war unter all ihrer Schminke schwer auszumachen, aber man hatte den Eindruck, dass sie blass geworden war. »Er hat gesagt, ich hätte keine Ahnung, mit wem ich es hier zu tun habe; wenn irgendjemand erführe, dass ich diese Unterlagen gesehen habe, sei ich so gut wie tot. Und dann hat er gesagt, er fände mein Verhalten unmöglich und es sei aus mit uns.«

»So ein Arschloch«, knurrte Alex.

Sirona schien ihn nicht zu hören. »Am nächsten Tag hat man mir gekündigt. Fristlos. Mit dem vollen Programm – Schreibtisch ausräumen unter Aufsicht, vom Sicherheitsdienst aus dem Haus begleitet werden und so weiter. Noch in derselben Woche kriege ich mit, dass die ganze Abteilung als eigenes Werk ausgegliedert und verlegt wird, in die Slowakei. Und dass Friedhelm der neue Werksleiter wird.«

»Sieh an«, meinte Root.

Sirona hatte fluchtartig das Weite gesucht, mit der ganzen Sache nichts mehr zu tun haben wollen. Schließlich war sie nach Wiesbaden gezogen, um den Job bei der Firma für biometrische Identifizierung anzunehmen, den sie gehabt hatte, als Root und Alex ihr das erste Mal begegnet waren. Bei einem »Elfentanz«-Wochenende war das gewesen, bei dem sie eine geradezu unglaubliche Elfe abgegeben hatte.

»Aber ich bin das irgendwie nicht losgeworden«, fuhr sie mit tonloser Stimme fort. »Es ist kein Tag vergangen, ohne dass ich mich gefragt habe, was das eigentlich für eine Geschichte war.«

»Was ist mit den Unterlagen passiert?«, wollte Alex wissen. »Die du kopiert hast?«

»Die hab ich noch. Ich bin nur nicht schlau daraus geworden. Erst als *Biometrics* pleiteging – kurz nachdem wir das mit der Partei aufgezogen hatten – und ich wieder auf Jobsuche war. Da ist mir jemand von früher begegnet, der ein bisschen was wusste über das, was seinerzeit gelaufen ist. Mit dem, was er mir erzählt hat, habe ich die Unterlagen endlich verstanden.« Sirona legte die Hände wie zu einem Gebet zusammen. »Man hat damals begonnen, einen besonderen Chip zu entwickeln, unter dem Codenamen TWIN. Auftraggeber waren private Investoren aus der Hochfinanz. Alles superstreng geheim. Wenn die zu Sitzungen kamen, durfte keiner der Angestellten in der Firma sein, weil die nicht gesehen und vor allem nicht erkannt werden wollten. So hat er das zumindest erzählt.«

»Und was ist das für ein Chip?«, fragte Alex.

»Eine Art Doppeldecker-Chip. Ein Speicherchip, der zwei identische Kerne enthält.« Sirona blickte Root an. »Du weißt das natürlich – der eigentliche integrierte Schaltkreis in so einem

Ding ist winzig; der größte Teil des Chips dient der Kühlung und enthält nur Anschlussleitungen, die zu den Beinchen führen.«

Root nickte.

»Es ist also vom Platz her kein Problem, zwei integrierte Schaltkreise in einem Chip unterzubringen«, fuhr Sirona fort. »Zwischen denen man umschalten kann. Das war der springende Punkt dabei.«

Alex sah unwillig drein. »Und wozu soll so etwas gut sein?«

»Überleg einfach.« Sirona lächelte hintergründig. »Wozu könnte so etwas gut sein?«

Mehr sagte sie nicht. Sie saß nur da, sah sie beide an und wartete ab.

»Zum Beispiel«, schlug Root endlich vor, »um Wahlcomputer zu manipulieren. Ein Deck des Chips enthält das Originalprogramm, das andere das manipulierte. Am Wahltag ist das manipulierte Programm aktiv, danach – zum Beispiel, wenn die Geräte technisch überprüft werden – das originale.«

»Und wie schaltet man um?« Alex schüttelte den Kopf. »Tausende von Maschinen, wohlgemerkt?«

Sirona deutete auf das Radio in der Wand. »Damit.«

Alex begriff nicht, sah Root Hilfe suchend an.

»Der Chip reagiert auf das Pagersignal?«, vergewisserte sich Root.

»Überall, wo es zu empfangen ist.«

»Heißt das, man muss nur die richtige Telefonnummer wählen, und alle Wahlcomputer im Land schalten um?«

Sirona hob die fliederfarbenen Augenbrauen. »Einfach, nicht wahr?«

***

Leo kam es vor, als spüre er die Verlassenheit des Schlosses. Es fühlte sich an, als habe sich das Echo des Festlärms allmählich in den Fluren und Hallen verlaufen, bis schließlich Stille eingetreten war.

Wobei es nicht einfach nur still war, es war leblos. Nur in der

Küche war noch eine Handvoll Leute beschäftigt, ansonsten lag das große Anwesen verlassen. Wenn man hier im Flur saß, meinte man sogar die Leere in den Sälen und Hallen zu spüren, denn fast alle Möbel waren inzwischen wieder abtransportiert worden, zurück zu den Leihgebern.

So war es immer eine willkommene Abwechslung, wenn Simon herauskam, um eine Weile bei ihm in dem dunklen Flur zu sitzen und ein paar Worte mit ihm zu wechseln.

Nein, mehr als eine Abwechslung – eine Ehre. Leo ermahnte sich, diese Momente auszukosten, so gut er konnte. Vielleicht würde er den Rest seines Lebens von der Erinnerung an diese Stunden zehren müssen, in denen er das Privileg genoss, sich in aller Ruhe mit dem künftigen König von Deutschland zu unterhalten.

Deswegen musste er Simon das auch eines Tages fragen: Ob er sich denn weigern wolle, gekrönt zu werden.

Etwas in Leo verkrampfte sich, nachdem er diese Frage gestellt hatte. Etwas in ihm hatte Angst, dass heute, hier, in diesem Gespräch ein Traum sterben würde.

»Es fällt mir schwer zu glauben, dass die Menschen mich wirklich als König wollen«, sagte Simon. »Ich denke immer noch, dass am Tag der Wahl einfach das Programm in den Wahlgeräten aktiv war.«

»Aber einmal angenommen, es wäre tatsächlich nicht so gewesen?«

Simon überlegte. »Dann«, sagte er bedächtig, »würde ich das annehmen. Und mein Bestes tun, um dieser Stellung gerecht zu werden.« Er dachte weiter nach, auf eine Weise, die Leo die Anspannung nicht zu nehmen vermochte. »Aber schon dass ich es von diesem Kriterium abhängig mache, ist im Grunde demokratisches Denken, verstehen Sie? Die Könige früher wurden zwar zum Teil auch gewählt, aber sie haben dennoch ihre Position vom Willen Gottes hergeleitet – vom Schicksal, würde man heute vielleicht sagen. Ein Votum als Legitimation, das hätten sie nicht verstanden …«

»Aber so, wie das hier alles gekommen ist«, warf Leo ein, eine umfassende Geste machend, »das ist doch auch Schicksal!«

Simon stutzte. »Ah. Ja. Stimmt, das kann man auch so sehen …«

Er sah grübelnd vor sich hin, nickte sinnend: ein Anlass zu hoffen? Leo schwieg gespannt.

»Wir haben es, was diese Dinge anbelangt, mit einer tief greifenden kulturellen Entwicklung zu tun«, fuhr Simon schließlich fort. »Das Selbstverständnis des Einzelnen hat sich über die Jahrhunderte grundlegend verändert. Die Könige, der Adel – das hat Europa geprägt, war in bestimmten Epochen ein wesentlicher Einfluss. Aber das ist vorbei. Und es ist vorbei, weil die Menschen heute anders sind.«

Er sah Leo an. »Vergegenwärtigen Sie sich die jüngste Geschichte. Da sehen Sie, dass, wenn in einem Land die Monarchie abgeschafft wird, sie in aller Regel nicht mehr zurückkommt. Als einzige Ausnahme fällt mir Spanien ein, wo König Alfons XIII. eine Militärdiktatur installierte – die Miguel de Riveras –, aus der über allerlei Umwege eine weitere Militärdiktatur wurde – die Francos –, die am Ende wieder einen König installierte. Aber ansonsten … Nehmen Sie Afghanistan. Als das Taliban-Regime gestürzt war, gab es einen legitimen König, Zahir Shah[92], den man wieder hätte inthronisieren können. Doch man hat es nicht getan.« Er schüttelte den Kopf. »Nein, die Zeit der Könige ist vorbei. Wir wollen keine Alleinherrscher mehr, weil wir nicht mehr an dieses Konzept glauben. Die Gewaltenteilung, das System der *checks and balances*, der permanente Disput widerstreitender Meinungen, aus dem sich schließlich Entscheidungen herausbilden. Das ist das heutige Modell. Wir haben heute ein anderes Menschenbild. Auch was die Abstammung betrifft, übrigens. Dass sich prägnante Eigenschaften oft auf Kinder vererben, das hat man früh bemerkt; von daher lag es nahe, den Sohn eines Königs zum nächsten König zu machen …«

»Das ist doch aber auch so«, wandte Leo ein. »Ich meine, die

---

92 Afghanistans letzter König starb erst am 23. Juli 2007. http://www.faz.net/s/RubDDBDABB9457A437BAA85A49C26FB23A0/Doc~EA3B433772FB2485A86F4AEFA6C802D6C~ATpl~Ecommon~Scontent.html

Genetik, die DNS und so – man weiß das heute sogar noch viel genauer als früher!«

»Ja, aber wir wissen auch, dass alles viel komplizierter ist. Dass ›reines Blut‹ Unsinn ist. Dass es kein ›königliches Blut‹ gibt. Wir wissen, dass manchmal der Sohn eines Dummkopfs ein Genie ist und manchmal der Sohn eines Genies ein Dummkopf.« Simon hob den Zeigefinger, auf eine Weise, die für ihn charakteristisch war: Das machte er immer, wenn er in einem Gespräch etwas Wesentliches herausgearbeitet hatte. »Und damit sind wir beim entscheidenden Punkt: Wenn Sie den Zugang zu einem Amt über Abstammung regeln, bekommen Sie tatsächlich mit einer gewissen Wahrscheinlichkeit einen fähigen Nachfolger – aber mit größerer Wahrscheinlichkeit schließen Sie dadurch jemanden von der Nachfolge aus, der noch fähiger wäre. Mit anderen Worten, auf diese Weise nutzen Sie die vorhandenen Möglichkeiten nicht optimal. *Deswegen* hat man diese Vorgehensweise aufgegeben – nicht aus moralischen Gründen, sondern weil es das schwächere Konzept ist. Und im Begriff des *Königs* schwingt das nun einmal unauflöslich mit – die Idee, dass Abstammung alles ist.«

***

Alex lag in seinem Sessel, bleich wie die Wand. So kannte Root ihn gar nicht.

»Es wäre echt nützlich gewesen, das ein paar Wochen eher zu erfahren«, stieß Alex endlich hervor.

»Ich weiß das alles selber erst seit gestern.«

Alex setzte sich ruckartig auf. »So ganz verstehe ich das immer noch nicht. Die Chips, okay. Aber der Austausch? Wie hat Zantini den geschafft? In zehntausend und mehr Geräten, ohne bemerkt zu werden?«

Sirona hob die Schultern. »Zantini stammt aus einer Familie, die traditionell zur sizilianischen Mafia gehört. Vincent hat das in seiner Mail damals nebenbei erwähnt; ich habe es nachgeprüft: Es stimmt. Benito Zantini ist nur aus der Art geschlagen, aber sein Onkel zum Beispiel war Auftragskiller, bis er selber umgebracht wurde, und sein Vater hat in der Umgebung Wiesbadens Schutzgelder erpresst. Seinen Brüdern hat man noch nichts nachweisen können, aber einer von ihnen hält sich oft in den Niederlanden auf. Leicht vorstellbar, dass er jemanden beim Hersteller der Wahlcomputer erpresst hat, die EPROMs durch andere zu ersetzen.«

»Okay. Aber eine Menge Wahlcomputer waren längst ausgeliefert«, wandte Alex ein. »Die standen in Rathauskellern oder Gerätelagern, hinter verschlossenen Türen auf jeden Fall. Wie hätte er da die EPROMs austauschen können?«

»Per Update«, sagte Root. »Kundendienst kommt, tauscht den Chip, der drin ist, gegen einen mit einer angeblich neuen Programmversion aus, fertig. Das ist easy.«

»Der Witz ist«, fügte Sirona hinzu, »dass die Chips, die Zantini hat austauschen lassen, wahrscheinlich gar keine Original-EPROMs waren, sondern auch schon TWIN-Chips. Denn Zantini wird gesucht, als wäre er Usama Bin Laden. Er muss irgendjemandem mächtig in die Quere gekommen sein.«

»Okay«, stieß Alex hervor und ließ sich zurück in seinen Sessel sinken. »Die Wahl war also manipuliert.« Er legte die Hände vors Gesicht, rieb sich die Augäpfel mit den Handballen. »Und dir ging es auch nie um die Rettung der Demokratie. Du wolltest nur rauskriegen, was dein Ex getrieben hat.«

Sirona sagte nichts darauf, blieb so reglos, als habe Alex überhaupt nichts gesagt.

Alex ließ die Arme sinken, überlegte. »Wie ist das technisch? Woran erkennt man so einen TWIN-Chip?«

»Überhaupt nicht. Er sieht genauso aus wie ein normaler.«

»Okay, klar. Aber innen muss er doch anders aussehen.«

»Schon, bloß: Wie willst du das feststellen?«

Alex zuckte mit den Achseln. »Was weiß ich? Indem ich das Ding aufschneide, zum Beispiel.«

»Mit früheren Chips wäre das gegangen. Ungefähr bis zur 16-Bit-Technologie konnte man einen Chip aufsägen, die Schaltungen abfotografieren, vergrößern und als Vorlagen für Nachbauten verwenden – mit der Methode ist der Ostblock an seine Computertechnologie gekommen. Aber mit allem, was darüber hinausgeht, ist das nicht mehr möglich; dazu sind die Strukturen zu klein.« Sirona schüttelte energisch den Kopf. »Man könnte es nur nachweisen, wenn man den Code hätte. Den könnte man ausstrahlen, der Chip würde auf die zweite Ebene umgeschaltet und anders reagieren, weil ein anderes Programm aktiv ist – das wäre ein Beweis.«

Alex holte tief Luft. »Das klingt jetzt, als hättest du den Code nicht.«

Sirona zog eine Schnute. »Die Dinger sind programmierbar. Der Einzige, der den Code kennt, dürfte Zantini sein.«

***

Das Flugticket nach Deutschland hatte sich problemlos in eines nach Italien umwandeln lassen. Im Flughafen Paris Charles de Gaulle erwarteten Vincent vier Stunden Aufenthalt bis zu seinem Weiterflug. Da Fluggesellschaften alles taten, um ihre Passagiere abzumagern, suchte er zunächst ein Restaurant auf, um etwas zu essen. Anschließend ging viel Zeit damit drauf, herauszufinden, wo eigentlich sein nächster Flug ging: Die Anzeigetafel kündigte die Maschine an einem anderen Gate an, als auf Vincents Bordkarte gedruckt stand, und an besagtem anderen Gate hing ein Zettel, der ihn wieder woandershin schickte. Die Flughafenangestellten, an die er sich um Auskunft wandte, verstanden seine Frage, er aber ihre Antworten nicht.

Als er endlich am richtigen Flugsteig angelangt war, blieben immer noch zwei Stunden. Als er das erste Mal von seiner Zeitung aufsah, stand auf der Anzeige, dass der Flug nach Rom Verspätung haben würde. Jedes Mal, wenn er hochblickte, hatte die Verspätung zugenommen, und schließlich legte er die Zeitung beiseite, in der vagen Hoffnung, auf diese Weise den Fluch zu brechen.

Er zog sein Mobiltelefon heraus und scrollte durch die Menüs, weil er sich nicht mehr erinnerte, ob es ein Spiel enthielt. Dabei stieß er unvermittelt auf die Telefonnummer, die Sirona ihm gemailt hatte. Gute Gelegenheit, das mal zu probieren. Er drückte die Ruftaste.

***

Alex drehte sich mitsamt seinem Sessel grüblerisch von links nach rechts und wieder zurück. Ein Streifen hellen Oktoberlichts fiel herein, quer über den Fußboden.

»Den Code müsste man natürlich nicht unbedingt dazu verwenden, die Sache *aufzudecken*«, überlegte er halblaut. Er hielt inne, musterte Sirona aus zusammengekniffenen Augen. »Wie muss ich mir das vorstellen? Das heißt, dass in all den Wahlcomputern immer noch die Chips stecken, die man per Telefonanruf auf das Programm umstellen kann, das dieser Vincent geschrieben hat, oder? Das einer Partei namens VWM fünfundneunzig Prozent der abgegebenen Stimmen zuschustert, egal, was man macht?«

Sirona sah ihn misstrauisch an. »Was hast du vor?«

Root lachte meckernd. »Weiterzumachen natürlich!«

Sie fuhr hoch. »Den ganzen Schwindel noch weiterzutreiben? Das ist nicht dein Ernst!« Sie sah aus, als wolle sie im nächsten Moment über den gigantischen Schreibtisch springen und Alex an die Gurgel gehen.

Alex beugte sich vor, die Muskeln an seinem Hals schwollen an. »*Du* kannst ganz still sein«, gab er fauchend zurück. »Nur deinetwegen haben wir diesen Rummel überhaupt veranstaltet, und dann hast du dich davongemacht und nichts mehr von dir hören lassen, keinen Mucks!«

»Ich hab dir doch gerade erzählt, was ich –«

»Ja, hab ich gehört! Aber du kommst eben ein paar Wochen zu spät«, schnappte Alex. »Und zu spät ist zu spät, egal warum. Inzwischen hat die Sache nämlich ihre eigene Dynamik. Ich kann nicht so frei entscheiden, wie du dir das offenbar vorstellst. Zum Beispiel der Bundestag: Okay, ich habe eine Bande Kasper da reingehievt, aber jetzt sind sie eben drin, und das gilt, verstehst du? Ich kann das nicht einfach wieder auflösen, nicht mal, wenn ich wollte. Klar, es gibt Tricks. Gerhard Schröder hat zuletzt mit einem Trick gearbeitet, um den Bundestag aufzulösen, aber das war ein Trick, bei dem die Abgeordneten mitspielen müssen ... Und die jetzigen würden nicht mitspielen, verstehst du? Dazu gefällt ihnen das alles viel zu gut. Also muss ich das Spiel weitertreiben. Eine verfassunggebende Versammlung ist zu wählen. Eine Verfassung ist auszuarbeiten und zu verabschieden. Und schließlich ein Volksentscheid ... Was alles furchtbar in die Hose gehen wird, wenn du Recht hast und die Wahl tatsächlich manipuliert war. Und ich hasse es, wenn Spiele in die Hose gehen.«

»Und deswegen willst du alle weiteren Abstimmungen genauso manipulieren wie die Wahl. Na toll, einen schönen Verbündeten hab ich mir da gesucht. Du bist auch nicht besser als Zantini, damit du's nur weißt.«

Alex ballte die Faust, öffnete sie wieder und sagte bedrohlich leise: »Ich will nur das Spiel zu Ende bringen. Und das Spiel heißt jetzt Monarchie. Audienzen beim König. Ein Hofstaat. Ritter. Palastintrigen. Turniere, Pomp, Prunk und Gloria. Die volle Breitseite.«

»Du kannst alles nur als Spiel sehen, oder?« Ihre Augen glitzerten. »Nicht mal eine Beziehung wäre für dich was anderes ...«

Ihr Telefon gab Zwitschertöne von sich. Sie zog es aus irgendwelchen Tiefen ihres Kostüms hervor, sah auf das Display, blickte hoch und fragte: »Kann ich hier irgendwo ungestört telefonieren?«

»Nebenan«, sagte Root und deutete auf eine Tür. »Da ist ein Besprechungszimmer.«

»Okay.« Sie glitt aus dem Sessel und verschwand.

Alex ließ sich keuchend nach hinten fallen. »Ist doch wahr ...«, knurrte er und bedachte das riesige Büro mit einem Blick voller Abscheu. »Mann, was für ein Scheißjob. Man muss einen an der Klatsche haben, sich dafür freiwillig zu bewerben ...«

Root war aufgestanden, sobald Sirona die Tür hinter sich zugemacht hatte. Nun ging er um Alex herum an den Flachbildschirm auf dem Tisch neben ihm. »Jetzt hör auf zu granteln«, meinte er und klickte ein Programm an. »Schauen wir lieber mal, ob mein Spielzeug funktioniert, wenn es drauf ankommt …«

Ein Fenster öffnete sich auf dem Bildschirm, auf dem der Besprechungsraum von schräg oben zu sehen war. Sirona stand mitten darin, und sie hörten sie telefonieren. Auf Englisch.

»Das muss dieser Vincent sein, oder?«, meinte Alex nach einer Weile.

»Seh ich auch so«, sagte Root.

Gerade ruckte Sironas Kopf hoch, und sie rief: *»You know where he is? Really?«*

»Zantini«, mutmaßte Alex. »Von dem ist die Rede.«

Root nickte. »Vincent weiß, wo er steckt.«

»Okay«, sagte Sirona. *»I want to come with you. I absolutely have to talk to him.«* Sie lauschte, sah auf ihre Armbanduhr. *»Okay. I will see what I can do. I have to. Otherwise, there will be a catastrophe here.«*

»Kapier ich das richtig?«, murmelte Root. »Sie macht aus, sich mit ihm zu treffen, um mit Zantini zu reden?«

Alex winkte nur ab; gerade war nur schwer zu verstehen, was Sirona sagte.

»Yes. I remember the picture you once sent me. No, I didn't, right. But I will recognize you. That's all we need, don't we?« Sie drehte sich mit einer heftigen Bewegung herum. *»Okay. I call you back in a few minutes. Bye!«*

Root bewegte den Mauszeiger auf den Button, der die Übertragung aus dem Nachbarraum mit einem Klick beenden würde, und sie verfolgten, was weiter geschah.

Nämlich, dass Sirona ihr Handy wegsteckte, die andere Tür öffnete, die auf den Gang führte …

Und hinauseilte.

»He«, rief Alex aus. »Die haut ab! Ich glaub's ja nicht. Denkt die, wir lassen sie so einfach wieder raus?«

Er griff nach dem Hörer, aber Root legte die Hand auf seine und sagte: »Lass sie.«

Alex schüttelte ungläubig den Kopf. »Bist du verrückt? Sie weiß, wo Zantini ist! Sie wird ihn aufstöbern und als Zeugen herbringen, so, wie die drauf ist!«

»Sie weiß, wo Zantini ist, okay«, sagte Root. »Das heißt, sie wird uns zu ihm führen. Und alles Weitere … Das liegt doch an uns, was wir daraus machen, oder?«

»Uns zu ihm führen? Wie meinst du das?«

Root verdrehte die Augen. »Mann, Kanzler, bist du heute schwer von Begriff! Ruf den BND an. Den Geheimdienst. Du bist der Regierungschef; die müssen springen, wenn du *Hopp!* sagst.« Er grinste. »Und es wird ja wohl kein Problem sein, eine Frau zu verfolgen, die dermaßen aufgetakelt ist wie Sirona.«

KAPITEL 47

Es war ihm zur Gewohnheit geworden, nach dem Öffnen der Türe im Flur stehen zu bleiben und aus der Dunkelheit des Hauses heraus erst einmal die Umgebung abzusuchen. Inzwischen war ihm jedes Detail der Landschaft vertraut – die Form jeder Korkeiche, jeder Ulme, jeder Stechpalme entlang der Grundstücksgrenze, die Umrisse der steinigen, verkarsteten Stellen an den Hängen der umliegenden Berge, sogar die Wolken, die deren Gipfel passierten.

Heute würde es regnen. Nicht nur regnen, sondern schütten. Es waren tiefviolette, regenschwere, mit wütender Kraft aufgeladene Wolken, die sich da am Apennin auftürmten. Es roch nach Unwetter.

Benito Zantini trat ins Freie. Er sah sich noch einmal gründlich um, ehe er dem vor Jahrhunderten in den Fels gehauenen Pfad zu dem kleinen Steinhäuschen an der Straße folgte. Dort warteten die Lebensmittel, die ihm ein verschwiegener Helfer jeden Morgen aus dem Dorf unten im Tal heraufbrachte.

Und wie jeden Morgen fragte sich Benito Zantini, wie lange dies alles weitergehen konnte. Ob es irgendwann enden würde. Ob er die Angst jemals wieder loswurde.

Täuschte er sich, oder blitzte es oben in den Wolken schon? Er blieb stehen. Ja, ein ferner Donner rollte durch das Tal. Nicht mehr lange, und die Naturgewalten würden losbrechen. Man spürte es mit jeder Faser des Körpers.

Er holte den Korb mit Brot, Gemüse und dergleichen aus dem Versteck, schloss die knarrende Bohlentür wieder. Und als er sich umdrehte, um zum Haus zurückzugehen, stand da ein Mann wie aus dem Boden gewachsen.

»Guten Tag, Herr Zantini«, sagte der Mann.

Auf Deutsch.

Lähmender Schreck ließ Zantini erstarren. Also doch. Sie hatten ihn gefunden.

»Wir hatten eine Abmachung«, fuhr der Mann fort. Er war ganz in Schwarz gekleidet, trug hohe, schwarze Lederstiefel und einen ledernen Mantel, der wie ein Umhang wirkte. Aber das Erschreckendste an ihm waren die martialisch kurz geschorenen Haare auf seinem Schädel.

Abgesehen von dem erbarmungslosen Ausdruck auf seinem Gesicht, natürlich.

Zantini fand seine Sprache wieder. »Ich verstehe, dass Sie erbost sind«, stieß er atemlos hervor. »Aber glauben Sie mir, ich weiß selber nicht, wie das passieren …«

Er hielt inne. Da waren noch mehr Männer. Von allen Seiten kamen sie jetzt auf ihn zu. Alle in Schwarz. Alle fast kahl. Und alle kochend vor Wut.

»Haben Sie wirklich geglaubt, Sie könnten unsere Millionen nehmen und damit abhauen?«, fragte der Mann. »Haben Sie wirklich geglaubt, wir finden Sie nicht?«

Zantini spürte den Korb an seinem Arm schwer werden. »Das war nie meine Absicht«, beteuerte er. »Ich habe getan, was ich versprochen habe, und es ist mir unerklärlich, wieso es nicht das erwartete Ergebnis –«

Jetzt standen zwei hinter ihm, packten ihn grob an den Oberarmen.

»Es geht nicht um das Geld«, zischte der Mann vor ihm mit zornblitzenden Augen. »Es geht darum, dass Sie eine historische Chance sabotiert haben, dem Deutschen Reich wieder zu der Gestalt und Größe zu verhelfen, die ihm gebührt. Sie sind nicht nur ein elender Betrüger und erbärmlicher Scharlatan, Sie sind auch ein Verräter an der Sache des deutschen Volkes, ein Schädling übelster Sorte. Und in der Welt, die wir eines Tages errichten werden – ganz gleich, wer sich uns in den Weg stellt, ganz gleich, wie lange es dauert, einfach, weil es die Vorsehung so will –, in dieser Welt wird für Schädlinge kein Platz mehr sein.«

Auf ein herrisches Zucken seines Kinns begannen die Männer hinter Zantini, ihn vor sich herzustoßen, auf das Haus zu, das ihm hatte Zuflucht sein sollen und das nun die Stätte seines Untergangs sein würde.

Diesmal, erkannte er, halfen ihm keine Tricks mehr.

***

»Casa del Contare«, wiederholte Vincent.

Das Gesicht der alten Frau hinter der Theke, zerklüftet und verwittert, blieb reglos.

War sie vielleicht taub? Vincent zeigte ihr den Zettel, auf dem der Ortsname geschrieben stand, gestikulierte, um klarzumachen, dass alles, was er wissen wollte, war, ob er hier rechts oder links abbiegen musste.

Sie schüttelte den Kopf, das Gesicht immer noch wie in Stein gemeißelt. Hinter ihr bewegte sich der Vorhang, und ein Mann schob sich herein, ebenso alt wie sie, das Gesicht ebenso ausdruckslos.

»Danke«, sagte Vincent und trat den Rückzug an. »Vielen herzlichen Dank.«

Nur gut, dass er sich schon am Flughafen mit allem eingedeckt hatte, was er brauchte. Und dass der Mietwagen vollgetankt war. Irgendwie war er sich sicher, dass sie ihm hier nicht einmal eine Flasche Wasser verkauft hätten.

Er stieg zurück in den Wagen. Aus mehreren Fenstern trafen ihn Blicke, die mörderisch wirkten. Was für ein Ort! Er hatte das Gefühl, dass jeder, der ihn sah, sofort ins Haus ging, um irgendjemanden anzurufen.

Vincent drehte den Zündschlüssel. Nichts wie weg.

Weiter draußen versuchte er, mit der Beschreibung zurechtzukommen, die Furry ihm gegeben hatte. Außerdem hatte er eine Landkarte dabei und mehrere Ausdrucke von Satellitenbildern von Google Earth, weil die Karte nicht stimmte.

Er versuchte, Sirona anzurufen. Sie hatten lange telefoniert, während Sirona in Berlin im Taxi zum Flughafen gesessen hatte;

er hatte ihr hastig alles erzählt, was er wusste, und ihr angeboten, in Palermo auf sie zu warten. Davon hatte sie nichts hören wollen. »Nein, fahr schon voraus«, hatte sie ihn gedrängt. »Ich habe das Gefühl, wir dürfen keine Zeit verlieren.«

Der gewünschte Teilnehmer ist im Moment nicht zu erreichen. Wahrscheinlich saß Sirona gerade im Flugzeug.

Es ging bergan. Bewaldete Hänge, strohige Wiesen, hier und da Stellen, an denen das Gestein ins Rutschen gekommen war. Alles atmete widerspenstige Abneigung gegen jeden, der nicht mindestens in dritter Generation hier geboren und aufgewachsen war.

Und am Himmel zog ein Unwetter auf. Es musste jeden Moment anfangen zu regnen wie beim Weltuntergang.

***

Ein Agent des BND saß in demselben Flugzeug von Rom nach Palermo, mit dem auch Sirona flog. Zwei weitere Agenten kamen mit einer früheren Maschine, mieteten in aller Ruhe zwei Autos an, parkten sie an geeigneter Stelle und bezogen anschließend Position im Empfangsbereich.

Jeder von ihnen trug einen Ausdruck des Fotos bei sich, das per Mail gekommen war. Einer zog es noch einmal hervor und fragte sich, wo es aufgenommen worden sein mochte. Die Zielperson saß, die Beine angezogen, in genau der beschriebenen Kleidung in einem ledernen Sessel in einem ausgesprochen weitläufigen Büro.

Folgen Sie ihr unauffällig, lautete die Anweisung.

Was für ein Witz. Sie würde alle Blicke dermaßen auf sich ziehen, dass man überhaupt keine Chance hatte, aufzufallen.

Der Agent im Flugzeug saß schräg hinter Sirona auf der anderen Seite des Gangs, sodass er die ganze Zeit sah, was sie tat. Bloß brachte das nicht viel, denn sie tat nichts. Sie saß da, starrte Löcher in die Luft und nestelte mal an ihrem Tüllrock, mal an ihrer Kette aus Kunstperlen, mal an ihrem dicken silbernen Armreif.

Auf jeden Fall würde es schon fast beleidigend einfach sein, sie zu verfolgen.

Die Landung verlief holprig, weil ein Unwetter heraufzog. Die Frau in dem Sitz neben dem Agenten fing auf Italienisch an zu beten, die Zielperson dagegen zeigte keinerlei Zeichen von Unsicherheit. Beim Aussteigen hielt sich der Agent hinter ihr, ließ ihr, sobald sie im Flughafengebäude waren, einen guten Vorsprung … Nun, es ging ja sowieso erst ans Gepäckband.

Da tat sich noch nichts. Sie suchte, praktisch gemeinsam mit allen anderen Frauen, die in dem Flugzeug gewesen waren, die Toilette auf. Der Agent stellte sich an einen Platz, wo es so aussah, als warte er auf sein Gepäck (tatsächlich hatte er keines), und von wo aus er die Toilettentür im Blick behielt. Dann zog er sein Telefon heraus, rief die Kollegen draußen beim Ausgang an und brachte sie auf den neuesten Stand.

Was er nicht wusste, war, dass auch Sirona nur mit Handgepäck reiste. Auf der Toilette drückte sie sich zwischen den anderen Frauen herum (die sie natürlich ebenfalls irritiert ansahen, wie alle), bis die große Kabine für Behinderte frei wurde.

Ein Glücksfall: Diese Kabine verfügte sogar über ein eigenes Waschbecken.

Sirona zog ihr Kostüm aus, wischte sich den größten Teil ihres Make-ups aus dem Gesicht, wusch sich und schminkte sich neu; dezent diesmal. Dann löste sie die Klammern aus ihrem Haar, entfernte die künstlichen Teile und frisierte den Rest nach hinten. Sie zog die Sachen an, die sie in Berlin noch in aller Eile am Flughafen gekauft und in ihrem bunten Umhängesack verstaut hatte: eine dunkle Hose, eine Bluse, die ihr ein geschäftsmäßiges Aussehen verlieh, und einen dünnen Pullover. Schließlich holte sie eine mit vielen Reißverschlüssen versehene Ledertasche heraus, die sich auf raffinierte Weise vergrößern ließ, und dort hinein stopfte sie alles – ihr Kostüm, ihre Haarteile und auch die Umhängetasche.

Sie war nicht wiederzuerkennen, als sie die Toilette verließ. Ohne zu ahnen, dass er auf sie wartete, ging sie direkt an dem Agenten vorbei zum Ausgang. Auch die beiden Männer, die dort lauerten, streiften sie nur mit einem beiläufigen Blick. Als dem am Gepäckband wartenden Agenten dämmerte, dass irgendetwas schiefgegangen sein musste, war Sirona bereits mit einem gemieteten Wagen unterwegs auf der *Viale Regione Siciliana*.

***

So schnell, wie Zantini geglaubt hatte, starb man nicht. Irgendwann ließen die erbitterten Hiebe, die gnadenlosen Fußtritte, die hasserfüllten Faustschläge gegen seinen Körper, seinen Kopf, seine Weichteile nach, hörten schließlich auf. Nicht, dass sich Zantini daraufhin frohgemut hätte erheben können: Er blieb liegen, wo er lag, unfähig, auch nur die Hand zu rühren, und fühlte sich, als bestünde er bloß noch aus rohem Fleisch. Er war nicht tot, nein – aber er wünschte, er wäre es gewesen.

Jemand fasste ihn an der Schulter, drehte ihn behutsam herum. Es war eine Berührung, die so anders war, dass Zantini die Mühe auf sich nahm und versuchte, die Augen zu öffnen.

Es waren zwei junge Männer in leichten, modischen Anzügen. Sie beugten sich über ihn. Sie hatten glatte Gesichter und lächelten.

»Wer sind Sie?«, fragte Zantini mühsam. Zumindest versuchte er es; er wusste nicht, ob man das, was er von sich gab, verstehen konnte. Er wusste auch nicht mehr, wie viele Zähne er noch besaß.

»Mein Name ist Müller«, sagte der dunkelhaarige der beiden. Er deutete auf seinen eher blonden Kollegen: »Und das ist Herr Schmitt.«

»Und die …?«

»Die Nazis? Die sind weg.«

Zantini sank in sich zusammen. Die Erleichterung ließ ihn fast ohnmächtig werden. »Danke. Die hätten mich umgebracht.«

»Sieht ganz so aus«, erwiderte Müller beinahe heiter.

Zantini brachte seine Hand dazu, sich zu bewegen, hier und da über den Körper zu tasten. »Ich glaube … da ist was gebrochen. Und ich blute.« Zumindest hatte er einen metallischen Geschmack im Mund und das Gefühl, dass Flüssigkeiten aus Körperöffnungen flossen. »Können Sie einen Krankenwagen rufen?«

Die beiden schüttelten sanft lächelnd die Köpfe. »Ich fürchte, das können wir nicht«, sagte Schmitt.

Es klang auf seltsame Weise zugleich bedauernd wie endgültig. Und so, als berühre es sie im Grunde nicht. Als seien sie nur zufällig hier.

Zantini hob mühsam den Kopf, sah umher, versuchte in dem Durcheinander zertrümmerter Möbelstücke und heruntergerissenen Geschirrs zu erkennen, wo er sich befand. »Da drüben«, sagte er mühsam. »Da ist das … Telefon!«

»Ah, ja?« Müller sah in die Richtung, in die er zeigte, erhob sich und ging federnden Schrittes hinüber an die Wand, wo das Telefon hing.

Um den Apparat zu packen und mit einem einzigen, mühelos wirkenden Ruck aus der Wand zu reißen, samt Kabel.

Im nächsten Moment war er wieder über Zantini, sah ihm aus unmittelbarer Nähe ins Gesicht. Er lächelte nicht mehr. »Wir kommen im Auftrag der Leute, denen Sie mit Ihrem lächerlichen Vorhaben in die Quere gekommen sind«, erklärte er kalt. »Es handelt sich um Leute, die so etwas nicht schätzen.«

»Jemand, der es versteht, sich so gut zu verstecken wie Sie, ist zu gefährlich«, fügte Schmitt hinzu. »Wir hätten Sie beinahe nicht gefunden, stellen Sie sich das mal vor. Und so etwas schätzen *wir* nicht.«

Zantini sah die beiden an und wusste auf einmal mit einer Sicherheit, die keiner Bestätigung mehr bedurfte, dass diese beiden ihm die Nazis auf den Hals geschickt hatten. Als sie ihn irgendwie doch ausfindig gemacht hatten, hatten sie erst einmal die Schlägertruppe vorgeschickt, um die Schmutzarbeit erledigen zu lassen.

Sein eigener Fehler. Was hatte er sich auch mit denen eingelassen. Dumm. Einer von den Fehlern, für die man teuer bezahlen musste.

»Sie werden mich jetzt töten, nicht wahr?«, sagte er.

Müller sah aus, als ob ihn diese Frage maßlos wundere. »Oh«, sagte er, »ich denke, das ist nicht mehr nötig.« Er sah seinen Kollegen an. »Oder?«

***

Erstaunlich viel Verkehr hier oben. Erst kam Vincent ein Lieferwagen entgegen, in dem allerhand finstere Gestalten saßen, kurz darauf ein Jeep mit derart abgetönten Scheiben, dass nicht zu erkennen war, ob überhaupt jemand darin saß.

Aber es war der richtige Weg. Das Haus lag genauso, wie Pictures es, Furry zufolge, beschrieben hatte.

Man konnte nicht bis ans Tor fahren, weil die Straße davor aufgerissen, unterspült und niemals repariert worden war. Gut, mit einem Jeep hätte man es geschafft. Aber nicht mit dem kleinen Fiat, den Vincent gemietet hatte.

Er stellte den Wagen am Straßenrand ab und stieg aus. Seine Kopfhaut kribbelte. Über ihm violettschwarze Wolken, so niedrig, als könne man nach ihnen greifen.

Vincent stieg den Rest des Weges empor, kam ins Schwitzen. Das Tor stand offen. Eine Klingel gab es nicht; hier sah alles aus, als sei seit hundert Jahren nichts mehr verändert worden.

Dumpfes Grollen weiter oben in den Bergen. Vincent folgte dem ausgetretenen Pfad durch das karge Gras. Die Haustür bestand aus soliden Bohlen; man hätte Eisenbahnschwellen daraus machen können.

»Hallo?«, rief Vincent. »Ist jemand da?«

Keine Antwort.

Er drückte gegen die Tür. Sie schwang geräuschlos auf. Dahinter war es dunkel. Und irgendetwas war zu hören, leise, eigenartige Laute …

Vincent ging hinein, aber eher, weil es zu regnen begann. Gab es hier Licht? Elektrischen Strom? Seine Hand fand einen altmodischen Drehschalter, und eine Glühbirne glomm auf.

Wieder dieses Geräusch. Jemand stöhnte.

Vincent folgte den Lauten. Als er im nächsten Raum ebenfalls

Licht machte, sah er einen menschlichen Körper am Boden liegen, in zerrissener Kleidung. Dieser Körper war es, der die Geräusche von sich gab: ein röchelndes Atmen, schmerzerfülltes Stöhnen, und ein Finger einer Hand schabte schwach über den Holzboden, in einer unendlich müden, hoffnungslosen Bewegung.

Ein Blitz erhellte den Raum für einen Augenblick, und gleich darauf kam der Donnerschlag, so laut, dass die Scheiben klirrten. Das Unwetter brach los. Als hätte jemand einen Schalter umgelegt, begann Regen auf das Haus zu hämmern.

Vincent beugte sich über den Liegenden, und irgendwie überraschte es ihn nicht, dass es Zantini war. Jemand hatte ihn entsetzlich zugerichtet. Er blutete aus mehreren Wunden am Kopf, und er lag in einer Flüssigkeit, die grässlich roch.

»Zantini«, sagte er. »Was hat man mit Ihnen gemacht?«

Die Augen, zugeschwollen, die Lider mehr schwarz als blau, öffneten sich mühsam. Die Augäpfel waren blutunterlaufen. »Vincent? Sind Sie das?«

Vincent holte sein Mobiltelefon aus der Tasche. »Sie brauchen einen Arzt.«

»Einen Arzt? Ich brauche keinen Arzt mehr.«

Vincent schaltete das Gerät ein. Welche Notrufnummer galt hier? Ihm fiel ein, mal gehört zu haben, dass die 112 in allen GSM-Netzen als Notruf funktionierte.

Das Antennensymbol blinkte hilflos.

»Ich habe kein Netz«, sagte Vincent.

»Es wird sowieso niemand kommen«, japste Zantini.

Vincent sah zu den Fenstern. Der Regen prasselte dagegen, als stünde das Haus unter einem Wasserfall. »Ich müsste einen Verbandskasten im Auto haben.«

Zantinis Hand krallte sich in seinen Ärmel. »Zu spät. Die haben mich fertiggemacht.«

»Wer denn?«

Der dürre Mann mit dem zerschundenen Gesicht stöhnte. »Sie sind schuld, Vincent. Wenn Sie mich nicht reingelegt hätten, wäre das nicht passiert.«

»Ich?«

»VWM! Ich hab zu spät begriffen, dass das Ihre Initialen sind … und dass das eine Rolle spielen kann …« Er schloss die Augen wieder, und sein Mund bewegte sich mühsam, bis er einen abgebrochenen Zahn über die Lippen befördert hatte, zusammen mit rot gefärbtem, schaumigem Speichel.

Vincent schluckte. War das hier wirklich seine Schuld? Er verstand immer noch nicht, was eigentlich passiert war.

Allerdings fiel ihm wieder ein, weswegen er gekommen war.

Wieder ein Blitz, wieder ein Donnerknall, bei dem einem das Herz aussetzte.

»Zantini«, rief er. »Ich muss Sie etwas fragen.«

Der alte, dürre Mann reagierte nicht.

»Ich muss Sie das fragen, sonst werde ich auch fertiggemacht«, drängte Vincent. Er berührte Zantini, bewegte ihn ganz leicht – schütteln konnte man das nicht nennen, aber der Mann stöhnte trotzdem auf. »Zantini – woher hatten Sie die Chips, die Sie in die Wahlcomputer eingesetzt haben? Die TWIN-Chips?«

Er muss sogenannte TWIN-Chips verwendet haben – aber mehr davon, als je hergestellt worden sind! Wir müssen wissen, woher die stammen, hatte ihm Miller eingeschärft. *Jemand muss unser Projekt kennen und die Chips nachbauen, und wir müssen um jeden Preis herausfinden, wer das ist!*

»Woher hatten Sie die?«, fuhr Vincent fort. »Bitte, ich muss herausfinden, wo das Leck ist, sonst geht es mir auch an den Kragen!«

Zantini öffnete die Augen wieder, weit, voller Erstaunen. »Was für Chips?«

»Die EPROMs in den Wahlcomputern. Die haben Sie doch ausgetauscht, nicht wahr? Gegen spezielle Chips. Auf die Sie mein Programm aufgespielt haben.«

Zantini gab ein Geräusch von sich, das wohl der Versuch war, zu lachen. »Das habe ich Ihnen erzählt, ja. Aber so habe ich es nicht gemacht. Der Trick ging ganz anders.«

Vincent starrte den alten Zauberkünstler bestürzt an. »Und wie?«

Er spürte, wie das Leben aus dem Mann vor ihm wich. Der

Tod betrat den Raum, und jede Faser in Vincents Körper schrie danach zu fliehen.

Zantinis Gestalt straffte sich ein letztes Mal. Er schaffte es, den Kopf zu heben, mit einer Bewegung, in der trotz allem so etwas wie Würde lag. »Wie oft soll ich Ihnen das noch sagen, Junge? Ein Zauberer verrät seine Tricks nicht. Nicht die wirklich guten. Die nimmt er mit ins Grab, damit sie ihn unsterblich machen.«

Er sank zurück. Sein Kopf fiel zur Seite, und er hörte auf zu atmen.

KAPITEL 48

Vincent rutschte mit einem Aufschrei ein Stück zurück, weg von dem … *Körper*, der da lag, reglos, leblos, grauenerregend.

Es war das erste Mal in seinem Leben, dass er einen Toten sah. Sein Brustkorb ging wie ein Blasebalg, während er anstarrte, was von dem Mann, den er als Benito Zantini gekannt hatte, übrig geblieben war. Nichts, da war nichts mehr. Als hätte sich Zantini mit einem unglaublichen Trick fortgezaubert, von einem Moment zum anderen, sich weggebeamt im Austausch gegen eine Wachspuppe, die nur aussah wie er.

Einen schrecklichen, verzweifelten Augenblick lang hoffte Vincent noch, dass auch das nur ein Trick war, Illusion, magisches Spiel, und dass Zantini gleich durch die Tür treten, dass er lachen würde über sein, Vincents, entsetztes Gesicht …

Aber es war kein Trick. Diesmal nicht. Diesmal war es echt, gnadenlos echt, unerbittliche Wirklichkeit. Vincent hörte jemanden schluchzen, sah sich um und begriff erst nach Minuten, dass er es selbst war. Er, der eines Tages auch sterben würde. Der auch einmal so daliegen, auch nur noch aussehen würde wie ein schmutziges, abgelegtes Kleidungsstück …

Bloß war Zantini nicht einfach so gestorben.

Jemand hatte ihn umgebracht.

Vincent schreckte hoch, kam taumelnd auf die Beine. Mord. Wenn man ihm das auch noch anhängte, war er verloren.

Panisch sah er sich um. Was hatte er alles angefasst? Wo überall hatte er seine Fingerabdrücke hinterlassen? Seine Gedanken überschlugen sich in dem Versuch, die letzten Minuten vor sein inneres Auge zurückzurufen. Er hatte die Tür aufgedrückt. Den

Lichtschalter betätigt. Den Boden vor dem Leichnam berührt … Er zerrte ein Taschentuch heraus, wischte auf den Planken herum, entlang der Lache, von der er lieber nicht wissen wollte, aus was für Flüssigkeiten sie bestand. Bis sich plötzlich der Kopf Zantinis noch einmal bewegte, noch ein paar Zentimeter weiter zur Seite sank, begleitet von einem unendlich grausigen Seufzer …

Da hielt es Vincent nicht mehr. Schreiend sprang er auf und rannte, floh aus dem Haus, als seien tausend Teufel hinter ihm her.

Nichts wie weg! Einfach weg und alles vergessen. Der Regen prasselte auf ihn herab, wunderbar, spülte sein Geplärre ab, den Geruch, der drinnen geherrscht hatte … Und wenn er klatschnass wurde, was machte das? Er schob die Hand in die nasse, klamme Hosentasche, fand die Autoschlüssel noch. Gut.

Der Regen fiel in Mengen, die kaum zu fassen waren. Vincent stolperte durch silberne Vorhänge, die vor der Landschaft lagen, konnte fast nicht sehen, wohin er trat, weil ihm ständig Wasser in die Augen lief. Er zuckte zusammen, als er eine Gestalt bemerkte, die ihm den zerfurchten, von Sturzbächen überfluteten Weg herauf entgegenkam.

Es war eine Frau. Sie trug eine dunkle Hose und eine Bluse, die ihr klatschnass am Leib klebte. Sie blieb stehen und fragte: »Vincent?«

»Sirona!« Er erkannte ihre Stimme. Wimperntusche lief ihr über die Wangen, ihr Haar pappte unansehnlich am Kopf, und der Kragen ihrer Bluse schien sich mit einer Art weißer Farbe vollgesogen zu haben.

»Ist es hier? Hast du ihn gefunden?« Sie strich sich über die Stirn, als wolle sie eine störende Strähne wegwischen; sie schien nicht zu begreifen, dass es das Wasser war, das ihr in die Augen rann. »Zantini, meine ich.«

»Ja«, stieß Vincent hervor.

»Und?

»Er ist tot.«

Ein Laut des Entsetzens. »Nein!«

Er erzählte hastig, was geschehen war, redete konfuses Zeug, aber sie schien das Wesentliche zu begreifen: dass jemand den Zauberer zu Tode geprügelt hatte und dass nun niemand mehr wusste, wie er den Trick in Deutschland durchgeführt hatte.

»Woher wusstest du von den TWIN-Chips?«, wunderte sich Sirona.

»Jemand hat mich beauftragt, Zantini danach zu fragen. Mehr weiß ich nicht darüber.«

Er las Entsetzen in ihren Augen. »Jemand? Wer?«

»Keine Ahnung. Erst dachte ich, irgendein Geheimdienst; wir haben ja jede Menge davon. Aber inzwischen glaube ich das nicht mehr.« Himmel, er verstand bestimmt nicht viel von Mode, aber er erkannte einen Viertausend-Dollar-Anzug, wenn er einen sah. Miller und Smith hatten einfach zu *reich* ausgesehen für Staatsangestellte. »Wieso? Was hat das alles zu bedeuten? Was *sind* TWIN-Chips?«

Sie erklärte es ihm, hastig, nicht immer ganz verständlich, aber was er verstand, nahm ihm den Atem. Und die ganze Zeit trommelte der Regen mit unverminderter Kraft auf sie herab, spülte Sand und Steine unter ihren Füßen davon, war wie Weltuntergang.

»Was denkst du?«, rief Sirona schließlich. »Wie haben die Zantini überhaupt gefunden?«

»Keine Ahnung.«

»Er ist seit Wochen verschwunden, und dann finden sie ihn ausgerechnet heute? Ein paar Stunden, nachdem wir miteinander telefoniert haben?«

Vincent sah sie an, begriff, dass sie abgehört worden waren, obwohl es immer hieß, Mobiltelefone seien abhörsicher. In das Begreifen mischte sich der Gedanke, dass Sirona aussah wie bei einem *Wet-T-Shirt-Contest*, und wie irre das war, in dieser Situation an so etwas zu denken.

»Jemand will um jeden Preis verhindern, dass die Wahrheit über diese Chips bekannt wird«, schrie sie, um das Donnern des Regens zu übertönen.

»Sieht so aus.«

»Das heißt, dass sie ab jetzt hinter uns her sind!«

Vincent keuchte wie unter einem unsichtbaren Faustschlag, suchte verzweifelt nach einem Argument, warum das nicht stimmen konnte, dass sie maßlos übertrieb, aber es wollte ihm keines einfallen. »*Shit!* Was machen wir da?«

»Untertauchen!« Sirona blickte sich um, sah an sich herab, sah ihn an, musste auflachen. »Wobei, eigentlich sehen wir schon ziemlich *untergetaucht* aus … Was ist? Kommst du mit?«

»Mit? Wohin?«

»Weiß ich auch nicht«, rief sie. »Irgendwohin eben, wo uns keiner findet.«

»Und wo soll das sein?«

»Wie kann man das jetzt schon wissen?« Sie streckte die Hand aus. »In die *Underworld?* Nach Mittelerde? Ist doch egal. Komm!«

In diesem Moment erschien Sirona ihm gänzlich fremdartig, mehr wie ein Fabelwesen als wie eine Frau. Einen Herzschlag lang wirkte sie tatsächlich wie jemand, der einen Weg in Länder finden würde, die auf keiner Landkarte verzeichnet waren, wie jemand, der an Orte gelangen würde, die Google Earth nicht kannte.

Vincent schüttelte den Kopf. »Du spinnst. Man kann doch nicht einfach so … einfach irgendwohin …«

»Wieso? Das ist ganz leicht. Man setzt einen Fuß vor den anderen, und irgendwann biegt man in eine Richtung ab, in die man noch nie gegangen ist.«

Sie hatte einen Knall, das stand mal fest.

Aber wahrscheinlich hatte sie auch recht. Sie waren beide in Gefahr. Miller und Smith hatten ihm unmissverständlich Konsequenzen angedroht, sollte er seinen Auftrag nicht erfüllen. Und er hatte ihn nicht erfüllt.

»Ich werde nach Deutschland gehen«, erklärte Vincent. Immerhin war er Prinz von Deutschland. Das sollte ein gewisses Maß an Sicherheit bedeuten.

Sie ließ die ausgestreckte Hand sinken. Etwas war an dieser Bewegung, das ihm ins Herz schnitt. »Okay«, sagte sie. »Dann alles Gute.«

»Dir auch«, erwiderte Vincent.

Mit einem letzten, rätselhaften Lächeln wandte sie sich ab und ging, verschwand in den herabstürzenden Wassermassen, als träte sie durch einen Vorhang ab. Vincent folgte ihr nur einen Moment später die abschüssige Straße hinab, aber da waren sie und ihr Auto schon weg.

Er stieg in seinen Wagen, klatschnass wie er war, fuhr zurück in Richtung Palermo und bog irgendwann, als es nicht mehr regnete, in ein Wäldchen ab, um trockene Sachen anzuziehen. Er opferte eins seiner T-Shirts, um den Fahrersitz trocken zu reiben, was nicht so richtig gelang. Er öffnete alle Türen, wartete eine Weile, aber dann legte er sich schließlich einfach ein Sweatshirt unter und fuhr weiter.

Sein Mobiltelefon benutzte er wohl besser nicht mehr: Er löschte alle Daten darin und stopfte es in eine Mülltonne am Straßenrand.

Als er zum Auto zurückging, merkte er, dass seine Hände zitterten.

Kurz vor der Stadt nahm er sich ein Zimmer in einer winzigen Pension, deren Wirtin keine Fragen stellte. Er duschte so heiß und so lange, bis seine Haut krebsrot wurde und wehtat und das Zittern nachließ, dann hängte er seine Sachen zum Trocknen auf und versuchte, nicht mehr an den toten Zantini zu denken. Er musste sich überlegen, wie es weitergehen sollte.

Besser, er nahm erst mal kein Flugzeug. Er konnte sich erkundigen, wie man mit einer Fähre aufs Festland kam, und von dort mit dem Zug weiterreisen. Auch wenn das langsamer ging: Hauptsache, er musste keinen Pass vorzeigen, nirgends seinen Namen hinterlassen.

Kurz vor dem Einschlafen an diesem Abend ging ihm auf, dass das heute – dieser Moment, in dem ihm Sirona die Hand hingestreckt und gesagt hatte, *Komm!* – genau die Situation gewesen war, die er einst ersehnt hatte: auf einmal vor der Wahl zu stehen, weiterzumachen wie bisher oder ins Unbekannte abzubiegen, ins Abenteuer …

Hatte er da was versiebt? Schwer zu sagen.

Offenbar war er doch nicht so abenteuerlustig, wie er immer gedacht hatte.

***

Alex beugte sich vor, um genauer zu sehen, was sich unter der durchsichtigen, aber leicht beschlagenen Abdeckung abspielte. Auf einem metallenen Block saß ein Chip wie ein eckiger, schwarzer Käfer. Er klammerte sich mit Silberbeinen an seinem Platz fest, während ein sirrend rotierendes Werkzeug ihm immer wieder über den Rücken strich und jedes Mal ein paar hauchdünne dunkle Späne abtrug.

»Das ist jetzt der siebte?«, vergewisserte er sich.

»Richtig, Herr Bundeskanzler«, versicherte ihm der Mann von der Physikalisch-Technischen Bundesanstalt[93]. »Insgesamt haben wir zwölf Stichproben. Jeder EPROM stammt aus einem anderen Wahlgerät, aus einem anderen Ort der Bundesrepublik, und jedes Gerät war ordnungsgemäß versiegelt.«

»Das sagten Sie schon, ja«, bestätigte Alex. »Und Sie haben bisher nichts gefunden? Keinen doppelten Kern oder wie immer man das nennen könnte?«

Der Fachmann – Leiter einer Abteilung, deren Bezeichnung unter anderem das Wort »Halbleiterphysik« enthielt – schüttelte entschieden den Kopf. »Nichts dergleichen. Bis jetzt waren alles ganz normale EPROMs mit 128 Kilobyte Speicherkapazität. Keine Spur eines doppelten Speichers.« Das blasse Gesicht verzog sich zu einem etwas herablassenden Lächeln, die Augen hinter der Brille funkelten angriffslustig. »Wobei, was diese angebliche Umschaltung per Radiosignal anbelangt … Ich weiß nicht, wer Ihnen das erzählt hat, Herr Bundeskanzler, aber meines Erachtens würde das so überhaupt nicht funktionieren.«

»Ach«, sagte Alex. »Und warum nicht?«

Die Hände des Mannes gestikulierten, als betasteten sie einen unsichtbaren, in der Luft schwebenden Gegenstand. »Die

93 ansässig in Braunschweig, siehe http://www.ptb.de

Gehäuse der Wahlgeräte bestehen aus Metall, sind ringsherum geschlossen. Das heißt, die EPROMs befinden sich im Inneren eines Faraday'schen Käfigs, der alle elektromagnetischen Wellen abschwächt. Es ist in meinen Augen zu bezweifeln, dass ein Signal von der Stärke eines normalen Radiosenders überhaupt ins Innere durchkäme. Um dieses … *Umschaltsignal* zu empfangen, bräuchte man eine Antenne, und die weist das Gerät nicht auf.«

Im Wagen auf dem Weg zum Flughafen Braunschweig-Wolfsburg, wo die Maschine der Flugbereitschaft darauf wartete, sie nach Berlin zurückzubringen, sagte Alex zu Root: »Also, wenn du mich fragst, war das, was Sirona uns erzählt hat, Quatsch. Es ist so, wie ich es die ganze Zeit gesagt habe: Die Wahl war überhaupt nicht manipuliert. Wir haben wirklich gewonnen. Aus Versehen, mag sein, aber gewonnen haben wir.«

Root ließ sich das durch den Kopf gehen. »Okay. Und was heißt das?«

»Dass wir das jetzt vollends durchziehen.« Alex sah aus dem Fenster, musterte die Bäume an der schnurgeraden Straße, die der Wagen entlangbretterte. »Wir lassen bloß das mit der neuen Verfassung bleiben. Das ist mir zu kompliziert. Und wer weiß, was da dazwischenkommt … Ich hab neulich mit einem Verfassungsrechtler telefoniert, der meint, dass wir auch mit einer Änderung des Grundgesetzes ziemlich weit kommen. Ein paar Sachen kriegen wir auf die Weise nicht hin – das mit den Bundesländern muss zum Beispiel so bleiben, wie es ist –, aber König statt Präsident, das sollte gehen.«

»Sag doch, wie es ist«, meinte Root. »Du willst einfach eine Krönung.«

»Genau«, meinte Alex und grinste düster. »Ich will eine Krönung und Schluss.«

***

Es war noch früh am Morgen, als Leo ein Fax brachte, eine Einladung an Simon und Helene, nach Berlin zu kommen, auf dem

Briefpapier des Bundeskanzleramtes geschrieben. *Ich habe eine Überraschung für Sie,* hatte Alex handschriftlich ergänzt.

So bestiegen sie am darauffolgenden Tag, begleitet von Leo und zweien seiner Kollegen, eine Maschine der Luftwaffe. Die Soldaten trugen piekfeine Uniformen, grüßten zackig und behandelten sie ausgesprochen ehrerbietig, wenn auch spürbar reserviert.

»Sie wissen nicht, was sie von dir halten sollen«, meinte Helene, als sie in der Luft waren und niemand von der Besatzung zuhörte.

Simon hob die Brauen. »Wieso sollten sie sich Gedanken über mich machen?«

»Weil Sie demnächst ihr Oberkommandierender sein werden«, sagte Leo.

»Wozu mich nichts befähigt.«

Leo hob die Schultern. »Es wird ja auch eher symbolisch sein.«

Das Flugzeug summte dahin. Simon sah aus dem Fenster, auf eine in herbstlichem Sonnenlicht liegende Landschaft und hingetupfte Wolken. Helene meinte nach einer Weile, es sei leiser als in einer gewöhnlichen Passagiermaschine, was Simon mangels einschlägiger Erfahrungen – er war seit Jahren nicht mehr geflogen – nicht beurteilen wollte. Auf jeden Fall, sagte er, sei sie komfortabler.

Er dachte immer noch über dieses Wort nach: *Oberkommandierender*. Das klang militärisch und war es auch, aber ließ man das außer Acht und betrachtete das Ganze im historischen Zusammenhang, dann war ein *König* nichts anderes.

»Haben Sie mal darüber nachgedacht«, wandte er sich an Leo, »was das eigentlich bedeutet: zu *führen*? Was die Rolle des Anführers einer Gruppe ist?«

Leo hob fragend die Brauen. »Er ist derjenige, der die Richtung vorgibt. Er sagt, was zu tun ist, und das tun dann alle.«

»Und was befähigt ihn dazu?«

»Größere Klugheit? Weitsicht? Redegewandtheit? Überzeugungskraft?« Leo lächelte verschmitzt. »Alle die Eigenschaften, die Sie mal als die eines Königs beschrieben haben; erinnern Sie sich?«

Ach, richtig, an dem Abend bei Alex, in der Küche ... Simon nickte, musste auch lächeln. Wenn sie damals geahnt hätten, wohin das alles führen sollte!

»Ich erinnere mich«, sagte Simon. »Das *Königsheil*. Sie müssen mir das nachsehen, als Lehrer ist man daran gewöhnt, dieselben Dinge wieder und wieder zu erzählen ... Gut, das *befähigt* den Anführer. Aber was *berechtigt* ihn dazu, Anführer zu sein?«

Leo blinzelte, überlegte. »Ich weiß jetzt nicht, was Sie damit meinen.«

»Dass er hergeht und sagt, wir machen das und das – wieso lassen die anderen ihm das durchgehen?«

»Nun, letzten Endes kommt es ihnen ja zugute, oder?«

»Womit wir beim springenden Punkt wären.« Simon merkte, dass er den Zeigefinger gehoben hatte, ganz die dozierende Lehrkraft. Und dass Helene ihn befremdet betrachtete. »Die gemeinsamen Anstrengungen, die auf die Initiative des Anführers unternommen werden, sollen *der Gruppe* zugutekommen. Das ist der Sinn der Sache. Es geht nicht darum, dass es dem *Anführer* gut geht, sondern der Gruppe insgesamt. Die anderen folgen dem Anführer, weil sie davon überzeugt sind, dass es ihnen auf diese Weise auf lange Sicht besser gehen wird, als wenn sie es nicht tun.«

»Genau.« Leo nickte.

»Es geht also nicht um *Herrschaft*. Es geht nicht darum, dass ein Mensch einen *Anspruch* auf etwas hat – einen Thron zum Beispiel. Es geht um das Wohl der Gemeinschaft. Die elementarste Aufgabe des Königs ist, das Volk zu beschützen. Dafür wählt man ihn, dafür gehorcht man ihm, dafür schaut man auf ihn. Das ist es, was man von ihm erwartet. Und zu Recht. Wenn einer diese Funktion nicht erfüllt, ist er kein König.«

Die Maschine flog durch ein kleines Luftloch, wackelte ein wenig, beruhigte sich aber gleich wieder.

»Ein bisschen viel verlangt von einem Einzelnen«, meinte Leo nachdenklich.

Simon nickte lächelnd. »Nicht wahr?«

***

Bis nach Rom zu kommen kostete Vincent drei Tage, weil diese Italiener so gut wie kein Englisch sprachen und er x-mal in den falschen Zug stieg. Er träumte jede Nacht von Zantini, der auf einer Bühne stand und mit EPROMs jonglierte, im einen Moment ganz viele davon hatte und im nächsten nur noch die leeren Hände vorzeigte … Wie hatte der Zauberer es gemacht? Was für einen Trick hatte er mit ins Grab genommen?

Allmählich ging ihm das Geld aus. Vincent beschloss, von Rom aus zu fliegen.

In der Mappe mit den Tickets und dem Geld, die Bruce ihm gegeben hatte, war auch eine Telefonnummer in Deutschland, die sein Vater damals telefonisch an seine Mutter durchgegeben hatte. Die rief er nun von einer Telefonzelle am Flughafen aus an. Eine Frau, die gut Englisch sprach, nahm ab, wusste Bescheid, wer er war, erkundigte sich nach seiner Flugnummer und sagte, er werde in Berlin abgeholt.

Das geschah auch; zwei auffällig unauffällige Kleiderschränke, die nicht mehr ganz so gut Englisch sprachen, erwarteten ihn am Flughafen Tegel. Sie nannten ihn *»Royal Highness«*, geleiteten ihn zu einer Limousine und fuhren ihn in die Stadt. Er werde im Hotel ADLON logieren, erklärten sie ihm, genau wie sein Vater, der König, der im Lauf des Tages in Berlin einträfe.

Und hier saß er nun, in einer Suite mit so vielen Zimmern, Winkeln und Durchgängen, dass man sich darin verlaufen konnte. Von den Fenstern aus sah er direkt auf das Brandenburger Tor, das irgendwie kleiner wirkte, als er es sich vorgestellt hatte.

Was machte er hier eigentlich?

»You will meet the king«, hatte es geheißen.

Na, mal sehen.

***

Alex holte sie vom Flughafen ab, mit zwei Limousinen, weil er in einer davon mit Simon allein sprechen wollte. Ansonsten hielt sich der Pomp in Grenzen: Eine Motorradstaffel fuhr ihrem Konvoi voraus, was die an derlei Spektakel gewöhnten Berliner nur zu dem ein oder anderen gelangweilten Blick bewog.

Simon bemühte sich, die Diagramme, Fotografien und Expertisen zu verstehen, die ihm Alex reichte, und zu begreifen, was es mit diesen »TWIN-Chips« angeblich auf sich hatte. Sirona hatte das herausgefunden, niemand wusste wie, aber: »Inzwischen wissen wir definitiv, dass es so nicht gelaufen sein kann«, erklärte Alex, der in seinem sprudelnden Wortschwall kaum zu bremsen war. »Als wir der Sache nachgegangen sind und uns dieses Werk in der Slowakei genauer angeschaut haben, hat sich herausgestellt, dass von diesen Chips überhaupt nur zweihundert Stück hergestellt wurden. Und raten Sie mal: Von denen liegen noch hundertvierzig im Schrank. Weil diese Technologie nämlich überhaupt nicht funktioniert.«

Simon sah zwischen Alex' triumphierendem Gesicht und dem Foto, das einen aufgesägten Computerchip zeigte, hin und her. »Nicht?«

»Es funktioniert, wenn die Dinger an der frischen Luft sind«, grinste Alex. »Aber das sind sie ja nie, sondern sie stecken in Kästen aus Metall. Und dort sind sie abgeschirmt. Das Funksignal erreicht sie gar nicht!«

»Ach so«, machte Simon. Er wusste nicht recht, ob ihn das erleichterte oder enttäuschte. Die Sache mit diesen Spezialchips hatte wie eine einleuchtende Erklärung für alles geklungen.

»Glauben Sie mir jetzt, dass Sie wirklich gewählt sind?«, fragte Alex.

Simon hob die Schultern. »Es muss wohl so sein.« Er reichte ihm die Unterlagen zurück. »War das die Überraschung?«

Alex lächelte. »Nein. Die wartet im Hotel auf Sie.«

***

Das also war sein Vater.

In dem Moment, in dem er ihm gegenüberstand, in einer Suite, die noch größer und noch pompöser war, die wahrhaftig etwas von einem Königsschloss ausstrahlte, meinte Vincent zu erkennen, dass sein Vater sich genauso unwohl und fremd in all dem Prunk fühlte, wie er selber sich vorhin gefühlt hatte. Das war schon mal eine Gemeinsamkeit.

Ja, ehrlich gesagt hatte er sich durchaus vorgestellt, dass dies ein besonderer Augenblick sein würde. Das war also der Mann, den er damals in den Tagebüchern seiner Mutter aufgestöbert hatte. Der seinen Brief beantwortet hatte. Mit dem er ab und zu telefoniert hatte, ohne dass es ihm gelungen war, ihn sich vorzustellen: Hier stand er.

War es nun ein besonderer Augenblick? Ja. Und nein. Da waren die Ähnlichkeiten in den Gesichtszügen, die sofort auffielen. Was das anbelangte, war alles wie erwartet.

Doch was Vincent irritierte, war, dass sich kein Gefühl von Verwandtschaft einstellen wollte.

Es fiel ihm schwer, diesen Mann mit »Dad« anzureden. Er merkte, wie er das sogar zu vermeiden versuchte. Dad? Wenn, dann hätte *Bruce* ein Recht darauf gehabt, von ihm so genannt zu werden. Bruce, der ihn mit auf eine Wandertour genommen und ihm beigebracht hatte, wie man ein Zelt aufstellte. Nicht dass Vincent je viel mit diesem Wissen angefangen hätte – aber Bruce hatte ihn jedenfalls gemocht.

Sein Vater dagegen hatte ihn nur *gezeugt.*

Sie redeten lange miteinander. Zuerst unter vier Augen, dann kam Simons Ehefrau dazu, bei der er das Gefühl hatte, dass sie ihn kritisch musterte. Was Vincent verstandlich fand.

So erfuhr er, was sein Brief mit der CD angerichtet hatte. Wie sie auf die Idee mit der Parteigründung gekommen waren. Und wie sich alles daraus entwickelt hatte. Letzten Endes, erklärte sein Vater ihm in seinem grammatikalisch korrekten, aber stark dialektgefärbten Englisch, sei alles so gekommen, weil er in seinem, Vincents, Interesse die Hintergründe der ganzen Aktion nicht eher hatte aufklären dürfen.

»Oder anders gesagt«, meinte er, »weil du dieses Auto gestohlen hast, soll ich nun zum König gekrönt werden.«

Unwillkürlich musste Vincent grinsen.

Na, das war doch was. Vom Präsidentenmacher zum Königsmacher.

Hier war er richtig.

***

Das also war sein Sohn.

Dass er es war, stand außer Zweifel. An dem erwachsenen, leibhaftigen Vincent Merrit ließen sich die physiognomischen Ähnlichkeiten noch zweifelsfreier erkennen als auf den Fotos des Kindes, das ihm damals den Brief geschrieben hatte.

Simon hatte sein Leben lang mit Kindern zu tun gehabt, deren Werdegang verfolgt, ihre Stärken und Schwächen einschätzen gelernt. Seit er von einem leiblichen Sohn wusste, hatte er sich gefragt, ob sich bei einer Begegnung mit ihm das Gefühl einstellen würde, es mit *eigen Fleisch und Blut* zu tun zu haben.

Nun wusste er: Es war nicht so.

Der Junge konnte natürlich nichts dafür. Was fehlte, war das gemeinsame Leben. Die Erlebnisse, die einen verbanden, die Streits und geteilten Freuden, das sich Aneinander-Abschleifen im Lauf der Jahre, das einen selbst genauso formte wie den anderen. Er war nicht da gewesen, als dieser junge Mann ein Kind gewesen war, und das ließ sich nicht mehr nachholen.

Eigentlich, sagte sich Simon, hätte er es wissen können. Er hatte oft genug mit Eltern adoptierter Kinder gesprochen, die ihm genau das erzählt hatten, alle.

Das Abenteuer, das mit der Ankunft einer CD begonnen hatte, war ihre einzige Gemeinsamkeit. Was immer sich noch entwickeln mochte, es konnte nur jetzt beginnen. Oder auch nicht. Die Zeit davor auf jeden Fall war verloren, und genauso alles, was sie hätte bewirken können.

Dieser junge Mann verdankte seine Existenz einem Zufall, einer an sich belanglosen Begegnung eines Mannes und einer Frau. Zufällig war er, Simon, dieser Mann gewesen, aber das änderte nichts an der Beliebigkeit des Zusammentreffens.

Allenfalls konnte man von Schicksal sprechen. Das hörte sich weniger hart an. Und dass das Schicksal bisweilen seltsame Wege ging, das war ja sprichwörtlich.

***

Das also war Simons Sohn? Der Anblick der beiden, wie sie da nebeneinander aus der Tür der *Adlon Royal Suite* traten, war fast so etwas wie ein Schock für Leo. Ernüchternd, auf jeden Fall.

Die Ähnlichkeit der beiden war unübersehbar. Vater und Sohn, ohne Zweifel.

Aber wo der Vater Würde ausstrahlte, Wohlwollen, Anteilnahme und … nun ja, *Königtum* eben, da war der Sohn einfach nur ein Typ wie jeder andere. Ein Computerfreak. Ein Typ wie Root, wenn man mal davon absah, dass Root ein Fettklops war und Vincent nur ein schmales Hemd.

Das sollte der Prinz von Deutschland sein?

Jemand, der kein Wort Deutsch sprach? Der sich nicht einmal bemühte, »Guten Tag« zu sagen?

In den Tagen, die folgten, dachte Leo gründlich über alles nach. Und seltsam, gerade, als er zu einem Entschluss gekommen war, fragte ihn Simon, ob er ihm einen Gefallen tun würde. Einen großen Gefallen.

Einen *königlichen* Gefallen.

KAPITEL 49

Das hätte man wissen können, dachte Simon: dass Alex niemand war, der irgendetwas »einfach nur so« fragte. Irgendwann vor Wochen, bei einem der vielen festlichen Abendessen auf Schloss Reiserstein, hatte Alex wissen wollen, wo früher all die deutschen Herrscher gekrönt worden seien. In der Annahme, Small Talk zu machen, hatte Simon erzählt, dass seit den Zeiten Karls des Großen der traditionelle Krönungsort für römisch-deutsche Könige stets Aachen gewesen war.

Und nun hatte Alex die Krönungsfeier für ihn tatsächlich im Aachener Dom angesetzt.

Das Wetter spielte mit wie bestellt. Obwohl es in den letzten Tagen viel geregnet hatte und die Wettervorhersage pessimistisch gewesen war, hatte der Regen gerade rechtzeitig aufgehört. Der Himmel war an diesem Morgen klar, die Sonne schien, und die feierliche Prozession zum Dom zog unter wahrhaftem Kaiserwetter durch die Aachener Innenstadt.

Simon trug prachtvolles Ornat, saß in einer von zwölf Pferden gezogenen Kutsche, und sechs kräftige Männer hielten einen Baldachin über ihn. Immer wieder ertönten schmetternde Fanfarenklänge, denn berittene Trompeter und Hornisten bildeten ein wesentliches Element des Prozessionszuges. Entlang der Straßen, hinter Absperrungen, die von der Polizei bewacht wurden, standen dicht gedrängt die Schaulustigen, die Zuschauer, »das Volk« gewissermaßen. Manche guckten nur, nicht wenige auch finster, aber viele jubelten, schwenkten Fahnen (es war angekündigt worden, dass Spruchbänder gleich welchen Inhalts verboten waren; ein Verbot, das die Polizei strikt durchsetzte) oder winkten, und Simon sagte sich, dass er, wenn sie schon alle gekommen waren, seinen Teil dazu beitragen konnte, dass sie nicht unzufrieden wieder nach Hause gehen mussten, und winkte zurück, lächelte den Kindern zu, die offenbar ihren Spaß hatten.

Vor dem Dom war es, wie Simon mitbekommen hatte, zu lautstarken Protestkundgebungen gekommen, aber als die Prozession vor dem Portal anlangte, war davon nichts mehr zu hören oder zu sehen.

Den Ablauf in der Kirche hatten sie mehrmals geprobt. Dennoch war es etwas anderes, in vollem Ornat auf den Altar zuzuschreiten, während der Chor sang, eine getragene, ergreifende Weise: Simon wurde das Gefühl nicht los, alles nur zu träumen. Und die vielen Menschen in den Kirchenbänken! Von den europäischen Königshäusern war tatsächlich niemand gekommen. Auch an ausländischen Staatschefs herrschte auffallender Mangel – manche hatten sich unter fadenscheinigen Gründen entschuldigt und stattdessen ihre Außenminister geschickt, von anderen wusste man, dass sie der Veranstaltung aus Protest fernblieben. Aber was spielte das für eine Rolle? Die Reihen standen dicht gedrängt, Tausende von Augen waren auf ihn gerichtet, und es herrschte eine Atmosphäre der Feierlichkeit, wie sie Simon in den Proben nicht ansatzweise erahnt hatte.

Der Erzbischof von Köln erwartete ihn am Altar unter dem gewaltigen Kernbau des Doms, dem Oktogon. Karl der Große hatte diesen Teil der Kirche errichten lassen, im achten Jahrhundert bereits, nach byzantinischen Vorbildern. Zweihundert Jahre lang war die sogenannte Pfalzkapelle zwar oft nachgeahmt worden, in Höhe und Gewölbeweite nördlich der Alpen aber unübertroffen geblieben. Und nicht nur Karl der Große war hier beigesetzt, auch andere deutsche Könige, Otto III. beispielsweise.

Simon erreichte den Punkt, der bei den Proben mit einem Kreuz aus Klebestreifen markiert gewesen war. Heute war da kein Zeichen, aber es war auch nicht mehr nötig. Jemand brachte einen reich verzierten Stuhl, auf den er sich setzte, gefolgt von dem wie fernes Donnergrollen klingenden Geräusch, mit dem auch alle anderen Platz nahmen.

Auf großen roten Samtkissen wurden die Reichskleinodien

gebracht: allen voran die Krone, dann der Reichsapfel, das Zepter. Es handelte sich nur um Repliken des originalen Kronschatzes, der in Wien lagerte, in der Schatzkammer der Wiener Hofburg. Österreich hatte sich geweigert, die historischen Gegenstände für die Krönungsfeier herauszugeben.

Simons Blick wanderte ins westliche Galeriejoch. Dort, im Obergeschoss gegenüber dem Chor, stand der Aachener Königsthron – ein schlichter Sitz aus Marmor, geradezu archaisch in seiner einfachen Form. Es war der höchste Sitzplatz in der Kirche. Dies nun war wahrhaftig der Thron, den Karl der Große hatte bauen lassen und den zwischen 936 und 1531 dreißig deutsche Könige nach ihrer Weihe und Krönung bestiegen hatten.

Auch er, Simon, sollte diesen Thron heute besteigen.

Er sah zu dem kolossalen Radleuchter empor, der in der Kuppel darüber hing. Barbarossaleuchter hieß er, nach Kaiser Friedrich I., den man Barbarossa genannt hatte und der, mittelalterlichem Volksglauben zufolge, nicht gestorben war, sondern nur schlief, in einem Versteck im Kyffhäuser, Trifels oder Untersberg, da war man sich nie einig geworden, und der erwachen und wiederkommen würde, sollte das Reich in Gefahr geraten.

Zweifellos hatten die Menschen, die einst an diese Legende geglaubt hatten, sich nicht vorstellen können, was alles Schreckliches passieren würde, ohne dass der Kaiser sich veranlasst sah, zurückzukehren.

Der Chor verstummte. Erwartungsvolle Stille erfüllte den Dom mit Gänsehaut erzeugender Intensität.

Die Zeit für den Schwur war gekommen.

Der Erzbischof trat an ein Mikrofon, sah Simon an. »Simon«, rief er im psalmodierenden Tonfall des langgedienten Kirchenmannes, »ich frage dich: Schwörst du, dass du als König deine ganze Kraft dem deutschen Volk widmen wirst, um seinen Nutzen zu mehren und Schaden von ihm zu wenden?«

Simon hob die rechte Hand. »Ich schwöre es.«

»Schwörst du, dass du als König die Gesetze wahren und verteidigen wirst?«

»Ich schwöre es.«

Im Zug der umfassendsten Änderungen des Grundgesetzes seit Bestehen der Bundesrepublik Deutschland – Änderungen, die namhafte Rechtsgelehrte als »Verstümmelung«, »barbarische Verunstaltung« oder »Massaker« gegeißelt hatten – hatte man den Wortlaut des Eides, den bisher der Bundespräsident bei Amtsantritt zu leisten hatte[94], in dieses Frage-Antwort-Spiel umformuliert.

»Schwörst du, dass du als König deine Pflichten gewissenhaft erfüllen und Gerechtigkeit gegen jedermann üben wirst?«

»Ich schwöre es.« Ein junger Messdiener, nicht älter als vierzehn Jahre und sichtlich aufgeregt, trat neben Simon und hielt ihm eine gewaltige Bibel hin. Simon legte seine linke Hand auf das Buch und fuhr fort: »All dies schwöre ich, so wahr mir Gott helfe.«

Erstaunlich, wie unauffällig sich das Fernsehen benahm: Erst jetzt bemerkte Simon eine der Kameras, die überall in der Kirche platziert waren, um das Geschehen in Millionen Haushalte zu übertragen. Die ausländischen Nachrichtensender teilten die Vorbehalte ihrer Regierungen gegen die Gültigkeit der letzten Bundestagswahl in Deutschland offenbar nicht; die Übertragung wurde von zahlreichen Netzwerken übernommen, größtenteils ebenfalls als Direktübertragung.

Weitere hilfreiche Hände tauchten rings um Simon auf, nahmen ihm das Obergewand ab. Darunter trug er ein Unterkleid mit kurzen Ärmeln und Öffnungen auf Brust und Rücken. Simon fragte sich, wie viele Zuschauer wohl wussten, dass sich dieser Teil des Rituals an das Zeremoniell der Königskrönungen des Heiligen Römischen Reiches Deutscher Nation anlehnte, wie sie vom Mittelalter bis in die Neuzeit üblich gewesen waren.

---

94 Der Eid ist in §56 des Grundgesetzes definiert und lautet: »Ich schwöre, dass ich meine Kraft dem Wohle des deutschen Volkes widmen, seinen Nutzen mehren, Schaden von ihm wenden, das Grundgesetz und die Gesetze des Bundes wahren und verteidigen, meine Pflichten gewissenhaft erfüllen und Gerechtigkeit gegen jedermann üben werde. So wahr mir Gott helfe.« Die religiöse Beteuerung am Schluss kann auch weggelassen werden.

Die Salbung. Noch bei der Krönung der britischen Königin Elizabeth II., der ersten Krönung, die weltweit im Fernsehen übertragen worden war[95], hatte man die Salbung als so heilig betrachtet, dass die Kameras währenddessen ausgeschaltet worden waren.

Im 21. Jahrhundert kannte man solche Bedenken offensichtlich nicht mehr. Im Gegenteil, die schimmernden Objektive rückten erst recht näher heran, als Simon aufstand, einen Schritt vortrat und auf dem vor dem Altar bereitliegenden Kissen niederkniete.

Weihevolle Bewegungen. Männer in sakralen Gewändern, von denen einer einen goldenen Löffel hielt, ein anderer eine kleine Flasche entkorkte und daraus Öl in den Löffel goss. Der Erzbischof, der *Coronator*[96], der zwei seiner Finger in dieses Öl tauchte und Simon damit salbte: Am Scheitel, auf der Brust, im Nacken, zwischen den Schultern, auf dem rechten Arm, am rechten Ellbogen und schließlich auf der Innenfläche der rechten Hand, mit den Worten: »Ich salbe dich zum König im Namen des Vaters, des Sohnes und des Heiligen Geistes.«

Einen Moment lang war es Simon, als stünde er neben sich und sähe sich zu. Er wunderte sich über die Ernsthaftigkeit, mit der der greise Bischof diese Bewegungen ausführte, diese Worte sprach. Freilich, allzu oft kam ein Bischof nicht dazu, einen König zu krönen, aber *glaubte* er wirklich an das, was er da tat?

Schwer zu sagen. Schließlich wusste Simon selber kaum, was er davon halten sollte.

Der Chor stimmte eine jauchzende Weise an, die das Kirchenschiff erfüllte wie ein Versprechen.

Man legte Simon das Krönungsornat an: Ein reich verziertes Übergewand. Ein Band in den Farben Schwarz-Rot-Gold, ähnlich der Stola eines Priesters. Schließlich der prachtvolle Krönungsmantel in üppigem Purpur.

Die Krönung. Sich feierlich bewegende Hände nahmen den

---

95 Am 2. Juni 1953
96 Königskröner

Reichsapfel auf, andere das Zepter, hielten sie Simon hin, auf dass er sie ergreife, um anschließend vom Erzbischof die Krone aufgesetzt zu bekommen.

Doch Simon ignorierte die dargebotenen Krönungsinsignien. Stattdessen erhob er sich von dem Kissen, auf dem er kniete, wandte sich um, den im Dom versammelten Menschen zu.

Was für ein Anblick! Simon spürte ein Zittern in den Beinen, das vielleicht nicht nur von dem langen Knien herrührte.

Er trat an das Mikrofon, in das der Erzbischof zuvor gesprochen hatte, und hoffte, dass er die Kraft haben würde, zu tun, was zu tun war.

Erstaunte Blicke aus immer mehr Augen. Peinlich berührtes Hüsteln hinter ihm. Kameraleute, die eilig neue Positionen einnahmen.

Der Chor sang noch. Er würde warten müssen, bis das Lied zu Ende war.

***

Alex hatte einen Platz im Seitenschiff, von dem aus er alles überblicken konnte. Als er sah, wie Simon den vorgesehenen und eingeübten Ablauf unterbrach, wollte er aufspringen. Er spürte förmlich, wie sein Adrenalinspiegel innerhalb von Sekunden anstieg. Er hatte sich im Voraus Maßnahmen für vielerlei Zwischenfälle überlegt; für diesen allerdings nicht. Doch egal, er war ein in vielen *Alternate-Reality-Games* gestählter Organisator, geübt im Improvisieren, ihm würde schon etwas einfallen …

Leo, der neben ihm saß, hielt ihn fest. »Nicht.«

»Was?« Alex sah seinen Bruder fassungslos an, dann dessen Hand an seinem Unterarm.

»Lass ihn.«

»Sag mal, spinnst du?« Während er – erfolglos – versuchte, Leos Griff abzuschütteln, signalisierte er einem seiner Assistenten, das Mikro abzuschalten, vor dem Simon stand. »Ich lass doch nicht zu, dass er –«

Leos Griff wurde stählern, seine Stimme, so leise sie blieb, auch. »Bruder, ich sag es nur ein Mal: Du bleibst jetzt hier sitzen, tust nichts und sagst nichts.«

Alex sah ihn entgeistert an. Der meinte das ernst! Das war alles irgendwie ein abgekartetes Spiel!

Na ja, und wenn schon. Er sah den Helfer davonhasten, dem er das unmissverständliche Signal gegeben hatte – auf das Mikrofon zeigen, dann mit dem Zeigefinger einmal quer über die Kehle, konnte man das falsch interpretieren? –, sah ihn emsig in sein Walkie-Talkie reden. Okay. Der würde die Sache schon bereinigen.

***

Der Tontechniker an dem großen Hauptmischpult auf der Empore nahm sein Walkie-Talkie auf, als dieses sich, stumm gestellt, mit einem Blinksignal meldete. »Ja?«

Er hörte zu, erhob sich dabei und spähte über die Brüstung hinab, wo der zu krönende König vor dem Mikrofon stand.

»Alles klar«, sagte er.

Er griff nach einem Regler am Mischpult, doch in dem Moment trat ein breitschultriger Mann aus dem Schatten und hielt seine Hand fest.

»He«, rief der Tontechniker, ein magerer Kerl mit ungesunder Gesichtsfarbe. »Was soll das? Wer sind Sie?«

»Jemand, der dafür sorgt, dass der König zum Volk sprechen kann, wenn er dies zu tun wünscht«, sagte Matthias Hofmeister, der Leibwächter.

***

Der Chor war verstummt. Wieder erwartungsvolle Stille, bloß diesmal mit einem spürbaren Unterton von Beunruhigung: Inzwischen war den meisten klar, dass irgendetwas nicht so ablief wie vorgesehen.

Simon hatte sich die formell korrekte Begrüßungsformel sorgfältig zurechtgelegt, einen endlosen Bandwurmsatz voller »Exzellenzen«, »Minister«, »Konsuln« und so weiter, aber jetzt wollte er ihm nicht mehr einfallen, und so beschloss er, das alles einfach wegzulassen. »Ich spreche zu Ihnen, verehrte Anwesende, und zu Ihnen zu Hause an den Fernsehschirmen«, begann er stattdessen.

Und musste innehalten. Durchatmen.

»Es hat um die letzte Wahl heftige Kontroversen gegeben, die immer noch andauern, weil die Zweifel daran, dass die verwendeten Wahlgeräte so funktioniert haben, wie sie sollten, bis heute nicht ausgeräumt werden konnten. Ich glaube, man kann sagen, dass das allgemein vorherrschende Gefühl das von Unsicherheit ist, das Gefühl, dass es nicht mit rechten Dingen zugegangen ist. Das aber«, sagte Simon, »ist keine gute Grundlage für eine Neuordnung der Dinge, zumal, wenn sie so grundlegender Natur sein soll.«

Ob wohl alles wie besprochen geklappt hatte? Ob man ihn da draußen tatsächlich hörte? Immerhin, hier drinnen hörte man ihn. Das gab Anlass zu Hoffnung.

»Ich bin nicht in der Position, etwas zu verlangen, zu fordern oder gar anzuordnen«, fuhr Simon fort. »Aber ich kann etwas anregen. Ich kann einen Vorschlag machen, und ich schlage ernsthaft vor, die Unsicherheit ein für alle Mal zu beseitigen, indem so bald wie möglich eine Abstimmung durchgeführt wird, ob die deutsche Bevölkerung die Einführung einer Monarchie wünscht oder nicht. Das ist eine einfache Frage, mit Ja oder Nein zu beantworten. Diese Abstimmung bedarf keiner großen Vorbereitung, keines Aufwands, keines Wahlkampfs. Und vor allem«, fügte er hinzu, »bedarf sie keiner Wahlgeräte. Da gerade deren Funktion in Zweifel steht, rege ich hiermit an, sie in dieser Abstimmung nicht zu verwenden, sondern in althergebrachter Weise ausschließlich Papier und Schreibstift einzusetzen.«

Unruhe wurde hörbar. Rufe der Zustimmung, aber auch Murren, Pfeifen, Buhlaute.

Simon hob die Arme, deutete zum Altar, wo immer noch die Männer mit dem Reichsapfel und dem Zepter standen, wo immer noch die Krone auf dem roten Samtkissen wartete. »Solange sich nicht eine klare Mehrheit für mich als König ausgesprochen hat, werde ich mir die Krone nicht aufsetzen lassen. Deswegen halten wir die Zeremonie an dieser Stelle an. Ich danke Ihnen.«

KAPITEL 50

Es gab ein längeres Hin und Her, aber letztendlich erklärte sich die amtierende Regierung bereit, dem Wunsch ihres designierten Königs zu entsprechen und sich einer zweiten Abstimmung zu stellen.

Stimmzettel wurden gedruckt, ein Termin angesetzt, Wahlbenachrichtigungen verschickt. Diesmal kamen Wahlbeobachter aus aller Welt angereist, sogar aus afrikanischen Staaten, die selber nur auf ein paar Jahre demokratischer Geschichte zurückblicken konnten. Manch einer betrachtete das als Affront, aber andererseits, das musste man zugeben, hatte man sich das letzten Endes selber zuzuschreiben.

Vor allem beobachteten diesmal mehr Wähler als je zuvor die Wahl, an der sie teilnahmen. In fast allen Städten bildeten sich Gruppen, Komitees, Initiativen mit dem Ziel, die Abstimmung zu überwachen. Schon bei der Öffnung der Wahllokale warteten Leute, die genau hinschauten, ob es mit den Urnen seine Richtigkeit hatte, ob diese ordnungsgemäß versiegelt waren und so weiter. Nicht wenige verbrachten den ganzen Tag im Wahllokal, berichteten per Handykamera, Laptop und Blog vom Fortgang der Dinge, tauschten sich über E-Mail oder SMS mit anderen aus und teilten mitgebrachten Kaffee und Sandwiches mit Gleichgesinnten.

»Endlich ist mal was los!«, freute sich eine als Wahlhelferin dienstverpflichtete Mitarbeiterin eines Meldeamtes.

Die Herausgabe der Stimmzettel wurde mit Argusaugen verfolgt. Nicht selten sahen Dutzende Augenpaare zu, wie der Wahlhelfer den entsprechenden Eintrag im Wählerverzeichnis abhakte und wie der betreffende Wahlberechtigte mit Stimmzettel und Wahlumschlag hinter dem Vorhang der Kabine verschwand.

Was für eine Erleichterung, hier allein zu sein! Allein mit sich, einem Stück Papier und einem Bleistift, der an einer Schnur hing. Nach all den Diskussionen, die man geführt und in denen man alles Mögliche behauptet, gefordert oder bestritten hatte – manchmal vielleicht nur, um recht zu behalten oder um jemanden zu ärgern –, war dies nun die Stunde der Wahrheit. Dies war der Moment, in dem man nur das zu denken brauchte, was man wirklich dachte.

Und was für eine Erleichterung, zu wissen, dass niemand lauschen, zusehen, mithören könnte, wie man abstimmte. Keine Gefahr, sein Gesicht zu verlieren, ausgelacht oder beschimpft zu werden oder sonst irgendwelche negativen Folgen befürchten zu müssen: War man sich bei den Maschinen denn da jemals wirklich sicher gewesen?

Und was für eine Erleichterung, zu wissen, dass das Kreuz, das man auf das Papier setzte, bleiben würde, an genau der Stelle, an die man es gemacht hatte.

Die Entscheidung treffen. Ankreuzen. Den Stimmzettel zusammenfalten, in den Umschlag tun – fertig. Und schon konnte man wieder hinaustreten in die Öffentlichkeit, die heute öffentlicher war als je zuvor. Egal, man trug seine Privatheit im Innern des Umschlages zur Urne, und sobald dort die Abdeckung über dem Schlitz weggezogen wurde und der Umschlag hineinfiel, wurde endgültig Anonymität daraus.

Endlich, der Abend. Der Blick auf die Uhr, wie der große Zeiger die letzten Minuten durchmaß. Der Wahlleiter, der die Schließung des Lokals und das Ende der Abstimmung verkündete. Achtzehn Uhr: Diesmal blieb kein Wahllokal in ganz Deutschland um diese Zeit leer. Mancherorts musste man für die Auszählung der Stimmen in Turnhallen oder Gemeindesäle ausweichen, so viele Beobachter, Zuschauer, Schaulustige waren gekommen.

Wenn endlich jeder, der wollte, sich vom einwandfreien Zustand des Siegels einer Urne überzeugt hatte, wurde diese geöffnet, die Wahlumschläge auf dem Tisch ausgebreitet, zu Stapeln aufgeschichtet und dann der Reihe nach aufgemacht. Der jeweilige Stimmzettel wurde herausgenommen, vorgezeigt und vorgelesen – »eine Stimme für JA« oder »eine Stimme für NEIN« –, worauf jemand einen Strich in die entsprechende Strichliste setzte und der Stimmzettel auf den entsprechenden Haufen kam.

Die meisten Beobachter beschränkten sich darauf, hinzuschauen, ob auch tatsächlich ein JA angekreuzt war, wenn der Auszählende »Ja« rief, aber manche führten hochkonzentriert ihre eigenen Strichlisten. Am Schluss gab es hier und da kleinere Abweichungen, von denen sich die meisten aufklärten, wenn man seine Striche noch einmal einzeln durchzählte; in der Regel hatte jemand in dem Fall sechs Striche zu einem Block zusammengefasst anstatt fünf. Letzte Zweifelsfälle ließen sich jederzeit durch Nachzählen der sorgsam aufgestapelten Stimmzettel klären.

Wenn der Wahlleiter am Ende all dieser Diskussionen die endgültigen Zahlen in das entsprechende Formular eintrug und seine Unterschrift daruntersetzte, hatten alle Beteiligten das Gefühl, dass harte Arbeit hinter ihnen lag.

Diesmal verzichtete das Fernsehen auf Hochrechnungen und berichtete stattdessen aus zahllosen Wahllokalen, interviewte Leute aller Schichten und brachte den ganzen Tag über immer wieder Informationsbeiträge, die Grundsätze ordnungsgemäßer Wahlen[97] betreffend. Auch in den Wahllokalen lag mehr diesbezügliches Informationsmaterial aus als üblich; alle Wahlgesetze und -vorschriften waren überall zur Hand.

So dauerte es bis zum Montagnachmittag, bis ein Ergebnis verkündet werden konnte, mit der Einschränkung, dass dieses noch auf der telefonischen Übermittlung der Abstimmungsergebnisse

97 Eine Wahl muss folgenden Anforderungen genügen:
1. Berechtigung: Nur die Personen, die zur Wahl zugelassen sind, dürfen Stimmen abgeben.
2. Gleichheit: Jeder Wähler darf nur einmal und mit gleichem Stimmengewicht abstimmen.
3. Privatheit: Niemand darf ermitteln können, welche Stimme ein Wähler abgegeben hat.
4. Fälschungssicherheit: Gültige Stimmen dürfen nicht verändert (gefälscht) und nicht vernichtet werden können; ungültige oder nicht abgegebene Stimmen dürfen nicht hinzugefügt werden können.
5. Überprüfbarkeit: Jeder Wähler muss die Möglichkeit haben, unabhängig von anderen Personen die Korrektheit der Wahl einschließlich aller vorher genannten Punkte zu prüfen.

beruhte; das amtliche Endergebnis würde erst nach Vorlage der Originalformulare beim Bundeswahlleiter ermittelt werden.

Das vorläufige Ergebnis (an dem sich auch später nichts mehr änderte) sah folgendermaßen aus: Die Frage »Soll in Deutschland eine Monarchie eingeführt werden?« hatten 12,3 Prozent der Wahlberechtigten mit JA beantwortet. 87,6 Prozent hatten sich dagegen ausgesprochen, 0,1 Prozent der Stimmen waren ungültig.

Bundeskanzler Alexander Leicht erklärte gefasst, dieses Votum zu akzeptieren und umgehend die entsprechenden Konsequenzen zu ziehen.

Da der Bundestag infolge der jüngsten Änderungen am Grundgesetz das Recht besaß, sich mit absoluter Mehrheit selber aufzulösen, tat er dies. Es wurden Neuwahlen angesetzt, ebenfalls ohne Wahlgeräte. In diesen Neuwahlen (an denen die VWM nicht mehr teilnahm) gewannen die üblichen Parteien mehr oder weniger die üblichen Anteile der Stimmen, und wie üblich entschieden einige wenige Zehntelprozente, wer letzten Endes die Regierung zu stellen hatte: Wieder einmal war es eine Große Koalition.

Man werde, erklärte ein Politiker, der für das Amt des Innen- oder Justizministers gehandelt wurde, einen Ausschuss einberufen, alle Vorfälle genauestens und in aller Ruhe prüfen und darüber beraten, welche Konsequenzen aus dieser turbulenten Episode bundesdeutscher Geschichte zu ziehen seien. Angedacht sei – und er persönlich halte das für den besten, ja, den eigentlich einzig sinnvollen Weg –, die Pflicht zur Verwendung von Stimmzetteln aus Papier ins Grundgesetz zu schreiben.

KAPITEL 51

Sirona blieb verschwunden.

»Ich hab da was eruiert«, sagte Root.

Alex war damit beschäftigt, den Schreibtisch des Bundeskanzlers zu räumen, und sah nur unwillig auf. »Nämlich?«

»Wusstest du, dass *Sirona* der Name einer keltischen Göttin ist?«

»Hätte ich sollen?« Er hielt einen halb vollgekritzelten Block in der Hand, unschlüssig, ob er ihn zur Gänze mitnehmen sollte oder nur die beschriebenen Seiten.

Root klappte seinen Rechner auf, las die Informationen ab, die er gesammelt hatte. »Der Name wird in etlichen Inschriften in Nordgallien erwähnt. Wobei die Schreibweise *Sirona* vor allem aus der Gegend von Wiesbaden bekannt ist –«

»Wiesbaden?«, unterbrach ihn Alex. »Was hat das mit Nordgallien zu tun?«

»Wenn man nur *Asterix* liest, kriegt man da vielleicht ein falsches Bild. Tatsächlich war die Siedlung, die heute Wiesbaden heißt, schon zu Zeiten der alten Römer wegen ihrer heißen Quellen bekannt und beliebt.« Root scrollte in seiner Datei umher. »Hier. Wiesbaden war der Hauptort des römischen Verwaltungsbezirks *Civitas Mattiacorum* in der Provinz *Germania Superior*.«

Alex warf den Notizblock in den Karton neben sich. »Seit wann interessierst du dich für Geschichte? Ich dachte immer, das sei Leos Faible?«

Root hob abwehrend die Hände. »Ich? Ich hab bloß ein bisschen gegoogelt. Und gelesen, dass Sirona – auch Serona, Sarona oder Dirona genannt – eine Sternengöttin ist, die meist abgebildet wird mit, halt dich fest, einer Schlange um den Unterarm.«

Alex Augen wurden groß. »Wie das Schmuckstück, das sie getragen hat!«

»Genau. Kein Zufall, oder?«

»Ja, und? Meinst du, das macht sie zur Göttin, die sich mal eben auf Erden hat blicken lassen und danach wieder verschwunden ist?«

»Und wenn's so wäre?«, insistierte Root. »Wäre immerhin eine Erklärung, wieso niemand irgendeine Spur von ihr findet.«

Alex schüttelte den Kopf. »Wir haben ihre Anmeldedaten. Für die Online-Spiele. Ihr richtiger Name ist Silke Roswitha Nahle, das weiß ich zufällig …«

Root lächelte maliziös. »Rein zufällig, klar.«

»… und die Abbuchungen von ihrem Konto haben immer geklappt.« Er winkte ab. »Du spinnst dir da was zusammen, Mann! Wahrscheinlich hat sie das Pseudo einfach aus ihrem Namen zusammengebastelt, und irgendwann hat sie danach gegoogelt und dieselben Seiten gefunden wie du. Und das hat sie auf die Idee gebracht, sich so ein Schmuckstück anfertigen zu lassen. So wird's gewesen sein.«

»Und nach Wiesbaden ist sie auch nur deswegen gezogen.«

»Es gibt Zufälle. Schon mal was davon gehört?«

»Klar. Zufällig gibt es nämlich niemanden namens Silke Roswitha Nahle im Melderegister.«

Alex sah auf. Root saß da wie ein grinsender Buddha.

»Woher weißt du …?«, begann Alex, dann winkte er ab. »Schon gut. Ich will's gar nicht wissen.«

Root hob die Hände, ein Bild empörter Unschuld. »Ich hab im Zuge unseres Spiels hier bloß so einen Typen beim BND kennengelernt …«

»Und was ist mit dem Job, den sie hatte? Bei diesem Chip-Hersteller, der sie rausgeschmissen hat?«

»Tja«, sagte Root. »Noch so ein Zufall. Da hat nie eine Frau Nahle in der Entwicklung gearbeitet.«

»Vielleicht eine andere Frau?«

»Etliche sogar. Die haben mit Vorliebe Frauen eingestellt, angeblich, weil die sorgfältiger arbeiten …« So indigniert, wie Root das sagte, war nicht zu überhören, dass er diese Einschätzung unzutreffend fand. »Aber die sind alle noch da, und keine davon ist unsere Sirona.«

Alex ließ sich ein letztes Mal krachend in den Ledersessel des Bundeskanzlers fallen. »Okay«, meinte er. »Sie ist also eine Geheimniskrämerin. Und? Sie wird ihre Gründe haben.«

»Ich mein ja bloß«, sagte Root und klappte seinen Rechner wieder zu.

Alex hörte ihn nicht. Er war in jenen dumpf brütenden Blick verfallen, der bedeutete, dass er in anderen geistigen Sphären schwebte. »Sie wird ihre Gründe gehabt haben«, murmelte er noch einmal.

***

Der Kontakt mit jenem »Typen« beim BND zahlte sich für Root aus: Der verschaffte ihm, als alles vorbei war, einen spannenden Job in Pullach. Bundesnachrichtendienst, Abteilung Technische Aufklärung.

Was sich als das tollste Spiel erweisen sollte, das Root je gespielt hatte.

Leo gründete zusammen mit jenen Kollegen, die mit ihm gemeinsam die Leibwache für Simon organisiert hatten, eine eigene Firma für Personen- und Objektschutz. Einer ihrer ersten Kunden war ein Graf aus dem Fränkischen, der umfangreiche Ländereien besaß und Probleme mit Holzdieben in seinen Wäldern hatte. Auf der Rückfahrt von einem Einsatz blieb Leo mit seinem Wagen und ohne Mobiltelefon an einer einsamen Stelle liegen. Nach zwei Stunden kam endlich jemand des Wegs, eine junge Frau, die ihn zur nächsten Werkstatt mitnahm. Leo verliebte sich noch während der Fahrt in sie, und sie sich in ihn. Sie verschwieg ihm allerdings lange, dass sie die zweitälteste Tochter seines Auftraggebers, des Grafen, war.

Sein Kommentar, als sie nach der Hochzeit aus der Kirche traten: »Ich dachte ehrlich, so was passiert nur im Film.«

Alex erhielt im genau richtigen Moment die Erlaubnis der Regierung der Mongolei, in den endlosen Steppen Asiens seinen großen Traum vom endlosen Spiel zu verwirklichen: Mit Hilfe mongolischer Partner organisierte er ein *Alternate-Reality-Game*, das es jedem, der wollte (und die nicht unerheblichen Gebühren dafür zu zahlen imstande war), ermöglichte, auszuprobieren, wie es sich als Teil eines Nomadenstammes lebte. Wie es war, in Zelten aus dickem Filz zu schlafen, unter Fellen, um ein beständig glimmendes Feuer aus getrocknetem Dung. Wie es war, Vieh über unabsehbar weites Grasland zu treiben. Wie es war, zu reiten und mit Pfeil und Bogen auf Wölfe zu schießen.

Und wie es war, nach Spuren der *Wahren Schwarzen Standarte Dschingis Khans* zu suchen – und sie nie zu finden. Immer nur fast.

Das war der Abenteuerteil, klar. Das phantastische Element, das jedes Spiel brauchte.

Die Vormerklisten waren lang. Viele der Spieler, die in die Mongolei reisten, meldeten sich nach ihrer Rückkehr umgehend neu an; die meisten innerhalb der ersten zwei Wochen.

Alex jedoch kehrte nicht zurück. Er war der Clanchef. Er blieb und bestand darauf, *Aleksis Khan* genannt zu werden.

So tat er es Sirona nach und verschwand ebenfalls: in einem Spiel. Genau so, wie er es sich immer erträumt hatte.

***

Vincent wusste, nachdem alles vorbei war, nicht recht, was er noch in Deutschland wollte. Er wusste allerdings auch nicht, wohin er sollte. So war es, trotz des ersten Schrecks, letztendlich eine Erlösung, dass eines Tages sein Mobiltelefon klingelte, ohne eine Nummer anzuzeigen, und, als er den Anruf annahm, eine Stimme, an die er sich nur zu gut erinnerte, sagte: »Miller.«

Der Mann in dem dunklen Viertausend-Dollar-Anzug. Kalte Angst durchzuckte Vincent. »Sie? Woher haben Sie meine Nummer?«

»Oh, Vincent«, tadelte die Stimme. »Sie enttäuschen mich.

Glauben Sie im Ernst, wir hätten Sie auch nur einen Moment aus den Augen gelassen?«

Vincent schluckte. »Hören Sie – ich habe getan, was ich konnte. Aber ich bin einfach zu spät gekommen. Irgendjemand hat Zantini zusammengeschlagen, und er ist gestorben, ehe er meine Frage beantworten konnte. In meinen Armen! Was hätte ich denn tun sollen?«

Miller klang gänzlich unbekümmert. »Das ist okay. Deswegen rufe ich ja an. Um Ihnen zu sagen, dass es okay ist. Soweit es uns betrifft, haben Sie Ihren Job erledigt.«

»Aber Sie wollten doch wissen, woher diese Chips –?«

»Wir wollten«, unterbrach ihn Miller, »vor allem wissen, wo sich Zantini aufhielt. Wir mögen es nämlich überhaupt nicht, wenn es jemand schafft, sich vor uns zu verstecken. Das sind wir nicht gewöhnt.«

Vincent sah auf. Von seinem Fenster aus sah er den Fernsehturm auf dem Alexanderplatz. Die Kugel an seiner Spitze spiegelte das Licht der untergehenden Sonne, zersplitterte es in alle Richtungen, als sei ganz Berlin die Kulisse einer großen Show.

»Er war ein Zauberer«, sagte er.

»Daran muss es gelegen haben«, meinte Miller.

***

Er beriet sich noch einmal mit Bruce, der keine Bedenken mehr hatte, und so kehrte Vincent schließlich nach Florida zurück.

Diesmal fand er sein Haus am Lake Charm verlassen vor. Es roch muffig, auf der Terrasse verweste ein toter Pelikan, und in der Küche lag ein Abschiedsbrief von Furry. »Pass auf dich auf, Junge«, hatte sie geschrieben, aber kein Wort darüber, wohin sie gegangen war oder warum auf einmal.

Seltsam. Irgendwie fehlte sie ihm.

So still und leer, wie das Haus ihm nun vorkam, hätte er es am liebsten verkauft, aber der Makler, den er fragte, schlug nur die Hände über dem Kopf zusammen. Ob er denn nichts von der *Krise* gehört habe? Der Wirtschaftskrise, der Immobilienkrise …

Millionen überteuerter Häuser stünden gerade leer und zum Verkauf; aussichtslos, dass er seins loswurde, es sei denn, zu einem lächerlich niedrigen Preis, und vielleicht nicht mal dann.

»Da wird auch Präsident Obama nicht viel ausrichten«, meinte er, und irgendwas an seinem Tonfall ließ es für Vincent klingen, als habe er *König Obama* gesagt.

Also behielt er das Haus und machte sich auf die Suche nach einem Job. Was auch nicht gerade leicht war.

SIT, erfuhr er, war an einen großen Konzern verkauft worden; den meisten der Leute, die er gekannt hatte, hatte man im Zuge dessen gekündigt. Consuela hatte sich zur Ruhe gesetzt. Er stöberte sie in einer luxuriösen Wohnanlage in der Nähe von Clearwater auf, und sie schien sich zu freuen, ihn zu sehen.

»War doch eine schöne Zeit, alles in allem, nicht wahr?«, vergewisserte sie sich mehrmals. Der Pool der Wohnanlage war so groß, dass man die Olympischen Spiele darin hätte veranstalten können, und in der angrenzenden Bar bekam man zu fast jeder Tageszeit fast jeden Drink.

»Es hat mich gewundert, dass Sie die Firma verkauft haben«, gestand Vincent.

Diese Bemerkung ließ etwas wie einen Schatten auf ihr Gesicht fallen. »Tja«, sagte sie mit einem Seufzen. »Das Leben läuft manchmal anders, als man es sich vorgestellt hat.«

Vincent sagte nichts dazu. Was hätte er auch sagen sollen, außer dass er das nur zu gut wusste.

Auf jeden Fall klang es, als hätte sie es nicht ganz aus freien Stücken getan.

»Falls Sie übrigens einen Job suchen …«, sagte Consuela und redete nicht weiter, sondern wartete ab.

»Ja«, sagte Vincent.

Sie gab ihm die Karte eines gewissen Jim River, *Senior Assistant* bei einer Firma namens *Power Technology, Inc.*, mit Sitz in irgendeinem Kaff in Wyoming. »Rufen Sie da mal an.«

Auf der Rückseite stand, in ganz kleiner Schrift: *Ein Unternehmen der John D. Narosi Group*.

***

Er musste zweimal umsteigen, und jedes Mal in ein kleineres Flugzeug als das vorherige. Für die allerletzte Etappe erwartete ihn ein Hubschrauber, eine schneeweiß lackierte Maschine ohne jede Aufschrift. Doch beim Einsteigen sah Vincent unter der Farbe ein Logo schimmern, das ihm vage bekannt vorkam, und auf den Sicherheitsgurten las er den eingewobenen Schriftzug *Greenstone-Narosi-Investment.*

Es ging ins Niemandsland, über Berghänge ohne Ansiedlung, ohne Straßen, ohne irgendwelche Zeichen menschlicher Besiedelung. Zwanzig Minuten später landeten sie vor einem unscheinbaren Flachdachbau, der hier noch nicht allzu lange stehen konnte. Um ihn herum gruppierte sich eine lockere Siedlung kleiner Villen, ein kleines Paradies, umschlossen von einem hohen Zaun.

Die zwei Männer, die Vincent erwarteten, hätten Zwillingsbrüder von Miller und Smith sein können. Sie stellten sich vor als Jim River und »Bob Valley, angenehm«. Das Besprechungszimmer, in das sie ihn führten, wirkte unpersönlich, war aber mit allem ausgestattet, was man brauchte – Computer, Videowand und so weiter. Kaffee stand bereit, Kekse und sogar Sandwiches.

Sie legten ihm eine Stillschweigevereinbarung vor, die kurz, verständlich und unverblümt formuliert war: Wenn er irgendwann irgendjemandem irgendetwas von dem erzählte, was er heute hier erfuhr, würde man ihn auf Schadenersatz in Milliardenhöhe verklagen, und er würde den Rest seines Lebens im Gefängnis verbringen.

Immer dasselbe. Man gewöhnte sich daran. Vincent unterschrieb, ohne zu zögern.

Anschließend erzählten sie ihm, womit sich die Firma beschäftigte: mit der Entwicklung von Speicherchips, die von handelsüblichen Modellen nicht zu unterscheiden, aber so konstruiert waren, dass man per Funk jederzeit und nach Belieben neue Inhalte einspeisen konnte. Auf diese Weise würde man computergesteuerte Anlagen fernsteuern können, egal, wo auf der Welt sie sich befanden. Alles, was man dazu brauchte, war der jeweilige Identifikationscode des betreffenden Chips.

»Per Funk?«, wunderte sich Vincent. »Geht das denn überhaupt?«

Sie zeigten ihm ein paar Bilder auf der Videowand. Bilder gigantischer Antennen inmitten weitläufiger, arktischer Wälder. Bilder von Satelliten. Bilder mit physikalischen Schemazeichnungen.

»Das große Problem bei TWIN, dem gescheiterten Vorläuferprojekt, war tatsächlich, dass sich Computerchips in der Regel innerhalb weitgehend geschlossener Metallgehäuse befinden. Diese wirken als Faraday'sche Käfige, die die Chips in ihrem Inneren gegen äußere elektrische Felder oder eben auch elektromagnetische Wellen abschirmen«, räumte River ein.

»Aber«, ergänzte Valley, »für sehr hohe Frequenzen gilt das nicht mehr. Basierend darauf – und auf ein paar geheimen Erfindungen – verfügen wir heute über ein System, das jeden Chip an jedem Ort der Welt erreicht.«

Vincent nickte, angemessen beeindruckt, aber trotzdem skeptisch. »Und wozu?«, wollte er wissen.

River hob die Augenbrauen. »Oh«, meinte er, als wundere ihn die Frage außerordentlich. »Computer fernsteuern zu können, egal, wo auf der Welt sie sich befinden? Da fallen mir viele Anwendungsmöglichkeiten ein.«

»Sie haben Erfahrung mit Wahlcomputern, wie wir gehört haben«, sagte Valley.

»Ein bisschen«, räumte Vincent ein. Okay. Er hätte sich ja denken können, dass es darum gehen würde.

»Das ist es, was wir Ihnen anbieten«, erklärte Bob Valley. »Die Zeiten sind schwierig, und sie werden nicht mehr leichter. Wir können nicht länger das Risiko eingehen, dass Wahlen anders ausgehen, als unseren Interessen dienlich wäre.«

»Unseren Interessen?«, echote Vincent. »Und wessen Interessen sind das? Wer ist *›wir‹*?«

Valley lächelte nur, mit einem leicht lobotomierten Ausdruck im Gesicht.

»Ich meine, ist das hier nur eine Tarnfirma? Würde ich für den Geheimdienst arbeiten?«, hakte Vincent nach. Teufel noch mal, wenn sie ihn schon so eine Stillschweigevereinbarung unterschreiben ließen, dann konnten sie ihm doch wenigstens verraten, was für ein Spiel hier lief!

»Unser oberster Boss, Mister Narosi«, sagte Valley, »ist kein guter Vater. Er hat eine Tochter, etwa in ihrem Alter, die ihm abgehauen ist, kaum dass sie achtzehn war. Er ist auch kein guter Ehemann – seine Frau hat sich von ihm scheiden lassen. Aber er ist ein Hellseher, was Geschäfte anbelangt. Er hat die globale Finanzkrise kommen sehen, schon lange. Das war nichts, was über Nacht einfach so über uns hereingebrochen ist, verstehen Sie? Das hat sich über viele Jahre hinweg aufgebaut, und er hat es bereits im Gebälk knirschen hören, als alle anderen noch eine große Party gefeiert haben. Was tun? Das hat er sich gefragt. Er und einige seiner Freunde, die genau wie er schon zu tief in diesen hochspekulativen Geschäften steckten, als dass es einen einfachen Ausweg gegeben hätte.« Er legte die Hand auf die Stillschweigevereinbarung, die Vincent unterschrieben hatte. »Sie beschlossen, dafür zu sorgen, dass in dem Moment, in dem die Blase platzt, Politiker an der Regierung sein würden, die ihnen ihre Verluste aus der Staatskasse ausgleichen und die imstande sein würden, diese Transaktionen der Bevölkerung als notwendige Rettungsmaßnahme zu verkaufen. Damit sie ihre Banken, ihre Jachten, ihre Villen und Flugzeuge und ihr ganzes schönes Vermögen behalten konnten. Verständlich, oder? Und das ist unser Job hier – dafür zu sorgen, dass das alles so bleibt.« Er nahm das Papier mit Vincents Unterschrift und schob es in eine Mappe, die er neben sich liegen hatte. »Mit anderen Worten: Wenn Sie bei uns sind, sind Sie bei den Gewinnern.«

Vincent lehnte sich zurück, restlos verblüfft. Er hatte das deutliche Gefühl, dass sie eine Antwort, oder eine Frage, irgendetwas von ihm erwarteten, aber er wusste nicht, was er darauf sagen sollte.

Das Schweigen, das sich auf einmal im Raum ausbreitete, war schon fast peinlich.

Schließlich beugte sich Jim River vor und sah ihn an. »Sie müssen sich das folgendermaßen vorstellen«, meinte er mit leiser, lockender Stimme. »Sie haben eine riesige Weltkarte vor sich auf dem Schirm, auf dem jeder einzelne Chip genau lokalisiert ist. Sie klicken einen dieser Punkte an, und schon können Sie den Inhalt des betreffenden Chips auslesen, verändern, löschen ... Sie können mithören, was geschieht – oder es bestimmen. Direkt per Mausklick. Das ist das Ziel.« Er lächelte. »Oder stellen Sie sich einfach das geilste Computerspiel aller Zeiten vor.«

Vincent versuchte, es sich vorzustellen, und hätte beinahe gefragt, ob er eine weiße Katze mitbringen dürfe. Stattdessen bat er um Bedenkzeit, obwohl er im Grunde schon wusste, das er schließlich zusagen würde.

Zwei Wochen später kehrte er wieder, diesmal in einem ebenfalls schneeweißen Lastwagen, der seine private Habe transportierte. Er bekam ein Häuschen zugewiesen und eine Mappe, die ihm alle Einrichtungen der kleinen Siedlung erklärte – Supermarkt, Friseur, DVD-Verleih und so weiter –, dann ließ man ihn in Ruhe, damit er seine Sachen ins Haus tragen konnte.

Am nächsten Morgen stand er pünktlich zur vereinbarten Zeit am Zugangstor des Hauptgebäudes. Ein junger Mann in einem weißen Overall erwartete ihn.

»Ich soll Sie, bevor ich Sie an Ihren Arbeitsplatz bringe, erst Ihrem künftigen Vorgesetzten vorstellen«, erklärte ihm dieser.

»Ich dachte, Mister River und Mister Valley seien meine –?«

»Die sind von der Personalabteilung«, sagte der junge Mann.

Es ging durch lange, schmale Gänge, an deren weißen Wänden gerahmte Satellitenbilder hingen; extrem starke Vergrößerungen, die allesamt außergewöhnliche Motive zeigten: Eine russische Militärbasis, auf der jemand mit entblößtem Hintern an einer Schuppenwand hockte. Eine Dachterrasse über einer arabisch wirkenden Stadt, auf der sich eine Frau nackt sonnte. Eine Waldlichtung und darauf ein junges Paar beim Sex.

Endlich öffnete der Mann im Overall eine der zahlreichen Türen. »Sir«, rief er zackig, »hier ist –«

»Schon gut. Wir kennen uns«, sagte Frank Hill und erhob sich, um Vincent die Hand zu reichen.

KAPITEL 52

Viele Stuttgarter nannten es »das Schloss«, obwohl es sich nur um ein weitläufiges, allerdings durchaus repräsentatives und luxuriös gelegenes Haus handelte, das von der Uhlandshöhe einen spektakulären Blick über das Stadtzentrum bot.

Das war die große Überraschung gewesen, als Simon und Helene nach Stuttgart zurückgekommen waren. Für den Rückweg hatten sie den Zug genommen und sich darüber amüsiert, dass sie ab und zu von Reisenden erkannt oder sogar angesprochen wurden; die Gespräche, die sich ergeben hatten, waren allesamt ausgesprochen freundlich verlaufen.

»Wirst du das nicht vermissen?«, hatte Helene ihn kurz vor der Ankunft gefragt, und Simon hatte, die Hand schon am Koffer, mit den Schultern gezuckt und gesagt: »Da bin ich auch mal gespannt.«

Und dann dieser Empfang! Der Bahnhof: ein Volksfest. Der Bahnsteig: Musik spielte, Fahnen wehten, Blitzlichter blitzten, und der Oberbürgermeister hielt eine kurze Ansprache. Wie stolz man sei, »das Königspaar zurück in der Heimat« zu wissen. Artige kleine Mädchen überreichten Blumensträuße, Zuschauer winkten und riefen, und schließlich trat Heinz Stiekel vor sie hin, der Industrielle, dem ein richtiges Schloss gehörte, unter anderem, und drückte Simon eine Mappe in die Hand mit einer Urkunde darin, aus der hervorging, dass er ihnen auf Lebenszeit eine Stuttgarter Villa als angemessenen Wohnsitz zur Verfügung stellte; und nicht nur das, darüber hinaus war diese Stiftung mit einem Fonds ausgestattet, aus dessen Erlösen einige Bedienstete bezahlt werden würden, denn die waren nötig, um alles zu unterhalten.

»Aber das kann ich doch nicht annehmen«, sagte Simon erschüttert.

Worauf der Industrielle sich verbeugte und mit belegter Stimme versicherte, es sei ihm eine Ehre, eine große. »Sie würden mir damit eine außerordentliche Freude bereiten, Königliche Hoheit«, fügte er hinzu.

So lebten Simon und Helene fortan in der prunkvollen Bürgervilla, im Schatten hundert Jahre alter Bäume und mit Blick auf das Herz der Landeshauptstadt. Allfällige Überlegungen, wieder ihren bisherigen Berufen nachzugehen, sollten sie doch, bitteschön, vergessen, erklärte man ihnen. Das Land habe mit den zuständigen Sozialträgern ein Arrangement getroffen, das dafür sorgen würde, dass ihr Lebensunterhalt bis ans Ende ihrer Tage gesichert war.

Simon entwickelte die Angewohnheit, tagtäglich ausgedehnte Spaziergänge durch die Stadt zu unternehmen, auch wenn es regnete oder stürmte. Nicht selten erkannte man ihn dabei, und viele grüßten ihn ehrerbietig mit »Grüß Gott, Majestät«.

Sie wurden oft eingeladen, zu Eröffnungsfeiern, Staatsempfängen, Preisverleihungen oder Vernissagen, um Urkunden zu überreichen oder kurze Reden zu halten.

Simon wurde außerdem häufig gebeten, vor Schulklassen zu sprechen, Helene ersuchte man um Besuche in Altersheimen, Frauenzentren oder Krankenhäusern. Wenn es sich um Karitatives handelte, folgten sie gerne allen Einladungen, soweit sie sich mit ihrem gefüllten Terminkalender vereinbaren ließen, und in den folgenden Jahren sollten Fotografien, die Simon, Helene oder beide in Kindergärten, an Krankenbetten oder mit jugendlichen Siegern von Sportveranstaltungen zeigten, zum ständigen Inventar des Lokalteils der Stuttgarter Zeitungen gehören.

Sie empfingen regelmäßig auch selber Gäste; Einladungen »von Königs« gehörten bald zu den begehrtesten gesellschaftlichen Ereignissen. Allerdings musste ein Bankdirektor damit rechnen, am Tisch zwischen einer Verkäuferin und einer Tierschützerin zu sitzen, und eine Primaballerina darauf gefasst sein, mit einem Rotkreuzhelfer, einem ehrenamtlichen Fußballschiedsrichter oder einem Lehrer für Französisch, Englisch und, wenn Not am Mann war, Deutsch ins Gespräch zu kommen, denn »Königs« nahmen keine Rücksichten auf das übliche gesellschaftliche Etagendenken.

Immer wieder geschah es, dass Leute Simon auf der Straße oder bei sonstigen Gelegenheiten ansprachen, um ihm die Probleme zu schildern, die sie bedrängten. Wer das tat, lief Gefahr, daraufhin ernst ins Gebet genommen zu werden: wenn nämlich Simon im Gegensatz zu ihm der Auffassung war, er sei an seinem Unglück selber schuld. Man bekam in dem Fall samt der Analyse auch gleich ausführliche Anweisungen, wie man den Missstand beheben solle.

Manchmal aber wurde Simon nach einer solchen Begegnung auch beim Oberbürgermeister vorstellig, der ihn zwar nur, juristisch korrekt, mit »Herr König« anredete, ihn aber jederzeit empfing und ihm stets aufmerksam zuhörte.

Und manchmal … Ja, manchmal bewirkte das etwas.

Die wenige Freizeit, die Helene und Simon in ihrem neuen Leben blieb, verbrachten sie bisweilen einfach nur gemeinsam vor dem Fernsehgerät. Ein solches besaßen sie nämlich nun wieder, auf Helenes Initiative, die in den Jahren ihrer Trennung eine ausgesprochene Vorliebe für die Flimmerkiste entwickelt hatte. Simon fügte sich einigermaßen bereitwillig, und bald darauf war ihm die abendliche *Tagesschau* wieder, wie früher, unverzichtbar.

So kam es, dass sie beide vor dem Fernseher saßen, als der Innenminister auf einer Pressekonferenz eine dickleibige Studie vorstellte, in der die Ereignisse, Vorfälle und Zweifelsfragen des »Königsherbstes« angeblich genau analysiert worden waren. In der Konsequenz, erklärte der Minister anschließend, werde man in Bälde neue, grundlegend verbesserte Wahlcomputer einführen, die so konstruiert seien, dass mit ihnen kein Betrug mehr möglich sei.

Noch während der Beitrag lief, stand Simon auf, holte das Telefon und sein Adressbüchlein.

»Was tust du da?«, fragte Helene verwundert.

»Heutzutage müssen offensichtlich die Könige die Demokratie verteidigen«, erklärte Simon und begann zu wählen. »Wenn es sonst niemand tut.«

– ENDE –

NACHWORT

Ich war gerade mitten in der Arbeit an diesem Roman, als die Nachricht kam, das Bundesverfassungsgericht habe eine Klage gegen die Zulässigkeit von Wahlcomputern angenommen.

Genau dies war jahrelang von Gegnern dieser Geräte gefordert worden, allen voran von der Speerspitze der Vernunft im digitalen Machbarkeitswahn, dem Chaos Computer Club[98], doch bis dahin erfolglos. Nicht zuletzt deshalb hatte ich überhaupt beschlossen, den vorliegenden Roman in Angriff zu nehmen.

Und nun das. Ein paar Tage lang erwog ich, den Roman aufzugeben. In der Vergangenheit hatte das Bundesverfassungsgericht immer so viel gesunden Menschenverstand bewiesen, dass mit einem Verbot der Wahlcomputer zu rechnen war: Welchen Sinn hatte es dann noch, einen Roman zu schreiben, der gegen diese Geräte zielte?

Doch schließlich ging mir auf, dass auch ein Verbot durch das höchste Gericht nichts an dem grundlegenden Problem ändern würde. Das Problem ist nämlich nicht, dass diese Geräte bei Wahlen eingesetzt werden – das Problem ist, dass die Mehrheit der Menschen (und die Mehrheit spielt in der Demokratie bekanntlich eine wichtige Rolle) nicht versteht, warum sie nicht eingesetzt werden sollten.

Wir leben heute in einer Zeit digitalen Wahns. Wir sind als Gesellschaft so fasziniert von unserem neuesten Spielzeug, dem Computer, dass wir ihn für alles und jedes benutzen wollen. Wir telefonieren über Computer (ja, auch ein Handy ist nichts ande-

98 http://wahlcomputer.ccc.de/?language=de

res), wir fotografieren damit, spielen daran, schreiben einander darüber, publizieren weltweit – bloß: Auch wenn in fast jedem Haushalt ein Computer steht, programmieren können die wenigsten. Und wer nicht programmieren kann, der, tut mir leid, versteht nichts von Computern. Etwas von Computern verstehen heißt nicht, »tausend Tricks, aus Windows Vista mehr Leistung rauszukitzeln« zu kennen oder zu wissen, in welchem Untermenü man welches Häkchen setzen muss, damit ein Computerspiel funktioniert. Das ist Pillepalle und ungefähr so, als hielte man sich für einen Kfz-Techniker, nur weil man ein Auto tanken und anlassen kann und weiß, was für Benzinsorten es gibt.

Die Reihen der Wahlcomputergegner bestehen nahezu ausschließlich aus Leuten der IT-Branche – Leute, die Software programmieren können und sich mit Computern auskennen. Auffallend viele von ihnen verdienen sogar ihren Lebensunterhalt auf dem Gebiet der Computersicherheit. Sollte einem nicht allein diese Tatsache zu denken geben? Gegen Wahlcomputer engagieren sich ausgerechnet Menschen, die wirklich wissen, was ein Computer kann und was nicht. Menschen zudem, die aufgrund ihrer beruflichen Tätigkeit der grundsätzlichen Technikfeindlichkeit absolut unverdächtig sein sollten. Sollte man sich nicht zumindest fragen, ob diese Leute vielleicht aus guten Gründen gegen den Einsatz von Computern bei Wahlen sind?

Das Urteil des Bundesverfassungsgerichts[99] fiel schließlich am 3. März 2009 und war auf eine Weise formuliert, die mich in meiner Überzeugung, dass die Gefahr noch nicht gebannt ist, bestätigt: Vielleicht aus Sorge, als technikfeindlich zu gelten[100], wurden zwar die momentan verfügbaren Geräte (mit vernünftigen Begründungen) als unzulässig eingestuft, die Tür für andere, »bessere« Wahlcomputer aber sperrangelweit offen gelassen.

Ich bin der Ansicht, dass wir diese Tür schließen sollten, fest und für alle Zeiten. Wahlcomputer sind eine Gefahr für die De-

---

99 http://www.bundesverfassungsgericht.de/entscheidungen/cs20090303_2bvc000307.html

100 Die Pressemitteilung: http://www.bundesverfassungsgericht.de/pressemitteilungen/bvg09-019.html

mokratie und damit für Freiheit und Frieden – und außerdem vollkommen überflüssig. Die herkömmliche Methode, Kreuze auf Stimmzettel zu machen, ist erprobt, eingeübt und von unschlagbarer Zuverlässigkeit.

Selbst mit dem letzten Tropfen Benzin kann man noch beschleunigen – doch wie lange noch?

Andreas Eschbach
AUSGEBRANNT
Thriller
752 Seiten
ISBN 978-3-404-15923-9

Die Menschheit vor ihrer größten Herausforderung: Das Ende des Erdölzeitalters steht bevor! Als in Saudi-Arabien das größte Ölfeld der Welt versiegt, kommt es weltweit zu Unruhen. Bahnt sich tatsächlich das Ende unserer Zivilisation an? Nur Markus Westermann glaubt an ein Wunder. Er glaubt eine Methode zu kennen, wie man noch Öl finden kann. Viel Öl. Doch der Schein trügt.

»Eschbach denkt konsequent weiter, was schon längst Gegenwart ist und kaum jemand wahrhaben will.« *Deutsche Welle*

Bastei Lübbe Taschenbuch

»Der König des französischen Thrillers hat sein bestes Werk abgeliefert.«

LE FIGARO MAGAZINE

Jean-Christophe Grangé
CHORAL DES TODES
Thriller
Aus dem Französischen
von Thorsten Schmidt
576 Seiten
Gebunden mit Schutzumschlag
ISBN 978-3-431-03793-7

Ein markerschütternder Schrei hallt durch die Kirche Saint-Jean-Baptiste. Lionel Kasdan eilt über die steinerne Rundtreppe hinauf zur Empore. Er ist Sekunden zu spät. Der Mann an der Orgel ist tot.
Der Fall lässt den ehemaligen Polizisten nicht mehr los. Die Einzigen, die offenbar wissen, was geschehen ist, sind die Chorjungen. Sie schweigen beharrlich.
Ein zweiter Mord geschieht und ein dritter. Lionel begreift langsam, dass der Schlüssel zu diesem Fall die engelsgleichen Sängerknaben sind. Sie scheinen die Unschuld selbst zu sein, aber ihre Herzen sind finsterer als die Hölle …

Ehrenwirth